알렉산드르 세르게예비치 푸시킨(1799~1837)

알렉산드르 푸시킨 기념상 러시아 박물관 앞 예술의 광장에 있다. 미하일 아니쿠신. 1957.

〈차르스코예 셀로 시절의 푸시킨〉 오늘날 상트페테르부르크에서 남쪽으로 20여 킬로미터 떨어져 있는 도시 차르스코예 셀로(황제의 마을) 시절의 알렉산드르 푸시킨. 뒷날 푸시킨 시로 이름이 바뀐다. 일리아 레핀. 1911.

〈바다와 작별하는 푸시킨〉 일리야 레핀·이반 콘스탄티노비치 아이바좁스키 공동 작. 1877. 러시아, 푸시킨 박물관

영화 〈오네긴〉 포스터 마샤 파인즈 감독, 랄프 파인즈·리브 타일러 주연. 1999.

영화 〈대위의 딸〉 포스터 블라디미르 감독, 올렉 스트리체노바·이아 아레피·세르게이 루키아노바 주연. 1958.

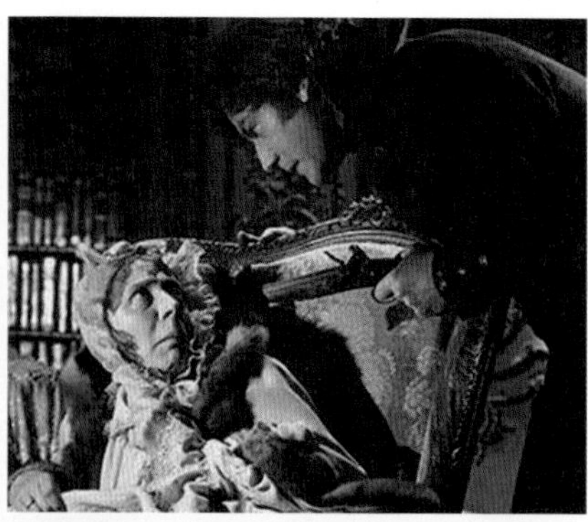

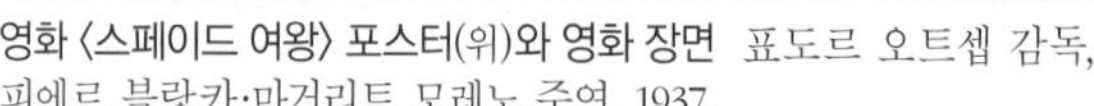
영화 〈스페이드 여왕〉 포스터(위)와 영화 장면 표도르 오트셉 감독, 피에르 블랑카·마거리트 모레노 주연. 1937.

세계문학전집056

Алекса́ндр Серге́евич Пу́шкин

ЕВГЕНИЙ ОНЕГИН/КАПИТАНСКАЯ ДОЧКА/ПИКОВАЯ ДАМА

예브게니 오네긴/대위의 딸/스페이드 여왕

푸시킨/이동현 옮김

동서문화사

디자인 : 동서랑 미술팀

예브게니 오네긴/대위의 딸/스페이드 여왕

차례

예브게니 오네긴

대위의 딸

스페이드 여왕

이반 페트로비치 벨킨 이야기

푸시킨의 생애와 문학

Евгений Онегин

예브게니 오네긴

허영심에 사로잡힌 그는 특유의 오만함으로 자신의 좋은 행동과 나쁜 행동을 똑같은 무관심으로 고백하는 것이었습니다. 아마도 그것은 우월감, 가상의 우월감이 낳은 결과일 것입니다.

어느 사적인 편지 가운데

오만한 이들의 흥을 돋우려는 생각은 없고, 다만 나의 벗인 자네에게 우정과 사랑을 담아 이 글을 바치고자 한다. 자네가 마땅히 받아야 할 이 보물—맑은 꿈과 살아 있는 시, 고상한 정신과 순수한 영혼을 지닌 자네에게 어울리는 이 보물을. 하지만 아무려면 어떠랴. 자네의 까다로운 손으로, 때론 우습고, 때론 슬프고, 때론 소박하고, 때론 고답적인 이 잡다한 글모음을 받아주게—이는 내 한가로운 시간과 잠 못 이루는 밤, 경박한 영감과 채 피지도 못하고 시들어버린 청춘, 냉정한 이성의 관찰과 눈물로 얼룩진 슬픈 기억의 잔잔한 결실이니.

제1장

사는 데 급급하여 아무런 열정 남아 있지 않으니.

바젬스키 공작*1

1

“나의 숙부는 공명정대하신 분, 중병에 걸려 자리에 눕자 세상사람 존경 얻으셨지. 그 이상 가는 이 없으니, 그야말로 모든 이들의 귀감이라 할 수 있으리. 아, 하지만 얼마나 지겨운지, 아무데도 가지 못하고 밤낮 없이 환자 곁에 꼭 붙어 있어야 한다는 것은! 아, 얼마나 비열한 위선인지, 죽어가는 환자를 위로하고, 베개를 고쳐 베어 주고, 슬픈 표정 지으며 약을 먹이고, 그러나 속으로는 한숨 쉬며 이제나 저제나 돌아가실 날만 기다린다는 것은!”

2

모래 먼지를 뚫고 달리는 역마차 안에서 제우스신의 뜻에 따라 가문의 상속인이 된 한 젊은 건달이 이런 생각을 하고 있었다. 드밀라와 루슬란의 벗들이여! *2 곧바로 거리낌 없이 이렇게 내 이야기의 주인공을 소개하는 바이다! 이름 하여 오네긴, 오 친절한 독자들이여, 우리의 오네긴은 네바 강 기슭에서 태어났다. 당신도 어쩌면 그곳에서 태어났거나 그곳에서 옷 잘 입는 멋쟁이로 통할지도 모르겠다. 예전엔 나도 그곳을 거닐었지만, 도무지 그놈의 북방 날씨엔 버텨낼 재간이 없었다. *3

---

*1 1792~1878. 시인. 푸시킨의 친구. 이 제사는 그의 시 〈첫눈〉(1819)에서 인용한 것이다.

*2 푸시킨의 서사시 〈루슬란과 류드밀라〉(1824)의 독자들.

*3 1820년 5월, 푸시킨은 그의 반정부적인 시 때문에 페테르부르크에서 남러시아로 추방되었다.

3

예브게니의 부친은 청렴한 관리, 덕분에 빚더미에 올라앉았다. 그럼에도 일 년에 세 번씩 무도회를 열다가 결국엔 쫄딱 망하고 말았다. 하지만 운명은 오네긴의 편이니, 처음엔 마담이 그를 돌봐주고, 이윽고 무슈*4가 그 뒤를 이었다. 꼬맹이 오네긴은 장난은 심해도 귀엽고 사랑스러운 아이. 가난한 프랑스인 무슈 라베는 아이가 싫증내지 않도록 모든 것에 농담을 섞어 가르쳤고 지루한 도덕수업은 건너뛰었다. 말썽 피워도 부드럽게 꾸짖고 함께 여름 정원을 거닐었다.

4

반항적인 청춘, 그 희망과 달콤한 우울의 시간이 예브게니에게 찾아오자, 무슈는 집에서 쫓겨나고 말았다. 보라, 우리의 오네긴은 이제 자유의 몸! 최신 유행 스타일로 머리 다듬고 런던 댄디풍으로 차려입고, 마침내 사교계에 발을 들여놓았다. 프랑스어로 유창하게 말하고 편지도 쓸 수 있으며, 마주르카 춤 솜씨도 일품, 우아하게 허리 숙여 인사할 줄도 알았다. 더 무엇이 필요하랴? 사교계는 입 모아 매력적이고 똑똑한 젊은이라 칭찬했다.

5

우리는 모두 어느 정도 교육을 받은지라 그게 무어건 얼마간 머리에 든 바는 있으니—오, 하느님의 축복일지어다—교양 과시하여 쉽게 남의 이목 끌 수 있는 법. 많은 이들이—다들 긍지 높고 엄격한 심판관이니—오네긴을 학식 있는 인물이라 평했다. 이 모두가 가벼운 대화에는 온갖 화제 늘어놓으며 유식함을 자랑하고, 진지한 논쟁 중에는 심오한 표정 지은 채 침묵 지키고, 불쑥불쑥 재치 있는 농담으로 부인들을 웃길 줄 아는 그의 교묘한 재주 덕분이었다.

6

라틴어는 이제 유행이 지난 느낌이지만, 어쨌든 오네긴의 라틴어 실력은

---

*4 모두 프랑스인 가정교사를 가리킨다. 전자는 여자, 후자는 남자이다.

비교적 쉬운 경구를 번역하고, 수박 겉핥기로나마 유베날리스*5에 대해서 얼마간 얘기하거나, 편지 말미에 안녕(Vale)이라고 쓸 정도는 되었다. 〈아이네이스〉*6의 시구 몇 줄 정도는 부정확하나마 암송할 수도 있었다. 먼지 쌓인 연대기를 들춰보는 일에는 별 관심이 없었지만 그래도 로물루스*7 시대부터 오늘에 이르기까지의 역사적 일화들을 머릿속에 간직하고 있었다.

7

시를 위해서라면 목숨도 버릴 수 있는 그런 부류와는 거리가 먼 그는 아무리 가르쳐주어도 약강격(弱强格)과 강약격(强弱格)을 구별하지 못했고, 그래서 호메로스나 테오크리토스*8를 욕했다. 대신 그는 아담 스미스를 읽었고 경제학에 밝았다. 예를 들어 국가의 부는 어떻게 증대되는지, 국가는 어떻게 번성하는지, 또 자원을 가진 나라는 어째서 상대적으로 돈을 덜 필요로 하게 되는지에 대해서 자세히 설명할 수 있었다. 그러나 이런 아들의 말을 이해하지 못한 아버지는 영지를 저당 잡히는 신세가 되었다.

8

그밖에도 예브게니는 온갖 방면의 지식을 갖고 있었지만, 여기서 그 모두를 설명할 수는 없는 노릇이다. 다만 한 가지 그가 진정 재능을 발휘한 것, 소년 시절부터 그의 마음을 온통 사로잡아 왔던 것, 노동이자 고통이며 동시에 기쁨인 것, 나른한 공상에 빠져들게 하고, 온종일 그의 정신을 사로잡았던 것은 바로 오비디우스*9가 노래한 바 있는 감미로운 연애의 기술이었다. 그로 인해 시인은 고국 이탈리아를 등진 채 저 멀리 몰다비아의 황야에서, 파란만장한 생을 외로이 마감해야 했지만

---

*5 로마의 시인. 50?~130.

*6 로마의 시인 베르길리우스(B.C. 70~19)의 서사시.

*7 고대 로마의 전설적인 건설자의 한 사람.

*8 기원 전 3세기 전반의 그리스 시인.

*9 로마의 시인. B.C. 43~A.D. 17?.

9

……………………………………………………………………………

……………………………………………………………………………

10

그는 얼마나 일찍부터 기만하는 법을 터득했던가, 속마음을 감추고, 질투하고, 남을 믿게 만들거나 의심을 불러일으키는 법을. 때론 우울한 듯, 때론 기쁜 듯, 때론 불손한 듯, 때론 순종적인 듯, 때론 아양 떠는 듯, 때론 무관심한 듯 보이는 법을! 그가 내보이는 침묵은 얼마나 무거웠던가! 그의 열변 속에는 얼마나 뜨거운 불이 담겨 있었던가! 지치지도 않고 사랑을 노래하던 그 편지 속 문장들은 얼마나 꾸밈없이 소박했던가! 그는 얼마나 재빨리 표정을 바꿀 수 있었던가! 때론 밝고 따뜻하게, 때론 수줍은 듯 대담하게! 게다가 적절한 순간에 눈물을 보이는 재주까지 갖추고 있었으니.

11

경험 없는 순진한 여자를 꾀기 위해 풋내기 연기는 또 얼마나 잘하는지. 때로는 달콤한 사탕발림으로, 때로는 짐짓 꾸며낸 절망으로. 어린 여인의 마음 약해지는 순간 놓치지 않고 열정과 언변으로 일거에 경계심을 무너뜨린다. 오랫동안 미루어온 애무를 고대하며, 고백과 이어지는 애원, 심장의 첫 떨림에 귀 기울이며, 사랑이 싹트는 조짐 좇는다. 지체 없이 남몰래 만날 약속을 잡고, 그리고 단둘이 있게 되면…… 비밀스러운 연애학 수업을 시작한다!

12

그는 또한 얼마나 일찍부터 바람둥이 여자의 마음 달뜨게 하는 비결을 터득했던가! 연적을 해치우려 할 때면, 어찌나 지독하게 험담을 하고 덫은 또 얼마나 많이 놓는지! 그런데도 당신들, 아무것도 모르는 즐거운 남편들은 그와의 우정을 이어나간다. 젊은 시절 포블라*10를 스승으로 모셨던 교활한 남편도, 산전수전 다 겪은 의심 많은 노인네도, 아내가 바람난 줄은 꿈에도

*10 프랑스의 작가 루베 드 쿠브레(1760~97)의 소설 《기사 포블라의 사랑》의 주인공. 처녀로 가장하여, 남편들의 의심을 받지 않고 유부녀를 유혹한다.

모른 채 인생에 만족하며 자신이 먹는 저녁식사와 자신의 아내를 자랑스러워하는, 거들먹거리는 남편들도 그를 좋아했다!

13 14

……………………………………………………………………………

……………………………………………………………………………

15

어느 날 아침, 아직 침대에 누워 있을 때 하인이 세 통의 편지를 가져온다. 뭐, 초대장이라고? 같은 날, 잔칫집이 세 곳이로구나! 이쪽 집은 무도회, 저쪽 집은 아이의 생일잔치, 우리의 바람둥이 친구는 어디로 가려나? 어디부터 들르려나? 어쨌거나, 세 군데 다 도는 데는 아무런 문제없으리라. 잠시 아침 화장을 하고, 볼리바르*11풍(風) 모자를 쓰고 가로수 길로 마차를

*11 1783~1830. 남아프리카를 에스파냐의 지배로부터 독립시키기 위해 싸운 혁명가, 정치가. 당시의 러시아 청년들 사이에도 인기가 있었다. 볼리바르풍 모자는 챙이 넓었다.

달리며, 휴식을 모르는 브레게 시계*[12]가 저녁식사 시간을 알릴 때까지 내키는 대로 한가로이 길을 누빈다.

16

이미 해는 지고 오네긴은 썰매에 오른다. '이랴, 이랴' 마부가 소리친다. 북구(北歐)의 은빛 눈가루가 모피 옷깃에 분처럼 내려앉아 있다. 달려가는 곳은 탈롱의 레스토랑*[13] 그곳에서 친구 카베린*[14]이 기다리고 있을 것이다. 가게로 들어가면 코르크 마개가 펑하고 튕겨오르고 혜성 포도주*[15]가 거품을 내며 흐른다. 핏물이 가시지 않은 로스트비프, 젊은 날의 사치, 프랑스 요리의 꽃이라 할 신선한 송로 과자. 그리고 림부르흐 생 치즈*[16]와 썩지 않는 스트라스부르 파이*[17]가 황금빛 파인애플 곁에 놓여 있다.

17

뜨거운 커틀릿 기름에 달궈진 목구멍 식혀줄 샴페인 한두 잔 더 마시면 좋으련만, 벌써 브레게 시계는 우렁차게 울리며 신작 발레 개막시간을 알린다. 심술궂은 무대 비평가, 매혹적인 여배우들의 변덕스러운 숭배자, 분장실의 명예시민인 오네긴은 언제든 무희의 앙트르샤*[18]에 박수를 보내고, 페드라*[19]와 클레오파트라에게 야유를 보내고,—다만 제 목소리가 극장 안에 울려 퍼지는 걸 듣기 위해서—떠들썩하게 모이나*[20]를 연호할 준비가 되어 있는 관객 무리에 합류하기 위하여 극장으로 날듯이 달려갔다.

---

*12 시간을 알리는 소리가 나는 회중시계. 프랑스의 시계제조업자 브레게(1747~1823)의 공장에서 제조되었다.

*13 페테르부르크의 네프스키 거리에 있던, 프랑스인 피에르 탈롱이 경영하던 레스토랑.

*14 푸시킨의 친구. 근위사관. 1794~1855.

*15 커다란 혜성이 나타난 1811년도의 포도주. 혜성이 나타난 해에는 포도가 풍작이라 이 해에 만들어진 포도주를 이렇게 부른다.

*16 벨기에 림부르흐 산 부드러운 치즈.

*17 스트라스부르에서 수입해 온 거위간 파이로 통조림 상태로 들여오기 때문에 '썩지 않는 파이'라고 불렀다.

*18 발레의 도약법의 한 가지.

*19 프랑스의 시인, 라신(1639~99)의 비극 〈페드르〉(1677)의 주인공.

*20 러시아의 시인 오제로프(1770~1816)의 비극 〈핑갈〉(1805)의 주인공.

18

너, 꿈의 나라여! 왕년에는, 겁 없는 풍자의 왕자이며 자유의 벗인 폰비진*21이, 또 흉내를 잘 내는 크냐쥐닌*22이 화려한 이름을 떨친 곳. 또 오제로프*23가, 아직은 젊은 세묘노바*24와 둘이서 감동의 눈물과 박수를 선물로 나누어 가진 곳. 우리의 카제닌*25이 코르네이유의 위대한 천재성을 소생시키고, 신랄한 샤호프스코이*26가 시끌벅적한 숱한 희극을 공연한 곳, 디들로*27가 영광을 쟁취한 곳. 그리고 그곳, 무대 뒤편 그늘 아래서 내 청춘의 나날도 함께 흘러갔었지.

19

아, 나의 여신들! 지금 그대들은 어떻게 지내고 있는가? 어디에 있는가? 내 슬픈 목소리를 들어다오. 지금도 옛날 그대로인가? 아니면 다른 아가씨들이 그대들의 자리를 대신 차지했는가? 다시 한 번 그대들의 합창을 들을 수 있을까? 다시 한 번 러시아의 테르프시코레*28의 정성어린 춤을 볼 수 있을까? 아니면 이제 내 슬픈 눈은 권태로운 무대 그 어디서도 아는 얼굴을 찾을 수 없게 된 것일까? 그리하여 마법에서 풀린 오페라글라스를 낯선 세상 쪽으로 돌려놓은 채 그저 무심한 방관자로 말없이 앉아 하품하며 지나간 옛 시절이나 회상하고 있어야 하는가?

---

*21 러시아의 극작가(1745~92). 작품으로 18세기 후반의 지주 귀족사회를 풍자한 희극 〈여단장〉(1766~69), 〈미성년자〉(1782) 등이 있다.

*22 러시아의 극작가(1742~91). 외국의 극작품으로부터 많은 것을 도입하였다. 애국적인 극 〈도미토리이 돈스코이〉는 1807년, 나폴레옹과의 전쟁 와중에 상연되어 큰 성공을 거두었다.

*23 앞 절의 *20 '모이나' 항 참조.

*24 당시의 유명한 러시아의 비극 여배우(1786~1849). 푸시킨은 그녀의 재능을 높이 평가했다.

*25 러시아의 시인(1792~1853). 프랑스의 시인 코르네이유(1606~84)의 비극 〈르 시드〉 등을 러시아어로 번역하였다. 〈르 시드〉는 1822년에 페테르부르크에서 상연되어 큰 성공을 거두었다.

*26 러시아의 극작가(1777~1846).

*27 프랑스인 발레 연출가(1767~1837). 1801~11년, 1816~29년에 러시아에서 활동하여 러시아 발레의 로망파 확립에 기여했다.

*28 합창 서정시와 춤의 뮤즈.

20

극장 안은 사람들로 북적거려 좌석도 입석도 모두 만원이다. 수많은 불빛이 무대와 의자와 관람석을 눈부시게 비추고, 꼭대기의 싸구려 객석에선 벌써부터 성마른 박수를 친다. 이윽고 음악과 함께 막이 오르고, 바이올린의 마법 같은 선율에 맞춰 눈부시고 투명한 이스토미나*29가 님프들에게 둘러싸인 채 등장한다. 한쪽 발끝으로 바닥을 디딘 채 다른 쪽 다리로 천천히 돌다가 갑자기 뛰어오르고, 마치 아이올로스*30의 입김에 날리는 깃털처럼 가볍게 몸을 둥글게 굽혔다 펴는가 하면 빠른 걸음으로 종종걸음 치기도 한다.

21

우레와 같은 박수갈채가 울려 퍼진다. 그때 오네긴이 모습을 나타내어, 의자석 사이를 조용히 걸으면서 이중 유리로 된 자루 달린 오페라 글라스를 비스듬히 들고, 상석에 앉은 낯선 여인들을 흘끗 바라보며 2층석, 3층석으로 시선을 던져 모든 것을 단숨에 죽 훑어본다. 관객의 얼굴도, 화장도 그의 마음에 들지 않는다. 주위에 앉은 신사들과 인사를 나누고 무대 쪽으로 몹시 마음에 들지 않는다는 듯한 시선을 던지더니 옆으로 얼굴을 돌려 하품을 한다. "전부 갈아치워야 해—그는 중얼거린다—발레를 너무 오랫동안 봐와서 그런지 이젠 디들로마저 지겹기 짝이 없군."

22

무대에서는, 아직 사랑의 신과 사티로스와 뱀이 뛰어다니면서 시끄럽게 떠들어댄다. 현관 옆에서는 하인들이 양가죽 외투로 몸을 감싼 채 깊은 잠에 빠져 있다. 관객들은 발을 구르고, 코를 풀고, 기침을 하면서 야유를 하고 박수를 친다. 아직 극장 안팎 곳곳에는 불이 환하게 켜져 있다. 말들은 추위에 떨고 조이는 마구(馬具)에 신경을 곤두세우면서 몸부림을 친다. 마부들은 모닥불 주위에서 주인들을 언짢게 생각하며 추위를 피하기 위해 손을 비빈다. 하지만 이미 오네긴은 극장에서 나와 썰매를 타고 옷을 갈아입으러 집으로 향한다.

---

*29 당시의 유명한 발레리나(1799~1848).

*30 남동풍의 신, 일반적으로 바람의 신.

23

유행의 착실한 추종자인 오네긴이 입었다 벗었다, 다시 입었다 하는 옷방을 여기서 자세히 묘사해 볼까? 런던의 잡화상이 목재나 수지를 대가로, 우리의 끝없는 변덕을 만족시키기 위해 발트 해의 파도를 헤치고 러시아로 보내오는 온갖 물건들, 이윤 남는 장사 품목으로서 파리에서 유행한다는, 우리의 오락과 사치와 낭비를 위해 만들어진 갖가지 물건들—이 모든 것이 이제 갓 열여덟 살이 된 우리의 철학자, 오네긴의 밀실을 장식하고 있었다.

24

이스탄불에서 들여온 호박파이프, 탁자 위 도자기와 청동상, 감각적인 기쁨을 더해주는 크리스털 유리병에 든 향수, 여러 크기의 빗, 손톱 다듬는 줄, 곧거나 굽은 갖가지 가위, 손톱을 손질하거나 이를 닦는 데 쓰는 서른 개도 넘는 각종 도구들. 말이 나왔으니 하는 얘기지만, 루소는 저 엄숙한 그림씨가 둘째가라면 서러워 할 입담꾼으로 알려진 자기 앞에서 어떻게 감히 거리낌 없이 손톱 다듬을 생각을 할 수 있었는지 도무지 이해할 수가 없었다. 이 경우에 있어서만큼은, 자유와 권리의 수호자인 그가 잘못 짚었던 셈이다. *31

25

근면성실한 사람이라고 해서 자기 손톱의 아름다움에 신경 쓰지 말라는 법은 없다. 시대와 다툰들 무슨 소용이 있으랴. 관습은 시대와 폭군이라 할 것이다. 제2의 차아다예프*32라 할 수 있는 우리 예브게니는 사람들의 악평

*31 푸시킨은 원주에서 루소의 《고백록》에 나오는 아래 구절을 소개하고 있다. '다들 그가 분을 바른다는 걸 알고 있었다. 나는 처음엔 이를 믿지 않았으나 차차 그 사실을 믿게 되었다. 이는 단지 그의 안색이 좋아졌고, 또 그의 화장대에 분이 담긴 작은 병이 놓여 있었다는 이유 때문만이 아니다. 그보다는 어느 날 아침, 내가 그의 방에 들어갔을 때, 그가 특수한 작은 솔로 손톱을 다듬고 있는 모습을 보았기 때문이다. 그리고 그는 내가 있는 앞에서 자랑스럽게 그 일을 계속하고 있었다. 매일 아침 손톱 다듬는 데 두 시간을 보내는 사람이라면 약간의 시간을 들여 자기 얼굴에 분을 칠하지 말라는 법도 없으리라고 나는 생각했다.'

*32 러시아의 철학자(1794~1856). 《철학 서간》(1836)의 저자. 푸시킨의 친구. 유럽과 러시아에서 유명한 멋쟁이로 통했다.

이 두려워 옷에 관한 한 철저한 지식으로 무장한 멋쟁이였다. 적어도 하루 세 시간은 거울 앞에 붙어 있었으며, 옷방에서 치장을 마치고 나온 모습은 마치 가장무도회에 가려고 남장한 경박한 비너스와 같다 할까.

26

최신 유행하는 옷차림으로 독자 여러분의 관심을 끌었으니, 세련된 감식안 가진 분들을 위해 주인공의 옷차림에 대해 자세히 묘사해보는 것도 괜찮을 듯싶다. 사실 내게 이런 걸 제대로 묘사할 재주가 있다고는 할 수 없지만, 어쨌든 내 직업이 묘사하는 일 아닌가. 그런데 판탈롱이니, 프록코트니 질레니 하는 것들은 우리 러시아어에는 없는 단어들이니, 이처럼 많은 외래어를 남발할 수밖에 없는 내 초라한 문장을 독자들께서는 용서해주시기 바란다. 학술원에 가서 자주 국어사전을 들춰보았음에도 이 모양인 것을 어쩌랴.

27

그러나 그건 그렇다 치고, 우리 오네긴이, 임대 마차로 쏜살 같이 달려간 무도회로 서둘러 가보기로 하자. 임대마차는 불 꺼진 집들과 꾸벅꾸벅 조는 거리들을 지나고, 마차 양 옆에 매달린 등불은 명랑하게 빛나며 눈밭을 무지개 빛깔로 물들인다. 곧 마차는 수많은 등불로 대낮인양 불 밝힌 호화로운 저택 앞에 멈춰 선다. 높다란 유리창을 통해 그가 아는 귀부인들이며 멋쟁이들의 옆얼굴이 보인다.

28

우리 주인공이 현관에 도착했다. 문지기를 뒤로 하고 대리석 계단을 쏜살같이 뛰어 올라가더니, 서둘러 손으로 머리를 매만지고는 안으로 들어선다. 홀 안은 사람들로 북적거리고 어느 정도 기세가 시들해진 음악 소리에 맞춰 몇몇이 정신없이 마주르카를 추고 있다. 왁자지껄 떠드는 소리, 근위 기병의 박차가 바닥을 때리는 소리, 날듯이 경쾌하게 움직이는 우아한 귀부인의 작은 발, 매혹되어 이를 쫓는 불타는 눈길들, 멋쟁이 여인들의 질투어린 속삭임이 자지러질 듯 몰아치는 바이올린 소리에 덮인다.

29

거친 쾌락을 좇던 젊은 시절엔 나도 무도회에 푹 빠져 있었지. 사랑을 고백하거나 남몰래 편지를 건네주기에 이보다 더 좋은 곳이 어디 있으랴. 그러니 세상 모든 존경할 만한 남편들이여, 그대들의 경각심을 일깨우고자 하는 말이니 부디 귀 기울여 들으시라. 그리고 당신들, 어머니들이여, 딸에게서 한시도 눈을 떼지 마시라. 손잡이 달린 안경 자주 치켜들어 들여다보시라. 안 그랬다간……. 아이고, 차마 말하기가……. 참고로, 이렇게 경고하는 까닭은 나는 이미 오래전에 그런 짓에서 손을 뗐기 때문임을 밝힌다.

30

아, 이런저런 유흥에 빠져 얼마나 많은 세월을 헛되이 낭비했던가! 하지만 도덕적으로 불건전하지만 않았더라면 나는 지금까지도 무도회를 즐겼을 것이다. 그곳의 열광적인 기쁨과 북적거림을, 그 화려한 불빛과 귀부인들의 섬세한 옷차림을 나는 사랑한다. 아, 그녀들의 사랑스러운 발을 사랑한다! 러시아 전국을 샅샅이 뒤져도, 정말로 아름답다고 할 만한 여인의 다리는 세 쌍도 채 발견하기 힘들 테지만 말이다. 아, 아무리 애써도 그 한 쌍의 늘씬한 발을 잊을 수가 없으니……. 이제 정열은 식고 내 마음 쓸쓸함으로 가득하건만, 그 한 쌍의 발은 여전히 내 안에 머물며 때때로 꿈에 나타나 내 가슴을 휘저어놓곤 한다.

31

어리석은 인간이여, 너는 언제쯤에야, 어느 황야 같은 곳에 이르러서야, 그 발을 잊을 수 있겠는가? 아, 작은 발이여, 너는 지금 어디에 있느냐? 어느 흐드러진 봄꽃을 스치듯 지나가고 있느냐? 동쪽 나라에서 편안하게, 응석받이로 자란 너는 북국의 슬픈 눈 위에 흔적조차 남기지 않았구나. 너는 부드러운 융단의 화려한 감촉을 좋아했다. 한때는, 너로 인해 명예욕도, 고향 생각도, 유배 생활의 고생스러움도 모두 잊을 수 있었다. 이제 젊은 날의 기쁨은 사라져버렸다. 풀 위에 남긴 너의 엷은 발자국처럼.

32

디아나의 가슴도 플로라*[33]의 뺨도 찬탄할 만하지만, 친애하는 벗이여, 어쩐지 내겐 테르푸시코레의 작은 발이 그 어떤 것보다 더 매혹적인 것을. 그 발은 그것을 바라보는 눈길에 말로 다할 수 없는 보답을 약속해주고, 그 특별한 매력으로 잠들어 있던 거친 욕망을 일깨운다. 나는 그 발을 사랑한다. 오 친애하는 엘비나*[34]여, 하얀 식탁보 아래 숨겨져 있던 발, 겨울이면 난로 덮개 위로 불을 쪼이며 환하게 빛나던, 봄이면 푸른 풀밭을 거닐던 발, 무도회장의 유리처럼 투명한 바닥 위를 미끄러져가던, 또는 바닷가 절벽에 아슬아슬하게 걸쳐져 있던 그 발을.

33

거센 바람이 몰아치던 그 바다를 나는 기억한다.*[35] 그녀의 발 아래로 구애하듯이 맹렬하게 겹겹이 몰려오던 그 파도를 나는 얼마나 질투했던가! 나 또한 그 파도처럼 그녀의 발에 입 맞추기를 얼마나 간절히 바랐던가. 아니, 무엇에도 길들지 않은 불같이 뜨거웠던 저 젊은 시절에도, 묘령의 처녀 아르미다*[36]의 입술에, 그녀의 사랑스러운 장밋빛 뺨에, 나른한 불길 머금은 가슴에 입 맞추고 싶어 했던 그때조차도 이만큼 욕망으로 괴롭지는 않았다. 이

---

*33 꽃과 결실과 봄의 여신.

*34 18세기 말부터 19세기 초의 러시아 시인들의 작품 속에서 자주 사용되었던 소녀 이름.

*35 푸시킨은 1820년 여름, 니콜라이 라예프스키 장군(1771~1829) 가족과 함께 카프카스와 크림반도 등지를 여행했다. 라예프스키 장군의 딸 니콜라예브나는 회고록에서 다음과 같이 적고 있다. '혁명적인 시를 발표하여 알렉산드르 1세의 노여움을 샀던 푸시킨의 딱한 처지를 동정했던 아버지는 건강이 몹시 쇠약해져 있던 그를 카프카스의 온천지 여행에 동행시켰다. 그는 내 오빠의 친구였는데, 우리 가족 모두에게 깊은 고마움을 느끼고 있었다. 모든 시인들이 그렇듯이 그 역시 아름다운 여인이나 젊은 아가씨를 찬미하는 것을 스스로의 의무라 생각했다. 그때의 기억이 아직도 생생하다. 나는 소피아 언니, 영국인 여자가정교사, 러시아인 보모와 함께 마차를 타고 타간로크 근처를 지나고 있었는데, 마침 바다가 보이기에 모두 마차에서 내려 바다를 보러 갔다. 나는 뒤에서 시인이 따라오는 줄도 모르고 겹겹이 밀려오는 파도를 따라 달렸고, 내 발은 바닷물에 흠뻑 젖었다. 나는 아무에게도 이 일을 이야기하지 않았지만, 푸시킨은 어린애처럼 장난치는 이런 내 모습을 매우 아름답다고 생각했는지 그때의 정경을 묘사한 시를 썼다. 그때 나는 겨우 15살이었다.'

*36 이탈리아 시인 타소(1544~95)의 서사시 〈해방된 예루살렘〉에 나오는 사라센의 미녀. 십자군 기사 리나르도를 유혹한다. 요부라는 뜻으로 사용된다.

토록 격렬한 열정으로 영혼이 찢기는 고통을 겪지는 않았다.

34

또 이런 일도 기억난다. 은밀한 꿈속에서 나는 행복한 말등자를 붙들고서, 다른 한손으로는 그녀의 발을 붙잡은 채……. 또 다시 공상은 부풀어 올라, 그 발의 촉감이 내 시든 심장에 열정의 불길을 당기고, 그리하여 다시 그리움이, 다시 사랑이……. 아, 물러가라! 이제 나의 수다스러운 하프로 그녀들을 찬미하는 일은 그만 두자. 오만한 여인들은 내 정열과 영감에 찬 노래 받을 가치 없으니. 저들의 달콤한 말, 달콤한 표정은 대개 기만에 불과할 뿐, 그들의 발이 그러한 것처럼.

35

그런데 우리의 오네긴은 어디서 무얼 하고 있을까? 졸린 눈으로 무도회장을 나와 곧바로 자기 집 침대로 돌아갔지. 휴식을 모르는 페테르부르크의 거리들은 벌써 새벽을 알리는 북소리로 눈을 뜬다. 상인들이 가게를 열고, 배달부들이 거리를 지나가고, 거리 마차의 마부는 대기소로 마차를 몬다. 우유를 파는 오흐따*37에서 온 여자가 단지를 안고 바쁘게 지나가면 그녀의 발밑에서 눈이 뽀드득 소리를 내며 부서진다. 상쾌한 아침의 웅성거림, 덧문이 열리고 굴뚝의 연기가 파란 기둥처럼 솟아오른다. 꼼꼼한 독일인 빵집 주인은 종이로 만든 챙 없는 키 높은 모자를 쓰고서 벌써 여러 번이나 빵을 내주며 돈을 받는 가게의 작은 창을 여닫았다.

36

그러나 환락과 사치의 아들인 우리 오네긴은 무도회의 웅성거림에 지쳐, 아침이 밤중인 것처럼, 행복한 장막 그늘에 잠겨 계속 잔다. 정오가 지나서 눈을 뜨면 또다시 단조로운, 그러나 화려한 생활이 이튿날 아침까지 기다리고 있다. 내일도 어제와 같을 것이다. 그런데 한창 꽃피는 나이에, 자유분방하게 갖가지 빛나는 승리와 날마다 이어지는 쾌락을 만끽하는 우리의 오네

*37 페테르부르크 교외의 우유산지.

긴은 과연 행복했을까? 주연(酒宴) 석상에서 그의 마음은 아무런 근심도 괴로움도 느끼지 않았을까?

37

아니다. 그 가슴의 불꽃은 이미 꺼지고, 예브게니는 사교계의 웅성거림에도 싫증이 나 있었다. 아름다운 여자들도 그의 마음을 오래 사로잡지는 못했다. 여자를 유혹하는 일도 친구와의 우정도 이제는 넌덜머리가 났다. 머리가 지끈거릴 때면 마시는 샴페인도, 비프스테이크와 스트라스부르 파이도, 사방에 퍼뜨리는 독설도 언제나 도움이 되는 것은 아니다. 그는 불같은 성미의 망나니였으나 지금은 결투를 칼로 하느니 총으로 하느니 하는 얘기에도 아무런 관심이 없었다.

38

좀더 빨리 그 원인을 찾았어야 했는데, 영국 말로 하자면 스플린(spleen), 즉 러시아 말로 우울증이라고 하는 것이 조금씩 그의 마음을 좀먹고 있었던 것이다. 다행히 권총 자살 같은 걸 시도하지는 않았으나, 인생이라는 것에 아주 냉담해져버렸다. 차일드 해럴드*[38]처럼 어두운 표정을 하고서 이곳저곳의 살롱들에 모습을 드러냈다. 사교계의 소문도, 카드놀이도, 사랑스러운 시선도, 의미심장한 한숨도 그의 마음을 움직이지 못했다. 그는 그 무엇에도 관심이 없었다.

39 40 41

....

....

42

사교계의 변덕스러운 여인들이여! 오네긴은 무엇보다 먼저 당신네들을 버린 것이다. 하기는 요즘 상류사회가 따분하기 짝이 없는 건 사실이다. 물론

*38 영국의 시인 바이런(1788~1824)의 서사시 〈차일드 해럴드의 편력〉(1812~17)의 주인공.

세*39나 벤담을 화제에 올리는 여자도 있겠지만, 대개 그녀들의 대화란 악의는 없더라도 도무지 못 들어줄 헛소리뿐이다. 게다가 그들은 그토록 흠 없이 순결하고, 사랑에 넘치며, 올바르고, 신중하고, 편견에서 자유로울 뿐만 아니라, 남자들이 감히 범접할 수 없을 만큼 고상한지라 그 모습을 보고만 있어도 저절로 스플린이 생길 지경이다.

43

그리고 당신들, 늦은 밤 사륜마차를 타고 페테르부르크의 포장된 도로를 기세 좋게 달려가는 어린 미녀들이여, 우리의 예브게니는 당신들마저 차버렸다. 온갖 즐거움 내던지고 오네긴은 방에 틀어박혀 무언가 써보려 했으나, 끈기를 필요로 하는 일에는 영 젬병이인지라 단 한 줄도 쓰지 못했고, 그래서 그가 저 악명 높은 문필가 동아리에 끼는 일은 벌어지지 않았다. 하지만 여기서 그 동아리에 대해 이러쿵저러쿵 할 생각은 없다. 이유인즉, 나도 그곳에 적을 두고 있으니까.

44

또다시 무위에 빠진 오네긴은 공허한 머리 채우기 위해 다른 이의 지혜를 배워보자는 갸륵한 생각으로 서가에서 이런 저런 책들을 무작정 뽑아 들고 읽어보았지만, 아무 쓸모도 없었다. 그에겐 그저 하나 같이 따분하고, 위선적이고, 사악하고, 멍청한 헛소리로만 들렸던 것이다. 인습과 편견에 묶인 쓰레기들—옛날 책은 고리타분하고, 요즘 책은 그런 옛날 책을 그대로 답습한 것일 뿐—그래서 오네긴은 미인을 버렸듯이 책도 던져버렸고, 먼지 앉은 그의 서가엔 검고 두터운 보자기가 덮였다.

45

그 무렵 그와 마찬가지로 사교계의 무거운 짐을 떨쳐버리고 부질없는 세상의 헛된 소요에서 몸을 빼고 있었던 나는 그와 친교를 맺게 되었다. 나는

---

*39 프랑스의 경제학자(1767~1832). 그의 몇몇 저작이 당시 러시아어로 번역되어 호평을 받았다. 특히 《경제학》(1803) 제2판(1814)은 러시아 황제 알렉산드르 1세에 바치는 헌사(獻辭)를 담고 있다.

그의 성격에 끌렸다. 그의 타고난 공상가 기질이나, 독특한 상상력, 냉정하고 예리한 이성이 마음에 들었다. 나는 울분에 차 있었고 그는 침울했다. 우린 둘 다 정열적인 유희에는 신물이 나 있었고, 가슴 속 타오르던 불꽃은 차갑게 식어 인생이 그저 환멸스러울 뿐이었다. 이제 막 시작된 인생의 아침부터 우리를 기다리고 있는 것은 다만 적의에 찬 눈먼 운명일 뿐이었다.

46

살아가면서 사색이라는 걸 해 본 사람이라면 결국엔 인간을 경멸하게 될 것이며, 괴로움을 느낄 줄 아는 사람이라면 돌아오지 않는 과거의 그림자 앞에서 몸을 움츠리게 될 것이다. 어떤 달콤한 환상도 그의 마음을 흔들지 못할 것이며, 과거의 기억은 때늦은 후회와 회한으로 독사의 이빨처럼 그를 물어뜯을 것이다. 이런 모든 특징은 많은 경우 대화에 매력을 더해주기도 한다. 처음엔 오네긴의 말투에 거부감이 들었던 게 사실이지만, 나는 곧 그의 가시 돋친 비평과 악의 깃든 재치와 심술궂고 음울한 경구에 익숙해졌다.

47

달빛조차 보이지 않는 환한 여름 밤하늘*40이 네바 강 수면에 투명하게 비칠 때면, 우리는 얼마나 자주 사랑과 로맨스로 가득했던 지난 젊은 시절을 추억했던가! 황홀감에 젖어, 밤의 달콤한 공기를 마시며. 마치 죄수가 꿈속에서 감옥을 나와 푸른 숲으로 날아가듯이, 우리도 공상의 날개에 실려 이제 막 움트던 우리의 청춘시절로 날아가곤 했었다.

48

시인 무라비요프*41가 노래한 것처럼, 예브게니도 회한(悔恨)으로 가득 찬 가슴을 안고, 강가의 돌난간에 몸을 기댄 채 생각에 잠긴 듯 서 있었다. 주위는 조용하고 가끔 야경꾼들이 서로 부르는 소리나 마차가 밀리온나야 거

---

*40 위도 상 한여름의 페테르부르크에서는 밤에도 하늘이 황혼 때만큼 밝다.

*41 러시아의 시인(1757~1807). 푸시킨이 여기에서 말하고 있는 것은 무라비요프의 단시(短詩) 〈네바의 여신에게〉 속의 묘사이다.

리를 달려가는 소리만 희미하게 들려올 뿐. 작은 배 한 척이 노를 저으면서 졸고 있는 강물 위를 지나간다. 멀리서 들려오는 뿔피리 소리와 왁자지껄한 노래 소리가 우리의 마음을 사로잡는다. 하지만 이런 밤의 즐거움 가운데서도 토르콰토의 8행시*42만큼 달콤한 것은 없다.

49

오, 아드리아 바다의 파도여, 브렌타*43 강의 영원한 흐름이여! 우리는 다시 만나게 되리라. 그러면 내 가슴은 다시 영감으로 가득 차 너의 신비로운 목소리에 화답하리라. 너의 목소리는 아폴론의 후예가 숭배하는 그 음성, 알비온의 자랑스러운 리라*44 덕분에 내가 사랑하고 공명하게 된 그 음성이다. 때로는 수다스럽고 때로는 과묵한 베네치아 아가씨와 단둘이 곤돌라에 몸을 싣고 금빛 찬란한 이탈리아의 밤하늘 밑을 흘러가리라. 그녀와 함께라면 내 입술은 페트라르카*45의 언어를, 사랑의 언어를 배우게 되리라.

50

자유의 시간은 언제 올 것인가! 어서 오라, 자유여! 나는 순풍이 불어오기를 기다리면서 바닷가를 서성이며 지나가는 배에게 손을 흔든다. 언제쯤이면 폭풍우 치는 바다의 파도를 가로질러 자유로이 떠나갈 수 있을까? 이젠 내 마음에 맞지 않는 이 우울한 해변을 떠나야 할 시간, 치명적인 사랑의 화살을 맞은 곳, 내 심장을 매장한 이 척박한 러시아를 뒤로 하고, 눈부신 햇빛의 땅, 내 조상의 땅, 아프리카*46를 꿈꾸며.

51

오네긴과 나는 함께 외국 여행길에 오를 계획이었다. 하지만 운명의 뜻이었는지, 계획은 어그러지고 우리는 오랜 시간 떨어져 지내게 되었다. 그 무

---

*42 타소의 〈해방된 예루살렘〉은 abababcc의 각운을 갖는 8행시의 마디로 이루어져 있다.

*43 아드리아 해로 흘러들어가는 이탈리아의 강. 베네치아는 그 하구 근처에 있다.

*44 바이런의 작품을 가리킨다. 알비온은 영국의 옛 이름. 푸시킨은 여기에서 '차일드 해럴드의 편력' 중에서 베네치아의 정경이 그려져 있는 제4가(歌)를 염두에 두고 있다.

*45 이탈리아의 시인(1304~74). 연애시를 특히 잘 썼다.

*46 푸시킨의 어머니 쪽 증조부는 에티오피아인이었다.

렵 그의 아버지가 세상을 떠났고, 욕심 많은 채권자 무리가 그를 에워쌌다. 그들은 빌려간 돈을 내놓으라며 아우성쳤고, 자신의 경제적 여건에 만족하고 있었던 데다가 소송이라면 질색을 했던 예브게니는 순순히 그들의 요구대로 돈을 내주었다. 그러고도 이를 별다른 손실로 여기지 않았던 것은, 임종이 머지않은 늙은 숙부가 자신에게 유산을 물려주리라는 생각을 품고 있었기 때문인지도 모른다.

52

그런데 정말로 관리인에게서 소식이 왔다. 병세가 위중하여 조카에게 작별인사를 하고 싶다는 내용이었다. 예브게니는 곧바로 역마차를 잡아타고 득달같이 달려가면서도, 한몫 챙기기 위해 억지로 슬픈 표정 지으며 질질 짜는 연기를 해야 한다는 생각에 벌써부터 지겨워져 연신 하품을 했다.—내 이야기는 바로 이 대목에서 시작되었다—하지만 숙부의 저택에 도착했을 때 이미 숙부는 대지에 바치는 제물이 되어 탁자 위에 누워 있었다.

53

저택은 농노들과 인근 지방에서 온 숙부의 친구들과 적들, 그리고 수많은 장례식 애호가들로 넘쳐났다. 고인의 시신이 땅속에 묻히고, 신부와 손님들은 진탕 먹고 마신 뒤 큰일이나 치른 것처럼 엄숙한 표정으로 돌아갔다. 보라! 이제 우리의 오네긴은 시골 영주, 광산이며 목초지며 숲이며 호수가 모두 그의 것이다. 여태껏 질서의 적이요 방탕의 친구로 살아왔던 그는 처음 며칠간은 새로이 바뀐 생활에 무척 기뻐했다.

54

인적 없는 목초지, 시원한 그늘 드리운 참나무 숲, 졸졸거리는 시냇물 소리—처음 이틀간은 이 모든 것이 새로워보였다. 하지만 삼 일째가 되자 숲도 목초지도 더 이상 눈에 들어오지 않고 그저 졸음만 올 뿐이었다. 궁전도, 번화한 거리도, 카드놀이도, 무도회도, 시(詩)도 없으련만 도시에서처럼 시골마을에도 무료함이 떠다니고 있음을 깨달았다. 온종일 울적함이 감시병처럼 그를 따라다녔다. 그림자처럼, 정숙한 아내처럼.

55

나는 조용한 생활, 전원의 고독과 몽상을 위해 태어난 사람. 나무 그늘 아래 있을 때 나의 리라는 더욱 달콤하게 노래하고, 시적 영감도 한층 더 샘솟는다. 소박한 생활에 몸을 맡기고 인적 없는 호숫가를 거닐며 무위(無爲)를 규칙으로 삼는다. 아침에 잠에서 깨어나면 달콤한 안일과 자유가 나를 맞는다. 책이나 좀 읽다가 늘어지게 낮잠을 즐기니, 부질없는 명예 따위는 안중에도 없다. 예전의 나는 이처럼 한가롭고 고요한 즐거움을 누리며 더 없이 행복한 나날을 보내지 않았던가?

56

꽃들이여, 사랑이여, 전원이여, 무위여, 들판이여! 내 진정 너희를 사랑하노라. 나는 늘 오네긴과 나의 다른 점을 이야기하는 것을 기쁘게 생각한다. 이는 비꼬기 좋아하는 독자나 매서운 비평정신을 가진 편집자들이 나 또한 오만한 시인 바이런처럼, 내 자신의 초상을 그렸을 뿐이라고 떠드는 것을 미리 방지하기 위해서이다. 말하자면 그들은 자기 자신이 아닌 다른 누군가에 대해서 쓴다는 것은 애초에 불가능한 일이라고 생각하는 사람들에 가까우니까.

57

말이 나온 김에 한마디 더 하자면, 모든 시인들은 대상을 이상화하기를 좋아한다. 여러 번 꿈에서 보았던 미인의 형상은 마음 깊은 곳에 간직되어 있다가 뮤즈를 통해 다시 소생한다. 그런 식으로 나는 미처 의식하지 못한 채, 산(山)처녀*47와 살기르 강가에 포로로 잡혀 온 여인들*48을 내 이상형의 모습으로 그렸던 것이다. 그런데 요즘은 이런 질문을 자주 받는다. "너의 리라는 누구를 찬미하는가? 저 수많은 질투하는 여인들 가운데 누구에게 당신의 노래를 바치는가?"

*47 푸시킨의 서사시 〈카프카스의 포로〉(1820~21)에 등장하는 체르케스 여자.

*48 푸시킨의 서사시 〈바흐치사라이의 분수〉(1824)에 등장하는 마리아와 자레마.

58

"너는 누구의 눈길에서 영감을 얻는가? 너의 사색에 잠긴 노래에 따뜻하게 화답하는 그 여인, 너의 노래가 신격화하는 그 여인은 누구인가?"

아니, 맹세컨대, 그 누구도 아니다! 다만 희망 없는 사랑의 열병을 끊임없이 앓아왔을 뿐. 사랑을 시작(詩作)으로 승화시킨 이는 행복하리라. 페트라르카의 전례를 따라 그들의 노래에 두 배의 힘을 불어넣고, 심장의 고통을 진정시키며, 그러면서도 명예까지 얻을 수 있을 테니. 반면에 나는 사랑에 빠지면 벙어리에 얼간이가 되고 만다.

59

사랑의 열병이 지나가고 나면 뮤즈가 나타나고 흐렸던 내 지성도 다시 맑아진다. 자유로워진 나는 마술적인 소리와 감정과 상념의 조화로운 결합을 되찾는다. 나는 쓴다, 그리고 고통은 멀리 날아가 사라진다. 자신도 모르게 완성되지 않은 시구 옆 여백에 여인의 얼굴이나 발을 그리고 있거나 하는 일도 더 이상 없다. 차갑게 식은 재가 다시 타오르는 법은 없다. 나는 여전히 슬픔에 잠겨 있지만 더 이상 눈물을 흘리지 않는다. 머지않아 나를 할퀴고 간 폭풍우의 흔적도 말끔히 사라지리라. 그때가 되면 나는 쓰기 시작하리라, 스물다섯 장(章)으로 이루어진 서사시를.

60

작품의 얼개를 구상하고 주인공의 이름을 생각하는 사이에 그럭저럭 이 소설의 제1장을 다 썼다. 다시 읽어보니 앞뒤가 맞지 않는 대목도 많으나, 다시 고쳐 쓸 생각은 없다. 검열관에게 빚을 갚고, 내 노력의 결실을 저널리스트의 먹잇감으로 삼으리라. 나의 새로운 작품이여, 네바 강변으로 가라. 가서, 명예로운 보상을 받아라. 뒤틀린 이해와 떠들썩한 소동, 그리고 비난이라는 보상을.

제2장

오, 전원이여……!

호라티우스*1

오 러시아여!

1

예브게니가 따분해 하던 그 시골마을은 더할 나위 없이 아름다운 고장이었다. 순박한 즐거움을 아는 이라면 자신을 그곳으로 인도해 준 하늘에 감사했을 것이다. 지주의 저택은 바람막이 산을 배경으로 시냇가에 외따로 서 있었다. 저택 앞에는 시냇물이 흐르고 멀리로는 푸른 초원과 황금빛 옥수수 밭이 펼쳐져 있다. 농가들이 가물가물 보이고, 풀밭에서는 소 떼가 느릿느릿 움직인다. 그 앞쪽 버려진 정원에는 수풀이 무성하게 우거져 슬픈 숲의 요정이 살고 있을 듯한 짙은 그늘을 드리우고 있다.

2

지주의 격식에 어울리는 그 웅장한 저택은 지혜로운 조상의 취향에 따라 견고하고 소박한 양식으로 지어졌다. 천장이 높은 방들, 비단 벽지를 바른 응접실, 벽에 나란히 걸린 황제의 초상화들, 다양한 모양의 벽돌을 쌓아 만든 벽난로. 이런 모든 것은 요즘 유행과는 동떨어진 것이라 할 수 있지만, 예브게니는 아무래도 상관없었다. 응접실이 신식이건 구식이건 하품이 나기는 매한가지였으니까.

---

*1 라틴어 원문은 'O rus! —Hor'로 다음 줄의 'O Rus!'와 대응을 이루고 있다.

3

예브게니가 머물 방으로 고른 곳은 그곳에 살던 노인이 40년 동안이나 하녀와 서로 고함을 지르고 창밖을 내다보거나 파리를 잡거나 하던 방이었다. 장식도 없이, 참나무 바닥에 두 개의 찬장, 테이블과 푹신한 긴 의자가 있을 뿐이다. 그 어디에도 잉크 얼룩 하나 보이지 않는다. 찬장을 열어보니, 그 하나에는 회계 장부가 들어 있고, 다른 찬장에는 집에서 만든 브랜디, 사과즙이 든 단지와 8년 전 달력이 있었다. 노인은 할 일이 너무 많아 다른 책은 들여다볼 틈도 없었던 것이다.

4

거대한 영지에 덩그러니 혼자인 예브게니는 그저 시간이나 보낼 양으로 새로운 제도를 이것저것 생각했다. 황폐한 벽촌의 고독한 현자(賢者)는 예부터 내려온 부역의 멍에를 가벼운 인두세로 바꾸었다. 농노들은 운명을 축복하였으나, 계산이 빠른 이웃 지주는 그 해악을 깨닫고는 몰래 투덜댔고, 또 어떤 이는 그 어리석음을 비웃었다. 그리고 모두들 오네긴이 위험한 괴짜라는 데 의견을 같이 했다.

5

처음에는 다들 그의 저택을 찾아왔으나, 이 괴짜는 도로를 따라 손님이 오는 마차 소리가 들리면 돈 강 지방의 준마를 타고 뒷문으로 빠져나갔다. 사람들은 모두 이런 행동에 화가 나서 그와의 교제를 끊어버렸다. "새 지주는 예의도 모르는 미치광이야. 보아하니 프랑 마송*2일 거야. 혼자서 붉은 포도주만 마셔대고 부인들 손에 입맞춤 한번 하질 않아. 대답할 때도 '네', '아니오'라고만 하지 '그렇습니다, 부인', '아닙니다, 선생님'이라고 말하는 걸 본 적이 없어." 그에 대한 주변의 일반적인 평가가 이러했다.

6

그 무렵, 자기 영지로 돌아온 또 다른 젊은 지주가 새로이 이웃 지주들의

---

*2 영어의 프리메이슨. 18세기에 생긴 국제적 비밀결사. 여기에서는 무신론자 정도의 뜻이다.

입방아에 오르내리고 있었다. 그의 이름은 블라디미르 렌스키. 순수한 괴팅겐적인 정신*[3]의 소유자이자 한창 나이의 아름다운 젊은이로 칸트의 숭배자이자 시인이기도 했다. 안개 자욱한 독일에서 그는 학문의 결실—자유에 대한 사랑, 격정적이고 괴짜스러운 정신과, 시종일관하는 열광적인 말투와, 어깨까지 늘어지는 검은 곱슬머리 등을 얻어 돌아왔다.

7

아직 사교계의 냉혹한 악의에 물들지 않은 그의 영혼은 친한 친구의 인사나, 아가씨의 상냥한 대접을 받고 있었다. 세상 물정을 모르는 부드러운 사람으로, 앞날의 희망에 가슴이 부풀어 그의 젊은 지성은 세상의 새로운 빛과 명성에 온통 사로잡혀 있었다. 그는 또, 마음속에 깃드는 갖가지 의혹을 달콤한 몽상(夢想)으로 위로하고 있었다. 인생의 목적을 매혹적인 수수께끼로 여기며, 그것을 풀어보고자 골머리를 썩이면서 기적이 일어나기를 고대하고 있었다.

8

그는 자기와 유사한 영혼이 반드시 그와 맺어질 것으로 믿고, 밤낮으로 마음을 졸이며 그 영혼이 그가 돌아오기를 기다리고 있다고 믿고 있었다. 또 그의 명예를 위해서라면, 친구들이 모든 멍에를 감수하여 주저하지 않고 그에 대한 모략을 타파해 줄 것이라고 믿고 있었다. 또 이 세상에는 운명의 손으로 선택된 사람들이나 인류의 성스러운 친구들이 있어서, 어느 날엔가 그 불사(不死)의 집단이 강렬한 빛으로 우리를 비추어, 이 세상에 행복을 가져올 것이라고 믿고 있었다.

9

일찍부터 그의 피를 끓게 한 것은 노여움, 연민, 선을 위해 바치는 깨끗한 사랑, 명예를 위한 달콤한 고뇌였다. 그는 리라를 들고 여러 나라를 돌아다녔고 실러와 괴테의 나라에서는 그들의 노래로 가슴의 불길을 타오르게 했

---

*3 18세기에서 19세기 초에 걸쳐서 많은 러시아 청년이 괴팅겐 대학에 유학하여 독일 관념철학을 배웠다.

다. 이 행복한 젊은이는 거룩한 뮤즈의 예술을 욕되게 하지는 않았다. 그의 노래는 숭고한 감정과 때묻지 않은 몽상의 분출과 장엄하고 소박한 아름다움을 지니고 있었다.

10

그는 사랑에 마음을 내맡기고 사랑을 노래했다. 그 노래는 밝고 순수했다. 순진한 처녀의 생각처럼, 어린 아이의 꿈처럼, 또 부드러운 탄식과, 갖가지 비밀의 여신인 적적한 밤하늘의 달처럼. 그는 또 이별, 슬픔, 안개의 저편, 낭만적인 장미꽃을 노래했다. 또 그가 한때 적막 속에서 뜨거운 눈물을 흘렸던 저 먼 나라를, 그리고 아직 열여덟도 되지 않았을 때부터 인생의 시든 꽃을 노래했다.

11

이 벽촌에서 그의 재능을 인정해 주는 사람은 예브게니뿐이었다. 그는 이웃 지주들이 벌이는 그 시끌벅적한 연회는 질색이었다. 시끄러운 세상이야기도 피했다. 화제라고 해봐야 풀베기, 포도주, 사냥개, 가족이 전부인 그네들의 대화에 감정의 번득임이나 시정(詩情)의 불꽃이나 날카로운 기지나 세련된 사교술을 기대하는 건 애초에 무리였다. 하지만 그보다 더 들어주기 힘든 것은 그네들의 상냥한 부인들이 지껄여대는 소리였다.

12

돈 많고 잘생긴 렌스키는, 도처에서 좋은 사윗감이라고 해서 환영을 받았다. 그것이 시골의 풍습이었다. 누구나 다 자기 딸을, 반만 러시아 사람인 그 이웃에게 시집을 보내려고 생각하고 있었다. 그가 찾아가면 이내 독신 생활의 적적함이 넌지시 화제에 오른다. 이웃집 차 마시는 자리에 불려 가면, 그집 딸 두냐가 차를 따른다. "두냐, 잘 보아두어라!" 뒤에서 속삭이는 소리. 이윽고 기타를 가져와서 그녀는 미숙한 소리로 "님이여, 나의 황금빛 궁전으로 오세요!"*4라고 노래한다. —맙소사! —

---

*4 〈드니에프르 강의 물의 요정〉 제1부에서. —원주. 이것은 독일의 극작가 헨슬러의 〈도나우 강의 아가씨〉를 크라스노포리스키가 번안한 오페라로 1803년에 페테르부르크의 극장에서

13

하지만 렌스키는, 애초부터 결혼의 멍에를 멜 생각은 추호도 없었고 오직 오네긴과 더 친하게 사귀기를 바라고 있었다. 그리고 그들은 친해졌다. 그러나 본디 두 사람의 기질은 파도와 바위, 시와 산문, 얼음과 불만큼이나 달랐다. 처음에는, 서로 기질이 달랐기 때문에 따분한 생각을 했으나 시간이 지나면서 서로가 마음에 들어, 날마다 둘이 말을 타고 만나곤 하더니 어느덧 서로 떨어질 수 없는 사이가 되었다. 이렇게 사람들은,—나 자신도 그렇지만—따분한 시간을 보내기 위해 서로 친구가 되는 법이다.

14

그러나 요즈음은 그와 같은 우정조차 볼 수가 없다. 모두가 공감하는 상식적인 생각이라는 것이 있음에도 불구하고, 우리는 남을 제로로 간주하고 자기만을 의미 있는 단위로 여긴다. 누구나가 자신이 나폴레옹인 것처럼 생각하여, 수백만의 두 발 가진 짐승을 자기를 위한 도구라고 생각하고, 감정 같은 것은 따분하고 우스꽝스럽게 생각하고 있다. 그런 많은 사람들에 비하면 예브게니는 그래도 나은 편이었다. 두말할 필요도 없이 그는 세상 사람들을 샅샅이 알고 대체로 그들을 얕잡아보고 있기는 했지만, 예외가 없는 규칙은 있을 수 없다는 말처럼, 상대방에 따라서 호의를 보이고, 남의 감정이기는 하지만 그 기분을 존중하기도 했다.

15

오네긴은 조용한 웃음을 띠고 친구의 말에 귀 기울였다. 젊은 시인의 불길 같은 말, 아직 틀에 박히지 않은 사고방식, 끊임없는 감격에 불타는 눈동자—오네긴에게는 모든 것이 신기하게 느껴졌다. 그는 차가운 말은 입 밖에 내지 않도록 신경을 쓰면서 이렇게 생각하고 있었다.—"잠시뿐인 행복을 방해한다는 것은 어리석은 일이다. 쓸데없는 참견을 하지 않아도 이윽고 때가 올 것이다. 그때까지는 생활을 즐기면서, 세계의 완성을 믿고 있는 것이 좋아. 젊은이다운 열정도 헛소리도 나이가 젊으니까 그렇다고 봐주자."

처음으로 상연되어 호평을 받았다.

16

두 사람 사이에서는, 모든 것이 논쟁을 만들어냈고, 깊은 사색의 씨앗이 되었다. 그러나 옛날 종족들이 맺은 조약*5이나, 갖가지 학문의 결실이나, 선과 악, 오랜 편견이나, 사후 세계의 슬픈 비밀, 또 운명과 사람의 생명과의 관계—이 모든 것이 그들에게서 비판을 받았다. 시인은 토론에 열중하다 보면 환상에 빠져 러시아의 서사시 한 구절을 낭독했다. 예브게니는 제대로 알아들을 수는 없었지만 관대한 마음으로 그 소리에 귀를 기울였다.

17

그러나 무엇보다도 두 은자(隱者)의 지성을 자주 사로잡은 것은 다름 아닌 연애 문제였다. 정욕의 격렬한 힘에서 막 도망친 오네긴은 그것에 관해 이야기할 때에는 자기도 모르게 후회의 한숨을 쉬었다. 사랑의 감정을 알고 마침내 그것으로부터 벗어난 사람들은 행복한 사람들이다. 그보다는 오히려 설레는 마음을 알지 못한 채 지냈거나 또는, 자신의 불타는 생각을 이별로 식히고 미움을 저주의 말로 식힌 사람은 행복한 사람이다. 질투하는 마음으로 괴로워하지도 않고, 친한 친구나 아내와 함께 가끔 하품이나 하면서 부모로부터 받은 확실한 재산을 덧없는 한 장의 카드에 걸지 않는 사람은 행복하다.

18

분별 있는 평온함에 마음을 의지하고, 정욕의 불길도 사라지고, 그 변덕이나 격정이나 그 흔적이 우스꽝스러운 것으로 여겨져도, 우리는 때때로 애써 마음을 가라앉히면서 다른 이의 폭풍 같은 열정의 이야기에 귀를 기울인다. 그러다보면 자기도 모르게 가슴이 설레는 것을 느낀다. 마치 세상 사람의 기억에서 사라진 상처받은 노병이 오두막에 들어앉아 젊은 군인들의 싸움 이야기에 진지한 마음으로 귀를 기울일 때처럼.

19

반면에 마음이 불타오르는 젊은이는 아무것도 숨기지 못한다. 미움도 사

---

*5 당시 제카브리스트를 위시하여 러시아의 청년들 사이에서 널리 읽혔던 루소의 《사회계약론》을 가리킨다.

랑도, 슬픔도 기쁨도, 무엇이든지 표현하지 않고서는 견딜 수가 없다. 사랑의 패잔병이라고 자신을 생각하는 오네긴은, 노련한 사람처럼 젊은 시인이 열중해서 그의 모든 것을 털어놓는 것을 진지한 태도로 들어주었다. 시인은 순수한 양심을 솔직하고 꾸밈없이 그 앞에 내보였다. 이와 같이 해서 예브게니는 젊은이의 사랑 이야기나, 우리에게는 딱히 별스럽지도 않은 여러 가지 감정을 알 수가 있었다.

20

아, 렌스키는 요즘 세상에서는 볼 수 없는 사랑을 했다. 시인의 미칠 듯한 영혼만이 할 수 있는 그런 사랑을 했다. 언제 어디서나, 변치 않는 동경, 변치 않는 소원과 슬픔. 마음을 식히는 먼 거리도, 긴 이별도, 뮤즈의 여신에 바쳐진 시간도, 환락과 떠들썩한 소란도, 또 학문도, 그 무엇도, 순수한 정열로 타오르는 그의 마음을 바꿀 수는 없었다.

21

그가 아직 진정한 마음의 아픔이 무언지 모르던 아이 때부터 올가에게 강하게 마음이 끌려, 늘 그녀의 순진하면서도 철없는 장난을 사랑스러운 듯이 바라보고 있었다. 아무도 없는 참나무 그늘에서 그는 소녀와 함께 놀았다. 친한 이웃 사이인 두 아버지는 앞으로 두 사람을 부부로 만들기로 마음먹고 있었다. 조용한 시골 마을에서 순백하고 아름답게 자란 올가. 부모의 눈에는 무성한 풀잎 그늘에 나비나 꿀벌도 모르게 남몰래 핀 한 떨기 은방울꽃처럼 보였다.

22

그녀는 시인에게 청춘의 즐거움, 최초의 꿈을 선사했다. 마음이 젊은 시인은 아가씨를 생각하며 피리에 설레는 첫 곡조를 담았다. 아, 안녕, 행복한 노래의 울림이여! 시인은 푸른 숲, 고독, 정적, 밤과 별들, 그리고 맑은 달을 사랑했다. 한때 우리도 밤하늘의 등불인 저 달에, 달콤한 눈물을, 또 초저녁의 산보나, 남모를 고뇌의 즐거움을 바치기도 했던 것이다……그러나 지금은 그 달도 희미한 가로등 대용품으로 생각될 뿐이다.

23

올가는 항상 다소곳하고, 온순하고, 아침처럼 명랑하고, 시인의 삶처럼 꾸밈이 없고, 사랑의 키스처럼 감미로웠다. 맑은 하늘을 떠올리게 하는 밝은 눈동자, 소용돌이치는 아마빛 머리 타래, 귀여운 목소리와 몸동작, 날씬하고 상냥한 모습—이 모든 것을 그녀는 갖추고 있었다. ……그러나 그 어떤 소설을 들추어 보아도, 거기에서는 언제나 그녀와 비슷한 귀엽고 사랑스러운 여자를 발견할 수 있을 것이다. 나도 예전엔 그런 모습을 사랑했지만 지금은 아주 싫증이 나고 말았다. 독자여, 여기에서 그녀의 언니에 대해서 말하는 것을 양해하여 주기 바란다.

24

타티아나, 그것이 그녀의 이름이었다. 소설의 달콤한 페이지에 이런 이름이 거리낌 없이 나오는 것은 이것이 처음일지도 모르지만, 그래서 그게 뭐 어떻단 말인가? 기분 좋고, 듣기 좋은 근사한 이름 아닌가. 물론 이 이름이 좀 구닥다리 냄새가 나고 하녀가 쓰는 다락방을 연상케 한다는 건 안다. 솔직히 말해서 우리나라 사람들의 이름 짓는 취향이—시는 말할 것도 없고—고약한 건 인정해야 한다. 우리 문화는 아직도 제대로 개화되지 못했으며 그저 겉모습을 흉내 내는 데만 급급하고 있을 뿐이다.

25

어쨌든 그녀의 이름은 타티아나였다. 여동생 올가와는 달리 화려한 아름다움이나 싱그러운 분홍빛 뺨으로 남의 이목을 끄는 일도 없이, 숲의 암사슴처럼 매사에 소심하고 남을 두려워 하고, 슬픈 듯이 말수도 적고, 자기 집에 있으면서도 손님처럼 보였다. 아버지나 어머니에게도 응석 부리는 법도 없고, 어렸을 때부터 다른 집 아이와 뛰노는 일도 없이 온종일 말없이 창가에 쓸쓸하게 앉아 있었다.

26

요람에 누워 있던 시절부터 공상에 잠기는 일은 그녀의 친숙한 즐거움이었다. 온갖 꿈과 환상이 그녀의 한가로운 시골생활을 밝은 빛으로 물들였다.

그녀는 가느다란 그 손가락 끝으로 아직 바늘을 잡아본 적도 없고, 수틀에 몸을 숙여 아마(亞麻)를 비단 무늬로 수놓는 일도 하지 않았다. 아마도 지배욕의 징조일 테지만, 대개 계집아이들이란 인형을 가지고 놀면서 인간세상의 예의며 법도를 배우고, 엄마가 가르쳐 준 이런저런 가르침을 짐짓 으스대며 인형에게 들려주는 법이다.

27

그런데 타티아나는 계집아이였을 때도 인형을 손에 드는 법이 없었고, 그러니 인형에게 마을 소문이나 유행하는 이야기를 들려주는 일은 더더욱 없었다. 어린아이들이 하는 장난도 그녀에게는 낯설기만 했다. 그보다는 오히려 겨울밤의 어둠 속에서 듣는 무서운 이야기가 그녀의 마음을 끌었다. 이따금 보모가 올가를 위해, 마을에 사는 여러 어린 친구들을 넓은 풀밭에 모이게 했을 때에도 그녀는 아이들의 숨바꼭질에 끼지 않았고, 그들의 깔깔대는 웃음소리에도, 다른 시끌벅적한 놀이에도 전혀 흥미를 느끼지 못했다.

28

그녀는 발코니 위에서 혼자 해뜨기를 기다리는 것을 좋아했다. 푸른 하늘 저편에 별들의 원무(圓舞)가 사라지고 대지의 끝이 조용히 밝아오기 시작하면, 새벽을 알리는 미풍이 불어오고, 이윽고 해가 천천히 떠오른다. 겨울 동안에도, 아직 밤의 어둠이 오랫동안 대지의 절반을 뒤덮고 밤하늘이 흐릿한 달빛을 받아 조용히 긴 잠에 빠져 있을 때, 타티아나는 여느 때와 같은 시간에 잠을 깨어 촛불을 의지 삼아 일어나곤 했다.

29

그녀는 일찍부터 소설을 좋아했다. 소설은 그녀에게 모든 것을 대신해주는 역할을 했다. 리처드슨*6이나 루소의 작품에 그녀는 마음을 빼앗겼다. 시대에 뒤떨어진 인물이긴 했어도 호인이었던 그녀의 아버지는 책이 해로운 물건이라고는 생각지 않았다. 책을 한 번도 읽어본 적이 없었기 때문에 그것

---

*6 영국의 소설가(1689~1761). 그의 소설 《파멜라》《클라리사 할로》《찰스 그랜디슨》은 당시 러시아에서 널리 읽혔다.

을 쓸모없는 장난감으로 생각하여, 자기 딸의 베개 밑에 어떤 비밀의 책이 아침까지 잠들고 있는지 신경조차 쓰지 않았다. 그런데 이와 반대로 그의 아내는 리처드슨의 열렬한 숭배자였다.

30

타티아나의 어머니가 리처드슨을 좋아한 것은 그의 책을 탐독했기 때문이 아니고, 러블레이스보다도 그랜디슨*7이 마음에 들었기 때문도 아니며, 오래전에 모스크바의 사촌 언니인 공작의 딸 알리나가 그 이름들을 자주 언급했기 때문이다. 그 무렵, 지금의 남편과는 아직 약혼한 사이였으나 그다지 마음에 들지 않는 상대였다. 그녀는 지혜도 마음도 더 나은 다른 사람을 사랑하여 남몰래 한숨을 쉬고 있었던 것이다. 이 그랜디슨은 한층 뛰어난 멋쟁이로, 놀음꾼에다 근위대 중사였다.

31

그녀는 사랑하는 사나이를 본따서 늘 유행하는 옷을 찾아 입었다. 그러나 부모들은 딸의 마음은 묻지도 않고 결혼식을 올리게 했다. 사려 깊은 그의 남편은 침울한 아내를 위로해 주려고 자기 영지로 주거를 옮겼다. 낯선 사람들 사이에서 아내는 처음에는 울고불고 하며 남편과 헤어질 결심까지 했었다. 그러나 가사에 손을 대어 그것에 익숙해지자 그 일에 만족하게 되었다. 습관은 하늘이 보내준 선물로 행복을 대신하기도 하는 것이다. *8

32

그 무엇으로도 지울 수 없었던 슬픔을 습관이 대신 달래주었다. 얼마 뒤에는 어떤 새로운 발견이 그녀의 마음에 은밀한 기쁨을 선사했다. 일과 여가 사이에서 그녀는 남편을 마음대로 조종하는 비밀을 발견했는데, 그 뒤부터는 모든 일이 잘 진행되었다. 마차로 밭을 둘러보고, 겨울에 대비해서 버섯

---

*7 러블레이스는 리처드슨의 소설 《클라리사 할로》의 주인공, 그랜디슨은 《찰스 그랜디슨》의 주인공이다. 그랜디슨은 당시 여성들 사이에서 인기가 높았던 잘생긴 귀족 청년 캐릭터였다.

*8 "만약에 내가 아직도 행복을 믿고 있을 정도로 무분별하다면 나는 그것을 습관 안에서 구할 것이다."—샤토브리앙 —원주.

을 절이고, 금전 출납은 자기 손으로 하고 젊은 농노의 앞머리를 밀어 군대에 보내고, *9 토요일마다 증기탕에 가거나 홧김에 하녀를 때린다—이 모든 것을 그녀는 남편과 상의도 하지 않고 해치웠다.

33

예전에는 그녀도 다정한 친구들의 앨범에 잉크 대신 자신의 피로 정성어린 말을 적어 주기도 하고, 프라스코비야를 폴리나*10로 부르기도 하고, 노래하듯 이야기하거나 꽉 끼는 코르셋을 입기도 하고, 러시아어의 H를 프랑스어의 N처럼 콧소리로 발음하거나 했던 것이다. 하지만 머지않아 모두 그만두었다. 코르셋도, 앨범도, 공작의 딸 알리나도, 감상적인 시를 적어놓은 공책도 잊고, 전에는 셀리나라 부르던 하녀를 아쿨카로 부르고, 마침내는 잠옷이나 방안 모자도 솜을 넣은 것으로 바꾸었다.

34

하지만 남편은 진정 그녀를 사랑했기 때문에 자기 아내가 하는 일에 참견하지 않았다. 그는 모든 일을 그녀에게 맡기고 실내복을 입은 채 항상 마시거나 먹거나 하고 있었다. 그의 삶은 아무 일도 없이 흘러갔다. 초저녁에는 가끔 인근에 사는 친구들이 찾아와서 잠시 동안 세상 돌아가는 꼴을 개탄하거나 욕하기도 하고 우스갯소리로 이야기꽃을 피운다. 그러는 사이 시간은 흘러가고 딸 올가가 차를 준비한다. 야식도 끝나고 이윽고 잘 시간이 되면 손님들의 마차가 조용히 문을 나선다.

35

그들은 평온한 생활 가운데 옛 전통을 성실히 지켜나가고 있었다. 고기 요리가 나오는 사육제에는 러시아식 블린도 굽고, 한 해에 두 차례 단식도 했다. 회전 그네, 접시의 노래와 윤무(輪舞)도 즐겼다. 사람들이 하품을 하면서 기도를 듣는 삼위일체 축제날에는 아까운 듯이 땅두릅 다발*11을 바라보

*9 매년 징병검사에서, 합격자는 앞머리를 깎았고, 불합격자는 후두부의 머리를 깎았다.

*10 프라스코비야는 러시아 이름이고, 폴리나는 프랑스 이름이다. 당시에는 프랑스 문화를 선호했다.

면서 세 방울 정도의 눈물을 흘린다. 그들에게 크바스는 공기와 같이 없어서는 안 될 음식이었다. 손님과 함께 식사를 할 때에는 벼슬 순으로 요리를 돌렸다.

36

그렇게 그들은 함께 늙어갔고, 마침내 어느 날 남편 앞에 관 뚜껑이 열리고, 그의 머리에 장례의 화관이 씌워졌다. 이웃 지주들과 두 딸과 다른 어떤 아내보다도 정직하고 충실했던 그의 아내는 구슬피 울었다. 참으로 그는 꾸밈이 없는, 선량한 지주였다. 그 시체가 묻힌 묘석에는 다음과 같은 말이 새겨졌다. '주님의 종이자 겸손한 죄인, 드미트리 라린 준장, 이 돌 아래에 편히 잠들다.'

37

고향으로 돌아온 블라디미르 렌스키는 이웃의 소박한 무덤을 방문하고 고인에게 한숨을 바쳤다. 마음은 오랫동안 슬픔에 잠겨 있었다. "가엾은 요릭이여! *12—외로운 듯이 그는 중얼거린다—이 사람은 곧잘 나를 안아주었었지. 그리고 어렸을 때 이 사람의 오차코프 훈장*13을 장난감으로 가지고 놀곤 했었는데. 이 사람은 올가와 나를 결혼시킬 생각으로, '그때까지 내가 살 수 있을까?' 하고 버릇처럼 말하곤 했었지." 블라디미르는 깊은 슬픔에 가슴이 벅차 무덤 옆에서 애도의 시 마드리갈을 썼다.

38

거기는 또 그가, 예스럽고 올곧은 기질의 부모의 유해에 슬픔에 겨운 눈물로 비문을 바친 곳이기도 했다. 아, 사람들은 인생이라는 어두운 밭고랑에 신의 비밀스러운 뜻에 따라 뿌려지고 자라고 여물었다가 사라진다. 그 뒤를 또 다른 사람들의 행력(行歷)이 이어간다……. 그렇게 우리 덧없는 인생은

---

*11 삼위일체 축제날에 방에 장식하여 고인이 된 조상을 추억한다.

*12 햄릿이 어릿광대 요릭의 해골을 들고 한 말. 작가는 이 말로 죽은 라린에 대한 렌스키의 비꼬는 태도를 나타내고 있다.

*13 1788년의 러-토전쟁에서 터키의 요새 오차코프 점령 참가자에게 수여된 메달.

자라나고 요동치고 소란을 피우다가 마침내 조상들의 무덤으로 모여든다. 우리에게도 그때는 오리니, 그리하여 우리의 손자들이 작별인사와 함께 우리를 이 세상에서 몰아내리라!

39

그러니 친구여, 덧없는 이 인생을 마음껏 즐겨라! 그 허무함을 잘 알기에, 나는 덧없는 세상에의 미련을 버리고 온갖 환상에도 눈을 감았으나, 그럼에도 때때로 머나먼 미래의 희망이 내 가슴을 설레게 한다. 아무런 흔적도 남기지 못하고 이 세상을 떠난다는 것은 슬픈 일이다. 남의 칭찬을 받기 위해 사는 것도, 또 시를 쓰는 것도 아니지만, 나 역시 원하는 건지도 모른다, 내 슬픈 운명이 빚어낸 시가 그 친숙한 목소리로 나를 망각으로부터 구해주기를.

40

어찌 알랴, 누군가는 이걸 읽고 감동할지. 어쩌면 내가 지은 시의 한 구절은 운명의 가호를 받아 망각의 강으로 가라앉지 않을 수도 있는 일이다. 아니면—이건 달콤한 희망이지만—후세의 어느 무식쟁이가 내 초상화를 가리키며 '저 사람은 위대한 시인이야' 외칠지도 모를 일! 오, 평화로운 뮤즈의 숭배자여, 나의 감사를 받으라, 그대의 기억은 내 하잘것없는 작품들을 내치지 않으리니, 그대의 관대한 손길은 이 힘없는 늙은이의 월계관을 쓰다듬으리라.

제3장

그녀는 처녀였다.
그녀는 사랑을 하고 있었다. *1
말필라트르

1

"어딜 그리 가나? 나 참 시인들이란!" "잘 있게, 오네긴, 난 가봐야 해." "붙잡진 않겠어. 그런데 자넨 어디서 밤을 보내는 건가?" "라린 씨 집에서." "흠, 그것 참 별난 일이군! 그런 곳에서 매일 밤 시간을 죽이다니, 자넨 지겹지도 않나?" "전혀." "그럴 리가. 그런 덴 안 가 봐도 뻔하지. ―내 말 잘 듣게나? ―전형적인 소박한 러시아식 가정일 테지, 손님대접 하나는 극진한. 거기다 비온 얘기며, 잼이 어떻고 아마(亞麻)가 어떻고 외양간이 어떻고 그런 얘기들……."

2

"그게 뭐 어떻다는 말인가." "따분하다고, 이 친구야. 말하자면 그―" "난 자네의 그 첨단 유행의 세상이 못마땅해. 소박한 가정의 삶이 더 끌린다고. 그곳에서는―" "또 그놈의 목가(牧歌) 타령인가? 렌스키, 참아줘. 아니, 정말로 가려고? 이거 참 실망이군. 그건 그렇고, 렌스키, 자네의 필리스*2를 좀 소개시켜주게, 자네의 사상과 시와 눈물과, 기타 등등 그 모든 것의 원천인 그녀 말이야." "농담하지 말게." "농담 아니야." "그럼 좋아." "언제 보여주려나?" "지금이라도 당장. 자네가 가면 다들 기뻐할 걸세."

---

*1 프랑스의 시인 말필라트르(1733~67)의 서사시 〈나르시스 혹은 비너스의 섬〉에서 인용.

*2 그리스, 로마의 전원시에서 자주 인용되는 소녀 이름. 19세기 초의 러시아 시인들도 시 속에서 이 이름을 자주 사용했다.

3

"자, 가세."

두 친구는 마차를 타고 달려갔다. 그 집 식구들은 옛 풍습대로 지나치다 싶을 정도로 두 손님을 극진히 맞아주었다. 잘 알려진 대접 순서에 따라, 먼저 잼이 작은 접시에 담겨 나오고, 이어서 반질반질 잘 닦인 식탁 위에 월귤즙을 담은 주전자가 놓이고…….

……………………………………………………………………………………

……………………………………………………………………………………

4

두 친구는 가장 가까운 길을 지나 전속력으로 마차를 몰았다. 여기서 잠시 우리 주인공들의 대화에 귀를 기울여 보자. "그래 소감이 어떤가, 오네긴? 하품을 하고 있군." "그냥 내 버릇이라네, 렌스키." "하지만 어쩐지 평소 때보다 더 따분해 하는 것처럼 보이는데?" "그런 거 아니야. 들길이 아예 캄캄해졌군. 서둘러야겠어, 안드류쉬카, 속력을 내! 참 멍청한 고장이야! 그런데 라린 부인은 단순하지만 참 좋은 할멈이야. 아까 마신 월귤 과즙 때문에 배탈이나 나지 않을까 걱정이야."

5

그런데 어느 쪽이 타티아나였지?

"스베틀라나*3처럼 슬퍼 보이고 말수가 적고 들어오자마자 창가에 앉은 쪽이지." "자네는 정말 여동생 쪽을 사랑하고 있나?" "무슨 뜻이지?" "만약에 내가 자네와 같은 시인이었다면, 나는 언니 쪽을 골랐을 거야. 올가의 얼굴에는 생명력이 없어. 반다이크*4의 마돈나와 꼭 닮았어. 저 멍청한 지평선 위로 떠오른 저 바보스런 달처럼, 둥근 얼굴에 홍조를 띤 모습이……." 블라디미르는 퉁명스럽게 대꾸하고는 그 뒤부터는 말을 하지 않았다.

---

*3 주콥스키(1783~1852)의 발라드 〈스베틀라나(1811)〉의 여주인공. 귀여운 스베틀라나는 말수가 적고 슬픈 듯이'라는 시구가 있다.

*4 네덜란드의 화가(1599~1641).

6

그런데 오네긴이 라린 가(家)를 방문했다는 소식은 모든 사람을 놀라게 했고, 이웃 사람들의 비상한 관심을 끌었다. 사람들은 남몰래 쑥덕거리며 농담이나 실례가 될 만한 상상을 하기도 하고, 앞 다퉈 이런저런 추측을 내놓고는 하더니, 어느새 다들 타티아나의 신랑감이 정해졌다고 믿기에 이르렀다. 심지어 혼사는 이미 성사되었는데, 예물로 쓸 최신유행 반지를 아직 구하지 못해 식을 미루고 있을 뿐이라고 말하는 사람까지 있었다. 참고로 렌스키의 결혼에 대해서는 이미 오래전에 결론이 나 있던 터였다.

7

타티아나는 이런 온갖 헛소문에 짜증이 났지만 또 마음 한구석으로는 말할 수 없는 기쁨을 느끼며, 자기도 모르게 오직 이 일만을 생각하게 되었다. 그리하여 하나의 생각이 그녀의 마음 깊숙한 곳에 자리 잡기에 이르렀다—'나는 사랑에 빠졌어. 마침내 내게도 때가 온 거야! 땅에 뿌린 씨앗이 따뜻한 봄의 기운을 받아 싹을 틔우듯 그렇게 자연스럽게 말이야.' 오래 전부터 그녀의 상상력은 안일과 애수에 불타오르며 숙명적인 영혼의 양식을 갈구해 왔다. 오랜 나날 마음의 고뇌가 그녀의 앳된 가슴을 짓눌러왔던 것이다. 그녀의 영혼은 기다리고 있었다—누군지도 모를 그 한 사람을!

8

운명의 시간이 마침내 찾아왔다—그녀의 눈이 번쩍 뜨였다. 바로 저 사람이야! 오 하느님! 이제 밤이나 낮이나 그녀의 눈앞에 보이는 건 오직 그 사람의 따스한 환영(幻影)뿐이었다. 마치 마법에 걸린 것처럼 세상 모든 것이 이 달콤한 처녀에게 끊임없이 그의 이름을 속삭였다. 식구들의 애정 어린 말도, 충직한 하녀의 눈길도 거추장스럽기만 했다. 깊은 우수에 잠겨 사람들의 대화도 듣는 둥 마는 둥, 뜻하지 않게 찾아와 갈 생각을 않고 앉아 있는 손님이 못마땅하기만 했다.

9

이제 그녀는 그 어느 때보다 열성적으로 달콤한 소설들을 읽으며 마치 공기를 들이마시듯 저 허구의 유혹적인 향기를 들이마셨다. 행복한 영감 아래서 태어난 인물들, 쥘리 볼마르의 연인,[*5] 말렉 아델,[*6] 드 리나르,[*7] 격정의 수난자 베르테르, 그리고 우리를 꿈길로 인도하는 저 유일무이한 인물 그랜디슨[*8]에 이르기까지, 이 모든 인물들이 우리 꿈꾸는 처녀의 눈에는 하나로 합쳐져 오네긴이라는 형상으로 나타났다.

10

타티아나는 자신이 클라리사,[*9] 쥘리,[*10] 델핀[*11] 등, 좋아하는 작가의 여주인공이 된 것처럼 상상하며 위험한 책을 손에 들고 조용한 숲 속을 홀로 헤매고 다녔다. 그리고 책 속에서 자신의 비밀스러운 열정과 꿈과 충만한 감정의 결실을 희구하고 또 찾아냈다. 한숨을 쉬면서 남의 기쁨과 슬픔을 자신의 것으로 여기면서, 넋을 잃고 그 그리운 주인공에게 보낸 편지를 암송한다. ……그러나 그 주인공이 누군지는 몰라도, 그랜디슨이 아닌 것만은 확실했다.

11

지난날 작가들은 고상한 문장을 구사하면서 자신의 주인공을 완벽한 인간의 전형으로 그려냈었다. 작가가 사랑하는 주인공은 다정다감한 영혼과 지혜와 미모를 모두 갖춘 인물로서 언제나 부당한 박해를 당하기 마련이었고, 그럼에도 더없이 순수한 정열을 품고서 언제든 자신의 생명을 바칠 준비가 되어 있었다. 그리고 이야기는 항상 악은 벌을 받고 선은 승리의 월계관을 쓰는 것으로 끝이 났다.

12

---

*5 루소의 〈신 엘로이즈〉(1761)의 여주인공 쥘리 볼마르의 어릴 적 가정교사 생 푸레.
*6 프랑스 여류작가 코탱(1770~1807)의 소설 《마틸다》의 주인공.
*7 러시아 여류작가 발바라 크뤼드넬(1764~1824)의 소설 《발레리야》(1803)의 주인공.
*8 제2장 29절의 *6 참조.
*9 리처드슨의 소설 《클라리사 할로》의 여주인공. 라브레이스의 유혹에 빠져 몸을 망친다.
*10 제3장 9절의 *5 참조.
*11 프랑스 작가 스탈 부인(1766~1817)의 동명의 소설(1802)의 여주인공.

그런데 지성은 안개에 가려지고, 도덕은 지루한 잔소리가 되어버린 오늘날에는 소설 속에서 악이 사랑받고 승리를 얻는다. 브리타니아의 뮤즈*[12]들이 지어낸 이야기가 소녀의 꿈을 흔들고, 이제 사색에 잠긴 뱀파이어*[13]나 방랑자 멜모스,*[14] 영원한 유대인,*[15] 또 해적*[16]이나 신비로운 스보가르*[17]가 그녀의 우상이 되었다. 바이런 경의 변덕스러운 환상은 가망 없는 에고이즘에 음울한 낭만주의의 의상을 입히는 데 성공했다.

13

나의 벗들이여, 이 기이한 일탈은 무엇을 뜻하는가? 어쩌면 나도 하늘의 뜻에 따라 시인노릇 내팽개치고 담대하게 아폴로 신의 분노 아랑곳 않고 고풍스런 문체로 변변찮은 산문 쓰며 즐거운 만년을 보내게 될지도 모를 일이다. 하지만 그렇더라도 고통스러운 죄악을 무시무시하게 묘사하거나 하지는 않을 것이다. 나는 다만 소박한 러시아 가정의 이야기를, 그들의 달콤한 사랑의 꿈을, 러시아의 옛 시절 같은 것을 그리고 싶다.

14

나는 쓰리라, 노인들이 나누는 소박한 대화를, 늙은 보리수나무 아래 혹은 시냇가에서 젊은 아이들이 만나 순수하게 교제하는 모습을. 나는 쓰리라, 질투와 이별, 그리고 화해의 눈물을. 그러고는 또 한 번의 싸움, 그리고 마침내 그 둘이 부부로 맺어지는 모습을 그리리라. 기쁨과 절망을 쓰리라. 오래전 내 연인의 발아래서 속삭였던 그 사랑의 말을, 그토록 쉽게 흘러나오던 그 말들을. 이제 내 혀는 어느새 굳어버리고 말았지만.

---

*12 바이런을 비롯한 19세기 초의 영국 시인들.

*13 폴리도리의 《뱀파이어》. 1820년대에 인기를 끌었다. 바이런의 구성에 바탕을 둔 작품이어서 바이런 자신이 쓴 작품으로 잘못 알려지기도 했다.

*14 아일랜드의 소설가 매튜린(1782~1824)의 소설 《방랑하는 멜모스》(1820)의 주인공.

*15 중세 전설에 등장하는 아하스페르라는 인물로, 죄를 지어 영원히 지상을 헤매는 형벌을 받았다.

*16 바이런의 서사시 〈해적〉(1814).

*17 프랑스 작가 노디에(1780~1844)의 소설 《장 스보가르》(1818)의 주인공.

15

타티아나, 사랑스러운 타티아나! 나는 지금 너와 함께 슬픈 눈물을 흘리고 있다. 너는 이미 자신의 운명을 그 인정머리 없는 폭군의 손에 맡기고 말았으니. 사랑스러운 이여, 그대는 파멸하리라. 그러나 그 전에 너의 상상력에서 비롯된 눈부신 희망이 너로 하여금 지상의 기쁨을 맛보게 하리라. 달콤한 사랑의 독을 마셨으니, 네 뒤를 따르는 것은 욕망뿐. 이제 너는 어딜 가든 행복한 밀회를 위한 은신처를 마음속에 그릴 것이고, 어딜 가든 그대 눈앞에는, 저 숙명의 유혹자가 아른거리리라.

16

사랑의 고통에 사로잡힌 타티아나는 혼자 정원으로 나선다. 눈동자를 갑자기 아래로 깔고 발걸음도 망설여진다. 가슴은 설레고, 뺨은 갑자기 붉은 불길로 타오른다. 숨이 막히고, 귀 안쪽이 소란스러워지기 시작하고 눈에는 섬광이 난무한다. ……밤이 찾아와, 저 멀리 밤하늘의 둥근 천장을 달이 망보는 보초처럼 돌아다니고, 밤 꾀꼬리의 노랫소리가 어두운 숲 속에 울려 퍼진다. 타티아나는 잠 못 이룬 채 어둠 속에서 보모와 조용히 이야기를 나눈다.

17

"잠이 오지 않아요, 유모. 숨이 답답해. 창을 열고 내 곁에 앉아줘요." "무슨 일이에요, 아가씨, 왜 그래요?" "심심해요. 옛날이야기를 해 줘요." "무슨 얘기를요? 나도 예전에는 괴물이나 공주님이 등장하는 옛날이야기를 많이 알고 있었는데, 지금은 모두 잊어버렸어요. 역시 나이를 먹어서 그런가 봐요……." "그럼 유모가 젊었을 때 일을 얘기해줘요. 유모도 젊었을 때는 사랑을 했었어?"

18

"에그, 망측해라! 그 시절엔 사랑 이야기 같은 건 들은 일도 없답니다. 아마 그런 흉내라도 냈다면 돌아가신 시어머니한테 들볶여서 쫓겨났을 거예요." "그럼 유모는 어떻게 해서 결혼을 했어?" "하느님의 뜻으로 그렇게 된 거예요. 바깥양반 바냐는 나보다도 나이가 적었고, 내가 13살 때였어요. 이

주일 정도 중매쟁이가 우리집을 들락날락하더니 어느 날, 아버지가 나를 축복해 주었어요. 나는 무서워서 울었지요. 그러는 동안 다들 훌쩍이면서 내 땋은 머리를 풀어주더니 노래를 부르며 나를 교회로 데려갔어요."

19

"그렇게 해서 다른 집 식구가 되었죠. 내 남편의 식구들은…… 아니, 듣고 있어요?" "아, 유모, 유모, 나 기분이 안 좋아요. 숨이 막힐 것 같이 괴로워요. 유모, 울 것 같아요. 소리 내어 울고 싶어요! ……" "몸이 안 좋은가봐요. 오, 하느님, 도와주세요. 어떻게 하면 좋죠? ……성수를 뿌려드릴까요? 어머나, 온 몸이 불같이 뜨거워요……" "아픈 게 아니에요. 나는……유모, 나는 사랑을 하고 있어요……" "주여, 우리 아가씨를 돌보아주소서!" 유모는 기도의 말을 중얼거리면서 아가씨에게 떨리는 손으로 성호를 그어주었다.

20

"사랑을 하고 있어요." 다시 그녀는 슬픈 듯이 한숨을 쉬면서 유모에게 속삭였다. "아가씨, 정말 몸이 좋지 않은가 봐요." "유모, 그게 아니라, 사랑에 빠졌다니까. 날 내버려 둬요." 그 사이 애잔한 달빛은 타티아나의 창백한 얼굴과 풀어진 머리카락과 눈물방울과 그녀 앞 의자에 앉아 있는, 긴 솜옷을 입고 천으로 흰머리를 감싼 노파의 모습을 비춰주고 있었다. 온 세상이 창백한 달빛에 젖어 꿈을 꾸는 듯 침묵하고 있었다.

21

달을 바라보는 타티아나의 마음은 저 너머에 가 있었다. 그러다가 무슨 생각이 난 듯 그녀가 불쑥 입을 열었다. "유모, 이젠 혼자 있게 해줘요. 펜과 종이를 가져다 줘요. 책상도 이쪽으로 좀 밀어주고. 곧 잘 테니 걱정 말아요. 잘 자요, 유모." 드디어 그녀는 혼자가 되었다. 주위는 고요하고 달빛이 그녀를 비추고 있었다. 타티아나는 팔꿈치를 괴고서 편지를 쓰기 시작했다. 그녀의 머릿속은 온통 예브게니의 모습으로 가득 차 있었다. 즉흥적으로 써

내려가는 문장마다 그에 대한 순진한 연모의 정이 듬뿍 묻어난다. 이제 편지가 완성되어 곱게 접혔다. 하지만 타티아나여, 대체 그걸 누구에게 보내려는가?

22

살아오면서 엄동설한처럼 차갑고 순수하여 감히 범접하기 힘든 미인들을 만나봤다. 그 세련된 오만함과 타고난 정숙함이 감탄스럽긴 했지만 사실 나는 그런 여자들을 피해 다니기 바빴다. 그도 그럴 것이 그녀들의 이마에서 나는 '영원히 희망을 버려라'*18라는 오싹한 지옥문의 경구를 읽기 때문이다. 그녀들에겐 사랑을 일깨우는 것이 재앙이며, 겁주어 쫓아내는 건 기쁨이다. 어쩌면 독자 여러분도 네바 강변에서 이런 부류의 여자들을 본 적이 있을 것이다.

23

그런가 하면 온순한 추종자 무리를 늘 달고 다니면서도, 그들의 온갖 한숨과 아첨 공세에도 눈썹 하나 까딱하지 않는 자아도취에 빠진 여자들도 있다.

*18 단테의 《신곡》 중 지옥의 입구에 쓰여 있다고 하는 말.

그런데 한 가지 내가 발견한 놀라운 사실은, 그녀들은 수줍은 사랑을 매몰차게 내치면서도, 또 한편으로는 이른바 연민이라는 걸 나타냄으로써 도로 자신에게로 끌어오는 재주가 있더라는 것. 그럴 때면 그녀들의 말소리도 한결 부드러워지니, 어수룩한 어린 연인들은 이것에 현혹되어 또 다시 헛된 사랑의 환상을 뒤쫓게 되는 것이다.

24

이들보다 타티아나의 죄가 더 크다고 할 수 있을까? 순진한 탓에 거짓을 헤아리지 못하고 자신이 선택한 이상을 믿었다고 해서? 감정이 이끄는 대로, 꾸밀 줄 모르는 사랑을 해서? 하늘이 이 순수한 영혼에게 열정적인 상상력과 지성과 강한 의지와 그토록 뜨거우면서도 부드러운 마음씨를 선사했다고 해서? 그녀의 경솔한 열정이 그토록 용서받을 수 없는 죄란 말인가?

25

요부들은 냉정하게 모든 걸 헤아리지만 타티아나는 그토록 진지하게, 그리고 어린아이처럼 맹목적으로 사랑에 자신을 던진다. '생각해 볼게요' 같은 말로 자신의 가치를 높일수록 더욱 확실하게 상대방을 사랑의 올가미에 가둬둘 수 있는 법이다. 처음에는 희망을 갖게 하여 상대방의 허영심을 자극하고, 그 다음엔 의혹으로 질투의 불길이 타오르게 한다. 이렇게 하지 않으면 교활한 사랑의 포로는 금세 흥미를 잃어버리고 사랑의 굴레를 벗을 기회만 호시탐탐 엿보게 되는 것이다.

26

이제 한 가지 어려운 일이 나를 기다리고 있다. 조국의 명예를 지키기 위해 그녀의 편지를 우리말로 번역해야 하는 것이다. 타티아나는 러시아말을 잘 모른다. 우리나라 잡지도 읽지 않고, 말하는 것도 서툴다. 그래서 그 편지도 프랑스어로 썼다. ……하지만 어쩌겠는가, 거듭 말하지만 지금까지 숙녀의 사랑이 러시아말로 표현된 적은 없다. 우리의 자랑스러운 러시아말은 여전히 이런 편지글에는 어울리지 않기 때문이다.

27

요즘 우리나라 여자들에게 러시아 책을 읽혀야 한다는 소리가 들린다. 안될 말이다! 〈온건한 사람들〉*19을 손에 들고 있는 어린 숙녀를 상상이라도 할 수 있는가? 시인들이여, 내 말이 틀렸는가? 그대들이 남몰래 시를 써서 바친, 그대들의 마음을 빼앗아 간 그 여인들은 하나같이 러시아말이 서투르고, 그런 서투름이 오히려 매력적으로 느껴지지 않는가? 차라리 그녀의 입술에서 흘러나오는 외국어가 모국어처럼 들리지 않던가?

28

오, 바라건대 무도회장에서나 현관에서 노란색 숄을 두른 신학교 학생이나 모자 쓴 학자 같은 여자와 마주치는 일이 없기를! 나는 문법적 오류가 없는 러시아말은 좋아하지 않는다. 그건 미소 짓지 않는 여인의 붉은 입술과도 같은 것이다. 상상만 해도 오싹한 일이지만, 어쩌면 다음 세대 부인들은 요즘 잡지들의 호소를 받아들여 우리에게 러시아어 문법을 가르치려 들고, 대화 가운데 걸핏하면 시를 낭송하려 들지도 모른다. 하지만 그런 게 나와 무슨 상관인가? 나는 그냥 구식인간으로 남으련다.

29

부주의하고 서투른 표현, 부드러우면서도 정확하지 못한 발음은 예나 지금이나 내 마음을 설레게 한다. 이런 내 취향을 고칠 마음은 아직 없으니, 나는 흘러간 청춘의 잘못이나 보그다노비치*20의 시를 사랑하듯이 나의 갈리시슴*21을 사랑하리라. 하지만 이 얘긴 이쯤에서 멈추자. 이제는 우리의 상냥한 아가씨가 쓴 편지를 우리말로 옮길 때다. 그러기로 약속했으니까! —아, 정말 그랬던가? —글쎄, 약속은 약속이니까. 게다가 파르니*22의 우아한 시풍은 이미 유행이 지났지 않은가.

---

*19 1816~26년 동안 시인 이즈마이로프(1779~1831)에 의해서 발행된 잡지.

*20 러시아의 시인(1743~1803). 라 퐁텐(1621~95)의 〈프시케와 큐피돈의 사랑〉(1669)을 번안한 서사시 〈두센카〉(1775~83)는 유명하다.

*21 그 나라 말 속에 채용된 프랑스어식 표현을 의미하는 것으로, 그 표현이 아직 완전히 동화되지 않아 프랑스어풍(風)이 가시지 않은 것을 말한다.

*22 프랑스의 연애 시인(1793~1814).

30

주연(酒宴)과 애수의 가수*[23]여! 만약에 자네가 아직 내 옆에 있었다면 나는 이국의 말로 쓰여진, 사색이 풍부한 아가씨의 글을 마술 같은 가락에 옮겨달라고 버릇없는 부탁으로 자네의 마음을 성가시게 했을 것이다. 시인이여, 지금 어디에 있나? 자네가 와준다면 흔쾌히 나의 권리를 자네에게 양보해줄 것을……. 그러나 그는 세상의 칭송 아랑곳않고 홀로 핀란드의 하늘 아래 외로운 바위 사이를 헤매고 있으니, 나의 탄식이 그의 영혼에 닿지는 못하리라.

31

타티아나의 편지가 내 앞에 있다. 나는 이것을 신성한 보물처럼 소중히 보관해왔다. 매번 읽을 때마다 가슴이 아려오지만 아무리 읽어도 싫증이 나질 않는다. 도대체 누가 그녀에게 이런 상냥함을, 이런 꾸밈없는 사랑의 말을 가르쳐주었을까? 누가 이처럼 나긋나긋하고 무의미한 말을, 매력적이고 또 위험스러울 만큼 성급하게 진정을 쏟아내는 법을 가르쳤을까? 도무지 알 수 없는 일이다. 아무튼 이제 여기, 나의 번역을 공개하는 바이다. 그림의 생생한 빛깔이 사라진 모사품, 또는 수줍어하는 여학생이 연주하는 '마탄의 사수'*[24] 악보처럼 형편없는 것이긴 하지만.

오네긴에게 보낸 타티아나의 편지

이렇게 당신께 씁니다—더 무슨 말이 필요할까요? 그 이상 무슨 말을 더 할 수 있을까요? 당신이 저를 경멸하신다 해도, 그건 제가 마땅히 받아야 할 벌이라는 걸 알고 있어요. 하지만, 당신이 저의 불행한 운명에 조금이라도 연민을 가지신다면, 틀림없이 저를 버리지는 않으시겠지요. 처음에는 그저 가만히 있을 생각이었습니다. 믿어주세요. 저는 당신에게 내 부끄러움을 보이지 않아도 되었을 거예요. 적어도 가끔이라도, 일주일에

*23 푸시킨의 친구인 시인 바라틴스키(1800~44). 서사시 〈주연(酒宴)〉(1826)은 그의 대표작이다.

*24 1821년 초연된 베버의(1786~1826)의 오페라. 당시 러시아에서 큰 인기를 끌었다.

한 번이라도, 우리 마을에서 당신을 만날 수 있었다면, 그리고 당신의 이야기를 듣거나 당신에게 말을 걸고, 그 뒤 다시 뵐 날까지 밤이나 낮이나 끊임없이 당신만을 생각할 수 있는 희망이 제게 있었다면. 하지만 소문에 의하면 당신은 사람을 만나는 걸 싫어하시고, 이 벽촌에서 혼자 고독에 잠겨 침울하게 지내신다지요. 그런데 우리는……당신이 오셔도 진심어린 환대 말고는 무엇 하나 내놓을 게 없는 가족이랍니다.

당신은 왜 우리 집에 오셨나요? 안 오셨다면, 잊혀진 이 벽촌에서 저는 평생 당신을 모르고, 또 쓰라린 고통도 모르고 지냈을 텐데. 흘러가는 시간과 더불어 순진한 영혼의 동요도 가라앉고—하지만 그 누가 미래를 알 수 있을까요,—마음이 맞는 친구를 발견하여, 정숙한 아내가 되고 자애로운 어머니가 되었을 텐데요.

다른 사람! ……아니에요. 이 세상에 제 마음을 바칠 사람은 당신밖에 없어요! 하늘의 지시로 정해진 일, 그것은 하느님의 뜻입니다. 저는 당신의 것입니다. 이제까지의 나의 생활은 오직 당신과의 만남을 위한 것이었습니다. 저는 알고 있어요. 당신은 하느님이 저에게 보내 주신 분이라는 것을. 세상을 떠나는 날까지, 당신은 저의 수호자입니다. 당신은 전부터 저의 꿈에 나타났습니다. 현실로는 보이지 않았지만 당신의 모습이 저는 그리워졌습니다. 당신의 아름다운 눈동자는 저를 괴롭게 했고, 당신의 목소리는 가슴에 울려 퍼졌습니다, 아주 오래 전부터. ……아니, 꿈이 아니에요! 당신이 오신 그때에 저는 이내 알았습니다. 온몸이 굳고 얼굴이 달아오르며, "아, 저분이다!" 외쳤습니다. 저는 전부터 당신의 목소리를 듣고 있었던 것입니다. 제가 가난한 사람들을 도와주고 있을 때나, 물결치는 가슴의 슬픔을 기도로 가라앉히고 있었을 때, 조용히 저에게 말을 속삭인 것은, 당신이 아니었던가요? 그때 투명한 어둠 속에 번뜩이며, 조용히 저의 베개 맡에 몸을 숙인 그 그리운 환상, 그것은 당신이 아니었던가요? 기쁨과 사랑으로 희망의 말을 저에게 속삭인 것은 당신이 아니었던가요? 아, 당신은 누구인가요? 저의 수호천사인가요? 아니면 교활한 유혹자인가요? 저의 의문을 풀어주세요. 어쩌면 이 모두가 허망한 환상, 세상 물정 모르는 영혼의 미망(迷妄)일지도 모르지요. 그리고 전혀 새로운 운명이 기다리고 있는지도……. 하지만, 아무래도 상관없어요. 오늘부터 저의 운명을 당신에게 맡깁니다. 당신 앞에 눈물 흘리며 당신의 보호를 간구합니다. ……헤아려 주세요. 저는 여기서 혼자입니다. 그 누구도 저를 이해해 주지 않아요. 저의 분별력은 점점 더 흐려져가고 이대로라면 저는 말없이 파멸할 수밖에 없습니다. 당신을 기다리고 있습니다. 단 한 번의 눈길로 저의 마음을 소생시켜 주세요. 그렇지 않으면, 차라리 당연한 꾸짖음으로 이 괴로운 꿈에서 깨어나게 해 주세요.

이제 이만 줄이겠어요. 차마 다시 읽어볼 용기가 나질 않아요. ……부끄러움과 두려움으로 죽을 것만 같아요. ……하지만 당신의 명예로운 마음을 믿고 감히 이렇게 모든 걸 고백합니다.

32

타티아나는 깊은 한숨을 내쉰다. 손에 쥔 편지가 떨리고 장밋빛 봉함지가 불처럼 뜨거운 혀에 닿아 말라붙는다. 피곤한 머리를 기울이자 가벼운 잠옷이 아름다운 어깨에서 미끄러져 내린다. 이미 달빛은 빛을 잃고 멀리 골짜기는 희부윰하게 밝아 온다. 냇물이 은빛으로 빛나고 목동의 뿔피리가 마을 사람들을 잠에서 깨운다. 이제 어둠은 사라지고 아침이 밝았다. 식구들은 모두 깨어 이미 아래층에 모여 있었지만 그녀는 아무것도 느끼지 못했다.

33

그녀는 날이 밝은 줄도 모르고 고개를 숙인 채 앉아 있다. 그리고 편지에 봉인을 찍을 생각도 하지 않는다. 하지만 조용히 문이 열리고 흰 머리의 필리피예브나가 쟁반에 차 한 잔을 담아 들고 들어왔다. "아가씨, 아침이에요. 일어나세요. 어머나, 이미 일어나 있었군요! 일찍 일어나셨나봐! 어젯밤엔 어찌나 걱정이 되던지! 하지만 고맙게도 기운을 차리셨네! 어젯밤의 슬픈 기색은 사라지고 얼굴빛이 꼭 양귀비꽃처럼 발그레하시니."

34

"유모, 부탁이 있어요." "무슨 일인데요? 말씀해 보세요." "이상하게 생각하지 말아요……하지만……아시죠? ……아, 거절하면 안 돼요." "네, 보시는 바와 같이, 하느님께 맹세코." "그럼, 유모 손자를 남몰래 심부름을 보내 줘요. 이 편지를, 오, ……아네요, 그분에게……이웃 마을의 그 사람에게 가져다주라고. ……아무 말도 하지 말라고, 내 이름을 말하지 말도록 잘 타일러서……." "누구에게 보내는 거죠? 아가씨, 요즘은 저도 기억이 나빠져서, 이웃 마을 사람이라고 해도 하도 많아서 일일이 이름을 기억할 수가 있어야죠."

35

"정말 말귀를 못 알아듣는군요, 유모!" "아가씨, 이젠 저도 노망이 들었나 봐요. 그래도 옛날에는 눈치가 빨라서 주인어른께서 한 마디만 하시면……" "아, 유모, 유모! 유모의 머리가 어떻든 상관없어요. 오네긴 씨한테 보내는 편지에요." "그래, 그래요, 화내지 말아요. 제가 원체 말귀가 느려놔서……. 어머나 또 얼굴이 창백해지시네요." "아냐, 아무것도 아녜요. 유모, 어서 손자를 보내요."

36

하루가 지났지만, 답장은 오지 않았다. 다음 날이 되어도 역시 소식이 없었다. 타티아나는 그림자처럼 창백해져서 아침부터 옷을 갈아입고 답장이 오기를 기다리고 있었다. 올가의 숭배자가 찾아왔다. "당신 친구는 어디 있죠? ……여주인이 그에게 물었다. 우리를 아주 잊은 것 같군요." 타티아나는 얼굴을 붉히고 떨기 시작했다. "오늘 찾아온다고 하더군요—렌스키는 노파에게 대답했다. —편지가 와서 좀 늦어진다고 합니다." 타티아나는 심술궂은 비난을 들은 것처럼 우울한 표정이 되었다.

37

황혼이 다가왔다. 식탁 위에는 잘 닦인 사모바르가 요란하게 끓고 있었다. 중국제 주전자가 데워지면서 그 아래에서 김이 가볍게 소용돌이친다. 향기 좋은 차를 올가가 차례대로 찻잔에 따른다. 어린 시종이 크림을 내민다. 타티아나는 창가에 서서 차가운 유리에 숨을 불어 흐려진 유리 위에 아름다운 손가락으로 주저하듯이 그리운 첫 글자 E와 O를 쓴다.

38

그녀의 가슴은 아리고 슬픈 눈에는 눈물이 가득 고였다. 그런데 갑자기 말발굽 소리가! 그녀의 피는 얼어붙는 듯했다. 말발굽 소리는 순식간에 가까워져서……가운데 마당으로 들어섰다! "아!" 타티아나는 그림자보다 가볍게 뒷문으로 뛰어나가 현관에서 곧장 마당으로 달려간다. 뒤를 돌아볼 용기도 없이 순식간에 화단과 다리, 호수로 가는 오솔길, 그리고 숲을 지나, 라일락 덤불을 헤치며, 꽃 피는 들판을 가로질러, 숨을 헐떡이며 마침내 시냇가 벤치에 다다른다.

39

털썩 쓰러지듯이 벤치에 앉는다.

"그분이 왔어! 예브게니가! 아, 그분은 무슨 생각을 하실까?" 아가씨의 괴로운 가슴은 여전히 막연한 희망 같은 것을 품고 있었다. 그녀는 달아오른 얼굴로 몸을 떨며 기다리고 있었다—그가 뒤에서 쫓아오기를. 하지만 그런 기색은 없다. 과수원 이랑에서 하녀들이 나무딸기를 따며 주인의 명령대로 입을 모아 노래를 부르고 있었다(이유인즉, 그녀들이 몰래 딸기를 따먹지 못하도록 끊임없이 노래를 부르게 하는 것. 시골사람다운 기막힌 착상이로다!).

아가씨들의 노래

예쁜 아가씨들
귀여운 아가씨들
같이 놀자,
다정하게, 신나게
노래하자, 그 노래를
우리 춤과 노래로

총각이나 꼬셔볼거나
하지만 젊은 총각
여기까지 오기 전에
모두 모두 숨어라
버찌를 던져주자
버찌랑 딸기랑
새빨간 들딸기랑
엿듣지 말아요, 이 노래를
모두가 좋아하는 이 노래를
엿보지 말아요, 이 춤을
모두가 좋아하는 이 춤을.

40

아가씨들은 노래를 부르고 있다. 타티아나는 멀리서 들려오는 노랫소리에 멍하니 귀 기울이며 가슴의 떨림이 가라앉고 후끈거리는 뺨이 식기를 기다리고 있었다. 하지만 손가락은 여전히 떨리고 뺨은 갈수록 더 뜨거워진다. 장난꾸러기 아이의 모자에 갇힌 나비가 가녀리게 떨며 무지갯빛 날개를 파닥이듯이. 또는 가을밭의 토끼가 덤불 속에 몸을 숨긴 사냥꾼의 모습을 보고 몸을 떨듯이.

41

마침내 그녀는 깊이 한숨을 쉬고 벤치에서 일어나 발길을 옮겼다. 그런데 오솔길로 접어들어 문득 바라보니 눈앞에 예브게니가 두 눈을 번득이며 망령처럼 서 있었다. 타티아나는 마치 불길에 데기라도 한 듯이 자기도 모르게 발을 멈춘다. 하지만 오늘은, 친애하는 벗들이여, 이 만남의 결과를 이야기할 만한 기력이 없다. 이토록 오래 이야기했으니 잠시 산책도 하고 좀 쉬어야겠다. 때가 오면 다음 이야기를 하기로 하겠다.

제4장

도덕은 사물의 본질 안에 있다. *1

네케르

1 2 3 4 5 6

7

일반적으로 남자는 여자를 사랑하지 않을수록 그만큼 더 손쉽게 여자들의 호감을 얻고 그만큼 더 확실하게 상대방을 유혹의 올가미에 씌워 파멸시키게 마련이다. 한때 냉정한 호색한은 도처에서 애정 없는 쾌락에 탐닉하면서 사랑의 전문가로 이름을 날렸다. 그러나 이런 식의 그럴듯한 즐거움은 우리 조상들이 좋아했던 나이 먹은 원숭이들에게나 어울린다. 러블레이스들*2의 명성은 새빨간 구두 뒤축과 거창한 가발의 영예와 함께 지금은 허망하게 시들어 버렸다.

8

거들먹거리며 똑같은 말을 표현만 바꿔가며 되풀이하고, 다들 알고 있는 얘기를 거창하게 떠들어대고, 똑같은 대답에, 열세 살 먹은 소녀도 갖지 않을, 실제 존재하지도 않는 편견을 물리치는 일이란 얼마나 지겨운가? 협박, 애원, 맹세, 겁먹은 척 하는 것, 여섯 장에 달하는 긴 연애편지, 반지, 눈물, 기만과 속임수, 고모들, 여인의 어머니들, 그들의 의심하는 눈길, 그리

*1 프랑스의 정치가이자 재정가인 자크 네케르(1732~1804)가 한 말로 그의 딸인 스탈 부인이 《프랑스 혁명론》(1818)에서 인용했다.

*2 리처드 러블레이스(1618~1658)는 우아한 용모와 재지(才智)를 겸비한 전형적인 왕당파 시인.

고 남편들 사이의 그 진부한 우정이란 얼마나 따분한가!

9

예브게니의 생각이 바로 이러했다. 어린 나이부터 방황과 자유분방한 열정에 사로잡혔던 그. 습관적인 삶에 빠져 어떤 일에 마음이 끌리는가 하면 또 금세 다른 것에 환멸을 느끼고, 욕망도 성공도 서서히 권태롭게만 느껴졌다. 번잡함 속에서나, 정적 속에서나 한결같은 영혼의 불평소리에 귀 기울이며 하품을 짐짓 웃음으로 감춘다. 그렇게 그는 8년의 세월을, 인생에서 가장 아름다운 꽃다운 시절을 허무하게 보내고 말았다.

10

예브게니는 이제 아름다운 여자들을 보아도 사랑의 감정을 느끼지 못하고 그냥 꽁무니만 쫓을 뿐이었다. 거절을 당해도 금세 안정을 찾고 배반을 당해도 잠시 쉴 여유가 생긴 것에 기뻐했다. 기쁨도 없이 여자를 만나고, 고통이나 뉘우침도 없이 여자를 버렸고, 상대방의 사랑도 미움도 마음에 담아두지 않았다. 마치 초저녁 카드놀이 모임에 나가 즐기다가 게임이 끝나면 훌훌 털고 집으로 돌아와 편안히 잠들고 다음날이면 또 오늘 저녁엔 어디로 갈까 궁리하는 한가로운 사람처럼.

11

하지만 이런 그도 타티아나의 편지를 받고는 깊은 감동을 받았다. 소녀다운 풋풋함이 느껴지는 그녀의 글은 그의 마음에 달콤한 상념들을 불러일으켰다. 그는 타티아나의 창백하고 수심에 잠긴 아름다운 얼굴을 떠올렸다. 그의 영혼은 기묘한 기쁨을 느끼며 달콤하고 순수한 꿈에 젖어들었다. 어쩌면 지난 시절의 불같은 정념이 한순간 그를 사로잡았던 건지도 모른다. 하지만 그는 이렇게 솔직하고 순수한 마음을 가진 아가씨를 기만하고 싶지는 않았다. 어쨌거나 이제 다시 타티아나와 예브게니가 마주쳤던 그 정원으로 돌아가 보도록 하자.

12

두 사람은 2분가량 서로 말이 없었다. 이윽고 오네긴이 그녀에게 다가가 입을 열었다. "편지는 잘 받았습니다. 그것을 없던 일로 해버리지는 말아주세요. 나는 그 편지에서 순수한 영혼의 고백과 순결한 사랑의 말을 읽었으니 말입니다. 당신의 솔직함에 마음이 끌렸고 덕분에 오래 전에 사그라진 감정이 되살아나는 듯 했습니다. 하지만 당신을 칭찬할 생각은 없어요. 다만 당신의 솔직함에 대해 나 역시 솔직함으로 답하려 합니다. 그러니 내 고백을 들어주세요. 그 뒤의 판단은 당신에게 맡기겠습니다."

13

"만약 내가 가정의 울타리 안에 내 삶을 가두고자 했다면, 행복한 운명이 내게 남편이 되고 아버지가 되라 명령했더라면, 그리고 내가 한 번이라도 가정의 정겨움에서 행복을 느낄 수 있었더라면, 나는 다른 누구도 아닌 바로 당신을 내 신부로 맞아들였을 겁니다. 입에 발린 말이 아닙니다. 난 당신에게서 내 청춘 시절의 이상형을 발견했답니다. 그러니 진심으로 말하건대, 내 슬픈 인생을 함께할 유일한 동반자는 바로 모든 아름다움의 증표인 당신이 되었을 겁니다. 그래서 내 인생은 행복해졌겠지요."

14

"하지만 그런 난 행복을 위해 태어난 사람이 아닙니다. 나는 행복이 무언지 모르는 사람이랍니다. 그러니 당신의 나무랄 데 없는 아름다움조차 내겐 축복이 될 수 없을 겁니다. 나는 그걸 받을 자격이 없습니다. 그리고 솔직히 말해서, 우리가 맺어진다면 결국엔 불행해질 겁니다. 지금 내가 느끼는 사랑이 아무리 뜨겁다하더라도, 세월이 흘러 익숙해지다 보면 어느새 그 감정도 식어버릴 테지요. 당신이 눈물을 흘릴 모습이 눈에 선해요. 하지만 그때가 되면 당신의 눈물에 마음이 흔들리기는커녕 오히려 성가셔 할 겁니다. 그러니 히메나이오스*3가 우리를 위해 어떤 장미꽃을 준비해두었을지, 과연 그 행복이 얼마나 오래 갈 수 있을지 판단해보길 바랍니다."

---

*3 그리스 신화에 나오는 혼례의 신.

15

"이 세상에서 가장 나쁜 것은 불행한 아내가 무정한 남편을 탓하며 홀로 눈물짓는 가정일 겁니다. 권태에 찌든 남편은 아내의 가치를 인정하면서도 (그와 동시에 운명을 저주하면서) 미간을 찌푸리고, 늘 말없이, 냉혹한 질투심으로 화만 낼 것입니다. 내가 바로 그런 남자입니다. 당신이 그처럼 순수한 마음과 지혜와 애정이 묻어나는 매력적인 편지를 쓰면서 꿈꾸던 사람이 과연 나같은 남자였을까요? 당신에게 그렇게 가혹한 운명이 점지된 것일까요?"

16

"이상도 세월도 돌이킬 수 없는 것. 내 영혼을 소생시킬 방법은 없습니다……. 나는 친오빠의 마음으로 당신을 사랑하고 있습니다. 어쩌면 그보다 더 사랑할지도 모르지요. 제발 화내지 말고 내 말을 들어주기 바랍니다.— 젊은 아가씨는 몇 번이고 자신의 꿈을 바꾸어갑니다. 마치 어린 나무가 봄이 올 때마다 그 잎을 바꾸어 다는 것처럼. 그것이 하느님의 뜻일 것입니다. 당신은 다시 사랑을 하겠지요. 그러나……스스로를 다스리는 법을 배우세요. 누구나 나처럼 당신을 이해한다고는 말할 수 없습니다. 때로는 순진함이 불행의 씨앗이 될 수도 있답니다."

17

우리의 친구 오네긴은 이렇게 설교를 마쳤다. 타티아나는 눈물이 앞을 가려 대꾸 한번 못하고 간신히 숨만 쉬면서 그저 듣고만 있었다. 그가 팔을 내밀자 그녀는 처량하게 머리를 수그린 채 말없이 슬픈 모습으로 (또한 기계적으로) 그의 팔에 의지했다. 그들은 묵묵히 채소밭을 돌아 집으로 돌아갔다. 둘이 함께 들어왔지만 아무도 뭐라고 하지 않았다. 그만큼 시골에서의 삶은 오만한 모스크바와 마찬가지로 자유로움이라는 특권을 누리는 것이다.

18

독자 여러분도 동의하겠지만, 우리 예브게니는 가엾은 타티아나에게 매우 훌륭한 태도를 취했다. 하기야 그가 고상한 마음을 발휘한 건 이번이 처음은 아니었다. 그럼에도 악의에 찬 인간들은 그의 어떤 모습도 좋게 보아주지 않았다. 친구건 적이건(결국 같은 건지도 모르지만) 그에 대해 이러쿵저러쿵 떠들어대기 바빴다. 물론 누구나 적은 있다. 하지만 맙소사, 친구만은, 오 제발! 이 친구라는 족속들이야말로 끔찍하다. 내가 여기서 그들에 대해 이야기하는 건 다 그만한 이유가 있어서다.

19

그래서 그 이유가 뭐냐고? 글쎄. 부질없는 어두운 생각은 그만 접어두련다. 다만 '괄호 안의 말로' 살짝 귀띔하자면, 거짓말쟁이들*4이 다락방에서 지어내고 사교계의 속물들이 부풀린 저속하고 터무니없는 소문이나 비방을, 친구라는 작자가 아무런 악의도 간계도 없다는 듯 웃으며 이 사람 저 사람에게 수없이 이야기하고 다닌다는 것. 그러면서 하는 말이 나를 자신의 혈육처럼 사랑한다나 뭐라나?

20

흠흠. 친애하는 고상한 독자들이여, 그대의 친척들은 다들 안녕하신가? 여기서 내가 말한 '친척'이 정확히 무엇을 뜻하는지 묻고 싶은 사람이 있을 것인데, 말하자면 이렇다. 우리가 아끼고, 사랑하고, 충심으로 존경해야 하는 분들, 또 관례에 따라, 크리스마스에 찾아가거나 종종 안부편지를 보내드려야 하는 분들. 그래서 이듬해 크리스마스가 돌아오기 전까지는 우리를 까맣게 잊고 지내실 수 있도록 말이다. 모쪼록 친척들이여, 만수무강하시길!

21

이런 점에서 보자면 아름다운 여인의 사랑이 우정이나 혈연보다 낫다. 그 정열의 폭풍우에 휘말릴지라도 적어도 우리의 자유는 살아남으니까. 정말로 그렇다! 하지만 유행이라는 회오리바람, 변덕스러운 인간의 감정, 사교계의 끝없는 소문, 그리고 저 깃털처럼 가벼운 여자들이라니! 현숙한 아내라면 평생 남편의 취향을 존중하며 살아야 하거늘, 정숙한 아내가 이런 미덕을 발

---

*4 페테르부르크에서 난폭자로 알려진 표트르 톨스토이(1782~1846)를 가리킨다. 다락방은 샤호프스코이(1782~1846 : 제1장 18절의 주(26) 참조)의 집 방으로 페테르부르크 청년들의 회합 장소가 되어 있었다.

휘하는 건, 사랑이라는 악마의 장난에 홀려 외간남자와 바람이 났을 때뿐.

22

그러면 누구를 사랑해야 하나? 누굴 믿어야 하나? 우리를 배신하지 않을 사람을 어디서 찾을까? 모든 말이나 행동을 우리의 기준에 맞춰줄 수 있는 사람은 누굴까? 우리를 비난하지 않을 사람, 늘 자상하게 보살펴주고 결점도 감싸줄 수 있는 사람, 그러면서도 절대 지겨워지지 않을 그런 사람은? 존경하는 독자들이여, 이제 그만 이런 부질없는 바람일랑 집어치우고 스스로를 사랑하는 법을 배우는 게 어떨는지? 자기 자신이야말로 이 세상에서 가장 가치 있고 소중한 존재가 아닌가.

23

그건 그렇고 그 만남 이후 두 사람은 어떻게 되었을까? 아아, 그야 쉽게 짐작할 수 있는 일. 미칠 듯한 사랑의 불길은 여전히 맹렬히 타오르며 슬픔에 목마른 젊은 영혼을 괴롭히고 있었다. 타티아나의 가망 없는 열정은 오히려 전보다 더 강렬해졌으니, 달콤한 잠은 그녀의 침대를 떠났고, 건강도, 삶의 기쁨도, 꽃도, 그녀의 미소도, 처녀다운 침착성도 사라져가는 메아리처럼 그녀 곁을 떠났다. 슬픔의 그늘이 타티아나의 청춘을 뒤덮기 시작했다. 이제 막 움튼 새벽하늘로 폭풍우의 먹구름이 몰려오듯이.

24

아아! 타티아나는 날이 갈수록 창백하게 시들어갔다. 말을 잃은 채 그 무엇을 보아도 정신 나간 사람처럼 멍한 표정이다. 이웃들은 고개를 설레설레 저으며 이렇게 쑥덕거렸다. “저 애도 이제 시집갈 나이가 됐지.” 하지만 이 얘긴 이쯤에서 멈추자. 그보다는 행복한 사랑의 장면으로 독자 여러분의 상상력을 북돋아야겠다. 하지만 벗이여, 내 속마음은 아직도 연민의 슬픔으로 가득하니, 이런 날 용서하기를. 나는 내 귀여운 타티아나를 그토록 사랑한다오.

25

블라디미르는 올가의 눈부신 미모에 사로잡혀, 날이 갈수록 철저한 사랑의 노예가 되어갔다. 두 사람은 그녀의 방 어두운 구석에 나란히 앉아 있는가 하면, 아침에는 손을 맞잡고 정원의 오솔길을 산책하기도 했다. 그래서 뭐 좀 성과가 있었냐고? 웬걸, 사랑에 취한 우리 시인 양반은 어찌나 수줍음이 많으신지 이따금 올가의 미소에 용기를 얻어 그녀의 풍성한 머리채를 만져보거나 그도 아니면 옷자락에 키스하는 게 고작일 뿐.

26

그는 올가에게 샤토브리앙*5 저리가라 할 만큼 인간본성을 잘 아는 어느 작가의 교훈소설을 즐겨 읽어주었는데, 가끔 (처녀가 듣기엔 거북할, 말도 안 되는 헛소리가 나오는 대목에서는) 얼굴을 붉히며 두 세 페이지씩을 건너뛰기도 했다. 또 아무도 없는 곳에서 단둘이 체스 판을 들여다보며 팔꿈치를 괸 채 마주 앉아 있을 때도 렌스키는 정신이 산란하여 졸(卒)을 움직여 자신의 차(車)를 쓰러뜨리는 것이었다.

27

집에 돌아와서도 오로지 올가 생각뿐, 그녀를 위해 앨범 페이지 하나하나를 정성들여 장식하고, 마을의 경치나 묘석이나 비너스의 전당을, 또 리라 위에 앉은 작은 비둘기의 모습을 펜화로 그려서 물감으로 엷게 칠했다. 또 추억의 페이지에는 다른 사람의 서명 아래에 시구를 적어 넣기도 했다. 그것은 말없는 공상의 기념비, 오랜 세월 변치 않을 조그만 상념의 자취였다.

28

물론 여러분도 시골 아가씨의 앨범을 본 일이 있을 것이다. 첫 장부터 끝장까지 친구들의 다정한 글로 가득 채워져 있는 그런 앨범을. 거기에는 마치 정자법(正字法) 규칙을 비웃기라도 하듯이, 운율도 맞지 않는 엉터리 시가 변치 않는 우정의 증거로서, 줄여서 또는 늘여서 적혀 있다. 첫 페이지에는 Qu'ecrirez-vous sur ces tablettes(당신은 무엇을 여기에 적으시렵니까?)라는 한 문장이 적혀 있고, 그 아래는 t.à.v. Annette(당신의 충실한 아네트)라는

---

*5 프랑스의 문학가, 정치가(1769~1848).

서명이 보인다. 그리고 마지막 페이지에는 이런 말이 적혀 있다. '나보다 더 널 사랑하는 사람이 있다면 내 뒤를 이어서 써도 좋아.'

29

또 거기에는 나란히 붙어 있는 두 개의 하트나 횃불, 꽃 같은 것이 그려져 있다. 죽을 때까지 변치 않을 사랑을 맹세하는 문장이 있는가 하면, 군대에 가 있는 자칭 시인이 뻔뻔하게 갈겨 써놓은 시구도 있으리라. 이런 앨범이라면 나도 기꺼이 몇 자 적고 싶다. 왜냐하면 다들 그곳에 적힌 나의 시답잖은 시구를 호의적인 눈길로 읽어줄 것이기에. 설마 그걸 보고 심술궂은 미소 띠며 감각이 부족하니 어쩌니 심각하게 따지려들 사람은 없을 것 아닌가.

30

그러나 너희들, 악마의 서고에서 온 듯한, 소위 잘 나간다는 엉터리 시인들의 골칫거리인 호화로운 앨범들이여! 톨스토이*6의 경탄스러운 화필과 바라틴스키의 시구로 아름답게 장식된 너희들이여, 벼락이나 맞아 불타버려라! 귀티 나는 귀부인이 내게 4절판 앨범을 내밀 때마다 절망과 분노 느껴 짓궂은 시구가 입술에 맴돌지만, 별 수 있나, 시키는 대로 마드리갈이나 한 편 써줄 수밖에!

31

하지만 렌스키가 어린 처녀, 올가의 앨범에 적은 것은 마드리갈이 아니었다. 순수한 사랑으로 충만한 그의 붓은 그런 부자연스러운 미사여구를 필요치 않았다. 그가 보고 들은 올가의 모습 그대로 써내려 가면 강물이 흐르듯 자연스럽고 진실한 한편의 엘레지가 탄생하는 것이었다. 마치 영감에 가득 찬 저 야지코프*7가 마음 가는 대로 누군가를 찬미하면, 그 노래들이 그대로 아름다운 엘레지가 되어 한 권의 책으로 묶이고, 언젠가 그 시집이 그의 인생과 운명을 이야기할 날이 오는 것처럼.

---

*6 러시아의 화가(1783~1873).

*7 푸시킨과 친교가 있던 시인(1803~46).

32

하지만 쉿! 들리는가, 신랄한 비평가*8가, 초라한 엘레지의 화관(花冠)을 벗어던지라고 외치는 소리가? 그는 우리의 삼류 시인 동료들에게 호통친다. "언제까지 눈물이나 질질 짜고 있을 것인가. 지난날이라느니, 먼 옛날의 추억이라느니 그런 건 이제 됐어. 제발 좀 다른 노래를 부르자." "일리 있는 말씀이야. 이를테면, 나팔과 가면과 단검을 노래하여 지나간 사상(思想)의 보고(寶庫)를 되살려야 한다는 얘기로군. 안 그런가, 친구?" "무슨 소릴 하는 거야. 내 말은 송시(頌詩)를 써야 한다고, 이 친구야."

33

"평화로웠던 옛 시대에 썼던 것처럼 우리도 그렇게 송시를 써야 해." "자네는 무조건 장엄한 송시만 써야 한다는 말인가? 그거나 이거나 마찬가지 아닌가? 저 풍자 시인이 한 말을 생각해보게! 자네는 진정 〈타인의 지혜〉*9에 등장하는 그런 음험한 시인이 우리의 엉터리 삼류시인들보다 낫다고 얘기하려는 건가?" "자네가 뭐라 말하든 상관없어, 엘레지는 저급하기 짝이 없네. 엘레지의 주제는 공허하고 헛된 것이야. 반면 송시는 숭엄하고 고결하지……." 논쟁은 얼마든지 계속되겠지만 이쯤에서 그만두기로 한다. 두 세기*10를 싸움붙일 생각은 조금도 없으니까.

34

명예와 자유의 숭배자인 렌스키도 폭풍우처럼 몰아치는 영감에 휩싸여 송가를 썼지만, 올가는 그런 것엔 그다지 관심이 없었다. 눈물 많은 시인들은 사랑하는 여인 앞에서 자작시를 낭송하는 법. 세상에 이보다 더 큰 즐거움은 없을 거라고들 말한다. 그야 그렇다, 자신의 시와 사랑의 대상인, 우수에 젖은 아름다운 여인에게 자신의 꿈의 노래를 들려주는 겸허한 연인은 복되도다. 물론, 그가 노래하는 동안 그녀는 다른 생각에 빠져있을지도 모르지만.

---

*8 당시에 송시(頌詩)가 엘레지보다 우월한 시 형식이라고 주장했던 시인 큐헬베케르(1797~1846)을 가리킨다.

*9 드미트리예프(1760~1837)의 풍자시(1795).

*10 송시는 18세기, 엘레지는 19세기 초에 유행한 시 형식이다.

35

나로 말할 것 같으면, 조화로운 운율과 꿈의 결과물인 내 시를 내 어린 시절의 친구인 유모*11에게 들려준다. 또는 맥 빠진 저녁식사를 마치고는, 우연히 근처에 들른 이웃의 소매를 붙잡고서 그의 귀에 비극적인 서사시를 읊어주거나*12 (이건 농담이 아니다) 우수와 각운에 지친 날이면 늘 가던 호숫가를 거닐며 시를 읊는데, 들오리 떼가 이를 듣고는 놀라서 날아가 버린다.

36 37

그나저나 오네긴은? 다시 본론으로 돌아가자! 벗들이여, 이런 나를 너그러이 용서해주기를. 그럼 이제부터 그의 하루하루를 소상히 그려보기로 하겠다. 오네긴은 말하자면 은자처럼 살고 있었다. 여름이면 일곱 시에 일어나 가벼운 옷차림으로 냇가로 나갔다. 그리고 귈리나르의 가수*13를 흉내 내어, 이 헬레스폰투스*14를 헤엄쳐 건넜다. 그런 다음 싸구려 잡지를 뒤적이며 커피 한잔을 마시고, 그러고는 옷을 갈아입고…….

…………………………………………………………………………………………

…………………………………………………………………………………………

38 39

산책, 독서, 깊은 잠, 숲의 그늘, 졸졸대는 시냇물, 검은 눈 시골처녀와의 순수한 입맞춤, 잘 길들여진 준마(駿馬), 다채로운 식단의 저녁식사, 한 병의 백포도주, 고독, 정적—오네긴의 경건한 일상이 바로 이와 같았다. 어느덧 한가롭고 조용한 생활에 익숙해진 그는 아름다운 여름날이 다 지나가는 것도 모른 채 도시며, 친구며, 일상의 오락거리마저 모두 잊고 살았다.

---

*11 푸시킨의 보모 아리나 로조노브나.

*12 1826년 여름, 푸시킨은 비극 〈보리스 고두노프〉 원고를 트리고르스코예 마을의 오시포바 부인(1781~1859)의 아들 알렉세이 브리프(1805~81)에게 읽어주었다.

*13 바이런의 서사시 〈해적〉의 여주인공.

*14 다르다넬스 해협의 옛 이름. 1810년 여름, 바이런은 이곳을 1시간 10분만에 헤엄쳐 건너갔다고 전해지고 있다.

40

하지만 우리 북방의 여름은 남쪽나라의 겨울을 어설프게 닮은 정도일 뿐이어서, 잠깐 왔다가는 이내 지나가고 만다. 인정하고 싶지 않지만 누구나 알고 있는 사실. 벌써 하늘에는 가을 기색이 감돌고, 햇볕은 약해지고, 낮은 점점 짧아진다. 신비로운 우수에 잠긴 숲은 슬프게 술렁이며 잎을 떨어뜨리고, 뿌연 안개가 들판을 뒤덮는다. 하늘에는 시끄럽게 울며 남쪽으로 날아가는 기러기 떼. 성큼 다가온 지루한 계절. 11월이 문가를 서성이고 있다.

41

차가운 안개에 싸인 아침, 일손이 뚝 끊긴 빈 밭은 조용하기만 하다. 굶주린 암컷을 데리고 늑대가 도로로 나선다. 말이 냄새를 맡고 힝힝 울어대니, 조심성 있는 나그네는 서둘러 말을 몰아 언덕으로 내달린다. 날이 밝아도 목동은 소를 외양간에서 내몰지 않고, 한낮에 소떼를 불러 모으던 뿔피리 소리도 이제 들리지 않는다. 오두막에서 들려오는 실 잣는 시골처녀의 노랫소리, 그 곁에서 겨울밤의 친구인 소나무 장작이 탁탁 소리를 내며 환하게 타오른다.

42

벌써 서리가 부서지는 소리, 벌판은 온통 은빛으로…… (독자 여러분은 여기서 각운에 맞게 '장미'가 나오리라 생각했을 것이다. 자, 원한다면 얼마든지!) 얼음 옷을 입은 시냇물은 반질반질 윤이 나는 마룻바닥보다 더 희고 눈부시게 빛나고, 꼬마아이들은 왁자하니 신이 나서 얼음을 지친다. 발톱이 붉은 통통한 거위 한 마리, 냇물 위에 몸을 띄우려 조심조심 발을 딛다가 얼음 위로 미끄러져 넘어진다. 눈부신 첫 눈이 호숫가에 별 가루처럼 흩날린다.

43

이런 계절에 시골에선 무얼 하면 좋을까? 산책이나 나갈까? 이 무렵의 시골이란 사방이 헐벗은 풍경뿐이니 조금만 봐도 금세 싫증이 난다. 말을 타고 황량한 초원을 달려? 닳아빠진 편자로 얼음 위를 달리다간 십중팔구 넘어질 건 불 보듯 뻔하다. 차라리 집안에 틀어박혀 프라트*15나 월터 스콧*16을 읽는 게 낫겠다. 아니면 금전출납부를 검토하거나, 화를 내거나, 술을 한 잔하는 것도 나쁘진 않지. 어차피 긴긴 겨울밤도 지나가기 마련이고, 내일도 마찬가지일 테니. 그러다보면 그럭저럭 겨울을 나는 거지.

44

차일드 해럴드라도 된 듯이 오네긴은 게으른 몽상에 잠겨 지냈다. 잠에서 깨면 얼음 넣은 욕조에 들어갔다가 하루 종일 집안에서 빈둥거린다. 뭉툭한 큐에 초칠을 하고는 점수 계산을 해가며 혼자서 당구를 친다. 시골에 저녁이 찾아올 때쯤이면 당구대도 큐도 그의 마음에서 떠나고, 벽난로 앞에는 저녁 식탁이 놓인다. 오네긴은 식사를 기다린다. 렌스키가 세 마리 잿빛 말이 끄는 마차를 타고 도착한다. "자, 얼른 음식을 내오게!"

45

시인을 위해 준비한 과부 클리코 혹은 모에 상표*17의 근사한 포도주가 얼음에 담겨 나온다. 나는 한때 히포크레네*18처럼 빛을 흩뿌리는 그것의 장난스러운(다른 비유도 가능하겠지만) 거품에 마음을 빼앗긴 적이 있었다. 이 놈을 사려고 곧잘 마지막 한 푼까지 몽땅 써버리곤 했었지. 친구들이여, 기억나는가? 이 마법 같은 액체 덕분에 바보짓도 참 많이 했지. 뿐인가, 그 숱한 시와 기쁨, 황홀한 꿈과 우스갯소리와 논쟁은 또 어떻고!

46

아아! 하지만 그 경쾌한 거품은 내 위장을 배신하였으니, 고백하자면 요즘은 보르도를 선호하는 편이다. 아이*19는 더 이상 감당하기 어렵다. 일테면 화려하고 변덕스럽고 발랄하고 경박한 애인 같다고나 할까. 반면 보르도는 친구와 같아서 기쁠 때나 슬플 때나 늘 내게 위로와 안식이 된다. 내 오랜 친구, 보르도 만세!

---

*15 프랑스의 비평가(1759~1837).

*16 영국의 시인, 소설가.(1771~1832). 영국 낭만주의를 대표하는 작가.

*17 둘 다 당시에 유명했던 샴페인 상표.

*18 그리스 신화에 나오는 헬리콘 산에 흐른다는 영감의 샘물.

*19 당시 유명한 샴페인 상표.

47

불이 꺼지고 재로 덮인 금빛 숯불 위로 연기가 어렴풋이 피어오른다. 벽난로는 여전히 따뜻한 불기를 품고 있고 담배 연기는 굴뚝으로 빨려 들어간다. 술잔에 담긴 포도주는 은은히 거품을 밀어올리고, 창밖으로는 밤의 어스름이 내린다. ……(이유는 모르겠지만 '개와 늑대의 시간'*[20]이라고 불리는 이런 무렵 친한 친구와 이야기를 나누며 술 마시는 것을 나는 좋아한다). 두 친구가 나누는 얘기는 다음과 같았다.

48

"그래, 우리의 이웃 아가씨들은 어찌 지내나? 타티아나는 잘 지내나? 자네의 귀염둥이 올가는?" "다들 잘 지내고 있다네. 됐어, 반만 따르게……. 자네에게 안부 전해 달라더군……. 아, 그건 그렇고 올가의 어깨는 갈수록 더 예뻐진다네! 게다가 그 가슴! 마음씨는 또 어떻고! 언제 한번 같이 가세나. 꼭이야. 이건 경우가 아니지 않은가, 고작 두 번 가보고는 코빼기도 비추질 않다니. 아, 참! 내 정신 좀 보게! 이번 주에 그 댁에서 자넬 초대했다네."

49

"나를?" "그래. 이번 토요일이 타티아나의 영명 축일이라네. 올렌카와 그 댁 마님이 자넬 부르라고 부탁하던걸. 그러니 무조건 가는 걸로 알고 있으라고." "아! 하지만 그날은 어중이떠중이들이 잔뜩 몰려올 게 아닌가." "그럴 일 없어, 내 보증하지." "그럼 누가 오는데?" "그냥 친척들이지. 어때, 함께 갈 거지?" "그래, 그렇게 하지." "고맙네, 친구." 이렇게 말한 뒤 블라지미르는 그의 여인을 위해 건배하고 잔을 비웠다. 그러고는 또다시 올가 얘기로 돌아갔다. 사랑은 그런 것이다!

50

그는 기뻤다. 행복의 날이 2주일 앞으로 다가왔기 때문이다. 그는 저 결혼

---

*20 목동이 늑대와 양치기 개를 구별하기 어려운 해가 진 뒤부터 어두워질 때까지의 시간을 뜻한다.

생활이라는 비밀스러운 세계, 달콤한 사랑의 화관(花冠)을 쓰게 될 그날을 애타게 기다려왔다. 히메나이오스가 불러일으킬 번잡함과 슬픔, 또 언젠가 찾아올 권태에 대해서는 꿈에도 생각해 본 적이 없었다. 우리 같은 히메나이오스의 적들이 가정생활에서 발견하는 것은 라퐁텐*21의 소설에 나오는 것과 같은 우울한 풍경들뿐인데……. 아, 가련한 렌스키의 운명을 애도하는 바이니, 그는 마치 결혼하기 위해 이 세상에 태어난 사람 같구나.

51

그는 사랑받았다. 아니, 적어도 그는 그렇게 생각했고 그래서 행복해 했다. 잘 믿는 자여, 술 취해 곯아떨어진 사람처럼, 좀 더 근사하게 표현하자면, 꽃에 달라붙은 나비처럼, 질투에서 놓여나 달콤한 안일을 누리는 그대는 복되도다. 반면 의심하는 자여, 허상에 이성 흐려지는 법 없고, 모든 행동 모든 말 사실대로 해석하며, 온갖 풍상으로 마음 차갑게 굳어 한시도 자기 자신을 잊지 못하는 그대는 얼마나 불행한가!

---

*21 독일의 소설가(1758～1831). 많은 가정소설을 썼다. —원주

제5장

오, 이 무서운 꿈들을 꿈꾸지 않기를,
나의 스베틀라나여! *1
주콥스키

1

그 해 가을은 유난히 길었고, 자연 만물은 어서 겨울이 오기를 고대하는 듯했다. 해를 넘겨 1월 3일 한밤이 되어서야 첫눈이 내렸다. 아침 일찍 눈을 뜬 타티아나는 창문을 통해 온통 눈으로 덮인 정원과 울타리와 화단을 바라보았다. 유리창에는 엷게 서리꽃이 피었고, 나무들은 은빛 겨울옷을 입었으며 마당에서는 까치들이 즐겁게 재잘거렸고, 멀리 보이는 산 위로는 눈부신 겨울 주단이 펼쳐져 있었다. 온 세상이 새하얗고 눈부시게 빛나고 있었다.

2

겨울이 왔다! 농부는 신이 나서 짐썰매를 몰아 새 길을 열고, 눈 냄새를 맡은 말은 주춤주춤 발을 옮긴다. 포장 썰매가 눈 위에 고랑을 파면서 쏜살같이 달려간다. 마부는 가죽옷을 입고 빨간 띠를 매고 있다. 농노의 아이들은 손썰매에 강아지를 태우고 자기들은 말이 되어 썰매를 끈다. 손이 꽁꽁 얼어도 그저 신나서 웃는다. 아이 엄마는 문가에 서서 고함을 친다.

3

하지만 독자 여러분은 이런 정경에 그다지 관심이 없을지도 모르겠다. 이것들은 모두 흔히 보는 자연 풍경으로 우아한 멋이 있다고는 할 수 없기 때

*1 주콥스키의 시 〈스베틀라나〉에서.

문이다. 첫눈이나 겨울의 즐거움에 대해서라면, 신께 받은 영감으로 다른 시인*2이 훌륭한 문체로 그려내고 있다. 나는 그가 불 같이 열정적인 언어로 비밀스런 썰매 여행을 그려 내어 여러분을 매혹시키리라고 믿는다. 하지만 나는 그와 경쟁할 생각이 없다, 그리고 핀란드의 처녀 가수인 그대와도. *3

4

스스로도 왜 그런지는 알 수 없지만 천생 러시아사람의 기질을 타고난 타티아나는 러시아의 겨울, 그 차가운 아름다움을, 햇빛 아래 반짝이는 고드름과, 달리는 썰매와, 노을에 물든 눈과, 주현절 전날 밤의 밤안개를 사랑했다. 라린 가(家)에서는 옛 전통에 따라 주현절 밤을 축하했다. 하녀들은 해마다 두 아가씨를 위해 점을 치고, 군인 신랑감의 여정을 예언해주었다.

5

타티아나는 예부터 내려오는 민간 전설, 카드 점, 꿈 풀이, 달의 예언 같은 것을 믿었다. 이런 저런 징조들이 그녀의 심장을 두근거리게 했다. 온갖 사물들이 비밀스러운 의미를 속삭이는 듯했고, 불길한 예감이 그녀의 가슴을 철렁하게 했다. 새침 떠는 고양이가 벽난로 위에 올라앉아 가르랑거리며 앞발로 세수를 하는 건 손님이 온다는 징조라고 그녀는 믿었다. 또 초승달의 가는 뿔이 불쑥 왼쪽 하늘에서

6

나타나면, 새파랗게 질려 몸을 떨었다. 유성이 검은 하늘을 가로질러 떨어질 때면, 허둥지둥 마음속 소원을 빌었다. 또 길에서 우연히 검은 옷을 입은 신부를 만나거나 토끼가 들판을 가로지르는 걸 보게 되면 무서워 어쩔 줄 몰라 하면서 곧 다가올 불행을 조마조마한 마음으로 기다리는 것이었다.

7

어째서일까? 그것은 우리가 공포 가운데서도 어떤 은밀한 즐거움을 느끼

---

*2 비야젬스키 공작의 〈첫눈〉을 보라. —원주

*3 바라틴스키를 가리킨다. 그는 〈에다〉에서 핀란드의 겨울을 노래했다.

기 때문이다. 자연의 괴팍한 성질은 우리의 영혼에도 녹아들어 있는 것이다. 크리스마스 주간이 다가온다. 아, 즐거운 밤들! 앞으로 살아갈 날들이 눈부시게 펼쳐져 있는, 마음 가벼운 젊은이들이 점을 치며 즐거워한다. 모든 걸 잃어버린, 이미 한쪽 다리를 관속에 걸치고 있는 늙은이도 안경너머로 점괘를 들여다본다. 나이는 상관없는 일. 희망은 언제나 어린애처럼 혀짤배기 말로 우리를 속이려드는 것이다.

8

타티아나는 호기심어린 눈으로 물속에 가라앉는 밀랍을 들여다본다.*4 그것이 굳어 이루는 형태를 보고 무언가 신비로운 단서를 얻는 것이다. 또 대접에 가득 찬 물 위로 반지가 떠오른다. 그녀의 반지가 떠오를 때, 이런 옛 노래가 들렸다.

그 고장의 농부들은 왕처럼 부자라네.
삽으로 은을 긁어모은다네.
우리의 노래 받는 자는
부와 명예 얻으리.

그러나 이 노래의 구슬픈 가락은 사별을 예언하는 것. 그래서 처녀들은 새끼고양이 노래*5를 더 좋아했다.

9

얼어붙은 밤, 청명한 밤하늘, 천상의 경이로운 합창이 고요히 흐를 무렵—타티아나는 헐렁한 잠옷 바람으로 마당에 나와 거울로 달을 비춘다. 어두운 거울에 비치는 건 떨고 있는 달의 슬픈 모습뿐. 그런데 그때 뽀드득 눈 밟는 소리가 난다—누군가 지나간다! 처녀는 까치발로 그에게 달려가 클라리넷이나 피리보다 더 달콤한 목소리로 외친다. "이름이 뭔가요?" 놀란 표

---

*4 녹인 밀랍을 차가운 물에 가라앉혀 그것이 굳어져 만들어 내는 무늬를 보고 점을 치는 풍습이 있었다.

*5 결혼을 예언하는 노래.

정으로 빤히 바라보며 그가 대답한다. "아가톤."*6

10

타티아나는 유모의 조언대로 한밤의 의식을 치르기 위해 목욕탕에 두 사람분의 상을 차리라고 몰래 일러두었다. 하지만 얼마 지나지 않아서 더럭 겁이 났다. 나 역시, 스베틀라나를 떠올리다보니 어쩐지 으스스한 기분이 든다.*7 뭐 무슨 상관이랴. 애초에 점 따위는 내키지 않았다. 타티아나는 비단 허리띠를 풀고 잠옷으로 갈아입은 다음 잠자리에 들었다. 머리 위로는 렐*8이 떠돌고, 푹신한 베개 밑에는 처녀의 작은 손거울이 놓여 있다. 사방이 고요하다. 타티아나는 잠이 든다.

11

타티아나는 무서운 꿈을 꾼다. 그녀는 쓸쓸한 안개에 싸여 눈으로 뒤덮인 들판을 걸어간다. 눈 더미 사이로 얼음이 얼지 않은 시커먼 급류가 부글부글 거품을 일으키며 흐른다. 얼어붙은 두 개의 가는 막대가 다리인 양 그 위에 위태롭게 걸쳐 있다. 그녀는 천둥치듯 울부짖는 그 검은 심연 앞에서 어쩔 줄 몰라 하며 못 박힌 듯 서 있다.

12

마치 서러운 이별을 마주한 듯 타티아나는 냇물을 원망한다. 건너편에서 손을 내밀어 줄 사람은 아무도 없다. 그런데 갑자기 눈 더미가 들썩이고, 그 아래서 나타난 저것은 무엇일까? 털을 곤두세운 집채만 한 곰이다. 타티아나가 비명을 지른다. 곰은 으르렁거리며 날카로운 발톱 돋은 앞발을 내민다. 그녀는 용기를 내어 곰의 앞발을 붙잡고 주춤주춤 걸음을 옮긴다. 마침내 건너편으로 건너왔는데, 이를 어째! 곰이 계속 따라온다!

---

*6 처녀가 달밤에 길가에서 달을 향해 거울을 비추면 그 거울 속에 미래의 신랑의 모습이 나타나는데 그때 지나가는 사람이 있으면 그 사람과 똑같은 이름을 가진 사람이 남편이 된다고 한다. 아가톤은 평민들이 쓰는 흔한 이름이다.

*7 주콥스키의 〈스베틀라나〉에서 여주인공이 밤에 식탁을 차려놓고 거울과 촛불로 점을 칠 때 그녀의 연인이 나타나 그녀를 무덤으로 데려가는 장면이 나온다.

*8 슬라브 신화에 등장하는 사랑의 신.

13

뒤돌아볼 엄두도 못 내고 그녀는 걸음만 재촉한다. 그러나 어떻게 해도 이 털북숭이 하인을 떨쳐내지 못한다. 곰은 으르렁거리며 줄기차게 쫓아온다. 눈앞에 숲이 보인다. 우울한 아름다움을 뽐내는 소나무들이 미동도 없이 서 있다. 가지들은 쌓인 눈에 짓눌려 축 처져 있다. 사시나무, 자작나무, 보리수 가지들 사이로 별이 반짝인다. 길은 어디에도 보이지 않는다. 눈보라에 휩쓸려 숲도 골짜기도 낭떠러지도 눈밭 속에 깊이 파묻혀 있다.

14

타티아나가 숲으로 들어가고, 곰이 그 뒤를 따른다. 눈은 그녀의 무릎까지 차오르고 목 근처에 긴 나뭇가지가 엉겨 그녀의 귀에 매달려 있던 금 귀걸이를 낚아채간다. 신고 있던 작고 아름다운 신발은 눈 속에 파묻혀 벗겨지고, 손수건이 떨어져도 무서워서 감히 주워 들 생각도 하지 못한다. 쫓아오는 곰의 기척이 들린다. 수줍은 처녀는 왠지 부끄러워 걷기 편하게 치맛자락을 들어 올리지도 못한다. 그녀는 뛰기 시작한다. 곰이 뒤를 쫓는다. 그녀가 너무 지쳐서 더 이상 뛸 수 없게 될 때까지.

15

그녀가 눈 속에 쓰러진다. 곰이 솜씨 좋게 그녀를 붙잡아 들쳐 맨다. 그녀는 곰에게 몸을 맡긴 채 죽은 듯이 꼼짝도 하지 않는다. 곰은 그녀를 안고 숲길을 달린다. 나무 사이로 초라한 오두막이 한 채 보인다. 주위는 눈에 파묻혀 황량한 적막만이 감돌 뿐. 오두막 작은 창문에서 환한 불빛이 비치고 안에서 시끄럽게 떠들고 외치는 소리가 들려온다. "이곳에 우리 대부님이 사셔." 곰이 말한다. "들어가서 몸 좀 녹이자!" 그러고는 곧바로 입구로 걸어가 문지방에 그녀를 내려놓는다.

16

타티아나가 정신을 차리고 주위를 살펴보니 곰의 모습은 이미 사라지고 자기 혼자만 현관에 누워 있다. 안쪽에서는 성대한 장례식이라도 치르는지 누군가 크게 외치는 소리, 잔 부딪치는 소리가 들려온다. 그녀가 문틈으로 들여다보니, 맙소사, 무시무시하게 생긴 괴물들이 식탁에 빙 둘러 앉아 있다. 개의 얼굴에 뿔이 돋은 괴물, 닭의 머리를 한 괴물, 염소수염을 달고 있는 마녀가 있는가 하면, 젠체하는 해골, 꼬리 달린 난쟁이도 있고, 반은 학, 반은 고양이의 형상인 괴물도 있다.

17

그보다 더 무섭고 이상한 것도 있었다. 거미 등에 올라탄 새우, 빨간 모자를 머리에 얹고 타조의 목 위에서 빙빙 돌아가는 해골, 날개를 팔랑개비처럼 돌리며 신나게 춤추는 풍차, 짖는 소리, 웃음소리, 노래 소리, 휘파람 소리, 박수 소리, 지껄이는 소리, 말발굽 소리. 하지만 이 괴상한 괴물들 사이에서 우리의 주인공이며, 그녀가 그토록 그리워하고 두려워하는 그 남자를 발견했을 때 그녀의 눈은 휘둥그레졌다. 오네긴은 식탁 앞에 앉아 문 쪽을 힐끔힐끔 보고 있었다.

18

그가 손짓을 하면 모두가 박수를 친다. 그가 마시면 모두 따라 마시며 소리를 지르고, 그가 웃으면 따라 웃고 눈살을 찌푸리면 입을 다문다. 한눈에 보아도 그가 그들의 주인이라는 걸 알 수 있다. 타티아나는 무서운 것도 잊은 채 호기심에 살그머니 문을 밀었다. 순간 문틈으로 불어온 거센 바람이 촛불을 꺼트린다. 괴물들이 허둥지둥 소란을 피우고 오네긴은 화가 나서 자리에서 일어선다. 그가 일어서자 모두가 따라 일어선다. 그가 문가로 걸어간다.

19

타티아나는 겁에 질려 급히 달아나려고 하지만 다리가 움직이지 않는다. 몸부림치며 소리를 지르려 해도 목소리가 나오지 않는다. 예브게니가 문을 열었다. 지옥에서 온 듯한 괴물들 눈앞에 아가씨의 모습이 나타난다. 모두가 요란하게 웃음을 터뜨린다. 모두의 눈이, 말발굽이, 매부리코가, 털북숭이 꼬리가, 날카로운 송곳니가, 피투성이 혓바닥이, 뿔이, 뼈마디만 앙상한 손가락이 일제히 그녀를 가리키며 소리친다. "저 여자는 내 거야! 내 거!"

20

"내 거야!" 오네긴이 거칠게 소리친다. 그러자 괴물들은 연기처럼 사라지고 싸늘한 어둠 속에 젊은 처녀와 그만이 남겨진다. 오네긴은 말없이 타티아나를 구석으로 데려가 흔들거리는 의자에 앉힌 뒤 천천히 고개를 수그려 그녀의 어깨에 기댄다. 그런데 그 순간 올가가 들어오고 뒤이어 렌스키가 들어온다. 불빛이 번쩍한다. 오네긴이 주먹 쥔 손을 거칠게 흔들고 번득이는 눈으로 쏘아보며 불청객들을 나무란다. 타티아나는 시체처럼 움직임이 없다.

21

다툼이 격해진다. 순간 오네긴이 날이 긴 칼을 들어 렌스키를 찌른다. 어둠이 한층 짙어지고 무시무시한 비명소리가 들린다. 오두막이 부르르 몸을 떤다……. 타티아나는 겁에 질려 잠에서 깨어났다. 방안은 벌써 환했다. 얼어붙은 유리창으로 자줏빛 아침 햇살이 너울거리고 있었다. 벌컥 문이 열리고 올가가 들어왔다. 북구의 오로라보다 더 고운 홍조를 띠고, 날아가는 제비보다 더 경쾌한 모습으로. "말해봐, 언니." 그녀가 외쳤다. "꿈속에서 대체 누굴 본 거야?"

22

그러나 타티아나는 못 들은 척 책을 손에 든 채 침대에 누워 가만가만 책장을 넘길 뿐 아무 말도 하지 않았다. 비록 그 책에는 시인의 열정적인 노래도, 심오한 진리도, 멋진 그림도 없었지만, 베르길리우스도, 라신도, 월터 스콧도, 세네카도, 심지어 유행하는 여성용 잡지도 그 책만큼 그녀의 마음을 끌지는 못했으리라. 친구여, 그것은 바로 칼데아의 현자*[9] 중의 현자, 점술가이며 해몽의 달인인 마르틴 자데카*[10]의 책이었다.

23

이 심오한 의식의 기념비는 언젠가 이 외딴 시골마을에 찾아온 떠돌이 서

---

*9 중세에는 직업적인 점쟁이를 이렇게 불렀다. 칼데아(바빌론)의 사제들은 점성술로 유명했다.

*10 19세기 러시아 점술책에 종종 언급되는 가공의 인물.

적 행상인에게서 구한 것으로, 타티아나는 이 책과 〈말비나〉*11 가운데 한 권을 3루블 50코페이카를 주고 샀다. 행상인은 덤으로 통속적인 우화집 한 권, 문법책 한 권, 페트리아다*12 두 권과 마르몽텔*13 제 3권을 두고 갔다. 그때부터 마르틴 자데카는 그녀가 하루도 빠짐없이 펼쳐 읽는 애독서가 되었다. 슬플 때면 언제나 위안을 주었고 잠자리에 들 때도 늘 함께였다.

24

그 꿈은 내내 그녀를 심란하게 했다. 그녀는 도무지 풀길 없는 그 무서운 꿈의 의미를 알고 싶어 했다. 그래서 마르틴 자데카의 목차를 펼쳐 알파벳순으로 나열된 항목들을 훑어 내려갔다. 소나무 숲, 폭풍, 마녀, 전나무, 고슴도치, 어둠, 다리, 곰, 눈보라, 기타 등등. 설명이 될 만한 내용은 어디에도 없었다. 그럼에도 그 흉측한 꿈이 앞으로 불길한 일들이 일어날 징조라는 건 확실했다. 타티아나는 그 뒤 여러 날을 꿈 걱정에 시달려야 했다.

25

마침내 새벽이 자줏빛 손*14으로 골짜기에서 태양과 함께 즐거운 영명축일을 불러왔다. 라린 가의 저택은 아침부터 손님으로 북적대고 있었다. 이웃들이 마차나 썰매를 타고 식구들과 함께 들이닥쳤다. 현관은 서로 밀고 밀치는 북새통, 응접실에서는 초면인 사람들의 인사 주고받는 소리, 개 짖는 소리, 아가씨들의 입 맞추는 소리, 웅성대는 소리, 웃음 소리, 발 끄는 소리, 유모들의 고함 소리, 그리고 아이들의 울음소리.

26

뚱보 푸스차코프가 살이 포동포동한 아내를 데리고 도착했다. 가난한 농노들을 거느린 수완 좋은 지주 그보즈닌, 서른 살 아들부터 두 살 아기까지

---

*11 프랑스의 여류작가 코탱(1770~1807)의 소설. 1816~18년에 러시아역이 출판되었다.

*12 표트르 1세를 다룬 서사시들을 일반적으로 일컫는 말.

*13 프랑스의 작가(1723~1799).

*14 로모노소프의 유명한 시, '새벽이 그 자주 빛 손으로/아침의 조용한 물 표면으로부터/햇볕과 함께……'의 패러디.

자식들 전부를 이끌고 온, 은발의 스코치닌 내외, 군(郡)에서 제일가는 멋쟁이 페투쉬코프, 챙 모자를 쓴 털투성이 내 사촌 부야노프*15(여러분도 그가 누군지 아시리라), 그리고 대식가이자 어릿광대, 허풍쟁이이자 협잡꾼이며, 뇌물이라면 사족을 못 쓰는 퇴역 관리 플라노프도 와 있었다.

27

또 판필 하를리코프의 가족과 함께 무슈 트리케도 왔다. 그는 최근에 탐보프에서 이사 온, 붉은색 가발에 안경을 쓴 재담꾼이다. 이 트리케 씨는 순종 프랑스인답게, 타티아나에게 바치는 짧은 시를 호주머니에 넣어왔다. 그 시는 아이들도 다 아는 노래 〈잠자는 미녀여, 깨어나시오〉*16의 노랫말, 오래된 가요집에 실려 있는 것을 재치 있는 시인 무슈 트리케가, 먼지 속에서 찾아내어 '아름다운 니나'라고 되어 있는 것을 과감하게 '아름다운 타티아나'로 바꿔 쓴 것이다.

28

이윽고 인근 부대에서 노처녀들의 우상이자 군내(郡內) 어머니들의 기쁨인 중대장이 도착하여 기쁜 소식을 전했다. 군악대가 온다는 것이다. 연대장이 직접 보낸 것이라고 했다. "어머나, 기뻐라. 무도회가 열린대요!" 가슴 설레어 하는 소녀들. 이윽고 식사 준비가 되어, 쌍쌍이 손을 잡고 식당으로 들어간다. 아가씨들이 타티아나를 중심으로 자리를 잡고, 남자들은 그 맞은편에 앉는다. 사람들은 성호를 긋고 자리에 앉아 왁자하게 떠들어댄다.

29

잠시 대화가 끊어지고 모두들 음식을 먹기 시작한다. 여기저기서 접시와 나이프가 부딪치는 소리, 잔 부딪치는 소리가 들린다. 이윽고 손님들은 다시 웅성대기 시작한다. 남의 말은 들으려 하지 않고, 무턱대고 떠들며 웃고 언쟁하고 푸념을 늘어놓는다. 그때 갑자기 문이 열리고 렌스키가 모습을 나타

---

*15 푸시킨의 숙부 바실리의 서사시 〈위험한 이웃〉(1810~11)의 주인공. 푸시킨은 작자가 그의 큰아버지이기 때문에 부야노프를 자기 사촌이라고 부르고 있다.

*16 당시에 유행했던 프랑스 노래. 뒤프레니(1648~1724) 작.

내고 그 뒤를 이어 오네긴이 들어왔다. "어머나, 어서 오세요! —여주인이 소리친다. —마침내 오셨군요!" 손님들은 자리를 좁히고 서둘러 식기나 의자를 밀면서 두 친구를 불러 자리에 앉힌다.

30

두 친구가 타티아나 맞은편에 앉았을 때, 그녀는 새벽 달보다도 더 창백해지고 사냥꾼에게 몰린 암사슴보다도 더 몸을 떨면서 흐려지는 눈동자를 들지도 못한다. 정열의 불길이 가슴에 타올라 숨이 가쁘고 현기증이 났다. 두 친구의 축하인사도 귀에 들어오지 않고 눈에서 눈물이 쏟아지려고 한다. 가엾은 아가씨는 지금 당장이라도 정신을 잃을 것만 같았다. 그러나 의지와 이성의 힘으로 이겨내고 두서너 마디를 이(齒) 사이로 밀어내듯 중얼거리고는 식탁 앞에 줄곧 앉아 있었다.

31

오네긴은 그동안 지겹도록 보아온 비극적이고 신경질적인 태도, 아가씨들의 기절이나 눈물 따위는 이제 질색이었다. 이 별난 인간은 성대한 축연의 자리에 들어설 때부터 이미 짜증을 느꼈던 터인지라, 타티아나의 어쩔 줄 몰라 하는 모습을 보고는 눈을 내리깔고 치미는 울화를 억누르면서 렌스키의 화를 돋우어 분풀이를 하리라 마음먹었다. 이 생각에 벌써부터 득의만면하여 마음속으로 그곳에 모인 사람들의 캐리커처를 그리기 시작했다.

32

타티아나의 불편해하는 모습을 알아차린 사람이 오네긴 한 사람만은 아니었을 것이다. 하지만 그때 모두의 관심은 먹음직스런 파이(유감스럽게도 너무 짜긴 했지만)에 쏠려 있었다. 이어서 구운 고기 요리와 젤리, 타르로 봉한 침랸스크 포도주*[17]가 등장했다. 그 뒤로 지지*[18]의 허리를 연상시키는 가늘고 긴 술잔이 가지런히 놓인다. 지지, 내 마음의 거울, 내 가식 없는 노래의 대상, 매혹적인 사랑의 술잔이여, 오래전 너는 나를 그토록 도취케 했었지!

---

*17 돈 지방에서 나는 포도주 이름.

*18 오시포바(제4장 35장의 주 참조)의 딸 불프(1810~73).

33

코르크 마개가 펑하고 터지고 포도주가 흘러넘쳤다. 아까부터 자신의 시 생각에 안달이 나 있던 무슈 트리케가 잔뜩 위엄을 부리며 일어섰다. 좌중은 침묵하고 타티아나는 숨도 제대로 못 쉰다. 트리케는 그녀 쪽으로 돌아서서 원고를 손에 들고 가락에 맞지 않게 시를 낭독한다. 박수와 환호성. 타티아나는 예의상 무릎을 굽혀 인사한다. 위대하고 겸허한 시인은 그녀의 건강을 빌며 술잔을 비운 뒤 시가 적힌 종이를 그녀에게 건넨다.

34

찬사와 축하의 말을 듣고 타티아나는 각자에게 답례의 말을 한다. 예브게니 차례가 왔을 때, 그녀의 지치고 당황한 듯한 표정에 그는 그녀가 가엾다는 생각이 들었다. 그는 말없이 고개를 숙였으나, 그의 눈길은 놀라울 만큼 다정했다. 진정으로 마음이 움직여서 그런 건지, 장난삼아 해본 건지, 자기도 모르게 한 짓인지, 아니면 호의에서 나온 것인지 알 수 없지만 아무튼 그의 정다운 눈길이 타티아나의 마음을 되살아나게 했다.

35

의자를 미는 소리가 나고 사람들은 웅성거리며 응접실 쪽으로 몰려갔다. 마치 꿀벌이 달콤한 벌집을 떠나 시끄러운 무리를 이루면서 밭을 향해 날아가듯이. 잔치음식으로 잔뜩 배를 채운 한 이웃은 다른 이웃 앞에서 코를 골고 부인들은 난롯가에 자리를 차지하고 앉아 있고, 아가씨들은 구석에서 서로 속삭이고 있다. 녹색탁자가 놓이고 성마른 노름꾼들이 모여든다. 보스턴, 노인들이 좋아하는 롬베르, 요즘 유행하는 휘스트, 그 밖에 별다를 것 없는 이런저런 게임들. 모두 정신적 권태가 낳은 자식들.

36

카드놀이의 영웅들은 벌써 세 판 승부를 여덟 번 벌이고 여덟 번 자리를 바꿔 앉았다. 그러는 사이 차가 나왔다. 나는 점심이나 차, 또는 저녁식사로 시간을 구분하는 걸 좋아한다. 시골에서 시간을 아는 건 간단하다. 우리의 위장이 정확한 브레게 시계 역할을 하기 때문이다. 그리고 말해두겠는데, 이 소설에서 내가 툭하면 연회니 고기요리니 술이니 운운하는 것은 30세기 동안 사랑받아온 저 위대한 호메로스의 본보기를 따르기 위함이다.

37 38 39

아무튼 그렇게 차가 나오고 아가씨들이 얌전하게 접시에 손을 대려는 참에 넓은 홀에서 바순과 플루트 소리가 울려 퍼졌다. 이 인근 지역에서는 미남이라는 소리를 듣는 페투쉬코프는 음악소리가 들리자 신이 나서 럼이 들어간 찻잔일랑은 냉큼 내려놓고 올가에게 쪼르르 달려갔다. 렌스키는 타티아나에게 춤을 청했고, 하를리코프의 과년한 딸은 탐보프에서 온 우리 시인에게 손을 맡겼으며, 부야노프는 푸스차코바 부인을 이끌고 갔다. 이렇게 모두가 홀에 모이자 화려한 무도회가 시작되었다.

40

이 소설의 첫 대목에서—제1장을 참조하시라—나는 알바니*19풍으로 페테르부르크의 무도회를 그려보고자 했으나, 나도 모르게 허황된 몽상에 이끌려 사랑했던 여인들의 발에 대한 추억에 빠져 허우적댔다. 오, 작은 발들아, 너희들의 흔적을 쫓아 방황하는 건 이제 신물이 난다. 이제는 청춘에 등을 돌리고 분별을 갖춰야 할 때. 배신 숱하게 겪어 신중해지고, 행동도 말도 전보다 나아졌으니 적어도 이 5장에서는 이야기가 옆길로 새는 일은 벌어지지 않을 것이다.

41

약동하는 생명처럼 단조로우면서도 미친 듯이 휘몰아치는 왈츠의 리듬에 맞춰 남녀가 쌍쌍이 돌아간다. 한편 복수의 순간이 다가왔다 여긴 오네긴은 미소 지으며 올가에게 다가가 그녀와 짝을 이루어 하객들 앞에서 춤을 춘다. 그런 다음 그녀를 의자에 앉히고 이런저런 이야기를 주고받고는 몇 분 뒤 다시 왈츠를 추자 다들 이 모습을 보고 눈이 휘둥그레진다. 렌스키도 도무지 믿기지 않는 듯한 눈치다.

---

*19 이탈리아의 화가(1578~1660)

42

마주르카가 울려 퍼진다. 예전엔 마주르카가 쿵쿵 울리기 시작하면 넓은 무도회장 전체가 진동을 하고 쪽마루가 발뒤꿈치 아래 갈라지고 창틀이 덜컹거리곤 했다. 그러나 요즘은 딴판으로, 우리는 우아한 귀부인처럼 왁스칠을 한 반질반질한 마룻바닥을 미끄러져 가는 것이다. 그래도 아직 시골마을에는 마주르카의 매력이 고스란히 남아 있다. 발 구르기, 깡충 뛰어오르기, 수염 흔들기 등등, 모든 게 예전 그대로다. 그토록 쉽게 우리를 휘어잡은, 현대 러시아의 병폐라 할 수 있는 저 유행이란 놈도 이것만은 어쩌지 못한다.

43 44

성미 급한 내 사촌 부야노프가 우리 주인공에게 올가와 타티아나를 함께 데려갔다. 악의에 찬 오네긴은 올가를 데리고 춤을 춘다. 그녀의 손을 꼭 쥐고 바닥 위를 미끄러지면서 귓가에 값싼 사랑노래를 속삭여주자 그녀의 뺨이 한층 더 발그레하게 물든다. 이를 모두 보고 있던 렌스키는 화가 치밀어 제정신이 아니다. 질투와 분노에 사로잡혀 마주르카 연주가 끝나기를 기다렸다가 재빨리 그녀에게 코티용 춤*[20]을 청한다.

45

하지만 그녀는 거절한다. 안 된다고? 아니 어째서? 이미 오네긴과 추기로 약속이 되어 있다고. 오, 맙소사. 그는 자신의 귀를 의심한다. 그러니까 지금 올가가 그와…… 어떻게 이런 일이? 이제 겨우 솜털을 벗은 어린 것이 벌써부터 변덕을 부리며 간교한 꾀로 이 남자 저 남자에게 꼬리치다니! 렌스키는 충격에 제대로 몸을 가누지도 못하고 계집의 변심을 저주하면서 밖으로 나가 말을 불러 타고 서둘러 집으로 떠난다. 피스톨 두 자루, 탄알 두 발이 (필요한 건 오직 이것뿐이리라) 그의 운명을 곧 결정짓게 될 것이다.

---

*20 사교춤의 일종. 흔히 무도회의 마지막을 장식한다.

제6장

저 멀리, 구름 낀 날들이 짧게 스러져 간 곳에서
죽음을 고통으로 여기지 않는 백성이 태어난다. *1

페트라르카

1

블라디미르가 떠난 걸 알아차린 오네긴은 또다시 권태에 사로잡혀 올가 옆에서 생각에 잠겼다. 그는 이미 자기가 저지른 복수에 만족하고 있었다. 올가도 그를 따라 하품을 하면서 렌스키를 눈으로 찾고 있었다. 끝없이 흐르는 코티용 춤이 무거운 꿈처럼 그녀의 마음을 짓누른다. 그러나 마침내 그것도 끝나고 사람들은 야식 자리로 갔다. 잠자리가 펼쳐지고 현관에서 하녀 방까지 손님을 위한 침상이 마련된다. 이미 다들 조용한 잠자리를 바라고 있었다. 오네긴은 혼자 자기 집으로 돌아갔다.

2

집 안은 조용해져서 응접실에서는 뚱보 푸스차코프가 뚱보 부인과 나란히 코를 골고 있다. 그보즈닌, 부야노프, 페투쉬코프, 그리고 그다지 몸이 튼튼하지 못한 플랴노프는 식당에서 의자를 모아 그 위에 눕고 바닥에는 무슈 트리케가 스웨터에 낡은 나이트캡을 쓰고 자고 있다. 아가씨들은 타티아나와 올가 방에서 사이좋게 꿈속에 안겨 있다. 단 한 사람 불행한 타티아나만이 창가에서 슬픔에 젖어 잠도 잊고 달빛을 받으며 어두운 들판을 바라보고 있었다.

---

*1 페트라르카의 〈라우라의 생애〉에서 인용. 페트라르카는 14세기 이탈리아의 서정시인. 수많은 연애시를 지었다.

3

뜻하지 않는 그의 방문, 자신을 바라보던 그 다정한 눈길, 올가와 춤을 추던 알 수 없는 그의 행동이 그녀의 영혼 깊은 곳을 파고들었다. 그녀로서는 도저히 그의 마음을 알 수가 없었다. 달랠 길 없는 질투심이 그녀를 괴롭혔다. 마치 차가운 손으로 심장을 옥죄는 듯이. 또 깊이를 알 수 없는 어두운 나락(奈落)이 발 아래에서 술렁이고 있는 것처럼……. "나는 파멸하게 될 거야." 그녀가 외쳤다. "하지만 그분으로 인한 파멸이니 오히려 기뻐. 난 원망 안 해. 무엇 때문에 원망을 해? 그분은 내게 행복을 줄 수 없는데."

4

이야기를 빨리 진행시키기로 하자! 새로운 등장인물이 우리를 부르고 있다. 렌스키의 영지인 크라스노고리예에서 5베르스타 정도 떨어진 곳, 철학적인 사색을 절로 불러일으키는 조용한 광야에 자레츠키*[2]라는 사나이가 아무 탈 없이 살고 있다. 한때는 소문난 싸움꾼으로, 놀음꾼의 우두머리로, 선술집의 연설가로, 심술궂은 사나이로 알려져 있었는데, 지금은 소탈하고 선량한 홀아비 가장이다. 믿을 수 있는 친구이자 평화로운 지주이며, 정직하기까지 한 사나이. 우리 시대의 변화란 이다지도 놀라운 것!

5

예전에는 사교계의 아부하는 소리가 그의 악당다운 용기를 북돋아주었었다. 실제로 그는 10m나 떨어진 곳에서 피스톨로 트럼프의 에이스 카드를 관통시켰다. 또 한 번은 진짜 싸움터에서 술에 취해 칼미크 말의 안장 위에서 진창으로 굴러 떨어져 프랑스군의 포로가 된 적도 있었다. 참으로 각별한 인질이로다! 현대판 레굴루스*[3]인 이 사나이는 언제든 다시 포로로 잡힐 용의가 있었다. 왜냐하면 파리에서는 아침마다 베리의 가게*[4]에서 포도주 세 병

---

*2 표트르 톨스토이(제4장 19절(3)의 주 참조)를 모델로 한 것으로 여겨진다.

*3 로마의 장군(? ~BC 249경). 카르타고군의 포로가 되어, 도망가지 않겠다고 맹서하고 휴전 교섭을 위해 로마로 보내어져 원로원에 휴전 거부를 권고한 뒤 다시 카르타고로 돌아와서 포로로서 죽었다.

*4 파리의 레스토랑 —원주

을 외상으로 마실 수 있었기 때문에.

6

예전에는 장난으로 사람을 놀리고 멍청이를 속이거나 남들이 보든 안 보든 약은 놈을 골탕 먹이는 것이 그의 주특기였다. 때로는 그 같은 장난 때문에 거꾸로 호되게 당하거나 자기 꾀에 자기가 넘어가는 경우도 있었다. 그는 또 토론에 임하여 날카롭고 매서운 말로 기염을 토하기도 하고 의도적으로 되지도 않을 헛소리를 늘어놓거나 그냥 입을 다물고 있을 때도 있었다. 게다가 젊은 친구들 사이에 싸움을 붙이는 데 선수였으며,

7

그런가 하면 또 그들을 화해시키고는 셋이서 사이좋게 아침을 먹고 유쾌한 농담이나 허풍을 늘어놓으면서 은근히 두 사람을 조롱거리로 삼는 걸 즐겼다. 그러나 시대는 달라졌다.*5 만용은(또 다른 장난인 사랑이 그러하듯이) 세월이 갈수록 사그라지기 마련. 지금은 천하의 자레츠키도 앞서 말한 바와 같이 세상의 풍랑을 피해 벚나무 아카시아 나무 그늘 아래에서 진짜 현자처럼 생활하면서 호라티우스*6처럼 양배추도 심고 오리와 거위를 기르고 아이들에게 글을 가르친다.

8

그는 결코 어리석지 않았다. 예브게니도 그 심성은 경멸하면서도 어떤 일에 있어서건 그의 분별이나 상식을 좋아했다. 또 기꺼이 그와 이야기도 나누었다. 그래서 그날 아침 일찍 그가 찾아왔을 때에도 예브게니는 조금도 놀라지 않았다. 하지만 자레츠키는 인사말을 마치고 상대방이 꺼낸 이야기를 가로 막더니 눈가에 실실 빈정대는 웃음을 지으며, 시인의 편지를 내밀었다. 오네긴은 창가에 가서 말없이 그것을 훑어보았다.

---

*5 Sed alia tempora.

*6 고대 로마의 시인. 작품 속에서 도시 생활을 비난하고 전원 풍경과 농경을 찬미했다.

9

그것은 꽤 호기롭고, 점잖으며, 간결하게 쓴 도전장, 즉 결투 신청장이었다. 렌스키는 예의 바르고 냉철하고 명확하게 친구에게 결투를 청하고 있었다. 오네긴은 그의 편지를 읽고 나자마자 심부름 온 사람을 향하여, 군더더기 없이 "언제든지 응하겠네" 대답했다. 자레츠키도 말없이 자리에서 일어나 집에 할 일이 많아서 더 머물 수 없다고 말하고는 방에서 나갔다. 그러나 예브게니는 혼자가 되어 자기 마음과 마주 대하자 자신에게 만족스럽지 못한 심정이었다.

10

그도 그럴 것이 엄격하게 양심에 비춰 볼 때 많은 점에서 그는 자기 자신을 책망하지 않을 수 없었던 것이다. 첫째, 어젯밤에 저 친구의 소심하고 다정한 사랑을 경솔하게도 그렇게 조롱한 것은 옳지 않은 처사였다. 둘째로, 비록 시인이 못나게 굴었다 해도 18세의 젊은이의 일이고 보면 용서하지 못할 일은 아니었다. 이 젊은이를 마음속으로부터 사랑하고 있는 예브게니는 둔감한 편견 덩어리, 성마른 애송이처럼 굴 게 아니라 분별 있고 명예를 아는 남자로서 처신했어야 했다.

11

들짐승처럼 털을 곤두세울 게 아니라 자신의 의도를 솔직히 털어놓을 수도 있었을 것이다. 그렇게 해서 젊은이의 흥분한 마음을 달랬어야 했다. "하지만 돌이키기엔 너무 늦어버렸군. 게다가 이 일에 남들 싸움붙이는 걸로 유명한 그자가 끼어들었어. 짓궂고 입 싼 허풍쟁이가. 물론 그자의 장난기어린 수다쯤이야 무시해버리면 그만이지만, 저 다른 바보들이 수군대고 키득거릴 걸 생각하면……." 이게 바로 여론이라는 것이다! *7 명예의 원동력, 우리의 우상! 세상은 바로 이것 위에서 돌아간다.

---

*7 그리보예도프의 희극 〈지혜의 슬픔〉 제4막 제10장이 주인공 차츠키의 독백에서.

12

한편, 시인은 견딜 수 없는 적의로 가슴을 불태우면서 집에서 답장을 기다리고 있었다. 이윽고 입이 가벼운 자레츠키가 진지한 표정으로 오네긴의 답장을 가져왔다. 질투에 불타는 시인에게 그것은 기쁜 소식이었다. 지금 이때까지 렌스키는 저 불한당 같은 인간이 이 일을 농담으로 얼버무려 그가 권총 앞에 서는 것을 피하게 하지는 않을지 그것에만 신경을 곤두세우고 있었다. 그러나 이제 의심은 풀리고 그들은 내일 해가 뜨기 전에 물레방앗간 앞에서 만나 상대방의 허벅지나 관자놀이를 향해 방아쇠를 당기게 된다.

13

분노에 찬 렌스키는 바람난 아가씨에 대한 증오심으로 결투가 끝날 때까지 올가를 만나지 않을 작정이었다. 그러나 한동안 태양과 시계를 번갈아 바라보고 있더니 결국 손을 내저으며 이웃 마을로 갔다. 그는 자기의 방문에 바람난 아가씨가 놀랄 것이라고 생각했으나 그렇지 않았다. 올가는 여느 때처럼 현관으로 뛰어나와 불행한 시인을 맞이했다. 마치 변덕스런 희망처럼 장난기 어리고 태평스럽고 명랑한 것이 전과 조금도 다르지 않았다.

14

"어젯밤엔 왜 그렇게 빨리 돌아갔어요?" 이내 올가가 그에게 물었다. 렌스키는 올가의 밝게 빛나는 그 눈동자, 잔잔한 순진함, 명랑한 영혼을 대하자 질투의 마음도 끓어오르던 화도 흔적 없이 사라지고 말았다. 아늑한 감동에 젖으면서 그는 올가를 바라보고 있었다. 그리고 자신이 지금도 사랑받고 있다는 것을 깨달았다. 괴로움에 시달리면서 그는 올가의 용서를 구하려고 했지만 떨리기만 할 뿐, 무슨 말을 해야 할지 몰랐다. 그는 지금 행복했고 자기 자신을 되찾았다.

15 16

17

하지만 사랑스러운 올가 앞에서 블라디미르는 또다시 마음이 어두워지면서 슬픈 생각이 들어 어제 일을 입 밖에 낼 기력도 없었다. 그는 이렇게 생각하고 있었다. "나는 그녀의 수호천사가 되리라. 그 난봉꾼이 한숨과 아부의 불길을 가지고 젊은 마음을 현혹시키는 것을 가만히 보고 있을 수는 없다. 저주스런 해충이 흰 백합의 줄기를 갉아먹는 것을, 또 어제 아침에 막 피기 시작한 꽃이 피지도 못하고 시들어가는 것을 그대로 두고 볼 수는 없다." 이것은 그 친구와 총구를 겨누겠다는 뜻이다.

18

그로 말미암아 타티아나의 마음이 얼마나 상처 입을 것인지, 그가 만약 알고 있었다면! 내일 아침 렌스키와 예브게니가 생사를 걸고 다툰다는 것을 만약에 그녀가 알고 있었다면, 알 수가 있었다면—아, 그녀의 사랑이 두 사람의 친구를 어쩌면 다시 결합시켰을지도 모른다. 하지만 그 누구도 이 다툼을 그녀에게 알리는 사람이 없었다. 오네긴은 모든 일에 대해서 입을 다물었고 타티아나는 우수에 잠겨 있었다. 다만 보모만은 알 수 있었을지도 모르지만 그녀는 눈치가 빠르지 못했다.

19

그날 저녁, 렌스키는 제정신이 아니어서 말이 없는가 하다가도 다시 갑자기 명랑해졌다. 그러나 뮤즈의 여신에게 응석을 부리는 시인에게는 으레 있는 일이다. 그는 이마를 찡그리고 피아노 앞에 앉아 같은 화음을 되풀이 쳤다. 또 어떤 때에는 움직이지 않는 시선을 올가에게로 돌려 "나는 행복합니다. 안 그래요?" 속삭인다. 하지만 어느 틈엔가 밤도 깊어서 그곳을 떠날 시간이 되었다. 마음은 어두운 수심으로 가득 차고 가슴이 미어진다. 젊은 여자와 이별을 앞두고 그의 생각은 천 갈래 만 갈래로 찢어진다. 올가는 그의 얼굴을 바라보았다. "무슨 일이에요?" "아무것도 아니야." 그는 그대로 밖으로 나왔다.

20

렌스키는 집으로 돌아오자 피스톨을 점검하고 나서 그것을 상자 속에 넣고 상의를 벗고 촛불 아래에서 실러의 책을 펼쳤다. 하지만 끊임없이 같은 생각이 그를 사로잡아 어두운 마음은 잠들 줄을 모른다. 형용할 수 없는 아름다운 젊은 올가의 모습이 한시도 눈앞에서 떠나지 않는다. 블라디미르는 책을 덮고 펜을 손에 쥔다. 고뇌에 찬 사랑의 시구가 소리 높이, 마치 물이 흘러넘치는 것처럼 흘러나온다. 그는 격렬하게 서정에 사로잡혀 소리를 내어 그것을 읽는다. 연회에서 젤비크*8가 한 것처럼.

21

우연하게도 그 시는 보존되어 지금도 내가 가지고 있다. 그것을 여기에 옮겨본다.

어디로, 어디로 떠나가느냐,
나의 봄날, 황금의 나날이여.
앞으로 다가오는 날에
무엇을 기대할 것인가?
자욱한 안개에 숨어 있어서
나의 시선은 그것을 잡을 수가 없구나.
하지만 그것은 헛된 일
모두가 신의 마음인 것을.
납으로 만든 화살에 내가 쓰러지든
화살이 나를 비켜가든
어쨌든 좋다.
깨어 있든 잠을 자든
찾아오는 시간은 정해져 있는 법.
영광 있으라, 괴로운 나날이여,
영광 있으라, 찾아오는 어둠이여.

22

내일도 새벽별은 반짝이고

---

*8 시인. 푸시킨의 친구. (1798~1831)

해는 다시 떠오르리.
만약 신의 뜻이라면
내일 나의 묘석(墓石) 아래로
덧없이 사라져
젊었던 이 가인의 추억도
레테의 강에 가라앉아
세상 사람들도
어느 틈엔가 내 이름을 잊겠지.
하지만 아름다운 아가씨여
소리 내어 울어다오.
때 아니게 죽은 자,
오랜 친구의 이 무덤을.
그 위에 눈물을 흘리며
가슴 속에 말해주겠는가.
나는 안다, 이 사람이야말로
나를 사랑하고
슬프고 미칠 듯한 그 생명을
나에게만 바쳤다고.
아, 친구여, 마음의 친구여
나는 기다린다 그리운 벗이여
오라 나에게로.
오라 그대의 남편인 나에게로.

23

그는 이렇게도 어둡고 슬픈 시를 썼다—이것은 세상에서 낭만주의라고 불리고 있다. 그러나 나는 이 시 속에서 낭만주의를 조금도 찾아볼 수 없다.*9

*9 푸시킨은 애수와 환상성을 낭만주의 본질이라고 하는 견해에는 동의하지 않았다. 그는 자작의 비극 〈보리스 고두노프〉를 참다운 낭만주의적인 것이라고 생각하고 있었는데, 그 이유는 거기에 '인물이나 시대의 정확한 묘사와 역사적 성격이나 사건의 발전'이 있었기 때문이다. 즉, 그가 낭만주의라고 부른 것은 오늘날 자연주의라고 불리고 있는 것과 동일한 내

그러나 그것은 우리와는 아무런 상관도 없는 일이다. —그는 새벽이 가까워지자 피곤한 머리를 떨구고 '이상(理想)'이라는 유행어를 베개 삼아 졸기 시작하였다. 하지만 그가 단잠에 빠지려는 순간 조용한 방에 그 이웃이 찾아와 렌스키를 깨웠다. —"일어나게, 6시가 지났네. 오네긴은 벌써 와서 우리를 기다리고 있을 게야."

24

그러나 그의 생각은 틀렸다. 그 시간 예브게니는 아직도 죽은 사람처럼 자고 있었다. 밤의 그림자가 흐려지고 첫닭이 샛별을 맞이하고 있는데도 그는 깊은 잠에 빠져 있었다. 하늘 높이 해가 떠오르고, 바람에 날리는 눈이 번쩍이고 소용돌이쳐도 그는 아직 침상을 떠나지 않고 꿈이 머리 위를 날아다니고 있었다. 하지만 마침내 눈을 뜨고 침상의 휘장을 옆으로 당기고 주위를 살펴보니 벌써 가야 할 시간이었다.

25

그는 서둘러 벨을 울렸다. 프랑스인 하인 기요가 방으로 뛰어들어 와서 실내복과 슬리퍼와 내복을 건네준다. 오네긴은 서둘러 옷을 갈아입고는 하인에게 피스톨 상자를 안고 함께 나서도록 명령했다. 속도가 빠른 썰매가 준비되었다. 그는 썰매에 올라타자 물방앗간으로 썰매를 몰았다. 도착하자마자 말을 들판의 떡갈나무 두 그루 아래로 데려가게 하고, 하인에게는 르파쥬 제의 운명의 피스톨을 가지고 뒤따르라고 했다.

26

렌스키는 둑에 기대어 이미 오래 전부터 초조한 마음으로 기다리고 있었다. 그 사이에 마을의 기계 기사인 자레츠키는 물방앗간 맷돌을 점검하고 있었다. 거기에 마침내 오네긴이 사과를 하면서 뛰어온다. "그런데 당신의 입회인은?"—어이가 없다는 얼굴로 자레츠키가 그에게 물었다. 결투의 고전파이자 현학자(衒學者)인 자레츠키는 마음으로부터 형식을 중요시하고 사람을

용을 가진 것이라고 생각할 수 있다.

처리하는 데에도 소홀히 하지 않았으며 예부터의 관례대로 엄격한 규율을 지키게 하였다—이 점에 관해서는 그를 칭찬해 주어야 한다.

27

"나의 입회인 말입니까?" 예브게니가 말하였다. "이 사람입니다. 나의 친구인 무슈 기요입니다. 여기에는 이의가 없을 것으로 생각합니다. 이 사람은 그다지 세상에 알려지지는 않았지만 말할 필요도 없이 성실한 사람입니다." 자레츠키는 입술을 깨물었다. 오네긴은 렌스키에게 물었다. "어떻습니까? 시작할까요?" "시작합시다." 블라디미르가 말하였다. 그리고 모두들 물방앗간 뒤로 갔다. 자레츠키와 '성실한 사나이'가 떨어진 곳에서 중요한 협상을 하고 있는 동안, 두 적은 눈을 아래고 내리깔고 서 있었다.

28

두 적수! 피를 향한 잔인한 갈망이 그들을 서로 떼어놓은 것은 먼 옛날의 일이었을까? 한가한 시간이면 식사와 사상, 여러 가지 행동을 다정하게 서로 나누었던 일은 먼 옛날이었을까? 이제 그들은 부모로부터 물려받은 적처럼, 또 무섭고 말수 없는 꿈속에서처럼 침묵 속에서, 냉혹하게, 상대방의 죽음을 준비하고 있다. 손이 피로 붉게 물들기 전에 두 사람은 웃으면서 사이좋게 헤어진다는 것은 과연 불가능한 일일까? 그러나 사교계의 다툼은 그러한 일을 수치로 여기며 경멸한다. 그것이 아무리 허무한 것이라 해도.

29

이미 피스톨이 번쩍이고 총신 청소용 쇠꼬챙이를 망치로 두드린다. 총신에 탄환이 재여지고 시험 삼아 당겨보는 방아쇠가 소리를 낸다. 이어 잿빛 화약이 약실로 가느다랗게 흘러들고 톱니 모양의 규석이 단단히 끼워진다. 얼마 떨어지지 않은 나무 그루터기 쪽으로 기요가 걱정스런 표정으로 떨어져 간다. 두 사람은 망토를 벗어던졌다. 자레츠키는 더할 나위 없는 정확성으로 32보의 거리를 재어 친구들을 그 양쪽에 세웠다. 두 사람은 각기 피스톨을 손에 들었다.

30

"자, 앞으로 나와 주십시오." 두 사람의 적수는 냉혹하게, 아직 총도 겨누지 않은 채 침착한 발걸음으로 조용히 네 발 앞으로 나아갔다. 죽음을 향한 네 계단이었다. 그때 먼저 예브게니가 조용히 걸어가면서 피스톨을 들어올리기 시작했다. 두 사람은 다시 다섯 걸음 앞으로 나왔다. 렌스키 또한 왼쪽 눈을 가늘게 뜨면서 피스톨을 겨누었다. —그때 갑자기 오네긴이 방아쇠를 당겼다. —운명의 시간이 울리고 젊은 시인은 소리도 내지 않고 피스톨을 손에서 떨어뜨렸다.

31

그는 조용히 손을 가슴에 대고 거기에 쓰러졌다. 빛이 사라진 그의 눈동자는 고통이 아닌 죽음을 나타내고 있었다. 마치 눈덩어리가 햇빛 아래 꽃불처럼 빛나면서 천천히 산의 경사면을 굴러 떨어지는 것처럼. 차가운 물을 뒤집어 쓴 심정으로 오네긴은 젊은이 옆으로 뛰어가서 시인의 얼굴을 들여다보며 이름을 불렀으나……아무런 대답이 없었다. 그는 이미 죽어 있었다. 젊은 시인은 때 이른 죽음을 맞이했다. 거센 바람이 일어 아름다운 한 송이 꽃이 여명 속에서 시들고 제단 불은 꺼졌다.

32

시인은 이미 움직이지 않고 누워 있었다. 그의 이마에는 나른한 편안함이 기이하게 감돈다. 관통당한 가슴 바로 아래에서 피가 빨갛게 흘러나오고 있었다. 불과 얼마 전까지 이 심장에 영감이나 괴로움, 희망과 사랑이 맥박치고 생명이 요동을 치고 뜨거운 피가 끓고 있었건만 지금은 마치 사람이 살지 않는 집처럼 모든 것이 어둡고 조용하여 영원한 정적으로 싸였다. 덧문이 내려지고 창들은 하얀 백묵으로 칠해지고 주인은 없다. 그가 어디에 있는지 신만이 안다. 그 흔적도 사라졌다.

33

거침없는 경구(警句)로 물정에 어두운 적을 화나게 하는 것은 기분 좋은 일이다. 그 적이 격분하여 뿔을 곤두세우고 거울 속을 바라보다가 자신의 모습을 발견하고 부끄럽게 생각하는 것을 보는 것 또한 기분 좋은 일이다. 만약에 그 적이 어리석게도 "이것은 나다!" 하고 떠들어댄다면 더 기분이 좋다. 또 그 적을 위해 명예로운 관을 준비하거나 그 창백한 얼굴을 향해 정해진 거리에서 조용히 총을 겨눈다면, 더 한층 유쾌할 것이다. 그러나 그를 조상에게로 보내는 것은 기분 좋은 일이라고만은 할 수 없다.

34

만약에 당신의 젊은 친구가 불손한 시선이나 대답으로, 또는 술좌석에서 무엇인가 하찮은 행동으로 당신을 욕보이고, 또 당신이 노여움에 불탔을 때 오만하게도 당신에게 결투를 신청하여 그 결과 당신의 피스톨 한 방으로 쓰러졌다고 한다면 어떨까? 그가 이마에 죽음의 그림자를 나타내면서 당신 앞에서 움직이지도 않고 쓰러져 차갑게 식어갈 때, 당신의 필사의 외침 소리를 듣지도 못하고 소리도 없이 누워 있을 때 당신 가슴은 어떤 생각으로 가득 찰까?

35

양심의 가책을 받으면서 예브게니는 피스톨을 쥔 채 렌스키를 바라보고 있었다. "죽었습니다." 자레츠키는 이렇게 단언하였다. 죽었다! ……오네긴은 이 한 마디에 얼이 빠져 몸을 부들부들 떨면서 그 자리를 떠나 하인을 불렀다. 자레츠키는 차가운 시체를 정중하게 썰매에 싣고 그 슬픈 짐을 집으로 운반했다. 말들은 죽음의 냄새를 맡고 코 울음소리를 내며 몸을 비틀어 강철 재갈을 하얀 거품으로 적시면서 화살처럼 달리기 시작하였다.

36

독자여, 당신은 지금 시인 생각에 가슴이 아플 것이다. 희망에 넘치던 꽃이 이 세상에서 채 피기도 전에, 젊음의 옷을 채 벗기도 전에 그는 너무 일찍 시들어버렸다. 그 뜨거운 격정, 고상하고 부드럽고 또 용감한 젊음의 감정과 생각의 저 순수한 소원은 지금 어디에 있는가? 폭풍같은 사랑의 욕망, 지식과 일에 대한 욕망, 죄와 치욕을 두려워하는 마음은 지금 어디에 있는가? 그리고 또 남모를 소원, 이 세상 것이 아닌 생활의 환상이나 시에 대한

순수한 꿈은?

37

그는 세상의 행복을 위해, 또는 적어도 명예를 위해 태어난 사람인지도 모른다. 지금은 울리지 않는 그의 거문고는 영원히 끊어지지 않는 영롱한 울림을 울렸을지도. 이 세상 층계의 가장 높은 곳에 설 수 있었을지도 모를 일이다. 수난의 영혼과 함께 그의 맑은 비밀스러운 일도 사라지고, 세상을 위한 구원의 소리도 영원히 소멸하여, 후세의 칭찬의 노래도 사람들의 축복도 무덤 속의 그에게는 이르지 못할 것이다.

38 39

하지만 또 세상의 평범한 운명이 젊은 시인을 기다리고 있었을지 모른다. 청춘이 지나고 나면 가슴의 불길도 사라진다. 그러고 나면 사람도 바뀌고 뮤즈와도 헤어진다. 그리고 결혼해서 도시에서 멀리 떨어진 시골에 나앉아 행복하게 산다. 아내의 바람기에 뿔이 돋고 솜을 넣은 실내복을 입게 되고 인생이란 무엇인지도 알게 된다. 마흔의 나이에 발에 통풍이 오고, 먹고, 마시고, 따분해 하고, 살도 쪄서 이윽고 병이 들게 될 것이다. 그리고 마침내 아이들과 눈물에 헤픈 여자들, 또 의사가 지켜보는 가운데 자기 집 침상에서 숨을 거두게 됐을지도 모른다. *10

*10 게르첸은 다음과 같이 쓰고 있다. 푸시킨은 오네긴 옆에 블라디미르 렌스키를 놓았다. 이것은 러시아 생활의 또 하나의 희생이며, 오네긴의 반대이다. 이것은 만성적인 고통과 이웃하는 격렬한 고통이다. 이것은 더러워지지 않은 순결한 천성의 하나이다. 그는 타락한, 어리석은 환경에 익숙해질 수가 없다. 그리고 생명을 받아들이기는 했지만, 더러워진 토지에서 죽음 외엔 아무것도 받아들일 수가 없다. 속죄의 희생인 이들 청년은 젊음에 찬 창백한 표정으로 이마에 운명의 낙인이 찍혀 비난의 화신처럼, 후회의 화신처럼 스쳐지나간다. ―우리가 움직여서 존재하는―밤은 그들이 지나간 뒤에는 더욱더 어둡게 남는다. 푸시킨은 사람들이 자기의 청춘기의 꿈에 대해서 또 희망, 순결, 무경험으로 가득 찼던 시대에 대항하는 추억에 대한 동정심으로 렌스키의 성격을 그렸다. 렌스키는 오네긴의 양심의 마지막 외침이다. 왜냐하면 그것은 오네긴 자신이며, 그의 청춘의 이상이었기 때문이다. 시인은 러시아에서 인간이 할 일은 아무것도 없다는 것을 알고 있었다. 그리고 오네긴으로 하여금 그를 죽이게 했다. 오네긴은 그를 사랑하고 있었고, 그에게 총구를 겨눌 때에도 그에게 상처를 입히는 것까지도 바라지 않았다. 푸시킨 자신도 이와 같은 비극적인 결말을 두려워하고 있었을 것이다. 그는 이 젊은 시인을 기다리고 있었던 비속(卑俗)

40

어찌되었든 독자들이여, 시인이자 몽상가이며 사랑을 했던 젊은 청년은 친구 손에 죽음을 당한 것이다. 그의 무덤은 이 뮤즈의 제자가 살았던 마을 왼편, 소나무 두 그루가 있는 곳에 있다. 그 아래로는 이웃 마을의 골짜기에서 흘러오는 시내가 굽이친다. 거기서 이따금 농부가 피로를 풀고 보리를 베는 여자들이 주전자를 가져와 소리 내어 물을 담는다. 이 맑은 흐름 옆, 짙푸른 녹음 아래에 장식 없는 소박한 묘비 하나가 서 있다.

41

그 묘비 옆에서—봄비가 들판의 어린 풀을 적실 무렵—목동은 나무가죽으로 색색가지 신을 삼으며 볼가 강 어부의 노래를 읊는다. 여름이 되면 시골에서 더위를 피하려는 도시 아가씨가 말에 안장을 얹고 혼자 수풀이 우거진 들판을 달려 묘비 앞에서 고삐를 죄며 말을 세운다. 모자의 베일을 들어 올려 장식 없는 비석을 재빠르게 읽고는 상냥한 눈동자에 눈물이 고인다.

42

그리고 아가씨는 깊이 생각에 잠기면서 널따란 들판으로 천천히 말을 몬다. 그 가슴은 자기도 모르게 언제까지나 렌스키의 슬픈 운명을 아파하는 생각으로 가득 차 있다. '올가는 어떻게 지내고 있을까?' 아가씨는 생각한다. '언제까지나 괴로워했을까, 그렇지 않으면 눈물의 시간은 금세 지나갔을까? 그녀의 언니는 지금 어디에 있을까? 그리고 사람도 세상도 등진 그 괴짜는 지금 어디에 있을까? 아름다운 미녀들의 인기 있는 원수, 젊은 시인의 살해자, 그 음울한 괴짜는?' 이 모든 일에 대해서는 때가 되면 독자들에게 전할 것이다.

43

그러나 아직 때가 아니다. 물론 내가 마음속으로부터 우리 주인공을 사랑하고 있고, 나중에는 그에 관한 이야기로 돌아가겠지만, 지금은 그럴 때가 아니다. 돌아오는 해마다 나 또한 엄숙한 산문에 마음이 끌리고, 장난꾸러기

한 생활을 그림으로써 독자를 위로하고 있다. (《러시아에서의 혁명사상의 발달에 대하여》 4장.)

각운(脚韻)을 이탈해 간다. 그리고 한숨을 내쉬며 고백하는 바이지만 각운을 쫓는 것이 귀찮아지기도 했다. 지금 나의 붓은 가벼운 종잇장을 더럽히며 써대는 일에 흥미를 잃고 있다. 그와는 다른 차가운 꿈이나 다른 진지한 고민이, 시끄러운 세상 속에서나 고요 속에서나 내 마음을 휘젓는다.

44

나는 또 다른 열망의 소리를 듣고 새로운 탄식도 알게 되었다. 하지만 그 열망을 채울 가망은 없고 예전의 슬픔이 그립다. 오, 꿈이여, 꿈이여! 그대의 달콤함은 지금 어디에 있는가? '젊음'이여, 항상 '감미로움'과 떨어지지 않는 각운이여, 그대는 지금 어디에 있는가? 정말로 우리 청춘의 꽃은 시들어버렸는가? 한편의 엘레지도 노래하는 일 없이 우리 봄날은 지나고 돌아오지 않는 것인가? —이제까지 나는 장난삼아 그와 같은 말을 되풀이해 왔지만—그것은 과연 정말인가? 나도 이제 서른 살이 된단 말인가?

45

이리하여 나의 생애에도 정오가 찾아왔다. 나도 그것을 인정하리라. 그러나 그것은 불가피한 일. 오, 경박했던 나의 청춘이여! 네가 준 즐거움, 한탄, 달콤한 고통, 떠들썩함, 폭풍우, 연회, 모든 것에 감사한다. 내 영혼이 불안할 때도 조용할 때도 너로 인해 행복했다. 마음에 후회는 남지 않는다. 그러나 이제 충분하다! 밝은 마음으로 새로운 길을 내디디리라. 지나간 내 봄날의 휴식을 위하여.

46

지나온 날들을 돌아보자. 안녕, 내 인생의 출발점이여! 아는 사람도 없이 지나간 나날들은 뜨거운 마음이나, 지루함, 갖가지 꿈으로 가득 차 있었다. 또, 젊은 영감(靈感)이여, 졸리는 마음을 흔들어 깨워 나의 상상력을 흔들어 깨워다오! 나의 방에 자주 날아와 다오. 시인의 영혼이 단단하고 차갑고 쓸쓸해져 이윽고 인간 세상의 차가운 기쁨 속에서 생기를 잃는 일이 없도록. 독자들이여, 나도 당신도, 인간 세상의 이 차가운 수렁에 빠져 허우적거리고 있는 것이다.

제7장

모스크바여, 러시아의 사랑스러운 딸이여.
어디에서 그대와 버금가는 도시를 찾을 수 있을 것인가? *1
드미트리예프

그리운 모스크바를
어찌 사랑하지 않을 수 있으리오. *2
바라틴스키

"모스크바에 대한 욕이군요.
세상을 보면 그렇게 됩니까?
그럼 더 좋은 곳은 어디죠?"
"우리가 없는 곳이죠."*3
그리보예도프

1

봄볕에 쫓긴 눈이 근처의 여러 산에서 탁한 흙탕물이 되어 초원으로 흘러든다. 이제 자연은 밝은 미소를 머금고 꿈을 꾸듯 한해의 아침을 맞는다. 하늘은 한없이 푸르기만 하고 근처의 숲은 엷은 초록의 옷을 입는다. 꿀벌은 들판의 꿀을 모으기 위해 벌통을 떠나고 계곡의 땅들도 건조되어 갖가지 무늬를 만들어낸다. 가축 떼가 웅성거리기 시작하고 밤 꾀꼬리가 밤의 정적을 깨뜨리고 노래한다.

---

*1 드미트리예프의 단시 〈모스크바의 해방〉(1795)에서

*2 바라틴스키의 서사시 〈주연(酒宴)〉(1820)에서

*3 그리보예도프의 희극 〈지혜의 슬픔〉(제6장 제11절의 주(5))에서

2

봄이여, 봄, 사랑의 계절이여! 네가 나에게 오는 것이 어찌 이리 슬픈가! 피도 마음도 나른하게 요동치고, 나는 시골의 적막 속에서 얼마나 안타깝게 가슴 설레며 불어 닥치는 봄의 숨결을 즐겨야 하는가. 나에게 즐거움은 인연이 없는 것인가? 기쁨이나 생명을 가져오는 모든 것, 스스로 기뻐하고 빛나는 모든 것은 이미 헛되이 식어버린 나의 영혼에 쓸데없이 외롭고 나른한 피곤을 가져와 어두운 생각만 하게 하는가?

3

그렇지 않으면 가을에 떨어진 나뭇잎이 소생하는 것을 기뻐하지도 않고, 숲의 새로운 술렁임에 귀를 기울여, 잃어버린 것에 대한 씁쓸한 생각에 잠기는가? 그렇지 않으면 한탄하면서 돌아오지 않는 청춘의 그림자를, 소생하는 자연에 드리우게 하려는 것인가? 혹은 그것과는 다른 지나간 봄의 추억이, 시의 꿈속에서 우리를 찾아와, 먼 나라의 아름다운 밤이나 달의 추억으로 마음을 설레게 하는 것인지도 모른다.

4

하지만 이제야말로 때가 왔다. 마음씨 좋은 게으름뱅이, 현명한 에프쿠로파, 고민을 모르는 다복한 자, 료프신*4의 제자들이여, 전원의 프리아모스*5들이여, 그리고 당신네들, 생각이 풍부한 부인네들이여, 봄이 당신들을 마을로 불러내고 있다. 그것은 따뜻함, 꽃들, 일하는 계절, 목적 없는 한가한 산책과 마음을 들뜨게 하는 밤들의 계절이다. 친구여, 서둘러 들판으로 나가자! 마차에 짐을 싣고 대절 마차든 역마차든 어서 빨리 도시를 벗어나자!

5

나의 관대한 독자여, 당신도 남의 나라에서 들여온 마차를 타고, 나와 함께 도시를 떠나자. 떠들썩하게 겨울을 지낸 소란스러운 도시를 벗어나, 내 변덕스러운 뮤즈와 함께 예브게니의 마을을 방문하자. 이름 없는 그곳 냇가

*4 경제 문제에 대한 많은 논문의 저자—원주

*5 트로이아의 왕. 많은 가족의 아버지. 여기에서는 아들이 많은 지주란 뜻.

에서 참나무들의 술렁이는 소리에 조용히 귀를 기울이자. 이 마을에서 하는 일도 없이 침울한 예브게니가 사랑스러운 몽상가 타티아나 가까이에서 이 겨울을 지내고 있다. 하지만 지금 그의 모습은 보이지 않는다. 예브게니는 슬픈 흔적만 남겨놓고 그곳을 떠났다.

6

반원으로 길게 이어진 언덕 사이를 따라 가느다란 흐름이 푸른 초원이나 보리수 숲을 누벼 넓은 강으로 흘러들고 있다. 거기에서는 봄의 연인인 밤꾀꼬리가 밤새도록 노래를 부르고 들장미 꽃이 흐드러지게 피고 샘이 속삭인다. 두 그루 노송 그늘 아래 묘비가 찾아오는 사람에게 알리고 있다—"블라디미르 렌스키 여기에 잠들다. 향년 몇 살, 몇 년 몇 월. 젊어서 용감한 죽음 맞이하다. 젊은 시인이여, 편히 잠들라!"

7

전에는 이 조촐한 묘비 위의 소나무 가지에 걸린 남모른 화환이 아침 산들바람에 나부끼고 있었다. 깊은 밤 이곳을 찾은 두 아가씨가 밝은 달빛 아래에서 서로 부둥켜 안고 울고 있었다. 하지만 지금, 적적한 무덤은 잊혀졌다. 작은 길도 풀에 묻히고 가지에는 화환도 없다. 백발의 목부(牧夫)가 그 옆에서 옛날처럼 조용히 노래를 읊으며 나무 껍데기 신을 삼고 있다.

8 9 10

박복했던 렌스키여! 올가는 슬퍼하고 슬퍼하면서도 언제까지나 눈물에 젖어 있지는 않았다. 아, 나이가 젊은 이 약혼녀는 한탄을 버렸다. 다른 남자가 그녀의 마음을 끌어당겨 부드러운 사랑의 속삭임으로 그 슬픔을 잊게 했다. 마침내 한 기병 사관이 젊은 아가씨의 마음을 사로잡아, 그녀의 사랑을 받은 것이다. 그러던 어느 날, 올가는 그와 제단 앞에 나란히 섰다. 꽃의 화환을 쓰고 수줍은 듯이 머리를 숙이고, 내리뜬 눈을 빛내며 입가에 희미한 미소를 머금고.

11

가여운 렌스키여! 무덤 저편, 소리도 없는 영원한 경계선에서 뜻하지 않은 이 변심의 슬픈 소식에 가슴아파했을까? 그렇지 않으면 망각의 강 언저리에 깊이 잠들어 있는 시인은 기억도 사라지고, 무슨 일에도 마음 흐트러지는 일은 없는 것인가? 이 세상의 모든 것은 그에게 모습도 없고 소리도 없는 것으로 변하고 있는가? 알겠다! 무덤 저편에서 우리를 기다리고 있는 것은 차가운 망각이다. 원수나, 적, 연인의 소리들이 사라지고, 다만 상속인들의, 추악한 다툼을 알리는 성난 소리만 들리는 것이다.

12

이윽고 올가의 밝은 목소리는 라린 집안에서 사라졌다. 기병 사관은 마음대로 할 수 없는 매인 몸이기에, 아내와 함께 연대로 돌아간 것이다. 늙은 어머니는 딸과 헤어지는 슬픔에 울었는지 숨조차 제대로 쉴 수 없는 것처럼 보였다. 하지만 타티아나는 울 수 없었다. 슬픔에 잠긴 그 얼굴이 죽은 사람처럼 창백해질 뿐이었다. 식구들이 현관으로 나와서 이별을 아쉬워하면서 젊은 부부의 마차 주위를 오가고 있을 때, 타티아나는 간신히 두 사람을 전송하러 나왔다.

13

그녀의 눈은 언제까지나 안개 저편을 바라보듯이 마차가 사라져간 거리를 하염없이 바라보고 있었다. ……이렇게 해서 타티아나는 혼자가 되었다. 아, 오랜 세월 함께한 소꿉친구, 그리운 어린 비둘기, 피를 나눈 마음의 친구는 운명의 손에 의해 먼 곳으로 영원히 그녀의 마음으로부터 분리되었다. 그녀는 그림자처럼 정처 없이 떠돌다 인기척이 없는 정원을 바라보았다. 그러나 무엇 하나 위로가 될 만한 것은 없고 눈물을 억제할 수도 없이 마음은 두 갈래로 찢어지는 것 같았다.

14

이 어찌할 수 없는 고독 속에서 가슴의 불길은 타올라 멀리 떨어진 오네긴을 생각하는 마음만 더해갈 뿐. 그러나 그와 만나는 일은 이제 없을 것이다.

그녀는 동생의 신랑감이 될 사람을 죽인 사람으로서 증오해야 한다. 시인은 죽었다. ……하지만 지금으로서는 그를 기억할 사람도 없고, 그의 약혼녀도 다른 사람에게 마음을 맡겼다. 시인의 추억은 하늘을 흘러가는 연기처럼 덧없이 사라졌다. 하지만 지금도 여전히 두 갈래 마음은 그를 못 잊어 마음 아파하고 있을지도 모른다. 그러나 이제 그것도 쓸데없는 일이다.

15

어느 날 황혼 무렵, 하늘은 일찍 빛을 잃고 시내가 맑고 조용히 흐르는 가운데 풍뎅이가 날개 소리를 내며 요란하게 날고 있었다. 둥글게 둘러서서 춤을 추던 사람들도 어느 틈엔가 차츰 사라지고 냇가 저편에 어부가 피운 모닥불이 연기를 내며 타오르고 있었다. 타티아나는 생각에 잠긴 채 은빛 달빛을 받으며 혼자서 널따란 들판을 걷고 또 걸었다. 높은 듯한 언덕 위로 올라가서 바라보니 지주의 저택이 눈에 들어왔다. 여기저기에 농가와 숲, 밝게 빛나는 냇가 옆에는 마당이 보였다. 그것을 바라보고 있는 사이 가슴이 세차게 고동치기 시작하였다.

16

그녀는 당혹감에 망설였다. ―'내려갈까, 돌아갈까? ……그분은 여기에 없다. 아무도 나를 아는 사람은 없다. 집과 정원만 보고 가야지.' 타티아나는 숨을 헐떡이며 언덕을 내려가 머뭇거리면서 주위를 둘러보았다. 인기척이 없는 저택 안에 발을 들여놓자 개들이 짖으면서 뛰어나왔다. 그녀가 외치는 비명소리를 듣고 저택에서 일하는 농노의 아들들이 왁자지껄하게 모여들었다. 소년들은 밖에서 온 아가씨를 보호하면서 간신히 개들을 쫓아 보냈다.

17

"이 집을 좀 보여줄 수 없겠니?" 타티아나는 물었다. 아이들은 집 열쇠를 얻으러 우두머리 하녀 아니시야에게로 급히 뛰어갔다. 아니시야는 이내 모습을 나타내고 문을 열어주었다. 타티아나는 사람이 없는 방으로 들어갔다. 그곳은 불과 얼마 전까지만 해도 우리 주인공이 살았던 곳이다. 바라보니 넓은 방의 당구대에는 잊혀진 큐가 쉬고 있고, 주름투성이 긴 의자 위에 승마 채찍이 놓여 있다. 타티아나는 앞으로 더 나아갔다. 노파가 그녀에게 말했다.

18

"이쪽이 난로입니다. 나리께서는 곧잘 여기에 혼자 앉아 계셨습니다. 겨울밤에는 여기에서 곧잘 돌아가신 렌스키 님과 함께 식사를 하셨습니다. 이쪽으로 오세요. 여기가 나리의 거실입니다. 여기에서 나리께서는 주무시고 커피를 드시고 지배인의 보고를 듣기도 하시고 아침에는 책을 읽기도 하셨습니다. ……선대 나리께서도 여기에서 자고 일어나셨으며 일요일에는 저를 상대로 카드놀이를 하셨습니다. 이 창가에서 안경을 쓰시고는 말입니다. 하느님 제발 돌아가신 큰 나리의 영혼을 구원하소서! 무덤 속의, 어머니이신 대지 아래에서 잠들고 계시는 그분의 유해에도 편안함이 있으시기를!"

19

타티아나는 감동 어린 시선으로 주위의 모든 것을 바라보고 있었다. 모든 것이 그녀에게는 한없이 거룩한 것으로 여겨지고, 모든 것이 반은 괴로운 즐거움으로 그녀의 피곤한 영혼을 일깨웠다. 모든 것이—불이 꺼진 램프가 있는 테이블도, 산더미 같은 책도, 융단의 천을 덮은 창가의 침대, 희미한 달빛을 받은 밖의 경치도, 방안에 떠도는 창백한 빛도, 바이런 경의 초상화도, 모자 아래에서 어두운 얼굴을 내밀고 두 손을 십자로 짠, 주물로 만든 작은 조각상(像) *6까지도.

20

타티아나는 오랫동안 이 현대식 거실에 매혹된 것처럼 서 있었다. 어느덧 밤도 깊어서 차가운 바람이 불기 시작하였다. 골짜기는 캄캄해지고 안개 자욱한 강가 숲이 졸고, 달은 이미 산 너머로 모습을 감추었다. 이 젊은 순례자 아가씨도 집으로 돌아가야 했다. 이리하여 타티아나는 흥분한 마음을 감추고 자기도 모르게 깊은 한숨을 쉬며 집을 나왔으나 떠나기 전에 아니시야에게, 앞으로 가끔 비어 있는 이 집을 찾아와 거기에서 혼자 책을 읽을 수

*6 당시에 유행했던 나폴레옹의 작은 상.

있도록 허락을 받아 놓았다.

21

타티아나는 문간에서 우두머리 하녀와 헤어졌다. 이틀 뒤 이른 아침, 그녀는 다시 주인 없는 집에 찾아가 조용한 서재에서 혼자가 되었다. 잠시 동안, 이 세상의 모든 것을 잊고 하염없이 눈물을 흘렸다. 그러고 나서 그녀는 책을 들고 처음에는 도저히 읽을 생각이 나지 않았으나, 이윽고 이들 책을 수집한 방법이 그녀의 눈에 신기하게 여겨져, 어느 틈엔가 목마른 듯이 그 책들을 정신없이 읽어나갔다. 읽어가는 동안 그녀 앞에 알지 못했던 새로운 세계가 펼쳐졌다.

22

예브게니가 독서에 정이 떨어진 것은 오래 전의 일이었지만, 몇 가지 작품은 그의 사랑을 받고 있었다. —이교도와 후앙의 시인*7이나 그 밖에 두서너 권의 소설이다. 거기에는 시대의 모습이 반영되어 있었고, 또 현대인과 그 이기적이고 덕의(德義)를 모르는, 그러면서도 한 없이 꿈을 쫓는 메마른 영혼이나 부질없는 행위에 들끓어 오르면서 끊임없이 고개를 쳐드는 생각—그러한 것이 상당히 올바르게 그려져 있었다.

23

여기저기 아직도 날카로운 손톱으로 그려진 선이 분명히 남아 있는 페이지도 있었다. 타티아나는 더욱더 깊은 주의를 기울여 그 흔적을 쫓아간다. 오네긴은 평소 어떠한 사상이나 말에 감동하고 있었던가, 어떤 의견에 동의하고 있었던가를 그녀는 전율을 느끼며 살펴보았다. 그런 글이 담긴 페이지의 여백에는 연필로 여러 가지 표시가 되어 있었다. 도처에서 오네긴은 자기도 모르게 자기의 마음을 드러내고 있었다. 짧은 말이나 십자 마크, 또는 의문 부호들을 적어 넣었던 것이다.

---

*7 바이런을 가리킨다. 〈이교도〉(1813)와 〈돈 후앙〉(1819~24)은 당시 러시아에서 널리 읽혔다.

24

덕분에 이제 타티아나는 자기가 피할 수 없는 운명이 이끄는 대로 어떤 남자에게 마음을 쏟게 되었는지, 이제까지보다 더 잘 알게 된 것처럼 여겨졌다. 저 슬픈 듯한, 불길한 연인은 지옥에서 떨어진 사람인가, 그렇지 않으면 하늘의 선물인가? 천사와 같은, 하지만 또 마음이 거만한 악마와 같은 그는 도대체 어떤 사람인가? 누군가의 흉내를 내고 있는 사람인가, 아무것도 아닌 환상인가, 그렇지 않으면 해럴드의 망토를 걸친 모스크바 인인가, 타인의 변덕스러운 주석자인가, 유행어로 가득한 사전인가?……그렇지 않으면 그는 패러디인가?

25

그녀는 수수께끼를 풀었는가? 대답을 발견하였는가? 시곗바늘은 계속 돌아간다. 집에서는 벌써부터 그녀가 돌아오는 것을 기다리고 있었지만 그녀는 그것을 잊고 있었다. 때마침 집에서는 이웃 지주가 손님으로 와서 타티아나가 화제에 올랐다. "어떻게 하면 좋을까요? 타티아나도 이제는 어린애가 아니고—한숨이 섞인 말투로 늙은 어머니가 말한다. 사실 올가가 동생인데. 타티아나도 빨리 시집을 보내야 할 텐데. 하지만 어떻게 하면 좋을까요? 어떤 혼담도 다 싫다고 하고, 언제나 기분이 가라앉은 상태로 혼자서 숲속만 거닐고 있으니."

26

"누군가를 사랑……하고 있는 것은 아닐까요?" "어머나, 누구를? 부야노프의 청혼도 거절했어요. 이반 페투쉬코프의 청혼도요. 경기병 피흐친이 집에 머물렀을 때에는 타티아나에게 홀딱 반해서 늘 그애의 기분을 맞추려 했거든요. 그래서 저도 이번에야말로 어떻게 해봐야겠다고 생각하고 있었는데 그것도 물거품이 돼버리고." "어떻습니까, 부인. 그렇게 초조하게 생각하시기보다는 차라리 모스크바의 신부시장으로 데려가세요! 그곳이라면 혼담도 많이 오갈 테니 말입니다." "하지만, 돈이 있어야지요." "한 해 겨울 정도라면 문제없어요. 그리고 만약에 괜찮으시다면 제가 빌려드릴 수도 있습니다만……."

27

나이 든 어머니는 사려 깊은 이 친절한 충고를 마음속으로 기뻐하여 속으로 계산을 해본 뒤, 바로 그해 겨울 모스크바로 갈 결심을 했다. 타티아나도 이 소식을 들었다. 겉보기에 시골 사람다운 소박함이나, 유행에 뒤진 의상, 시대에 뒤떨어진 말씨가 말 많은 사교계의 심판대에 올라가고 모스크바의 멋쟁이 여자들의 비웃음이나 받게 될 것을 ……아, 무섭다! 그보다는 차라리 여기 이 산간벽지에 있는 편이 훨씬 좋은데.

28

타티아나는 여명과 함께 집을 나와 들판으로 서둘러 가서 눈물어린 시선으로 주위를 둘러보고 중얼거린다. "잘 있거라, 잔잔할 골짜기여, 그리운 산봉우리들이여, 눈에 익은 숲이여! 안녕, 아름다운 하늘이여, 안녕, 즐거움 넘치는 자연이여! 나는 그리운, 조용한 세상을 떠나 화려하고 덧없는 세상의 소음 속으로 가게 됐어. ……나의 자유여, 너와도 이별이야. 나는 어디에, 무엇을 구하여 앞으로 나아가는 것일까? 운명은 나에게 무엇을 약속하고 있는 것일까?

29

타티아나의 아침 산책은 계속되었다. 때로는 언덕에, 때로는 시내의 아름다움에 매료되어 걸음을 멈추었다. 오래된 친한 친구와 헤어지는 것처럼 그녀는 서둘러 숲과 초원과 이야기를 주고받았다. 하지만 이윽고 재빠른 여름이 지나가고 황금으로 빛나는 가을이 왔다. 자연은 화려하게 장식된 희생물처럼 몸을 떨며 창백해진다. ……이윽고 북풍이 검은 구름을 몰아세우면서 가쁜 숨을 내쉬고 으르렁대기 시작하면 이제 겨울 마녀가 다가온다.

30

겨울이 오고, 그것들은 눈이 되어 흩날렸다. 눈은 참나무 가지에 솜 조각처럼 매달려, 들판 위나 언덕 주위에 물결치는 융단처럼 가로놓여 부드러운 이불이 되어 움직이지 않는 냇가와 강가를 덮었다. 살을 에는 것 같은 추위가 반짝인다. 어머니는 겨울의 변덕이 즐거운 것이지만 타티아나에게는 기빼할 마음도 들지 않는다. 그녀는 겨울을 마중하러 나가는 것도, 연기와 같은 얼음 가루를 들이마시는 것도 목욕탕 지붕의 첫눈으로 얼굴이나 어깨나 가슴을 씻지도 않았다. 타티아나는 겨울 여행이 무서운 것이다.

31

여행을 떠날 날은 몇 차례 연기되어 마지막 기한이 다가왔다. 처박아두었던 마차를 꺼내어 점검하고, 포장을 다시 치고 상한 곳을 수선했다. 정해진 대로 세 대의 썰매에 여러 가지 가재도구—냄비, 의자, 트렁크, 잼이 든 병, 요에 이불, 닭 광주리, 항아리, 놋쇠 대야 등—를 싣고 갈 것이다. 창고 쪽에서 하인들이 떠들어대는 소리와 이별을 아쉬워하는 울음소리가 들리고, 열여덟 마리 야윈 말들이 마당 가운데로 끌려나온다.

32

주인이 탈 마차에 말이 매어지고 요리사가 아침 식사를 준비한다. 포장 썰매는 산더미 같은 짐으로 부풀어 오르고 여자와 마부가 서로 입씨름을 한다. 텁수염을 기른 마부 대장이 여윈, 털이 긴 말 위에 올라탄다. 하인들이 주인과 작별 인사를 하기 위해 문 쪽으로 모여든다. 마침내 일행이 썰매에 오르고 으리으리한 마차가 대문을 나섰다. "안녕, 평화로운 땅이여! 안녕 고독한 은신처여! 언제 또 만날 수 있을까? ……타티아나의 눈에서는 하염없이 눈물이 흘렀다.

33

문명의 혜택이 이 땅 구석구석까지 미칠 무렵이 되면—학자의 통계에 의하면 500년가량 앞날의 이야기지만—나라 안의 도로는 모두 바뀌게 될 것이다. 포장도로가 러시아 전국을 빈틈없이 연결하고 철교가 거대한 호를 그리며 강에 걸리고, 산을 가르고 강 아래에는 커다란 터널이 뚫려, 정교국(正教國) 국민은 각 역참마다 여인숙을 내게 될 것이다.

34

지금 우리나라의 도로는 말이 아니다. 다리는 모두 방치된 채로 썩어가고 있고, 역참에서는 벼룩이나 빈대 등이 여행자의 잠을 방해하고, 여인숙도 없다. 을씨년스러운 통나무 음식점에 들어가면 겉만 번지르르한 메뉴표가 보란 듯이 걸려 있어, 쓸데없이 식욕만 돋울 뿐이다. 게다가 마을의 대장간은 다 꺼져가는 불 앞에서 조국의 도로와 바퀴로 파인 고랑을 찬미하며 유럽제 섬세한 수레를 러시아의 망치로 수선하고 있다.

35

그 대신 추운 한 겨울 여행은 기분도 좋고 순조롭다. 유행하는 노래의 무의미한 가사처럼 한겨울의 길은 매끄러웠다. 러시아의 아우트메돈*8인 우리 트로이카는 재빨리 지칠 줄도 모르고 잘도 달린다. 울타리처럼 촘촘히 박힌 이정표는 따분해 하는 여행자의 눈을 즐겁게 해준다. 그러나 불행하게도 라린 부인은 여비가 비싼 마차비를 줄이려고 역마를 보류하고 제집 말로 흔들리며 갔다. 그녀들은 꼬박 일곱 낮 일곱 밤을 계속 달려 긴 여정의 따분함을 실컷 맛보았다.

36

하지만 드디어 여행이 끝나가고 있다. 가는 길에는 하얀 돌로 구축된 모스크바의 도시, 그 도시의 하늘 높이 솟은 낡은 사원의 갖가지 둥근 지붕에는 불타는 듯한 황금색 십자가가 빛나고 있다. 아, 백성들이여, 이전에 내 눈앞에, 이 도시의 모든 사원이나 종루, 또 정원이나 궁정이 반원형으로 열렸을 때, 내 가슴은 얼마나 깊은 기쁨으로 채워졌던가. 변덕스러운 운명으로 쓰라린 이별여행을 했을 때 모스크바여, 내 너를 얼마나 생각했던가! 모스크바……이 한마디에 우리 러시아 사람들 마음에 얼마나 많은 생각이 깃들고 얼마나 많은 생각이 고개를 들었던가!

37

보라! 떡갈나무 숲에 둘러싸여 어둡고 침울한 페트로프스키 성이 지나간 세월의 영예를 자랑하는 얼굴로 솟아 있다. 여기는 한 때 나폴레옹이 마지막

*8 아킬레우스의 마부. 유능한 마부의 대명사로 사용되고 있다.

행복에 도취한 채 모스크바가 무릎 꿇고 오래된 크렘린의 열쇠를 바치는 것을 헛되이 기다리던 곳. 그러나 우리 모스크바는 고개를 숙이지도 그에게로 가지도 않았다. 모스크바가 이 성질 급한 영웅을 마중하기 위해 준비한 것은 축제나 환영의 선물이 아닌 화재였다. 여기에서 그는 깊은 생각에 잠겨 요란스러운 불꽃 바다를 바라보고 있었다.

38

안녕! 멸망한 영광의 목격자 페트로프스키 성이여! 자, 발을 멈추지 말고 앞으로 나아가자! 벌써 성문 기둥 두 개가 하얗게 보인다. 마차는 트베르스키야 거리의 울퉁불퉁한 거리를 달리고 있다. 초소, 여자, 어린이들, 작은 가게, 가로등, 궁전이나 정원, 엄숙한 수도원, 낯선 모습의 부하라 인(人),*9 썰매, 채소원, 상인들, 누추한 집의 농부들, 가로수길, 모든 탑이나 카자크 병(兵), 약국, 유행하는 잡화점, 발코니, 문 양쪽의 사자 상, 십자가 위의 까마귀 떼—모든 것이 순식간에 눈앞을 지나간다.

39 40

완전히 진을 빼는 길을 한두 시간 지나고 나니 마차는 성 하리토니 사원과 그리 멀지 않은 골목길 어느 집 앞에 섰다. 타티아나는 이렇게 해서 마침내 4년째 가슴을 앓고 있는 나이든 숙모 집으로 온 것이다. 안경을 쓰고, 찢어질 때로 찢어진 카프탄을 걸친, 흰 머리가 성성한 칼미크 노인이 뜨다 만 양말을 한손에 들고 문을 열어준다. 응접실로 들어가자 긴 의자에 누워 있던 노공작의 딸의 큰 목소리가 어머니와 딸을 맞아주었다. 두 늙은 여자들은 눈물을 흘리며 서로 안고 감격의 소리를 지른다.

41

"아, 공작 따님, mon ange! (나의 천사)." "Pachtte! (파셰트)." "알리나!" "정말 뜻밖이야!" "정말 오랜만이에요." "오래 있을 거지?" "정말, 언니." "어서, 앉아요. 꿈만 같아. 소설에나 나올 법한 일이야." "얘가 우리집

*9 부하라의 상인들. 당시 모스크바에서 상업에 종사하고 있던 중앙 아시아나 동방 상인들 일반을 가리킨다. 그들만의 독특한 복장으로 사람의 눈을 끌었다.

타티아나야." "어머, 타티아나, 자, 이쪽으로 와요. 어쩐지 꿈만 같아. …… 참, 동생, 그랜디슨 기억 나?" "그랜디슨? 아, 그랜디슨! 기억하고 있지. 지금 어딨어?" "모스크바에, 성 시메온 사원 근처에 있어. 그가 크리스마스 전날 밤에 문병 와 주었어. 얼마 전에 그 아들이 결혼했어.

42

그리고 그가…… 나중에 천천히 이야기해요. 괜찮겠죠? 내일 바로 친척들에게 타티아나를 보여드립시다. 다만 난처하게도 나에게는 마차를 타고 돌아다닐 힘이 없어요. 간신히 발을 끌고 움직일 수 있을 정도니까. 당신도 여행으로 피곤하겠죠. 저쪽에서 쉬도록 해요, ……아, 힘이 빠지고, ……가슴이 답답해서, ……이제는 슬픔뿐 아니라 기쁨까지가 고통스러워요. ……난 이제 아무 쓸모 없는 인간이 되어버렸어. 나이를 먹으면 살아 있는 것이 괴로워……" 이렇게 말하고서 그녀는 피곤에 지쳐 눈물을 글썽이며 기침을 해댔다.

43

타티아나는 병을 앓는 숙모의 두터운 정이나 기쁨에는 강한 감동을 받았지만 자기만의 거실에 익숙한 그녀에게 새로운 주거는 안정감 없이 느껴졌다. 이리하여 그녀는 명주 휘장에 둘러싸인 새로운 침대 위에서 잠 못 이룬 채 밤을 새워 아침을 알리는 사원의 종소리를 들었다. 그녀는 잠자리에서 일어나 창가에 앉았다. 어둠이 걷히고 있는 창밖, 그리운 들판의 풍경은 없고 낯선 집의 마당, 마구간, 주방과 울타리가 보인다.

44

이윽고 타티아나는 매일 친척들의 식사 모임에 불려다니며 내키지 않는 표정으로 할머니나 할아버지에게 인사를 드린다. 멀리서 온 이 친척 아가씨는 가는 곳마다 친절한 대접을 받고 감탄사와 정성어린 대접을 받았다. "어머나, 타티아나, 많이 컸구나! 대모를 서 준 것이 얼마 되지 않은 것 같은데." "나는 너를 두 손으로 안았었지." "나는 귀를 잡아당겼던 생각이 나." "나는 이 아이에게 사탕과자를 먹였었지." 그리고 할머니들은 한결같이 되풀이했다. "세월 참 빠르기도 하다."

45

이 나이든 사람들에게는 아무런 변화도 없었다. 모두가 옛날 그대로였다. 공작부인 엘레나 아주머니는 여전히 비단 레이스로 만든 실내모를 쓰고 있고, 루케리야 르보브나는 여전히 분을 바르고 있다. 류보프 페트로브나는 여전히 거짓말을 하고, 이반 페트로비치는 여전히 바보스럽고, 세묜 페트로비치는 옛날 그대로 인색하다. 펠라게야 니콜라예브나에게는 여전히 무슈 핀무쉬라고 하는 친구, 옛날과 다름없는 개 그리고 옛날과 똑같은 남편이 있다. 그녀의 남편은 지금도 클럽의 충실한 회원으로 지금까지도 잘 듣지 못했으며 점잖았고 옛날처럼 두 사람 몫을 먹거나 마시거나 하고 있다.

46

그들의 딸들도 타티아나를 가슴에 껴안았다. 모스크바의 젊은 미녀들은 처음에는 말없이 타티아나를 머리에서 발끝까지 훑어보았다. 어딘지 모르게 색다르고 시골 냄새가 나는 새침데기로, 창백한 야윈 아가씨이지만 그래도 상당히 아름답다고 생각했다. 그러고 나서 이윽고 자연의 순리대로 사이가 좋아져 자기 방으로 데리고 가서 키스를 하거나 부드럽게 두 손을 잡기도 하고, 그녀의 물결치는 머리카락을 현대식으로 다시 빗어주기도 했다.

47

또 처녀들의 모든 비밀, 남의 사랑, 사랑을 쟁취한 이야기, 바람, 장난, 남모른 꿈을 노래하는 듯한 말투로 털어놓았다. 죄 없는 이들 이야기는 가벼운 비난의 장식을 붙여가며 흘러간다. 그러고 나서 뒤에 아가씨들은 수다 대신 타티아나에게 아양을 부리듯이 그 마음의 고백을 졸라대지만, 그녀는 마치 꿈이라도 꾸고 있는 것처럼 멀뚱하게 이야기를 듣고만 있었기 때문에 무엇 하나 알아낼 수가 없었다. 타티아나는 가슴속 비밀을, 눈물과 행복의 소중한 보물을 마음속에 담아둔 채 아무에게도 나누어주지 않았다.

48

타티아나는 남들이 하는 대화나 좌담을 정신 차려 듣고 싶었지만, 응접실에서 모두가 흥미를 가지고 있는 것은 걷잡을 수 없는 비속한 헛소리뿐. 모든 이야기가 차갑고 메마르고 남을 비난하는 말까지도 따분했다. 맛도 없고 재미도 없는 이야기나 질문, 뒷공론과 소문들, 여러 날 밤낮으로 계속해서 들어봐도 어떤 신선한 사상같은 것은 없었다. 나른한 지혜가 미소 짓는 일도, 비록 장난으로라도 마음 설레는 일도 없다. 아, 사교계의 허무함이여, 거기에는 사람을 웃기는 어리석은 행동조차 찾아볼 수가 없다.

49

외무부 문서국(文書局) 젊은이*[10]들은 모두가 고상한 듯이 타티아나 쪽을 바라보면서도 자기들끼리 쑥덕거리며 그녀의 험담을 주고받고 있었다. 단 한 사람, 어떤 처량한 어릿광대가 그녀를 이상적인 여성으로 생각해서, 문 옆에서 그녀에게 바치는 엘레지를 준비하고 있었다. 뱌젬스키 공작은 따분한 숙모 집에서 타티아나를 만나자 넌지시 그녀 옆에 앉아 그녀의 마음을 북돋았다. 그 옆에서 한 노인이 타티아나를 보고는 자신의 가발을 고쳐 쓰면서 그녀에 대해서 이것저것 묻고 있었다.

50

하지만 미친 것 같은 멜포메네*[11]가 슬픈 듯한 긴 고함을 지르면서 냉정한 관객들 앞에서 황금빛 망토를 휘날리는 곳, 또 탈리아*[12]가 우정의 박수 소리도 못 들은 채 조용히 졸고 있는 곳, 또는 페르프시코레가 단 한 사람 젊은 관객의 마음을 깊이 움직이는 곳—그 옛날 당신이나 내가 넋을 잃고 바라보았던 무렵과 변하지 않다,—거기에서는 판자를 갈아 높게 만든 관람석도 의자도 귀부인들의 자루 달린 안경 속에 깃든 질투도, 유행을 따른 멋쟁

*10 그 무렵의 국립 외무원 모스크바 문서국에는 상류 귀족 청년들이 근무하고 있어서, 이른바 '뤼봄도르' 그룹을 조직하고 있었다. 블라디미르, 오도예프스키, 키레예프스키 형제, 베네비치노프, 코셰료프 등이 여기에 속했다.

*11 그리스 신화에 나오는 비극의 뮤즈.

*12 그리스 신화에 나오는 희극의 뮤즈.

이 전문가들의 오페라 글라스도 타티아나에게 쏠리지 않았다.

51

그녀는 또한 야회에도 끌려갔다. 거기에서는 밀어닥치는 사람들, 웅성거림, 사람들의 열기, 울려 퍼지는 음악, 번쩍번쩍 빛나는 촛대, 팔을 끼고 눈부시게 소용돌이치는 남녀들, 아름다운 부인들의 가벼운 옷차림, 저마다 다른 음색의 담화, 죽 늘어선 신부 후보—그 모두가 한꺼번에 그녀의 마음을 뒤흔들었다. 거기에서는 내노라 하는 멋쟁이들이 저마다 지닌 뻔뻔함과 자신의 조끼를, 또 자루 달린 안경을 아무에게나 돌려댄다. 거기에 휴가를 맡은 경기병 사관들이 달려온다. 떠들어대고, 눈길을 끌고 여자의 마음을 사로잡고는 날아가 버리기 위해서.

52

어두운 밤하늘에 아름다운 별이 숱한 것처럼 모스크바에는 아름다운 여인들이 넘치도록 많다. 하지만 모든 별보다도 달이야말로 밤하늘에 한층 밝게 빛난다. 내가 심금의 울림으로 마음을 어지럽히지 않는 그 사람은 남의 아내나 아가씨들 사이에서 홀로 밤하늘의 밝은 달처럼 빛난다. 아, 그 사람은, 얼마나 아름다운 긍지를 가지고 대지에 발을 딛고 있는 걸까? 그 가슴은 얼마나 달콤한 즐거움으로 가득 차 있을까! 그 아름다운 눈동자는 얼마나 처연한가! ……하지만 이제 그만, 그만 두기로 하자. 나는 이미 미친 짓에 충분한 대가를 지불했으니까.

53

떠들고 웃고, 뛰어다니고, 인사하고, 갤럽, 마주르카, 왈츠 ……이것들 중에서 타티아나는 두 숙모 사이에 끼어 원기둥 뒤에 서서 그 누구의 시선도 끌지 못한 채 혼자 외로이 바라보았다. 무엇 하나 눈에 들어오는 것은 없고 사교계의 헛된 소동에 현기증을 느끼고 있었다. 여기에서는 숨을 쉬는 것도 고통스러웠다. 생각은 멀리 들판이나 시골 생활로, 그곳의 가난한 사람들이나 맑은 시내가 소리를 내는 적막한 땅으로, 그리운 꽃들이나 그리운 소설이 있는 곳으로, 또 어둑한 보리수 가로수길—그분이 모습을 보인 그 가로수

길로 날아가는 것이다.

54

그녀의 상상은 다시 멀리 헤매어 사교계도, 소란스러운 무도회도 다 잊었다. 그러나 그 사이 어딘가에서 멋진 장군이 그녀의 모습을 바라보고 있었다. 두 숙모는 서로 눈짓을 하고 동시에 팔꿈치로 타티아나를 쿡 찌르며 서로 속삭였다. "빨리 왼쪽을 봐요." "왼쪽? 어디? 뭐가 있는데?" "괜찮으니까 봐. ……저기, 저쪽에, 사람들이 모여 있는, 앞쪽으로, 군복을 입은, 두 사람이 서 있지? ……저기, 지금 떨어져 갔어 ……옆얼굴이 보이는 사람……" "누구? 저 살찐 장군?"

55

그러나 지금은 귀여운 타티아나의 행운을 축하하는 것으로 그치고, 우리 이야기의 주인공을 잊지 않기 위해 이야기의 방향을 돌리기로 한다. ……그리고 시의적절하게 여기에서 한 마디 해 둔다.

나는 젊은 친구에 관한 일을, 그 갖가지 변덕을 노래하노라. 오, 서사시의 뮤즈여, 나의 오랜 노력에 축복을 다오! 내가 길을 잘못 들지 않도록 분명한 지팡이를 나에게 다오!

이제 이것으로 됐다. 어깨의 짐을 내려놓았다. 나는 마침내 고전주의에 의리를 다했다. 늦긴 했지만 이것으로 나의 서문으로 삼기로 한다.

제8장

안녕, 만약 영원한 이별이라면
영원히 안녕*1
바이런

1

이전에 내가 리체이*2의 정원에서 한 송이 꽃처럼 조용히 피어나던 때 키케로가 아니라 아풀레이우스*3를 애독하던 무렵, 봄날 남모르는 계곡에서 백조가 울어댈 무렵 조용히 빛나는 물가에서 뮤즈가 나를 찾아왔다. 갑자기 내 방에 밝은 빛이 비치고 뮤즈가 밤마다 발랄한 연회를 열어 어린이다운 기쁨이나 지나간 시대의 영광이나 고동치는 마음의 꿈을 노래하기 시작했다.

2

세상 사람들은 미소로써 이들 노래를 맞아주었다. 최초의 성공은 마음의 강력한 격려가 되었다. 나이 든 제르쟈빈이 나를 인정하여 무덤 안으로 내려가면서 나를 축복해 주었다. *4

---

*1 바이런의 단시 〈Fare thee well〉(1816)에서

*2 푸시킨이 배운 차르스코에 셀로의 귀족학원.

*3 로마의 시인, 철학자(125경~?) 〈황금의 당나귀〉의 작자.

*4 1815년 리체이의 진급 시험에서 학생 푸시킨은 자작시 〈차르스코에 셀로의 추억〉을 낭독하여 내빈의 칭찬을 받았다. 임석한 노시인 제르쟈빈도 감동하여 '그는 나의 후계자이다'라고 말했다고 전해지고 있다. 후에 푸시킨은 〈제르쟈빈에 대하여〉(1825)라는 제목의 회상적인 글 속에서 이때의 일을 다음과 같이 말하고 있다. "내가 제르쟈빈을 본 것은 나의 생애에서 단 한 번뿐이었다. 그러나 그때의 일을 나는 결코 잊지 않을 것이다. 1815년 리체이의 공개 시험 때였다. 제르쟈빈이 우리에게로 온다는 말을 듣고 우리는 모두 흥분하였다. ……제르쟈빈은 왔다……그는 매우 고령이었다. 시험은 그를 매우 따분하게 만든 것 같았다. 그는 한손으로 머리를 괴고 자리에 앉아 있었다. 눈은 흐리고 입술은 축 처져 있었다.

....

....

3

그리고 나는 정열의 변덕만이 나의 원칙이라고 생각하고 세상 사람들과 생을 함께 나누면서 장난기 어린 뮤즈를 연회석이나 용감한 토론장으로, 또 한밤의 순시의 위협적인 목소리로 끌어냈다. 그러나 그녀는 광란스런 연회석으로 자신의 모든 선물을 가지고 가서, 바쿠스의 무녀처럼 떠들고 다녔고, 술잔을 들어 올리며 손님들을 위해 노래했다. 지난날 젊은이들은 앞뒤도 가리지 않고 무턱대고 그녀의 뒤를 쫓았던 것이다. 그리고 나는 이들 친한 동료들 앞에서 나의 바람난 뮤즈를 자랑으로 삼고 있었다.

4

하지만 나는 동료들을 버리고 먼 땅으로 떠났다. ……뮤즈는 나를 쫓아왔다. 상냥한 뮤즈는 얼마나 자주, 남모를 신비한 이야기로 말없는 나의 여행을 위로해 주었던가. 얼마나 자주 그녀는 카프카스의 바위를 따라 레로노레*5처럼 달빛을 받으며 나와 함께 말을 달렸던가. 또 그녀는 타브리다*6의 해변을 따라 밤안개 속으로 나를 인도하고, 파도 소리, 네레이스*7의 끊임없는 속삭임을, 무섭고 영원한 파도의 합창, 조물주에 대한 찬가를 들려주었던가.

러시아 문학 시험이 시작될 때까지 그는 졸고 있었다. 그러다가 갑자기 기운을 차리고 눈을 반짝이기 시작했다. 그의 모습은 완전히 달라졌다. 물론 학생들은 그의 시를 낭독하고 끊임없이 그의 시에 대한 칭찬을 했다. 그는 비상한 관심을 가지고 듣고 있었다. 그때 내가 부름을 받았다. 나는 제르쟈빈에서 두 걸음 떨어진 곳에 서서 자작시 〈차르스코에 셀로의 추억〉을 낭독하였다. 그때 내 기분은 도저히 글로 나타낼 수가 없다. 내가 제르쟈빈의 이름까지 읽었을 때, 나의 어린애 같은 목소리는 떨리기 시작하고 심장은 취한 것 같은 감동으로 고동쳤다. 낭독을 어떻게 끝냈는지 기억이 나지 않는다. 또 어디로 도망쳤는지도 기억나지 않는다. 제르쟈빈은 감동했다. 그는 나를 불렀다. 나를 안으려고 했다. 사람들은 나를 찾았다. 그러나 찾을 수가 없었다.'

*5 주콥스키가 번역한, 뷔르가(1747~94)의 역시 〈레노레〉(1773)의 여주인공. 그녀는 죽은 약혼자와 함께 말을 달린다.

*6 크리미아의 옛 이름.

*7 네레이테스. 바다의 여신.

5

그러는 동안에 나의 뮤즈는 멀리 떨어져 있는 수도의 환락도 시끄러운 연회석도 잊고 적적한 몰다비아*8의 벽촌에서 유랑민의 보잘것없는 천막으로 찾아와, 그들과 사귀면서 품위를 잃고 귀에 익지 않은 초라한 말 때문에 또 마음을 유혹하는 광야의 노래 때문에 신들의 말을 잊어버렸다. 그러나 다시 주위의 모든 것이 갑자기 바뀌었다. 이제 그녀는 눈에 슬픈 추억을 간직하고 프랑스 책을 손에 들고, 시골 아가씨가 되어 나의 정원에 그 모습을 나타냈다.

6

그리고 지금 나는 처음으로 나의 뮤즈를 야회석으로 데리고 가서 시골에서 자란 그 신선함을 질투어린 두려운 마음으로 바라본다. 명문가의 귀족들, 멋쟁이 사관들, 외교관이나 오만한 귀부인들이 늘어선 사이를 그녀는 미끄러지듯이 누비고 간다. 그리고 조용히 앉아서 시끄럽게 웅성대는 사람들, 반짝이는 옷자락, 주고받는 말들, 또 나이 어린 그 집 주인에게 인사를 하려고 조용히 앞으로 나오는 손님들의 모습, 여기저기에서 귀부인들을 액자처럼 둘러싸고 있는, 검은 옷을 입은 남자들의 무리를 신기한 듯 바라보고 있다.

7

마치 과두정치처럼 선택된 사람들만의 정돈된 대화, 온건한 자랑이 가득 찬 냉정함, 사람들의 관등이나 여러 연령층의 어울림—이러한 것들이 타티아나의 마음에 들었다. 하지만 이들, 선택된 사람들 사이에 말없이 얼굴을 찡그리고 서 있는 저 사람은 누구일까? 아무도 그를 아는 사람은 없는 것 같다. 눈앞을 오가는 사람들의 얼굴은, 끈질기게 따라다니는 환상의 행렬처럼 보일 것이다. 그 얼굴에 나타나 있는 것은 무엇일까? 우수, 그렇지 않으면 고뇌하는 마음의 자존심인가? 무엇 때문에 그는 이런 곳에 있는 것일까? 도대체 그는 누구인가? 예브게니는 아닐까? 그 사람이? 아, 그렇다. 바로 그 사람이다.

---

*8 1820년 9월~23년 6월 사이에 푸시킨은 베사라비아의 키시뇨프로 추방되어 있었다.

8

그런데 그는 언제 돌아왔을까? 역시 옛날 그대로인가? 그렇지 않으면 이제는 얌전한 사람이 되어 있는가? 여전히 별난 사람으로 자처하고 있을까? 어떤 사람이 되어 돌아왔는가? 우선 어떠한 역할을 하려 하고 있는가? 이번에는 무엇이 될까? 멜모스,[*9] 세계주의자, 애국자, 그렇지 않으면 차일드 해럴드인가, 퀘이커 교도인가, 위선자인가, 그렇지 않으면 다른 가면을 쓰는가? 또는 당신이나 나와 같은 세상의 평범한 사람과 다르지 않는 호인이 되고 말 것인가? 적어도 나는 여기에서 충고하고 싶다. 낡은 유행을 버리는 것이 좋다고. 세상 사람들을 속인다는 것은 이제 그만이다. —그는 당신과 아는 사이인가. 그렇기도 하고, 그렇지 않기도 하다.

9

—당신은 왜 그 남자를 그렇게 나쁘게 이야기하는가? 쉴새없이 온갖 일에 신경을 쓰고 간섭하고 모든 일에 따지기를 좋아하는 우리의 습관 때문인가? 불타오르기 쉬운 영혼의 경솔한 행동이 자만심에 빠진 사람들의 자존심에 상처를 입히고 비웃음의 대상으로 만들기를 좋아하기 때문인가? 자유를 사랑하는 그 지혜가 사람의 마음을 억누르기 때문인가? 우리가 너무 자주 사람이 하는 말과 행동을 혼동하기 때문인가? 어리석은 것은 덧없고 심술궂기 때문인가? 젠체하는 사람들이 헛소리를 중시하기 때문인가? 평범한 사람만이 우리에게 만만하고 익숙하기 때문인가?

10

젊었을 때 팔팔했던 사람은 행복하다. 나이에 걸맞게 어른이 된 사람은 행복하다. 인생의 냉혹함을 견뎌 내고 세상의 예삿일과는 다른 꿈에 자신의 마음을 의탁하는 일 없이, 사교계의 속물들과 격의 없이 지내는 사람은 행복하다. 스물의 나이에는 멋쟁이, 또는 재주 있는 사람이라는 말을 듣고, 서른에는 조건이 좋은 결혼을 하고, 오십에는 사사로운 일 또는 그 밖의 의무에서 해방된 사람은 행복하다. 명예와 돈과 관등을 차례로 온건하게 손에 넣은 사

---

*9 제3장 12절의 *14 참조.

람은 행복하다. 늘 남들로부터 '아무개는 훌륭한 사람이다'라는 말을 듣는 사람은 행복하다.

11

하지만 청춘을 헛되이 보내고 사사건건 그것을 배반하고 또 그것에 속았다고 생각하는 것은 슬픈 일이다. 청춘의 더할 나위 없는 소원, 순수한 갖가지 꿈이 마치 가을에 나뭇잎이 썩는 것처럼 차례로 썩어 갔다고 생각하는 것은 슬픈 일이다. 즐비하게 차려진 식사만을 보는 것은 견디기 힘들다. 인생을 의식처럼 생각하고 예의바른 속물들과 함께 생각도 희망도 달리 하면서 그 뒤를 쫓는 것은 싱겁기 짝이 없는 일이다.

12

소란스러운 세상에서 소문의 표적이 되거나 분별있는 사람들 사이에서, 가면을 쓴 별난 사람이나, 마치 미치광이 같고 악마 같은 괴물, 더 나아가서는 나의 '데몬'*[10]이라 해도 네 말을 듣는 것은 견딜 수 없는 일일 것이다—독자도 동의할 것이다. —오네긴은—다시 그의 이야기로 돌아가기로 하자—친한 친구를 결투로 죽인 뒤에, 하릴없이 따분함에 괴로워하면서 스물여섯 살이 될 때까지 열중하는 일도 없고 목적도 없이 시간을 허비했다.

13

그는 불안의 포로가 되어 끊임없이 거처를 바꾸어 왔다—이것은 매우 고통스러운 버릇으로 소수의 사람들이 스스로 짊어지는 십자가이다. —그는 자신의 마을이나 숲과 밭으로 둘러싸인 고독의 집을 버렸다. 거기에서는 날마다 피투성이가 된 망령이 눈앞에 나타나는 것이었다. 그래서 그는 자신의 마음이 이끄는 대로 정처 없는 여행을 떠났다. 하지만 이 세상의 모든 것과 마찬가지로 방랑도 그에게는 무미건조했다. 그는 다시 돌아와 저 차츠키*[11]처

---

*10 푸시킨의 단시(1823). 작자는 데몬의 형상 속에 부정과 회의(懷疑)의 정신을 구상화하고 있다.

*11 그리보예도프의 희극 〈지혜의 슬픔〉(제6장 제11절의 주석(3) 참조)의 주인공 차츠키는 3년 동안 외국을 여행한 후에 모스크바로 돌아온 첫날밤에 무도회에 출석한다. 푸시킨은 여기에서 오

럼, 배에서 내리자마자 무도회에 그 모습을 나타낸 것이다.

14

갑자기 사람들이 술렁이더니 속삭이는 목소리가 넓은 방에 퍼졌다. 어느 귀부인이 당당한 장군을 뒤에 따라오게 하고 여주인이 있는 자리로 가까이 간다. 그 귀부인은 침착하고 말수도 적고 그 거동은 냉정하지도 않고 주위에 거만한 시선을 던지는 일도 없으며 자신의 성공을 자랑하는 기색도 없었다. 동작에는 젠체하는 그림자도 없고 어설픈 기교도 없이 ……모두가 조용하고 가식 없고 comme il faut(여기에서는 우아하다는 뜻) 그 자체로 여겨졌다—쉬쉬코 각하여,*[12] 용서하여 주시기를. 뭐라고 번역해야 좋을지 모르겠습니다—.

15

부인들이 그녀 곁으로 가까이 다가갔다. 노부인들이 그녀에게 미소를 보낸다. 남자는 낮게 허리를 숙여 그녀의 시선을 붙잡으려고 한다. 아가씨들은 한층 조용하게 그녀 앞을 지나간다. 그녀와 함께 넓은 방으로 들어온 장군만이 누구보다도 높게 코와 어깨를 치켜 올린다. 아무도 그녀를 다시없는 미인이라고 부를 수는 없겠지만 런던 상류사회에서 제멋대로의 유행이 vulgar(속된)라고 부를 만한 것을 그녀의 어디에서도, 머리에서 발끝까지 찾아보아도 찾을 수가 없었다.

16

—나는 이 속되다(vulgar)라는 말을 좋아하는데, 이것도 또한 번역을 할 수 없는 말이다. 이것은 아직 우리 러시아에서는 신조어에 속하여 그다지 명예로운 대접을 받고 있지 않지만 풍자시에라면 쓸모가 있을 것이다. —그건 그렇고 우리 귀부인 쪽으로 빨리 돌아가기로 하자. 이분은 가식 없는 아름다움을 빛내며, 저 네바 강변의 클레오파트라라고 불린, 절세의 미녀 니나 브론스카야*[13]와 나란히 테이블에 앉았다. 누구나 동의하겠지만 대리석 조각 같은

네긴과 차츠키의 성격이나 운명의 공통성을 암시하고 있는 것으로 여겨진다.

*12 러시아 문장어에서의 교회 슬라브어적 요소의 유지에 노력하여, 외국어나 신어의 사용에 반대한 문학자, 해군제독(1754~1841). 러시아 아카데미아 총재. 교육장관 등을 역임하였다.

눈부신 니나도 옆에 있는 귀부인의 빛을 빼앗을 수는 없었다.

17

"설마 저 여성이—예브게니는 생각했다—그녀일까? 분명히 그녀임에 틀림없어……아니, 아냐.—설마 그렇게 적막한 광야 마을의……" 그는 잊혀진 얼굴을 희미하게 생각나게 하는 부인에게로 자루 달린 안경을 끊임없이 끈질기게 돌렸다. "그런데 공작, 저기 빨간 베레모를 쓰고 스페인 공사와 이야기를 하고 있는 저 부인이 누군지 아는가?" 공작은 오네긴의 얼굴을 바라보았다. "아, 자네는 오랫동안 다른 곳에 가 있었지. 기다려, 자네에게 소개해 주지." "하지만, 저건 누굴까?" "내 아내야."

18

"그럼 자네, 결혼했단 말인가? 전혀 몰랐는데, 오래 되었나?" "2년가량 됐지." "누구하고?" " 라리나하고." "타티아나와?" "자네는 그녀를 알고 있었나?" "그녀의 가족과는 이웃에서 살았지." "그래? 그럼 바로 가자." 공작은 아내 옆으로 가까이 가서, 친척이자 친한 친구인 예브게니를 소개한다. 공작부인은 그를 바라보았다. 비록 그녀가 아무리 놀래고 당황해서 강한 마음의 동요를 받았다 해도 자기 자신을 잃는 일은 없었다. 전과 변함없는 동작과 인사하는 태도도 조용했다.

19

그녀는 조금도 몸을 떨지 않았고 창백해지거나 얼굴을 붉히는 일도 없이 눈썹 하나 움직이지 않고 입술을 깨물지도 않았다. 오네긴은 아무리 열심히 살펴보아도 옛날의 타티아나의 모습은 흔적도 찾아볼 수 없었다. 무엇인가 이야기의 실마리를 찾으려고 했지만 그것도 잘 되지 않았다. 그러나 그녀는 그가 전부터 여기에 있었는가, 어디에서 왔는가, 시골에서 온 것은 아닌가 등을 물었다. 그 뒤 피곤한 듯한 시선을 남편에게 돌리더니 미끄러지듯이 떠났다, ……꼼짝도 하지 않고 그는 그 자리에 남겨졌다.

---

*13 당시 페테르부르크의 사교계에서 미모로 유명했던 에카테리나 자바도프스카야 공작부인(1807~74)을 가리키는 것으로 여겨진다.

20

정말로 그녀가 그 타티아나일까? 이 소설의 첫 부분에서 묘사했듯이 멀고 적막한 벽촌에서 언젠가 그가 남의 눈을 피해 씩씩한 열의에 내몰려 설교를 들려준 그 타티아나인가? 그때의 편지는 지금도 가지고 있다. 편지 속에서 마음을 털어놓고 있는 그대로 모든 것을 이야기했던 그 타티아나인가? 그렇지 않으면 이것은 꿈인가?……그때 어쩔 수 없는 운명에 짓눌려 경멸했던 그 아가씨일까? 지금 저토록 침착하고 당당하게 행동한 사람이 진정 그때의 그 얌전한 아가씨일까?

21

그는 많은 사람이 모인 야회를 떠나 상념에 잠겨 집으로 돌아갔다. 때로는 슬프고 또 때로는 즐거운 꿈이 늦게 든 잠자리를 괴롭혔다. 이튿날 눈을 떠 보니 편지 한 장이 와 있었다. N공작이 그를 야회에 초대하는 것이었다. "고맙다! 그녀에게로! ……가자, 꼭 가자!" 그는 급히 정중한 답장을 썼다. 이것은 어떻게 된 일인가? 이상한 꿈을 꾸고 있는 것 같았다. 그 냉혹하고 게으른 마음 밑바닥에 무슨 일이 일어나고 있는가? 채워지지 않는 가슴의 초조함인가? 덧없는 세상의 허영인가? 그렇지 않으면 다시 청춘의 고뇌인 사랑인가?

22

오네긴은 초조한 듯 시계를 들여다보며 해가 지는 것을 기다리는 신세가 되었다. 시계가 10시를 알렸다. 그는 마차를 몰아 그 집 현관에서 내렸다. 설레는 가슴을 안고 공작부인의 방으로 들어가자 거기에는 타티아나가 혼자 있었다. 잠시 동안 앉아 있었으나 오네긴의 입에서는 아무 말도 나오지 않았다. 간신히, 어색하게, 그는 부인의 물음에 간신히 대답할 뿐. 꺼지지 않는 생각으로 가득 찬 채 그는 고집스럽게 그녀를 보고 있었다. 타티아나는 조용히, 아무런 구애도 받지 않는 것 같았다.

23

남편이 방안으로 들어와서 이 어색한 대면을 깨뜨려주었다. 공작은 오네긴과 어렸을 때의 장난이나 농담을 상기하고는 서로 웃었다. *14 이윽고 손님이 나타나기 시작한다. 사교계의 심술궂은 농담이 오가고, 왁자지껄한 이야기가 시작된다. 여주인 주위의 좌석에서는 어리석은, 젠체하는 분위기는 없으나, 알맹이도 없는 가벼운 농담이 꽃을 피운다. 가끔 분별 있는 다른 이야기가 그것을 가로 막는다. 이들 이야기는 비속하지도 않고 지식을 자랑하는 일도 없었으나 그렇다고 해서 자유로운 생기로 듣는 사람의 귀를 놀라게 하는 일도 없었다.

24

그러나 거기에는 도시의 꽃이라고 할 수 있는 명문 귀족이나 유행의 견본과 같은 사람들이나 어디서나 볼 수 있는 흔한 얼굴들, 그리고 그런 자리라면 으레 참석하는 어리석은 자들도 있었다. 또 모자를 쓰고 장미꽃을 장식하고 언뜻 보기에 심술 궂게 보이는 중년 부인들이나, 좀처럼 웃지 않는 몇 명의 귀족 처녀들, 정치를 이야기하는 외국 사신의 모습도 보였다. 듬성듬성 흰 머리가 보이는 머리에 향수 냄새를 풍기며 옛날식 경구(警句)를 토하는 노인도 있었다. 재치있고 날카로운 경구이기는 했으나 요즘 시대에 듣기에는 조금 거북하게 여겨졌다.

25

거기에는 또 경구만 좋아해서 모든 일에 이내 화를 내고 싶어 하는 신사도 있었다. 너무나 단 홍차에도, 귀부인의 평범한 거동에도, 남자들의 말투에도, 분명치 않는 소설의 비평에도, 두 사람의 자매에게 하사된 황제의 머리글자 장식도, 잡지의 거짓 기사에도, 또 전쟁이나 눈, 자기 아내에게까지 사사건건 화를 내는 것이다.

....

....

---

*14 타티아나의 남편인 '침착한 장군'이 28세의 오네긴의 어렸을 때의 친구라니 부자연스럽다는 설에 대해서 푸시킨 연구가인 레르네르는 당시의 러시아에서는 젊은 장군도 실제로 있었다고 말하고, 푸시킨의 친구인 라예프스키가 29세로 장군이었다는 것을 예로 들고 있다.

26

거기에는 또 심사가 고약하기로 악명 높은 프롤라소프도 있었다. 이 사나이는 모든 집의 앨범에 낙서를 하고, 생 프리(St. Priest)*15여, 자네의 연필을 다 닳게 해버렸네. 문가에는 무도회의 또 하나의 유력자가 유행잡지의 삽화처럼 서 있었다. 부활절 이전의 케르빔의 천사처럼, 빨간 뺨을 하고 꽉 죄는 답답한 옷을 입고 움직이지도 않고 말도 하지 않는다. 또 지나가던 다른 나라의 여행자*16도 왔는데 융통성이 없고 못 말리는 새침데기로, 그의 지나친 태도가 손님들의 미소를 자아냈다. 사람들이 말없이 주고받는 시선은 그에 대한 응접실의 선고였다.

27

그러나 야회가 열리는 동안 우리 오네긴은 오직 타티아나에게만 마음을 빼앗기고 있었다. 그것은 옛날의 평범하고 겁 많고, 가식 없고, 귀여운, 사랑하는 아가씨 타티아나가 아니라 차분한 공작부인, 아름답고 거룩한 네바강의 가까이 가기 힘든 여신이었다. 오, 사람들이여, 당신네들은 모두 저 먼 조상인 이브를 닮았다. 주어진 것에는 감히 마음이 끌리지 않고 끊임없는 뱀의 유혹에 의해서 신비의 나무에 마음이 끌린다. 금단의 열매를 주어라, 그것 없이는 천국도 천국이 아니다.

28

타티아나는 얼마나 많이 변했는가! 얼마나 훌륭하게 자신의 새로운 역할을 해내고 있는가! 감히 침범할 수 없는 그 기품을 얼마나 빨리 익혔는가! 과연 그 누가, 이 여유 있고 구애 없는 야회의 여왕에게서 그 옛날 상냥했던 어린 아가씨의 모습을 찾을 수 있겠는가? 이전에는 그도 이 타티아나의 마음을 흔들었던 적이 있었다. 그녀가 어두운 밤에 모르페우스*17가 찾아올 때까지 그를 그리워하고, 처녀다운 마음의 슬픔에 잠겨 있던 일도 있다. 그리

*15 당시 사교계의 앨범에 훌륭한 만화를 그려서 소문이 난 젊은 사관.

*16 1829년에 페테르부르크에 머물며 상류 사교계에 출입하고 있었던 영국인 토머스 레이크스를 모델로 한 것으로 여겨진다.

*17 꿈, 잠의 여신.

고 하늘을 떠가는 달의 모습을 괴로운 듯이 바라보고 인생의 잔잔한 길을 그와 단 둘이서 걷는 날을 꿈꾼 일도 있었던 것이다.

29

그 어떤 나이에도 사랑을 거스를 자는 없다. 하지만 젊고 순수한 마음에는 사랑은 마치 들판에 불어젖히는 봄날의 폭풍우처럼 좋은 열매를 가져오는 것이다. 정욕의 비 속에서 젊은 마음은 생생하게 되살아나고, 성숙하고 힘찬 생명이 화려한 꽃과 달콤한 과실을 준다. 그러나 황혼의 열매를 맺지 못하는 전환기의 나이를 맞으면 정욕도 부질없이 생명 없는 슬픈 흔적을 남길 뿐이다. 마치 차가운 가을의 폭풍우가 초원을 늪으로 바꾸고 숲을 벌거벗게 하는 것처럼.

30

이제 의심할 여지는 없다. 아, 예브게니는 어린 아이처럼 타티아나를 사랑했다. 밤이나 낮이나 사랑으로 인한 괴로움에 빠져 헛된 시간을 보냈다. 이성의 준엄한 채찍에도 귀를 기울이지 않고 그는 날마다 그녀의 집으로, 유리를 낀 현관에 마차를 대어 마치 그림자처럼 그녀의 뒤를 따라다녔다. 부드러운 털목도리를 그녀의 어깨에 걸쳐주거나, 불타는 마음으로 넌지시 그녀의 손을 만지거나, 그녀 앞에 열을 지어 서 있는 시종의 무리를 비켜나게 하거나, 그녀의 손수건을 주워 올리거나, 그것만으로도 그는 행복했다.

31

제아무리 그가 몸부림을 쳐도 목숨을 다해도 그녀는 조금도 알지 못하는 것처럼 집 안에서도 아무런 구애 없이 그와 얼굴을 맞대고 손님 앞에서도 두서너 마디 말을 주고받는다. 때로는 가볍게 고개를 숙이기도 하지만, 때로는 아는 척도 하지 않는다. 교태를 부리는 태도는 조금도 없다. 상류 사회에서는 원래 교태는 금기로 되어 있다. 오네긴은 갈수록 창백해졌지만 그녀는 그것을 알아차리지 못하는지, 아니면 가엾게 생각하지 않는 것인지. 오네긴은 갈수록 야위고 쇠약해져 병을 앓는 사람으로 혼동할 정도였다. 모두가 그에게 의사에게 가보라고 했고 의사들은 입을 모아 광천지로 요양갈 것을 권했다.

32

그러나 그는 가려고 하지 않는다. 아예 조상에게 빨리 데려가 달라고 하는 것이 더 낫겠다고까지 생각하고 있었다. 하지만 그런 일에 타티아나는 조금도 눈치를 채지 못하는 것 같았다—여성들이란 그런 것이다—오네긴은 고집스럽게 희망을 버리지 않고 물러서려고도 하지 않고, 그저 속만 썩이고 있었다. 병든 몸에도 불구하고 야윈 손으로 건강한 사람보다도 더 대담하게 불타는 마음을 공작부인에게 써서 보냈다. 평소에 편지라고 하는 것에 그다지 가치를 인정하지 않았던 그였으나 가슴의 아픔을 더 이상 참을 수가 없었으리라. 그의 편지를 그대로 옮겨 적기로 한다.

타티아나에게 보내는 오네긴의 편지

나는 모든 일을 이미 알고 있습니다. 이 숨겨진 슬픔의 고백에 당신은 모욕감을 느낄 것입니다. 긍지에 찬 그 눈동자에는 얼마나 씁쓸한 멸시가 떠오를까요. 나는 무엇을 바라는가? 무엇을 노리고 나의 마음을 당신 앞에 고백하는가? 이것은 어쩌면 심술궂은 기쁨에 기회를 주게 될 것입니다.

그 옛날 우연히 당신을 보았을 때 당신 가슴에 피어오르는 사랑의 불꽃을 알아차렸으면서도 나는 그것을 믿을 용기가 없어서 세상에서 흔히 볼 수 있는 마음의 움직임을 억눌렀습니다. 나는 나의 자유로운 생활에 싫증을 느끼면서도 그것을 잃는 것을 두려워하고 있었습니다. 다시 또 하나의 사건이 우리들을 서로 떼어놓았습니다. ……렌스키가 불행하게 희생되어 쓰러진 것입니다. ……그래서 나는 마음의 그리운 모든 것으로부터 억지로 나 자신을 멀리하였습니다. 모든 사람과 인연을 끊고 그 어떤 것에도 속박되지 않고 혼자 생각했습니다. 자유와 마음의 평안이야말로 행복을 대신할 것이라 믿고. 아, 얼마나 잘못된 생각이었을까요? 내가 얼마나 엄격한 벌을 받았는지요!

아니, 아니, 아닙니다. 나는 끊임없이 당신을 바라보면서 어디까지나 당신의 뒤를 따라서 사랑하는 눈동자로 당신의 희미한 미소나 그 눈의 움직임도 놓치지 않고 당신의 말에 귀를 기울이고 당신의 모든 아름다움을 이해하고 당신 앞에서 고통으로 정신을 잃고 창백하게 시들어가는……그것이 더없는 행복이었습니다.

그런데 지금은 그것조차도 빼앗겼습니다. 지금은 다만 운에 맡기고 오직 당신을 위하여 걸음을 떼고 있을 뿐입니다. 나에게는 하루가, 한 시간까지도 소중합니다. 하지만 나는 운명에 의해 정해진 목숨의 남은 나날을 무의미하게 지내고 있습니다. 그 나날도 이제는 고통스러운 것이 되어 나는 이미 내 목숨이 얼마 남지 않았다는 것을 알고 있습니다. 짧은 목숨을 연장하기 위해서 나는 아침마다 오늘은 당신을 만날 수 있을 것이라고 믿지 않으면 안 됩니다…….

나는 두려워하고 있습니다. 당신의 냉엄한 눈이 이 나의 겸허한 소원 속에서 비열한 간계라도 발견하는 것이 아닐까 하고. 또 이 몸이 당신의 준엄한 책망을 듣지나 않을까 하고. 아, 가슴을 불태우고 사랑의 목마름에 몸부림치며 용솟음치는 피를 끊임없이 이성으로 진정시키는 괴로움을 만약에 당신이 알고 있다면 당신의 무릎을 안고 그 발아래에 흐느껴 울며 소원, 고백, 자책 등을 말할 수 있을 때까지 모두 전하고 싶습니다. 그러면서도 정작 그 자리에 가서는 말도 눈동자도 새삼 냉정을 가장하고 아무렇지도 않은 말을 교환하고 당신에게 그늘 없는 눈동자를 던지는—그것이 얼마나 괴로운 일인가를 만약에 당신이 알고 있다면.

하지만 그것도 어쩔 수 없습니다. 나에게는 이제 더 이상 나를 거역할 힘이 없습니다. 모든 것은 결정되었습니다. 내 모든 것은 당신 마음에 달려 있습니다. 나를 운명에 맡깁니다.

33

답장은 없었다. 그는 다시 편지를 썼다. 두 번째 편지, 세 번째 편지에도 답장은 오지 않았다. 오네긴이 어느 야회에 가서 방에 들어가자 그녀를 만났다. 그녀의 표정이 얼마나 험악했던가. 돌아보지도 않고 말도 걸지 않았다.

마치 주현절의 살을 에는 것 같은 추위가 둘러싸고 있는 것 같았다. 그 꼭 다문 입은 노여움을 억제하고 있는 것 같았다. 오네긴은 그녀를 주의깊게 살펴보았다. 당황한 태도는 없는가? 배려하는 모습은 없는가? 눈물의 흔적은 없는가? 그 어디에도 그런 것을 찾아볼 수 없었다. 그 얼굴은 노여움만 간직하고 있을 뿐…….

34

그렇다, 어쩌면 자신의 장난이나 뜻밖에 겪는 방황을 남편이나 세상에 알리지 않기 위한 남모르는 배려가 아닐까. 오네긴이 잘 알고 있는 모든 것의 흔적은 없는가? 희망은 사라졌다. 그는 그 자리를 떠나서 자신의 미치광이 같은 행동을 저주하면서도 마음을 가라앉히고 다시 사교계와 인연을 끊었다. 고요한 서재에 들어앉자 그 옛날의 가차 없는 우수가 시끄러운 사교계에서 그를 쫓아다니다 결국은 목덜미를 붙잡고 어두운 방에 가두었던 그때의 일이 떠올랐다.

35

그는 다시 닥치는 대로 책을 읽기 시작했다. 기본,*[18] 루소, 만초니,*[19] 헤르더,*[20] 스탈 부인,*[21] 샹포르,*[22] 거기에 비샤,*[23] 티소,*[24] 회의주의자 베일,*[25] 퐁트넬*[26] 등의 저작 등. 또 러시아의 작가라면 누구를 가리지 않고 통독했다. 문집도 읽었고 또 우리 시인에게 자꾸만 교훈을 내리려 하면서, 지금은 나를 몹시 비난하고 있는 잡지류도 읽어 보았다. 이들 잡지를 펼쳐보면 가끔 나에게 바치는 칭찬의 노래를 만나는 일도 있다. ―여러분, E

---

*18 영국의 역사가((1737~94). 《로마제국 흥망사》의 저자.

*19 영국의 문학자(1785~1873). 역사소설 《약혼자》(1825~26)의 작자.

*20 동일의 사상가, 문학가(1744~1803).

*21 제3장 10절의 주(11) 참조.

*22 프랑스 혁명 당시에 활약한 모럴리스트(1741~94).

*23 프랑스의 생리학자(1771~1802).

*24 스위스의 의사. 많은 통속 서적의 저자(1728~97).

*25 프랑스의 철학자(1647~1706).

*26 프랑스의 사상가(1657~1757).

sempre bene(훌륭한 일이다).

36

그러나 이것은 어찌 된 일인가? 눈은 글자를 읽고 있지만 생각은 먼 곳을 날고 있었다. 꿈이나 희망, 슬픔이 마음 깊은 곳에서 뒤엉켜 있었다. 영혼의 눈은 인쇄된 글자의 행간에서 다른 글을 읽고 있는 것이다. 그는 그 글을 탐독했다. 어두운 옛날, 남모르는 이야기들이나 그와는 아무런 관계가 없는 갖가지 꿈, 두려움이나 소문, 여러 가지 예언, 또는 긴 옛날이야기의 생생한 한 구절이나 젊은 아가씨의 편지였다.

37

이렇게 해서 그의 마음과 생각은 서서히 무감각 속으로 안정되어간다. 환상이 그의 눈앞에 갖가지 색의 정경을 펼쳤다. 녹기 시작한 눈 위에 한 젊은이가 마치 숙소에서 자는 여행자처럼 움직이지도 않고 누워 "어찌할 수 없습니다. 죽었습니다"라고 하는 소리가 들린다. 또 어떤 때에는 망각 속의 적들, 그 옛날 그를 헐뜯던 사람들이나 심술 사나운 겁쟁이, 바람난 젊은 여자들, 마음이 천한 동료들의 모습이 보인다. 또 때로는 마을의 지주 저택이 나타나고 창가에 그녀가 앉아 있다. ……그것은 으레 그녀의 모습이었다.

38

이렇게 해서 그는 자기를 잊는 데에 익숙해져 미치거나 그렇지 않으면 시인이라도 될 듯한 상태였다. 사실을 말하자면 그렇게 되면 난처한 일이 되었을 것이다. 앞뒤를 분간 못하는 내 제자는 그 무렵 최면술의 힘에 의해 어쩌면 러시아 시의 메커니즘을 터득할 뻔했다. 자기 방에서 혼자서 난롯불을 앞에 두고 Benedetta(축복 받은 자여)하든가, Idiol mio*27(나의 우상이여)라고 중얼거리면서 슬리퍼를, 때로는 잡지를 불길 속으로 내던질 때의 그는 얼마나 시인을 닮았는가?

---

*27 모두가 당시의 러시아에서 유행했던 이탈리아 가요 가사의 첫마디들.

39

세월은 흘러 따뜻한 하늘 아래 겨울은 끝나가고 있었다. 오네긴은 시인도 되지 않고 죽지도 않았으며 정신이 이상해지지도 않았다. 봄이 그를 소생시켰다. 겨울 동안을, 구멍 속에 사는 두더지처럼 틀어박혀 살았던 자신의 방들, 이중창, 벽난로 등을 뒤로 하고 그는 햇빛이 눈부신 어느 아침에 네바 강을 따라 썰매를 몰았다. 상처투성이의 푸른 얼음 위에 붉은 햇살이 춤을 추고, 거리마다 더러운 눈이 녹고 있었다. 그 위를 우리 오네긴은 어디를 향해 서둘러 가고 있는가?

40

독자가 이미 짐작하는 바와 같이, 구원할 수 없는 우리 연인은 그녀에게로, 타티아나에게로 가고 있는 것이다. 마치 죽은 사람 같은 표정으로 들어가자 응접실에는 아무도 없었다. 넓은 방을 지나 더 안쪽으로 갔으나 거기에도 인기척은 없었다. 그는 문을 열어보았다. 그는 그 자리에서 무엇을 보았는가? 눈앞에 공작부인이 혼자 창백해진 얼굴로 실내복을 입은 채 앉아 편지를 읽고 있었다. 다른 한 손으로 뺨을 받치고 쏟아지는 눈물에 젖어서.

41

아, 이 순간에 그녀의 말없는 고통을 알아차리지 못할 사람이 어디 있겠는가! 지금 바로 이 순간, 그 누가 이 공작부인 안에 옛날의 타티아나, 귀여운 타티아나의 모습을 알아보지 못할 사람이 있단 말인가! 예브게니는 미칠 것 같은 그리움에 마음이 크게 동요되어 그녀의 발아래 몸을 던졌다. 그녀는 자기도 모르게 몸을 떨었다. 하지만 노여운 빛도 없고 놀라운 빛도 보이지 않고 말없이 오네긴을 바라보고 있을 뿐. 기도를 하는 듯한 그의 모습도, 빛이 가신 병든 시선, 소리 없는 원망, 그녀는 이 모든 것을 이해했다. 꾸밈없는 옛날의 아가씨, 지나간 나날의 마음을 품은 꿈 많던 타티아나가 이제 다시 그녀 안에 되살아났다.

42

그녀는 그를 일으켜 세울 생각도 하지 않았다. 그의 얼굴을 바라본 채 무

엇인가 말하려는 듯한 그의 입에서, 감각을 상실한 자신의 손을 뺄 생각도 하지 않았다. 그녀는 무엇을 꿈꾸고 있는 것일까? 말없이 긴 시간이 흘러간다. 마침내 그녀는 조용히 말하였다. "이제 됐어요. 일어나세요. 숨김없이 모든 것을 말씀드리겠습니다. 오네긴 님, 기억하고 계세요? 저 정원의 가로수 길에서 운명이 우리를 만나게 하여, 제가 당신의 경구를 다소곳이 듣고 있던 그때를요. 오늘은 제가 이야기를 할 차례입니다."

43

오네긴 님, 그 무렵 저는 더 젊고 지금보다도 더 기량도 좋았었지요. 그리고 저는 당신을 사랑하고 있었습니다. 그런데 어떻게 되었죠? 제가 당신의 마음속에서 무엇을 발견했던가요? 어떠한 대답을? 오직 냉혹함뿐이었어요. 그랬죠? 당신에게 얌전한 한 아가씨의 사랑 같은 건 드물지 않는 일이었을 거예요. 아, 지금까지도 그 차가운 눈동자나 그 설교를 생각만 해도 피가 얼어붙을 것 같아요. 하지만 당신을 책망할 생각은 조금도 없답니다. 생각하는 것조차도 무서웠던 그때에 당신은 훌륭하게 행동하셨어요. 당신이 저에게 하신 일은 역시 옳은 일이었습니다. 저는 그것을 진심으로 고맙게 생각하고 있어요.

44

그 무렵은 그랬었지요. 그런 외딴 시골에서 염문(艶聞)과는 거리가 먼 저는 당신의 마음에 들지 않았겠지요. 그런데 왜 지금 제 뒤를 쫓아다니시나요? 저의 무엇이 당신의 마음을 끄는 거죠? 제가 상류 사교계에 할 수 없이 나가고 있는, 그 때문인가요? 지금의 제가 돈이 많고 신분이 높고 게다가 남편이 전쟁터에서 불구가 되어 궁정으로부터 총애를 받고 있기 때문인가요? 저의 좋지 않은 소문이 모든 사람들에게 알려져, 당신에게 정사(情事)의 명예를 가져올 것이기 때문인가요?

45

저는 눈물을 흘리고 있어요. ……만약에 당신이 옛날의 타티아나를 지금도 잊지 않고 계신다면 이것만은 알아주셨으면 해요. ─만약에 제가 할 수 있는 일이라면 저는 당신의 천한 정열이나 이 편지나 눈물보다도 몸을 찌르는 것 같은 잔소리나 차갑고 신랄한 말 쪽을 선택할 것이라는 것을 말이죠. 그때 어린 아가씨의 철없는 꿈을 귀엽게 생각하고 나이 어린 저의 처지를 가엾다고 생각해 주셨다면. 그런데 지금은! 어째서 당신이 제 발 아래 무릎을 꿇는 건가요? 이 얼마나 천박한 짓인가요? 당신만한 감성과 지혜를 가진 분이 쓸데없는 감정의 포로가 되다니요!

46

오네긴 님, 저에게 이와 같은 화려함, 역겨운 이 생활의 겉치레, 사교계의 소용돌이 속에서 얻은 성공도, 유행하는 집이나 야회가 무슨 가치가 있단 말입니까? 저는 지금 당장이라도 가장 무도회와 같은 이런 물건들이나 화려하고 소란스럽고, 숨 막히는 일들을 버리고 한 권의 책이나 인기척이 없는 정원, 저 그리운 조촐한 집, 게다가 제가 오네긴 님, 제가 처음으로 당신을 만났던 그곳, 지금은 가엾은 보모가 묻힌 무덤 위에 십자가와 나뭇가지 그림자가 어른거리는 조용한 묘지로 가고 싶어요.

47

행복은 눈앞에 그토록 가깝게 있었는데……. 하지만 저의 운명은 이미 정해졌습니다. 제가 경솔했는지도 모르죠. 하지만 어머니가 눈물을 흘리시면서 부탁하시더군요. 박복한 타티아나에게는 어떠한 선택도 마찬가지였을 거예요. ……저는 여기로 시집을 왔습니다. 부탁이에요. 제게서 멀리 떨어져 주세요. 저는 잘 알고 있습니다. 당신의 가슴에는 긍지도 진정한 명예도 있다는 것을. 저는 당신을 사랑하고 있어요—거짓말을 해서 무슨 소용이 있겠어요? —하지만 저는 다른 남자에게로 시집온 몸입니다. 언제까지나 정조를 지킬 생각이에요."

48

그녀는 떠났다. 예브게니는 벼락이라도 맞은 것처럼 그 자리에 서 있었다. 갖가지 생각의 소용돌이 속에 그의 마음은 처박혔다. 그러자 갑자기 박차 소리가 울리고 그녀의 남편이 거기에 나타났다. 이리하여 독자여, 우리는 우리 주인공 곁을, 그에게는 불행한 결말로부터, 오랫동안……아니 영원히 떠나기로 하자. 이미 오랫동안 그를 따라서 세상을 헤매어 왔다. 목표로 한 강변에 도착했다는 것을 서로 축복하기로 하자. 만세! 좀 더 일찍 그렇게 해야 했던 것이 아닌가!

49

아, 독자여, 당신이 누구이든, 나의 친한 친구일지라도, 적일지라도, 지금은 친구로서 당신과 헤어지고 싶다. 안녕, 독자여, 여러분이 변변치 못한 이 이야기 속에서 무엇을 찾아내든 간에—마음을 흐트러뜨리는 추억이든, 일을 끝마친 뒤의 휴식이든, 생생한 사물의 모습이든, 또는 경구이든, 문법상의 잘못이든—아무튼 바라건대 이 책 안에서 기분 전환을 위해, 꿈을 위해, 마음을 위해, 또는 잡지에서의 논쟁을 위해 쓸모 있는 그 어떤 것이라도 찾아주시기를. 이제 이것으로 헤어지기로 하자!

50

그리고 나의 색다른 동반자여, 마음이 변치 않는 나의 이상이여, 조촐하면서도 생명이 있는 끊임없는 노력이여. 그대들과도 이것으로 작별하기로 하자. 여러분과 함께 나는 시인들이 부러워하는 모든 것을—덧없는 세상의 폭풍우에 농락당하는 생명의 망각을, 친한 친구와의 달콤한 대화를—즐겨왔다. 나이 어린 타티아나가, 또 그녀와 함께 오네긴이 처음으로 나의 희미한 꿈속에 나타나서 자유롭게 전개되는 이 소설의 결말을 내가 마법의 구슬을 통해 들여다보면서도 아직 분명히 밝히지 못했던 무렵부터 얼마나 많은 나날이 흘러가버렸던가.

51

그러나 친한 사람들이 모인 자리에서 내가 첫 부분을 읽어 들려주었을 때 이전에 사디*[28]가 노래한 것처럼, 어떤 사람은 이미 세상을 떠났고, 어떤 사람은 먼 곳으로 떠나고 말았다.*[29] 그들이 없는 곳에서 오네긴은 완성되었

---

*28 페르시아의 시인(1184경~1291).

*29 푸시킨의 친구였던 제카브리스트들을 암시하고 있다.

다. 또 사랑스러운 타티아나의 모델이 된 여인*30은……아, 운명은 얼마나 많은 것들을 빼앗아갔는가. 술을 가득 채운 잔을 마시지 않고 일찍부터 인생의 향연을 저버린 자는 행복하다. 또 인생의 소설을 다 읽지도 않고 내가 오네긴과 헤어진 것처럼 갑자기 그것과 헤어질 수 있는 방법을 알고 있는 사람은 행복하다.

---

*30 타티아나는 물론 푸시킨의 창조지만 그 모델이 된 부인으로서, 에카테리나 브리프베레스카야, 안나 케른, 엘레자베타 보론초바, 마리야 라에프스카야 볼콘스카야, 에카테리나, 스트로이노프스카야 등을 생각할 수 있다.

Капитанская дочка
대위의 딸

옷은 새것일 때부터, 명예는 젊을 때부터 소중히 하라

알렉산드르 푸시킨

주요 등장인물

표트르 안드레이치(그리뇨프) 주인공. 귀족 청년.

마리야 이바노브나(미로노바) 여주인공. 이반 쿠즈미치 대위의 딸.

사벨리치 그리뇨프의 하인.

시바브린 벨로고르스크 요새의 장교. 배반자.

푸가초프 반란군의 두목. 자칭 황제.

안드레이 페트로비치(그리뇨프) 그리뇨프의 아버지. 예비역 중령.

아브도차 바실리예브나 그리뇨프의 어머니.

이반 쿠즈미치 마리야 이바노브나의 아버지. 벨로고르스크 요새의 지휘관으로 있다가 반란군에게 교수형을 당함.

Illustraion : Boris Mikhailovich Kustodiev

제1장
근위 상사

"내일이라도 저 녀석은 근위 대위가 될 수 있을 거야."
"그게 무슨 소용인가, 보병 부대에 넣어야 해."
"좋은 말이야. 좀 서러워하겠지만, 무슨 상관있겠나……."

그럼 그의 아버지는 어떤 인물인가?
크냐지닌의 《허풍선이》에서

나의 아버지 안드레이 페트로비치 그리뇨프는 젊었을 때 미니프 백작 밑에서 군대생활을 하다가 17XX년에 중령으로 퇴역했다. 그때부터 아버지는 고향 심비르스크 마을에서 살았는데, 거기서 이웃에 사는 가난한 귀족의 딸인 아브도차 바실리예브나 U와 결혼했다. 자식은 아홉 명이었지만 나의 형제자매는 모두 어려서 죽어 버렸다.

나는 어머니 배 속에 있을 때부터 가까운 친척인 근위 소령 B공작의 알선으로, 이미 세묘놉스키 연대에 상사로 등록되어 있었다. 만일 기대에 어긋나서 어머니가 계집애를 낳았다면, 아버지는 이 세상에 태어나지도 못한 상사의 사망 신고를 제출함으로써 모든 일은 끝나고 말았을 것이다. 어쨌든 나는 학업이 끝날 때까지 휴가 중인 것으로 되어 있었다. 그 당시만 해도 우리는 요즈음과는 다른 방식으로 교육을 받았다. 다섯 살 때부터 나는 행실이 바르다고 해서 내게 딸려 있게 한 사냥 종(귀족의 사냥을 돕는 종) 사벨리치의 손에서 자랐다. 그의 지도를 받아 열두 살 때에는 러시아어를 배워 익혔고, 보르조이 수캐의 특성을 정확하게 감별할 수 있게 되었다. 그때 아버지는 나를 위해 무슈 보프레라는 프랑스인을 채용했는데 그는 1년 동안 사용할 포도주며 올리브유와 함께 모스크바로부터 초빙되어 왔다. 그의 도착을 사벨리치는 매우 못마땅하게 여겼다. "하느님 덕분에 말씀이야" 하고 그는 혼자서 투덜거렸다. "도련님에겐 남 못지않게 얼굴도 씻겨 드리고 머리도 빗겨 드리고, 또 진지상도 바쳐 드리고 있는데 새삼스럽게 '무슈' 따위를 끌어들여 공연히 돈을 없앨 필요가 있담. 원, 집안에 손이 그렇게 모자란단 말인가!"

보프레는 고향에서 이발사 노릇을 하다가 그 뒤에 프로이센에서 군대 밥을 좀 먹고 나서 '가정교사가 되려고(pour être outchitel)'라는 말의 뜻도 똑똑히 모르면서 러시아에 들어온 사내였다. 본디 바탕은 착한 친구였으나 말할 수 없이 언행이 경박하고 주책이 없었다. 그의 가장 큰 결점은 이성에 대한 정열이었는데, 그러한 욕정을 참지 못하여 밤낮없이 한숨만 푹푹 쉬고 있는 일이 한두 번이 아니었다. 게다가 그는(그의 표현을 빌린다면) 술병의 원수는 아니었다. 말하자면(러시아식으로 말해서) 그는 공연히 한잔 더 들이켜는 축이었다. 그렇지만 우리집에서 포도주가 나오는 것은 점심 때뿐이었고, 그것도 조그만 잔으로 한 잔씩 마시는데 그나마 선생에게는 보통 차례가 가지 않는 것이 예사였다. 그래서 보프레는 곧 러시아 과실주에 맛을 들이기 시작하여 나중에는 그것이 위장에 더없이 좋다고 하며 자기 나라 포도주보다 오히려 더 좋아했다. 우리는 금방 배짱이 맞았다. 채용할 때의 계약에 의하면 그는 프랑스어와 독일어, 그리고 그 밖의 모든 학과를 내게 가르치게 되어 있었지만, 그런 것은 가르칠 생각도 않고 우선 나한테 그럭저럭 중얼거릴 만큼 러시아 말을 배우고 난 뒤부터는 저마다 저 좋은 짓만 하고 있었다. 그래서 우리는 퍽 사이좋게 지냈다. 나는 다른 선생이 와 주었으면 하는 생각을 꿈에도 한 일이 없었다. 그러나 얼마 안 가서 운명은 우리를 갈라놓고 말았다. 이런 일이 일어났기 때문이다.

하루는 집에서 빨래를 하는 뚱뚱한 곰보 처녀 팔라시카와 외양간 일을 보는 애꾸눈 처녀 아쿨리카가 어머니 발밑에 나란히 엎드려 자기들이 저지른 잘못을 고백하면서, 경험 없는 그들을 꾀어 욕을 보인 '무슈'의 비행을 눈물을 흘리며 호소했다. 어머니는 그런 일을 적당히 덮어 버릴 분이 아니었으므로 곧 아버지에게 일러바쳤다. 아버지는 결단을 내리는 데 주저하지 않았다. 그래서 당장에 그 프랑스 놈팡이를 불러오라고 했으나, 하인들은 '무슈'가 나를 가르치고 있다고 보고했다. 아버지는 직접 내 방으로 찾아왔다. 그때 보프레는 침대 위에서 무사태평하게 잠을 자고 있었고, 나는 내 일을 하기에 정신이 없었다. 여기서, 얼마 전에 내 공부를 위해 모스크바에서 지도를 주문해 왔다는 것을 미리 말해 둘 필요가 있을 것 같다. 그 지도는 아무 쓸모없이 벽에 걸려 있었는데 종이가 널따랗고 품질이 썩 좋아서, 나는 벌써부터 은근히 그것을 탐내고 있었다. 드디어 나는 그것으로 연을 만들기로 결심하고 보프레가 잠든 틈을 타서 작업에 착수했던 것이다. 아버지가 들어온 것은 바로 내가 케이프타운에 창호지로 꼬리를 붙이고 있을 때였다. 내가 지리 공부를 하고 있는 꼴을 보고 아버지는 귀를 한번 잡아 당기더니 보프레에게 달려가서 다짜고짜로 그를 깨워 놓고 욕설을 퍼부었다. 보프레는 허둥지둥 발버둥질을 치며 일어나려 했으나 안 될 일이었다. 가엾게도 프랑스인은 술에 취해 녹초가 되어 있었기 때문이다. 칠거지악엔 집에서 내쫓는 한 가지 벌이 있을 뿐이다. 아버지는 멱살을 움켜쥐고 그를 일으켜 세워 문 밖으로 끌어내어 그날 안으로 집에서 아주 쫓아 버리고 말았다. 사벨리치의 기쁨이란 이루 말할 수 없었다. 그리하여 나의 학업도 끝장이 나고 만 것이다.

그 뒤 나는 비둘기를 쫓아다니기도 하고 농노의 아들 녀석들과 말타기도 하면서 어린애들의 대장 노릇을 하며 그날그날을 보냈다. 그러는 동안 나는 만 열여섯 살을 넘겼다. 여기서 나의 운명은 뒤바뀌어 버린 것이다.

어느 가을날, 어머니는 응접실에서 꿀로 잼을 만들고 있었고 나는 곁에서 군침을 삼키며 부글부글 끓어오르는 거품을 바라보고 있었다. 들창가에서 아버지는 해마다 보내오는 《궁중연감(宮中年鑑)》을 들여다보고 있었다. 그 책은 아버지에게 강한 영향력을 가지고 있었다. 아버지는 늘 특별한 관심을 두며 그 책을 읽었고 일단 읽기만 하면 굉장히 흥분했다. 아버지의 습관이나 버릇을 모조리 알고 있는 어머니는 그 불길한 책을 되도록 눈에 띄지 않는 곳에 감추어 두려 했고, 덕택에 《궁중연감》은 몇 달씩 아버지 눈앞에 나타나지 않을 때도 있었다. 그 대신 어쩌다 그것을 발견하면 아버지는 몇 시간이고 손에서 떼어 놓으려 하지 않았다. 그날도 아버지는 이따금 어깨를 흠칫거리면서 '흥, 육군 중장…… 내가 지휘하던 중대에서 상사로 있던 자가 아닌가……. 러시아 최고 훈장을 두 가지 다 받았단 말이지……. 벌써 그렇게 오래됐나?' 하고 입속에서 중얼거리며 《궁중연감》을 읽고 있었다. 마침내 아버지는 책을 소파 위에 내던지고 깊은 생각에 잠겨 버렸는데, 그것은 좋은 징조가 아니었다.

별안간 아버지는 어머니를 돌아보며 물었다.

"아브도차 바실리예브나, 지금 페트루샤가 몇 살이더라?"

"이젠 열일곱 살이 된 셈이군요." 어머니가 대답했다. "페트루샤를 낳은 바로 그 해에 나스타샤 게라시모브나 아주머님이 눈을 하나 못 쓰게 되었고, 또 그때가……."

"좋아" 하고 아버지가 말을 가로챘다. "이젠 저놈도 군대에 보낼 때가 됐군. 쓸데없이 종년들의 방에나 찾아다니고 비둘기 집에나 기어 올라가고 할 때는 지났어."

곧 아들을 떠나보내야 한다는 생각에 어머니는 정신이 아찔했는지 냄비 속에 숟가락을 떨어뜨렸다. 그리고 눈물이 얼굴에 줄지어 흘러내리기 시작했다. 그와는 반대로 나의 기쁨은 말로 표현할 수 없을 지경이었다. 내 생각으로는 군대생활이란 곧 페테르부르크(당시 러시아 수도) 생활의 즐거움과 자유를 의미하는 것이었기 때문이다. 나는, 인생의 최고 행복이라 생각한 근위 장교가 되기를 꿈꾸었던 것이다.

아버지는 자기의 계획을 변경하거나 그 실천을 연기한다거나 하는 일을 좋아하지 않는 성미였다. 나의 출발일자가 결정되었다. 그 전날 밤 아버지는 앞으로 나의 상관이 될 사람에게 편지를 써 줄 테니 펜과 종이를 가져오라고 했다.

"안드레이 페트로비치, 잊지 마세요, 네!" 어머니가 말했다. "저도 B공작에게 문안을 드린다고요. 그리고 페트루샤를 잘 부탁한다는 말도 써 주세요."

"무슨 잠꼬대 같은 소릴 하는 거요?" 아버지는 상을 찌푸리고 대답했다. "뭣 때문에 내가 B공작한테 편지를 쓴단 말이오?"

"아니, 페트루샤의 상관한테 쓴다고 방금 말씀하시지 않았어요!"

"그래서 어쨌다는 거요?"

"페트루샤는 세묘놉스키 연대에 등록되어 있으니까, 저 애 상관이라면 B공작인 줄 알고 있는데요."

"등록되어 있다고! 등록되었건 안 되었건 그게 무슨 상관이오? 페트루샤는 페테르부르크에 가는 게 아니야. 페테르부르크 군대생활에서 도대체 뭘 배운단 말이오? 돈이나 허투루 쓰고 못된 짓이나 하라고? 안 될 말이지. 저놈은 보병 부대에 넣어 좀 고생을 시키고 화약 냄새가 코에 배게 해서 진짜

군인을 만들려는 거야. 건달꾼을 만들어서야 쓰나. 근위대에 등록돼 있다고! 쓸데없는 소리 작작하고 저 애 신분증이 어디 있는지, 그거나 이리 가져와요."

어머니는 내가 세례받을 때 입었던 속옷과 함께 조그만 궤짝에 넣어 둔 신분증을 찾아내어 떨리는 손으로 아버지에게 내주었다. 아버지는 찬찬히 그것을 훑어보더니 책상 위에 놓고 편지를 쓰기 시작했다.

나는 솟아오르는 호기심을 억제할 수 없었다. 페테르부르크가 아니라면 대체 어디로 나를 보낼 작정일까? 느릿느릿 움직이는 아버지의 펜에서 나는 눈을 떼지 못했다. 드디어 아버지는 펜을 놓고 신분증과 함께 편지를 봉투에 넣더니 안경을 벗으며 나를 가까이 불러 이렇게 말했다. "자, 이건 안드레이 카를로비치 R에게 보내는 편지이다. 나와는 예전부터 절친한 친구야. 너는 오렌부르크에 가서 이 사람 밑에서 근무하도록 해라."

이리하여 나의 화려한 꿈은 송두리째 깨져 버리고 말았다. 즐거운 페테르부르크 생활 대신 멀리 떨어진 쓸쓸한 벽지에서의 권태가 나를 기다리게 된 것이다. 조금 전까지만 해도 그처럼 나를 황홀케 한 군대생활이 이제 와서는 참을 수 없는 불행으로만 여겨졌다. 그러나 싫다고 떼를 쓸 수도 없는 일이 아닌가! 이튿날 아침 일찍이 하인들이 여행용 포장마차를 현관 층계에 끌고 와서 나의 트렁크며 차를 넣는 도구들이 든 상자며 부모님의 귀염둥이로서 마지막 기념이 될 빵과 만두 뭉치 따위를 실었다. 부모님은 나를 축복해 주었다. 아버지는 이렇게 타일렀다. "그럼 표트르야, 잘 가라. 일단 선서를 하면 충실히 복무해야 한다. 상관 명령엔 절대 복종해라. 그렇다고 아첨을 해서는 안 돼. 핑계를 대며 일을 회피하려는 건 옳지 않은 일이야. '옷은 새것일 때부터 깨끗이 입어야 하고, 명예는 젊을 때부터 소중히 해야 한다'는 옛말이 있다. 이 말을 깊이 명심해라." 어머니는 눈물을 흘리며 부디 몸을 조심하라고 거듭 말하고, 사벨리치에게 아들을 잘 돌봐 달라고 부탁했다. 나는 토끼가죽 덧저고리를 입고 또 그 위에 여우가죽 외투를 걸쳐 입었다. 나는 사벨리치와 함께 마차에 올랐다. 그리고 눈물에 잠기며 길을 떠났다.

그날 저녁 나는 심비르스크에 도착했는데 거기서 필요한 물건을 사들이기 위해 하루를 머물러야 했다. 물건을 사는 것은 역시 사벨리치의 일이었다. 이튿날 아침 사벨리치는 시장에 나갔으나 나는 여관에 남아 있었다. 들창 밖으로 지저분한 골목길을 내다보는 데도 싫증이 나서 여관 안을 이리저리 어슬렁거리며 돌아다니다가 당구실에 들어갔더니, 나이는 서른대여섯, 검은 콧수염을 길게 기르고 실내복을 입은 신사 한 사람이 파이프를 입에 문 채 한 손에 큐를 들고 서 있었다. 그는 카운터를 상대로 게임을 하고 있었는데, 카운터가 이기면 신사에게 보드카를 한 잔 얻어먹고 그 대신 지면 네 발로 당구대 밑을 한 바퀴 기어다녀야 한다는 조건이었다. 승부가 계속됨에 따라 네발걸음의 산책이 더욱 빈번해지더니 카운터는 마침내 당구대 밑에 뻗어버리고 말았다. 신사는 마치 애도사를 외는 듯 좀 지나친 말로 몇 마디 그를 놀려주고 나서, 내게 한판 쳐보자고 제의했다. 아직 쳐 본 일이 없다고 거절했더니, 당구도 칠 줄 모르는 가련한 인간이 어디 있느냐는 표정으로 그는 나를 바라보았다. 그러나 이것이 동기가 되어 우리는 말을 주고받게 되었다. 그는 이반 이바노비치 주린이라는 어느 기병연대의 대위였는데, 신병을 수령하기 위해 심비르스크에 와서 이 여관에 머물고 있다는 것이었다. 주린은 아무거나 손안에 있는 것을 가지고 군대식으로 점심을 함께 나누자고 나를 초대했다. 나는 기쁘게 초대에 응했다. 우리는 식탁에 앉았다. 주린은 술을 연방 마시더니 군대생활에 익숙해질 필요가 있다고 하며 내게도 권했다. 그는 군대생활에서의 갖가지 일화를 이야기하여 몇 번이나 배꼽이 빠지도록 나를 웃겼고 그리하여 식탁에서 일어섰을 때 우리는 이미 허물없는 친구가 되어 있었다. 그러자 그는 내게 당구를 가르쳐주겠다고 나섰다.

"이건 우리 군대생활을 하는 친구들에게 절대로 없어서는 안 될 놀음이지. 가령 행군 중에 조그만 도시에 들어갔다고 한다면 대체 무슨 일로 시간을 보내야겠나? 온종일 유대인에게 주먹질만 하고 있을 수야 없지. 마음이 내키지 않더라도 별수 없이 여관을 찾아가서 당구라도 치고 있어야 한단 말이야. 그러자면 우선 칠 줄 알아야 하지 않겠나!"

나는 그 말에 호락호락 넘어가서 굉장한 열의를 가지고 배우기 시작했다. 주린은 커다란 소리로 나를 격려하며 솜씨가 훌륭하다고 감탄하더니 몇 차례 연습을 거듭한 뒤 곧 2코페이카(러시아 화폐 동전)씩 걸고 치자고 제의했다. 그것은 곧 내기가 목적이 아니라 공짜놀음을 하지 않기 위해서라는 것이었는데, 그의 말에 따르면 공짜놀음이란 가장 치사스러운 버릇이라는 것이다. 나는 이 말에도 동의했다. 한편 주린은 펀치 술을 가져오라 해서 군대생활에 익숙해질 필요가 있다고 거듭 뇌까리며 나에게 함께 들자고 권했다. 펀치 술 없는 군대가 어디에 있느냐는 것이다. 나는 그가 권하는 대로 술을 받아 마셨다. 그러는 동안 우리의 게임은 진행되었다. 잔을 기울이는 횟수가 잦아짐에 따라 나는 점점 대담해졌다. 내가 친 공은 연방 테두리 밖으로 달아나기만 했다. 나는 후끈 달아서 계산을 제대로 못하고 있는 카운터에게 고함을 지르며 놀음의 액수를 더욱더 높였다. 말하자면 갑자기 자유를 획득한 철부지 도련님답게 행동한 것이다. 그러는 동안 어느새 꽤 오랜 시간이 흘러갔다. 주린은 시계를 들여다보더니 큐를 놓고 내가 100루블이나 잃었다고 선언했다. 나는 적이 당황하지 않을 수 없었다. 돈은 사벨리치가 가지고 있었기 때문이다. 나는 변명을 늘어놓으며 그에게 사정하기 시작했다. 주린은 내 말을 가로막으며 이렇게 말했다. "농담은 그만두게! 그러나 뭐 근심할 건 없어. 당장 내놓으라는 건 아니니까, 그건 그렇고, 우리 잠깐 아리누슈카한테나 가보세."

이젠 어쩔 수 없었다. 결국 나는 그날 하루를 바보짓으로 시작한 것처럼 끝판에 가서도 바보짓을 한 것이다. 우리는 아리누슈카네 집에서 저녁을 먹었다. 주린은 군대생활에 익숙해져야 한다고 거듭 말하며 연방 내 잔에 술을 따랐다. 자리에서 일어났을 때 나는 몸을 제대로 가눌 수 없을 지경이었다. 밤중에 주린은 나를 끌고 여관으로 돌아왔다. 사벨리치가 우리를 현관 층계에서 맞아들였다. 그는 군대생활에 대한 나의 열의가 그릇된 방향으로 발휘될 징조를 눈앞에 보고 소스라쳐 놀랐다.

"아이고, 도련님, 이게 어떻게 된 노릇입니까?" 그는 애처로운 목소리로 말했다. "어디서 이렇게 약주를 드셨습니까? 아아, 이 일을 어쩐담! 여태껏 이런 일은 한 번도 없었는데!"

"늙어빠진 게 무슨 잔소리야!" 나는 말을 더듬으며 영감을 윽박질렀다. "자네야말로 분명히 취했군. 가서 잠이나 자란 말이야. 나를 빨리 침대에 눕히지 못하겠나!"

이튿날 나는 심한 두통을 느끼며 눈을 떴다. 어제 일어난 일들이 어렴풋이 머리에 떠올랐다. 때마침 차를 가지고 들어온 사벨리치가 나의 상념을 중단시켰다. "아직 이릅니다, 표트르 안드레이치." 그는 고개를 저으며 입을 열었다. "유흥을 하시기엔 아직 일러요. 그런데 누굴 닮으셨기에 그럴까? 아버님께서나 할아버님께서는 약주를 좋아하시지 않는 편이었고 어머님은 크바스(엿기름과 보리, 호밀 따위로 만든 러시아 맥주) 말고는 절대로 입에 대지 않으시는 분이니까 말할 것도 없는데, 그럼 누구 때문에 이렇게 됐을까? 모든 것이 그 저주할 '무슈' 탓이야. 그 녀석은 틈만 있으면 안치피예브나네 집에 달려가서 '마담, 즈 브 프리 보드큐(아주머니, 술 좀 주시오)'라는 소릴 했으니까. 그걸 배워서 이젠 도련님까지 '즈 브 프리!'를 하게 됐으니 참 기가 막혀서……. 하긴 그 개새끼만도 못한 녀석이 그따위 못된 건 잘 가르쳤거든. 도대체 그런 이교도(異教徒)를 가정교사로 불러들일 필요가 어디 있었느냔 말이오. 원, 집안에 그렇게 손이 모자란단 말인가요!"

나는 정말 부끄러웠다. 그래서 외면한 채 그에게 말했다.

"저리 가게, 사벨리치, 난 차 마실 생각 없어." 그러나 사벨리치는 한번 설교하기 시작하면 좀체로 입을 다물지 않는 성미였다. "거보십시오, 표트르 안드레이치. 술이라는 게 어떤 건지 아셨지요. 골치는 아프고 입맛은 딱 떨어지고……. 술꾼이란 아무짝에도 못 쓰는 거랍니다……. 그럼 오이지를 담근 소금물에 꿀을 타서 잡수시면 어떨까요. 그러나 과실주 반잔쯤을 해장으로 마시는 것 이상 없습니다. 그걸 가져올까요?"

그때 어떤 소년이 들어와서 주린이 적어 보낸 쪽지를 내게 주었다. 나는 쪽지를 펴 들고 다음과 같은 글을 읽었다.

'친애하는 표트르 안드레이치, 이 소년에게 어제 자네가 잃은 100루블을 보내주기 바라오. 나는 지금 몹시 돈에 옹색하오. 간단히 이만. 이반 주린.'

어쩔 수 없었다. 나는 태연한 태도로 돈이며, 옷이며 그 밖의 모든 시중을 들어주는 살림꾼인 사벨리치를 돌아보며 소년에게 100루블을 내주라고 명령했다. "뭐라고요! 무슨 돈인데요?" 사벨리치는 어리둥절해서 물었다. "내가 꿔 쓴 돈이야." 나는 될 수 있는 대로 냉정하게 대답했다.

"꿔 쓴 돈이라고요!" 사벨리치는 한층 더 놀라며 따지고 들었다. "대체 언제 남의 돈을 빌려 쓰셨단 말씀입니까? 말이 좀 이상한 것 같은데요. 남의 돈을 꾸든 말든 그야 도련님의 자유지만 저는 그런 돈 내놓을 수 없습니다."

나는 만일 이 결정적인 순간에 저 늙은이의 고집을 아주 꺾어 버리지 못한다면 앞으로 두고두고 그의 간섭에서 벗어나기 어려울 것이라고 생각했다. 나는 거만한 태도로 그를 쏘아보며 이렇게 호통쳤다. "나로 말하면 자네의 주인이고, 자네는 내 종이 아닌가. 돈은 내 것이란 말이야. 그건 내가 내기를 해서 잃은 돈이지만 내가 하고 싶어서 한 걸 가지고 자네가 군소릴 할 건 없지 않은가. 내 자네한테 충고하겠는데 앞으로 쓸데없는 참견일랑 하지 말고 내가 시키는 대로만 하게."

사벨리치는 내 말에 기가 푹 죽어 두 손을 모아 쥐고 기둥처럼 그 자리에 서 있었다.

"왜 멍청히 서 있는 거야?" 나는 화를 내며 버럭 고함을 쳤다. 사벨리치는 눈물을 찔끔찔끔 짜기 시작했다. "표트르 안드레이치 도련님." 그는 떨리는 목소리로 입을 열었다. "이놈을 너무 슬프게 하시지 마십시오. 도련님만을 믿고 사는 이 늙은 놈의 말을 들으셔서 그날 도둑 같은 놈에게, '그건 농담이었다, 그런 큰돈은 손안에 없다'고 써 보내십시오. 1백 루블이라니! 원 그게 될 말씀입니까! 호두까기 말고는 어떤 내기도 부모님께서 절대로 금하셨다고 써 보내십시오……."

"허튼수작 작작 해." 나는 사정없이 그의 말을 가로챘다. "돈을 이리 내놓게. 그렇잖으면 덜미를 잡아서 쫓아내고 말 테야."

사벨리치는 몹시도 슬픈 얼굴로 나를 흘끔 쳐다보더니 빚 갚을 돈을 가지러 갔다. 나는 불쌍한 늙은이에게 너무했다고 생각했다. 그러나 나는 이 기회에 자유를 완전히 획득하고 내가 이미 어린애가 아니라는 것을 보여주고 싶었던 것이다. 결국 주린에게 돈을 보내주었다. 사벨리치는 이 저주스런 여관에서 한시바삐 나를 끌어내려고 서둘렀다. 얼마 뒤 그는 길 떠날 채비가 다 되었다는 소식을 가지고 나타났다. 나는 양심의 가책과 말없는 뉘우침을 가슴에 품고 심비르스크를 떠났다. 나의 '선배'에게는 작별 인사도 하지 않았고 또 언젠가 앞으로 다시 만날 날이 있으리라는 생각도 하지 않았다.

제2장
길잡이

여기도 내 땅인가, 러시아 땅인가.
산 설고 물 선 고장!
너를 찾아, 내 발로 걸어왔나.
천리마가 날 태워 왔나.
아니다, 이렇게 젊은 나를
데려온 건 피 끓는 젊은 용기,
술기운에 들뜬 기분.

옛 노래

길을 가며 내 머리에 떠오르는 상념은 별로 유쾌한 것이 아니었다. 내가 내기를 해서 잃은 돈은 그 당시의 화폐가치로 보아 그리 적은 액수가 아니었다. 심비르스크 여관에서의 내 행동이 어리석기 그지없었다는 것은 나도 마음속으로 인정할 수밖에 없었고, 사벨리치에게는 정말 면목이 없었다. 이러한 생각은 내 마음을 괴롭히기만 했다. 노인은 시무룩해서 나를 외면한 채 앞자리에 잠자코 앉아서 이따금 마른침만 꿀꺽꿀꺽 삼켰다. 나는 그의 기분을 풀어주어야만 할 것 같았으나 어떻게 말을 꺼내야 할지 몰랐다. 마침내 나는 입을 열었다. "여보게, 사벨리치! 이젠 그만 화해하세. 내가 잘못했어. 내가 잘못한 걸 나도 잘 알고 있네. 바보짓은 내가 해놓고 공연히 자네한테 분풀이를 해서 정말 미안하게 됐네. 앞으론 정신을 단단히 차리고 자네 말도 잘 듣기로 약속하지. 자, 이젠 마음을 풀고 화해하세."

"원 별말씀 다 하십니다, 표트르 안드레이치." 그는 깊은 한숨을 내뿜으며 대답했다.

"저는 저 자신을 원망하고 있습니다. 모두가 제 탓이니까요. 글쎄 어쩌자고 도련님을 여관에 혼자 남겨 두었는지 알 수 없어요! 아무래도 제가 마귀한테 홀렸던가 봅니다. 별안간 성당 일을 보는 영감네 집에 들러서 교모님을 잠깐 만나보고 싶은 생각이 나지 않았겠습니까. 그래서 거기 다녀온 사이에 그만 그런 일이 일어나고 말았으니 이를 어쩌면 좋습니까! 이제 저는 주인 어른들을 무슨 면목으로 대하겠어요? 그리고 도련님이 술과 놀음을 한다는 말을 들으시면 두 분께서는 뭐라고 말씀하시겠습니까!"

가엾은 사벨리치의 마음을 가라앉히기 위해, 나는 앞으로 그의 허락 없이는 한 푼도 마음대로 쓰지 않겠다고 약속했다. 그는 여전히 고개를 가로저으며 이따금 생각난 듯이 이렇게 중얼거렸다. "1백 루블! 돈이 이만저만해야지!" 그래도 차츰 마음이 안정되어 가는 것 같았다.

나의 임지(任地)는 차차 가까워오고 있었다. 사방으로는 언덕과 골짜기로 주름진 황량한 광야가 끝없이 뻗어 있었다. 모든 것이 눈에 덮여 있었고 해는 지평선에 걸려 있었다. 포장마차는 좁은 길을 따라 간다기보다 농부들의 썰매가 지나간 흔적을 더듬으며 달렸다. 갑자기 마부가 한쪽 하늘을 바라보기 시작하더니 모자를 벗고 나를 돌아보며 말했다. "나리, 되돌아가는 게 어떨까요?"

"아니, 왜?"

"날씨가 암만해도 수상해요. 바람이 조금씩 일기 시작합니다. 보십쇼, 엊그제 온 싸락눈을 저렇게 날리고 있지 않습니까."

"그래서 어쨌다는 거야?"

"저쪽에 보이는 것 없나요?"

마부는 채찍으로 동쪽을 가리켰다.

"내 눈엔 흰 초원과 같은 하늘밖엔 아무것도 안 보이는걸."

"아니 그 저쪽, 저쪽의 구름 말씀입니다."

그러고 보니 하늘이 끝나는 곳에, 처음에는 먼 언덕이려니 생각했던 흰 구름이 눈에 들어왔다. 마부는 그 구름이 눈보라가 칠 징조라고 설명했다.

나는 이 지방의 눈보라가 어떻다는 것을 들은 일이 있었고, 따라서 짐을 실은 썰매의 기다란 행렬이 몽땅 눈에 묻혀 버리는 일이 종종 있다는 것도 알고 있었다. 사벨리치는 마부의 의견에 찬성하여 되돌아가자고 권했다. 그러나 내 생각으로는 바람도 대단치 않은 듯했고 눈보라가 몰려올 때까지는 다음 역관(驛館)까지 갈 수 있을 것 같아서 좀더 빨리 달리라고 명령했다.

마부는 채찍을 휘두르면서도 연방 동쪽만 바라보았다. 말들은 발걸음을 맞추며 달렸다. 한편 바람은 차차 세차게 불었다. 조그맣게 보이던 구름은 뭉게뭉게 피어올라 흰 비구름으로 변하더니 점점 퍼져 하늘을 덮어 버리고 말았다. 싸락눈이 내리는가 했더니 순식간에 함박눈이 되어 쏟아져 내려왔다. 바람이 휘몰아치며 눈보라가 일기 시작했다. 눈 깜짝할 사이에 어두운 하늘이 눈 바다가 되어 방향을 분간할 수 없게 되어 버렸다. 아무것도 보이지 않았다.

"거 보십시오, 나리님!" 마부가 고함쳤다. "큰일 났어요. 굉장한 눈보랍니다……."

나는 포장 속에서 밖을 내다보았다. 보이는 것은 암흑과 소용돌이치는 눈보라뿐이었다. 바람이 마치 생명을 가진 것처럼 미친 듯이 소리를 지르고 눈보라가 사벨리치와 나를 덮어 버렸다. 말은 느릿느릿 발을 옮기다가 얼마 가지 못해서 멈추어 서고 말았다. "왜 가지 않는 거야?" 나는 초조한 마음으로 마부에게 물었다. "이래서야 어디 갈 수 있습니까?" 그는 밖으로 기어나가며 대답했다. "도대체 어디로 가야 할지 방향을 잡을 수 있어야죠. 길도 없고 사방은 캄캄하기만 하고." 나는 그에게 욕설을 퍼부으려 했으나 사벨리치가 그의 편을 들며 나섰다. "아까 저 사람의 말을 들었어야 하는 겁니다." 그는 퉁명스럽게 뇌까렸다. "주막집으로 돌아가서 차나 배불리 마시고 아침까지 늘어지게 자고 나면 폭풍도 가라앉을 게 아닙니까. 그때 떠나도 될 걸 그랬어요. 이렇게 서둘러서 어딜 가지요? 잔칫집에나 간다면 또 몰라도……."

사벨리치의 말은 옳았다. 그러나 이제 와서는 어쩔 수 없지 않은가. 눈은 더욱더 퍼부어 마차는 눈더미 속으로 기어들어가고 말들은 머리를 숙인 채 이따금 몸을 후들거리며 서 있었다. 마부는 달리 어떻게 해볼 도리가 없어서 이리저리 돌아다니며 마구를 손질했다. 사벨리치는 혼자 투덜거렸고, 나는 행여 인가나 도로의 표지 같은 것이라도 발견할까 하고 눈을 두리번거리며 사방을 살펴보았으나 회오리바람에 빙글빙글 선회하는 눈보라 말고는 아무것도 분간해 낼 수 없었다……. 순간 무엇인가 검은 그림자가 내 눈에 들어왔다. "여보게, 마부!" 나는 소리쳤다. "저길 좀 보게. 저 검게 보이는 건 뭔가?" 마부는 눈을 모아 바라보았다.

"뭔지 통 알 수 없는데요." 그는 제자리에 올라타며 대답했다. "달구지라고 보면 달구지 같지 않고, 나무라고 보면 나무 같지도 않고…… 그런데 움직이고 있는 것 같군요. 아마 늑대가 아니면 사람일 겁니다." 나는 정체불명의 그림자가 보이는 쪽으로 마차를 몰라고 했다. 그러자 저쪽에서도 우리를 향해 움직였다. 2분 뒤에 우리는 어떤 사내와 마주쳤다. "여보시오!" 마부가 고함쳤다. "말 좀 물읍시다. 어디가 길인지 모르시오?"

"길이야 여기지요. 내 발 밑의 땅은 단단하니까." 길 가는 사람이 대답했다. "그런데 그건 왜 물으시오?"

"이거 보게, 농군." 이번에는 내가 말을 걸었다. "자네 이 근처를 잘 아나? 어디 주막집 같은 데 우릴 좀 안내해 줄 수 없겠는가?"

"이 고장이야 잘 알다 뿐이겠습니까?" 사내는 대답했다. "다행히도 걸어서나 말을 타고 가로세로 골고루 안 돌아다닌 데가 없으니까요. 하지만 보시다시피 날씨가 이 모양이니 길을 잃기 꼭 알맞지요. 차라리 여기서 그냥 기다리고 있는 게 상책입니다. 그러면 눈보라도 멎고 구름도 벗겨질 테니까 그때 별빛을 따라 길을 찾아봅시다."

그의 침착한 태도에 나는 용기를 얻었다. 나는 모든 것을 하느님 뜻에 맡기고 광막한 들판 한가운데서 하룻밤을 보내기로 했다. 그러자 사내는 몸을 날려 앞자리에 뛰어오르더니 마부에게 말했다. "고맙게도 가까운 데 인가가 있는 것 같소. 마차를 돌려서 오른편으로 가 봅시다."

"무엇 때문에 나한테 오른편으로 가라는 거요?" 마부가 꺼림칙하다는 듯이 물었다. "그래, 어디가 길인지 당신 눈엔 보인단 말이오? 흥, 말이건 굴레건 내 것이 아니니까 마구 달려 보자는 뱃심이로군." 나는 마부의 말이 지당하다고 생각하며 이렇게 물었다. "사실 그 말이 옳아, 인가가 가깝다는 걸 자네는 어떻게 알 수 있나?"

"지금 저쪽에서 바람이 불어왔는데," 사내가 대답했다. "연기 냄새가 났거든요. 마을이 가깝다는 증거죠." 그의 명석한 두뇌와 예민한 감각에 나는 경탄했다. 나는 마부에게 말을 몰라고 했다. 말들은 무거운 발걸음으로 깊이 쌓인 눈을 밟으며 앞으로 나갔다. 포장마차는 눈더미 위에 기어오르기도 하고 구렁텅이에 빠지기도 하면서 좌우로 기우뚱거리며 천천히 움직였다. 흡사 폭풍 치는 바다를 항해하는 것과 같았다. 사벨리치는 내 옆구리에 쉴 새

없이 몸을 부딪치며 한숨만 푹푹 쉬었다. 나는 짚으로 엮은 발을 드리우고 털가죽 외투를 뒤집어썼다. 눈보라 소리가 자장가로 들려왔다. 마차의 동요는 흔들리는 요람이었다. 어느새 나는 꾸벅꾸벅 졸기 시작했다.

나는 꿈을 꾸었다. 그때 그 꿈을 나는 절대 잊어버릴 수 없으며, 나의 생애의 여러 기이한 사건들과 결부시켜 생각할 때, 지금도 그 꿈에서 어떤 암시 같은 것을 느끼는 것이다. 독자들은 이것을 양해할 것이다. 왜냐하면 근거 없는 선입감을 몹시 경멸하면서도, 사람이란 선천적으로 미신에 의지하고 있음을 경험을 통해 독자들도 알고 있을 것이기 때문이다.

깜박 잠이 들었을 때, 나는 현실이 환상에게 자리를 내주며 희미한 꿈속에서 서로 어울리는 순간과 같은 그런 감각과 정신 상태에 있었다. 꿈속에서도 눈보라는 여전히 휘몰아치고 우리는 눈에 덮인 광야를 헤매고 있었다……. 문득 눈앞에 어떤 집 대문이 나타나서 나는 뜰 안으로 들어갔다. 그것은 우리집이었다. 제일 먼저 머릿속에 떠오른 생각은 내가 부득이 부모님께 되돌아온 것을 아버지는 노여워하지나 않을까, 그리고 그의 뜻을 고의적으로 거역했다고 오해하지나 않을까 하는 두려움이었다. 나는 불안한 마음으로 마차에서 뛰어내렸다. 현관 층계에서는 어머니가 깊은 수심에 싸여 나를 맞아들인다. "조용히 해라." 어머니가 말했다. "아버지가 병환 중이신데 돌아가실 때가 된 것 같구나. 그래서 너를 마지막으로 한 번 보고 싶어하신단다." 나는 공포에 사로잡혀 어머니를 따라 침실로 들어갔다. 방 안은 희미하게 밝고 침대 곁에는 사람들이 슬픈 얼굴로 서 있다. 나는 가만가만 침대로 가까이 갔다. 어머니가 침대의 휘장을 걷어 올리며 말한다. "안드레이 페트로비치, 페트루샤가 왔어요. 당신이 편찮으시다는 걸 알고 돌아왔답니다. 저애를 축복해 주세요." 나는 무릎을 꿇고 눈을 모아 환자를 들여다보았다. 한데 어찌된 노릇인가? 침대에는 아버지 대신에 구레나룻이 시커먼 농부가 누워서 유쾌한 얼굴로 나를 바라보고 있지 않은가. 나는 어리둥절해서 어머니를 돌아보며 물었다. "어떻게 된 거예요? 이 사람은 아버지가 아닌데요? 어째서 내가 농부한테 축복을 빌어야 한단 말입니까?" 어머니가 대답했다. "아무러면 어떠냐, 페트루샤야. 이분은 너의 양아버지란다. 어서 이분 손에 키스하고 축복을 받아라……." 나는 그 말에 따르지 않았다. 그러자 농부가 침대에서 벌떡 일어나더니 등에 메었던 도끼를 뽑아 들고 이리저리 마구 휘두르기 시작했다. 나는 도망치려 했다……. 그러나 어느새 방 안에 가득 찬 송장에 발이 걸리고 흥건히 괸 피에 미끄러져 달아날 수도 없었다. 험상궂게 생긴 그 농부는 부드러운 목소리로 나를 불렀다. "겁낼 건 없다. 이리 와서 내 축복을 받아라." 공포와 의혹이 나를 사로잡았다. 순간 나는 꿈에서 깨어났다. 마차는 멎어 있었다. 사벨리치가 내 손을 잡아끌며 말했다. "내립시다, 도련님. 다 왔어요."

"여기가 어딘데?" 나는 눈을 비비며 물었다.

"주막집입니다. 하느님이 도우셔서 바로 이 집 울타리에 부딪쳤지요. 자, 도련님. 빨리 내려서 몸을 녹이십시오."

나는 마차에서 나왔다. 좀 가라앉긴 했으나 그래도 폭풍은 아직도 계속되고 있었다. 눈알을 뽑아가도 모를 만큼 캄캄한 밤이었다. 주인이 팔소매로 등불을 가리며 대문 앞까지 나와서 우리를 맞아들여, 좁기는 하지만 꽤 깨끗한 방으로 안내했다. 관솔불이 방 안을 비추고 있었다. 벽에는 소총 한 자루와 끝이 뾰족한 카자크(러시아 남부 변경 군영 지대에서 농사를 지으면서 군무에 종사하던 사람들) 모자가 걸려 있었다.

집주인은 야이크 카자크 출신인 60대 농부였는데 아직도 혈기가 왕성해 보였다. 사벨리치는 찻잔이 든 상자를 들고 나를 따라 들어와서 차를 마시게 물을 좀 갖다 달라고 했다. 사실 나는 그때만큼 차를 마시고 싶다고 생각한 적은 없었다. 주인은 물을 끓이러 나갔다.

"그 길잡이는 어디 갔나?" 나는 사벨리치에게 물었다.

"여기 있습니다, 나리." 천장 쪽에서 대답이 들렸다. 천장 밑으로 높다랗게 만들어 놓은 침상 위에 시커먼 구레나룻과 번쩍거리는 두 개의 눈알이 보였다.

"그래 어때, 몸이 얼었겠군?"

"이렇게 얇은 외투 한 장으로 얼지 않을 수 있습니까! 털옷도 하나 가지고 있었지만, 솔직히 말씀드리죠, 엊저녁에 술집에 잡혀 먹고 말았습니다. 추위가 대수롭지 않을 것 같아서요." 이때 주인이 펄펄 끓는 사모바르(러시아 전래의 특유한 주전자)를 가지고 들어왔다. 나는 길잡이에게도 차를 권했다. 농부는 침상에서 내려왔다. 그의 용모와 풍채는 정말 놀랄 만한 것이었다. 나이는 40대 전후, 중키에 몸은 약간 여윈 편이지만 어깨가 떡 벌어진 사내였다. 시커먼 턱수염엔 흰 털이 드문드문 보이고, 부리부리한 눈망울은 쉴 새 없이 이리저

리 구르고 있었다. 얼굴은 인상이 좋은 편이었으나 어딘지 만만치 않은 데가 엿보였다. 머리는 둥그렇게 깎아 올리고 몸에는 누더기가 된 외투를 걸치고 타타르식 바지를 껴입고 있었다. 나는 그에게 차를 따라주었다. 그는 한 모금 마셔 보더니 상을 찌푸리며 말했다. "나리, 이왕 선심 쓰시는 김에, 그…… 술을 한 잔 가져오라 하셨으면……. 차라는 건 우리 카자크가 마실 물건이 못 됩니다."

나는 기쁘게 그의 청을 들어주었다. 주인은 선반에서 술병과 컵을 꺼내들고 그에게 가까이 가서 얼굴을 들여다보더니 이렇게 말했다. "아니, 자네 이 근처에 있었군그래! 대체 어디로 굴러다니다 또 나타났어?" 길잡이는 의미심장하게 눈짓을 하고는 옛말을 비유로 끌어대어 대답했다. "채소밭을 날아다니며 삼〔麻〕 씨를 쪼아 먹고 있었더니, 할망구가 돌을 던졌지만 맞지 않았지. 한데 당신은 어떻소?"

"뭐 우리도 그렇지." 주인은 이렇게 대답하고 역시 비유의 말을 계속했다. "저녁 기도의 종을 치려 했더니 신부의 마누라(러시아 정교회 신부는 결혼할 수 있음)가 말을 듣지 않더군. 신부는 초대를 받아 외출했고 교회당 안엔 귀신이 있었기 때문이지." "말 마시오, 아저씨." 나의 길잡이인 떠돌이가 대꾸했다. "비가 오면 버섯도 돋아날 거고, 버섯이 돋으면 바구니가 생기는 법이라오. 그러나 지금은(여기서 그는 다시 눈짓을 했다) 도끼를 잔등에 감춰 둬야지. 산림 감시관이 시끄럽게 구니까. 그럼 나리, 당신의 건강을 빌며 마시겠습니다." 이렇게 말하며 그는 술잔을 들고 성호를 그은 뒤 단숨에 들이켰다. 그러고는 내게 허리를 굽혀 보이고 다시 침상에 기어 올라갔다.

그때만 해도 나는 도둑들 사이에서 사용되는 그 따위 대화를 한마디도 알아들을 수 없었다. 나중에야 나는 그때 그들이 1772년 반란 사건 이후 겨우 진압된 야이크 카자크 군대의 얘기를 하고 있었다는 것을 짐작할 수 있게 되었던 것이다. 사벨리치는 매우 꺼림칙한 표정으로 그들이 하는 말을 듣고 있었다. 그는 의심쩍은 눈으로 주인과 길잡이를 번갈아가며 바라보았다. 이 지방 말로 '우묘트'라 부르는 그 주막집은 인가에서 멀리 떨어진 들판 가운데에 외따로 있어서 도둑들의 소굴과 흡사했다. 그렇다고 이제 와서는 어쩔 수 없는 일이었다. 물론 다시 길을 떠난다는 것은 생각조차 할 수 없었다. 사벨리치가 안절부절못하는 꼴은 볼 만한 구경거리였다. 한편 나는 잠잘 채비를 하고 벤치 위에 누웠다. 사벨리치는 페치카 위에서 자기로 하고, 주인은 방바닥에 누웠다. 얼마 후 온 집안이 코를 골기 시작했고 나도 죽은 듯 잠들어 버렸다.

이튿날 아침 느지막해서 눈을 떠 보니 폭풍은 가라앉고 해가 빛나고 있었다. 눈은 끝없는 벌판에 눈부신 포장을 깔아 놓고 있었다. 마차는 떠날 준비가 되어 있었다. 나는 숙박료를 계산해 주었는데 주인이 너무나 온당한 금액을 요구했기에 말썽 많은 사벨리치도 여느 때처럼 군소리를 하거나 금액을 깎으려 들지 않았을 뿐만 아니라 엊저녁에 품었던 의심을 깨끗이 풀어 버리고 말았다. 나는 길잡이를 불러 그가 베푼 도움에 감사하고 사벨리치에게 술값으로 50코페이카만 내주라고 했다. 사벨리치는 금방 낯을 찡그렸다. "술값으로 50코페이카요?" 그는 투덜거렸다. "그건 왜요? 오히려 도련님이 저 사람을. 이 주막집까지 데려온 쪽인데 뭣 때문에 술값을 주라는 겁니까? 그야 도련님 마음대로 하실 일이지만 제 손안엔 단돈 50코페이카도 남아돌아가는 돈은 없습니다. 이놈 저놈 아무한테나 술값을 주다가는 며칠 안 가서 이쪽이 배를 곯게 될 테니까요." 나는 사벨리치와 다툴 수는 없었다. 나와의 약속에 따라 돈은 모두 그가 맡아 사용하기로 되어 있었기 때문이다. 그렇긴 하지만, 비록 큰 재난은 아니더라도 어쨌든 매우 불안한 상태에서 나를 구출해 준 사람에게 아무런 사례도 하지 못한다는 것은 무척 마음에 걸리는 일이었다. "그럼 좋아." 나는 시치미를 떼고 말했다. "만일 50코페이카를 내줄 수 없다면 내 옷가지 중에서 무엇이든 하나 꺼내 주게. 저 사람은 입고 있는 옷이 너무 얇군. 토끼가죽으로 만든 내 덧저고리 있지, 그걸 내주게."

"그건 당치도 않는 말씀입니다, 표트르 안드레이치 도련님!" 사벨리치는 펄쩍 뛰었다. "뭣 때문에 저 사람한테 토끼가죽 옷을 줘요? 저런 개자식은 가다가 만나는 첫 번째 술집에서 당장 잡혀먹고 말 겁니다."

"여보, 영감. 그걸 당신이 걱정할 필요는 없지 않소." 떠돌이가 입을 열었다. "내가 그걸로 술을 마시든 말든 무슨 상관이오. 나리가 일부러 자기 옷을 벗어서 내게 주시겠다는데 종놈이 무슨 잔소리냐 말이오. 시키는 대로 하면 그만이지!"

"너는 하느님이 무섭지 않느냐, 이 날도둑 같은 놈아!" 사벨리치가 그에게 대들었다. "너도 봐서 알 게 아니냐. 우리 도련님은 아직 아무것도 모르신단 말이다. 네놈은 우리 도련님이 순진한 걸 기회로 해서 빼어 보자는 수작이로구나. 너 같은 놈이 도련님의 덧저고린 받아 뭘하냔 말이야? 보나마나 그 더럽게 큰 어깨엔 입지도 못할 거야."

"잔소리 그만하고." 나는 늙은이에게 말했다. "당장 그 덧저고리를 이리 가져오게."

"참 큰일 났군!" 사벨리치는 앓는 소리를 하며 말했다. "토끼가죽 덧저고린 아직 새것이나 다름없는데! 그리고 하필이면 저런 거지 같은 주정뱅이한테 그걸 주다니!"

그러나 결국 덧저고리는 나타났다. 농부는 금방 그것을 몸에 맞춰 보았다. 내 몸에도 거북하게 된 덧저고리인지라 그의 몸엔 좀 작았지만, 그래도 그는 궤맨 실을 툭툭 끊어내며 억지로 입었다. 사벨리치는 실이 끊어지는 소리를 듣자 금방 미칠 것만 같은 꼴을 했다. 떠돌이는 나의 선물에 매우 만족해했다. 그는 마차까지 나를 배웅하고 코가 땅에 닿도록 절을 하며 말했다. "고맙습니다, 나리! 나리의 선행에 하느님께서 보답이 있으시길 빕니다. 그리고 이 은혜는 한평생 잊지 않겠습니다." 그는 저 갈 데로 사라져 버리고 나는 사벨리치의 원망도 별로 염두에 두지 않고 다시 길을 떠났다. 그리고 얼마 뒤엔 어젯밤의 눈보라도, 그 길잡이도, 그리고 토끼가죽 덧저고리도 모두 머릿속에 남아 있지 않았다.

오렌부르크에 도착하자 나는 곧바로 장군을 찾아갔다. 내 눈앞에 나타난 것은 키가 큰, 그러나 늙어서 이미 허리가 구부러진 노인이었다. 기다란 머리칼은 아주 백발이 되었고 퇴색한 낡은 군복은 안나 요아노브나 시대의 군인을 연상케 했다. 그리고 그의 말엔 거센 독일말 악센트가 유난히 드러났다. 나는 그에게 아버지의 편지를 내주었다. 아버지의 이름을 보자 그는 얼른 나를 한번 훑어보고 입을 열었다.

"놀라운 일이군! 안드레이 페트로비치가 자네만 한 나이던 시절이 엊그제 같은데, 이젠 벌써 이렇게 큰 아들을 두었다니! 아, 세월은 정말 빨라!" 그는 편지 봉투를 뜯고 자기 말을 넣어 가며 낮은 소리로 읽어 내려갔다.

"'안드레이 카를로비치 각하, 각하의 무운장구(武運長久)를 기원하오며……' 친구지간에 이건 또 무슨 소리야? 허허, 창피하게시리! 물론 군기(軍紀)라는 건 군의 생명이지만, 그러나 옛날 동료에게 이따위 말투가 어디 있담? '각하께서도 아직 기억하고 계실 줄 믿사오나……음……그리하여…… 당시……고 육군 원수 민……행군 중에……역시 또한……카롤린카를……' 하하…… 이 친구, 아직도 옛날에 장난하던 걸 잊지 않았군! '……다름 아니라 각하에게 저의 아들 녀석을…… 음……고슴도치 장갑을 끼고 다루듯……' 고슴도치 장갑이라니 대체 무슨 뜻인가? 으음, 이건 필경 러시아 속담에 있는 말이겠군……. 그런데 여보게, 고슴도치 장갑을 끼고 다루라는 건 무슨 뜻인가?" 그는 나를 바라보며 이렇게 물었다. "그건 말하자면" 나는 되도록 순진한 티를 보이며 대답했다. "너무 엄격하지 않게 친절히 다루고, 되도록이면 자유를 주라는 것이, 고슴도치 장갑을 끼고 다루라는 말인 듯합니다."

"음, 알 만하네……. '또한 자유는 조금도 주시지 말 것이며' ……아니, 고슴도치 장갑이란 그런 뜻이 아닌 것 같은데? …… '여기 아들 놈의 신분증을 동봉하오니……' 그건 어디 있나? 아, 여기 있군……. '세묘놉스키 연대에 연락하시어……' 좋아, 좋아, 만사를 어김없이 처리하지……. '계급을 초월하여 옛 동료인 친구로서 그대를 포옹하는 것을 용서할 줄……' 음, 이젠 무슨 말인지 알겠군! '……그리고 또 여차여차……' 그럼 여보게." 그는 편지를 다 읽고 나서 신분증을 옆으로 밀어놓으며 나에게 말했다. "내 만사 유감 없도록 조처하지. 자네를 장교로 임명하여 XXX연대에 배속시키겠네. 그럼 시간을 허비할 필요가 없으니 내일이라도 벨로고르스크 요새(要塞)로 부임하게. 거기서 자네는 미로노프 대위의 지위 아래에 들어가란 말이야. 대위는 정직하고도 선량한 인간이지. 자네는 거기서 실제로 근무하면서 군대 기율이라는 걸 배우게 될 걸세. 오렌부르크에선 자네가 할 만한 일은 아무것도 없어. 빈둥빈둥 놀고 있는 것처럼 젊은 사람에게 해로운 건 없다네. 그러나 오늘은 우리집에서 식사나 함께하세."

'갈수록 태산이로군!' 나는 혼자서 생각했다. '어머니 배 속에 있을 때부터 나는 근위대 상사로 되어 있었다는데 도대체 그게 무슨 보람이 있었는가? XX연대에 배속되어 키르기즈 카이사크 초원에 외따로 떨어진 국경 요새로 가게 된 것도 그 덕택이란 말인가! ……' 나는 안드레이 카를로비치의 집에서 그의 늙은 부관과 셋이 함께 식사를 했다. 장군의 엄격한 독일식 살림은 그 식탁에서도 넉넉히 엿볼 수 있었다. 그래서 나는, 이 홀아비 살림의 식탁에 이따금 군식구를 받아들여야 할지도 모른다는 장군의 걱정이, 나를 급히 국경 경비대로 쫓아보내는 원인의 하나가 아닌가 생각해 보았다.

이튿날 나는 장군에게 출발 인사를 하고 임지로 떠났다.

제3장
요새

우리는 요새의 수비병.
빵과 맹물로 살아가지만,
굶주린 적의 무리
피로그(고기만두) 달라고 몰려온다면
손님들에겐 잔치를 베풀리라
대포에 유산탄을 채워서.

병사의 노래

참, 구식 양반들이군요.

폰비진의 《미성년(未成年)》에서

벨로고르스크 요새는 오렌부르크에서 40베르스타(1베르스타는 약 1킬로미터) 지점에 있었다. 도로는 야이크 강의 가파른 기슭을 따라 뻗어 있었다. 강물은 아직도 얼어붙지 않아서 흰 눈에 덮인 단조로운 기슭을 양쪽에 끼고 흐르는 잿빛 물결이 한결 음침하게 보였다. 강 너머로는 키르기즈의 초원이 아득히 펴져 있었다. 내 머리에 떠오르는 것은 거의 모두가 서글픈 생각뿐이었다. 경비대 생활은 나에게 그리 매력 있는 것은 아니었다.

나는 앞으로 나의 상관이 될 미로노프 대위에 대해 여러 가지로 상상해 보았는데, 어쩐지 그는 군대생활 말고는 아무것도 모르며 사사건건 나를 빵과 맹물만의 영창에 집어넣으려는 냉혹하고 무뚝뚝한 노인일 것만 같았다. 어느새 황혼이 깃들기 시작했다. 마차는 꽤 빠른 속력으로 달리고 있었다.

"아직 요새는 먼가?" 나는 마부에게 물었다. "이제 얼마 안 남았습니다." 그는 대답했다. "아, 저기 보이는군요." 나는 어마어마한 보루(堡壘)와 망루

(望樓), 그리고 방어벽 같은 것이 보일 것이라고 기대하며 사방을 둘러보았으나 통나무로 울타리를 친 조그만 마을 말고는 아무것도 눈에 들어오지 않았다. 한쪽으로 서너덧 개의 건초더미가 반쯤 눈에 묻혀 있었고, 다른 한쪽으로는 풍차가 달린 방앗간이 나무껍질로 씌운 지붕을 맥없이 밑으로 늘어뜨린 채 비스듬히 서 있었다.

"대체 요새는 어디 있나?" 나는 이상하게 생각하며 물었다.

"바로 저기가 요새랍니다." 마부는 눈앞의 마을을 가리키며 대답했다.

그의 말이 끝나기도 전에 우리는 벌써 마을에 들어서고 있었다. 마을 어귀에는 무쇠로 만든 낡아빠진 대포가 놓여 있었고 한길은 좁고 꼬불꼬불했다. 대개가 짚으로 지붕을 덮은 오막살이집들은 게딱지처럼 납작했다. 나는 사령관의 집으로 가라고 명령했다. 잠시 뒤 마차는 목조건물인 교회당과 가까운 언덕 위에 자리 잡은, 자그마한 목조건물 앞에서 멈췄다.

아무도 나를 맞아주는 사람이 없었다. 나는 현관으로 들어가서 바깥방의 문을 열었다. 늙은 상이군인 한 사람이 책상에 앉아서 녹색 군복 팔꿈치에 푸른 베 조각을 대어 꿰매고 있었다. 나는 그에게 내가 온 것을 안에 보고하라고 했다. "어서 들어가십시오." 상이군인이 대답했다. "모두들 집에 계십니다."

나는 옛날식으로 꾸며 놓은 깨끗한 방 안으로 들어갔다. 한편 구석에는 찬장이 놓여 있고 벽에는 유리틀에 넣은 장교 임명장이 걸려 있었다. 그 옆으로 〈키스트린과 오차코프(프로이센과 터키의 요새) 요새의 점령〉이라든가, 〈색시 선보기〉라든가, 〈고양이의 매장〉이라든가 하는 값싼 판화들이 울긋불긋 걸려 있었다. 들창가에는 소매가 없는 덧저고리를 입고 머릿수건을 쓴 뚱뚱한 노파가 앉아서 장교복을 걸친 애꾸눈의 영감이 두 손으로 받쳐 들고 있는 실을 감고 있었다.

"무슨 일로 오셨나요?" 노파가 자기 일을 계속하며 물었다.

나는, 이번에 여기 배속되어 온 사람인데 의무상 대위님께 신고를 하러 왔다고 대답하며 애꾸눈 영감이 사령관인 줄 알고 그에게 몸을 돌리려 했다. 그러나 안주인은 내가 미리 암기해 가지고 온 말을 가로채며 이렇게 말했다.

"이반 쿠즈미치는 지금 안 계세요. 게라심 신부님을 만나러 갔습니다. 그렇지만 계시나 안 계시나 매한가지예요. 내가 이 집 안주인이니까. 그럼 앞으로 잘 부탁하겠습니다. 자, 어서 좀 앉으시지."

노파는 하녀를 불러 하사관을 찾아오라고 했다. 영감은 한쪽밖에 없는 눈으로 신기한 듯이 나를 흘끔흘끔 바라보고 있더니, "실례의 말씀입니다만" 하고 드디어 말을 걸었다. "당신은 어느 연대에 계셨습니까?" 나는 그의 호기심을 충족 시켜주었다. "그럼, 실례의 말씀입니다만" 그는 질문을 계속했다. "어떻게 근위대에서 이런 경비대로 전속되었습니까?" 나는 상부에서 가라고 하니까 왔을 뿐이라고 대답했다. "그렇다면 필경 근위 장교로서 무슨 좋지 않은 행위라도 있었던 모양이군요?" 그는 치근치근하게 들러붙었다.

"쓸데없는 소린 그만둬요." 대위 부인이 핀잔을 주었다. "젊은 양반이 먼 길을 와서 피곤하리라는 것쯤 당신도 알 만할 텐데. 이분은 지금 당신을 상대하고 있을 기운이 없을 거예요. 손이나 좀 똑바로 들어요. 그런데 여보세요," 그녀는 나를 바라보며 말을 이었다. "이런 외딴곳에 쫓겨왔다고 비관할 건 없어요. 당신이 처음도 아니고 또 마지막도 아니니까. 꾹 참고 지내면 정도 들게 되지요. 시바브린 알렉세이 이바니치도 사람을 죽인 일로 여기 전속돼 온 뒤 벌써 5년이 되었어요. 대체 무슨 귀신한테 홀려서 그랬는지는 모르지만, 그 사람이 어떤 중위와 함께 시외로 빠져나가서 서로 칼을 빼들고서 싸움을 했다는 거예요. 그래서 결국은 알렉세이 이바니치가 중위를 찔러 죽였는데 그 자리엔 참관인이 두 사람이나 있었다지 않아요! 일이 그렇게 된 이상 누군들 별수 있겠어요? 뭐 살인하는 사람이 처음부터 따로 있는 것은 아닐 거예요."

이때 하사관이 불려 들어왔다. 체격이 썩 좋은 젊은 카자크였다. "막시므이치!" 대위 부인은 그에게 말했다. "이 장교님을 깨끗한 숙소에 모셔다 드리게." 하사가 대답했다. "네, 알겠습니다. 바실리사 예고로브나. 그러면 장교님을 이반 폴레자예프네 집으로 모시면 어떻겠습니까?" "안 돼요, 막시므이치." 대위 부인이 말했다. "폴레자예프네 집은 지금도 그렇게 비좁은데 거긴 안 될 거야. 그리고 그분은 내 교부님이시지만, 그래도 저쪽에선 우릴 윗사람으로 대접하고 있으니까 곤란해. 아 장교님은…… 정말 이름과 부칭이 뭐라고 하셨더라? ……표트르 안드레이치라고요? ……표트르 안드레이치는 세몬쿠조프네 집으로 모시게. 그 망할 녀석이 글쎄 자기네 말을 우리 채소밭에 놓아 주었다니까! 그건 그렇고, 막시므이치, 뭐 별다른 일은 없지?"

"네, 덕분에 아무 일도 없습니다." 카자크가 대답했다. "다만 프로호로프가 목욕탕에서 물 한 바가질 가지고 우스치냐 네굴리나와 맞붙어 싸웠을 뿐입니다."

"이반 이그나치이치!" 대위 부인은 애꾸눈 영감에게 말했다. "프로호로프와 우스치냐를 불러 어느 쪽이 옳고 어느 쪽이 나쁜지 조사하고 두 사람에게 단단히 훈계해요. 그럼 막시므이치, 자넨 가 보게. 표트르 안드레이치, 막시므이치가 숙소에 안내할 테니 함께 가세요."

나는 인사하고 물러나왔다. 하사는 요새의 한쪽 끝인 높은 강 언덕 위에 서 있는 오두막집으로 나를 안내했다. 그 집의 반은 세몬쿠조프네 식구가 차지했으므로 나는 나머지 한쪽을 사용하게 되었다. 방은 한 칸밖에 없었지만 비교적 깨끗했고 칸막이로 가운데가 막혀 있었다. 사벨리치는 곧 방 안을 정돈하기 시작하고 나는 좁다란 들창으로 밖을 내다보았다. 눈앞에는 황량한 초원이 끝없이 펴져 있었다. 저쪽으로 엇비슷하게 오막살이집이 몇 채 늘어서 있고 한길에서는 닭이 네댓 마리 한가롭게 돌아다니고 있었다. 나무통을 든 노파가 문 앞 층계에서 돼지를 부르니까 그놈들은 반가운 듯이 꿀꿀거리며 그쪽으로 달려갔다. 말하자면 이것이 나의 청춘을 보내도록 결정된 고장이었다! 나는 서글펐다. 창가에서 물러나 사벨리치의 잔소리를 들은 체 만 체 흘려버리며 저녁밥도 먹지 않고 잠자리에 들어갔다. 사벨리치는 근심스러운 목소리로 중얼거렸다. "참 큰일이로군! 아무것도 잡수시지 않겠다니! 그러다가 도련님이 병에라도 걸리면 마나님께선 뭐라 하실까?"

이튿날 아침 내가 옷을 갈아입고 있는데 문이 열리며 키가 작달막한 젊은 장교 한 사람이 들어왔다. 까무잡잡한 얼굴이 어지간히 못생긴 사내였지만 무척 활발하게 보였다. "실례합니다." 그는 프랑스어로 말했다. "이렇게 허물없이 인사드리러 온 걸 용서하십시오. 어제 나는 당신이 도착한 걸 알았습니다. 이제야 사람 같은 얼굴을 볼 수 있겠구나 생각하니 그냥 앉았을 수가 없었어요. 당신도 앞으로 얼마 동안은 여기 계시게 되면 이러한 심정을 알게 될 겁니다." 나는 이 친구가 바로 결투를 해서 근위대에서 쫓겨 온 장교로구나 짐작했다. 우리는 금방 친해졌다. 시바브린은 매우 똑똑한 사내였다. 그가 하는 말은 기지에 넘쳤고 또 흥미 있었다. 그는 내게 사령관의 집안이며, 그가 사귀고 있는 친구들이며, 운명이 나를 끌어온 이 고장에 관해서 매우 재미있게 소개해 주었다. 그의 얘기를 들으며 내가 정신없이 웃고 있을 때 어제 사령관 집 문간방에서 군복을 꿰매고 있던 상이군인이 들어왔다. 바실리사 예고로브나가 나를 점심에 초대한다는 것이었다. 시바브린도 함께 가겠다고 나섰다.

사령관 집에 가까이 오니, 광장에는 세모진 모자를 쓰고 머리를 길게 땋아 내린 늙은 재향군인들이 스무 명쯤 모여 있는 것이 보였다. 그들은 가로로 정렬하고 있었다. 그 앞에는 둥그런 실내모를 쓰고 중국옷 비슷한 실내복을 입은 사령관이 서 있었는데, 그는 키가 크고 아직도 기력이 정정한 노인이었다. 우리를 보더니 가까이 다가와서 나에게 몇 마디 다정스럽게 인사의 말을 하고는 다시 병정들을 지휘하기 시작했다. 우리가 그대로 발을 멈추고 훈련하는 것을 구경하려 했더니, 그는 자기도 곧 우리 뒤를 따라갈 테니 바실리사 예고로브나한테 먼저 가 있으라고 했다.

"여기 있어 봐야 뭐 자네들이 구경할 만한 게 있어야지." 그는 덧붙여 말했다.

바실리사 예고로브나는 허물없는 태도로 반갑게 우리를 맞아주었고, 마치 오랜 친지에게 하듯이 나를 대해 주었다. 상이군인과 하녀인 팔라시카가 점심상을 차리고 있었다. "우리 이반 쿠즈미치는 왜 오늘 같은 날 훈련을 시킨다고 야단이지, 내 참!" 사령관 부인이 말했다. "얘, 팔라시카야, 가서 점심 잡수시러 오라고 해라. 그리고 마샤는 또 어디 갔어?"

이때 얼굴이 둥글고 발그레한 열여덟 살 가량의 처녀가 들어왔다. 연한 금발머리를 양쪽 귀 뒤로 빳빳하게 빗어 넘겼는데 수줍음 때문인지 두 귓불이 새빨갛게 물들여져 있었다. 처음 그녀를 보았을 때 나는 별로 흥미를 느끼지 못했다. 하기는 내가 선입감을 가지고 그녀를 보았기 때문인지도 모른다. 시바브린으로부터 대위의 딸 마샤가 아주 멍텅구리와 다름없다는 말을 들었기 때문이었다. 마리야 이바노브나는 한쪽 구석에 앉더니 수를 놓기 시작했다. 그러는 동안 양배춧국이 나왔다. 바실리사 예고로브나는 남편이 돌아오지 않자 다시 팔라시카를 내보냈다. "가서 손님들이 기다리신다고, 그리고 국이 다 식어 버린다고 그래라. 고맙게도 훈련은 도망가는 게 아니니까 언제든지 고함은 칠 수 있지 않느냐고 하란 말이야." 잠시 뒤에 대위는 애꾸눈 영감을 데리고 나타났다.

"여보, 어쩌자고 그러는 거예요?" 부인이 그에게 말했다. "음식은 벌써 옛날에 준비됐는데 돌아올 줄을 모르니."

"하지만 여보, 바실리사 예고로브나." 이반 쿠즈미치가 대답했다. "나는 근무 중이었소. 병정들을 훈련시키고 있었단 말이야."

"듣기 싫어요!" 부인이 내쏘았다. "까짓 훈련은 암만 해야 쓸데없어요. 병정들을 가르쳐 봐야 제대로 근무할 만한 위인들도 아니고 또 당신도 근무가 어떤 것인지 통 모르는 양반이니까. 그것보다 집에 들어앉아서 하느님께 기도나 드리고 있는 편이 나을 거예요. 자, 그럼 손님들부터 어서 자리에 앉으세요."

우리는 식탁에 앉았다. 바실리사 예고로브나는 한시도 입을 다물지 않고 내게 질문을 퍼부었다. 부모님은 어떤 분이냐, 두 분 다 살아 계시느냐, 어디서 살며 재산은 어느 정도나 되느냐? …… 나의 아버지가 300명의 농노를 가지고 있다는 말을 듣고 그녀는 입을 딱 벌렸다. "어이고! 세상엔 굉장한 부자도 다 있군요! 우리집엔 종이라곤 팔라시카라는 계집애 하나밖에 없답니다. 그래도 덕택에 이럭저럭 살아갈 수야 있지요. 다만 한 가지, 마사를 치우는 게 걱정거리예요. 이젠 나이도 찼는데 혼수로 장만해 놓은 게 뭐 하나 있어야지요. 머리빗 한 개와 부엌비 한 자루, 그리고 목욕탕에 갈 돈으로 3코페이카짜리 은전 한 닢뿐이라니까요. 제발 좋은 사람이 나타나주었으면 다행이지만 그렇지 않으면 저 애는 한평생 처녀로 늙어야 할 거예요."

나는 마리야 이바노브나를 슬쩍 바라보았다. 그녀는 얼굴을 새빨갛게 붉히고 접시 위에 눈물을 똑똑 떨어뜨리고 있었다. 나는 보기에 민망스러워서 이내 딴 데로 화제를 옮겼다.

"바시키르인들이 이 요새를 공격하려고 하고 있다는 말을 들었는데 그게 사실입니까?" 나는 전혀 엉뚱한 말을 꺼냈다.

"자네 어디서 그런 소릴 들었나?" 이반 쿠즈미치가 물었다.

"오렌부르크에서 그렇게들 말하더군요."

"괜히 하는 소리겠지!" 사령관이 말했다. "여기선 한 번도 그런 소리 못 들었네. 바시키르 놈들은 아주 기를 죽여 버렸고 키르기즈 놈들도 단단히 맛을 보여 주었거든. 절대로 우리한테 덤벼들지 못할 걸세. 만일 덤벼든다면 그땐 내가 한 10년 동안 찍소리 못 하게시리 혼을 내주지."

“그럼 부인께서는 어떻습니까?” 나는 대위 부인을 향해 말을 이었다. “언제 어떻게 될지 모르는 이런 위험한 요새에 계시면서 무서운 생각이 안 드세요?”

“이젠 습관이 돼서 아무렇지 않아요.” 그녀는 대답했다. “약 20년 전에 연대에서 처음으로 여기 전속되어 왔을 때는 얼마나 그 저주할 이교도 놈들이 무서웠는지 지금 생각해도 지긋지긋할 정도였지요! 그 너구리가죽으로 만든 모자가 눈에 띈다든가 그놈들의 고함 소리가 들리기만 해도 금방 가슴이 싸늘해지곤 했답니다. 그러나 지금은 아주 예사가 되어 악당들이 요새 근방에서 말을 몰고 돌아다니고 있다는 보고가 들어와도 앉은 자리에서 꼼짝도 하지 않지요.”

“바실리사 예고로브나는 무척 용감한 부인입니다.” 시바브린이 점잔을 빼고 한마디 했다. “그건 누구보다도 이반 쿠즈미치가 증명하실 겁니다.”

“음, 그렇지.” 이반 쿠즈미치가 입을 열었다. “마누라는 겁쟁인 아닌 편이야.”

“그럼 마리야 이바노브나는?” 내가 물었다. “역시 부인처럼 용감하십니까?”

“마샤가 용감하냐고요?” 부인이 대답했다. “아뇨. 저 애는 겁쟁이지요. 아직도 총소리만 나면 부들부들 떠니까요. 2년쯤 되었을까, 한번은 내 세례명 축일에 이반 쿠즈미치가 대포를 쏘려고 했더니 글쎄 저 애가 어떻게 겁을 집어먹었던지 하마터면 저승으로 갈 뻔했답니다. 그래서 그 뒤부터 그놈의 대포는 절대 쏘지 않기로 하고 있지요.”

우리는 식탁에서 일어났다. 대위와 부인은 침실로 들어가고 나는 시바브린의 숙소로 가서 그와 함께 하루저녁을 보냈다.

제4장
결투

좋아, 그렇다면 칼을 들고 똑바로 서게.
내 자네 배때기에 구멍을 뚫어 주지!
크냐지닌

몇 주일이 지나갔다. 벨로고르스크 요새에서의 생활은 꽤 견딜 수 있을 정도가 아니라, 오히려 나에게는 유쾌한 것이 되었다. 사령관 집에서는 나를 한집안 식구나 다름없이 대해 주었다. 그들 부부는 존경할 만한 사람들이었다. 일개 병졸로에서부터 장교로 승진해 온 이반 쿠즈미치는 교육을 받지 못해 무식하고 단순한 인간이었지만 그 대신 매우 착실하고 선량했다. 그래서 마누라 손에 쥐여살기는 해도 오히려 그것이 그의 낙천적인 기질과 잘 어울렸다. 바실리사 예고로브나는 군대일도 집안일이나 한가지로 생각하고 있었다. 따라서 요새 전체를 마치 자기 집안처럼 다스렸다. 마리야 이바노브나도 얼마 안 가서 나에 대한 수줍음을 버리게 되었다. 우리는 서로 가깝게 사귀었다. 나는 그녀가 성실하고도 착한 마음씨를 가진 처녀라는 것을 알게 되었다. 어느덧 나는 이 선량한 가족에게 친밀감을 느끼게 되었고 또 경비대 중위인 애꾸눈 이반 이그나치이치에게까지 호감을 가지게 되었다. 시바브린은 마치 애꾸눈 영감이 바실리사 예고로브나와 심상치 않은 관계를 가지고 있는 것처럼 지껄인 일이 있었다. 물론 그 말은 아무도 곧이들을 사람이 없는 허튼 수작에 지나지 않았지만, 그래도 시바브린은 그런 소리를 태연히 입 밖에 내는 것이었다.

나는 장교로 승진했다. 군대생활은 조금도 괴로울 것이 없었다. 하느님의 은총을 받은 이 요새에는 검열도 없었고 훈련이나 위병근무 같은 것도 없었다. 사령관은 마음 내킬 때 이따금 부하들을 가르치곤 했지만 그들은 여태껏 좌우를 분간할 만큼도 훈련이 되어 있지 않았다. 하기는 대부분의 병정들이 "우로 돌아! 좌로 돌아!" 할 때마다 방향을 틀리지 않으려고 자기 가슴에 성호를 그어 보곤 했으나 그것도 별로 효과가 없었다. 시바브린은 몇 권의 프랑스 책을 가지고 있었다. 나는 그것을 읽기 시작했다. 그러자 문학에 대한 취미가 불현듯 솟아올랐다. 오전 중에는 대개 독서와 번역 연습으로 시간을 보냈고 때로는 시를 써보기도 했다. 점심은 거의 날마다 사령관 집에서 먹고 그다음 오후 시간을 보통 거기서 보냈다. 저녁이면 가끔 게라심 신부가 마누라인 아쿨리나 팜필로브나와 함께 그 집에 나타나곤 했는데, 신부의 부인은 이 고장에서 수다스럽기로 이름난 여자였다. 알렉세이 이바니치와는 물론 매일같이 만났지만 날이 갈수록 나는 그의 얘기에 흥미를 느낄 수 없게 되었다. 사령관 집 식구들에 대한 변함없는 험담, 특히 마리야 이바노브나에 대한 그의 신랄한 비방은 내게 더없는 불쾌감을 주었다. 시바브린 말고는 요새 안에서 사귈 만한 사람도 없었지만 그렇다고 다른 친구가 있었으면 하는 생각도 내게는 없었다.

바시키르인들이 요새를 공격할 것이라는 말이 있었음에도 그들은 반란을 일으키지 않았다. 우리 요새 주변에는 평온한 상태가 계속 되고 있었다. 그러나 뜻밖의 집안싸움이 평화를 깨뜨린 것이다.

내가 문학 공부를 한다는 것은 앞에서도 이야기한 바와 같다. 나의 습작은 그 당시로서는 상당한 수준에 달한 것이어서 몇 년 뒤 알렉산드르 페트로비치 수마로코프(18세기 러시아의 저명한 시인·극작가)로부터 격찬을 받은 일조차 있었다. 어느 날 나는 스스로 만족할 만한 시를 한 편 쓰는 데 성공했다. 문학을 창작하는 사람들이 조언을 요청한다는 핑계 아래 자기에게 호의를 가진 독자를 찾는다는 것은 널리 알려진 사실이다. 그래서 나도 창작한 시를 정서해서 요새 안에서 시인의 작품을 감상할 수 있는 유일한 인물인 시바브린을 찾아갔다. 몇 마디 서론을 늘어놓은 뒤 나는 주머니에서 수첩을 꺼내 다음과 같은 시를 낭독했다.

님 그리운 마음 물리치면서
아름다운 그대 잊으려 하네,
아아, 그대 마샤를 피하면서
사랑의 굴레에서 벗어나려 하네.

그러나 나를 사로잡은 그대 눈동자
한시도 눈앞에서 떠날 줄 모르며
내 가슴 설레게 하네,
마음의 평온을 깨뜨리네.

그대 괴로운 이내 심정 안다면
마샤여, 나를 가엾게 여겨다오.
이 가혹한 운명 속에서
그대의 포로가 된 나를 본다면.

"이거 어떻게 생각하나?" 틀림없이 찬사를 받게 될 것이라 기대하며 나는 시바브린에게 물었다. 그러나 여느 때는 관대하던 시바브린이 뜻밖에도 이번 시는 유치하다고 딱 잘라 말했다.

"어째서 그렇게 생각하나?" 나는 분한 마음을 꾹 참고 그에게 물었다.

"어째서냐고? 이런 종류의 시는 나의 선생인 바실리이 키릴르이치 트레쟈콥스키(18세기 전반 러시아 시인)가 도맡다시피 해서 쓰고 있는데 자네의 시는 그 선생의 연애시와 너무나 흡사하기 때문일세."

이렇게 말하고 그는 내게서 수첩을 빼앗아 들고는 어디까지나 신랄한 말투로 빈정거리며 한 구절 한 단어를 무자비하게 꼬집기 시작했다. 나는 끝내 참아내지 못하고 그의 손에서 수첩을 낚아챈 다음 앞으로는 절대로 내 작품을 보이지 않겠다고 단언했다. 시바브린은 나의 위협적인 태도를 대수롭지 않게 여기고 이렇게 대꾸했다. "두고 보세, 자네가 과연 지금 한 말을 지킬 수 있는지. 시인에겐 자기 작품을 들어주는 사람이 필요한 거야. 그건 마치 이반 쿠즈미치에게 식전에 보드카 한 잔이 필요한 것과 마찬가지지. 그건 그렇고 자네가 달콤한 정열이니, 사랑의 슬픔이니 하여 연정을 고백하고 있는 그 마샤는 대체 누구인가? 설마 마리야 이바노브나를 가리키는 건 아니겠지?"

"여기 이 마샤가 누구를 가리키든 자네에게 무슨 상관인가!" 나는 미간을 찌푸리며 대답했다. "나는 자네의 의견이나 추측을 필요로 하지 않네."

"흐흠! 자만심이 강한 시인이시며 동시에 조심성 있는 애인이시로군!" 시바브린은 더한층 비위에 거슬리는 말만 했다. "하지만 친구의 충고도 들어두는 편이 좋을걸. 만일 자네가 연애에 성공하고 싶다면 말일세, 그따위 시를 쓸 게 아니라 직접 행동을 취해야 할 걸세."

"그건 무슨 뜻인가? 한번 뛰어난 의견을 들을 수 있는 영광을 주게."

"좋아, 설명하지. 그건 무슨 뜻인고 하니, 마리야 이바노브나가 어두컴컴할 때 자네를 찾아다니게 하려면 그따위 미적지근한 연애시는 집어치고 귀고리라도 한 개 선물하란 말일세."

나는 온몸의 피가 끓어오르는 것을 느꼈다. "자네는 어떤 근거를 가지고 그 여자에 대해 그따위 소릴 하는 건가?" 나는 분통이 터지려는 것을 간신히 참으며 물었다.

"근거라고?" 그는 얼굴에 잔악한 미소를 띠며 대답했다. "스스로 경험을 통해서 그 여자의 성격과 습성을 나는 잘 알고 있기 때문이지."

"거짓말 마! 이 비열한 놈아!" 나는 미친 듯이 외쳤다. "그런 파렴치한 수작을 어디다 감히 하는 거야!"

시바브린의 얼굴색이 금방 변해 버렸다. "지금 그 말을 그냥 넘길 수 없어." 그는 내 손을 덥석 움켜쥐며 말했다. "자네는 나의 결투 신청에 응해야 할 걸세."

"좋아, 언제든지!" 나는 오히려 기뻤다. 그 순간 나는 그놈의 사지를 갈기갈기 찢어주고 싶은 충동을 느끼고 있었기 때문이다.

나는 즉시 이반 이그나치이치를 찾아갔다. 마침 그는 사령관 부인의 부탁을 받고 겨울에 먹을 마른 버섯을 실에 꿰고 있는 중이었다.

"야, 이거 표트르 안드레이치가 아닙니까!" 그는 나를 보자 이렇게 말했다. "어서 오시오! 그런데 별안간 무슨 생각이 나서 이렇게 찾아오셨는지? 실례의 말씀입니다만 무슨 급한 볼일이라도 있으십니까?" 나는 알렉세이 이바니치와 다툰 얘기를 간단히 한 뒤 결투의 참관인이 되어줄 것을 부탁하러 왔다고 말했다. 이반 이그나치이치는 한쪽밖에 없는 눈을 둥그렇게 뜨고 나를 바라보며 귀를 기울여 듣고 있다가 이렇게 물었다. "말하자면 당신은, 알렉세이 이바니치를 한칼에 찔러 버리고 싶은데, 내가 그 참관인이 되어줘야겠다는 거군요? 실례의 말씀입니다만 그렇지 않습니까?"

"네, 바로 그렇습니다."

"그건 안 될 말입니다, 표트르 안드레이치! 어째서 그런 짓을 하려는 겁니까? 알렉세이 이바니치와 다투셨다고요? 그게 뭐 그리 대단한 일입니까! 욕지거리 같은 건 한쪽 귀로 흘려 버리는 게 상책이지요. 저쪽에서 욕설을 하면 이쪽에서도 한마디 해주면 그만이고, 저쪽이 콧등을 갈기면 이쪽은 귀퉁이를 한대 처박고, 이럭하면 저렇게, 저럭하면 이렇게, 그러다가 헤어지면 그만 아닙니까. 그 다음은 우리가 화해를 붙이지요. 그렇지 않고 친한 사이에 칼부림을 한다는 게, 실례의 말씀입니다만, 과연 옳은 일이라 할 수 있을까요? 사실은 나도 그 친구를 그리 좋아하진 않으니까 틀림없이 당신이 저쪽의 배때기를 푹 찔러 버린다면 나로서도 서러울 건 없지요. 그땐 '알렉세이 이바니치여, 잘 가게" 하면 그만일 테니까. 하지만 만일 저쪽에서 당신 몸에 구멍을 뚫어 놓는다면 어떻게 됩니까? 뭐가 시원하겠습니까? 실례의 말씀입니다만 손해를 보는 건 누구지요?"

사리를 분별하여 판단할 줄 아는 중위의 말도 내 마음을 움직일 수 없었다. 나는 이미 결심한 바를 고집했다. "그렇다면 속 편하실 대로 하십시오." 이반 이그나치이치는 말했다. "그건 그렇고, 어째서 내가 참관인 노릇을 해야 합니까? 그럴 필요가 어디 있어요? 사람들이 결투를 한다, 실례의 말씀입니다만 그게 무슨 구경거리가 됩니까? 나는 벌써 스웨덴 전쟁과 터키 전쟁에 종군한 일이 있어서 그런 구경은 실컷 했으니까요."

나는 참관인의 역할에 대해 분명치는 못하나마 대략 설명해 보았으나 이반 이그나치이치는 끝내 내 말을 들으려 하지 않았다. "결투를 하건 말건 그건 마음대로 하십시오." 그는 말했다. "하지만 만일 내가 이 일에 끼어들게 된다면 나의 의무상 사전에 이반 쿠즈미치에게 보고해야 합니다. 상부로부터 금지되어 있는 불상사가 우리 요새 안에서 일어날 것 같으니 사령관께서는 적당한 조치를 취하시는 게 어떻겠냐고요."

나는 얼굴빛이 하얗게 질릴 정도로 놀라 이반 이그나치이치에게 사령관한테는 제발 아무 말도 말아 달라고 빌다시피 애원하여 겨우 그를 설복하고, 그로부터 다짐까지 받았다. 그리하여 결국 나는 그를 단념하기로 했다.

여느 때와 마찬가지로 그날도 나는 사령관 집에서 저녁 시간을 보냈다. 나는 아무 일도 없었던 것처럼 시치미를 떼고 명랑한 태도를 보이려고 애썼다. 털끝만 한 의심도 사지 않음으로써 귀찮은 질문을 받지 않으려 했기 때문이다. 그러나 나는 솔직히 말해서, 나와 같은 처지에 놓이게 되면 누구나 일부러 시위하고 싶어하는 그러한 침착성을 가질 수 없었다. 그날 저녁 나의 마음은 자꾸만 감상적인 방향으로 기울어지려 했다. 그리고 마리야 이바노브나가 여느 때보다 유달리 예쁘게 보였다. 그녀를 보는 것도 어쩌면 이게 마지막이 될는지 모른다는 그런 생각이 그녀의 모습을 어떤 감동적인 색채와 함께 내 눈에 비치게 했던 것이다. 그 자리에 시바브린이 나타났다. 나는 그를 한쪽으로 끌고 가서 이반 이그나치이치와의 교섭 결과를 알렸다.

"우리에게 반드시 참관인이 있어야 한다는 이유가 어디 있어?" 그는 퉁명스럽게 말했다. "까짓 거 없으면 그냥 하면 되지."

우리는 요새 근처에 있는 건초더미 뒤에서 결투를 하자는 것과 내일 아침 여섯 시에 그곳으로 나가자는 데 합의를 보았다. 남 보기엔 우리가 아주 다정하게 얘기하고 있었으므로 이반 이그나치이치는 반가운 나머지 그만 쓸데없는 소리를 입 밖에 내고 말았다. "진작 그랬어야 할 일이지." 그는 만족한 표정으로 내게 말했다. "아무리 착한 싸움이라도 악한 평화만은 못한 법이고, 고지식한 것도 좋긴 하지만 우선 목숨이 붙어 있어야 한다는 말이 있으니까요."

"뭐라고? 이반 이그나치이치, 지금 뭐라고 했지요?" 한편 구석에서 트럼프로 점을 치고 있던 대위 부인이 끼어들었다. "무슨 말인지 나 잘 듣지 못했어요."

이반 이그나치이치는 내 얼굴에 불만의 빛이 나타난 것을 보자 낮에 한 약속을 생각했던지 대답할 바를 모르고 우물쭈물하고만 있었다. 시바브린이 곧 그에게 구원의 손길을 뻗쳤다. "이반 이그나치이치는 우리가 화해해서 잘됐다고 했습니다."

"당신 누구와 다투었군요?"

"표트르 안드레이치와 대판 싸움이 벌어졌었지요."

"아니 그건 또 왜요?"

"뭐 대수롭지 않은 일 때문이었어요. 실은 노래 때문에 싸웠답니다, 바실리사 예고로브나."

"노래 때문이라니! 참 별걸 다 가지고 싸우는군! 그래 어떻게 되었기에 그런 걸 가지고 다투었지요?"

"네, 다름이 아니라 얼마 전에 표트르 안드레이치가 노래를 한 수 지었는데 오늘 내 앞에서 그걸 부르더군요. 그래서 나도 내가 좋아하는, '대위의 딸이여 한밤중의 산책은 그만두시오'라는 노래를 부르기 시작했거든요. 여기서 말다툼이 벌어졌답니다. 표트르 안드레이치는 불끈 화를 냈지만 나중에 그것이 쑥스러운 일이라는 걸 깨달았습니다. 자기가 부르고 싶을 때 노래를 부르는 건 누구에게나 자유니까요. 그래서 싸움은 원만히 해결되었습니다."

시바브린의 뻔뻔스러운 수작에 나는 분통이 터질 지경이었으나 나를 빼놓고는 누구도 그의 추잡한 비유를 알아듣지 못했고, 또한 그 말에 주의를 기울인 사람조차 없이 화제는 노래에서 시인에게로 옮겨졌다. 사령관은 시인이란 모두가 난봉꾼이며 모두가 주정뱅이라는 점을 지적하고 시를 쓴다는 것은 군대생활에 해독을 끼칠 뿐만 아니라 결코 좋은 결과를 가져올 수 없는 것이니 집어치우는 편이 좋을 거라고 나에게 친절히 충고하는 것이었다.

나는 도저히 시바브린과 한자리에 앉아 있을 수 없었다. 잠시 뒤 나는 사령관을 비롯하여 그의 가족들에게 인사하고 숙소로 돌아왔다. 대검을 꺼내 칼 끝을 한 번 시험해 보고 나서, 여섯 시에 깨워 달라고 사벨리치에게 부탁한 다음 잠자리에 들어갔다.

이튿날 약속한 시간이 되자 나는 이미 건초더미 뒤에서 적수를 기다리고 서 있었다. 얼마 안 있어 시바브린도 나타났다.

"아무래도 들킬 것 같네." 그는 말했다. "빨리 결판을 내세."

우리는 군복을 벗어 던지고 조끼 바람으로 대검을 뽑아 들었다. 바로 그때 건초더미 뒤에서 이반 이그나치이치와 대여섯 명의 병정이 느닷없이 나타났다. 그는 우리에게 사령관 앞으로 연행하겠다고 말했다. 우리는 분하기 짝이 없었지만 복종하지 않을 수 없었다. 병정들이 우리를 에워쌌다. 우리는 이반 이그나치이치의 뒤를 따라 요새로 들어갔다. 그는 몹시도 우쭐거리며 의기양양하게 앞장서서 걸어가는 것이었다.

우리는 사령관 집으로 들어갔다. 이반 이그나치이치는 문을 열고 엄숙한 말투로 보고했다. "분부대로 연행해 왔습니다!" 우리 앞에 나선 것은 바실리사 예고로브나였다. "이런 양반들이 어디 있담! 그게 무슨 짓이에요! 네? 그게 뭐예요? 우리 요새에서 살인을 하려 들다니! 이반 쿠즈미치, 당장 이 사람들을 영창에 집어넣어요! 표트르 안드레이치! 알렉세이 이바니치! 대검을 이리 내놔요! 빨리 내놓으라니까! 팔라시카야, 이 칼을 창고

속에 갖다 둬라. 표트르 안드레이치, 난 당신이 이런 짓을 하리라곤 꿈에도 생각 못했어요. 그래 부끄러운 생각도 없어요? 알렉세이 이바니치야 별문제지요. 본디 살인하고 근위대에서 쫓겨온 데다가 하느님조차 믿지 않는 사람이니까. 하지만 당신은 다르지 않아요? 글쎄 무슨 생각으로 그따위 짓을 하려 했어요?"

이반 쿠즈미치도 무조건 마누라 말에 찬성하며 이렇게 말했다. "음, 옳아, 바실리사 예고로브나의 말이 옳아. 결투라는 건 군인 복무규정에 따라 절대로 금지되어 있으니까." 한편 팔라시카는 우리에게서 대검을 받아 들고 창고로 가져가 버렸다. 나는 웃음이 터져 나오려는 것을 간신히 참고 있었다. 시바브린은 여전히 점잔을 빼고 서 있었다. "나는 모든 점에서 부인을 존경하고 있습니다만," 그는 냉정한 어조로 입을 열었다. "이것만은 말씀드리지 않을 수 없습니다. 즉 부인께서 직접 우리를 징계하시는 것은 그야말로 공연한 참견입니다. 이런 일은 마땅히 이반 쿠즈미치에게 맡겨야 할 겁니다. 이건 어디까지나 사령관 자신의 임무니까요." 사령관 부인이 맞섰다. "원, 이 양반이 나중엔 못할 말이 없군! 부부는 일심동체라는 말을 모르는가봐! 여보, 이반 쿠즈미치! 뭘 우물쭈물하고 있어요? 이 사람들을 당장 빵과 물만 주는 영창에다 따로따로 집어넣지 못하겠어요! 정신을 좀 단단히 차리게 해야지. 그리고 게라심 신부님을 모셔다가 속죄를 시켜야 해요. 하느님에게 용서를 빌고 또 사람들 앞에서 자기 죄를 뉘우치게 해야지요."

이반 쿠즈미치는 어찌할 바를 모르고 있었다. 마리야 이바노브나는 얼굴이 새파랗게 질려 있었다. 차차 격했던 목소리가 가라앉더니 사령관 부인은 마음을 진정하고 우리에게 서로 입맞춤을 시켰다. 팔라시카가 우리의 대검을 다시 가져왔다. 우리는 일단 화해한 형식으로 사령관 집에서 나왔다. 이반 이그나치이치도 함께 따라 나왔다.

"그렇게 약속해 놓고도 사령관한테 보고하다니, 그래야만 속이 편하시오?" 나는 화난 목소리로 그에게 말했다.

"아니, 맹세합니다. 나는 절대로 이반 쿠즈미치에게 그런 말 하지 않았어요." 그는 대답했다. "바실리사 예고로브나가 나를 붙잡고 꼬치꼬치 캐내서 알아냈을 뿐입니다. 모든 것은 부인이 사령관에게 알리지도 않고 직접 지시했어요. 그렇지만 무사히 끝나서 다행입니다." 말을 마치자 그는 자기 집 쪽으로 발길을 돌려 가버렸고 나와 시바브린만이 남게 되었다.

"이 문제는 이걸로 끝장이 났다고 할 수 없어." 내가 먼저 입을 열었다. "물론이지." 시바브린도 내 말에 동의했다. "자네는 내게 준 모욕에 대해 피를 가지고 보상해야 하네. 그러나 우린 감시를 받게 될 테니까 며칠 동안은 얌전히 있어야 할 거야. 그럼 또 보세." 우리는 아무 일도 없었던 것처럼 헤어졌다.

사령관 집으로 되돌아와서 나는 여느 때와 다름없이 마리야 이바노브나 곁에 앉았다. 이반 쿠즈미치는 집에 없었고 바실리사 예고로브나는 집안일로 분주했다. 우리는 소리를 죽여 가며 이야기했다. 마리야 이바노브나는, 내가 시바브린과 싸우는 바람에 모두들 얼마나 걱정했는지 모른다고 나를 가볍게 나무랐다. "두 분이 칼을 빼들고 결투하신다는 말을 들었을 때 저는 정말 기절할 뻔했어요. 남자들이란 이상해요! 일주일만 지나면 잊어버릴 그런 대수롭잖은 말 한마디 때문에 칼부림까지 해가며 목숨뿐만 아니라 양심까지, 그리고 또…… 그 어떤 사람의 행복까지 희생하려 하니까요. 그러나 저는 당신 편에서 싸움을 먼저 걸지는 않았을 거라고 믿어요. 알렉세이 이바니치가 나쁘다는 건 정한 이치니까요."

"마리야 이바노브나, 어째서 당신은 그렇게 생각하십니까?"

"그야 그 사람이 아주 못된 성질을 가지고 있으니까 그렇지요! 전 알렉세이 이바니치 같은 사람 정말 싫어요. 징그러울 지경이지요. 그런데 이상한 일이에요. 저는 그 사람을 그렇게 싫어하면서도 그 사람으로부터는 미움을 받기 싫으니까요. 만일 그렇게 되면 저는 왜 그런지 불안해질 것만 같아요."

"그럼 마리야 이바노브나, 당신은 어떻게 생각하시지요? 저쪽에선 당신을 좋아합니까, 싫어합니까?" 마리야 이바노브나는 얼른 대답하지 못하고 얼굴을 붉혔다. "제 생각에는……" 하고 그녀는 한참 만에 입을 열었다. "좋아하는 것 같아요."

"그렇게 생각할 무슨 이유라도 있습니까?"

"저한테 청혼한 일이 있었어요."

"청혼이라니! 그 녀석이 당신한테 청혼했어요? 그게 언제입니까?"

"작년에…… 그러니까 당신이 오시기 두어 달 전이에요."

"그래서 당신이 거절했단 말이군요."

"보시다시피…… 알렉세이 이바니치는 물론 똑똑한 사람이고, 집안도 훌륭하고, 또 재산도 가지고 있지만, 그러나 결혼식 때 여러 사람 앞에서 그 사람과 키스해야 할 생각을 하니…… 정말 싫었어요! 전 어떤 행복이 온대도 그런 사람하고는 싫어요!"

마리야 이바노브나의 말은 나를 눈뜨게 했고 나로 하여금 많은 것을 깨닫게 했다. 이제야 나는 그녀에게 대해 시바브린이 악의에 찬 험담을 끊임없이 늘어놓는 까닭을 알게 된 것이다. 그는 반드시 우리가 서로 호의를 가지고 있다는 것을 눈치채고 우리 사이를 멀어지게 하려 했음이 분명했다. 싸움의 동기가 된, 그의 입이 함부로 뇌까린 단순한 악담이 아니라 사실은 계획적인 중상이었다는 것을 알게 된 지금, 그 심보가 한층 더 추악하게 여겨졌다. 그 비겁한 독설가를 한칼에 찔러 본때를 보여줘야겠다는 생각이 갈수록 굳어져 갔고 그래서 나는 기회가 오기를 초조하게 기다렸다.

그러나 오래 기다릴 필요는 없었다. 이튿날 엘레지(悲歌)를 지으려고 책상에 앉아 펜대를 깨물며 시상이 머리에 떠오르기를 기다리고 있을 때 시바브린이 들창을 두드렸다. 나는 펜을 놓고 대검을 들고는 밖으로 나갔다. "미룰 거 없어." 시바브린이 말했다. "감시가 없는 것 같으니 강으로 가세. 거기 가면 우릴 방해하는 놈은 없겠지."

우리는 말없이 강으로 나갔다. 가파른 비탈길을 내려가서 강기슭에 멈추어 섰다. 칼을 뽑아들었다. 시바브린은 나보다 기술이 훌륭했으나 한편 나는 힘과 용기에 있어 그보다 월등했다. 이전에 군대생활을 한 무슈 보프레가 검술을 약간 가르쳐준 일이 있었기 때문에 나는 그에게 배운 수를 써 보았다. 시바브린은 내가 그처럼 만만치 않은 적수인 줄은 미처 생각지 못했을 것이다. 한동안 우리는 서로 털끝만 한 상처도 입히지 못했다. 마침내 시바브린에게 지친 기색이 엿보이자 나는 맹렬히 공격해 그를 강 언저리까지 바싹 몰고갔다. 순간 나는 누군가 목청이 터지게 내 이름을 부르는 소리를 들었다. 뒤를 돌아다보니 높은 비탈길을 사벨리치가 달려 내려오고 있었다. 바로 그때, 나는 오른편 어깨 밑으로 가슴팍에 세찬 충격을 받았다. 나는 그만 쓰러진 채 정신을 잃고 말았다.

제5장
사랑

처녀야, 어여쁜 규중처녀야!
나이 차기 전에 시집일랑 가지 말아라.
아버님 어머님께 먼저 물어보고
집안 식구들께 다시 물어라.
그리고 지혜와 분별을 간직하여라.
지혜와 분별이 살림 밑천이란다.

러시아 민요

좋은 사람 만나거든 나를랑 잊어주고
못한 사람 만나거든 나를랑 찾아줘요.

러시아 민요

눈을 뜬 뒤에도 나는 몇 시간 동안 정신을 차리지 못했고 무슨 일이 어떻게 되었는지 알 수 없었다. 나는 낯선 방 안 침대에 누워 있었는데 온몸이 몹시 나른했다. 눈앞에는 사벨리치가 양손으로 촛불을 받쳐들고 서 있었다. 누군가 나의 가슴과 어깨에 감겨 있던 붕대를 조심스럽게 풀고 있었다. 차차 정신이 분명해졌다. 시바브린과 결투한 기억이 되살아나서, 내가 상처를 입었구나 하는 생각이 들었다.

그때 방문 열리는 소리가 났다. "좀 어떠세요?" 소곤거리는 목소리가 들렸는데 그 소리에 나는 갑자기 몸이 떨리기 시작했다. "그저 그렇습니다." 사벨리치가 한숨 섞인 목소리로 대답했다. "벌써 닷새째인데 아직도 정신이 들지 않습니다요." 나는 돌아눕고 싶었으나 꼼짝도 할 수 없었다. "여기가 어디야? 거긴 누구지?" 나는 간신히 이렇게 물었다.

마리야 이바노브나가 침대에 가까이 와서 나에게 몸을 굽히며 물었다. "어떠세요? 정신이 좀 드세요?"

"덕택에……." 나는 기진맥진한 소리로 대답했다. "아, 당신은 마리야 이바노브나였군요! 얘기해 주십시오, 내게……." 나는 그 이상 말을 계속할 힘이 없어 입을 다물고 말았다. 사벨리치는 아아 하고 소리쳤다. 그의 얼굴에는 기쁜 빛이 역력했다.

"정신이 드셨군! 정신이 드셨어!" 그는 같은 말을 되풀이했다. "하느님, 감사합니다! 표트르 안드레이치 도련님, 정말 저는 이만저만하게 놀라지 않았습니다! 걱정을 안 할 수 있어야지요! 벌써 닷새째랍니다!" 마리야 이바노브나가 그의 말을 제지했다.

"사벨리치, 말을 너무 하는 건 좋지 않아요. 아직도 기운이 없으시니까." 그녀는 방에서 나가더니 조용히 문을 닫았다.

나는 가슴이 설레기 시작했다. 그러고 보면 나는 사령관 집에 누워 있었고, 또한 마리야 이바노브나가 자주 문병하러 이 방에 드나들었을 게 아닌가. 나는 사벨리치에게 무엇을 좀 물어보려 했으나 노인은 고개를 가로저으며 귀를 틀어막고 말았다. 나는 하는 수 없이 눈을 감았다. 그리고 얼마 뒤에는 다시 잠들어 버렸다.

잠에서 깨어나 사벨리치를 찾았더니 노인 대신에 마리야 이바노브나가 나타나서 마치 천사와 같은 목소리로 인사하는 것이었다. 그 순간 나를 사로잡은 달콤한 감정을 나는 도저히 표현할 수 없다. 나는 그녀의 손을 잡고 그 손에 감격의 눈물을 쏟으며 입술을 대었다. 마샤는 그대로 손을 내맡기고 있었다……. 순간 그녀의 얼굴이 내 얼굴 가까이에 오는 것 같더니 마침내 나는 뜨겁고도 부드러운 그녀의 입술을 볼에 느꼈다. 불길이 온몸을 스치며 지나갔다. 나는 입을 열었다. "귀엽고 착한 마리야 이바노브나, 내 아내가 되어주십시오. 그리하여 내게 행복을 주십시오." 그녀는 정신을 가다듬었다. "이러시면 안 돼요, 진정하셔야지." 그녀는 내게서 손을 빼며 말했다. "아직 마음을 놓을 수 없어요. 혹시 상처가 벌어질는지도 모르니까요. 그리고 저를 위해서라도 조심하셔야 해요." 말을 마치자 그녀는 나를 황홀한 환희 속에 남겨 둔 채 방에서 나가 버렸다. 행복이 나를 소생케 했다. 그녀는 내 것이 된다! 그녀는 나를 사랑하고 있다! 이러한 생각만이 내 머릿속에 가득 차 있었다.

그때부터 나는 점차 건강을 회복하기 시작했다. 나를 치료해 준 것은 연대의 이발사였다. 요새 안에서는 그를 빼놓고 상처를 치료할 만한 사람이 없었기 때문이다. 그러나 그는 공연히 아는 체하고 서투른 짓을 하지 않아서 다행이었다. 젊음과 자연이 나의 회복을 빠르게 했던 것이다. 사령관 집 식구들은 모두 나를 친절히 돌보아주었고 특히 마리야 이바노브나는 잠시도 내 곁에서 떠나지 않았다. 물론 나는 적당한 기회가 생기자 곧 이미 입 밖에 낸 고백을 계속했으며, 마리야 이바노브나는 전보다는 침착하게 내 말을 들어주었다. 그녀는 조금도 어색한 태도를 보이지 않고 진심으로 내게 사랑을 고백하며, 자기의 부모는 물론 딸의 행복을 기뻐해 주실 것이라고 말했다. "그렇지만 잘 생각해 보세요." 그녀는 덧붙였다. "당신의 부모님께서 혹시 반대하시진 않으실까요?"

나는 곰곰이 생각해 보았다. 어머니는 착하시기만 한 분이니까 문제가 아니었다. 그러나 나는 아버지의 성격과 사고방식을 잘 알고 있었으므로 나의 사랑이 아버지의 마음을 별로 움직일 수 없을뿐더러 아버지는 그것을 젊은 놈의 부질없는 장난쯤으로 받아들이리라는 것을 예측하지 않을 수 없었다. 나는 그 점을 마리야 이바노브나에게 솔직히 털어놓고, 어쨌든 아버지에게 될 수 있는 대로 그럴듯하게 편지를 써서 부모님에게서 축복을 빌어 보겠다고 했다. 나는 그 편지를 마리야 이바노브나에게 보였다. 그녀는 나의 편지가 아버지를 설득시키고 또한 감동시킬 수 있을 것이라 생각하고 그 성공을 의심치 않았으며, 젊음과 사랑의 부수물인 신뢰감을 가지고 자기의 착한 마음씨에 의지하는 것이었다.

시바브린과는 상처가 아물자 곧 화해했다. 이반 쿠즈미치는 결투에 대해 잔소리를 늘어놓으며 이렇게 말했다. "이거 봐, 표트르 안드레이치, 난 자네를 영창에 좀 집어넣으려 했는데 내가 미처 손을 쓰기 전에 단단히 벌을 받았군그래. 알렉세이 이바니치는 우리집 곳간 속에 가둬 놓고 보초를 세워 놨네. 그리고 대검은 바실리사 예고로브나가 맡아서 열쇠를 딱 잠가 놓았지. 그 녀석은 충분히 반성시켜 자기 죄를 뉘우치게 할 필요가 있어." 나는 그때 가슴속에 원한을 품고 있기에는 너무나 행복했다. 나는 시바브린을 용서해 주라고 간청했다. 그래서 사람 좋은 사령관은 마누라의 동의를 얻어 그를 석

방하기로 했다. 시바브린은 나를 찾아와서 우리 사이에 일어난 불상사에 대해 깊은 유감의 뜻을 나타내고, 자기의 잘못을 전적으로 시인하면서 과거는 깨끗이 잊어 달라고 했다. 나는 본디 남에게 원한을 품고 있을 수 없는 인간이었으므로 싸움의 원인과 결과에 대해서나 또 그로부터 받은 상처에 대해서나 진심으로 그를 용서했다. 또한 그의 험담으로 말하더라도 그것은 모욕을 받은 자존심, 퇴짜를 맞은 사랑의 원한에서 나온 것이었으므로 나는 관대하게 이 가련한 경쟁자를 용서해 주었다.

얼마 뒤 나는 상처가 완전히 회복되어 나의 숙소로 옮겨올 수 있었다. 한편 나는 집으로 보낸 편지에 대해 낙관적인 결과를 기대하지도 않고 또 되도록 비관적인 예측도 삼가면서 그 회답이 오기를 손꼽아 기다렸다. 바실리사 예고로브나와 그의 남편에게는 아직 터놓고 이야기하지 않았지만 내가 정식으로 청혼한대도 그들이 놀랄 이유는 하나도 없었다. 나도, 마리야 이바노브나도, 그들 앞에서 서로의 감정을 숨기려 하지 않았으며 우리는 처음부터 그들이 동의하리라는 것을 믿어 의심치 않았기 때문이다.

드디어 어느 날 아침 사벨리치가 편지를 손에 들고 내 방에 들어왔다. 나는 두근거리는 가슴으로 편지를 받았다. 편지 봉투는 아버지의 손으로 쓰여 있었다. 그것은 나로 하여금 무엇인가 심상치 않은 사태에 대한 마음의 준비를 요구하는 것이었다. 보통 내게 보내는 편지는 어머니가 쓰게 되어 있었고 아버지는 끝에다 몇 줄 덧붙여 써 넣은 것이 상례로 되어 있었기 때문이다. 나는 한참 동안 봉투를 뜯지 못하고 '오렌부르크 주 벨로고르스크 요새 내, 표트르 안드레이치 앞'이라고 위엄 있는 글씨로 쓴 주소 성명만을 거듭 읽어보고 있었다. 그 글씨체를 통해 아버지가 어떠한 정신상태에서 편지를 썼는가를 판단해 보려 했던 것이다. 마침내 나는 마음을 가라앉히고 봉투를 뜯었다. 그리고 처음 몇 줄을 내려 읽었을 때 벌써 만사가 틀렸음을 깨달았다. 편지 내용은 다음과 같았다.

나의 아들 표트르에게.

미로노프의 딸 마리야 이바노브나와의 결혼에 대해 우리에게 부모로서의 축복과 동의를 구하는 너의 편지는 이달 15일에 받았다. 그러나 아비는 축복이나 동의를 주기는 고사하고 오히려 네게 벌을 주어야겠다고 생각한다. 그따위 못된 짓을 하는 녀석에게는 장교의 신분 같은 것을 고려할 필요 없이 마을의 장난꾸러기들을 다루듯이, 그런 방법으로 단단히 혼을 내야 할 것이다. 왜냐하면 너는 군도를 찰 자격이 없다는 것을 스스로 증명했기 때문이다. 군도는 조국을 수호하라고 수여한 것이지 결코 너 자신과 같은 그따위 불량배와 결투하라고 준 것이 아니다. 안드레이 카를로비치에게 즉시 편지를 보내서 너를 벨로고르스크 요새보다 더욱 멀리 떨어진 곳, 즉 너의 버르장머리를 고칠 만한 곳으로 전속시키라고 부탁할 작정이다. 너의 어머니는 네가 결투를 해서 상처를 입었다는 것을 알고 속을 태운 나머지 지금은 병석에 누워 있다. 장차 너는 어떤 인간이 되려고 그러느냐? 한심스럽기만 하다. 하느님의 특별한 은혜는 감히 바랄 수 없을지언정 다만 너의 고약한 버르장머리만이라도 고쳐주기를 아비는 기도할 뿐이다.

너의 아비 A.G.

이 편지는 내 가슴속에 여러 가지 착잡한 감정을 불러일으켰다. 아버지가 거리낌 없이 사용한 가혹한 표현에서 나는 극도의 모욕을 느꼈다. 또한 아버지가 무시하는 말투로 마리야 이바노브나를 대한 것은 예의에서 벗어난 옳지 못한 태도라고 생각했다. 그리고 벨로고르스크 요새에서 딴 곳으로 전속될 것이라는 생각은 나에게 극도의 불안감을 주었지만 무엇보다 마음 아픈 것은 어머니가 앓아누웠다는 소식이었다. 결투 사건을 부모에게 알린 것은 틀림없이 사벨리치의 짓이라고 확신한 나는 그를 괘씸하게 여겼다. 나는 좁다란 방 안을 이리저리 돌아다니다가 사벨리치 앞에 우뚝 발을 멈추고 눈을 부릅떠 그를 노려보며 이렇게 말했다. “내가 너 때문에 상처를 입고 한 달 동안이나 죽다 살아났는데 그래도 너는 부족해서 이젠 어머니까지 돌아가시게 할 생각이구나!” 사벨리치는 소스라쳐 놀랐다. “천만에 말씀입니다, 도련님.” 그는 거의 울상이 되어 말했다. “그렇게 말씀하시는 법이 어디 있습니까? 저 때문에 도련님이 다치셨다고요! 하느님께서 알고 계십니다. 그때 제가 달려간 것은 알렉세이 이바니치의 칼을 제 가슴으로 막아서 도련님을 지키려는 생각에서였습니다. 그런데 원통하게도 이 늙어빠진 몸뚱이가 말을 안 들었을 뿐이지요. 그리고 또 제가 마나님께 어떻게 했단 말씀입니까?” 나는 대답했다. “어떻게 했느냐고? 누가 너한테 고자질을 하라고 했느냐 말이야? 그래 너는 내게 붙어 있는 염탐꾼이냐?” “제가 고자질을 했다고요?” 사벨리치는 눈물을 흘리며 대답했다. “아아, 하느님! …… 그럼 나리께서 제게 보낸 편지를 한번 읽어 보십시오. 제가 고자질을 했는지 안 했는지 알 수 있을 겁니다.” 이렇게 말하고 그는 주머니에서 편지를 꺼냈다. 나는 다음과 같은 편지를 읽었다.

수치를 알아라, 이 늙어빠진 수캐야. 너는 내가 엄중히 명령했음에도 내 아들 표트르 안드레이치에 대해 하등의 보고도 하지 않았으므로, 딴 사람이 보다 못해 아들의 못된 행동을 내게 알려주었다. 그래도 너는 자기의 의무와 주인의 명령을 지켰다고 생각하느냐? 늙어빠진 수캐야, 사실을 숨기고 젊은 놈을 되는대로 내버려 둔 데 대한 대가로 나는 네놈에게 돼지우리를 지키게 할 작정이다. 내가 받은 편지에 따르면 그 애는 이미 상처를 회복했다지만, 너는 이 편지를 받은 즉시로 그 애의 건강상태와 상처를 입은 장소, 그리고 그 상처는 제대로 아물었는지 어떤지를 상세히 보고해라.

이 편지에 따르면 사벨리치에게는 아무런 잘못도 없으며 따라서 나는 공연히 그를 의심하고 욕설을 퍼부어 모욕했다는 것이 틀림없었다. 나는 그에게 용서를 청했지만 노인은 좀처럼 마음을 풀지 않았다. “저 같은 놈은 진작 뒈져 버렸어야 편했지요.” 그는 투덜거리기 시작했다. “늙도록 모셔 온 덕분에 이제 주인 양반들에게서 이런 보답을 받게 됐으니! 그래 제가 늙어빠진 수캐고, 돼지우리나 지켜야 할 놈이고, 게다가 도련님이 다치게 된 원인이란 말씀입니까? 아닙니다, 표트르 안드레이치 도련님! 제가 잘못한 건 하나도 없습니다. 모든 것이 그 저주받을 ‘무슈’의 잘못입니다. 그 녀석이 도련님께 쇠꼬챙이를 가지고 폭폭 찌르며 발을 구르는 연습을 시켰기 때문이지요. 그렇게 찌르는 흉내나 내고 발이나 구른다고 덤벼드는 악한을 막아 낼 수 있답니까! 무엇 때문에 그런 ‘무슈’ 따위를 채용해서 돈을 허비했는지 내 원!”

그렇다면 대체 누가 나의 행동을 일부러 아버지에게 알렸단 말인가? 장군일까? 하지만 장군은 나에 대해 별로 관심을 가지고 있는 것 같지도 않았고, 또한 이반 쿠즈미치가 이번 결투사건을 보고할 필요가 없다고 인정하고 있었기 때문에 장군이 그것을 알았을 리가 만무했다. 나는 곰곰이 생각해 보았으나 누가 그런 짓을 했는지 통 짐작이 가지 않았다. 결국 나는 시바브린을 의심할 수밖에 없었다. 아버지에게 밀고함으로써 내가 요새에서 쫓겨나 사령관의 가족들과 헤어지게 된다면 그때 득을 보는 것은 시바브린 한 사람밖에 없을 테니까. 나는 마리야 이바노브나에게 모든 사연을 얘기하기로 했다. 그녀는 현관 앞 층계에서 나를 맞아주었다.

"무슨 일이라도 있었어요?" 그녀는 내 얼굴을 보자 이렇게 말했다. "얼굴이 아주 창백해요."

"이젠 다 틀렸습니다!" 나는 대답하고 아버지의 편지를 내주었다. 이번에는 그녀의 얼굴이 새파랗게 변했다. 편지를 읽고 나서 그녀는 떨리는 손으로 그것을 돌려주며 가느다란 목소리로 말했다. "역시 제가 팔자에 없는 꿈을 꾸고 있었는가 봐요……. 당신의 부모님은 저 같은 걸 데려갈 마음이 없으신 거예요. 모든 것이 하느님의 뜻이에요! 하느님은 우리의 앞길을 더 잘 알고 계실 테니까요. 하는 수 없어요, 표트르 안드레이치, 당신만이라도 행복을 찾으셔야지요……."

"그게 무슨 말이오!" 나는 그녀의 손을 움켜쥐며 말했다. "당신이 나를 사랑하고 있는 이상 나는 어떤 희생이라도 감수할 각오를 하고 있습니다. 갑시다. 가서 당신 부모의 발밑에 엎드립시다. 부모님께서는 냉정하거나 거만한 데가 조금도 없는 어진 분들이니까…… 두 분께서는 우리를 축복해 주실 겁니다. 우리는 결혼식을 올리도록 합시다……. 그리고 시간이 지나면 틀림없이 아버지의 마음을 풀어드릴 수 있을 겁니다. 어머니는 물론 우리 편을 들어줄 테니까 아버지도 결국은 나의 청을 들어주시겠지요……."

"안돼요, 표트르 안드레이치." 마샤가 대답했다. "당신 부모님의 축복을 받지 못하고 어떻게 제가 당신과 결혼할 수 있겠어요. 부모님의 축복이 없이는 당신도 행복할 수 없을 거예요. 우리는 하느님 뜻에 순종해야지요. 앞으로 하느님께서 정해 주신 배필을 만나시면, 당신에게 사랑하는 사람이 생기면, 그분과 함께 부디 행복하게 살아주세요. 표트르 안드레이치, 저는 두 분을 위해……."

여기까지 말하고 그녀는 울음을 터뜨리더니 안으로 들어가 버렸다. 나는 그녀의 뒤를 따라 방 안으로 들어가려다가, 무엇보다도 나 자신의 마음을 걷잡을 수 없을 것 같아서 발길을 돌려 숙소로 돌아왔다.

나는 깊은 고민 속에서 허덕이며 의자에 앉아 있었다. 그때 사벨리치가 불쑥 나타나서 나의 상념을 깨뜨렸다. “자, 도련님 이걸 좀 보십시오.” 그는 무엇인지 가득 써 넣은 종잇조각을 내밀며 말했다. “제가 과연 주인에게 고자질이나 하고 부자간의 의를 상하게 하려는 그런 인간인지 아닌지 한번 보십시오.” 나는 그의 손에서 종잇조각을 받았다. 그것은 아버지의 편지에 대한 사벨리치의 회답으로 다음과 같았다.

저희의 자비로운 아버님이신 안드레이 페트로비치 나리님!

나리의 편지는 분명히 받았습니다. 주인의 명령을 지키지 않은 데 대해 수치를 알라고 하시며 이 종놈을 몹시 꾸짖고 계십니다만 저는 늙어빠진 수캐가 아니며 나리님의 충실한 종이올시다. 주인의 명령은 착실히 지켜왔고 항상 열심히 일하며 백발이 되도록 살아온 종이올시다. 표트르 안드레이치가 다치신 데 대해 제가 진작 일러 드리지 못한 것은 다만 부질없이 어른들을 놀라시게 하지 않으려는 것이었을 뿐이올시다. 저희 어머님이신 아브도차 바실리예브나 마나님께옵서는 놀라신 나머지 병석에 누워 계신다 하오니 이놈은 하루빨리 쾌차하시기만을 빌어 마지않습니다. 표트르 안드레이치의 상처는 오른편 어깨 밑 바로 뼈 밑의 흉부이오며 깊이는 약 두 치올시다. 강변에서 사령관 댁으로 옮겨 모셨고, 그 뒤 그곳에 누워 계셨는데 이 고장 이발사 스체판 파라모노프가 치료를 해서 다행히도 지금은 완쾌되었습니다. 표트르 안드레이치에 관해서는 좋은 소식 말고는 아무것도 전할 말씀이 없습니다. 상관들에게도 사랑을 받고 있는 것 같사오며, 특히 바실리사 예고로브나는 친자식이나 다름없이 돌봐주고 있습니다. 젊을 때 어쩌다 한 번 저지른 잘못이오니 과거 일로 생각하시고 너무 꾸짖지 마시옵소서. 네 발을 가진 말도 때로는 엎어지는 수가 있지 않습니까. 그리고 저에게 돼지우리나 보게 하실 작정이라 말씀하셨는데 그것은 나리님께서 마음대로 처분하시옵소서. 그럼 재배하오며 이만 쓰겠습니다.

나리님의 충실한 종
아르히프 사벨리에프

나는 이 착하고 고지식한 노인의 편지를 읽으며 몇 번이나 미소를 금할 수 없었다. 내게는 아버지에게 회답을 쓸 만한 정신적 여유도 없었거니와 어머니를 안심시키기 위해서는 사벨리치의 편지만으로도 충분할 것이라고 생각했다.

그 뒤 나의 형편은 아주 달라졌다. 마리야 이바노브나는 나와 얘기하는 일이 거의 없었고 여러 가지 핑계로 나를 피하려고만 했다. 이제는 사령관 집에도 싫증이 났다. 그래서 나는 방 안에 혼자 들어앉아 있는데도 차차 습관이 되었다. 바실리사 예고로브나는 그러한 나를 처음에는 나무랐지만 나의 고집을 알고는 그 이상 귀찮게 굴지 않았다. 이반 쿠즈미치와는 근무상 필요할 때에 한해서 만났고 시바브린과는 어쩌다 한 번씩 마지못해 얼굴을 대할 뿐이었다. 더구나 그가 내게 은연하게 적의를 품고 있음을 눈치챔으로써 아버지에게 밀고한 자가 바로 시바브린이라고 확신하게 되면서부터는 더욱 그의 얼굴을 보기가 싫었다. 그리하여 나의 생활은 도저히 견뎌낼 수 없는 것이 되었다. 나는 고독과 권태로 서글픈 우울증에 빠져 버렸다. 한편 나의 사랑은 고독한 생활 속에서 뜨겁게 불타오르기만 했고, 그것은 날이 갈수록 가슴을 에이는 쓰라림을 맛보게 했다. 독서나 문학에 대한 취미도 잃고 말았다. 나는 모든 기력을 상실했다. 이러다가는 아주 미쳐 버리든가 그렇지 않으면 방탕의 구렁텅이로 떨어지지나 않을까, 이제는 그것만을 겁내게 되었다. 이때 나의 생명에 중대한 영향을 준 뜻밖의 사건이 일어나서 내 마음에 강하고도 행복한 충격을 주었다.

제6장

푸가초프의 반란

여보게 젊은이들, 들어들 보게
우리 늙은이들의 옛날 이야기를.

옛 노래

내가 직접 겪은 기괴한 사건을 얘기하기 전에 우선 나는 1773년 말에 오렌부르크 주가 어떤 정세 아래 놓여 있었는가를 몇 마디 설명할 필요가 있다고 생각한다. 이 광대하고도 부유한 주에는 불과 얼마 전에 비로소 러시아 황제의 주권을 인정하게 된 미개한 민족들이 많이 살고 있었다. 법률과 국민생활에 익숙지 못할 뿐만 아니라 무지막지하고 잔인한 성격을 가진 그들은 쉴 새 없이 반란을 일으켰고, 때문에 그들의 복종을 유지하기 위해 정부로부터는 부단한 감시를 요구했다. 적당하다고 인정되는 장소에는 요새들이 건설되었고 그러한 요새의 대부분에는 옛날부터 야이크 강변을 점유하고 있던 카자크들이 배치되었다. 그러나 이 지방의 안정과 질서를 유지할 임무를 띤 야이크 카자크 자체가 어느새 정부에 대해 불온하고 위험한 백성이 되어 버렸다. 1772년에는 그들의 수도에서 폭동이 일어났다.

트라우벤베르그 소장이 자기 휘하 군대를 복종시키기 위해 가혹한 수단을 취한 것이 그 동기가 되었던 것이다. 폭동의 결과, 트라우벤베르그는 무참히 학살되었고 사령부의 직위는 제멋대로 경질되었으나, 결국은 유산탄을 퍼붓고 주모자들을 무자비하게 처형함으로써 폭동은 진압되었다.

이것은 내가 벨로고르스크 요새에 도착하기 얼마 전에 일어난 사건이었다. 내가 도착했을 때는 벌써 완전히 평정을 회복한 뒤였는데, 실은 겉으로만 그렇게 보였을지 모른다. 상부에서는 교활한 그들 폭도들의 거짓 회개를 너무나 경솔하게 믿어 버렸다. 그들은 마음속 깊이 원한을 품고 또다시 폭동을 일으키려고 적당한 기회만을 노리고 있었던 것이다.

그럼 여기서 다시 본론으로 돌아가자.

어느 날 저녁(그것은 1773년 10월 초순쯤이었다), 나는 방 안에 혼자 앉아서 구슬프게 들려오는 가을바람에 귀를 기울이며 달을 스치고 달려가는 비구름을 창밖으로 내다보고 있었다. 그때 사령관이 나를 부른다는 기별이 왔다. 나는 즉시 집을 나섰다. 사령관 집에는 시바브린과 이반 이그나치이치, 그리고 카자크 하사가 와 있었다. 그러나 방 안에는 바실리사 예고로브나도 마리야 이바노브나도 보이지 않았다. 사령관은 근심스러운 표정으로 나의 인사를 받더니 방문을 닫고 문 옆에 서 있는 하사 말고는 모두 자리에 앉으라고 한 다음 주머니에서 서류를 한 장 꺼내며 우리에게 말했다. "장교 제군, 중대한 사건이 일어났네! 우선 장군께서 보낸 지시문부터 읽을 테니 다들 듣게."

벨로고르스크 요새 사령관 미로노프 대위 귀하. 비밀문서.

감금되어 있다가 탈출한 분리파 교도(分離派敎徒)인 돈 카자크 예밀리얀 푸가초프라는 자는 고(故) 표트르 3세의 어명을 참칭(僭稱)함으로써 불온한 언행을 자행하며 폭도를 규합, 야이크의 여러 마을에서 봉기하여 가는 곳마다 살인과 약탈을 감행하면서 이미 여러 개의 요새를 점령 파괴했음. 고로 귀하는 이 지시문을 받는 즉시 상기 왕위 참칭자인 역도를 격멸하기 위해 적절한 조치를 취할 것이며, 만일 귀하의 관리 아래 있는 요새에 상기 폭도가 습격해 온다면 그 기회를 포착하여 가능한 한 이를 완전히 분쇄토록 할 것.

"적절한 조치를 취하라는 거야!" 사령관은 안경을 벗고 서류를 접으며 말했다. "그렇지, 말로야 못할 게 있나. 지시문을 보면 그 악당은 만만치 않은 놈인 것 같은데 말이야. 이쪽의 병력은 백삼십 명밖엔 안 되거든. 물론 카자크들은 수에 넣지 않았지만 사실 그놈들은 믿을 수 없지. 그러나 막시므이치, 이건 너를 두고 하는 말이 아니야(그 말에 하사는 히죽 웃어 보였다). 그렇지만 어쩔 수 없는 일이지. 장교 제군! 잘 부탁하네. 우선 보초를 세우고 야간 순찰을 실시할 것. 적의 습격이 있을 경우에는 요새의 출입구를 봉

쇄하고 병사를 집합시킬 것. 그리고 너는 말이다, 막시므이치. 자기 부하 카자크들을 엄중히 단속할 것. 대포를 검사하고 깨끗이 청소해 놓을 것. 그러나 가장 긴요한 것은 요새 내에서 어느 누구도 사전에 여기 대해서 알아차리는 일이 없도록 비밀을 지켜야 하네."

이렇게 지시하고 이반 쿠즈미치는 우리를 해산시켰다. 나는 방금 들은 얘기를 여러 가지로 생각해 보며 시바브린과 함께 밖으로 나왔다. "그런데 자네 생각으로는 이번 사건이 어떻게 될 것 같나?" 나는 그에게 물었다. "난들 그걸 어떻게 알겠나. 두고 봐야지. 지금 같아서는 별로 대단할 것 같지 않군. 그러나 만일……." 그는 여기까지 대답하다가 잠시 생각에 잠기더니 무심코 프랑스 노래를 휘파람으로 불기 시작했다.

우리의 세심한 주의에도 푸가초프 출현에 대한 소문은 요새 안에 퍼지고 말았다. 이반 쿠즈미치는 자기 마누라를 더없이 존경하기는 했지만 직책상 자기에게 맡겨진 비밀사항만은 어떠한 경우에라도 마누라에게 누설하는 법이 없었다. 장군으로부터 지시문을 받고 그는 상당히 교묘한 방법으로 바실리사 예고로브나를 밖으로 내보냈다. 즉 게라심 신부가 오렌부르크로부터 어떤 진기한 소식을 전해 듣고도 그것을 좀처럼 공개하려 들지 않는다고 자기 마누라에게 넌지시 얘기했던 것이다.

바실리사 예고로브나는 당장에 신부의 마누라한테 가 보겠노라며 나섰고, 이반 쿠즈미치의 조언에 따라 마샤가 혼자 쓸쓸해하지 않도록 그녀도 함께 데리고 나갔다.

이리하여 이반 쿠즈미치는 완전히 집 안에서 주인이 되자 곧 사람을 보내어 우리를 불러오게 하는 한편, 하녀인 팔라시카는 엿듣지 못하도록 광 속에 가둬 버렸던 것이다.

바실리사 예고로브나는 신부의 마누라한테 아무것도 캐내지 못하고 집에 돌아왔다. 그녀는 자기가 집을 비운 사이에 이반 쿠즈미치가 회의를 열었고 그동안 팔라시카가 갇혀 있었다는 것을 알게 되었다. 남편에게 속아 넘어간 것을 눈치채자 그녀는 꼬치꼬치 따지고 들었다. 그러나 이반 쿠즈미치에게도 아내의 공격에 대한 준비는 되어 있었다. 그는 조금도 당황하지 않고 태연하게 캐고 들기 좋아하는 마누라의 물음에 대답했다. "그건 말이야, 마누라, 동네 여편네들이 페치카에 밀짚을 때기 시작했길래 그러다가는 불상사가 일어날지 모르니 앞으로는 밀짚을 때면 안 된다, 그 대신 덩굴나무나 삭정이 같은 걸 때도록 하라고 엄중하게 명령을 내린 것뿐이야." 사령관 부인이 물었다. "그럼 뭣 때문에 팔라시카는 가둬 놓았지요? 우리가 없는 새 아무 죄도 없는 애가 왜 광 속에 갇혀 있었느냐 말이에요?" 이반 쿠즈미치는 이러한 질문에 대해서는 대책이 없었다. 그는 어리둥절해서 전혀 이치에 닿지도 않는 말을 웅얼거렸다. 바실리사 예고로브나는 남편의 술책이 빤히 들여다보이기는 했지만 그 이상 그의 입을 열게 할 수 없다는 것을 알고는 질문을 중지하고 아쿨리나 팜필로브나가 독특한 방법으로 오이지를 담갔다는 일로 화제를 옮겼다. 그날 밤 바실리사 예고로브나는 밤새도록 잠을 이루지 못했지만 남편이 무슨 생각을 하고 있으며 자기가 알아낼 수 없었던 일이 대체 무엇인지 짐작이 가지 않았다.

이튿날 미사에서 돌아오는 길에 그녀는 이반 이그나치이치가 대포 속에서 어린애들이 집어넣은 헝겊 조각이며 돌멩이며 나뭇조각과 골패짝이며 그 밖에 온갖 종류의 쓰레기 따위를 끄집어내고 있는 것을 보았다.

'어쩐 일일까, 저렇게 전쟁 준비를 하고 있으니?' 사령관 부인은 생각해 보았다. '혹시나 키르기즈인들의 습격에 대비하는 것이나 아닐까? 하지만 그런 대수롭잖은 일을 이반 쿠즈미치가 내게 숨길 리가 없을 텐데?'

그래서 그녀는 어제부터 자기의 호기심을 괴롭히고 있는 비밀을 이반 이그나치이치에게서 캐내고야 말겠다고 굳게 결심한 다음 커다란 소리로 그를 불렀다.

바실리사 예고로브나는, 마치 부수적인 문제에 대해 심문을 시작함으로써 피고의 경계심을 산만케 하려는 재판관처럼, 우선 집안일에 관해 몇 마디 주의를 주었다. 그러고는 잠시 입을 다물고 있다가 한숨을 깊이 쉬고 머리를 흔들며 이렇게 뇌까렸다. "정말 놀라지 않을 수 없군요! 별안간 그런 소식이 들려오다니! 이제 앞으로 어떻게 되려는 걸까요?"

"그러나 마나님." 이반 이그나치이치가 대답했다. "하느님은 자비로우십니다! 여긴 병정들도 많이 있고 화약도 충분하며 또 대포는 제가 깨끗이 청소해 놓았으니까요. 푸가초프 따위가 와 봐야 오히려 호되게 얻어맞고 빵소니치고 말 겁니다. 하느님께서 보살펴 주시는 한 걱정할 건 조금도 없지요!"

"그 푸가초프라는 건 대체 어떤 인물인가요?" 사령관 부인이 물었다.

이반 이그나치이치는 쓸데없는 소리를 입 밖에 내버렸구나, 생각하고 입을 다물어 버렸으나 이미 때는 늦었다. 바실리사 예고로브나는 아무에게도 얘기하지 않겠다고 약속한 뒤, 그가 모든 것을 털어놓게 했다.

바실리사 예고로브나는 자기가 약속한 대로 아무에게도 그런 얘기를 하지 않았다. 다만 신부의 마누라에게만은 귀띔을 했는데 그것도 그 집의 소가 들판에 그대로 놓여 있었기 때문에 혹시 폭도들에게 빼앗길지 몰라서 말한 것뿐이었다.

얼마 뒤에는 모두들 만나기만 하면 푸가초프의 얘기를 하게 되었다. 소문은 각각 달랐다. 사령관은 카자크 하사에게 근처의 요새들과 촌락들의 모든 상황을 샅샅이 정찰해 오라는 지시를 주어 그를 파견했다. 이틀 뒤에 하사가 돌아와서, 요새로부터 60베르스타 떨어진 초원에서 수많은 불빛을 보았다는 것과 바시키르인들에게서 정체불명의 군대가 행동을 취하고 있다는 말을 들었다고 보고했다. 그러나 그는 한 가지도 신빙성 있는 정보를 제공하지 못했다. 그는 그 이상 멀리 진출하는 것이 무서웠기 때문이었다.

요새 안의 카자크들 사이에 심상치 않은 동요의 빛이 보이기 시작했다. 그들은 가는 곳마다 옹기종기 모여서 저희끼리 수군거리고 있다가 기병이나 순찰병을 보면 곧 흩어지곤 했다. 그래서 그들에게는 비밀리에 염탐꾼이 배치되었다. 이때 율라이라는 그리스도교도인 칼미크인이 사령관에게 중대한 사실을 보고했다. 율라이의 진술에 의하면 하사의 보고는 모두 엉터리며 거짓말이라는 것이었다. 즉 교활하기 짝이 없는 그 카자크는 정찰에서 돌아오자 동료인 카자크들에게 말하기를, 자기는 폭도들 속에 들어가서 그 수령에게 인사했는데 수령은 자기를 가까이 불러 오랫동안 함께 얘기를 주고받았다는 것이었다. 사령관은 즉시 하사를 감금하고 율라이를 그 자리에 임명했다. 이 소식을 듣자 카자크들은 노골적인 불만을 표시했다. 그들은 커다란 소리로 마구 투덜거렸는데 사령관의 명령집행자인 이반 이그나치이치는 그들이 "어디 두고 보자, 경비대의 쥐새끼 같은 놈들!" 하고 뇌까리는 소리를 직접 자기 귀로 들었다는 것이었다. 사령관은 그날로 감금해 놓은 카자크 하사를 심문할 생각이었으나 그는 영창에서 재빨리 도망쳐 버리고 없었다. 아마도 그의 일당이 탈출을 방조했을 것이다.

게다가 새로운 사태가 다시 발생하여 사령관을 더욱 불안케 했다. 선동문을 가진 바시키르인이 체포된 것이다. 이 기회에 사령관은 또다시 장교들을 소집하기로 하고, 그러기 위해 무슨 그럴듯한 핑곗거리를 만들어 또 한 번 바실리사 예고로브나를 쫓아 버리려 했다. 그러나 이반 쿠즈미치는 본디 정직하고 단순하기만 한 인간이었으므로 이미 한 번 써먹은 그 방법 말고는 다른 좋은 생각을 생각해 낼 수 없었다.

"여보, 바실리사 예고로브나" 그는 헛기침을 하며 마누라에게 말했다. "누가 그러는 걸 들었는데 게라심 신부님이 이번에 도시에서……."

"거짓말 작작해요, 이반 쿠즈미치" 사령관 부인은 그의 말을 가로챘다. "다 알고 있어요. 또 장교회의를 열고 내가 없는 데서 예밀리얀 푸가초프에 대해 의논해 보자는 거죠! 그러나 누가 그런 수에 넘어갈 줄 알아요!"

이반 쿠즈미치는 눈이 휘둥그레졌다. "당신이 그걸 이미 다 알고 있는 모양이니 그럼 집에 있어도 좋소. 당신 있는 데서 의논하기로 하지."

"내가 말하는 게 바로 그거예요." 그녀는 말을 받았다. "남을 속여 넘긴다는 건 당신 격에 맞지 않아요. 그럼 어서 장교들한테 사람을 보내구려."

우리는 다시 집합했다. 이반 쿠즈미치는 마누라가 있는 데서 거의 문맹이나 다름없는 카자크의 손으로 만들어진 것 같은 푸가초프의 격문을 낭독했다. 역적은 불원간 우리 요새를 습격할 작정이라고 선언하고, 카자크와 병사들에게는 자기 도당에 참가할 것을 권하는 한편, 장교들에게는 저항을 포기하라고 충고하면서, 만일 저항하는 경우에는 극형에 처할 것이라고 위협하고 있었다. 격문은 거칠지만 힘찬 표현을 가진 문장이어서 두뇌가 단순한 사람들에게는 확실히 위험한 인상을 줄 만한 것이었다.

"원 저런 놈의 악당이 어디 있담!" 사령관 부인이 고함쳤다. "게다가 감히 우리에게 이래라저래라 하다니! 그놈을 마중 나가서 그 발밑에 군기(軍旗)를 내놓으라고? 정말 개자식 같은 놈도 다 있군! 그래 그놈은 우리가 벌써 사십 년 동안이나 군대생활을 해서 덕택에 단맛 쓴맛 다 보았다는 걸 모른단 말인가요? 역적 놈의 말을 고분고분 듣는 그따위 사령관이 어디 있담?"

"설마 있을 리야 없지." 이반 쿠즈미치가 대답했다. "하지만 그 역적 놈은 꽤 여러 곳의 요새를 점령했다는 거야."

"어쨌든 강하긴 강한 놈인 것 같군요." 시바브린이 한마디 했다. "그럼, 이제 곧 그놈의 실력을 한번 타진해 보세." 사령관이 말했다. "바실리사 예고로브나, 창고의 열쇠를 주시오. 이반 이그나치이치, 그 바시키르 놈을 이리 데려오게. 그리고 율라이에게 채찍을 가져오라 하게."

"잠깐만 기다려요, 이반 쿠즈미치." 사령관 부인이 자리에서 일어서며 말했다. "마샤를 어디 딴 데로 데리고 나가야지 혹시 비명이라도 들었다가는 겁을 집어먹을 거예요. 그리고 나도 솔직히 말해서 고문하는 건 그리 좋아하지 않으니까요. 그럼 여러분 난 실례하겠습니다."

고문은 예전에 범인을 다루는 하나의 관례로 여전히 뿌리 깊이 박혀 있었기 때문에 그것을 폐지하라는 도의적인 황제의 칙령이 내렸지만 오랫동안 아무런 효력도 발생치 못한 채 그대로 남아 있었다. 당시만 해도 범인의 자백이 그 범죄의 증거로 꼭 필요한 것이라고 생각했었는데, 이러한 사고방식은 하등의 근거도 없는 것일 뿐만 아니라 법률에 대한 상식에 어긋나는 것이기도 했다. 왜냐하면 피고의 범죄 부인이 무죄의 증거로 인정되지 않는 이상, 피고의 자백도 역시 그의 유죄를 입증하기에 충분치 못할 것이기 때문이다. 오늘날에도 나는 이 야만적인 관습의 폐지를 유감으로 생각하는 늙은 법관들이 있다는 말을 가끔 듣는다. 하물며 그 당시에 법관이나 피고나 할 것 없이 고문의 필요성을 의심하는 사람이 있었을 리 만무하지 않은가. 그런 형편이었으므로 이러한 사령관의 명령에도 누구 하나 놀라거나 당황하는 사람은 없었다. 이반 이그나치이치는 사령관 부인의 열쇠를 가지고 창고에 갇혀 있는 바시키르인을 데리러 나갔다. 몇 분 뒤에 죄수는 문간방에 연행되어 왔다. 사령관은 그를 자기 앞으로 끌어오라고 명령했다.

바시키르인은 간신히 문턱을 넘어 서더니(그의 발에는 차꼬가 채워져 있었다) 끝이 삐죽한 모자를 벗어 들고 방문 옆에 멈춰 섰다. 나는 그를 보자 몸이 오싹해지는 것을 느꼈다. 아마 나는 평생을 두고 그 사내를 잊지 못할 것이다. 그의 나이는 칠십 고개를 넘은 듯이 보였다. 얼굴에는 코도 없고 귀도 없었다. 머리털은 중대가리처럼 빡빡 깎았고 턱수염 대신에 흰 털이 몇 개 듬성듬성 뻗쳐 있었다. 작은 키에 빼빼 야윈 몸집은 허리까지 꼬부라져 있었으나 가느다란 두 눈은 아직도 불길이 이는 것처럼 번뜩이고 있었다.

"야 이놈 봐라!" 사령관은 그 무시무시한 얼굴 모습에서 그가 1741년에 처형된 폭도 가운데 하나라는 것을 알고 이렇게 말했다. "음, 너는 전에도 우리 올가미에 걸린 일이 있는 늙은 늑대로구나. 상판대기가 그렇게 대패로

민 것처럼 빤빤한 걸 보면 이번에 처음으로 폭동에 가담한 건 아니라는 게 뻔해. 좀더 앞으로 나서! 어떤 놈이 너를 우리 요새에 잠입시켰느냐, 그것부터 물어 봐!"

늙은 바시키르인은 입을 봉한 채 멍청한 얼굴로 사령관을 바라보았다. "왜 말이 없어?" 이반 쿠즈미치는 다시 물었다. "러시아어를 통 알아듣지 못하느냐? 율라이, 누가 이놈을 우리 요새에 잠입시켰는지 너희 말로 물어 봐라."

율라이가 타타르 말로 이반 쿠즈미치의 질문을 되풀이했다. 그러나 바시키르인은 여전히 표정 없이 그를 바라볼 뿐 한마디도 대꾸가 없었다.

사령관이 다시 입을 열었다. "좋아. 내가 네놈의 입을 열게 할 테니. 애들아! 저놈의 어릿광대 같은 얼룩덜룩한 옷을 벗기고 등을 후려갈겨라. 율라이, 네가 한번 솜씨를 보여줘!"

두 사람의 병정이 바시키르인의 옷을 벗기기 시작했다. 갸름한 그의 얼굴에는 불안의 빛이 나타났다. 그는 어린애들에게 붙잡힌 짐승처럼 주위를 두리번거렸다. 병정 하나가 그의 두 손을 움켜쥐어 자기 목덜미에 걸며 그를 등에 업어 올리고 율라이가 채찍을 집어들며 휘둘러 올리자 바시키르인은 애원하듯이 가느다란 신음 소리를 내며 고개를 아래위로 흔들면서 입을 열었다. 그 입 안에는 혓바닥 대신에 짧은 나뭇조각이 건들거리고 있었다.

지금, 알렉산드르 황제의 태평성대까지 살아온 내가 그 당시를 회고할 때, 문명의 급속한 발달과 박애주의 사상의 보급에 새삼 놀라지 않을 수 없다. 젊은이들이여! 만일 나의 수기가 그대 손에 들어가게 된다면 보다 훌륭하고 가장 항구적인 개혁은 어떤 종류의 폭력적인 행위도 동반하지 않는 풍습의 개선에서 비롯된다는 것을 상기해라.

모두들 깜짝 놀랐다. "음" 사령관이 입을 열었다. "저래 가지고는 암만 해봐야 소용없겠군. 율라이, 이 바시키르 놈을 창고로 도로 데려 가라. 그럼 제군, 어쨌든 우린 다시 회의를 계속하세." 우리가 당면한 정세에 대해 토의하기 시작했을 때 별안간 바실리사 예고로브나가 몹시 당황한 표정으로 헐레벌떡 방 안으로 달려들어왔다.

"왜 그리 야단이오?" 사령관이 놀라서 물었다.

"여보, 큰일 났어요! 니즈네오죠르나야 요새가 오늘 아침에 함락됐대요.

게라심 신부 댁의 하인이 방금 거기서 돌아왔는데 그 사람이 요새가 함락되는 걸 보고 왔다는구려. 사령관과 장교는 전부 목을 매달아 죽이고 병정들은 몽땅 포로가 됐대요. 이러다간 악당들이 당장에라도 이리 몰려올 거예요."

이 뜻밖의 소식은 나에게 깊은 충격을 주었다. 니즈네오죠르나야 요새 사령관은 침착하고도 겸손한 청년이었으며 나도 그와는 안면이 있었다. 약 두 달 전에 오렌부르크로부터 젊은 아내를 동반하고 부임하는 길에 이반 쿠즈미치의 집에서 묵고 간 일이 있었기 때문이다. 니즈네오죠르나야는 우리 요새에서 약 25베르스타 지점에 있었다. 이제는 우리도 언제 있을지 모르는 푸가초프의 공격을 대기하고 있어야 했다. 나는 마리야 이바노브나의 운명이 자꾸만 머릿속에 떠올라 가슴이 터질 것만 같았다.

"제가 한마디 하겠습니다. 이반 쿠즈미치!" 나는 사령관에게 말했다. "우리의 임무는 목숨이 붙어 있는 마지막 순간까지 요새를 사수하는 데 있습니다. 여기 대해선 말할 것도 없습니다만 부녀자들의 안전에 대해서는 고려할 필요가 있다고 봅니다. 아직도 여행이 자유롭다면 오렌부르크로 떠나보내든가, 그렇지 않으면 폭도들의 발이 미치지 못할 만한 먼 곳에 있는 안전한 요새로 보내는 것이 좋을 것 같습니다."

이반 쿠즈미치는 아내를 돌아보며 말했다. "여보 마누라, 내 생각에도 우리가 놈들을 처치해 버릴 때까지 당신과 딸애를 어디 먼 곳에 보내 두는 게 좋을 것 같은데?"

"별소릴 다 하는군요!" 사령관 부인이 대답했다. "총알이 날아오지 않는 요새가 어디 있겠어요? 벨로고르스크 요새가 믿을 수 없다는 거죠? 하느님 덕분에 우린 여기서 이십이 년이나 살아왔어요. 바시키르 놈들도, 키르기즈 놈들도 모두 겪어낸 우리가 설마 푸가초프인들 막아내지 못할라고요!"

"그럼 마누라." 이반 쿠즈미치가 말을 받았다. "당신은 우리 요새가 안전하다고 믿는다면 여기 남아 있어도 좋아. 하지만 마샤는 어떻게 하지? 끝내 지켜내든가 그렇지 않으면 구원병이 올 때까지 버틸 수 있다면야 좋지만 만일 폭도들이 요새를 점령하게 되면 어쩌냔 말이야?"

"글쎄…… 그렇게 되면……." 바실리사 예고로브나는 말을 더듬더니 매우 당황한 기색을 보이며 입을 다물어 버렸다.

"그럴 게 아니라, 바실리사 예고로브나." 아마도 생전 처음일지 모르는 자기 말의 효과를 인정하며 사령관은 말을 이었다. "마샤를 여기 두는 건 잘하는 일이 아니야. 그 애는 오렌부르크에 있는 자기 교모네 집에 보냅시다. 거긴 군대도 대포도 충분히 있고 성벽도 돌로 쌓아 올렸거든. 그러니까 당신도 그 애와 함께 거기 가는 편이 좋겠단 말이야. 늙은 노파라고 해서 안심할 수야 있나. 혹시 요새가 적의 공격을 받고 함락되는 날이면 당신은 어떻게 되겠나, 한번 생각해 봐요."

"좋아요." 사령관 부인이 대답했다. "당신 말대로 마샤는 떠나보냅시다. 하지만 나한테는 꿈에도 그런 말 마세요. 난 안 갈 테니까. 다 늙어 버린 이제 당신과 헤어져 낯선 고장에서 혼자 묻힐 무덤을 찾을 생각은 조금도 없어요. 함께 살아왔으면 죽을 때도 함께 죽어야죠."

"그것도 옳은 말이야. 그럼 우물쭈물할 게 아니라 가서 곧 마샤를 떠나보낼 준비를 하시오. 내일 새벽에 출발시킵시다. 여기 남아돌아가는 인원은 물론 없지만 호위병이라도 하나 딸려 보내도록 하지. 그런데 마샤는 어디 갔소?"

"아쿨리나 팜필로브나네 집에 있어요. 니즈네오죠르나야가 함락했다는 얘길 듣고 기분이 좋지 않은 모양인데, 병에 걸리지나 않을까 걱정되는군요. 아아, 하느님, 우린 어떻게 되겠습니까?"

바실리사 예고로브나는 딸을 떠나보낼 준비를 하러 나갔다. 사령관 집에서의 회의는 계속되었지만 나는 그 이상 발언을 하지 않았고 아무것도 듣고 있지 않았다. 마리야 이바노브나는 눈물에 젖은 창백한 얼굴로 저녁 식탁에 나타났다. 우리는 잠자코 저녁을 먹은 뒤 여느 때보다 빨리 자리에서 일어나 집안 식구들에게 인사를 하고 저마다 집으로 돌아갔다. 그러나 나는 일부러 대검을 두고 나왔다가 그것을 가지러 되돌아갔다. 어쩌면 마리야 이바노브나를 만날 수 있을 것만 같은 예감이 들었기 때문이다. 기대했던 대로 그녀는 문 앞에서 나를 맞으며 대검을 내주었다.

"안녕히 계세요, 표트르 안드레이치." 그녀는 눈물을 흘리며 말했다. "저를 오렌부르크로 보낸대요. 부디 몸성히, 그리고 행복하세요. 하느님께서 우릴 이끌어주시면 다시 서로 만나게 될 거예요. 그러나 만일 그렇게 되지 못한다면……." 이렇게 말하고 그녀는 흑흑 흐느껴 울기 시작했다. 나는 그녀를 끌어안았다.

"잘 가시오, 나의 천사." 나는 말했다. "잘 가시오. 나의 귀여운, 나의 희망인 사람! 비록 나에게 어떤 일이 일어나더라도 나의 마지막 생각은, 그리고 나의 마지막 기도는 당신을 위한 기도라고 믿어주시오!" 마샤는 내 가슴에 꼭 안긴 채 흐느끼기만 했다. 나는 그녀에게 뜨거운 키스를 퍼붓고는 급히 밖으로 나와 버렸다.

제7장
습격

모가지 모가지 이 내 모가지,
군대 밥으로 연명해온 이내 모가지!
햇수로 따지면 30년에 다시 3년
착실히 복무해온 이 내 모가지.
아아, 덕택에 차례 온 것은
돈도 아니고 기쁨도 아니요
수고했노라 위로의 말도 아니고
높은 계급이나 지위도 아니다.
덕택에 이 내 모가지에 차례 온 것은
허공에 높이 솟은 두 개의 기둥,
그 위에 가로지른 단풍나무 들보,
게다가 비단으로 꼬아 만든 올가미 밧줄.

러시아 민요

그날 밤 나는 한잠도 자지 않았고 옷도 벗지 않았다. 날이 새면 마리야 이바노브나가 떠나갈 요새의 문으로 가서 그녀와 마지막으로 이별할 작정이었던 것이다. 나는 내 마음에 커다란 변화를 느꼈다. 내 정신의 동요와 흥분은 불과 얼마 전까지 빠져 있었던 그 우울증에 비하면 훨씬 견디기 쉬운 것이었다. 가슴속에는 이별의 비애와 함께 무엇인지 분명치는 않으나 달콤한 희망, 그리고 위험을 예기하는 초조한 기대와 숭고한 명예심이 뒤섞여 있었다. 어느새 밤은 지나갔다. 내가 막 집에서 나가려 할 때 방문이 열리고 하사가 한 사람 나타나서 간밤에 요새 안의 카자크들이 율라이를 강제로 끌고 요새 밖으로 빠져나갔다는 것과 수상한 자들이 요새 주변에서 말을 달리고 있다는 것을 보고했다. 그렇다면 마리야 이바노브나는 떠나지 못하겠구나 하는 생각이 나를 공포에 떨게 했다. 나는 하사에게 급히 몇 가지 주의를 주고 곧 사령관에게 달려갔다.

이미 날은 밝아 오고 있었다. 한길을 달려가고 있는데 나를 부르는 소리가 들렸다. 나는 발을 멈추었다. "어디로 가시는 길입니까?" 이반 이그나치이치가 나를 쫓아오며 물었다. "이반 쿠즈미치는 보루에 나가 계십니다. 당신에게 다녀오라고 해서 지금 오던 길이지요. 푸가치(올빼미의 일종으로 염탐꾼의 뜻)가 왔습니다."

"마리야 이바노브나는 출발했습니까?" 나는 두근거리는 가슴으로 물었다.

"떠날 수 없었지요. 오렌부르크로 통하는 길은 차단되었습니다. 요새는 포위되었어요. 표트르 안드레이치, 큰일입니다!"

우리는 보루로 갔다. 자연적으로 만들어진 고지에 통나무로 울타리만 쳐 놓았을 뿐이다. 그곳에는 이미 요새의 모든 주민이 모여 있었다. 경비대는 무장을 하고 정렬해 있었다. 대포는 간밤에 그곳에 끌어 내놓았다. 사령관은 몇 명 안 되는 대열 앞을 천천히 왔다 갔다 하고 있었다. 절박한 위기는 이 늙은 군인에게 여느 때 볼 수 없었던 용기를 불러일으켰다. 요새로부터 그리 멀지 않은 초원에서는 20명가량의 적병이 말을 달리고 있었다. 대체로 카자크들인 것같이 보였으나, 그중에는 너구리가죽 모자와 화살 통으로 쉽사리 분간할 수 있는 바시키르인들도 섞여 있었다. 사령관은 부대를 순시하며 병사들에게 말했다. "병사 제군, 오늘은 여왕 폐하를 위해 굳세게 싸워서 우리가 용감하고 충성된 군인이라는 걸 온 세상에 보여 주잔 말이야!" 병사들은 함성을 올려 열띠게 호응했다. 시바브린은 내 곁에 서서 적을 응시하고 있었다. 들판에서는 말을 달리고 있던 자들은 요새의 움직임을 알아차리고 한군데 모여 저희끼리 무엇인가 의논하기 시작했다. 사령관은 이반 이그나치이치에게 포를 적병 위에 조준하라고 명령한 뒤 손수 도화선에 불을 붙였다. 포탄은 공기를 가르는 소리를 내며 그들의 머리 위를 날아가 버려서 아무런 손해를 입히지 못했다. 말을 탄 적병들은 사방으로 흩어져 금방 보이지 않는 곳으로 도망치고 다시 초원은 텅 비어 버렸다.

이때 바실리사 예고로브나가 한시도 곁을 떠나려 하지 않는 마샤를 데리고 보루에 나왔다.

"그래 어때요? 싸움은 어떻게 되어 가죠? 적은 어디 있어요?" 사령관 부인이 물었다.

“바로 코 닿을 곳에 있지.” 이반 쿠즈미치가 대답했다. “하느님께서 돌봐주실 테니까 문제없을 거야. 마샤야, 너는 어떠니, 무섭지 않니?”

“아뇨. 집에 혼자 있는 편이 더 무서워요.” 마리야 이바노브나는 이렇게 대답하고 나를 슬쩍 바라보며 억지로 미소를 지어 보였다.

나는 엊저녁에 그녀의 손에서 대검을 받은 일을 떠올리고 사랑하는 사람을 수호하려는 듯이 무의식중에 칼자루를 움켜잡았다. 나의 가슴은 뜨겁게 불타오르고 있었다. 나는 그녀의 기사(騎士)가 된 기분이었다. 나는 그녀로부터 신뢰받기에 족한 인간이라는 것을 한시바삐 보여주고 싶은 마음에서 결정적 순간을 초조하게 기다렸다.

이때 요새로부터 반 베르스타쯤 되는 언덕 뒤에서 새로운 기마대가 나타나더니 순식간에 초원 가득히 창과 활로 무장한 수많은 적병이 흩어져 나왔다. 그 가운데 붉은 겉옷을 걸치고 장검을 뽑아 든 사내가 백마를 몰고 나왔는데, 그자가 바로 푸가초프였다. 그가 일단 발을 멈추자 폭도들은 그를 에워싸더니 이윽고 그의 명령을 받았는지 네 놈의 폭도가 거기서 떨어져 나와 요새 바로 밑에까지 쏜살같이 말을 몰고 달려왔다. 우리는 그들이 이쪽에서 넘어간 변절자들이라는 것을 알 수 있었다. 그중 한 놈은 모자 위로 무슨 종이쪽지를 흔들어 보였고, 다른 한 놈은 창끝에 율라이의 머리를 꿰어 들고 있었는데 그것을 한 번 휘두르더니 울타리 너머 우리를 향해 던졌다. 가엾은 칼미크인의 머리는 사령관의 발밑에 굴러 떨어졌다. 변절자들은 소리소리 질렀다. “쏘지 마라. 폐하의 어전으로 어서 나오너라. 폐하께서 여기 계시다!”

“뭐라고, 이놈들이!” 이반 쿠즈미치는 고함을 쳤다. “사격 개시!” 병사들은 일제히 사격을 퍼부었다. 종이쪽지를 흔들던 카자크는 비틀거리며 말에서 떨어지고 나머지 놈들은 도망쳐 버렸다. 나는 마리야 이바노브나를 돌아보았다. 피투성이가 된 율라이의 목에 혼비백산하고 다시 일제 사격에 귀청이 떨어진 그녀는 흡사 얼빠진 사람같이 보였다. 사령관은 하사를 불러, 죽어 자빠진 카자크의 손에서 종이쪽지를 빼앗아 오라고 명령했다. 하사는 들판으로 나가서 죽은 놈이 타고 있던 말의 고삐를 끌고 돌아왔다. 그는 사령관에게 쪽지를 전했다. 이반 쿠즈미치는 그것을 혼자서 읽은 뒤 갈기갈기 찢어 버렸다. 그러는 동안 폭도들은 분명히 행동을 개시할 준비를 하고 있었다. 이윽고 총알이 우리의 귓전을 스치기 시작하고 몇 개의 화살이 가까운 땅과 통나무에 꽂혔다. "바실리사 예고로브나!" 사령관이 말했다. "여긴 부녀자가 있을 곳이 못 돼. 어서 마샤를 데리고 가요. 저 앨 좀 보구려. 살아 있는 건지 죽은 건지 모르겠군."

탄환 밑에서 아주 양순해진 바실리사 예고로브나는 커다란 움직임이 현저한 초원을 한 번 바라보고 나서 남편에게 몸을 돌리며 말했다. "이반 쿠즈미치, 사는 것도 죽는 것도 모두 하느님의 뜻이지요. 마샤를 축복해 주세요. 마샤, 아버지한테 가거라."

마샤는 새파랗게 질린 얼굴로 몸을 후들후들 떨며 이반 쿠즈미치에게 가까이 가서 무릎을 꿇고 머리를 깊이 숙였다. 늙은 사령관은 딸에게 세 번 성호를 그었다. 그리고 그녀의 몸을 일으켜 세우고 키스를 한 뒤 정색하고 말했다. "그럼 마샤야, 부디 행복하게 살아라. 하느님께 기도를 드려라. 하느님께선 너를 저버리지 않으실 거다. 혹시 좋은 사람을 만나거든 하느님께서 너희에게 은총과 조언을 주시길 바랄 뿐이다. 너희도 내가 바실리사 예고로브나와 살아온 것처럼 살아야 한다. 그럼 잘 있어라, 마샤야. 여보, 바실리사 예고로브나, 빨리 이 애를 데려가요." 마샤는 아버지의 목을 얼싸안고 울기 시작했다.

"우리도 키스합시다." 사령관 부인도 눈물을 흘리며 말했다. "이반 쿠즈미치, 부디 안녕히. 제가 혹시 마음을 상해 드린 일이 있으면 용서해 주세요!"

"잘 있소, 마누라. 부디 몸성히!" 사령관은 마누라를 끌어안으며 말했다. "자 이젠 그만! 어서 집으로 들어가요. 할 수 있으면 마샤에겐 사라판(소매 없는 기다란 옷. 러시아 민속 의상으로 경사 때나 죽을 때 입음)을 입혀 주구려."

사령관 부인은 딸과 함께 발길을 돌렸다. 나는 마리야 이바노브나의 뒷모습을 바라보았다. 그녀는 뒤를 돌아다보며 나에게 머리를 숙여 보였다. 그들이 가버리자 이반 쿠즈미치는 우리에게 몸을 돌렸다. 그리고 그는 적의 동향에 온갖 주의를 기울였다. 두목의 주위로 집결하던 폭도들은 갑자기 말에서 내리기 시작했다.

"자, 굳세게 싸우자." 사령관이 말했다. "곧 공격해 올 것이다……."

그때 무서운 고함 소리와 함성이 울려왔다. 폭도들이 요새를 향해 달려오고 있었던 것이다. 대포에는 유산탄이 채워졌다. 사령관은 적을 아주 가까운

거리까지 끌어들인 다음 느닷없이 포탄을 퍼부었다. 유산탄은 떼를 지어 몰려오는 폭도들 한가운데 떨어졌다. 폭도들은 양쪽으로 싹 갈라지더니 뺑소니를 치기 시작했다. 그러나 두목은 혼자 전방에 머물러 서 있었다. 그는 장검을 휘두르며 열심히 부하들을 설득하는 눈치였다. 한때 잠잠하던 함성이 금방 되살아났다. "자, 병사들아." 사령관이 입을 열었다. "이번엔 문을 열어라. 그리고 북을 울려라. 전원! 내 뒤를 따라 출격, 앞으로!"

사령관과 이반 이그나치이치, 그리고 나는 몸을 날려 보루 밖으로 뛰어나왔으나 겁에 질린 경비대는 꿈쩍하지 않았다.

"이놈들아, 왜 서 있기만 해?" 이반 쿠즈미치는 고함쳤다. "자, 죽자, 죽는 것이 우리 군인의 길이다!"

순간 폭도들이 우리에게 왈칵 덤벼들었고 요새 안으로 밀물처럼 몰려들었다. 북소리는 멎어 버리고 경비대는 총을 던졌다. 나는 적에게 밀려 나자빠질 뻔했으나 다시 일어서자 그들 틈에 끼여 요새 안으로 밀려들어왔다. 머리에 상처를 입은 사령관은 폭도들에게 둘러싸여 항복을 강요당했다. 나는 그를 구출하려 했으나 몇 놈의 억센 카자크들이 나를 붙잡고 "폐하께 복종하지 않는 놈은 나중에 어떻게 되는지 알지!"라는 말과 함께 가죽끈으로 묶어 버렸다.

우리는 한길로 끌려다녔다. 한편 주민들은 빵과 소금을 들고 집에서 나왔다. 종소리가 울려왔다. 별안간 누군가 군중 속에서, 황제께서는 광장에서 포로들을 기다리고 계시며 충성 선서를 받는다고 외쳤다. 사람들은 광장으로 몰려가고 우리도 역시 그곳으로 끌려갔다.

푸가초프는 사령관 집 현관 층계에 놓인 안락의자에 앉아 있었다. 그는 가장자리에 금실을 늘어뜨린 붉은 카자크의 겉옷을 걸치고 있었다. 금술이 달린 높다란 검은담비 모자가 번득이는 두 눈 위에 씌워 있었다. 그 얼굴은 어디서 한번 본 일이 있는 것 같았다. 카자크의 대장들이 그를 에워싸고 있었다. 게라심 신부는 창백한 얼굴로 후들후들 떨며 십자가를 두 손으로 받쳐들고 층계 옆에 서 있었는데, 그는 앞으로 생길 희생자들을 위해 묵묵히 기도를 드리고 있는 것같이 보였다. 광장에는 급작스럽게 교수대가 마련되었다. 우리가 가까이 가자 바시키르 놈들은 군중을 몰아내고 우리를 푸가초프 앞에 내세웠다. 종소리는 들리지 않고 깊은 정적(靜寂)이 깔렸다.

"어느 놈이 사령관인가?" 자칭 황제가 물었다.

그러자 우리 하사관으로 있던 자가 군중 속에서 앞으로 나서며 이반 쿠즈미치를 가리켰다. 푸가초프는 부리부리한 눈으로 노인을 바라보며 말했다. "어째서 너는 너의 황제인 나에게 감히 반항했느냐?"

상처를 입어 기진맥진한 사령관은 마지막 남은 힘을 모아 단호한 목소리로 대답했다. "네놈이 뭔데 나의 황제라는 거냐. 도둑놈인 주제에 자칭 황제란 말이냐, 이놈아!"

푸가초프는 음침하게 상을 찌푸리고 흰 손수건을 흔들었다. 카자크 몇 놈이 늙은 대위의 덜미를 움켜잡고 교수대 쪽으로 끌고갔다. 문득 눈을 들어보니 교수대 위에 건너지른 들보를 타고 앉아 있는 것은 어제 우리가 심문하던 바로 그 병신 바시키르인이었다. 그는 한 손에 밧줄을 잡고 있었다. 그리고 1분 뒤에 나는 허공에 대롱대롱 매달린 불쌍한 이반 쿠즈미치를 발견한 것이다. 다음으로 이반 이그나치이치가 푸가초프 앞으로 끌려 나갔다.

"선서를 하라." 푸가초프가 말했다. "표트르 표도로비치 황제에게 충성을 맹세해라!"

"네놈이 뭔데 황제라는 거냐." 이반 이그나치이치는 자기 상관인 대위의 말을 그대로 되풀이했다. "너는 도둑놈이고 가짜 황제다, 이놈아!"

푸가초프는 또다시 손수건을 흔들었고 선량한 중위는 자기의 늙은 상관과 나란히 목매달렸다.

다음은 내 차례였다. 나는 동지들의 태연자약한 대답을 반복할 각오를 가지고 푸가초프를 똑바로 응시하고 있었다. 그때 나는 반란군 대장들 사이에서 카자크의 웃옷을 입고 머리를 둥그렇게 깎아 올린 시바브린을 발견하고 얼마나 놀랐는지 모른다. 그는 푸가초프에게 가까이 가서 귀에 대고 몇 마디 소곤거렸다.

"그놈도 매달아라!" 푸가초프는 나를 거들떠보지도 않고 명령했다.

내 목에는 둥그런 밧줄이 씌워졌다. 나는 마음속으로 기도를 드리며 내가 범한 모든 죄를 하느님 앞에 진심으로 뉘우치고 내게 가까운 모든 사람들의 구원을 빌었다. 나는 교수대 밑으로 끌려갔다. "무섭지 않다. 무섭지 않아." 인간 백정들은 이런 말을 뇌까리고 있었는데, 그들은 나를 격려하려는 것이었는지도 모른다. 순간 나는 누군가의 고함 소리를 들었다.

"기다려라, 이놈들아! 잠깐 기다려!"

사형 집행인들은 멈칫 손을 멈추었다. 그쪽을 바라보니 사벨리치가 푸가초프의 발밑에 엎드려 있었다.

"우리를 낳아 주신 아버님!" 가엾은 노인은 애원하고 있었다. "귀족의 자식 하나 죽었다고 당신에게 무슨 소용이 있겠습니까? 제발 저 사람을 놓아 주십시오. 그 대가로는 얼마를 내드려도 좋습니다. 본보기나 위협이 목적이라면 이 늙은 것을 대신 목매어 주십시오!"

푸가초프가 손짓을 했다. 나는 즉석에서 포승이 풀려 자유로운 몸이 되었다.

"폐하께서 너를 불쌍히 여기신 거다." 누군지 내게 말했다. 그때 나는 죽음을 면하게 된 것을 기뻐했다고 말할 수도 없고 그렇다고 그것을 유감스럽게 생각했다고 할 수도 없다. 나의 마음은 너무나 혼란 상태에 빠져 있었기 때문이다. 놈들은 다시 나를 자칭 황제 앞으로 끌고 가서 그 앞에 꿇어 앉혔다. 푸가초프는 험상궂게 생긴 손을 내게 내밀었다. "손에 키스해라, 키스해!" 옆에 있는 자가 말했다. 그러나 나는 그렇게 비열한 굴욕을 받으려면 차라리 어떤 참혹한 형벌이라도 달게 받으리라고 결심했다.

"표트르 안드레이치 도련님!" 사벨리치가 등 뒤에 서서 나를 쿡쿡 찌르며 소곤거렸다. "고집을 부리지 말아요! 뭐 그럴 것 없지 않습니까? 침을 퉤

뱉고 그 악……(아차!) 그분의 손에 키스하십시오.”

나는 꼼짝도 하지 않았다. 푸가초프는 손을 내리고 빙긋이 웃으며 말했다. “이 친구는 하도 기뻐서 머리가 돌아버린 모양이군. 이제 일어서게 하라!”

그들은 나를 일으켜 세웠다. 나는 자유로운 몸이 된 것이다. 그리하여 나는 이 가공할 희극을 계속 볼 수 있었던 것이다.

일반 주민들의 선서가 시작되었다. 그들은 한 사람씩 걸어 나와서 십자가상에 입술을 대고 그다음 자칭 황제 앞에 무릎을 꿇고 배례했다. 경비대 병사들도 역시 그 자리에 나와 있었다. 중대의 재봉사가 투박스러운 가위를 들고 병사들의 기다란 머리채를 자르며 돌아갔다. 그들은 고개를 흔들어 머리털을 털어 버리며 푸가초프의 앞으로 다가갔다. 푸가초프는 그들을 용서하고 자기 도당에의 참가를 허가하는 것이었다. 이러한 의식은 세 시간가량이나 계속되었다. 드디어 푸가초프는 의자에서 몸을 일으켜 대장들을 거느리고 층계에서 내려왔다. 호화로운 마구로 장식된 백마가 그에게 끌려왔다. 두 놈의 카자크가 그의 몸을 안장 위로 받쳐 올렸다. 그는 게라심 신부에게, 점심은 너희 집에서 먹겠다고 말했다. 때마침 여자의 울부짖는 소리가 들려왔다. 몇 놈의 폭도가, 머리를 풀어 헤치고 옷을 벗겨 벌거숭이가 된 바실리사 예고로브나를 층계 위로 끌고 나온 것이다. 그중 한 놈은 벌써 날쌔게 그녀의 덧저고리를 껴입고 있었다. 다른 놈들도 닭털 이불이니, 궤짝이니, 찻잔과 같은 모든 살림살이를 끄집어 내왔다.

“아아, 여러분!” 핏기를 잃어 창백해진 노파는 소리쳤다. “제발 마지막 참회(懺悔)만은 하게 해주세요. 여러분, 나를 이반 쿠즈미치 곁으로 데려가 주세요.” 그녀는 문득 교수대 쪽으로 눈을 돌렸다. 거기 남편이 매달려 있는 것을 보자 그녀는 눈이 뒤집혀 악을 쓰기 시작했다. “이 악당들아! 저 분한테 저게 무슨 짓이냐, 이놈들아! 아아, 소중한 나의 이반 쿠즈미치, 당신은 정말 훌륭한 군인이었어요! 프로이센의 총검도 터키의 총알도 감히 당신을 건드리지 못했어요. 그런데 명예로운 전쟁에서 목숨을 바치지 못하고 저런 감옥에서 도망친 악당 놈의 손에 걸려 죽다니!”

“그 늙은 년의 아가릴 닥치게 해라!” 푸가초프가 명령했다. 젊은 카자크의 장검이 그녀의 머리에서 번쩍하자 그녀의 몸은 시체가 되어 층계 위에 쓰러져 버렸다. 푸가초프는 말을 몰았고 사람들은 그를 따라 달려갔다.

제8장
불청객

불청객은 타타르인보다 나쁘다.

속담

광장은 휑하니 비어 버렸다. 나는 돌기둥이 된 것처럼 한자리에 선 채 너무나 무서운 인상으로 인해 혼란된 정신을 미처 가다듬지 못하고 있었다.

마리야 이바노브나의 안부를 알 수 없는 것이 무엇보다도 심장을 쥐어짜듯 괴롭혔다. 그녀는 어디 있을까? 그녀는 어찌 되었을까? 과연 제대로 몸을 숨길 수 있었을까? 그렇다면 숨어 있는 곳은 안전할까?…… 불안과 근심에 싸여 나는 사령관 집으로 들어갔다……. 아무것도 남아난 것이 없었다. 의자도 책상도 궤짝도 깨끗이 부서져 버렸고 식기 따위는 모두 조각이 나서 산산이 흩어져 있었으며, 그 밖의 물건은 말끔히 약탈당했다. 나는 깨끗한 안방으로 통하는 낮은 층계를 올라가서 생전 처음 마리야 이바노브나의 방에 들어섰다. 나는 폭도들의 손에 엉망이 된 그녀의 침대를 발견했다. 옷장은 결딴이 나고 물건은 도둑맞고 없었다. 속이 빈 성상(聖像)통(성상을 모시는 유리로 만든 상자) 앞에 놓은 등불만이 깜박이고 있었다. 그리고 들창 사이의 벽에 걸린 조그만 거울도 무사히 남아 있었다.

그런데 이 아늑한 처녀의 방 주인은 어디에 갔을까? 무서운 생각이 머리를 스치며 지나갔다. 나는 폭도들 손에 사로잡힌 그녀를 상상했던 것이다……. 가슴이 답답했다. 나는 설움이 북받쳐 흑흑 흐느껴 울며 커다란 소리로 사랑하는 여인의 이름을 불렀다……. 이때 달가닥하는 소리가 나더니 옷장 뒤에서 새파랗게 질려 몸을 떨면서 팔라샤가 나타났다.

"아아, 표트르 안드레이치!" 그녀는 두 손을 모아 합장을 하며 말했다. "오늘 같은 날이 또 어디 있겠어요! 이런 무서운 일이 어디 있겠어요! ……."

“그런데 마리야 이바노브나는?” 나는 성급히 물었다. “마리야 이바노브나는 어떻게 됐어?”

“아가씨는 무사해요. 지금 아쿨리나 팜필로브나한테 가서 숨어 계십니다.”

“뭐 신부 마누라한테!” 나는 가슴이 덜컥 내려앉아 소리쳤다. “큰일 났군! 푸가초프도 거기 있을 텐데!”

나는 방 안에서 뛰쳐나오자 순식간에 한길로 나와서 신부의 집을 향하여 허겁지겁 달려갔다. 아무것도 눈에 보이지 않았고 또 아무 생각도 없었다.

그곳에서는 한창 환성과 웃음소리와 노랫소리가 떠들썩했다. 푸가초프가 일당과 함께 술자리를 벌이고 있었던 것이다. 팔라샤도 내 뒤를 따라 그곳으로 달려왔다. 나는 그녀를 몰래 안으로 들여보내서 아쿨리나 팜필로브나를 불러 내오게 했다. 잠시 뒤에 신부의 마누라가 빈 술항아리를 두 손에 안고 밖으로 나왔다.

“말씀해 주십시오! 마리야 이바노브나는 어디 있습니까?” 나는 형용할 수 없이 흥분한 어조로 물었다.

“그 애는 장지문 저쪽 방에서 내 침대에 누워 있어요.” 그녀는 대답했다. “그런데 표트르 안드레이치, 하마터면 큰일 날 뻔했어요. 다행히도 별일은 없었지만, 악당 놈이 식탁에 앉자 공교롭게도 그때 그 가엾은 애가 정신이 들어서 끙끙 앓는 소릴 냈거든요! 난 그만 까무러칠 뻔했다니까요. 그놈이 그 소리를 듣고는 ‘거 누구야, 이 집에서 앓는 소릴 하는 건?’ 하고 묻겠지요. 그래서 나는 도둑놈한테 굽실거리며 ‘제 조카딸이올시다. 앓아누운 지 벌써 보름 가까이 되었사옵니다.’ ‘조카딸이란 건 젊은가?’ ‘네, 젊사옵니다.’ ‘그럼 할멈, 그 조카딸이라는 걸 내가 좀 볼 수 없을까.’ 나는 가슴이 철렁 내려앉았어요. 하지만 어쩔 수 있어야죠. 엉겁결에 이렇게 대답했지. 그렇게 하옵소서, 폐하. 다만 그 애는 제 발로 어전에 나와 뵐 수가 없어서……’ ‘괜찮아, 내가 직접 가서 보지.’ 이렇게 말하며 그 마귀 같은 놈이 장지문을 열고 들어가지 않겠어요. 그래 어떻게 됐겠어요! 침대에 드리운 포장을 밀어 젖히고는 독수리 같은 눈으로 들여다보았으니 말이에요. 하지만 아무 일도 없었어요. 하느님께서 도와주셨지요! 정말이지 그땐 나도 우리 주인양반도 그 애를 대신해서 죽을 각오까지 하고 있었답니다. 그리고 그 애가 그놈을 알아보지 못한 게 다행이었어요. 아아, 하느님, 이런 변이 어디 있겠습니까! 정말 뭐라고 말을 했으면 좋을는지 모르겠어요! 불쌍한 이반 쿠즈미치! 이렇게 될 줄을 누가 꿈엔들 생각했겠어요! 그리고 바실리사 예고로브나! 그리고 또 이반 이그나치이치! 그 양반한테 대체 무슨 죄가 있겠어요? …… 당신은 그래도 용케 벗어났군요? 그런데도 저 시바브린 알렉세이 이바니치는 머리를 둥그렇게 깎아 올리고 지금 우리집에서 그놈들과 어울려 한창 술타령을 하고 있으니! 정말 그렇게 날쌔게 옮겨 앉는 놈은 처음 봤어요! 내가 조카딸이 앓고 있다는 말을 하니까, 아, 글쎄 그놈이 칼날처럼 시퍼런 눈초리로 나를 흘끔 쳐다보겠지요. 하지만 옆에서 고자질은 하지 않더군요. 이것만은 고맙게 여겨도 될 것 같아요."

이때 손님들의 술 취한 고함 소리와 함께 게라심 신부의 목소리가 들려왔다. 놈들이 술을 더 내놓으라 해서 주인이 마누라를 부른 것이다. 신부의 마누라는 당황하기 시작했다. "어서 집으로 돌아가세요, 표트르 안드레이치. 난 지금 당신과 이러고 있을 수 없어요. 저놈들의 술심부름을 해야 하니까. 주정뱅이한테 걸려들면 빠져나올 수가 있어야죠. 그럼 몸조심하세요, 표트르 안드레이치. 모든 일은 운수에 맡길 수밖에 없지요. 그러나 주님께서 반드시 돌봐주실 거예요."

신부의 마누라는 안으로 들어가 버렸다. 나는 적이 마음을 놓고 숙소를 향하여 발길을 돌렸다. 광장을 통과하다 보니 몇 놈의 바시키르가 교수대 주위에 모여 들어 공중에 매달린 시체에서 장화를 벗기고 있었다. 나는 분노가 불길같이 치솟아 올랐으나 공연히 나설 필요가 없다는 생각에서 간신히 그것을 억제했다. 요새 안에서는 도둑놈들이 싸돌아다니며 장교의 집을 뒤지고 있었다. 가는 곳마다 술 취한 폭도들의 고함 소리가 들렸다. 집에 돌아오니 사벨리치가 문간에서 나를 반겼다. "아이고 고마워라!" 나를 보자 그는 이렇게 외쳤다. "저는 도련님이 그놈들한테 다시 붙잡히지나 않았나 걱정하고 있었어요. 그런데 표트르 안드레이치 도련님! 글쎄 악당 놈들이 우리 물건을 몽땅 가져가 버렸군요. 의복이니 속옷이니 가구니 접시니 할 것 없이 한 가지도 남아난 게 없어요. 하지만 그까짓 건 아무것도 아닙니다! 도련님께서 무사하신 것만이 고마울 뿐이지요! 그건 그렇고 도련님, 그 두목님을 알아보셨습니까?"

"아니, 난 모르겠던데. 그놈이 대체 누군데?"

"원 그걸 못 알아보시다니! 그래 도련님은 그때 주막집에서 털옷을 뺏은 그 주정뱅이를 잊으셨단 말입니까? 토끼가죽 덧저고리는 아주 새것이나 다름없었는데 그걸 그 악한이 억지로 껴입어서 꿰맨 실이 툭툭 끊어져 나가지 않았어요!"

나는 놀라지 않을 수 없었다. 그러고 보니 그 길잡이와 푸가초프의 모습은 정말 놀랄 만큼 흡사했다. 나는 푸가초프와 그때 그 길잡이가 동일한 인물이라는 것을 확신하게 됨에 따라 내게 특사를 베푼 원인을 비로소 깨닫게 되었다. 나는 기이한 인연에 경탄을 금할 수 없었다. 떠돌이에게 주었던 나의 어릴 적 털옷이 교수대의 올가미에서 나를 구해 냈고 주막집을 찾아 돌아다니던 하잘것없는 주정꾼이 지금은 요새들을 함락시키고 온 나라를 뒤흔들게 된 것이다!

"뭘 좀 잡수셔야지요?" 사벨리치는 언제나 하던 버릇대로 이렇게 물었다. "집엔 아무것도 없지만 어디 딴 데 나가서 구해다가 뭐든지 만들어 보겠습니다."

방 안에 혼자 남게 되자 나는 깊은 생각에 잠기고 말았다. 이제 나는 어떻게 해야 할까? 폭도의 손에 들어간 요새에 그냥 머물러 있거나 또는 그 도당에 참가한다는 것은 장교로서 용납할 수 없는 일이다. 군인으로서의 의무감은 이 어려운 정세 아래에서 조국을 위해 유익하게 복무할 수 있는 곳으로 내가 떠나가기를 요구했다……. 그러나 한편 사랑은 내가 마리야 이바노브나가 있는 곳에 남아서 그녀를 지키고 보호할 것을 강경히 권고했다. 나는 가까운 장래에 틀림없이 정세가 호전되리라는 것을 예견하고 있기는 했지만, 그녀의 처지가 위험하다는 것을 생각하면 역시 무서운 생각에서 벗어날 수 없었다.

카자크 하나가 방 안으로 들어와서 나의 생각은 중단되었다. 그는 "대왕 폐하께서 부르십니다"라는 기별을 가지고 달려왔던 것이다. "어디서 부른다는 거야?" 나는 따라나설 생각으로 물었다.

"사령관 집에 계십니다." 카자크는 대답했다. "진지를 잡수신 뒤에 폐하께서는 목욕을 하러 가셨다가 지금은 쉬고 계십니다. 그런데 말씀입니다, 뭘 보더라도 그분이 보통 어른이 아니시라는 걸 알 수 있더군요. 즉 식사 때에는 돼지새끼를 통째로 구운 걸 두 마리나 잡수셨고 또 그 다음엔 굉장히 뜨거운 증기 목욕탕에 들어가셨어요. 어떻게 뜨거웠던지 함께 들어갔던 타라스 쿠로치킨은 견뎌내지 못하고 목욕 솔을 폼 카 비크바예프한테 주고는 냉수를 몸에 끼얹고 말았습니다. 하시는 일이 한 가지도 범상한 데가 없으니 정말 놀라지 않을 수 없어요. 그리고 이런 얘기도 있습니다. 목욕탕에서 가슴에 박혀 있는 황제의 표지를 보여 주셨다는데 한쪽에는 5코페이카짜리 은전만 한 대가리가 두 개인 독수리 문장이 있고 다른 쪽에는 황제 자신의 얼굴이 새겨 있더랍니다."

나는 카자크의 의견을 반박할 필요를 느끼지 않았다. 그를 따라 사령관 집으로 가는 길에 나는 푸가초프와 만나는 장면을 상상하며 그것이 어떠한 결과로 끝을 맺게 될 것인가를 예측해 보려고 애썼다. 그때 내가 완전히 냉정을 회복하지 못했었으리라는 것은 독자들도 능히 짐작할 것이다.

사령관 집에 다다랐을 때는 이미 황혼이 깃들기 시작할 무렵이었다. 교수대는 희생자들을 매단 채 거무칙칙하게 보였다. 두 명의 카자크 보초병이 서 있는 층계 밑에는 가엾은 사령관 부인의 시체가 아직도 뒹굴고 있었다. 나를 데려온 카자크는 보고하러 안으로 들어갔다가 금방 돌아 나와서, 엊저녁에 내가 마리야 이바노브나와 다정하게 이별의 인사를 나눈 그 방으로 나를 안내했다. 괴상한 광경이 눈앞에 전개되었다. 상보를 씌우고 술병과 컵들을 늘어놓은 식탁에는 푸가초프를 비롯해 열 명가량의 카자크 대장들이 울긋불긋한 루바시카(러시아의 남성용 겉저고리)를 입고 모자를 쓴 채 술기운으로 시뻘게진 얼굴에 눈알을 번득거리며 둘러앉아 있었다. 그러나 그들 가운데서는 시바브린도, 우리 하사관으로 있던 자도, 그리고 그 밖의 새로운 변절자들의 얼굴도 찾아볼 수 없었다.

"야아, 친구!" 푸가초프는 나를 보자 말했다. "어서 오게. 거기 앉게나."

대장들이 좌석을 좁혀 자리를 내주었다. 나는 아무 말도 않고 식탁 끝머리에 앉았다. 내 옆에 자리 잡은 늘씬하게 미남으로 생긴 젊은 카자크가 술잔에 포도주를 따라 주었지만 나는 거기 손을 대지 않았다. 호기심을 가지고 나는 좌중을 살펴보기 시작했다. 푸가초프는 상좌에 앉아서 식탁에 팔꿈치를 올려놓고 커다란 주먹으로 시커먼 턱수염을 받치고 있었다. 그의 얼굴 모습은 단정하여 상당히 호감을 주는 편이었으며, 흉악하게 생긴 곳이라고는 한 군데도 없었다. 그는 쉰 살가량 되어 보이는 사내에게 자주 말을 걸곤 했는데, 그 사내를 백작이라 부르기도 하고 어떤 때는 치모페이치, 또 어떤 때는 아저씨라고 존대하기도 했다. 좌중에서는 모두들 서로 친구지간으로 대하고 있었는데 두목이라 해서 특별하게 취급하는 눈치는 조금도 보이지 않았다. 주고받는 이야기는 오늘 아침의 돌격으로부터 반란의 성공, 그리고 앞으로의 행동에 대한 것으로 옮겨 갔다. 저마다 자기의 공훈을 자랑하고 의견을 제출했으며, 푸가초프의 말에도 사양치 않고 자유롭게 반박하는 것이었다. 그리하여 이 괴이한 군사회의에서 오렌부르크로의 진격이 결정되었다. 사실 그것은 대담무쌍한 행동이었을 뿐만 아니라 하마터면 성공리에 막을 내려 참담한 결과를 가져올 뻔한 것이었다. 출동은 내일 한다고 선언되었다.

"자, 형제들!" 푸가초프가 입을 열었다. "잠자리에 들어가기 전에 내가 좋아하는 그 노래를 불러 보세. 추마코프(푸가초프의 포병대장)! 시작하게!"

내 옆에 앉았던 사내가 가느다란 목소리로 애조를 띤 뱃노래를 부르기 시작하자 모두들 그를 따라 합창했다.

설레지 말라, 검푸른 어머니 숲이여,
어지럽히지 말라, 젊은 내 가슴을.
내일이면 이 몸은 재판정에 나간다,
무서운 재판관, 황제 어전으로.
황제는 내게 이렇게 물으리라.
'아뢰어라, 젊은 놈아, 백성의 아들아,
도둑질과 강도질은 누가 했느냐,
너의 패거리들은 몇 음이나 되느냐?'
아뢰옵니다, 러시아 정교회 임금님,
하나도 숨김없이 곧이곧대로.
저의 동료는 네 놈이었습니다.
첫째 친구는 어두운 밤,
둘째 친구는 강철로 만든 단도,
셋째 친구는 말 잘 듣는 나의 말,
그리고 넷째는 팽팽한 활,
그 밖에 심부름꾼으로는 강철 화살.
정교회의 임금께서 말씀하기를

장하다 젊은 놈, 백성의 아들놈아!
도둑질도 잘했지만 대답 또한 잘했다.
내가 너 젊은 놈에게 상을 주리니
들판 가운데 고래등 같은 나무집,
들보를 건너지른 두 개 통기둥.

언제든지 교수대의 이슬로 사라질 운명을 지닌 그들 폭도들이 소리 맞춰 부른 이 교수대의 민요가 내게 얼마나 깊은 감명을 주었는지 그것은 도저히 표현할 수 없다. 험상궂은 그들의 얼굴, 잘 맞아들어가는 목소리, 마디마디 주어진 애절한 곡조, 그리고 곡조를 붙이지 않아도 넉넉히 인상적이었던 그 가사, 이러한 모든 것들이 그 어떤 시적인 공포가 되어 내 가슴을 뒤흔드는 것이었다.

그들은 다시 한 잔씩 들이켜고 자리에서 일어나더니 푸가초프와 인사하고 헤어졌다. 나도 그들을 따라 나가려 했으나 푸가초프가 제지했다.

"자 앉게. 내 자네한테 할 말이 있네."

그와 나는 마주 앉았다. 서로 입을 떼지 않은 채 몇 분이 지나갔다. 푸가초프는 눈을 모아 나를 바라보고 있다가 이따금 교활하고도 비웃음을 품은 야릇한 표정을 지으며 왼쪽 눈을 가늘게 뜨곤 하는 것이었다. 드디어 그는 웃음을 터뜨렸는데 그 웃음이 하도 꾸밈새 없이 명랑해서 나도 그를 바라보고 있다가 함께 따라 웃기 시작했다.

"그래 어때?" 그는 입을 열었다. "솔직히 말해 보게. 아까 내 부하녀석들이 자네 목에 올가미를 씌었을 땐 약간 겁이 났겠지? 아마 눈앞이 빙글빙글 돌았을 거야. 그때 자네의 종놈이 나서지만 않았어도 지금쯤 공중에 디룽디룽 매달려 있을 테니까. 난 첫눈에 그 늙은이를 알아 봤네. 한데 여보게, 자네를 주막집에 안내한 사람이 바로 대왕 자신이었으리라곤 설마 자네도 생각지 못했겠지?" 여기서 그는 엄숙하고 신비스러운 표정을 짓더니, "자네로 말하면 나한테 큰 죄인이야." 그는 말을 이었다. "하지만 나는 자네의 선행을 참작하여, 즉 내가 한때 적으로부터 몸을 숨기고 있지 않을 수 없었던 시절에 자네가 베풀어 준 친절을 참작하여 관대하게 용서한 걸세. 아니, 앞으로 또 두고 보게! 내가 나의 조국을 도로 찾는 날, 나는 자네에게 다시 사례할 생각이야! 어때, 내게 충성을 맹세하지 않겠나?"

이 사기꾼의 질문과 그의 뻔뻔스러운 배짱이 하도 우스꽝스러워서 나는 그만 피식 웃어 버리고 말았다.

"뭐가 우스워?" 그는 눈살을 찌푸리며 물었다. "그럼 자네는 내가 대왕이라는 걸 믿지 않는단 말인가? 바른대로 대답해 봐!"

나는 당황했다. 한낱 떠돌이에 지나지 않는 자를 황제라 인정할 수는 없었다. 그것은 도저히 용서할 수 없는 비열한 짓이라는 생각이 들었기 때문이다. 그렇다고 맞대 놓고 그를 사기꾼이라 부른다면 나 자신의 파멸을 가져올 것이었다. 조금 전에 모든 주민이 주시하는 교수대 밑에서, 분노의 불길이 처음 솟구쳐 오를 때 내가 하려고 준비했던 대답은, 지금 생각해 보면 부질없는 장담에 지나지 않는 것이었다. 나는 망설였다. 푸가초프는 시무룩해서 내 대답을 기다렸다. 마침내(나는 지금도 그 순간을 회상하면 만족을 느낀다) 나의 의무감이 인간적인 약한 마음을 꺾고 승리했다. 나는 푸가초프에게 대답했다. "그럼 내 바른대로 말하겠소. 우선 당신이 스스로 판단해 보시오. 과연 내가 당신을 황제라고 생각할 수 있겠는지. 당신은 현명한 사람이니까 내가 속에 없는 말을 꾸며서 대답한대도 다 알아차릴 거요."

"그럼, 자네 생각으로는 내가 대체 어떤 인물로 보인단 말인가?"

"그건 알 수 없소. 그러나 당신이 어떤 인물이든 간에 위태로운 줄타기를 하고 있는 것만은 사실이오."

푸가초프는 재빨리 나를 훑어보았다. "그렇다면 내가 표트르 표도로비치 황제라는 걸 믿지 못하겠단 말이지?" 그는 말했다. "음, 좋아. 그러나 대담무쌍한 자에게 과연 성공이 없단 말인가? 옛날에 그리시카 오트레피에프(황태자 이름을 참칭하여 1605년 모스크바에서 1년 동안 황제 노릇을 한 수도사)는 제위에 오르지 않았단 말인가? 나를 어떻게 생각하든 그건 자네의 자유지만 내 곁에선 떠나지 않는 게 좋을 걸세. 남이야 진짜든 가짜든 그걸 따져서 뭘 하나? 결국 노새냐 당나귀냐 하는 걸 따지는 것과 같은 일이야. 나를 충실히 섬기기만 하면 나는 자네한테 원수를 줄 수도 있고 공작을 줄 수도 있네. 어떻게 생각하나?"

"그럴 수는 없소." 나는 딱 잘라 대답했다. "나는 태어날 때부터 귀족이오. 나는 여왕 폐하에게 충성을 맹세한 몸이기 때문에 당신을 섬길 수는 없소. 만일 당신이 진심으로 나를 생각해 준다면 나를 오렌부르크로 보내 주시오."

푸가초프는 잠시 생각하더니, "만일 내가 자네를 놓아 준다면" 하고 입을 열었다. "적어도 내게 총을 겨누는 짓은 하지 않겠다고 약속할 수 있겠나?"

"어떻게 함부로 그런 약속을 할 수 있겠소?" 나는 대답했다. "내 마음대로 행동할 수 없다는 건 당신이 잘 알고 있을 거요. 당신과 싸우라는 명령이 내리면 싸워야지 별 수 있겠소. 지금 당신은 부하를 거느린 상관이오. 자기 부하에게 복종을 요구하는 처지에 있소. 만일 내가 군대생활에서 마땅히 수행해야 할 임무를 거부한다면 어떻게 되겠소? 이건 당신도 이해할 거요. 지금 내 목숨은 당신 손안에 있소. 나를 놓아 준다면 나는 감사하게 생각할 것이고, 죽인다면 그땐 하느님이 당신의 옳고 그른 것을 판단하시게 될 거요. 나는 다만 진실을 진실대로 말할 뿐이오."

나의 성실한 태도는 푸가초프를 감동케 했다. "그것도 옳은 말이야." 그는 내 어깨를 두드리며 말했다. "죽일 놈은 죽이고, 일단 용서하려면 깨끗이 용서하는 거지. 좋아, 어디로든지 가고 싶은 곳으로 가서 하고 싶은 대로 하게. 그럼 내일 다시 와서 나와 이별하기로 하고 오늘은 이만 돌아가서 자게. 나도 이젠 졸립군."

나는 푸가초프를 남겨 두고 밖으로 나왔다. 고요하고 쌀쌀한 밤이었다. 달과 별들이 파랗게 빛나며 광장과 교수대를 비추고 있었다. 요새 안은 쥐 죽은 듯 조용하고 어둠침침했다. 다만 선술집에서 등불이 보이고 늦도록 술독에 빠진 주정꾼들의 고함 소리가 들려올 뿐이었다. 나는 신의 집을 쳐다보았다. 덧문과 대문이 모두 닫혀져 있었다. 집 안에서는 아무 일도 일어나지 않은 것 같았다.

숙소에 돌아왔다. 내가 없는 새 사벨리치는 무척 속을 태운 모양이었다. 내가 완전히 석방되었다는 소식에 그는 얼마나 기뻐했는지 모른다.

"하느님, 감사합니다!" 그는 성호를 그으며 말했다. "날이 밝으면 요새를 떠나 발길이 향하는 곳으로 갑시다. 제가 아무렇게나 저녁을 차려 봤는데 도련님, 좀 드시지 않겠습니까. 그리고 아침까지 푹 주무십시오. 예수님 품 안에 안긴 마음으로."

나는 그가 권하는 대로 저녁을 맛있게 먹고 나서 마음과 몸이 몹시 피로함을 느끼며 아무것도 깔아 놓지 않은 맨 방바닥에서 그냥 잠들었다.

제9장

이별

즐거웠어라, 처음 만났을 때는,
아름다운 그대와 만났을 때는.
괴로워라, 괴로워라, 헤어질 때는,
괴로워라, 얼이라도 빠져나가듯.

헤라스코프

아침 일찍 북치는 소리에 나는 잠을 깼다. 나는 집합 장소로 나갔다. 푸가초프의 무리는 어제의 희생자들이 아직도 그대로 매달려 있는 교수대 근처에 이미 정렬하고 있었다. 카자크들은 말에 올라앉아 있었고 병사들은 어깨에 총을 메고 있었다. 깃발들이 바람에 나부꼈다. 몇 문의 대포가 행군용 포가에 얹혀 있었는데 그중에는 우리의 대포도 끼어 있었다. 주민 모두가 그곳에서 자칭 황제가 나타나기를 기다렸다. 사령관 집 층계 밑에는 한 놈의 카자크가 키르기즈산의 아름다운 백마의 고삐를 쥐고 있었다. 나는 두리번거리며 사령관 부인의 시체를 찾아보았다. 시체는 약간 옆으로 밀어 놓여 돗자리로 덮여 있었다. 드디어 푸가초프가 현관에 나왔다. 군중은 모자를 벗었다. 푸가초프는 층계 위에 발을 멈추고 군중의 인사에 답했다. 대장 가운데 하나가 동전이 든 주머니를 그에게 내주자 그는 돈을 집어서 던지기 시작했다. 군중은 앞다투어 돈을 줍느라고 아우성을 치며 달려들었고 결국에는 부상자까지 생기는 소동이 벌어졌다. 일당의 두목격인 부하들이 푸가초프를 에워싸고 있었는데 그 가운데는 시바브린도 끼여 있었다. 나와 눈이 마주치자 그는 내 눈에서 경멸의 빛을 발견했던지 진정으로 우러나오는 증오와 어색한 조소를 띠며 얼굴을 돌려 버렸다. 푸가초프는 군중 속에서 나를 발견하자 머리를 흔들어 가까이 불렀다.

"그러면" 그는 내게 말했다. "자네는 지금 곧 오렌부르크로 가게. 그리고 현 지사와 장군들에게 일주일 뒤에 내가 갈 테니 기다리고 있으라고 전하게. 황제에 대한 경애와 공손으로 나를 환영해야지 그렇지 않으면 극형을 면하지 못할 거라고 말하란 말이야. 그럼 친구, 잘 가게!"

이렇게 뇌까리고 그는 군중을 향하여 시바브린을 가리키며 말했다.

"여기 이 사람이 너희의 새로운 사령관이다. 앞으로는 온갖 일에 있어 이 사람 말에 복종해라. 이 사람은 나에 대해 너희와 이 요새의 책임을 맡게 된 것이다."

나는 이 말을 듣고 등골에 소름이 끼치는 것을 느꼈다. 시바브린이 이 요새를 지배하게 된다면 마리야 이바노브나는 그의 손안에 떨어질 것이 아닌가! 아아, 그녀는 앞으로 어떻게 될까!

푸가초프는 층계를 내려왔다. 그는 받들어 올리려는 카자크들을 기다리지 않고 날쌔게 몸을 날려 안장에 올라앉았다.

이때 군중 가운데서 사벨리치가 뛰어나와 푸가초프에게 가까이 가더니 그에게 종이쪽지를 내밀었다. 나는 그가 무슨 짓을 하는 것인지 통 짐작할 수 없었다.

"이건 뭐야?"

푸가초프가 위엄 있는 말투로 물었다.

"읽어 보시면 아실 겁니다."

사벨리치가 대답했다. 푸가초프는 쪽지를 받아 들고 미간을 찌푸리며 한참 동안 들여다보고 있더니 말했다.

"어째서 글씨가 이렇게 괴상해? 내 밝은 눈으로도 무슨 수작인지 전혀 알아볼 수 없군. 서기장은 어디 있나?"

하사의 군복을 입은 젊은 친구가 재빨리 푸가초프 앞에 나섰다.

"어디 한번 읽어 보게."

자칭 황제는 그에게 종이쪽지를 내주며 말했다. 나는 늙은 하인이 대체 무엇을 푸가초프에게 써 주었는지 무척 궁금했다. 서기장은 목소리를 가다듬고 한 자 한 자 또박또박 띄어 가며 커다랗게 읽기 시작했다.

옥양목 잠옷과 순견 줄무늬 잠옷 두 벌에 6루블……

"그게 무슨 뜻이야?"
푸가초프가 얼굴을 찡그리며 물었다.
"다음을 계속해서 읽으라 하십시오."
사벨리치는 시침을 떼고 대답했다.
서기장이 다시 읽어나갔다.

> 녹색 서지(빗방향의 짜임이 튼튼한 모직물) 군복 7루블.
> 백 서지 바지 5루블.
> 네덜란드제 모시, 카우스 와이셔츠 열두 벌에 10루블.
> 찻잔이 든 휴대용 상자 2루블 반……

"무슨 잠꼬대 같은 소리야?" 푸가초프가 말을 가로챘다. "휴대용 상자니 카우스 바지니 하는 것이 나하고 무슨 상관이 있다는 거야?"
사벨리치는 헛기침을 한 번 하고 나서 설명하기 시작했다. "그건 말씀입니다, 보시다시피 악당들이 뺏어간 우리 도련님의 물품 목록이올시다……."
"악당들이라니, 그건 누굴 가리키는 말이야?"
푸가초프가 으르렁거리며 물었다.
"용서하십시오. 말이 좀 헛나갔습니다." 사벨리치가 대답했다. "뭐, 악당이라는 게 따로 있겠습니까. 당신의 부하들이 집을 뒤져서 가져갔지요. 화를 내시면 곤란합니다. 말은 네 발을 가지고도 걸려 넘어진다는 말이 있으니까요. 끝까지 읽어보라고 하시기 바랍니다."
"그럼 끝까지 읽어라."
푸가초프가 말하자 서기장은 계속했다.

> 견사 이불 하나, 호박단 이불 하나에 4루블. 붉은 나사로 이은 여우가죽 외투 40루블. 그 밖에 주막집에서 선사한 토끼가죽 덧저고리 15루블.

"뭣이 어쩌고 어째!"
푸가초프는 불길이 이글거리는 눈을 부릅뜨며 호통을 쳤다.
솔직히 말해서 그때 나는 가엾은 노인의 신상을 생각하고 가슴이 서늘했다. 그는 다시 변명을 늘어놓으려 했으나 푸가초프가 말문을 막았다.

"그따위 허튼 수작을 하러 감히 네놈이 내 앞에 기어 나왔단 말이냐?"

이렇게 고함을 지르며 그는 서기장의 손에서 종이쪽지를 낚아채서 사벨리치의 얼굴에 홱 집어 던졌다.

"이 바보 같은 늙은 녀석아, 물건쯤 빼앗겼기로서니 그게 무슨 큰일이야? 네놈은 네놈의 주인과 함께 저 역적놈들처럼 저기 매달리지 않은 것을 감사하여 나와 내 부하들을 위해 한평생 하느님께 기도를 드려야 마땅할 텐데…… 뭐 토끼가죽이라고! 오냐, 내 네놈한테 토끼가죽을 주마! 네놈의 생가죽을 벗겨서 그걸로 가죽옷을 만들어 줄 테니 그런 줄 알아라!"

"네, 속편할 대로 하십시오." 사벨리치가 대꾸했다. "하지만 저는 종의 몸입니다, 주인의 물건에 대해서 책임을 져야 하니까요."

그때 푸가초프는 어쩌다 관대한 마음이 들었던 모양이었다. 그는 그 이상 아무 말도 않고 말을 돌려세웠다.

시바브린과 대장들이 그 뒤를 따랐다. 폭도들은 대오를 지어 요새에서 나갔다. 군중은 푸가초프를 배웅하러 따라나섰다. 나와 사벨리치만이 광장에 남게 되었다. 나의 늙은 하인은 물품 목록을 손에 들고 매우 애석한 얼굴로 그것을 들여다보고 있었다.

그는 푸가초프와 나와의 사이가 괜찮은 것을 보고 그것을 이용하여 한 번 배짱을 부려본 것이었지만 모처럼 생각해낸 계획도 결국은 실패로 돌아간 것이다. 나는 그의 엉뚱한 열성을 좀 꾸짖어 주려 했으나 웃음이 먼저 터져 나오고 말았다.

"웃어도 좋습니다." 사벨리치는 중얼거렸다. "어서 실컷 웃으십시오. 그렇지만 이제 다시 살림을 차리게 될 땐 이것이 웃을 일인지 아닌지 알게 될 겁니다."

나는 마리야 이바노브나를 만나러 신부의 집으로 달려갔다. 신부의 마누라는 슬픈 기별을 가지고 나를 맞았다. 간밤부터 마리야 이바노브나가 굉장히 열이 나기 시작해서 지금은 정신없이 헛소리를 하며 누워 있다는 것이었다. 신부의 마누라는 그녀의 방으로 나를 안내했다. 나는 조용히 그녀의 침대로 다가갔다. 파리해진 그녀의 얼굴이 내 가슴을 찔렀다. 환자는 나를 알아보지 못했다. 나는 한참을 그대로 서 있었다. 게라심 신부와 그의 착한 마누라가 여러 가지로 나를 위로해 주었지만 내 귀에는 한마디도 들어오지 않았다. 암담한 생각만이 겹치고 겹칠 뿐이었다. 의지할 사람 하나 없는 고아가 되어 흉악한 폭도들 가운데 남게 된 그녀의 신세와 나 자신의 무력함을 생각할 때 눈앞이 캄캄해지는 것 같았다. 무엇보다도 시바브린의 존재가 돌덩이처럼 가슴을 억눌렀다. 자칭 황제로부터 전권을 받아 이 요새를 지배하게 된 그는, 마음만 먹는다면 그의 원한이 애매한 대상인 이 불행한 처녀에게 어떤 짓이든지 할 수 있을 것이다. 그런데 나는 대체 무엇을 할 수 있단 말인가? 어떡하면 그녀를 도울 수 있을까? 어떡하면 그녀를 악당의 손에서 빼낼 수 있을까? 오직 하나의 방법이 남았을 뿐이었다. 나는 벨로고르스크 요새의 탈환을 서두르도록 재촉하며 나 자신도 있는 힘을 다해 싸우기 위해서 한시바삐 오렌부르크로 출발해야겠다고 결심했다. 나는 신부와 아쿨리나 팜필로브나에게 이별을 고하고, 특히 신부의 마누라에게는 이미 나의 아내나 다름없는 마샤를 거듭 부탁했다. 나는 가엾은 처녀의 손을 붙잡고 눈물을 흘리며 입술을 댔다.

"잘 가세요." 신부의 마누라는 나를 따라나오며 말했다. "부디 안녕히, 표트르 안드레이치. 반드시 좋은 시절이 와서 다시 만나게 될 거예요. 우리를 잊지 마시고 자주 소식 전해 주세요. 불쌍한 마리야 이바노브나는 이젠 당신밖에는 위안이 되고 의지할 데가 없으니까요."

광장으로 나와서 나는 잠시 걸음을 멈추고 교수대를 향하여 머리를 숙인 뒤 요새를 뒤로하고 오렌부르크로 가는 길을 걷기 시작했다. 항상 내 곁에서 떠나지 않는 사벨리치가 나를 따랐다.

깊은 상념에 잠겨 걸음을 옮기고 있는데 갑자기 뒤에서 말발굽 소리가 들려왔다. 돌아보니 저 멀리 요새 쪽으로부터 한 사람의 카자크가 손을 흔들며 말을 타고 달려오고 있었는데 그는 또 한 필의 바시키르 말의 고삐를 잡고 있었다. 나는 멈추어 섰다. 곧 요새의 하사로 있던 자라는 것을 알 수 있었다. 그는 가까이 달려와서 말에서 내리더니 끌고 온 다른 말의 고삐를 내게 내주며 말했다.

"장교님! 폐하께서 당신에게 이 말과 입고 계시던 외투를 손수 벗어 주셨습니다(안장에는 양털 가죽 외투가 매달려 있었다). 그리고 또……." 하사는 더듬거리며 덧붙였다. "폐하께서는 당신에게…… 반 루블의 돈을 주셨습니다만…… 내가 도중에 그걸 잃어버렸습니다. 관대하게 용서해 주시기 바랍니다."

사벨리치는 그를 곁눈으로 흘끔 쳐다보고 웅얼거렸다.

"흥, 도중에 잃어버렸다고! 그럼 네 주머니에서 짤랑거리는 건 뭐냐? 뻔뻔스러운 녀석 같으니!"

"주머니에서 짤랑거리는 건 뭐냐고?" 하사는 조금도 당황한 빛을 보이지 않고 딱 잡아떼었다. "이놈의 영감이 사람 잡겠네! 이건 돈이 아니라 재갈 소리야."

"좋아." 나는 사이에 끼어들며 말했다. "자네를 보낸 사람한테 고맙다고 말해 주게. 잃어버린 반 루블은 돌아가는 길에 찾아봐서 혹시 찾거든 그걸로 술값이나 하게."

"감사합니다, 장교님." 그는 말고삐를 돌리며 대답했다. "당신을 위해 항상 하느님께 기도하겠습니다." 이렇게 말하고 그는 한 손으로 주머니를 감싸 쥔 채 요새 쪽으로 말을 달렸다. 그리고 1분 뒤에는 이미 시야에서 사라져 버리고 말았다.

나는 털옷을 입고 말에 올라탔다. 사벨리치도 등 뒤에 함께 타게 했다.

"그것 보십시오, 도련님." 노인이 입을 열었다. "제가 그 악당 놈한테 구걸한 보람이 있지 않습니까. 그 도둑놈이 그래도 마음에 꺼리는 점은 있었던 모양이군요. 하기는 이따위 말라빠진 바시키르 말 한 필과 양가죽 외투만 가지고는 놈들이 훔쳐가고, 도련님이 선사한 물건의 반값도 안 되지만, 어쨌든 요긴하게 쓸 수 있게 됐습니다. 미친개한테서는 하다못해 털이라도 한 줌 뽑으라는 말이 있지 않습니까. 바로 이걸 두고 한 말이지요."

제10장
농성

원과 언덕을 점령하고
고지에서 그는 독수리 같은 눈초리를 성 안에 던졌다.
진지 후방에 포좌를 만들어 거기 대포를 숨겼다가
밤중에 성벽 가까이 끌어내라 명령했다.

헤라스코프

오렌부르크가 가까워짐에 따라 우리는 머리를 박박 깎고 교도소의 낙인이 얼굴에 흉하게 찍힌 죄수의 무리를 보았다. 그들은 경비대 병사들의 감시를 받으며 모두 근처에서 일하고 있었다. 어떤 자는 참호를 메운 쓰레기를 수레에 실어 담아내고, 어떤 자는 삽으로 땅을 파고, 또 보루 위에서는 석공들이 벽돌을 날라다가 성벽을 수리하고 있었다. 위병들이 성문에서 우리를 막아서고 신분증 제시를 요구했다. 위병 중사는 내가 벨로고르스크 요새에서 왔다는 말을 듣자 곧 장군 댁으로 안내했다.

나는 뜰 안에서 장군을 만났다. 마침 그는 가을의 차가운 입김에 잎사귀를 털린 사과나무들을 살펴보며 늙은 정원사의 도움을 받아 폭신한 짚으로 나무줄기를 정성스럽게 싸주고 있었다. 그의 얼굴에는 평온과 건강과 온후한 성격이 엿보였다. 그는 나를 반겨주었고 내가 직접 목격한 무서운 사건에 대해 여러 가지로 질문하기 시작했다. 나는 그에게 모든 것을 상세하게 보고했다. 늙은 장군은 내 말에 귀를 기울이며 마른 나뭇가지를 잘라 내고 있었다.

"미로노프가 죽다니!" 나의 비참한 목격담이 끝나자 그는 이렇게 말했다. "애석한 일이야, 정말 훌륭한 장교였는데. 미로노프 부인도 착실한 여자였지. 버섯을 소금에 절이는 솜씨는 그만이었어! 그럼 대위의 딸 마샤는 어떻게 됐나?"

나는 그녀가 요새의 신부 마누라한테 남아 있다고 대답했다.

"쯧쯧!" 장군은 못마땅하다는 듯이 혀를 찼다. "그건 좋지 않아, 매우 좋지 않지. 폭도들의 군기 같은 건 절대로 믿을 게 못 돼. 그 가엾은 애는 어떻게 된담?"

나는 여기서, 벨로고르스크 요새는 가까운 거리에 있으므로 각하께서는 불행한 주민들을 구출하기 위해 예하부대를 파견하는 데 주저하지 않으실 줄 믿는다는 의견을 말해 보았다.

장군은 자신 없는 얼굴로 고개를 가로저었다. "좀더 두고 보세." 그는 말했다. "그건 아직도 검토해 볼 여지가 있는 문제야. 이따가 차를 마시러 자네도 이리 오게나. 오늘 여기서 군사회의가 있을 예정이니까, 자네는 우리에게 그 푸가초프라는 망나니와 그의 군대에 대해 확실한 정보를 제공해 주게. 그럼 그때까지 숙소에 가서 좀 쉬도록 하게."

나는 배정된 숙소에 가서 초조한 마음으로 지정된 회의 시간을 기다렸다. 사벨리치는 벌써 이것저것 집안을 손질하기에 바빴다. 나의 운명을 좌우하게 될 그 회의 시간을 내가 얼마나 정확히 지켰을 것인지, 그것은 독자들도 쉽사리 추측할 수 있을 것이다. 지정된 시각에 나는 이미 장군 댁에 가 있었다.

나는 장군 댁에서 (아마도 세관장이었다고 기억되는) 이 고장 관리의 한 사람인, 뚱뚱한 몸집에 얼굴이 불그스름한데다가 금실을 섞어 짠 비단옷을 입은 노인과 만났다. 그는 이반 쿠즈미치를 교부님이라 부르면서 그의 운명에 대해 여러 가지로 묻기 시작했다. 그리고 이반 쿠즈미치와는 별로 관계가 없는 문제에 대해서까지 부수적인 질문을 하기도 하고 교훈 비슷한 의견을 삽입하기도 하면서 자주 내 말을 중단시켰는데, 그의 말하는 품이 비록 그가 전술에 밝지는 못할망정 적어도 천성이 총명하고 명석한 두뇌를 가진 인물이라는 것을 알 수 있었다. 그러는 동안에 다른 참석자들도 모였다. 그들 가운데 군인이라고는 장군 한 사람밖엔 없었다. 일동이 자리에 앉고 차가 고루 돌아가자 장군은 당면한 문제에 대해 극히 명쾌하게, 그리고 빈틈없이 설명했다.

"그러면 여러분." 그는 말을 계속했다. "지금 우리는 이 폭도들에게 어떠한 행동을 취할 것인가, 즉 공격이냐 그렇지 않으면 방어냐 하는 문제를 결정할 단계에 이르렀습니다. 양쪽이 각각 장점과 단점을 가지고 있습니다. 공격은 적을 신속히 소탕하는데 보다 적합하며, 방어는 보다 확실성 있고 안전합니다. 자, 그럼 회의 진행 규정에 따라 관등이 아래인 사람부터 차례로 의견을 듣기로 하겠습니다. 우선 소위보!" 그는 나를 향해 말했다. "자네의 의견부터 들어 보세."

나는 자리에서 일어나 푸가초프와 그 패거리에 대해 간단히 몇 마디 설명을 한 뒤, 그들 폭도에게는 우리 정규군에 대항할 만한 역량이 없다고 단언했다.

나의 의견은 참석한 관리들로부터 노골적인 푸대접을 받았다. 그들은 내가 한 말이 젊은이의 무모하고 경솔한 장담에 지나지 않는다고 생각했다. 여기저기서 수군거리는 소리가 일어났다. 나는 누군지 귀엣말로 '젖비린내가 난다'고 하는 소리를 똑똑히 들었다. 장군은 나를 바라보고 미소를 띠며 말했다. "소위보 군! 군사회의에서는 어디서나 처음엔 공세 지지론이 나오는 법이라네. 말하자면 그건 철칙처럼 되어 있지. 그럼 계속해서 의견을 듣기로 하겠습니다. 육등관! 이번엔 당신이 한 마디 하시오!"

금실 섞인 비단옷을 입은 육등관이라는, 아까 그 노인이 꽤 많은 양의 럼주를 탄 세 번째의 찻잔을 급히 들이켜고 장군에게 대답했다. "각하, 나는 공격도 방어도 우리가 취할 행동이 아니라고 생각합니다."

"그건 또 무슨 뜻인가요, 육등관?" 장군은 의아스럽다는 표정으로 물었다. "전술에는 방어냐, 그렇지 않으면 공격이냐 하는 두 가지 원칙밖엔 없을 텐데?"

"각하, 이번에는 '매수 작전'이라는 걸 한번 써 보십시오."

"아하, 그거 참! 그 의견도 그럴듯하군. 하긴 매수 작전이라는 것도 한 가지 전술로서 통할 수 있을 거요. 당신의 의견도 참작해 보기로 합시다. 그 망나니 놈의 모가지엔 칠십이나 백 루블까지라도 현상금을 걸 수 있지. 기밀비에서 낼 수 있을 테니까……."

"그러니까 말씀입니다." 세관장이 말을 가로챘다. "만일 그 도둑놈들이 자기 두목의 손발을 꽁꽁 묶어서 우리한테 넘겨주지 않는다면 그때 나는 육등관이 아니라 키르기즈키 바란(키르기즈의 양(羊))이라 불러 주셔도 상관없습니다."

"그 문제에 대해서는 생각해서 의논해 보기로 합시다. 그러나 어쨌든 군사적 행동을 취하지 않을 수도 없으니까 여러분, 규칙에 따라 순서대로 의견을 말하시오."

누구의 의견도 나와는 반대되는 것이었다. 관리들은 한결같이 우리 군대가 믿을 만하지 못하다는 것, 따라서 공격이 성공할 가망성은 희박하다는 것, 신중을 기하는 것 이상 안전한 것은 없다는 것, 이러한 의견들을 늘어놓았다. 그들은 적에게 노출된 들판에서 모험을 하기보다는 돌로 쌓은 견고한 성벽을 방패로 하여 대포의 엄호를 받으며 싸우는 편이 보다 현명하다고 생각한 것이다. 참석자 전원의 의견을 듣자 이윽고 장군이 파이프의 재를 툭툭 털고 다음과 같이 자기 견해를 밝혔다.

"여러분, 본관의 입장에서는 소위보 군의 의견에 전적으로 찬동한다고 말하지 않을 수 없습니다. 왜냐하면 그의 의견은 정상적인 전술 원칙에 입각한 것이기 때문입니다. 무릇 전술이란 거의 어떠한 경우에도 공격이 방어보다 우위를 차지하는 것입니다."

여기서 장군은 말을 멈추고 파이프에 담배를 담기 시작했다. 나의 자존심은 승리의 개가를 올렸다. 나는 오만한 눈초리로 관리들을 훑어보았다. 그들은 불만과 불안에 찬 얼굴로 저희끼리 수군거렸다.

"그러나 여러분." 장군은 진한 담배 연기를 깊은 한숨과 함께 내뿜으며 계속했다. "황송하옵게도 자비하신 여왕 폐하께서 본관에게 위임한 이 지방의 안전에 관계되는 문제인 이상, 본관은 감히 그처럼 위험한 행동에 대해 책임을 질 수 없는 것입니다. 그래서 본관은 성 안에서 적의 포위를 대기하여 적의 공격에는 포병의 화력으로 대항하다가 가능한 시기에 성 밖으로 출격하여 적을 격멸하는 것이 가장 현명하고 안전한 방책이라고 말한, 대다수의 의견에 찬성하는 바입니다."

이번에는 관리들이 나를 조소의 눈초리로 바라보았다. 회의는 끝났다. 나는 자신의 신념을 저버리고 무지하고 경험 없는 자들의 의견을 따르기로 결심한 이 존경하는 늙은 군인의 꿋꿋하지 못한 태도에 적이 실망했다.

이 주목할 만한 회의가 개최된 며칠 뒤에 우리는 푸가초프가 자기의 약속을 충실히 지켜 오렌부르크로 접근해 온 것을 알게 되었다. 나는 성벽 위 높은 곳에서 폭도들의 군대를 바라보았다. 그들의 병력은 내가 직접 목격한 지난번 습격 때에 비하면 10배나 증가한 듯이 보였다. 적군에게는 푸가초프가 여러 군대의 작은 요새에서 노획한 대포들로 편성된 포병대도 있었다. 군사회의의 결의를 상기하며 앞으로 오렌부르크 성 안에서의 농성이 장기간 계속되리라는 것을 예견할 때 나는 안타까운 생각에 울고 싶은 심정이었다.

오렌부르크 농성에 대해서 나는 여기 기술하려 하지 않는다. 그것은 역사에 기록될 성질의 것이며, 나의 개인적인 수기와는 관계가 없기 때문이다. 다만 간단히 몇 마디 한다면, 이 농성작전은 지방 당국의 부주의로 말미암아 기아와 온갖 빈궁을 겪어 내지 않을 수 없었던 주민들에게 실로 치명적인 타격을 주었다. 오렌부르크에서의 생활이 얼마나 처참했던가는 상상하기에 쉬울 것이다. 누구나가 다 암담한 마음으로 자기 운명의 종막을 기다렸고, 하늘 높은 줄 모르고 폭등하는 물가에 신음했다. 사람들은 들 안에 날아 들어오는 포탄에도 별로 놀라지 않게 되었다. 이따금 덤벼드는 푸가초프의 습격에도 궁금한 마음조차 가지지 못할 지경이었다. 나는 권태로움으로 죽을 것만 같았다.

시간은 천천히 흘러갔다. 벨로고르스크 요새로부터는 아무 소식도 들을 수 없었다. 도로라는 도로는 모두 차단되어 있었기 때문이다. 나는 마리야 이바노브나와 멀리 떨어져서는 정말 한시도 살 수 없을 것만 같았다. 더욱이 그녀의 안부를 알 수 없는 것이 답답하고 괴로웠다. 이러한 나에게 유일한 위안은 승마 출격이었다. 푸가초프가 호의를 베푼 덕분에 나는 훌륭한 말을 가지고 있었고 그 말에게 넉넉지 못한 나의 식량을 나누어 주며 매일같이 성 밖으로 출격하여 푸가초프의 유격병들과 교전하는 것이었다. 이와 같은 교전에서는 보통의 경우 배불리 먹고 술에 얼근히 취한데다가 좋은 말까지 가지고 있는 폭도들 편이 우세한 법이었다. 먹지 못해 말라빠진 성 안의 기병대는 도저히 그들과 맞설 수 없었다. 이따금 우리 보병들이 굶주린 배를 안고 들판으로 출격하는 일도 있기는 했지만, 깊이 쌓인 눈은 분산해 있는 적의 기병들에 대한 그들의 효과적인 행동을 방해했다. 포병대는 보루 위에서 공연히 포성을 울릴 뿐이었고 일단 들판에 나서기만 하면 포를 쏘는 말들이 힘을 쓰지 못해 진흙땅에 박혀 꼼짝하지 못했다. 우리들의 군사행동이란 대체로 이런 꼴이었다! 그리고 이것이 바로 오렌부르크의 관리들이 주장한 신중하고 현명한 방책이었던 것이다!

어느 날 출격에서 우리는 꽤 많은 수효의 적의 밀집부대를 분산시키고 추격할 수 있었는데 그때 나는 미처 도망가지 못한 카자크 한 놈에게 덤벼들었다. 내가 장검을 휘둘러 내리치려 하자 그는 별안간 모자를 벗고 소리쳤다.
"안녕하십니까, 표트르 안드레이치. 그 뒤 별고 없으세요?"

얼굴을 쳐다보았더니 그는 우리 하사관으로 있던 자였다. 나는 어찌나 반가웠는지 모른다. "아, 자네 막시므이치로군, 잘 있었나?" 나는 말했다. "벨로고르스크에서 언제 나왔나?"

"바로 어제 다녀왔습니다. 표트르 안드레이치, 당신에게 전할 편지가 있어요."

"편지라니? 어디 있나?" 나는 온몸이 확확 달아오르는 것을 느끼며 외쳤다.

"여기 있습니다." 막시므이치는 한 손을 주머니에 가져가며 대답했다. "어떻게 해서든지 당신한테 꼭 전하겠다고 팔라샤에게 약속하고 왔습니다." 이렇게 말하며 그는 차곡차곡 접은 종이쪽지를 나에게 내주고는 곧 말을 몰고 달려가 버렸다. 나는 편지를 펼쳐 들고 울렁거리는 가슴으로 다음과 같은 글을 읽었다.

하느님의 뜻에 따라 저는 한꺼번에 아버지와 어머니를 잃고 이제는 이 세상에 집안 식구도 의지할 사람도 없는 몸이 되었습니다. 그러나 저는 당신이 언제나 저의 행복을 빌어 주시고 또 누구에게나 도움을 주시려는 착한 분이시라는 것을 알고 있기에 이제는 오직 당신에게 의지하고 매달리려 합니다. 그리고 이 편지가 부디 당신 손에 들어가도록 기도합니다! 막시므이치가 꼭 당신에게 전해 주마고 약속했다 합니다만. 팔라샤가 막시므이치에게서 들었다는 말에 의하면 출격할 때마다 자주 당신을 멀리서 본다고 하며 당신께서는 조금도 자기 몸을 돌보시는 것 같지 않은 품이, 당신이 무사하시기만 눈물을 흘리며 빌고 있는 사람에 대해서는 아무런 생각도 하시지 않는 것 같다는 얘깁니다. 저는 오랫동안 병석에 누워 있다가 겨우 일어날 만하니까 이번에는 돌아가신 아버님 대신 여기 사령관이 된 알렉세이 이바니치가 푸가초프의 명령이라는 핑계로 게라심 신부님을 위협하여 강제로 저를 그 집에서 빼앗아 왔습니다. 그래서 저는 지금 우리가 살던 집에 돌아와서 감시를 받으며 지내고 있습니다. 알렉세이 이바니치는 저에게 결혼을 강요하고 있습니다. 그는 자기가 저의 생명의 은인이라 하고 있습니다. 아쿨리나 팜필로브나가 폭도들에게, 저를 자기 조카라고 거짓말했을 때 모르는 체하고 덮어 주었기 때문이라는 것입니다. 저는 알렉세이 이바니치와 같은 사람의 아내가 될 것이면 차라리 죽어 버리는 편이 시원할 것 같습니다. 그는 저에게 몹시 잔인한 태도로 대하고 있으며 만일 제가 마음을 돌려 그의 말을 듣지 않는다면 악당들의 진영으로 끌고 가서 리자베타파를로바(니즈네오죠르나야 요새 사령관의 아내. 남편이 교살된 뒤 푸가초프에게 능욕당하고 살해됨)처럼 만들겠다고 공갈합니다. 저는 알렉세이 아바니치에게 생각할 여유를 달라고 했습니다. 그는 앞으로 사흘만 기다리겠다고 승낙했습니다만 만일 사흘이 지난 뒤에도 자기 말을 듣지 않으면 그때는 절대로 그냥 놔둘 수 없다는 것입니다. 아아, 표트르 안드레이치! 믿고 의지할 곳은 오직 당신밖엔 없습니다. 이 불쌍한 몸을 구해 주십시오. 장군님과 여러 지휘관들에게 한시바삐 이곳으로 구원군을 보내도록 간청해 주십시오. 그리고 될 수 있으면 당신께서 직접 와 주십시오.

당신의 불쌍한 고아 마리야 미로노프

편지를 읽고 나는 금방 미칠 것만 같았다. 나는 애꿎게 말 등에 사정없이 채찍질을 하며 성 안으로 달렸다. 말을 달리면서도 나는 어떻게 하면 불행한 처녀를 구출할 수 있을까 하고 여러 가지로 궁리해 보았지만 이렇다 할 좋은 생각이 떠오르지 않았다. 성 안에 들어서자 나는 장군 댁을 향하여 달음질쳤다.

장군은 해포석 파이프를 입에 물고 방 안을 이리저리 거닐고 있다가 나를 보자 우뚝 발을 멈추었다. 아마도 나의 태도가 그를 놀라게 한 모양이었다. 그는 근심스러운 어조로 내가 허겁지겁 달려들어온 이유를 물었다.

"각하." 나는 말을 꺼냈다. "저는 각하를 친아버지나 다름없이 생각하고 부탁을 드리러 달려왔습니다. 저의 청원을 꼭 들어주십시오. 이것은 저의 일생의 행복을 좌우하는 문제입니다."

"부탁이라니, 대체 뭔가?" 노인은 의아스러운 얼굴로 물었다. "자네를 위해 내가 무엇을 할 수 있단 말인가? 말해 보게."

"각하, 제게 일개 중대의 병력과 카자크 오십 명만 주십시오. 그리고 벨로고르스크 요새의 소탕을 명령해 주십시오."

장군은 나를 눈여겨 바라보았다. 아마 내가 정신이 나가지 않았나 생각한 모양이었다(그렇게 생각한 것이 오히려 다행이었지만).

"뭐라고? 벨로고르스크 요새를 소탕한다고?" 한참 만에 그는 이렇게 반문했다.

"성공을 맹세합니다." 나는 열띤 목소리로 대답했다. "저를 보내기만 하십시오."

"그건 안 될 말이야." 그는 고개를 설레설레 저으며 말했다. "거리가 멀면 멀수록 적이 자네와 전략기지인 이곳의 연락을 끊는 건 극히 쉬운 일이네. 따라서 자네들을 완전히 패배케 하는 것도 문제가 아니란 말일세. 연락이 두절된다는 것은, 즉……."

나는 그가 전술론에 열을 내려 하는 것을 보고 당황하여 급히 그의 말을 막았다.

"실은 미로노프 대위의 딸이 제게 구원을 바란다는 편지를 보내 왔습니다. 시바브린이 지금 결혼을 강요하고 있다는 겁니다."

"그게 사실인가? 음, 그 시바브린이란 놈은 정말 고약한 악당이로군. 만일 내 손에 걸려드는 날이면 24시간 이내에 판결을 내려 보루 위에서 총살해 버리겠네! 하지만 지금은 그저 꾹 참고 있는 게 상책이네……."

"참고 있으라고요!" 나는 무의식중에 버럭 소리를 질렀다. "그러다간 그놈이 마리야 이바노브나와 결혼해 버릴 겁니다!"

"할 수 없지." 장군이 말을 받았다. "그것쯤은 별로 큰일이 아니야. 그 애는 시바브린의 아내가 되는 것이 좋을 걸세. 지금 그 애를 보호하기에는 그놈 이상으로 적합한 자는 없을 테니까. 그리고 나중에 그놈이 총살되면 그때는 또 그때대로 하느님께서 적당한 신랑감을 찾아주시겠지. 귀엽게 생긴 젊은 과부가 언제까지나 혼자서 사는 법은 없다네. 그 말은 즉 젊은 과부가 숫처녀보다 더 빨리 남편을 얻는다는 뜻이지."

"그 사람을 시바브린 따위한테 뺏긴다면." 나는 불끈 성을 내며 말했다. "저는 차라리 죽음을 택하겠습니다!"

"허허!" 노인이 말했다. "이젠 알 만하이. 그러고 보니 자네는 마리야 이바노브나한테 홀딱 반한 모양이군. 음, 그렇다면 문제가 다르지! 나도 자네의 심정을 동정하네! 그렇지만 나로서는 도저히 자네에게 일개 중대의 병력과 카자크 오십 명을 줄 순 없어. 자네가 하겠다는 원정은 무모하기 짝이 없기 때문이야. 나로서는 책임을 질 수 없단 말일세."

나는 절망에 빠져 맥없이 머리를 숙였다. 문득 그 어떤 생각이 머릿속에 떠올랐다. 그것이 어떤 생각인지, 옛날 소설가들이 흔히 말하듯, 독자는 다음 장에서 알게 될 것이다.

제11장
폭도들의 소굴

그때 사자는 배가 불렀던지
천성이 흉맹한 짐승이었지만
"무슨 일로 찾아오셨소?"
하고 상냥하게 묻는 것이었다.
A. 수마로코프

나는 급히 장군 댁을 물러나와 숙소로 돌아왔다. 사벨리치는 나를 맞아들이기가 무섭게 여느 때와 다름없이 잔소리를 늘어놓았다. "도련님은 공연히 나섭니다그려. 그 따위 주정뱅이 도둑놈들과 날마다 맞설 필요가 어디 있습니까! 그게 어디 귀족이 할 일인가요? 언제 무슨 일이 있을지 누가 알아요. 그러다가 목숨이라도 잃게 되면 어떡합니까. 그것도 상대가 터키나 스웨덴이라면 또 모르되 그따위 놈들과는 치사스러워서라도 맞서지 말아야지요."

나는 그의 충고를 가로채며 지금 가지고 있는 돈이 얼마나 되느냐고 물었다.

"넉넉히 가지고 있습니다." 그는 자랑스러운 표정을 지으며 대답했다. "악당들이 눈이 뻘게 가지고 뒤졌지만 제가 감쪽같이 감춰놓고 한 푼도 뺏기지 않았거든요." 이렇게 말하며 그는 주머니에서 은전이 가득 들어 있는 길쭉한 지갑을 꺼냈다.

"그럼 사벨리치, 거기서 지금 반만 내게 주게. 그리고 나머지 돈은 자네가 가지고 있게나. 난 벨로고르스크 요새에 좀 가 봐야겠어."

"표트르 안드레이치 도련님!" 착하기만 한 노인은 떨리는 소리로 말했다. "하느님을 좀 두려워하십시오. 악당들이 길목마다 지키고 있는 이때 길을 떠나다니 될 법이나 한 말입니까? 자기 목숨이 아깝지 않더라도 부모님이 안됐다는 생각쯤은 하셔야지요. 대체 가셔야 할 곳이 어딥니까? 뭣 때문에 가세요? 조금만 더 참고 계십시오. 군대가 와서 악당들을 모조리 잡아 버릴 겁니다. 그때 어디든지 가고 싶은 대로 가면 될 게 아닙니까."

그러나 그 말에 나의 결심이 동요될 리 없었다. "이러니 저러니 할 시간이 없어." 나는 노인에게 대답했다. "나는 반드시 가야 하고 또 가보지 않을 수 없단 말이야. 그러나 사벨리치, 걱정하지 말게. 하느님께선 자비로우시니까 우린 또 만나게 될 거야! 그리고 뭐 미안하게 생각하거나 인색하게 굴지 말고 자네한테 필요한 것이면 뭐든지 사 갖도록 하게. 값이 세 곱절이면 어떤가. 나머지 돈은 자네 마음대로 쓰게, 주는 거니까. 만일 사흘이 지나도 내가 돌아오지 않으면……."

"아니, 도련님, 그게 무슨 말씀입니까?" 사벨리치는 내 말을 가로막았다. "제가 도련님을 혼자 가시게 할 줄 아셨습니까! 꿈에도 그런 말씀 마십시오. 꼭 떠나셔야만 하겠다면 제가 걸어서 쫓아가는 한이 있더라도 곁에서 절대로 떨어질 수 없습니다. 도련님을 보내고 제가 이 성벽 안에 우두커니 들어앉아 있을 수 있겠어요? 정신이 나가기 전엔 그럴 수 없지요. 떠나시든지 말든지 도련님 마음대로 하십시오. 그렇지만 저는 도련님한테서 떨어져 있진 않을 테니까요."

나는 사벨리치와 다투어 봐야 소용없다는 것을 알고 있었으므로 그에게도 떠날 준비를 시켰다. 30분 뒤에 나는 나의 준마에 올라타고 사벨리치는 말라빠진 절름발이 말에 탔다. 그 말은 사료가 없어서 성 안의 어떤 사람이 그에게 거저 준 말이었다. 성문에서는 보초가 아무 말 않고 우리를 통과시켰다. 그리하여 우리는 오렌부르크를 뒤로하고 길을 떠났다.

날이 어두워지기 시작했다. 우리는 푸가초프의 은신처인 베르다라는 커다란 마을을 옆으로 끼고 지나가야 했다. 곧바로 뻗은 도로는 바람에 달려온 눈에 덮여 있었지만 들판에는 날마다 새로 찍히는 말발굽 자국이 보이지 않는 곳이 없었다. 나는 빠른 걸음으로 말을 달렸다. 사벨리치는 멀리 뒤떨어져서 간신히 쫓아오며 연방 소리를 질러 애원했다. "조금만 더 천천히, 도련님, 제발 좀 천천히 달리십시오. 이 말라빠진 병신 말로 도련님의 다리 긴 말을 쫓아갈 수 있어야죠. 어딜 그렇게 서둘러 가십니까? 잔칫집에라도 간다면 몰라도 자칫 잘못하면 시퍼런 도끼날이 머리 위에서 번쩍할 판인데…… 표트르 안드레이치! …… 표트르 안드레이치 도련님! …… 아아, 저러다간 아무래도 귀한 집 도련님 한 분 망치고 말겠군!"

얼마 뒤에 베르다 마을의 불빛이 보이기 시작했다. 우리는 마을의 자연적 방벽을 이루고 있는 골짜기로 들어섰다. 사벨리치는 쉴 새 없이 우는소리를 하며 그래도 용케 내 뒤를 따라왔다. 우리는 마을을 무사히 우회할 수 있을 것 같았다. 그러자 바로 눈앞 어둠 속에서 통나무 방망이를 든 네댓 명의 농부가 느닷없이 나타났다. 그들은 푸가초프 은신처의 초병이었던 것이다. 우리는 정지 명령을 받았다. 그들의 암호를 몰랐기 때문에 잠자코 그 옆을 통과하려 했더니 그들은 눈 깜짝할 새에 나를 에워싸고 그중 한 놈이 말의 재갈을 붙잡았다. 나는 차고 있던 대검을 뽑아 농부의 머리를 내리쳤다. 모자를 쓰고 있어서 목숨은 건졌지만 그는 비틀거리며 쥐고 있던 재갈을 놓았다. 나는 그 틈을 타서 박차를 가하여 쏜살같이 말을 달렸다.

점점 짙어지는 밤의 어둠이 모든 위험으로부터 나를 구출해 주는 것인 줄 알았는데 문득 뒤를 돌아보니 사벨리치가 보이지 않았다. 절름발이 말에 탄 노인은 가엾게 도둑놈들에게서 빠져나오지 못했던 것이다. 어떻게 해야 할까……? 나는 한참을 기다리다가 그가 붙잡힌 것이 틀림없다고 확인하자 말을 돌려 그를 구출하기 위해 오던 길을 되돌아갔다.

골짜기가 가까워지자 멀리서 떠들썩한 고함 소리와 사벨리치의 목소리가 섞여 들려왔다. 나는 말에 채찍질을 하며 달려가서 곧 조금 전에 나를 정지시켰던 보초들 가운데를 뚫고 들어갔다. 사벨리치는 그들에게 포위되어 있었다. 그들은 노인을 말라빠진 말에서 끌어내려 포승을 감으려는 참이었다. 내가 되돌아온 것을 그들은 기뻐했다. 소리를 지르며 왈칵 덤벼들더니 나를 말에서 끌어 내렸다. 그중 우두머리로 보이는 자가 우리를 즉시 폐하의 어전으로 끌고 가겠다고 선언했다.

"그럼 폐하께서," 그는 덧붙였다. "당장 옭아매달라고 하시든지 그렇지 않으면 날이 밝기까지 기다리라 하시든지, 마음대로 처리하실 거란 말이야."

나는 반항하지 않았다. 사벨리치도 내가 하는 대로 했다. 보초병들은 의기양양해서 우쭐거리며 우리를 연행했다.

골짜기를 건너 마을로 들어갔다. 오막살이집마다 불빛이 흘러나왔고 곳곳에서 고함 소리와 왁자지껄한 소리가 들렸다. 한길에서 많은 사람들과 마주쳤지만 어둠 속이었으므로 누구 하나 우리를 유심히 보지 않았고 또 내가 오렌부르크의 장교라는 것을 알아보지도 못했다. 우리는 곧장 네거리의 한쪽 모퉁이에 자리잡은 농부의 집으로 끌려갔다. 대문가에는 술통 몇 개와 대포가 두 문 놓여 있었다.

"여기가 궁전이다." 농부들 중 하나가 말했다. "그럼 곧 너희들을 잡아 왔다고 보고하고 오마." 그는 집 안으로 들어갔다. 나는 사벨리치를 돌아보았다. 늙은이는 기도문을 외면서 성호를 긋고 있었다. 꽤 오랫동안 기다리게 한 뒤에야 들어갔던 농부가 나오더니 내게 말했다. "들어와. 폐하께서 장교를 데리고 들어오라는 분부시다."

나는 농부의 집, 아니 농부의 말을 빌린다면, 궁전으로 들어갔다. 집 안에는 두 대의 촛불이 밝혀져 있고 벽에는 금박 칠을 한 도배지가 돌아가며 붙여 있었다. 그러나 의자며, 탁자, 굵은 노끈으로 매달아 놓은 조그만 세숫대야, 못에 걸려 있는 세수수건이며 구석에 놓인 부젓가락, 그리고 단지 따위를 올려놓은 벽난로의 선반, 이런 것들은 모두 흔히 볼 수 있는 여느 농부들의 집과 다름이 없었다. 푸가초프는 붉은 겉옷에 높다란 모자를 쓰고 위엄 있게 두 손을 허리에 얹은 채 성상 밑에 자리잡고 앉아 있었다. 양옆에는 그의 참모격인 인물들이 몇 놈 자못 황송하다는 표정을 꾸미고 서 있었다. 오렌부르크에서 장교가 왔다는 기별이 폭도들에게 강한 호기심을 불러일으켰으며 또 그들이 장엄한 분위기 속에서 나를 맞이하려 했음이 명백했다. 푸가초프는 첫눈에 나를 알아보았다. 일부러 꾸몄던 그의 위엄은 순식간에 사라져 버렸다.

"야아, 누군가 했더니 자네로군그래!" 그는 활기 있는 목소리로 말했다. "그 뒤 어떻게 지냈나? 이번엔 또 무슨 바람이 불어 여기 나타났지?"

나는 개인적인 볼일로 이곳을 지나가다가 그의 부하에게 정지당했다고 대답했다.

"개인적인 볼일이라니?"

그가 물었다.

나는 어떻게 대답해야 할지 몰랐다. 푸가초프는 내가 여러 사람 앞에서 말하기를 꺼려한다는 것을 눈치채고 동료들에게 밖으로 나가라고 명령했다. 모두들 명령에 복종했지만 그중 두 놈만은 꼼짝 않고 제자리에 남아 있었다.

"이 사람들은 상관없으니 어서 말해 보게." 푸가초프가 말했다. "나도 이 친구들에겐 비밀이 없으니까."

나는 곁눈으로 자칭 황제의 측근자들을 훑어보았다. 그중 하나는 수염이 희고 허리가 꼬부라져서 기력이 없어 보이는 늙은이였는데, 회색 외투를 입고 그 위에 어깨로부터 푸른 수를 드리운 것 말고는 이렇다 할 특징이 없었다. 그러나 다른 한 놈은 평생을 두고도 잊어버릴 수 없을 것이다. 그는 뚱뚱한 몸집에 어깨가 떡 벌어진 마흔댓 살쯤 되어 보이는 사내였다. 붉고 짙은 구레나룻이며 번득거리는 잿빛 눈, 구멍이 아주 없어져 버린 코며 이마와 볼에 박힌 불그죽죽한 얼룩점 같은 것이, 그의 널따란 곰보 얼굴에 말할 수 없이 야릇한 표정을 이루어 주고 있었다. 그는 붉은 루바시카에 가랑이가 넓은 카자크 바지를 입고 키르기즈식 잠옷을 걸치고 있었다. 첫 번째 사내는 (나중에 알게 되었지만) 정부군에서 탈주한 하사 벨로보로도프라는 자였고, 다음 아파나시 소콜로프(별명은 플로푸셰)라 부르는 사내는 시베리아 광산에서 세 번이나 탈주한 유형수였다. 그때 내 마음은 극도의 혼란 상태에 있었음에도 내가 어쩌다 발을 들여 놓게 된 그들의 사회는 나의 상상력을 몹시 자극했다. 그러나 푸가초프의 질문에 나는 제정신으로 돌아왔다.

"그럼 말해 보게. 자네는 무슨 볼일로 오렌부르크에서 빠져나왔나?"

기이한 생각이 내 머릿속에 떠올랐다. 이렇게 다시금 나를 푸가초프 앞으로 끌고 온 운명은 어쩌면 내 계획이 실현될 기회를 주는 것이나 아닌가 생각한 것이다. 나는 이 기회를 이용하기로 결심하고, 그 결심에 대해 다시 생각해 볼 여유도 없이 푸가초프의 질문에 대답했다.

"나는 말 못할 학대를 받고 있는 어떤 고아를 구출하러 벨로고르스크 요새로 가는 길이었습니다."

푸가초프의 눈이 번쩍거리기 시작했다. "어떤 놈이야, 내 부하로서 고아를 못 살게 구는 놈이?" 그는 버럭 소리를 질렀다. "그따위 놈은 제 아무리 똑똑해도 내 처벌을 면치 못하지. 어서 말해 봐. 못된 짓을 하는 건 어떤 놈이야?"

"시바브린입니다." 나는 대답했다. "당신이 신부의 집에서 보신 그 병든 처녀를 감금해 놓고 강제로 아내를 삼으려고 하고 있습니다."

"좋아, 내 시바브린이란 놈을 혼내 주지!" 푸가초프는 살기가 등등하여 말했다. "내 밑에서 제멋대로 행동하든가 백성을 괴롭히면 어떻게 되는지 본때를 보여 주겠네. 그놈의 모가질 매달아 버려야지."

그러자 플로푸셰가 목쉰 소리로 끼어들었다. "제가 한 마디 하겠습니다. 시바브린을 요새 사령관으로 임명한 것도 너무 경솔했지만, 지금 그자의 목을 달아맨다는 것도 역시 경솔한 짓입니다. 당신은 귀족 출신인 그자를 윗자리에 앉혀 카자크들의 기분을 상하게 했습니다. 그런데 이번에는 비행에 대한 고발이 한번 들어왔다고 해서 그를 처형함으로써 귀족들에게 공포를 준다는 것은 현명치 못합니다."

"아니오, 귀족 따위를 불쌍하게 여긴다든가 두호할 필요는 조금도 없습니다!" 이번에는 어깨에 푸른 수를 드리운 늙은이가 입을 열었다. "시바브린을 처벌하는 건 대수로운 일이 아니지만 이 장교 양반이 뭣 때문에 여기 왔는지 한번 정식으로 심문해 보는 것도 헛일은 아니라고 생각합니다. 만일 이 사람이, 당신이 황제라는 걸 인정하지 않는다면 처치는 간단하지만, 그렇지 않고 인정한다면 어째서 오늘까지 역적 놈들과 함께 오렌부르크에 붙어 있었느냐 하는 게 문제입니다. 이 사람을 재판소에 끌고 가서 거기 불을 켜놓고 심문할 준비나 하게 하면 어떻겠습니까. 내 생각 같아서는 아무래도 오렌부르크의 우두머리들이 이 사람을 우리 편에 잠입시킨 것만 같은데요."

늙은 악당 놈의 이론은 사실 정당하다고 인정하지 않을 수 없었다. 그리고 내가 지금 누구의 손안에 들어 있는가를 생각할 때 온몸에 소름이 쫙 끼치는 것이었다. 푸가초프는 내가 곤경에 빠진 것을 알아챘다. "어떤가, 자네는?" 그는 내게 눈짓을 해 보이며 말했다. "우리 원수의 말도 일리가 있는 것 같은데. 자네 생각은 어떤가?"

푸가초프의 냉소는 내게 용기를 도로 찾게 했다. 나는 태연한 어조로 내 목숨은 그의 손안에 있으니 좋을 대로 하라고 대답했다.

"좋아." 푸가초프는 말을 받았다. "그럼 묻는 말에 대답하게. 지금 성 내의 상태는 어떤가?"

"덕분에," 나는 대답했다. "만사태평입니다."

"만사태평이라고?" 푸가초프는 내 말을 되뇌었다. "하지만 사람들이 굶어 죽어가지 않나!"

자칭 황제의 말은 사실이었지만, 나는 선서한 군인으로서의 의무에 따라, 그것은 허튼 소문에 지나지 않으며 오렌부르크에는 모든 물자가 충분히 저장되어 있다고 역설했다.

"어떻습니까?" 늙은이가 말을 가로챘다. "이 친구는 당신에게 맞대놓고 거짓말을 하고 있습니다. 탈주병들은 모두, 오렌부르크에서는 사람들이 굶어 죽어가며 염병이 돌고 송장까지도 없어서 못 먹을 지경이라고 한결같이 진술하고 있는데, 이 친구는 모든 것이 충분하다고 떠벌리고 있으니 말이 됩니까. 시바브린을 매달 생각이시면 이 애송이 놈도 같은 교수대에 매달아 버리십시오. 한쪽만 매달면 아마 다른 한쪽이 서운해할 겁니다."

이 저주받을 늙은이의 말은 푸가초프의 마음을 움직인 것 같았다. 그러나 다행히도 플로푸셰가 그 말에 반대하고 나섰다.

"거 뭐 그럴 것까지야 있나, 나우므이치." 그는 말했다. "자네는 그저 덮어놓고 목을 달아야 한다느니 잘라 버려야 한다느니 하는 소리만 뇌까리고 있으니 참 대단한 호걸이란 말이야! 겉보기엔 용케도 목숨이 붙어 있구나 할 지경인 늙은이가! 저 자신은 무덤 속에 한 발 걸치고 있으면서도 만날 사람을 죽이고 싶어하다니 기막힌 노릇이군! 자네 양심엔 피라곤 한 방울도 없나?"

"그래서 자네는 성인이란 말이로군." 벨로보로도프가 대꾸했다. "대체 그 따위 선심을 자네 어디서 주워 왔나?"

"그야 물론." 플로푸셰가 대답했다. "나도 죄 많은 놈이긴 하지. 이 손으로 말하더라도(그는 울퉁불퉁한 주먹을 불끈 쥐고 소매를 걷어 털이 부수수한 팔뚝을 내보였다) 기독교도들의 피에 젖은 죄는 있지. 하지만 나는 어디까지나 역적 놈을 죽였을 뿐이지 제 집에 찾아든 손님을 죽인 일은 없네. 널따란 네거리에서나 어두운 숲 속에서 죽인 일은 있지만 안에서 벽난로를 쬐며 죽이진 않았어. 쇠망치나 도끼로는 죽였지만 계집년처럼 주둥아리로 죽인 일은 없단 말이야." 늙은이는 외면을 하며 웅얼거렸다. "콧구멍도 없는 녀석이!"

"뭘 중얼거리는 거야, 늙어빠진 무말랭이가!" 플로푸셰는 버럭 고함을 쳤다. "왜 네놈도 콧구멍이 막히고 싶으냐. 오냐, 두고 봐라, 이제 네 차례가 올 테니. 네놈도 만두 냄새를 못 맡게 해주마……. 우선 그 수염부터 내가 몽땅 뽑아 버릴 테니 그런 줄이나 알아라!"

"이거 봐, 장군들!" 푸가초프가 위엄 있게 입을 열었다. "싸움은 그만들 두게. 오렌부르크의 개새끼들이 같은 들보에 매달려 발을 버둥댄다면 모르되 우리집 수캐들이 서로 물어뜯는 건 볼 수 없어. 그만 화해하게." 플로푸셰와 벨로보로도프는 입을 딱 봉하고 시무룩해서 서로 노려보았다. 나는, 내게 매우 불리한 결과를 가져올지도 모르는 이 화제를 딴 데로 돌려 버리지 않으면 안 되겠다고 생각했다. 그래서 푸가초프를 향해 명랑한 표정을 지으며 말했다.

"아, 정말! 당신한테 말과 가죽옷을 준 데 대해 감사하단 말을 잊을 뻔했군요. 당신이 그때 친절을 베풀어 주시지 않았던들 성 안까지 가지 못하고 도중에서 얼어 죽었을 겁니다." 나의 계교는 성공했다. 푸가초프는 이 말에 기분이 좋아졌다. "꾸어 쓴 돈은 깨끗이 갚으란 말이 있지 않나." 그는 가늘게 뜬 눈을 깜박거리며 말했다. "그건 그렇고 시바브린한테 학대를 받고 있다는 처녀는 자네와 무슨 관계가 있는지 말할 수 없겠나? 젊은 총각의 연애라는 거겠지? 응?"

"그 처녀는 내 약혼잡니다." 나는 분위기가 호전되는 것을 보자 사실을 감출 필요가 없다고 생각하고 이렇게 푸가초프에게 대답했다.

"자네 약혼자라고?" 푸가초프는 외쳤다. "왜 진작 그렇게 말하지 않았나? 그렇다면 내가 결혼식을 올려주고 잔치도 차려주겠네!" 그는 벨로보로도프를 향해, "이것 봐, 원수! 난 이 사람과는 오랜 친구 지간이라네. 함께 저녁이라도 먹기로 하세. 아침엔 저녁보다 좋은 지혜가 생긴다지 않았나. 이 사람의 문제는 내일 다시 생각해 보기로 하지."

나는 이 바라지도 않는 영광을 거절하면 마음이 편했겠지만, 그러나 하는 수 없었다. 이 집 주인의 딸인 두 카자크 처녀가 흰 상보를 식탁에 씌우고 빵과 생선국, 그리고 포도주와 맥주병을 차려 놓았다. 그리하여 나는 다시금 푸가초프를 비롯해 그의 험상궂은 일당들과 더불어 한 식탁에 앉게 된 것이었다.

내가 부득이 한몫 낀 그 향연은 밤이 깊을 때까지 계속되었다. 마침 내 좌중은 모두 술에 취하기 시작했다. 푸가초프가 의자에 앉은 채 꾸벅꾸벅 졸기 시작하자 부하들은 자리에서 일어나 내게도 밖으로 나가자고 손짓했다. 나는 그들과 함께 나왔다. 플로푸셰의 지시를 받고 보초병이 나를 재판소라는 오막살이집으로 끌고 갔다. 거기서 나는 사벨리치와 만나 둘이 함께 감금되었다. 노인은 일이 되어 나가는 꼴을 보고 놀란 나머지 얼빠진 사람이 되어 내게 한마디 질문도 던지지 않았다. 그는 어둠 속에서 오랫동안 한숨을 쉬며 끙끙 앓는 소리를 내고 있더니 이윽고 코를 골기 시작했다. 그러나 나는 밤새도록 꼬리를 물고 떠오르는 잡념 때문에 끝내 한잠도 자지 못했다.

아침이 되자 푸가초프의 이름으로 호출을 받고 나는 그에게 갔다. 문 앞에는 타타르 말을 세 필 달아 놓은 포장을 친 트로이카(세 필의 말이 끄는 썰매나 마차)가 서 있었고 한길에는 군중이 모여 있었다. 현관에서 푸가초프와 만났는데 그는 털가죽 외투에 키르기즈 모자를 쓰고 길 떠날 옷차림을 하고 있었다. 엊저녁에 만났던 패거리들이 그를 에워싸고 굽실거리는 태도를 취했지만 엊저녁에 내가 처음 보았을 때에 비하면 너무나 현격한 차이가 있었다. 푸가초프는 명랑한 얼굴로 내게 아침 인사를 하고 자기와 함께 트로이카에 타자고 했다.

우리는 포장 속에 들어가 앉았다. "벨로고르스크 요새로 가라!" 푸가초프는 말고삐를 쥐고 서 있는, 어깨가 널찍한 타타르인에게 명령했다. 말이 움직였다. 짤랑짤랑 방울 소리를 내며 트로이카는 미끄러져 나갔다…….

"기다려요! 기다려!" 몹시 귀에 익은 목소리가 들려와서 돌아보니 사벨리치가 이쪽을 향하여 달려오고 있었다. 푸가초프는 말을 멈추게 했다. "표트르 안드레이치 도련님!" 노인은 소리쳤다. "그래 이 늙은 놈은 팽개치고 혼자 가는 법이 어디 있어요. 이런 악……." "아, 늙은이로군!" 푸가초프가 말했다. "또 만났군그래. 거기 마부 옆에 올라타게."

"감사합니다, 폐하. 감사합니다, 아버님!" 사벨리치는 자리에 올라타며 연방 입을 놀렸다. "이 늙은 놈을 보살펴 주시어 마음을 놓게 한 보답으로 백 살까지 장수하시도록 평생을 두고 빌겠습니다. 그리고 그 토끼가죽 얘기도 이젠 절대로 입 밖에 내지 않겠습니다."

토끼가죽 운운한 소리는 이번에야말로 푸가초프의 화통을 터뜨리고야 말 것이라 생각했으나 다행히도 자칭 황제는 그 말을 듣지 못했거나, 그렇지 않으면 시기에 적합지 않은 유치한 풍자라고 묵살해 버린 것 같았다. 말들은 달리기 시작했고 군중은 길가에 멈추어 서서 허리를 깊이 구부려 경의를 표했다. 푸가초프는 양쪽으로 번갈아 가며 머리를 흔들어 보였다. 우리는 곧 마을 밖으로 나와 평탄한 도로를 질주했다.

그때 내가 무엇을 생각하고 있었는지, 그것은 독자가 추측하기에 어려운 일이 아닐 것이다. 몇 시간 뒤면 나는 이미 잃어버렸다고 단념했던 그 여인과 만나게 될 것이다. 나는 우리가 다시 만나는 순간을 마음속에 그려 보았다……. 나는 또한 나의 운명을 손아귀에 쥐고 있는 사내, 기이한 인연으로 나와 신비로운 관련을 맺게 된 사내에 관해서도 생각해 보았다. 나의 애인의 해방자의 역할을 스스로 맡고 나선 이 사내의 성급한 잔인성과 피에 굶주린 습성이 내 머릿속에 되살아났던 것이다! 푸가초프는 그녀가 미로노프 대위의 딸이라는 것을 모르고 있었다. 약이 바싹 오른 시바브린이 그에게 모든 내막을 폭로할 수도 있을 것이며 그렇지 않더라도 푸가초프 자신이 딴 방면에서 진상을 알게 될는지도 모를 일이었다……. 그렇게 되면 마리야 이바노브나는 어찌될 것인가? 그것을 생각하면 온몸에 소름이 끼치고 머리털이 곤두설 지경이었다.

갑자기 푸가초프가 말을 걸어 나의 잡념을 깨뜨렸다.

"자네 뭘 그렇게 생각하고 있나?"

"생각이 없을 수 있습니까?" 나는 대답했다. "나는 귀족 출신인 장교입니다. 어제까지만 해도 당신과 맞서서 싸웠는데 오늘은 이렇게 한 트로이카에 타고 있습니다. 더구나 내 일생의 행복이 당신에게 달려 있으니까요."

"그게 어쨌다는 건가?" 푸가초프는 물었다. "자네는 겁이 나는가?"

나는 이미 그에게 관대한 용서를 받은 이상 그의 동정뿐만 아니라 원조조차 기대하고 있다고 대답했다.

"그렇지, 자네 말이 옳아. 옳고말고!" 자칭 황제는 말했다. "자네도 눈치챘겠지만 내 부하 녀석들은 자네를 못마땅하게 생각하고 있다네. 특히 그 늙은이는 오늘도 자네가 틀림없는 간첩이니까 고문을 하고 목을 옭아 버리라고 주장했지만 내가 그 말을 받아들이지 않았지." 여기서 그는 사벨리치와 타타르인이 듣지 못하게 작은 목소리로 덧붙였다. "그때 자네가 준 한 잔의 술과 토끼가죽 덧저고리를 내가 잊지 않고 있기 때문이야. 어떤가, 내가 자네 동료들이 말하는 것처럼 잔인무도한 인간이 아니라는 건 알만하지?"

나는 벨로고르스크 요새가 점령되었을 때의 참혹한 광경을 떠올렸으나 그와 다툴 필요가 없었기 때문에 한마디 대꾸도 하지 않았다.

"오렌부르크에선 내 얘길 어떻게 하고들 있나?" 한참 만에 푸가초프는 입을 열었다.

"결코 얕잡아 볼 수 없는 상대라고 말하고 있습니다. 그도 그럴 것이 당신은 그야말로 실력을 발휘했으니까요."

자칭 황제의 얼굴에는 흡족한 자부심이 나타났다. "그야 그렇지!" 그는 사뭇 유쾌한 어조로 말했다. "내가 향하는 곳에 덤벼들 자가 없으니까. 오렌부르크에선 저 유제바(푸가초프군이 정부군에게 크게 이긴 격전지) 전투를 알고 있나? 사십 명의 장군이 전사하고 네 개의 군단이 몽땅 포로로 잡혔거든. 자넨 어떻게 생각하나, 프로이센 왕이 나와 견줄 수 있을 것 같나?"

나는 이 비적 두목의 자만이 하도 재미있어서, "당신 자신은 어떻게 생각하시오?" 반문해 보았다. "프레드릭 왕과 싸워서 이길 것 같습니까?"

"표도르 표도로비치 말인가? 자네 편의 장군들한테 나는 이미 이겼는데, 그 장군들이 쳐부순 그를 어째서 내가 이기지 못하겠나? 지금까지 나는 무운이 좋았네. 내가 모스크바로 진격할 때도 역시 운이 좋겠는지, 두고 보세."

"당신은 모스크바에까지 진격할 작정입니까?"

자칭 황제는 잠시 생각에 잠겼다가 목소리를 낮추어 말했다. "그건 알 수 없는 일이야. 사실 나는 마음대로 활개칠 수 없는 형편이네. 부하 놈들은 저마다 아는 체하고 잔소리가 많지. 모두 도둑놈 같은 자들이야. 그래서 나는 줄곧 놈들의 기미를 살펴보고 있지 않을 수 없다네. 한번 정세가 불리해지기만 하면 그들은 자기들 모가지 대신에 내 목을 잘라 바칠 놈들이니까."

"바로 그겁니다." 나는 푸가초프에게 말했다. "그렇게 되기 전에 빨리 이쪽에서 단념하고 여왕 폐하의 자비심에 호소하는 편이 좋지 않을까요?"

푸가초프는 쓰디쓴 미소를 지으며 대답했다. "안 될 말이야. 이제 후회한대도 때는 이미 늦었어. 나 같은 놈이 용서받을 리 없으니까. 일단 시작한 일이니 끝까지 밀고 나가는 수밖엔 없지. 하지만 누가 아나? 어쩌면 성공할지도 모르거든! 그리시카 오트레피에프도 모스크바를 통치하지 않았던가 말이야."

"그러나 그자의 말로가 어떻게 되었는지 아십니까? 들창 밖으로 내동댕이쳐진 뒤 갈기갈기 사지를 찢어서 불에 태우고 그 재는 대포에 재어서 쏘아 버리지 않았습니까!"

"내 얘길 좀 들어 보게." 푸가초프는 그 어떤 살벌한 흥분을 느끼는 듯 입을 열었다. "내 자네에게 옛날 얘길 하나 하지. 이건 내가 어릴 때 칼미크의 노파한테 들은 얘기야. 하루는 독수리가 까마귀에게 이렇게 물었다네. '까마귀야, 너는 이 세상에 삼백 년이나 살 수 있는데 어째서 나는 겨우 삼십삼 년밖에 살지 못할까?' 까마귀가 대답하기를 '당신은 생피를 빨아 먹고 나는 죽은 송장을 먹으니까 그렇지요.' 그 말을 듣고 독수리는 이렇게 생각했지. '음, 그렇다면 나도 어디 송장을 먹어볼까?' 그래서 독수리와 까마귀는 하늘을 날아가다가 죽어 넘어진 말을 발견하고 밑으로 내려와서 그 위에 앉았지. 까마귀는 맛있게 쪼아 먹기 시작했지만 독수리는 한두 번 쪼아 보더니 날개를 치며 까마귀에게 말했다네. '역시 안 되겠다, 까마귀야. 삼백 년 동안 썩은 고기만 먹기보다는 단 한 번이라도 생피를 배불리 먹는 편이 낫겠어. 나중에야 어떻게 되든지!' 어떻게 생각하나, 이 칼미크의 옛날 이야기를?"

"거참 재미있군요." 나는 대답했다. "그러나 살인이나 강도질을 하며 사는 건, 내 생각으로는 송장을 쪼아 먹는 것과 다를 바 없을 것 같은데요."

푸가초프는 뜻밖이라는 눈으로 나를 바라보았으나 아무 대꾸도 없었다. 우리 두 사람은 저마다 자기 생각에 잠겨서 다시는 입을 열지 않았다. 타타르인은 구슬픈 노래를 부르기 시작했고 사벨리치는 마부석에서 몸을 흔들거리며 꾸벅꾸벅 졸고 있었다. 트로이카는 평탄한 겨울 길을 쏜살같이 달리고 있었다. 문득 야이크 강의 험한 기슭 위에 조그만 마을이 눈에 들어왔다. 통나무 울타리와 종각도 보였다. 그리고 15분 뒤에 우리는 벨로고르스크 요새로 들어갔다.

제12장
고아

우리집 사과나무에
열매도 잎사귀도 없듯이
우리집 새색시에겐
아버님도 어머님도 없다네.
머리를 얹어 줄 사람도 없고
축복해 줄 사람조차 없다네.

혼례의 노래

트로이카는 사령관 집 층계 앞에 닿았다. 주민들은 푸가초프의 말방울 소리를 듣고 떼를 지어 뒤를 쫓아왔다. 시바브린은 현관 층계에서 자칭 황제를 영접했다. 그는 카자크들이 입는 옷을 걸치고 수염을 기르고 있었다. 변절자는 비열한 말투로 반가움과 충성을 표시하며 푸가초프가 트로이카에서 내리는 것을 부축했다. 그는 나를 보자 당황한 빛을 보였으나 곧 태연하게 손을 내밀며 말했다.

"자네도 우리 편으로 넘어왔나? 진작 그럴 것이지!"

나는 그를 외면한 채 아무 대꾸도 하지 않았다.

나는 오래전부터 낯익은 방 안에 발을 들여놓았을 때 가슴이 쑤시는 것처럼 아팠다. 벽에는 죽어간 사령관의 임관 사령장이 지난날을 말하는 슬픈 묘비명처럼 그대로 걸려 있었다. 푸가초프는 이전에 이반 쿠즈미치가 자기 마누라의 따분한 잔소리를 귓전에 흘려 버리며 곧잘 졸고 앉았던 그 의자에 걸터앉았다. 시바브린은 그에게 손수 보드카를 가져다 바쳤다. 푸가초프는 한 모금 마시더니 나를 가리키며 그에게 말했다.

"이 친구에게도 한 잔 부어 주게." 시바브린은 쟁반을 들고 내 옆으로 다가왔지만 나는 다시 외면하고 말았다. 그는 어쩔 줄 몰라 하는 것 같았다. 본디 눈치가 빠른 그가 푸가초프가 자기를 못마땅하게 여기고 있다는 것을 몰랐을 리가 없었다. 그는 푸가초프의 앞에서 풀이 죽어 의혹에 찬 눈초리로 나를 흘끔흘끔 바라보았다. 푸가초프는 요새의 상황과 적군의 동정에 대해 이것저것 질문하다가 갑자기 말머리를 돌려 불쑥 이렇게 물었다.

"그런데 여보게, 자네가 감금하고 있는 건 어떤 처녀인가? 어디 한 번 보세."

시바브린은 죽은 사람처럼 창백해졌다. "폐하." 그는 떨리는 목소리로 대답했다. "감금한 게 아니올시다. 몸이 편치 않아서…… 지금 안방에 누워 있습니다."

"그럼 나를 거기로 안내하게." 자칭 황제는 자리에서 일어섰다. 핑계가 있을 수 없었다. 시바브린은 푸가초프를 마리야 이바노브나의 방으로 안내했다. 나도 그 뒤를 따랐다. 시바브린은 층계에서 발을 멈추고 말했다.

"폐하! 폐하께서는 제게 무엇이든지 요구하실 수 있겠습니다만 다른 사람은 제 아내의 침실에 들이시지 말기를 바랍니다."

나는 몸이 후들후들 떨려왔다. "자네가 결혼했다고!" 나는 그에게 금방 덤벼들 기세로 외쳤다.

"가만있어!" 푸가초프가 나를 말렸다. "나한테 맡기란 말이야. 그리고 자네는" 그는 시바브린을 보며 말했다. "공연히 똑똑한 체하고 건방진 수작일랑 하지 말게. 그 여자가 자네의 아내든지 아내가 아니든지 간에 나는 내가 원하는 사람을 데리고 들어갈 뿐이야. 그럼 친구, 내 뒤를 따라오게."

안방 문 앞에 와서 시바브린은 다시 발을 멈추고 더듬거리는 목소리로 말했다.

"폐하, 아내는 열이 높아 벌써 사흘째 줄곧 헛소리만 하고 있다는 걸 미리 말씀드립니다."

"어서 문이나 열어!" 푸가초프가 말했다.

시바브린은 주머니를 뒤지기 시작하더니 열쇠를 가져오지 않았다고 대답했다. 푸가초프가 발로 걷어차자 자물쇠가 벗겨지며 문이 열렸다. 우리는 방 안으로 들어갔다.

방 안의 광경을 보고 나는 정신이 멍했다. 방바닥에는 창백하게 야윈 마리야 이바노브나가 헝클어진 머리에 갈기갈기 찢어진 농부의 옷을 입고 앉아 있었다. 앞에는 빵조각을 올려놓은 물그릇이 놓여 있었다. 그녀는 나를 보자 몸을 부르르 떨며 악 하고 소리를 질렀다. 내가 그 순간 어떻게 했는지는 아무것도 기억에 없다.

푸가초프는 시바브린을 바라보고 입가에 쓴웃음을 띠며 말했다.

"자네 집 병실은 참 훌륭하군!" 그리고 마리야 이바노브나에게 다가서며, "이거 봐요, 색시, 남편에게 무슨 죄를 지었기에 이렇게 벌을 받고 있나?"

"제 남편요?" 그녀는 대답했다. "저 사람은 제 남편이 아니에요. 저는 죽어도 저 사람의 아내가 되지 않겠어요! 만일 아무도 저를 구해 주시지 않는다면 저는 죽어 버리기로 결심했어요. 정말 저는 죽어 버릴 거예요."

푸가초프는 눈을 부릅뜨고 시바브린을 노려보더니 이렇게 말했다.

"네가 감히 나를 속여? 이 개자식아, 네 죄가 어떤 벌을 받아야 마땅한지 알고 있느냐?"

그 말에 시바브린은 무릎을 꿇고 엎드렸다……. 순간 내 가슴속에는 모멸이 증오와 분노의 감정을 물리치고 차지했다. 나는 탈옥한 카자크의 발밑에 부복하고 있는 귀족을 혐오에 찬 눈으로 바라보았다. 푸가초프는 약간 누그러진 목소리로 시바브린에게 말했다. "이번만은 눈을 감아주지. 그러나 이제 한 번만 더 죄를 범하면 그땐 이번 것과 합쳐서 벌을 줄 테니 그리 알게." 그러고는 그는 마리야 이바노브나를 돌아보며 상냥하게 말했다. "자, 귀여운 아가씨, 여기서 나가라. 내가 자유를 주는 거니까. 나는 황제야."

마리야 이바노브나는 재빨리 그를 훑어보고, 지금 눈앞에 서 있는 사람이 부모의 원수라는 것을 알아차렸다. 그녀는 두 손으로 얼굴을 가리며 정신을 잃고 쓰러지고 말았다. 나는 그녀에게 달려들었으나 그때 낯익은 팔라샤가 서슴지 않고 방 안으로 뛰어들어와서 주인 아가씨를 간호하기 시작했다. 푸가초프가 안방에서 나왔으므로 우리 세 사람은 응접실로 돌아왔다.

"감상이 어떤가, 친구." 푸가초프가 웃는 얼굴로 말했다. "귀여운 처녀를 구출해 냈으니 말이야? 곧 신부한테 사람을 보내서 조카딸의 결혼식을 올리도록 하면 어떨까? 내가 대신 아버지 노릇을 하고 시바브린에게 들러리를 부탁하면 될 걸세. 그리고 실컷 마셔 보세. 대문을 활짝 열어 놓고 잔치를 벌이잔 말이야!"

그러나 내가 마음에 꺼림칙하게 생각하던 일이 기어이 일어나고야 말았다. 푸가초프의 제의가 시바브린의 분통을 터뜨린 것이다.

"폐하!" 그는 미친 듯이 외쳤다. "제가 폐하께 거짓말한 것은 분명히 잘못입니다. 하지만 그리뇨프도 폐하를 속이고 있습니다. 그 여자는 이곳 신부의 조카가 아니라 이 요새가 점령될 때 처형된 이반 쿠즈미치의 딸이올시다."

푸가초프는 부리부리한 눈으로 나를 응시하며 의아한 표정으로 물었다.

"이건 또 무슨 말인가?"

"시바브린의 말은 옳습니다." 나는 서슴지 않고 이렇게 대답했다.

"자넨 나한테 그런 말 한 일이 없어." 푸가초프의 낯빛이 어두워졌다.

"그건 생각해 보십시오." 나는 대답했다. "당신의 부하들이 있는 앞에서 어떻게 미로노프의 딸이 살아 있단 말을 할 수 있었겠습니까. 그랬다간 그들이 가만 놔두지 않았을 겁니다. 어차피 목숨을 건지진 못했겠지요."

"그것도 옳은 말이야." 푸가초프는 웃음을 띠며 말했다. "그 주정뱅이 녀석들이 가엾은 처녀를 용서해 줬을 리야 만무하지. 하긴 신부의 마누라가 그들을 속여 넘기길 잘했다고 할 수 있군."

"내 말을 들어 보십시오." 나는 그의 기분이 좋은 것을 보고 말을 이었다. "당신을 어떻게 불러야 할지 나는 알 수 없습니다. 또 알려고 하지도 않습니다……. 그러나 당신이 내게 베푼 은혜에 보답하기 위해서라면, 나는 생명이라도 기쁘게 바칠 각오를 하고 있습니다. 이건 하느님께서 알고 계십니다. 다만 나의 명예와 기독교도로서의 양심에 위반되는 일만은 요구하지 말아 주십시오. 당신은 나의 은인입니다. 이왕 도와주시는 김에 끝까지 봐 주십시오. 나와 저 가련한 고아가 하느님께서 인도하시는 길로 떠나게 해주십시오. 우리는 당신이 어느 곳에 계시더라도, 그리고 당신에게 어떤 일이 일어나더라도, 죄 많은 당신의 영혼을 구해 달라고 매일같이 하느님께 빌겠습니다……."

푸가초프의 거친 영혼도 이 말엔 다소 감동한 것 같았다. "좋아, 자네 마음대로 하게!" 그는 말했다. "죽이기로 한 놈은 죽이고 용서하기로 한 놈은 깨끗이 용서하는 게 언제나 나의 주의니까, 자넨 그 미인을 데리고 가고 싶은 곳으로 가게. 나는 하느님께서 자네들에게 사랑과 충고를 주시길 바랄 뿐일세!"

여기서 그는 시바브린을 향하여 자기 관하에 있는 모든 검문소와 요새의 통행증을 내게 주라고 명령했다. 시바브린은 풀이 죽어 얼빠진 꼴을 하고 서 있었다. 푸가초프는 요새를 순시하러 나섰다. 시바브린은 그를 따라갔지만 나는 길 떠날 준비를 한다는 핑계로 뒤에 남았다.

나는 안방으로 달려갔다. 문이 닫혀 있어서 노크를 했다. "누구세요?" 팔라샤가 물었다. 내가 왔다고 대답하자 이번에는 마리야 이바노브나의 가련한 목소리가 문틈으로 새어 나왔다. "잠깐 기다려 주세요. 저 지금 옷을 갈아입고 있어요. 아쿨리나 팜필로브나네 집에 먼저 가 계세요. 저도 곧 그리 갈 테니."

나는 그녀의 말대로 게라심 신부네 집으로 갔다. 신부도 부인도 나를 맞으러 달려나왔다. 사벨리치가 미리 알렸던 것이다. "안녕하셨어요, 표트르 안드레이치." 부인이 말했다. "하느님께서 다시 만나게 해주셨군요. 그 뒤 어떻게 지내셨어요? 여기선 날마다 당신 얘길 하고 있었지요. 그런데 마리야 이바노브나는 가엾게도 당신이 없는 새에 갖은 고초를 다 겪었답니다……. 그건 그렇고, 당신은 어떻게 푸가초프와 그런 사이가 됐나요? 어째서 그자가 당신은 죽이지 않았을까요? 어쨌든 잘됐어요! 그것만으로도 나는 그 악당을 고맙게 생각해요."

"여보, 이젠 그만하구려." 게라심 신부가 끼어들었다. "그렇게 함부로 지껄여대는 게 아니야. 말이 많으면 구함을 받지 못한다는 말이 있지 않나. 자, 표트르 안드레이치! 어서 안으로 들어갑시다. 정말 오랜만이군요."

부인은 집에 있는 음식으로 나를 대접했다. 그러면서도 한시도 입을 다물지 않았다. 그녀는 마리야 이바노브나를 자기 집에서 빼앗아 갈 때 시바브린이 한 수작이며, 마리야 이바노브나가 울면서 그들과 헤어지기 싫어하던 광경이며, 그 뒤 마리야 이바노브나가 팔라시카(그녀는 이전에 하사로 있던 자를 마음대로 부려 먹은 정말 약삭빠른 하녀였다)를 통하여 자기와 항상 연락을 취하고 있었다는 얘기며, 그리고 자기가 마리야 이바노브나에게 나한테 편지를 쓰라고 권했다는 것 등, 여러 가지 얘기를 들려주었다. 나도 그동안 지내온 얘기를 간단히 했다. 그들이 거짓말을 꾸며 댄 것을 푸가초프가 알게 되었다는 말을 듣자 신부와 부인은 성호를 그었다. "우리는 하느님께서 지켜 주실 거예요!" 아쿨리나 팜필로브나가 말했다. "하느님, 어두운 구름이 우리에게서 물러가게 하시옵소서. 그건 그렇고, 그 알렉세이 이바니치는 정말 못된 녀석이에요!"

바로 이때 문이 열리고 마리야 이바노브나가 핼쑥한 얼굴에 미소를 지으며 방 안으로 들어왔다. 그녀는 누추한 농부의 옷을 벗어 버리고 그전처럼 깨끗하고 예쁜 옷차림을 하고 있었다.

나는 그녀의 손을 잡은 채 한참 동안 입을 떼지 못했다. 우리는 서로 가슴이 벅차올라서 아무 말도 할 수 없었던 것이다. 주인 부부는 자기들이 끼어들 때가 아니라 눈치채고 자리를 비켜주었다. 우리는 단둘이 남게 되었다. 모든 잡념은 사라졌다. 우리는 서로 얘기를 주고받고 했으나 암만해도 끝이 없었다. 마리야 이바노브나는 요새가 점령될 때부터 자기에게 일어난 일들과 자기가 겪은 온갖 공포와 비열한 시바브린으로부터 받은 시련에 대해 상세하게 얘기했다. 그리고 우리는 행복스럽던 지나간 날을 회상했다……. 그녀와 나는 함께 울었다. 이윽고 나는 내 계획을 그녀에게 설명하기 시작했다. 푸가초프의 세력 아래 시바브린이 지배하고 있는 이 요새에 그녀가 이대로 머물러 있을 수는 없는 일이었다. 그렇다고 적의 포위 아래에서 갖은 곤궁을 겪고 있는 오렌부르크로 갈 수도 없는 문제였다. 또한 그녀에게 가까운 친척이라곤 이 세상에 한 사람도 없었다. 그래서 나는 내 부모가 계시는 마을로 가자고 제의했다. 그녀는 나의 아버지가 호감을 가지고 있지 않다는 것을 알고 있었기 때문에 그것을 꺼려하며 처음에는 망설였다. 나는 여러 가지로 타일러 그녀를 안심시켰다. 조국을 위해 목숨을 바친 공훈 있는 군인의 딸을 자기 집에 받아들이는 것을, 아버지는 기쁘게 여길 것이며 또 그것을 자기의 의무로 생각하리라고 믿고 있었기 때문이다.

"귀여운 마리야 이바노브나." 나는 마지막으로 이렇게 말했다. "나는 당신을 아내로 생각하고 있습니다. 기이한 운명이 우리를 떨어질 수 없게 결합시켰습니다. 이젠 이 세상의 그 무엇도 우리를 갈라놓을 수는 없어요."

마리야 이바노브나는 어색한 수줍음이라든가 일부러 사양하는 태도를 보이지 않고 솔직하게 내 말을 듣고 있었다. 그녀도 자기의 운명이 나의 운명과 결부되었다는 것을 느끼고 있었던 것이다. 그러나 그녀는 나의 부모의 승낙을 받을 때까지는 나의 아내가 될 수 없다고 거듭 말했다. 나는 그녀의 말을 반박하려 들지 않았다. 우리는 진심에서 우러나오는 뜨거운 키스를 주고받았다. 그리하여 우리는 모든 일에 대해 결정을 내린 것이다.

한 시간쯤 지난 뒤 하사가 푸가초프의 서투른 글씨로 서명한 통행증을 가지고 와서, 그가 나를 부른다고 했다. 푸가초프에게 갔더니 그는 이미 길 떠날 준비를 마치고 있었다. 나 한 사람을 제외한 모든 사람에게는 폭군이며 악당인 이 무서운 사내와 이별하며 내가 무엇을 느꼈었는지 그것을 상세하게 설명할 수는 없다. 그러나 어째서 진실을 그대로 말할 수 없단 말인가? 그 순간 내 마음속에는 그에 대한 형용할 수 없는 동정이 용솟음쳐 일어났다. 나는 그가 이끌고 있는 폭도들 사이에서 그를 떼내어, 때를 놓치기 전에 그의 목숨을 건져주고 싶었던 것이다. 그러나 시바브린과 주위에 몰려든 군중 때문에 나는 끝내 마음속에 끓어오르는 나의 뜨거운 염원을 입 밖에 내지 못하고 말았다.

우리는 다정한 친구들처럼 헤어졌다. 푸가초프는 군중 속에서 아쿨리나 팜필로브나를 발견하자 손가락을 들어 위협을 주는 시늉을 하며 의미심장하게 눈을 깜박거려 보이고 나서 트로이카에 올라타더니 베르다 마을로 가라고 명령했다. 그리고 말이 움직이기 시작하자 그는 다시 한 번 포장 속에서 몸을 내밀고 내게 소리쳤다.

"그럼 잘 가게! 언제든지 다시 만나는 날이 있을 거야."

사실 그의 말대로 우리는 다시 만날 수 있었다. 그러나 그때는 어떤 환경이었을까!

푸가초프는 떠났다. 나는 오랫동안 그의 트로이카가 달려가는 흰 초원을 바라보고 있었다. 모였던 사람들은 흩어져 갔다. 시바브린도 보이지 않았다. 나는 신부의 집으로 돌아왔다. 우리의 떠날 준비는 완전히 되어 있었고 나도 그 이상 지체하고 싶지 않았다. 우리들의 짐은 전부 사령관이 사용하던 낡은 마차에 실려 있었다. 마부는 재빨리 말 등에 멍에를 씌웠다. 마리야 이바노브나는 교회당 뒤에 있는 부모의 무덤에 마지막 인사를 하러 갔다. 나도 함께 가려 했으나 그녀는 자기 혼자 가게 해달라고 했다. 몇 분 뒤에 그녀는 조용히 눈물에 젖어 말없이 돌아왔다. 마차가 우리 앞에 와 닿았다. 마리야 이바노브나와 팔라샤, 그리고 나, 이렇게 세 사람이 포장 속 좌석에 타고 사벨리치는 마부가 앉는 앞자리에 기어 올라탔다.

"잘 가요, 귀여운 나의 마리야 이바노브나! 잘 가세요, 우리가 좋아하는 표트르 안드레이치!" 착한 마음씨를 가진 신부의 부인이 말했다. "부디 몸조심하고, 그리고 두 분이 행복하게 지내세요!"

우리는 출발했다. 나는 사령관 집 들창가에 시바브린이 서 있는 것을 발견했다. 그의 얼굴에는 음산한 원한의 그림자가 덮여 있었다. 나는 이미 패배해 버린 적에게 자랑스러운 태도를 보이고 싶지 않아서 시선을 딴 곳으로 돌렸다. 마침내 우리는 요새의 문을 나와 영원히 벨로고르스크를 뒤로했다.

제13장
체포

“노엽게 생각 마라, 나는 나의 의무에 따라
귀하를 즉시 감옥에 보내겠노라.”
“뜻대로 하라, 이미 각오한 바이지만
먼저 사건의 진상을 해명할 기회를 바라노라.”
크냐지닌

오늘 아침까지만 해도 그처럼 안타깝게 안부가 궁금하던 사랑하는 그 처녀와 이렇게도 수월히 만날 수 있게 된 나는, 나 자신을 믿을 수 없었으며 오늘 일어난 모든 일이 허망한 꿈인 것만 같았다. 마리야 이바노브나는 멍하니 나를 쳐다보기도 하고 또는 길을 바라보기도 하면서 아직도 제정신이 돌아오지 않는 모양이었다. 우리는 잠자코 있었다. 우리의 마음은 너무나 지쳐버린 것이다. 어느새 두 시간쯤 지나서 우리는 역시 푸가초프의 손안에 있는 다음 요새에 도착했다. 거기서 우리는 말을 바꾸었다. 말을 교대하는 속도가 빠른 것이라든지, 푸가초프로 부하 사령관으로 임명된 텁석부리 카자크가 분주하게 시중을 들고 돌아가는 것으로 보아, 우리를 태워 온 마부가 마구 허풍을 떤 덕택에 그들이 나를 자칭 황제의 총애를 받는 측근자로 대접하고 있다는 것을 알 수 있었다.

우리는 다시 앞길을 재촉했다. 황혼이 깃들기 시작했다. 우리는 조그만 마을에 접근해 가고 있었는데, 텁석부리 사령관의 말에 따르면 그 곳에도 자칭 황제와 합류하기 위해 이동중인 강력한 부대가 있다는 것이었다. 우리는 보초에게 정지 명령을 받았다. “누구야?” 묻는 말에 마부는 커다란 소리로 대답했다. “황제 폐하의 친구 되시는 분과 그 부인이오.” 말이 떨어지기가 무섭게 한패의 기병대 병사들이 무서운 욕설을 퍼부으며 순식간에 우리를 에

워쌌다. "나오너라, 악마의 친구 놈아!" 콧수염을 기른 기병 상사가 말했다. "이제 네놈에게 마누라와 함께 좋은 맛을 보여 주마!"

나는 포장 속에서 나와서 그들의 부대장한테 안내하라고 요구했다. 내가 장교라는 것을 알자 병사들은 욕지거리를 그만두었다. 상사가 나를 소령에게 안내했다. 사벨리치는 내 곁에서 떨어지지 않고 혼자서 중얼거렸다. "황제 폐하의 친구라니! 그게 될 법이나 한 소립니까. 뜨거운 자릴 피하다 보니 불 속에 들어간 격이 되었군요. 아, 하느님! 저희는 앞으로 어떻게 되겠습니까?" 마차는 우리 뒤를 천천히 따라왔다.

5분 뒤에 우리는 밝게 불을 켜 놓은 자그마한 집에 도착했다. 상사는 나를 보초병에게 맡겨 놓고 보고하러 갔다. 그는 곧 돌아와서 말하기를 소령님께선 나를 만날 시간이 없으니 영창에 집어넣고 부인만을 자기에게 데려오라고 명령했다는 것이었다.

"그건 무슨 뜻이야?" 나는 버럭 고함쳤다. "소령님은 머리가 돌아 버린 게 아닌가?"

"저는 알 수 없습니다, 소위님." 상사는 대답했다. "저는 다만 소위님을 영창에 넣고 부인은 소령님한테 데려오라는 명령을 받았을 뿐입니다."

나는 현관 층계를 달려 올라갔다. 보초병들이 나를 막지 않았기 때문에 곧장 방 안으로 뛰어들어갈 수 있었다. 그곳에는 대여섯 명가량의 기병 장교들이 은행노름(도박의 일종)을 하고 있었는데 소령이 물주였다. 그가 이반 이바노비치 주린—언젠가 심비르스크의 여관에서 나의 돈을 따먹은 바로 그 친구—라는 것을 첫눈에 알아보았을 때 나의 놀람은 어떠했을까!

"이게 어쩐 일이야?" 나는 외쳤다. "이반 이바노비치! 당신이었군요!"

"야아, 이거 표트르 안드레이치가 아닌가! 어떻게 된 일이야? 어디서 오는 길인가? 그래 그동안 잘 있었나! 어때, 자네도 판에 끼어들어 보겠나?"

"고맙소. 그러나 우선 숙소를 하나 구해 주시오."

"숙소를 구하다니? 여기 나 있는데 머물도록 하게."

"그럴 수 없어요, 난 동행이 있으니까."

"그럼 그 친구도 이리 데려오게나."

"친구가 아니라, 나는…… 부인을 동반하고 있습니다."

"부인 동반이라고? 대체 어디서 낚아 왔나? 응, 이 친구야!" 이렇게 말하며 주린이 야릇한 표정으로 휘파람을 불어서 모두들 한바탕 웃어대는 바람에 나는 매우 당황했다.

"그렇다면" 주린은 말을 계속했다. "할 수 없군. 숙소는 마련해 주지. 그러나 유감스러운걸……. 옛날식으로 술자리라도 베풀었으면 좋을 텐데……. 이봐, 거기 사병! 그 푸가초프의 친구의 마누라라는 건 왜 안 데려오는 거야? 안 오겠다고 고집을 부리나? 우리 나리는 아주 훌륭한 신사가 돼서 절대로 야비한 짓은 하지 않을 테니까 조금도 겁낼 건 없다고 타일러서 슬쩍 목덜미를 붙잡아 가지고 오란 말이야."

"거 무슨 말이오?" 나는 주린에게 말했다. "푸가초프의 친구의 마누라가 어디 있어요? 그 여자는 죽은 미로노프 대위의 따님입니다. 포로가 돼 있는 걸 내가 구출해서 지금 우리 아버지가 계신 시골에 맡겨둘 생각으로 데려가는 중이지요."

"뭐라고! 그럼 방금 보고가 들어온 건 자네 얘긴가? 제기랄! 대체 어떻게 된 거야?"

"나중에 자세히 얘기하지요. 그러나 우선 불쌍한 그 처녀를 안심시켜 주시오. 당신의 부하인 기병들한테 여간 혼이 나지 않았어요."

주린은 즉시 적당한 조치를 취했다. 그는 자기가 직접 한길로 나와서 마리야 이바노브나에게 본의 아닌 푸대접을 사과하고 거리에서 제일 좋은 여관으로 그녀를 안내하라고 상사에게 명령했다. 나는 일행과 떨어져 주린의 숙소에서 묵기로 했다.

저녁식사를 끝마친 뒤 둘이서 남게 되자 나는 주린에게 그동안 내가 겪은 사건들을 얘기했다. 그는 귀를 기울이고 주의 깊게 들었다. 얘기가 끝나자 그는 고개를 가로저으며 입을 열었다.

"자네 얘기는 모두 좋아. 그러나 한 가지 신통치 않은 게 있어. 어째서 자넨 결혼을 하려는 건가? 나는 명예를 존중시하는 장교야. 자네에게 허튼소릴 하려는 생각은 추호도 없네. 내 말을 믿게, 결혼이란 어리석기 짝이 없는 짓이야. 도대체 뭣 때문에 마누라의 시중을 들고 어린애들의 어리광을 받고 있어야 하나? 집어치우게, 집어치워. 그리고 내 말 대로만 하란 말이야. 대위의 딸과는 헤어지게. 심비르스크로 가는 길은 내가 깨끗이 소탕해 놨으니까 안전하지. 내일이라도 그 처녀는 자네 부모께 혼자 보내고 자네는 우리

부대에 남게. 오렌부르크로 돌아갈 필요는 없을 거야. 공연히 폭도들에게 다시 붙잡혀 보게. 이번에도 그들 손에서 쉽사리 빠져나올 수 있다고 어떻게 장담하느냐 말이야. 그러니까 내 말대로 하면 여자한테 홀렸던 마음도 저절로 가라앉고 따라서 만사가 잘 될 거란 말일세."

나는 그의 말에 전적으로 찬성할 수는 없었지만, 한편 나의 군인으로서의 의무감은 여왕 폐하의 군대에 그대로 남아서 종군할 것을 요구하는 것이었다. 나는 주린의 충고에 따라 마리야 이바노브나를 고향으로 보내고 나 자신은 그의 부대에 남아 있기로 결심했다.

마침 사벨리치가 갈아입을 옷을 가지고 나타났다. 나는 그에게 내일 마리야 이바노브나를 혼자서 모시고 떠나도록 하라고 했다. 그는 순순히 내 말을 들으려 하지 않았다. "도련님, 그게 무슨 말입니까? 어떻게 제가 도련님을 버리고 갈 수 있겠어요? 그럼 앞으로 누가 도련님의 시중을 들지요? 그리고 부모님께선 뭐라 하시겠습니까?"

노인의 고집을 잘 알고 있었으므로 나는 진정으로 잘 타일러서 그를 설득하기로 했다. "아르히프 사벨리에프, 내 말을 들어 보게!" 나는 말했다. "내 부탁을 들어서 내 은인이 되어 주게나. 이젠 시중을 들어줄 사람이 없어도 불편할 건 없을 거야. 만일 자네를 마리야 이바노브나한테 딸려 보내지 않으면 나는 마음을 놓을 수 없어. 그 사람을 돌봐주는 건 내 시중을 드는 거나 다름없다고 생각하게. 사정만 허락한다면 나는 곧 그 사람과 결혼하기로 굳게 결심하고 있으니까."

그러자 사벨리치는 자못 놀란 표정으로 손뼉을 탁 치며 내 말을 받았다. "결혼이라뇨! 도련님이 결혼하시겠다고요? 그 말을 들으면 아버님께서 뭐라 하실까요, 그리고 어머님께선 또 어떻게 생각하실까요?"

"허락해 주실 거야." 나는 대답했다. "마리야 이바노브나가 어떤 처녀라는 것만 알게 되면 틀림없이 허락해 주실 거야. 나는 결혼 문제에 대해서 자네의 도움을 바라고 있네. 자네가 우리를 위해 좋도록 말씀드리면 아버지나 어머님은 자네 말을 믿을 테니까. 그렇지 않나?"

노인은 내 말에 감동했다. "아아, 표트르 안드레이치 도련님!" 그는 대답했다. "장가를 드시는 건 아직 빠르긴 하지만 그 대신 마리야 이바노브나 같은 흠잡을 데 없는 아가씨니까 이 기회를 놓치는 것도 좋은 일은 아니지요.

도련님 생각대로 하십시오. 저는 천사와 같은 아가씨를 모시고 가서 힘닿는 데까지 부모님께 잘 말씀드리겠습니다. 이렇게 훌륭한 색시라면 친정에서 아무것도 가져오지 못해도 탓할 것이 없다고요."

나는 사벨리치에게 고맙다는 말을 하고 주린과 안방에서 잠자리에 들어갔다. 나는 몹시 흥분해 있었기 때문에 되는대로 지껄여 댔다. 주린도 처음에는 달갑게 상대해 주었으나 점점 대꾸가 적어지며 동문서답격인 말을 하더니 마침내 말대답 대신 코를 드렁드렁 골기 시작했다. 나도 입을 다물어 버리고 곧 그의 뒤를 따라 꿈속으로 들어갔다.

이튿날 아침 나는 마리야 이바노브나를 찾아가서 나의 계획을 얘기했다. 그녀는 나의 의견이 타당하다는 것을 인정하고 군말 없이 찬성했다.

주린의 부대는 그날 안으로 출동하게 되어 있었다. 또한 시간을 지체할 필요도 없었다. 그래서 나는 마리야 이바노브나를 사벨리치에게 부탁하고 그녀에게는 부모님께 보내는 편지를 맡긴 뒤 곧 떠나보내기로 했다.

"부디 안녕하세요, 표트르 안드레이치!" 그녀는 가느다란 목소리로 말했다. "다시 만나게 될는지 어떨는지, 그건 하느님만이 알고 계시겠지만, 저는 언제까지나 당신을 잊지 않겠어요. 무덤에 들어가는 날까지 제 가슴속에 있는 건 당신뿐일 거예요."

나는 한 마디도 대답할 수 없었다. 사람들이 우리를 둘러싸고 있었다. 그들 앞에서 가슴속에 뒤끓는 감정을 나타내고 싶지 않았기 때문이다. 드디어 그녀는 떠나가 버렸다. 나는 슬픔에 잠겨 말없이 주린에게 돌아왔다. 그는 나의 기분을 바꾸어주려 했고 나도 시름에 잠겨 있고 싶지는 않았으므로 우리는 온종일 난장판이 되도록 놀았다. 저녁녘에 우리는 출동했다.

그것은 2월이 끝나갈 무렵이었다. 군사 행동을 방해하고 있던 겨울이 지나가자 우리 편 장군들은 합동작전으로 넘어갈 준비를 하고 있었다. 푸가초프는 여전히 오렌부르크를 포위하고 있었지만, 정부군 부대들은 그의 주위에서 상호 연결을 유지하며 사면으로부터 반란군의 거점으로 육박하고 있었다. 폭동에 가담했던 마을들은 우리 군대를 보기가 바쁘게 항복했고 폭도의 무리는 곳곳에서 패주를 계속하여, 모든 정세는 신속하고도 순조로운 종말을 예고하고 있었다.

얼마 뒤 골리츠인 공작이 타치쉐바 요새 근처에서 푸가초프를 격파하고 폭도들을 분산시켜 포위되었던 오렌부르크를 해방시킴으로써 반란군에게 최후의 결정적 타격을 준 것 같았다. 주린은 그때 폭동에 가담한 바시키르인의 일당을 토벌하기 위해 파견되었으나 폭도들은 우리가 나타나기도 전에 흩어져 버렸다.

봄은 우리를 어느 타타르 마을에 가둬놓고 말았다. 강물이 범람하여 통로가 차단되었기 때문이다. 우리는 비적이나 야만인들을 상대로 하는 따분하고 시시한 전쟁도 이제 곧 끝날 것이라는 생각으로 권태를 잊으려 했다.

그러나 푸가초프는 체포되지 않았다. 그는 시베리아 공장 지대에 나타나서 새로운 폭도를 규합해서 또다시 잔악한 행동을 취하기 시작했다. 우리는 시베리아의 여러 요새가 함락된 것을 알게 되었다. 그가 승전했다는 소문이 다시 떠돌게 되었다. 얼마 안 가서 자칭 황제가 카잔(모스크바 동쪽에 있는 대도시)을 점령하고 모스크바로 진격한다는 소식이, 폭도를 대수롭지 않게 생각하고 태평하게 잠자고 있던 사령관들의 눈을 번쩍 뜨이게 했다. 주린은 볼가강을 건너 전진하라는 명령을 받았다(부록 제13장의 보유는 여기 삽입되었던 것이다).

우리의 행군과 전쟁의 종결에 대해서는 상세하게 기술하지 않겠다. 다만 간단히, 전쟁으로 입은 재화는 참혹하기 이를 데 없었다고만 말해 두자. 우리는 폭도들에게 파괴되고 약탈당한 마을들을 통과하며 주민들이 숨겨 두었던 식량을 부득이 징발하지 않을 수 없었다. 가는 곳마다 행정은 무질서 상태에 있었고 따라서 지주들은 숲 속에 몸을 숨기고 있었다. 비적 떼들은 곳곳에서 못된 짓을 하고 돌아다녔으며, 정부군의 지휘관들은 제멋대로 사람을 처형하기도 하고 또 용서해 주기도 했다. 전쟁의 불길이 휩쓸고 지나간 광대한 지방의 형편은 처참하기 짝이 없었다……. 이처럼 어리석고 무자비한 러시아의 폭동을, 신이여, 다시는 우리에게 보여주지 마시옵소서!

푸가초프는 이반 이바노비치 미헬리손(푸가초프 토벌에 공을 세운 장군)의 추격을 받으며 도주하고 있었다. 얼마 뒤 우리는 그가 완전히 패망했다는 것을 알게 되었다. 마침내 주린은 자칭 황제가 체포되었다는 통지와 함께 군사 행동 정지명령을 받았다. 전쟁은 끝났다. 이제는 나도 부모님께 돌아갈 수 있게 된 것이다. 부모님을 포옹하게 되고, 그 뒤 소식이 묘연한 마리야 이바노브나를 만날 수 있다는 생각이 나를 환희의 절정에 올려놓았다. 나는 어린애처럼 껑충껑충 뛰었다. 주린은 나를 보더니 어깨를 으쓱하며 말했다. “안 되지, 그러다간 따끔한 맛을 보고야 말걸! 결혼해 보게, 절대로 신통한 일이 없을 테니!"

그러나 한편으로는 이상한 감정이 나의 기쁨에 검은 그림자를 던지고 있었다. 그처럼 수많은 무고한 희생자들의 피를 뒤집어쓴 악한에 대한 생각, 그리고 그를 기다리는 극형에 대한 생각이 내 마음을 소란케 하는 것이었다.

"예멜랴, 예멜랴(푸가초프의 애칭)!"

나는 그가 원망스러웠다.

"어째서 너는 총검 앞에 가슴을 내밀지 못했느냐? 어째서 포탄 앞에 몸을 내던지지 못했느냐? 암만 생각해도 그보다 더 좋은 길을 너는 발견하지 못했을 것인데!"

이렇게 생각하는 나를 누가 탓할 것인가? 나는 그가 자기 생애에서 가장 살기등등하던 그 순간에 나의 목숨을 살려주었고 비열한 시바브린의 손에서 나의 약혼자를 구출해 준 사실을 떼어 버리고 그를 생각할 수는 없었다.

주린은 내게 휴가를 주었다. 며칠만 지나면 나는 집안 식구들과 다시 한자리에 어울리게 될 것이며 나의 마리야 이바노브나와 다시 만나게 될 것이었다. 그러나 그때, 그야말로 청천벽력과 같은 사건이 일어난 것이다.

제14장
사면의 편지

세상에 떠도는 풍문은
바다의 물결과 같다
속담

나는 오렌부르크에서 무단이탈한 것밖에는 죄가 될 만한 것이 없다고 믿고 있었다. 개별 출격은 금지되어 있지 않았을 뿐만 아니라 오히려 적극 장려되고 있었기 때문에, 거기 대해서는 간단히 해명할 수 있었다. 혹시 지나치게 성급히 행동했다는 비난은 받을지언정 명령 위반이라는 추궁은 받지 않을 것이다. 그렇지만 푸가초프와의 우정 관계에 대해서는 수많은 목격자들의 증언이 있을지도 모르며 그렇게 되면 적어도 혐의를 받을 것 같았다. 카잔으로 가는 도중 나는 내내 내가 받게 될 심문에 대해 검토하고 거기에 대한 답변을 여러 가지로 궁리한 결과, 법정에서는 어쨌든 사실 그대로를 진술하기로 결심했다. 그것이 가장 솔직하고 가장 현명한 변명의 방법이라고 생각했기 때문이다.

나는 불에 타서 허허벌판이 된 카잔에 도착했다. 거리에는 건물 대신에 숯이 되어 버린 나뭇조각이 쌓여 있고 불에 그슬린 벽이 지붕도 들창도 없이 우뚝우뚝 서 있었다. 이것이 푸가초프가 남겨 놓고 간 발자취였던 것이다! 나는 불타 버린 도시 한복판에서 그래도 무사히 남아난 요새로 연행되었다. 기병들은 나를 일직 장교에게 인계했다. 장교는 대장장이를 불러 오라고 명령했다. 그리하여 나의 발에는 굵다란 쇠사슬이 꼼짝하지 못하게 채워졌다. 그 다음에 나는 감옥으로 끌려가서 조그만 철창과 빤빤한 벽만으로 된 좁고 침침한 감방에 혼자 갇혀 있게 되었다.

이러한 시초는 결코 좋은 일을 예고하는 것이 아니었다. 그러나 나는 용기와 희망을 버리지 않았다. 나는 모든 수난자들을 생각함으로써 거기서 마음의 위안을 얻고, 창백하면서도 찢어진 가슴속으로부터 우러나오는 기도의 감미로움을 처음으로 맛보면서 앞으로 어떻게 할 것인가에 대해 두려움 없이 평온한 마음으로 잠들었다.

이튿날 간수가 위원회에 출두하라는 통고를 갖고 와서 나를 깨웠다. 두 사람의 병사가 안뜰 건너편에 있는 사령관 숙소로 나를 연행하여 자기들은 문간방에 남고 나만 안으로 들여보냈다.

나는 꽤 널찍한 홀에 들어섰다. 서류가 가득 쌓여 있는 책상에는 두 사람이 앉아 있었다. 엄격하고도 냉정하게 보이는 나이 지긋한 장군과 인상이 좋은 용모에 민첩하고 시원시원한 태도를 가진 스물일곱 살 무렵의 젊은 근위대위였다. 창문 가까이 놓인 다른 책상에는 귀에 펜대를 꽂은 서기 한 사람이 나의 진술을 기록하려고 서류 위에 몸을 굽히고 앉아 있었다. 심문이 시작되었다. 성명과 신분을 묻더니 장군은 혹시, 내가 안드레이 페트로비치 그리뇨프의 아들이 아니냐고 물었다. 그렇다는 나의 대답에 그는 냉엄한 어조로 내뱉듯 말했다.

"그렇게 존경할 만한 사람에게 이따위 덜된 아들이 있다니, 실로 애석한 일이로군!"

나는 내가 비록 어떤 혐의를 받고 있다 할지라도 진상을 솔직히 해명함으로써 그 혐의는 없어질 줄 믿는다고 침착하게 대답했다. 나의 자신만만한 태도가 그는 마음에 들지 않는 모양이었다.

"허, 거 대단한 친구로군그래." 그는 이맛살을 찌푸리며 말했다. "그러나 그따위 소리에 우리가 넘어갈 줄 아나!"

이번에는 젊은 장교가 언제 어떠한 동기로 푸가초프의 부하가 되었으며 거기서 어떤 임무를 받아 수행했는지 물었다.

나는 분개한 어조로, 장교이며 귀족인 내가 푸가초프의 부하가 될 수도 없는 일이며 그로부터 어떠한 임무도 받지 않았다고 답변했다.

"그렇다면 어찌하여" 심문관은 추궁했다. "귀족이며 장교인 자네가 자기 동료들이 모두 학살되는 판국에 혼자서만 자칭 황제로부터 특사를 받았는가? 또한 어찌하여 장교이며 귀족인 자가 폭도들과 다정하게 술자리에 참석했으며 괴수로부터 모피 외투라든가 말이라든가 반 루블 돈을 선사받았는가? 이처럼 괴상한 우정이 과연 변절에 기인한 것이 아니라면, 또는 적어도 추악하고 범죄적인 비겁한 행동에 기인하는 것이 아니라면 도대체 어떤 연유에서 생긴 것인가?"

나는 근위 장교의 질문에 깊은 모욕을 느끼고 흥분한 어조로 그 연유를 해명하기 시작했다. 푸가초프와의 관계가 눈보라 치는 초원에서 시작되었다는 것, 벨로고르스크 요새 점령 시에는 그가 나를 알아보고 용서해 주었다는 것을 얘기했다. 또한 나는 자칭 황제로부터 모피 외투와 말을 받고도 양심에 가책을 느끼지 않은 것은 사실이지만, 벨로고르스크 요새는 폭도들에 대항하여 최후의 순간까지 사수했다고 말했다. 끝으로 나는 오렌부르크의 비참한 포위전에서의 내 충성을 증언할 수 있는 인물로서 나의 직속상관이었던 장군의 이름을 들었다.

그러자 냉엄한 노인은 책상 위에 개봉되어 있는 편지를 집어 들고 소리를 내어 읽기 시작했다.

군기를 위반하고 군인 선서의 의무를 망각함으로써 이번 반란에 가담하여 그 괴수와 친밀한 관계를 맺은 죄목의 혐의자인 소위보 그리뇨프에 관한 각하의 조회에 대해 다음과 같이 답신함. 상기 소위보 그리뇨프는 지난 1773년 10월 초순쯤부터 올해 2월 24일까지 오렌부르크에서 복무했으나, 동 2월 24일 현지를 이탈함으로써 그 뒤부터 본관의 지휘 아래에서 떠난 자임. 한편 투항자들의 진술에 따르면 상기 소위보 그리뇨프는 푸가초프의 본거지로 가서 그 뒤 괴수와 더불어 전에 근무하던 벨로고르스크 요새로 향했다 하며 따라서 그의 행동에 관하여 본관은 오직…….

여기서 그는 읽기를 멈추고 준엄한 어조로 말했다. "어때, 이래도 변명할 말이 있는가?"

나는 이미 시작한 진상의 해명을 계속하여 솔직한 태도로 마리야 이바노브나와의 관계에 대해 언급하려 했다. 그러나 나는 문득 그 어떤 억제할 수 없는 혐오감을 느꼈다. 만일 여기서 그녀의 이름을 끄집어낸다면 위원회는 필경 그녀를 증인으로 출두시킬 것이라는 생각이 머리에 떠올랐기 때문이다. 그렇게 되면 악당들의 추악한 고발 속에 그녀의 이름이 오를 뿐만 아니라 그녀 자신을 그들과의 대결에 끌어내야 할 것이라는 무서운 생각이 너무나 강한 충격을 주어 나의 입을 막아 버리고 말았다.

심문관들은 그때까지 나의 답변을 어느 정도 호의를 가지고 듣는 듯했으나 내가 주저하는 태도를 보이자 또다시 불리한 선입감을 품게 되었다. 근위장교는 나와 고발인과의 대심을 요구했다. 장군은 '어제의 역적'을 불러오라고 명령했다. 나는 얼른 방문 쪽으로 얼굴을 돌리고 나를 고발한 자가 나타나기를 기다렸다. 잠시 뒤 쇠사슬 소리가 들려오더니 방문이 열리며 들어온 이는 시바브린이었다. 나는 그의 모습이 아주 변해 버린 데 놀랐다. 그는 형편없이 야위었고 얼굴은 종잇장처럼 창백했다. 얼마 전까지만 해도 새까맣게 윤이 나던 머리털은 아주 백발이 되어 버렸고, 자랄 대로 자란 턱수염은 흉하게 헝클어져 있었다. 그는 맥 빠진, 그러나 거리낌 없는 투로 나에 대한 고발을 되풀이했다. 그의 말에 따르면, 나는 간첩 임무를 띠고 푸가초프로부터 오렌부르크에 파견된 자로서 매일같이 성 밖으로 출격한 것은 성내의 모든 상황을 기록한 밀서를 전하기 위한 행동이었으며, 나중에는 공공연하게 자칭 황제 편으로 넘어와서 괴수와 함께 곳곳의 요새를 돌아다니며 갖은 술책을 써서 동료인 변절자들을 없애 버리려고 모함했는데, 그것은 그들의 지위를 빼앗고 자칭 황제가 나누어주는 상을 독차지하려는 야심에서였다는 것이다. 나는 끝까지 그의 말을 잠자코 들었다. 그리고 다만 한 가지, 마리야 이바노브나의 이름이 역적의 입에 오르지 않은 것을 만족하게 생각했다. 아마도 그의 자존심이 자기를 경멸로 끝까지 거부한 그녀의 이름을 입 밖에 내지 못하게 했거나, 그렇지 않으면 그의 마음속에서 나의 입을 다물게 한 것과 같은 그런 감정의 불꽃이 숨겨져 있었기 때문인지도 모른다. 어쨌든 벨로고르스크 요새 사령관의 딸의 이름은 위원회의 사건 심의에서 아무의 입에도 오르지 않았다. 나는 더욱 결심을 굳게 하고 심문관들이, 무엇으로 시바브린의 진술을 반박할 수 있느냐고 물었을 때에도, 아까 내가 해명한 사실 말고 다른 변명은 할 수 없다고 답변했다. 장군은 우리를 물러가게 하라고 명령했다. 시바브린과 나는 함께 밖으로 나왔다. 나는 예사로운 시선으로 그를 바라보았으나 아무 말도 하지 않았다. 그는 비수를 품은 쓴웃음을 입가에 띠더니 발에 달린 철쇄를 집어 들고 빠른 걸음으로 나를 앞질러 갔다. 나는 다시 감방으로 끌려가서 그 뒤부터는 심문을 위한 호출도 받지 않았다.

아직도 내게는 독자에게 전해야 할 얘기가 남아 있다. 그것은 내가 직접 목격한 사실은 아니지만 하도 여러 번 들어서, 마치 남몰래 내가 현장에 있었던 것 같은 착각을 일으킬 만큼 극히 상세한 내용에 이르기까지 내 기억 속에 똑똑히 새겨져 있다.

나의 부모는 옛날 사람들만이 가지는 진정한 친절로써 마리야 이바노브나를 받아들였다. 그들은 이 불행한 고아를 자기 집에 있게 하여 돌보아 줄 수 있는 기회를 가지게 된 것을 하느님의 은혜라고 생각했다. 얼마 안 가서 그들은 그녀에게 진실한 애착을 느끼게 되었다. 곧 그녀가 어떤 처녀라는 것을 알고는 사랑할 수밖에 없었던 것이다. 그리하여 아버지는 우리의 관계가 부질없는 풋사랑이라 생각지 않게 되었고 어머니는 사랑하는 아들 페트루샤가 귀여운 대위의 딸과 결혼하기만을 바라고 있었다.

내가 체포되었다는 소식은 집안사람들을 깜짝 놀라게 했다. 그래서 마리야 이바노브나는 부모님께 나와 푸가초프와의 기묘한 교제에 대해 얘기했는데, 그녀의 말이 조금도 미심쩍은 데가 없어서 두 분에게 불안한 마음을 일으키지 않았을 뿐만 아니라 오히려 몇 번이나 배를 움켜쥐고 웃게 했다. 아버지는 왕실의 전복과 귀족의 전멸을 목적으로 하는 추악한 폭동에 내가 가담할 수 있으리라고는 처음부터 문제시하지도 않다. 아버지는 사벨리치를 엄격하게 심문해 보았다. 그는 내가 예밀리얀 푸가초프에게 갔었다는 것과 악당이 내게 호의를 가지고 있었다는 사실을 숨기지 않았으나, 변절했다는 말은 도대체 들은 일도 없다고 맹세했다. 그 말에 늙은 부모님은 마음을 놓고 좋은 소식이 오기만을 손꼽아 기다리게 되었다. 마리야 이바노브나는 몹시 불안한 상태에 있었지만 본디 매우 겸손하고 조심성 있는 성격이었으므로 아무 말도 입 밖에 내지 않고 있었다.

몇 주일이 지나갔다. 하루는 페테르부르크에 사는 친척인 B공작으로부터 아버지에게 편지가 왔다. 공작이 나에 대한 소식을 써 보낸 것이었다. 편지에는 우선 틀에 박힌 안부의 말이 있은 다음, 내가 폭도들의 음모에 가담했다는 혐의는 불행하게도 너무나 확정적인 것이어서 세상의 본보기가 되도록 마땅히 극형에 처할 것이었으나, 여왕 폐하께서 아버지의 공적과 늙은 연세를 참작하시어 죄를 지은 자식의 감형을 결정하고, 수치스러운 사형을 면하는 대신 다만 시베리아 두메산골로 종신 유형에 처하라는 특사를 내리셨다고 적혀 있었다.

이 청천벽력과 같은 타격은 아버지의 목숨을 빼앗을 뻔했다. 그는 평소에 가졌던 굳건한 태도를 잃어버렸고 그 마음의 상처는(보통 입 밖에 내는 법이 없었지만) 폐부를 찌르는 탄식으로 표현되었다. "이럴 수가 있어!" 그는 미친 듯이 뇌까렸다. "내 자식이 푸가초프의 음모에 가담하다니! 진작 죽기나 했더라면 이런 꼴을 보지 않았을걸. 여왕 폐하께서 그놈에게 사형을 면해 주셨다고! 그걸로 내 마음이 편해질 수 있단 말인가? 나는 사형이 두려운 게 아니야. 나의 조상에는 양심의 존엄을 끝까지 지키며 형장의 이슬로 사라진 분이 있지 않은가. 그리고 선친께서는 볼린스키라든가 흐루쇼프(18세기 러시아 정치가들. 전제정치에 항거하다가 사형당함)와 같은 사람들과 고난을 함께한 어른이야. 그런데 귀족으로서 자기의 선서를 저버리고 살인 강도 무리라든가 탈주한 노예들과 공모를 하다니! …… 가문에 이런 수치와 불명예가 어디 있느냐 말이야!"

아버지가 너무나 원통해하는 것을 보고 놀란 어머니는, 아버지 앞에서는 눈물조차 보이지 못하고 세상에 떠도는 풍문은 믿을 수 없다는 것, 사람들의 말이란 변하기 쉽다는 것을 누누이 말하며 아버지의 원기를 회복시키기에 여념이 없었다. 그러나 아버지의 마음을 풀어드릴 수는 없었다.

마리야 이바노브나는 누구보다도 더욱 애를 태우고 있었다. 내가 자기의 이름을 입 밖에 내려고만 했다면 얼마든지 결백을 입증했으리라 믿고 있었기 때문에, 그녀는 사건 심의의 진상을 짐작하고 내 불행의 원인은 자기에게 있다고 생각한 것이었다. 그녀는 아무에게도 눈물을 보이지 않고 자기의 고민을 숨겼지만, 한편 어떻게 하면 나를 구해 낼 수 있을까 하는 방법만을 줄곧 생각했다.

어느 날 저녁 아버지는 소파에 앉아 《궁중연감》을 뒤적거리고 있었으나, 생각은 어디 먼 곳에 가 있었으므로 이 책도 그에게 여느 때와 같은 작용을 일으키지 못했다. 그는 옛날 행진곡을 휘파람으로 불고 있었다. 어머니는 묵묵히 털실로 스웨터를 뜨고 있었는데 이따금 눈물이 일감 위에 떨어지곤 했다. 그때 역시 바느질을 하고 앉았던 마리야 이바노브나가 갑자기, 암만해도 자기는 페테르부르크에 가 봐야겠는데 길을 떠날 수 있게 주선해 주었으면 좋겠다는 말을 했다.

"별안간 페테르부르크엔 왜 가겠다는 거니?" 어머니가 몹시 섭섭하다는 투로 물었다. "마리야 이바노브나, 설마 너까지 우리를 저버리겠다는 건 아니겠지?"

마리야 이바노브나는 자기의 장래 운명이 이번 여행에 달려 있다는 것과 자기가 가려는 목적은 나라를 위해 목숨을 바친 사람의 딸로서 유력한 인사(人士)들의 보호와 조력을 구해 보려는데 있다고 대답했다.

아버지는 머리를 숙였다. 아들의 죄를 떠올리게 하는 모든 말이 그에게는 고통스러운 것이었고 마음을 찌르는 꾸지람으로 들리는 것이었다. "그럼, 갔다 오렴!" 그는 한숨 섞인 목소리로 말했다. "우린 네 행복을 방해할 생각은 없으니까. 나는 그런 역적의 누명을 쓰지 않는 훌륭한 신랑감이 네게 나타나 주기만 빌 뿐이다." 아버지는 의자에서 일어나 밖으로 나갔다.

마리야 이바노브나는 어머니와 둘이 남게 되자 자기 계획의 일부를 털어놓았다. 어머니는 눈물을 흘리며 그녀를 포옹하고 계획한 일이 뜻대로 이루어져서 좋은 결과가 있기를 하느님께 빌었다. 집안 식구들은 마리야 이바노브나의 여행 준비를 해주었고 그리하여 며칠 뒤 그녀는 충실한 몸종 팔라샤와 충직한 사벨리치를 데리고 길을 떠났다. 부득이 내 곁에서 떨어져 있던 사벨리치에게는 하다못해 나의 약혼자의 시중을 들 수 있다는 것으로 위안이 되었던 것이다.

마리야 이바노브나는 무사히 소피아(황제촌에 있는 역관명)에 도착했는데 그때 여왕께서 차르스코예셀로(페테르부르크에 인접한 황제촌)에 계시다는 것을 알고 그곳에 머물기로 했다. 그녀는 칸막이 저쪽의 구석방으로 안내되었다. 역관지기 마누라는 곧 그녀와 얘기를 하기 시작했는데 자기는 궁중의 벽난로 불을 때는 사람의 조카딸이라고 하며, 남이 모르는 궁중생활의 세세한 내막을 털어놓았다. 여왕께서 몇 시에 일어나시며, 몇 시에 커피를 드시며, 몇 시에 산책을 하시며 또 어떠한 귀족들이 여왕의 측근에 있으며, 어제 진지를 잡수실 때는 무슨 얘길 하셨으며, 저녁에는 누구를 접견했다는 것까지 늘어놓았다. 말하자면 역관지기 마누라인 안나 블라시예브나의 얘기는 역사적 기록의 몇 페이지에 해당하는 것으로서 후세를 위한 귀중한 자료가 될 수도 있는 것이었다. 마리야 이바노브나는 그녀의 얘기를 주의 깊게 들었다. 그다음 그들은 공원을 찾아갔다. 안나 블라시예브나는 공원의 오솔길이라든가 여기저기 걸려 있는 다리를 지날 때마다 그 내력을 일일이 설명해 주었다. 산책에 지친 두 사람은 서로 흡족한 기분으로 역관에 돌아왔다.

이튿날 아침 마리야 이바노브나는 일찍이 일어나서 옷을 갈아입고 혼자서 살짝 공원으로 빠져나왔다. 아름다운 아침이었다. 태양은 싸늘한 가을의 입김을 받고 이미 노랗게 단풍이 든 보리수 꼭대기에 비치고 있었다. 넓고 넓은 호수는 잔잔히 빛나고 있었다. 잠이 깬 백조들이 호숫가에 그늘을 이루고 있는 관목 덤불 밑으로부터 의젓한 자태로 미끄러져 나왔다. 마리야 이바노브나는 바로 얼마 전에 표트르 알렉산드로비치 루미안체프 백작(18세기 러시아의 원수. 터키 전쟁 때 사령관)의 승전 기념비가 세워진 아름다운 잔디밭 근처를 거닐고 있었다. 별안간 영국종의 흰 개 한 마리가 그녀를 보고 짖어 대며 달려왔다. 마리야 이바노브나는 겁을 먹고 그 자리에 멈춰 섰다. 바로 그때 상냥한 부인의 목소리가 들려왔다.

"무서워하지 말아요. 그 개는 물지 않으니까."

마리야 이바노브나는 어떤 귀부인이 기념비 맞은편 벤치에 앉아 있는 것을 발견했다. 마리야 이바노브나는 그 벤치 한쪽 끝으로 가서 앉았다. 부인은 그녀를 유심히 바라보았고, 마리야 이바노브나도 몇 번인가 곁눈질을 하여 부인의 발끝에서 머리끝까지 훑어보았다. 부인은 새하얀 아침 복장에 실내모를 쓰고 두터운 덧저고리를 껴입고 있었다. 나이는 40대 안팎으로 보였는데 알맞게 살찐 불그레한 얼굴에는 위엄과 평온이 깃들여 있었고 푸른 눈과 가벼운 미소는 말할 수 없는 매력을 느끼게 했다. 부인이 먼저 침묵을 깨뜨렸다.

"이 지방 사람 같진 않은데?"

"네, 그렇습니다. 전 어제 시골에서 올라왔어요."

"어른들과 함께 왔나요?"

"아뇨, 저 혼자 왔어요."

"혼자서! 아직도 나이 어린 처녀가 어떻게……."

"저는 아버지도 어머니도 없습니다."

"그럼 여기 무슨 볼일이라도 있어서 왔나요?"

"네, 다름 아니라 여왕 폐하께 진정서를 올리려고 왔어요."

"고아라고 했으니, 그럼 뭐 억울한 일이라도 호소하려는 건가요?"

"그런 게 아니에요. 저는 폐하께서 자비를 베풀어 줍시사 하고 왔습니다."

"실례지만 당신은 어떤 분이신지?"

"저는 미로노프라는 대위의 딸입니다."

"미로노프 대위라니, 그럼 오렌부르크의 요새 사령관으로 있던 바로 그분 말인가요?"

"네, 그렇습니다."

부인은 그 말에 감동한 것 같았다.

"남의 일에 끼어들어 실례가 될지 모르지만" 부인은 더욱 상냥한 어조로 말했다. "나는 궁중에 자주 드나드는 사람이니까 무엇을 진정하려는 건지, 혹시 도와드릴 수 있을는지도 몰라요."

마리야 이바노브나는 일어나서 공손히 감사하다는 인사를 했다. 처음 만나는 이 귀부인에게 어쩐지 그녀는 마음이 끌리고 신뢰의 정이 솟아오르는 것이었다. 마리야 이바노브나는 주머니에서 차곡차곡 접은 종이를 꺼내어 그것을 초면의 보호자에게 내주었다. 부인은 말없이 읽기 시작했다.

처음에는 주의 깊게 동정 어린 표정으로 읽어 내려가던 부인의 낯빛이 갑자기 변했다. 부인의 표정을 지켜보고 있던 마리야 이바노브나는 조금 전까지만 해도 그렇게 상냥하고 다정스럽던 얼굴이 아주 엄한 표정으로 굳어 버린 것을 보고 놀랐다.

"당신은 그리뇨프의 일을 탄원하는 건가요?" 부인은 쌀쌀하게 말했다. "여왕께서도 그 사람만은 용서하지 않을 겁니다. 그 사람이 역적 편에 붙은 것은 무식하다거나 경솔하다거나 해서가 아니라 본디 양심이 없는 악질적인 인간이었으니까요."

"아니에요, 그건 잘못 아신 거예요!" 마리야 이바노브나는 소리쳤다.

"뭐가 아니란 말이지요?" 부인은 거친 목소리로 말을 받았다.

"그렇지 않아요. 정말 잘못 아셨어요! 제가 모든 걸 다 알고 있어요. 자세한 내막을 말씀드리지요. 그분이 지금 그렇게 된 건 모두 저 한 사람 때문이에요. 만일 그분이 재판을 받을 때 자기의 결백을 밝히지 않았다면 그건 오직 저를 사건에 끌어들이지 않으려는 생각에서였을 거예요."

여기서 그녀는 이미 독자들이 알고 있는 모든 사실을 열심히 설명했다.

부인은 귀를 기울이고 그녀의 얘기를 듣고 나서 물었다. "지금 어디 묵고 있지요?" 그녀는 안나 블라시예브나의 집에 묵고 있다는 대답을 듣고는 웃

음을 띠며 말했다. "아, 알겠어요! 그럼 안녕히. 여기서 우리가 만난 얘기는 아무한테도 하지 말아요. 당신의 진정서에 대한 회답은 아마 곧 받게 될 겁니다."

이렇게 말하며 부인은 일어나서 나뭇가지에 덮인 호젓한 공원길로 걸어 들어갔다. 마리야 이바노브나는 기쁜 기대를 가슴 가득히 안고 안나 블라시예브나의 집으로 돌아왔다.

주인 여자는 그녀에게 몇 마디 나무라는 말을 했다. 쌀쌀한 가을날 아침의 산책은 처녀의 건강에 해롭다는 것이었다. 그녀는 사모바르를 가져왔다. 차를 한 잔 마시는 동안에도 그녀는 무진장한 궁중 비화를 늘어놓기 시작했는데, 마침 그때 왕실 마차가 집 앞에서 멎더니 시종이 들어와서 여왕 폐하께서 미로노프 양을 부르신다는 분부를 전했다.

안나 블라시예브나는 소스라치게 놀라서 수선을 떨기 시작했다. "이걸 어쩌면 좋아!" 그녀는 소리쳤다. "여왕님께서 당신을 부르신대요. 어떻게 당신 얘길 아셨을까? 그런데 이러고 어떻게 여왕님 앞에 나선담? 아마 궁중의 걸음걸이가 어떤지도 모를 텐데……. 내가 당신을 데려가면 어떨까요? 그래도 내가 붙어 있으면 이것저것 눈치 있게 귀띔을 줄 수도 있을 거예요. 그리고 그렇게 여행 복장으로 들어갈 수야 있나? 산파네 집에 가서 노란빛 로브론(옛날 부인들의 나들이옷)이라도 가져오게 할까요?"

시종은, 폐하께서 마리야 이바노브나 혼자서 입고 있는 그대로의 복장으로 들어오라 하셨다고 전했다. 그렇다면 주저할 일은 없었다. 마리야 이바노브나는 마차에 올라타고 안나 블라시예브나의 충고와 축복을 받으며 궁중으로 향했다.

마리야 이바노브나는 우리 두 사람의 운명이 결정될 것이라 짐작하고 가슴이 두근거려 금방 숨이 막힐 지경이었다. 몇 분 뒤에 마차는 궁전 앞에 멈추어 섰다. 그녀는 울렁거리는 가슴을 안고 층계를 올라갔다. 눈앞의 커다란 문이 양쪽으로 열렸다. 그녀는 시종의 안내를 받으며 텅 빈 웅장한 방을 몇 개나 지나 들어갔다. 드디어 묵직이 닫힌 문 앞에 다다르자 시종은 안에 들어가서 아뢰고 나오겠다고 말하며 그녀를 혼자 남겨두고 들어가 버렸다. 이제 곧 여왕 폐하 어전에 나서게 된다는 두려움 때문에 그녀는 서 있는 것조차 어려울 지경이었다. 잠시 뒤 문이 열리며 그녀는 여왕의 화장실(化粧室)

로 들어갔다.

여왕은 화장대 앞에 앉아 있었다. 몇 사람의 시종들이 멀찍이 여왕을 에워싸고 있다가 마리야 이바노브나에게 공손히 길을 열어주었다. 여왕은 부드러운 얼굴로 그녀를 돌아보았다. 마리야 이바노브나는 그 얼굴을 보자, 아까 자기가 모든 것을 숨기지 않고 털어놓은 바로 그 귀부인이라는 것을 알았다. 여왕은 그녀를 가까이 불러 미소를 띠며 말씀하셨다. "나는 약속대로 그대의 소원을 풀어줄 수 있게 된 것을 기쁘게 생각합니다. 그대의 볼일은 다 끝났습니다. 나는 그대의 약혼자가 결백하다는 것을 믿습니다. 여기 이 편지는 앞으로 시아버님이 되실 분에게 직접 전해 주세요."

마리야 이바노브나는 떨리는 손으로 편지를 받고는 흐느껴 울며 여왕의 발밑에 엎드렸다. 여왕은 그녀를 일으켜 세워 입 맞춘 다음 그녀를 상대로 여러 가지 얘기를 하셨다. "나는 그대가 가난하다는 걸 알고 있습니다. 그러나 나는 미로노프 대위의 딸에게 갚아야 할 빚이 있습니다. 앞으로의 일은 하나도 염려하지 말아요. 필요한 건 내가 맡아서 마련해 줄 테니까."

여왕은 불행한 고아에게 위로의 말씀을 하신 다음 그녀를 물러가게 했다. 마리야 이바노브나는 들어갈 때와 같은 마차로 돌아왔다. 그녀가 돌아오기를 눈이 빠지게 기다리던 안나 블라시예브나는 그녀의 얼굴을 보기가 무섭게 질문을 퍼부었으나 그녀는 아무렇게나 몇 마디 대꾸해 주었다. 안나 블라시예브나는 그렇게도 기억력이 나쁘냐고 매우 못마땅하게 여겼으나 그것도 어수룩한 시골뜨기 처녀로서는 당연하다 생각하고 너그럽게 용서했다. 마리야 이바노브나는 페테르부르크를 한번 구경할 생각도 않고 그날로 다시 시골을 향해 떠났다.

표트르 안드레이치 그리뇨프의 수기는 여기서 끝을 맺고 있다. 그의 가문에 전해 내려오는 말에 따르면, 그는 1774년 말에 특사령에 의하여 석방되어 푸가초프를 처형하는 현장에도 참석했었는데, 푸가초프는 군중 속에서 그를 알아보고 1분 뒤면 숨이 끊어져 피투성이가 되어 사람들에게 전시될 그 머리를 흔들어 보였다고 한다.

그 뒤 표트르 안드레이치는 곧 마리야 이바노브나와 결혼했다. 그들의 자손은 지금도 심비르스크 현에서 행복하게 살고 있다. XXX로부터 30베르스타쯤 떨어진 곳에 열 사람의 지주들에게 속한 마을이 있다. 그곳 지주들의 외딴 채 가운데 한 곳에는 예카테리나 2세의 친필로 된 편지가 유리틀에 끼어 걸려 있다. 그것은 표트르 안드레이치의 아버지에게 보낸 것으로서 편지에는 그의 아들의 결백과 미로노프 대위의 딸의 총명과 고운 마음씨에 대한 칭찬의 말이 쓰여 있었다.

또한 표트르 안드레이치 그리뇨프의 수기는 그의 손자들 가운데 한 사람이, 우리가 자기 할아버지의 수기와 같은 시대에 관한 저술에 종사하고 있다는 것을 알고 제공해 준 것이다.

우리는 그의 일가친척들의 양해를 얻어 각 장의 첫머리에 적당한 제사(題詞)를 붙이고 약간의 고유명사를 임의로 변경하여 단행본으로서 출판하기로 한 것이다.

1836년 10월 19일

펴낸이

부록

제13장의 보유

이 부분은 원작자에 의해 삭제되었으나 결정판에 수록된 내용으로 인명에 약간의 차이가 있다. '그리뇨프'는 '불라닌', '주린'은 '그리뇨프' 등으로 되어 있다. —역주

우리는 볼가 강변에 접근해 가고 있었다. 우리 연대는 XX마을로 들어가 거기서 숙영하려고 행군을 정지했다. 촌장이 내게 보고한 바에 따르면 건너편 마을들은 모두 폭동에 가담하여 푸가초프의 무리들이 설치고 돌아다닌다는 것이었다. 이 정보는 내 마음을 몹시 소란케 했다. 우리는 내일 아침에 강을 건너야만 했다.

나는 초조한 마음에 사로잡혔다. 아버지의 마을이 강 건너 30베르스타 지점에 있었기 때문이다. 나는 뱃사공은 없느냐고 물었다.

이 고장 백성들은 모두 어부 노릇을 하고 있어서 조그만 어선은 얼마든지 있었다. 나는 주린(원문에는 '그리뇨프'로 되어 있으나 편의상 역자가 바꾸어 놓았음)에게 가서 내가 마음먹은 것을 밝혔다.

"경솔한 짓은 그만두게." 그가 말했다. "혼자서 가는 건 무모하기 짝이 없어. 내일 아침까지 기다리게. 우리 맨 먼저 강을 건너 자네 집을 방문하세. 만일의 경우를 생각해 경기병을 오십 명쯤 데리고 말이야."

나는 끝내 고집을 버리지 않았다. 나룻배가 준비되었다. 나는 두 사람의 뱃사공과 함께 배에 올라탔다. 그들은 닻줄을 걷어 올리고 노를 젓기 시작했다.

하늘은 훤하게 밝았다. 달이 빛나고 바람은 잔잔했다. 볼가강은 물결도 없이 고요히 흐르고 있었다. 배는 가볍게 흔들리며 어두운 강물을 헤치며 미끄러져 나갔다. 나는 여러 가지 공상에 빠져들었다. 반 시간쯤 지나자 우리는 강 한복판까지 나와 있었다. 갑자기 뱃사공들이 수군거리기 시작했다.

표류하는 교수대(카라진 작품)

"왜 그러는가?"

나는 정신을 차리고 물었다.

"저게 뭔지 통 짐작할 수가 없군요."

사공들은 한쪽을 바라보며 대답했다. 나도 그쪽으로 시선을 돌렸다. 어슴푸레한 어둠 속에 강물을 따라 흘러내려오는 어떤 물체가 눈에 들어왔다. 그 낯선 물체는 차차 가까워졌다. 나는 사공에게 배를 멈추고 이쪽으로 떠내려올 때까지 기다리라고 했다. 달이 구름에 가려졌다. 떠내려오던 물체는 더욱 검게 흐려져 버렸다. 이미 눈앞까지 왔는데도 나는 여전히 정체를 파악할 수 없었다.

"도대체 무얼까?" 사공들이 말했다. "돛이라 보면 돛도 아니고 돛대라고 보면 돛대도 아닌데."

순간 달이 구름 속에서 빠져나와 무시무시한 구경거리를 비췄다. 이쪽으로 떠내려 오는 것은 뗏목 위에 단단히 세워 놓은 교수대였던 것이다. 세 개의 시체가 들보에 매달려 있었다. 나는 병적인 호기심에 사로잡혀 처형된 사람들의 얼굴을 한 번 보고 싶은 생각이 들었다.

내 명령에 따라 사공들이 갈고리를 뗏목에 걸었기 때문에 배는 떠 있는 교수대에 부딪쳤다. 나는 뗏목으로 뛰어올라 무서운 두 기둥 사이에 섰다. 밝은 달이 불행한 인간들의 흉한 얼굴을 비춰주었다. 한 사람은 늙은 추바시인이었고 다음은 몸집이 탄탄한 스무 살가량의 젊은 러시아 농부였다. 세 번째 시체에 시선을 옮긴 순간 나는 너무나 놀라 비명이 새어나오는 것을 억누를 수 없었다. 그것은 바니카였다. 천성이 우둔했기 때문에 푸가초프에게 가담했던 그 불쌍한 바니카였던 것이다. 그들의 머리 위에 박혀 있는 검은 판자에는 흰 글씨로 커다랗게 '도적과 폭도'라고 쓰여 있었다. 사공들은 태연한 표정으로 그것을 바라보며 갈고리를 뗏목에 건 채 나를 기다리고 있었다. 나는 배에 옮겨 탔다. 뗏목은 하류로 떠내려갔다. 교수대는 한참 동안 어둠 속에서 검게 보였다. 이윽고 그것도 보이지 않게 되었을 때 배는 높고 험한 강변에 닿았다.

나는 사공들에게 넉넉히 뱃삯을 주었다. 그랬더니 그중 하나가 나를 나루터 근처에 있는 마을 촌장네 집으로 안내해 주겠다고 나섰다. 나는 그와 함께 어떤 농부의 집으로 들어갔다. 촌장은 내가 말을 구한다는 얘기를 듣고 무척 무뚝뚝한 태도를 보였으나, 나의 길잡이가 몇 마디 귀에 대고 소곤거리자 그 인정머리 없는 태도가 돌변하더니 급히 서둘러 나의 부탁을 들어주었다. 눈 깜짝할 사이에 트로이카의 준비가 되었다. 나는 마차에 올라타고 고향 마을로 가자고 했다.

나는 큰길을 따라 잠든 마을들을 스치며 마차를 몰았다. 도중에 혹시 정지당하지나 않을까 하는 한 가지만이 염려되었다. 볼가강 위에서 만난 교수대는 폭도들의 존재를 증명하는 것이었으며, 동시에 그것은 정부군의 강력한 대항을 말하는 것이기 때문이었다. 만일의 경우를 생각하여 나는 푸가초프가 내준 통행증과 주린 대령(원문에서는 소령으로 되어 있음)의 명령서를 주머니 속에 간직하고 있었다. 그러나 나는 아무와도 만나지 않았고 날이 샐 무렵에는 고향 마을 앞을 흐르는 개울과 전나무 숲을 멀리 바라보았다.

마부는 채찍을 휘둘렀고 그래서 15분 뒤에는 XX마을로 들어갔다. 지주의 저택은 마을 저쪽 끝에 있었다. 말들은 전속력으로 달렸다. 갑자기 한길 가운데서 마부가 말고삐를 당기기 시작했다.

"왜 그러는 거야?"

나는 초조하게 물었다.

"검문소입니다, 나리."

마부는 날뛰는 말들을 겨우 세우며 대답했다.

과연 그곳에는 통나무로 길을 막아 놓고 기다란 장대를 손에 든 보초가 서 있었다. 보초를 섰던 농부가 내게 다가오더니 신분증을 보여 달라고 하며 모자를 벗었다.

"이건 뭐야?" 나는 물었다. "왜 이런데 길을 막아 놨어? 자넨 누구를 지키고 있는 거야?"

"나리, 실은 저희가 폭동을 일으키고 있는 겁니다." 그는 머리를 긁적거리며 대답했다.

"그럼 너희 주인어른은 어디 계시냐?" 나는 가슴이 철렁 내려앉는 것을 느끼며 물었다.

"우리 주인 양반이 어디 있냐고요?" 농부는 내 물음을 되풀이했다. "우리 주인 양반은 곳간에 들어가 있지요."

"곳간이라니?"

"마을 서기(書記)인 안드루시카가 가둬 놓았답니다. 게다가 철쇄까지 발에 채워서요. 폐하한테 끌고 가겠다는 거죠."

"뭐라고! 길을 열어라, 망할 자식아! 무얼 우물쭈물하고 있어?"

보초는 움찔하고 물러섰다. 나는 마차에서 내려 그의 귀퉁이를 한 대 갈기고(미안하게 됐다), 내 손으로 통나무를 치웠다. 농부는 어리둥절해서 나를 바라보고만 있었다. 나는 다시 마차에 올라타고 지주의 저택으로 달리라고 명령했다. 곳간은 저택 안에 있었다. 닫힌 곳간 문 앞에는 두 사람의 농부가 역시 장대를 가지고 서 있었다. 마차는 곧바로 그들의 코앞에 가서 멎었다. 나는 마차에서 뛰어내리기가 무섭게 그들에게 달려들며 고함쳤다.

"문을 열어!"

아마도 나의 호통이 무시무시했던지 그들은 장대를 던지고 도망쳐 버렸다. 나는 자물쇠를 열어 보려다가 여의치 않아서 문짝을 부셔 보려 했으나 커다란 자물쇠는 꼼짝 하지 않았고 문은 튼튼한 참나무였다. 그때 머슴의 집에서 젊은 농부가 나오더니 몹시 건방진 태도로 어째서 야단이냐고 꾸짖었다.

"마을 서기 안드루시카는 어디 있어?" 나는 버럭 소리를 질렀다. "그놈을 이리 불러와."

"내가 바로 안드레이 아파나 시예비치야. 안드루시카(안드레이의 비칭(卑稱))가 아니란 말이야." 그는 거만하게 두 손을 허리에 얹으며 대답했다. "그래 왜 찾는 건가?"

대답 대신 나는 그의 목덜미를 움켜쥐고 곳간 문으로 끌고 가서 문을 열라고 명령했다. 서기는 말을 듣지 않으려 했으나 아버지 같은 자애로운 체벌(지주의 농노에 대한 체벌)이 이놈에게도 효과가 있었다. 그는 열쇠를 꺼내 곳간 문을 열었다. 나는 단숨에 안으로 달려 들어갔다. 지붕에 뚫린 조그만 구멍으로부터 흘러들어온 빛이 희미하게 비친 한쪽 구석에 아버지와 어머니의 모습이 보였다. 두 분 모두 손을 묶이고 발에는 철쇄가 채워져 있었다. 나는 달려가서 두 분을 끌어안았으나 한 마디도 말을 못했다. 두 분은 눈이 둥그레져서 나를 바라보고만 있었다. 군대생활 3년은 나를 부모가 알아보지 못하도록 변모케 한 것이었다. 순간 나는 귀에 익은 가련한 목소리를 들었다.

"표트르 안드레이치! 당신이 오셨군요!" 나는 소리 나는 쪽을 돌아보았다. 저쪽 구석에 역시 손발이 묶인 마리야 이바노브나가 있는 것을 발견했다. 나는 망두석처럼 선 채 움직이지 못했다.

아버지는 꿈인지 생시인지 의심하는 표정으로 말없이 나를 바라보았으나, 그의 얼굴에는 곧 희색이 넘쳤다.

"아아, 네가 페트루샤로구나!" 아버지는 나를 가슴에 끌어안으며 말했다. "죽기 전에 너를 만나다니 이렇게 고마울 데가 어디 있겠니!"

"페트루샤야, 내 소중한 페트루샤야!" 어머니가 입을 열었다. "어떻게 이렇게 돌아왔니? 몸은 괜찮니?"

나는 얼른 칼을 뽑아 포승을 끊고 세 사람을 밖으로 끌어내려 했다. 그러나 곳간 문에 가보니 그것은 다시 굳게 닫혀 있었다.

"안드루시카!" 나는 외쳤다. "문을 열어!"

"흥, 누구 맘대로!" 문 밖에서 서기가 대답했다. "너도 거기 앉아 있어! 공연히 날뛰거나 폐하의 관리의 목덜미를 붙잡고 끌고다니면 어떤 보답을 받는지 이제 맛을 좀 봐라!"

나는 어떻게 빠져나갈 방법이 없을까 하고 곳간 속을 둘러보았다.

"뭐 그럴 거 없다." 아버지는 내게 말했다. "나는 도둑놈처럼 남몰래 자기 곳간에 드나들 그따위 주인이 아니다."

어머니는 나의 출현에 기뻐한 것도 순식간의 일이고 이제는 나까지 집안 식구들의 비극에 끼어든 것을 보자 절망에 빠지고 말았다. 그러나 나는 부모님과 마리야 이바노브나를 만나게 되면서부터는 전보다 오히려 침착해졌다. 내게는 장검과 권총 두 자루가 있다. 아직 얼마 동안 포위를 견디어 낼 수 있을 것이다. 그리고 저녁때가 되면 주린이 우리를 구출할 것이 아닌가. 나는 이러한 얘기를 부모님께 하고 어머니를 진정시킬 수 있었다. 그리하여 그들은 다시 만남의 기쁨에 젖어들었다.

"그런데 표트르야." 아버지가 입을 열었다. "네가 여러 가지 못된 짓을 해서 실은 나도 꽤 화가 났었다. 그러나 이미 지나간 일을 들출 필요는 없지. 이제는 너도 정신을 차리고 착실한 인간이 될 줄 믿는다. 네가 명예로운 장교로서 훌륭히 근무했다는 건 나도 알고 있어 고맙다. 이 늙은 아비의 마음을 기쁘게 해주었다. 만일 너에게 구출된다면 내 남은 생애는 갑절이나 즐거울 거야."

나는 눈물을 흘리며 아버지 손에 입을 맞춘 뒤 마리야 이바노브나를 바라보았다. 그녀는 나와 함께 있는 것이 무척 기뻤던지 완전히 행복에 취해 있는 것 같았다.

정오쯤 우리는 심상치 않은 소음과 고함 소리를 들었다.

"저건 뭘까?" 아버지가 말했다. "네가 말한 대령이 벌써 온 건 아닐까?"

"그럴 리는 없는데요." 나는 대답했다. "저녁때가 되기 전엔 오지 못할 겁니다."

소음은 더욱 커졌다. 경종이 울렸다. 말을 탄 사람들이 뜰 안으로 들어왔다. 그때 벽 틈새로 사벨리치의 흰머리가 보이더니 가엾은 늙은이의 비통한 목소리가 들려왔다. "안드레이 페트로비치! 표트르 안드레이치 도련님! 마리야 이바노브나 아가씨! 큰일 났습니다! 악당 놈들이 마을에 들어왔어요! 그런데 말입니다, 표트르 안드레이치, 누가 그놈들을 끌고 왔는지 아십니까? 시바브린입니다. 그 알렉세이 이바니치 말이에요. 그 망할 놈의 자식이!"

이 저주받을 이름을 듣자 마리야 이바노브나는 두 손을 합장한 채 못 박힌 듯이 자리에 서 버렸다.

"이것 봐." 나는 사벨리치에게 말했다. "누구든지 말을 태워 나루터에 보내게. 가서 빨리 기병연대를 데려오란 말이야. 대령님께 우리가 위급하다고 전하게."

"그러나 도련님, 누굴 보냅니까? 머슴 놈들은 모두 악당들 편이고 말은 다 빼앗겨서 한 마리도 없어요. 아아! 벌써 대문 안에 들어왔습니다! 곳간으로 옵니다요!"

그러자 곳간 문 밖에서 몇 사람의 소리가 들렸다. 나는 어머니와 마리야 이바노브나에게 한쪽 구석으로 물러가 있으라고 손짓하고는 장검을 빼들고 문 옆에 붙어 섰다. 아버지는 권총의 공이치기를 올리고 양손에 한 자루씩 쥐고 내 옆에 섰다. 자물쇠가 찰칵 소리를 내고 문이 열리더니 서기의 머리가 나타났다. 나는 장검을 내리쳤다. 그는 문간에 가로 나자빠졌다. 그와 때를 같이하여 아버지는 문 밖으로 권총을 쏘았다. 우리를 포위하고 있던 무리들은 욕지거리를 퍼부으며 흩어져 달아났다. 나는 부상자를 문턱에서 끌어내고 문을 닫았다.

"무서워할 건 없어요." 어머니와 마리야 이바노브나에게 말했다. "아직 살아날 방법은 있으니까요. 그리고 아버지, 이젠 쏘지 마십시오. 마지막 총알을 아낍시다."

어머니는 잠자코 기도만 올리고 있었다. 마리야 이바노브나는 천사처럼 평온한 표정으로 자기 운명의 결정을 기다리며 그 옆에 서 있었다. 문 밖에서는 공갈과 욕설과 저주의 소리가 들려왔다. 나는 다시 문 옆에 붙어 서서 제일 먼저 덤벼드는 놈을 내리칠 자세를 취하고 있었다. 갑자기 악당들은 잠잠해졌다. 내 이름을 부르는 시바브린의 목소리가 들렸다.

"여기 있다. 왜 부르느냐."

"항복해라, 그리뇨프(원문에는 '불라닌'으로 되어 있음), 반항해 봐야 소용없다. 늙은이들 생각을 좀 해 봐. 고집은 너를 구하는 것이 아니야. 그러다간 따끔한 맛을 볼 거다!"

"어서 덤벼라, 이 역적 놈아!"

"내가 어리석게 거기에 대가릴 들이밀 줄 알았느냐. 나는 또한 부하의 목숨도 아낄 줄 아는 인간이야. 곳간에 불이나 질러 놓고 벨로고르스크의 돈키호테인 네놈이 어떻게 하는지 멀찍이 서서 구경이나 하마. 그러나 마침 점심시간이니까 그사이 거기 앉아 잘 생각해 봐라. 그럼 이따가 오마! 마리야 이바노브나, 당신한테는 조금도 안됐다는 생각이 없소. 어두컴컴한 데서 기사와 함께 있으니 적적하진 않을 테니까요."

시바브린은 곳간에 감시병을 남겨 놓고 가버렸다. 우리는 모두 입을 다물고 있었다. 누구나 자기 혼자만의 생각에 잠겨 있었고 또 그것을 말할 기력도 없었다. 나는 복수심에 불타는 시바브린이 취할 온갖 보복적 행동을 머릿속에 그려 보았다. 나 자신이 어떻게 될 것인가에 대해서는 거의 생각지 않았다. 솔직히 말한다면 부모의 운명조차 마리야 이바노브나의 운명에 대한 것만큼 나를 전율케 하지는 못했던 것이다. 나는 어머니가 마을의 농부들이나 집안의 하인들에게 사랑을 받고 있다는 것을 알고 있었다. 또한 아버지도 엄격하긴 했으나 본디 공평하고 자기에게 예속되어 있는 마을 사람들의 곤란한 점을 잘 알아주었기 때문에 역시 존경과 사랑을 받고 있었다. 그들의 폭동은 단지 줏대 없이 남의 의견에 따라 움직인 것이며 결코 분노의 표현은 아니었다. 따라서 아버지나 어머니는 용서를 받고 목숨을 건질 수 있을 것이다. 그러나 마리야 이바노브나는 어떤가? 음탕하고도 파렴치한 시바브린은 그녀를 어떻게 하려는 것일까! 나는 이 무서운 생각에 오래 잠겨 있을 수 없었다. 또다시 그녀가 흉악한 적의 손안에 들어가는 것을 보기보다는 차라리 눈을 감고(하느님 용서하소서) 내 손으로 그녀를 죽여 버리리라 각오했다.

다시 한 시간쯤 지났다. 마을에서는 주정꾼들의 노랫소리가 들려왔다. 우리를 감시하고 있는 자들은 그것이 부러웠던지 공연히 우리에게 욕설을 퍼부으며, 고문을 하겠다느니 죽여 버리겠다느니 하며 으르렁거렸다. 우리는 시바브린의 공갈이 어떤 행동으로 나타날 것인지 그것을 기다리고 있었다. 마침내 뜰 안이 왁자지껄하더니 다시 시바브린의 목소리가 들려왔다.

"어때 결심했느냐? 자진해서 내 앞에 항복하겠지?"

아무도 그 말에 대꾸하지 않았다. 잠시 기다려 보고 나서 시바브린은 짚을 가져오라 명령했다. 몇 분 뒤에 불길이 일어나며 불빛이 어두운 곳간을 밝게 비쳤다. 연기가 문틈으로 흘러들어오기 시작했다. 그러자 마리야 이바노브나가 내 옆으로 다가와서 손을 잡으며 나직한 목소리로 말했다.

"이젠 안 되겠어요, 표트르 안드레이치! 저 때문에 당신과 부모님을 희생시킬 순 없지 않아요? 저를 밖으로 내보내 주세요. 시바브린도 제 말은 들어줄 거예요."

"뭐라고?" 나는 불끈 화를 내며 외쳤다. "무엇이 당신을 기다리고 있는지 알고 그런 말을 하는 거요?"

"욕을 보게 될 때까지 살아 있진 않겠어요." 그녀는 태연하게 대답했다. "그 대신 저는 생명의 은인인 당신과 가련한 이 고아를 이처럼 돌봐주신 부모님을 구할 수 있을지도 몰라요. 부디 안녕히 계십시오, 안드레이 페트로비치! 안녕히 계십시오, 아브도차 바실리예브나. 두 분께서는 저에게 은인 이상의 분이었어요. 저를 축복해 주세요. 그럼 표트르 안드레이치, 당신도 안녕히! 그리고 이것만은 믿어 주세요. 저는…… 저는……."

여기서 그녀는 울음을 터뜨리고 두 손으로 얼굴을 가려 버렸다. 나는 미친 사람이나 다름없었다. 어머니도 흐느끼고 있었다.

"알았어, 마리야 이바노브나, 이젠 그런 소리 그만둬라." 아버지가 입을 열었다. "누가 너만 비적놈들에게 내줄 줄 알았느냐! 자, 아무 말 말고 여기 앉아 있어라. 뭐 죽게 되면 함께 죽어야지. 밖에서 또 뭐라고 지껄이는구나, 들어 보렴!"

"끝내 항복하지 않겠느냐?" 시바브린이 고함쳤다. "불이 안 보이냐? 5분도 안 가서 까맣게 타버릴 거다."

"개수작 말라, 이 악당 놈들아!" 아버지가 단호하게 대답했다. 주름투성이인 아버지의 얼굴은 이상할 만큼 생기가 돌았고 두 눈은 흰 눈썹 밑에서 무섭게 광채를 내고 있었다. 그리고 아버지는 나를 돌아보며 말했다. "자, 이젠 밖으로 나가자!"

아버지는 문을 열었다. 불길이 확 몰려 들어와서 마른 이끼로 틈새를 막은 통나무 벽을 핥으며 타올라 갔다. 아버지는 권총을 발사하고 문턱을 넘어가며 외쳤다. "뒤를 따르라!"

나는 어머니와 마리야 이바노보의 손을 잡고 재빨리 밖으로 끌어냈다. 곳간 문 안에는 시바브린이 쓰러져 있었다. 아버지의 늙은 손으로 사격한 탄환이 명중한 것이었다. 우리의 불의의 출격에 놀라 도망치던 폭도들은 즉시 기세를 회복하여 우리를 포위하기 시작했다. 나는 다시 몇 놈을 칼로 내리쳤으나 놈들이 던진 벽돌장이 가슴 한가운데 명중했다. 나는 순간 정신을 잃고 쓰러져 버렸다. 정신이 들어보니 피투성이가 된 풀 위에 시바브린이 앉아 있었고, 그 앞에 우리 집안 식구가 끌려 나와 있었다. 나는 양손이 결박되어 있었다. 농부들과 카자크들, 그리고 바시키르인들이 떼를 지어 우리를 에워싸고 있었다. 시바브린의 얼굴은 종잇장처럼 창백했다. 그는 한 손을 겨드랑

밑 상처에 갖다 대고 있었다. 얼굴에는 고통과 증오가 뒤섞여 나타났다. 그는 천천히 얼굴을 들고 나를 흘끔 쳐다보더니 숨이 끊어지는 것같이 똑똑치 못한 목소리로 말했다.

"이놈을 목매달아라. 그리고 딴 놈들도…… 처녀만 빼놓고……."

말이 떨어지기 무섭게 악당들은 우리에게 덤벼들어 마구 고함을 치며 대문 쪽으로 끌고 갔다. 그러나 갑자기 그들은 우리를 팽개쳐 두고 앞다투어 도망쳐 버렸다. 때마침 주린이 칼을 빼 든 기병중대를 이끌고 대문 안으로 달려들어왔던 것이다.

폭도들은 혼비백산하여 사방으로 도망쳤다. 기병들은 뒤를 쫓아가며 칼로 베고 사로잡았다. 주린이 말에서 내려 아버지와 어머니에게 인사하고 나서 내 손을 굳게 잡았다.

"마침 잘 왔군!" 그는 우리에게 말했다. "아, 자네 약혼자도 여기 있었나!"

마리야 이바노브나는 귀까지 새빨개졌다.

아버지는 주린에게 가까이 가서 감개 어린, 그러나 침착한 태도로 감사하다는 말을 했다. 어머니는 그를 구원의 천사라고 부르며 포옹했다.

"자, 어서 집으로 들어갑시다."

아버지는 이렇게 말하고 그를 집으로 안내했다.

시바브린의 곁을 지나칠 때 주린은 발을 멈추었다. "이건 누굽니까?" 그는 부상자를 바라보며 물었다.

"이놈이 바로 폭도의 대장격인 인물이지요." 아버지는 늙은 군인 특유의 어떤 자랑을 가지고 대답했다. "하느님이 내 늙은 손을 도와주셔서 이 젊은 악당에게 벌을 주고 또 아들놈이 흘린 피의 복수까지 겸해서 하게 하신 겁니다."

"이놈이 시바브린입니다." 나는 주린에게 말했다.

"시바브린이라니! 이건 참 희한하군. 자, 기병들, 이놈을 데려가라! 군의관한테 상처에 붕대를 잘 감고 조심스럽게 치료하라고 하란 말이야. 시바브린은 카잔의 비밀 위원회에 보내야 할 거야. 이놈은 우두머리 축에 낄 놈이고 따라서 그 진술은 중요할 테니까!"

시바브린은 흐리멍덩한 눈을 떴다. 그 얼굴에는 육체의 고통 말고는 아무것도 나타나지 않았다. 기병들이 그를 들것에 싣고 갔다.

우리는 집 안으로 들어갔다. 나는 소년 시절을 회상하며 설레는 가슴으로 주위를 둘러보았다. 집안은 무엇 하나 달라진 데가 없었고 모든 것이 옛날 그대로였다. 시바브린은 자신이 타락은 했어도 치사스러운 탐욕을 미워하는 마음만은 그래도 잃지 않았던지 가재도구의 약탈은 허락하지 않았던 것이다. 하인들이 문간방에 나왔다. 그들은 폭동에 가담하지 않았으므로 우리가 구출된 것을 진심으로 기뻐했다. 사벨리치는 몹시 우쭐거렸다. 하기는 그것도 당연했다. 폭도들이 습격해 와서 한참 소란할 때 그는 마구간에 달려가서 거기 매놓은 시바브린의 말에 안장을 올려놓고 슬쩍 끌어내어, 때마침 혼란한 틈을 타서 나루터로 달려갔던 것이다. 그는 이미 볼가강을 건너 와서 휴식하고 있는 연대를 만났다. 주린은 그에게서 우리의 위급을 알고 즉각 승마를 명하여 "구보로 갓!" 호령과 함께 다행히도 위기일발인 순간에 달려온 것이었다.

기병들은 몇 놈의 포로를 끌고 추격에서 돌아왔다. 포로들은 우리가 그들의 포위를 끝까지 견뎌낸 바로 그 곳간에 갇혔다.

주린은 마을 서기의 목을 선술집 옆에 있는 장대에 몇 시간 동안 매달아 놓게 했다.

우리는 저마다 자기 방으로 들어갔다. 노인들에게 휴식이 필요했기 때문이다. 간밤에 한잠도 자지 못한 나는 침대에 몸을 던지자 깊이 잠들어 버렸다. 주린은 부하들에게 지시하러 밖으로 나갔다.

그날 저녁 우리는 응접실에서 사모바르를 가운데 놓고 모여 앉아서 지나가 버린 위험과 고난을 즐겁게 얘기했다. 마리야 이바노브나가 차를 따랐다. 나는 그 옆에 나란히 앉아 오직 그녀에게만 마음이 쏠려 있었다. 부모님은 우리의 다정한 모양을 흡족한 눈으로 보는 것 같았다. 그 날 저녁은 지금도 내 기억 속에 생생하게 남아 있다. 나는 행복했다. 더없이 행복했다. 가련한 인간의 생애에 이와 같은 순간이 과연 몇 번이나 있겠는가?

이튿날 아버지는 마을의 농부들이 용서를 빌러 뜰 안에 와 있다는 연락을 받고 현관 층계에 나갔다. 아버지가 나타나자 농부들은 무릎을 꿇었다.

"어떻게 된 거냐, 이 바보 같은 녀석들아." 아버지는 그들에게 말했다. "어째서 폭동을 일으킬 생각이 났느냐 말이야?"

"잘못했습니다, 나리님." 그들은 입을 모아 대답했다.

"그렇지, 잘못했지. 공연히 날뛰어 봐야 너희 자신도 별로 즐거운 일이 없을 거야! 하느님께서 내 아들 표트르 안드레이치를 만나게 해주신 기쁨으로 이번만은 용서한다. 음, 좋아. 뉘우친 목엔 칼도 들어가지 않는다는 말이 있으니까."

"미안합니다! 정말 미안하게 됐습니다."

"요즘은 날씨가 좋아서 건초를 베기 알맞은 시기인데 너희는 바보같이 요즘 사흘 동안 뭘 했느냐 말이야? 촌장! 한 놈도 빼놓지 말고 풀베기에 내보내게! 그리고 단단히 정신을 차려서 이반의 축일(6월 14일)까지엔 우리집 건초를 완전히 쌓아 올리도록 하게! 이젠 돌아들 가라!"

농부들은 절을 꾸벅하고 나서 아무 일도 없었다는 듯이 일을 하러 나갔다.

시바브린의 상처는 치명적인 것이 아니었다. 그는 카잔으로 호송되어 갔다. 나는 창밖으로 그가 마차에 오르는 것을 보았다. 우리는 시선이 마주쳤다. 그는 얼굴을 숙여 버렸고 나는 흠 칫하여 창에서 물러섰다. 적의 굴욕과 불행에 대해 자랑스러운 태도를 보이고 싶지 않았기 때문이다.

주린은 다시 전진해야만 했다. 나는 며칠 동안 가족들과 함께 지내고 싶은 마음이 간절했지만 역시 그를 따라 출발하기로 했다. 떠나기 전날 밤 나는 부모님께 가서, 그 당시의 습관에 따라 발밑에 엎드려 마리야 이바노브나와의 결혼을 축복해 달라고 빌었다. 노인들은 나를 안아 일으키고 기쁨의 눈물을 흘리며 동의했다. 나는 파랗게 되어 몸을 떨고 있는 마리야 이바노브나를 부모님 앞에 데려갔다. 우리는 부모의 축복을 받았다. 그때 내가 무엇을 느꼈는지 그것은 여기 기술하지 않겠다. 쓰지 않더라도 내 처지에 있던 경험이 있는 사람이라면 그때의 기분을 알 수 있을 것이기 때문이다. 또한 그런 경험이 없는 사람에게는 동정을 금할 수 없으며, 따라서 때를 놓치지 말고 어서 연애를 해서 부모의 축복을 받으라고 충고하는 수밖엔 없다.

이튿날 연대는 집결했다. 주린은 집안 식구들에게 작별 인사를 했다. 우리는 토벌 작전이 곧 끝나리라 믿고 있었고, 따라서 나는 한 달 뒤엔 결혼식을 올릴 수 있으리라 기대하고 있었다. 마리야 이바노브나는 헤어질 때 여러 사람 앞에서 내게 입을 맞추었다. 나는 말에 올라탔다. 사벨리치는 또다시 나를 따라나섰다. 그리하여 연대는 출발했다. 나는 다시금 뒤에 남겨 두고 온 마을의 우리집을 언제까지나 멀리서 돌아보았다. 불길한 예감이 내 마음을 소란케 했다. 누군가 나에게, 모든 불행이 나로부터 영영 떠나버린 것은 아니라고 속삭이는 것이었다. 나의 가슴은 새로운 폭풍을 예상하고 있었다.

우리의 행군과 푸가초프 반란의 종결에 대해서는 상세하게 기술하지 않겠다. 우리는 푸가초프에게 짓밟힌 촌락들을 통과하며, 가난한 주민들로부터 비적들이 미처 긁어 가지 못한 식량을 부득이 징발할 수밖에 없었다.

백성들은 누구에게 복종해야 할지 갈피를 잡지 못했다. 가는 곳마다 행정은 무질서 상태에 있었고 따라서 지주들은 숲 속에 몸을 숨기고 있었다. 비적 떼들은 곳곳에서 못된 짓을 하고 돌아다녔다. 그때 이미 아스트라한을 향하여 패주하고 있던 푸가초프를 추격하려고 파견된 여러 부대의 지휘관들은, 죄가 있고 없고를 가리지 않고 사람들을 제멋대로 처형했다. 전쟁의 불길이 휩쓸고 지나간 지방 일대의 상처는 처참하기 짝이 없었다……. 이처럼 어리석고 무자비한 러시아의 폭동을, 신이여, 다시는 우리에게 보여주지 마시옵소서! 우리나라에서 불가능한 혁명을 시도하는 인간들은, 우리 국민을 잘 알지 못하는 젊은 사람들이거나, 그렇지 않으면 자기 목숨은 1코페이카, 타인의 목숨은 4분의 1코페이카쯤으로 생각하는 잔인한 도배들뿐이다."

푸가초프는 이반 이바노비치 미헬리손의 추격을 받으며 달아나고 있었다. 얼마 뒤에 우리는 그가 완전히 패망했다는 것을 알게 되었다. 마침내 주린은 자기의 상관인 장군으로부터 자칭 황제가 체포되었다는 통지와 함께 군사 행동 정지명령을 받았다. 이제는 나도 고향으로 돌아갈 수 있게 된 것이다. 나는 기뻐서 어찌할 바를 몰랐다. 그러나 한편으로는 그 어떤 이상한 감정이 나의 기쁨에 검은 그림자를 던지는 것이었다.

Пи́ковая дама

스페이드 여왕

스페이드 여왕

스페이드 여왕은 비밀스런 악의를 뜻한다.
최신판 카드점서*

1

날씨가 궂은 날에는
자주
사람들이 모여
오십에서
백으로 배를 걸고
따고 잃고 하는 걸
분필로 기록하며
노름을 했다—신이여, 이들을 눈감아주소서!
날씨가 궂은 날에는
다들 그렇게
소일했었지.

어느 날 근위 사관 나루모프의 집에서 카드놀이가 벌어졌다. 기나긴 겨울밤은 어느덧 깊어 가고 밤참을 먹으려 모여 앉았을 때는 새벽 다섯 시였다. 노름에서 돈을 딴 이들은 맛있게 먹어치웠지만, 다른 사람들은 빈 접시를 앞에 놓고 멍하니 앉아 있었다. 그러나 샴페인이 나오자 대화는 다시 활기를 띠었고, 모두들 거기에 끼어들었다.

"좀 땄나, 수린?" 주인이 물었다.

---

* 1828년 9월 1일 시인 뱌젬스키에게 보낸 편지에서 푸시킨은 이 제사의 필자가 자신임을 밝히고 있다.

"잃었어, 내가 언제 딴 적이 있나. 사실 말이지, 난 운이 없는 모양이야. 미란돌(카드놀이의 일종. 두 장의 카드에 소액의 돈을 걸고 이기면 두 배의 돈을 가진다)을 할 때 절대로 흥분하지 않고 정신을 바짝 차리는데도 따는 적이 없으니."

"자넨 한 번도 말려들진 않았지? 또 한 패에다 판돈을 연이어 걸지도 않았겠고? …… 그런 자네 고집엔 놀랄 지경이야."

"게르만 좀 보라고!" 손님 중의 하나가 젊은 공병 사관을 가리키면서 말했다. "태어나서 이때까지 카드 한번 손에 잡지 않고 파롤리(돈을 두 배 거는 노름) 한번 해 본 적 없으면서, 다섯 시까지 꼬박 우리 옆에 앉아서 구경만 하고 있잖아!"

"노름을 무척 좋아해." 게르만이 말했다. "그렇지만 여분의 돈을 따려고 꼭 필요한 돈을 희생할 만한 처지는 못 되지."

"게르만은 독일인이잖아. 그래서 계산이 정확한 거야. 그뿐이지!" 톰스키가 말했다. "하지만 내가 이해할 수 없는 사람이 있는데, 바로 나의 할머님 안나 페도토브나 백작부인이지."

"뭐라고? 누구라고?" 손님들이 외쳤다.

"정말 이해할 수 없어." 톰스키는 말을 이었다. "어떻게 해서 할머님이 노름을 하시지 않는지 말이야!"

"아니 그게 뭐 이상한가?" 나루모프가 말했다. "여든이나 된 노인이 노름을 하지 않는 게 말이야?"

"그럼 자넨 우리 할머님에 대해 아무것도 모르나?"

"전혀! 정말 아무것도 모르네!"

"그래, 그렇다면 내 말을 잘 들어보게. 먼저 알아두어야 할 건 말이야, 지금부터 약 육십 년 전에 우리 할머님이 파리에 가셨는데, 거기서 인기가 대단했었다는 사실이야. 사람들이 '모스크바의 비너스'를 보려고 쫓아다녔다고 들 해. 리슐리에까지도 홀딱 반했었다는데, 할머님 말씀으론, 당신의 냉정한 태도 때문에 그가 권총 자살까지 할 뻔했다는군. 그 무렵의 귀부인들은 파라온(카드 도박의 일종)을 즐겼다고 해. 하루는 할머님께서 궁중에서 오를레앙의 공작과 구두 약속으로 노름을 해서 엄청난 액수를 잃었다는 거야. 집에 돌아온 할머님은 얼굴에 붙인 점을 떼고 둥근 통치마를 벗으면서, 할아버님께 노름에 진 것을 애기하고 진 돈을 갚으라고 하셨지.

내가 기억하기로는 돌아가신 할아버님은 마치 할머님의 집사 같았어. 당신은 할머님을 불처럼 무서워하셨지. 하지만 할머님이 그렇게 엄청난 돈을 잃었다는 말씀을 들으시고는 화가 바짝 나셔서 주판을 가져와서는, 반년 동안에 당신이 오십만 루블씩이나 썼다는 것과, 파리 교외에는 모스크바 근교나 사라토프 현에 있는 영지 같은 것은 없다는 걸 할머님에게 말씀하시고는 돈의 지불을 딱 잘라 거절하셨다네. 할머님은 할아버지의 뺨을 때리고는 화가 났다는 표시로 그날 밤에 혼자 주무셨다는 거야.

다음날도 할아버진 요지부동이셨어. 생전 처음으로 할머님은 남편에게 변명도 해보고 해명도 해 보았지. 매우 공손하게 빚도 빚 나름이라느니, 공작과 마차꾼과는 다르다느니 하며 그를 설득하려고 했던 거야. 그런데 웬걸! 할아버지는 화를 버럭 내셨어. 할머님은 어찌할 바를 모르셨지.

당신은 아주 유명한 어떤 인사와 가깝게 지내셨네. 자네들도 생제르맹 백작(1750년대 파리 상류 사회의 유명 인사로서 1784년에 사망)에 대해 들어봤을 거네. 이분에 대해서는 이상한 소문들이 많았지. 다들 알고 있겠지만, 그는 영원한 유태인을 자처하고 불로불사약이니 현자의 돌이니 하는 따위의 발명자를 자처했지. 사람들은 그를 협잡꾼이라고 비웃었고, 카사노바는 자신의 회고록에서 그가 밀정이었다고 했지. 그렇지만, 생제르맹은 그의 이런 불가사의한 점들에도 불구하고 단정한 용모를 지녔던지라 사교계에서도 인기가 좋았네. 할머님은 지금까지도 그를 좋아하셔서 그에 대해 험담을 하면 몹시 화를 내시지. 할머님은 생제르맹이 큰돈을 융통할 수 있다는 걸 알고 계셨어. 그래서 그에게 부탁해보기로 하시고는 편지를 써서 곧 자기에게로 와달라고 청하셨지.

이 늙은 기인(奇人)이 편지를 받자마자 와보니 할머니는 지독한 슬픔에 잠겨 있었대. 할머님은 남편의 박절함을 매우 비장하게 얘기하고 결국 모든 희망은 당신의 우정과 후의에 달려 있다고 말씀하셨지.

생제르맹은 깊은 생각에 잠겼다네.

'제가 그 금액을 당신에게 빌려드릴 수는 있습니다.' 그가 말했지. '그렇지만 그 돈을 청산하실 때까지는 당신의 마음이 편치 않을 거라는 걸 알고 있고, 나 역시 당신에게 새로운 근심을 끼치는 건 바라지 않습니다. 다른 방법이 있습니다. 잃으신 돈을 되따시면 되는 거지요.' '그렇지만, 백작님.' 할머님이 대답하셨어. '지금 저희에겐 돈이 전혀 없다고 말씀드렸을 텐데요.' '돈은 필요 없습니다.' 생제르맹이 말을 받았네. '제 말을 잘 들어보세요.' 그러고는 그는 할머니에게 어떤 비결을 털어놓았다는 말씀이야. 그 비결만 알 수 있다면야 우린 누구든 무슨 대가라도 치를 텐데……."

젊은 도박꾼들의 관심이 곱절로 커졌다. 톰스키는 파이프에 불을 붙여 한 모금 빨고 나서 말을 이었다. "바로 그날 저녁 할머님은 베르사유에서 벌어진 '왕비의 카드놀이'에 나타나셨어. 오를레앙 공작이 물주가 되셨지. 할머님은 빚을 갚지 못한 것에 대해 가볍게 사과하고, 지어낸 얘기를 변명 삼아 잠깐 늘어놓은 다음에 그를 상대로 노름을 시작했지. 할머님은 석 장의 카드를 골라서 차례차례로 걸었지. 석 장 모두 첫 판에 이기게 됐으니, 할머님은 잃었던 걸 완전히 만회해버리셨던 거야."

"우연이겠지!" 손님 중의 하나가 말했다.

"꾸며낸 얘기야." 게르만이 말했다.

"아마 속임수를 썼겠지?" 세 번째 사람이 말을 받았다.

"그렇진 않다고 봐." 톰스키가 진지하게 대답했다.

"뭐야 그럼!" 나루모프가 말했다. "자네에겐 석 장씩 연거푸 좋은 카드를 뽑는 할머니가 계신데, 왜 아직까지 그 비결을 넘겨받지 않은 건가?"

"젠장, 말이 쉬운 게지!" 톰스키는 대답했다. "할머님에겐 우리 아버지까지 사형제가 있었네. 모두들 노름에 빠져 지냈지만, 할머님은 어느 한 사람에게도 그 비결을 밝히지 않으셨지. 만일 그렇게만 됐더라면 그분들에게는 물론이고 나에게도 나쁠 리는 없었을 텐데 말이야. 그러나 이 모든 건 백부이신 이반 일리치 백작이 당신의 명예를 걸고 나에게 하신 얘기야. 돌아가신 차플리츠키, 그는 수백만 루블의 돈을 탕진해버리고 빈털터리가 되어 세상을 떠난 사람인데, 그가 젊었을 때 한번은, 아마 조리치에게였던 것 같은데, 근 삼십만 루블이나 잃은 적이 있었어. 그는 절망에 빠졌지. 그런데 젊은 사람들의 장난에는 항상 엄하게 대하시던 할머님께서 어찌 된 일인지 차플리츠키만은 불쌍히 여기셨지. 당신은 그에게 차례로 걸도록 이르고 카드 석 장을 주시면서, 다시는 노름을 하지 않겠다는 다짐을 받으셨네. 차플리츠키는 곧 자신에게 돈을 딴 상대에게로 갔어. 곧 판이 벌어졌지. 차플리츠키는 첫 패에 오만을 걸고 단번에 이겼네. 그러고는 판돈을 두 배 세 배로 올려 또 연거푸 이겼어. 잃은 것을 모두 만회하고도 더 땄지……."

"그건 그렇고, 잘 시간이군. 벌써 여섯 시 십오 분 전이야." 벌써 날이 밝아오고 있었다. 젊은이들은 술잔을 비우고 저마다 흩어졌다.

2

—Il parait que monsieur est décidément pour les suivantes.

—Que voulez-vous, madame? Elles sont plus fraîches.

—당신은 정말 하녀들이 좋으신가보군요.

—할 수 없는 노릇이 아닙니까, 부인? 그네들이 훨씬 싱싱한걸요.

사교계의 대화

연로한 백작부인 ＊＊＊은 자신의 화장실 거울 앞에 앉아 있었다. 하녀 셋이 그녀를 둘러싸고 있었다. 하나는 연지통을, 하나는 머리핀이 든 조그만 상자갑을, 또 다른 하나는 불꽃 색깔의 리본이 달린 높다란 모자를 들고 있었다. 백작 부인은 이미 오래전에 퇴색해버린 자신의 아름다움에 대해서는 조금도 마음을 쓰지 않았지만, 젊었을 때의 습관들은 그대로 간직하고 있어서 칠십 년대(1770년대)의 유행을 엄격히 따랐고, 육십 년 전과 마찬가지로 옷을 입는 데에 아주 오랜 시간과 공을 들였다. 조그만 창문 옆에는 양녀인 소녀가 자수틀 앞에 앉아 있었다.

"안녕히 주무셨어요, 할머님." 방에 들어온 청년 사관이 말했다. "봉주르, 마드무아젤 리즈. 할머니, 부탁이 있어 왔어요."

"뭔데 그러냐, 폴?"

"제 친구 하나를 소개해드릴 테니까 금요일 무도회에 데리고 오는걸 허락해주세요."

"무도회에 바로 데리고 오려무나. 거기서 내게 소개시켜주면 되지 뭐. 너 엊저녁에 ＊＊＊에 갔었니?"

"그럼요! 아주 재미있었어요. 다섯 시까지 춤을 추었어요. 옐레츠카야는 정말 예뻤어요!"

"아니, 얘야! 걔 어디가 그렇게 예쁘다고 그러냐? 그 애 할머니인 공작부인 다리야 페트로브나와 비교가 된단 말이냐?…… 그건 그렇고, 참, 그이도 이젠 많이 늙었지? 공작부인 다리야 페트로브나 말이야."

"늙다니요?" 톰스키는 엉겁결에 대답했다. "돌아가신 지 칠 년이나 되는데."

소녀가 고개를 들어 청년에게 눈짓을 했다. 그는 이 연로한 백작부인에게는 같은 연배의 사람들의 죽음을 숨기고 있다는 것을 깨닫고 입술을 깨물었다. 그러나 백작부인은 새로운 소식을 들을 때마다 아주 태연했다. "돌아가셨다고!" 그녀가 말했다. "그런 걸 내가 모르고 있었구나! 우리가 궁중 여관(女官)에 임명되어가지고 말이야, 알현하러 갔을 때, 여제(女帝)께서는……."

백작부인은 손자에게 백 번도 더 얘기한 자신의 일화를 들려주었다. "얘, 폴," 잠시 후 그녀가 말했다. "이젠 나 좀 일어서게 부축 좀 해다오. 리잔카, 내 담뱃갑은 어디 있지?"

백작 부인은 하녀들을 데리고 화장을 끝마치기 위해 칸막이 뒤의 화장실로 갔다. 톰스키는 소녀와 단둘이 남았다.

"누구를 소개하시려는 건가요?" 리자베타 이바노브나가 조용히 물었다.

"나루모프입니다. 그 사람을 아세요?"

"아뇨! 그분은 군인이신가요, 문관이신가요?"

"군인이지요."

"공병인가요?"

"아뇨! 기병입니다. 그런데 왜 그가 공병이라고 생각하셨지요?"

소녀는 웃었으나 아무 대답도 하지 않았다.

"폴!" 칸막이 뒤에서 백작부인이 소리를 질렀다. "아무거나 새로운 소설 하나 보내주겠니. 제발 요새 나온 거는 말고 말이야."

"어떤 거 말씀이죠, 할머니?"

"왜 있잖니, 부모의 은혜를 모르는 배은망덕한 주인공이 안 나오고 또 물에 빠져 죽은 사람도 안 나오는 걸로 말야. 난 정말 물에 빠져 죽은 송장은 끔찍하단다!"

"요샌 그런 소설 없어요. 그럼 러시아 건 어때요?"

"아니, 러시아 소설이란 것도 있니?…… 좋아 그러렴. 얘야, 꼭 보내야 한다!"

"안녕히 계세요, 할머니. 바빠서 이만……. 잘 있어요, 리자베타 이바노브나! 근데 왜 당신은 나루모프를 공병이라고 생각하였을까요?" 그러고는 톰스키는 화장실에서 나왔다. 리자베타 이바노브나는 혼자 남았다. 그녀는 일손을 멈추고 창밖을 바라보기 시작했다. 곧 길 건너편에서 젊은 장교가 모퉁이 집을 돌아 나오는 모습이 보였다. 그녀의 두 볼이 발개졌다. 그녀는 다시 일감을 잡고는 수놓은 헝겊 위로 고개를 숙였다. 이때 옷을 다 차려입은 백작 부인이 들어왔다.

"마차를 준비시켜라, 리잔카." 그녀는 말했다. "바람 좀 쐬러 나가자꾸나."

리자는 자수대에서 일어나 일감을 정리했다. "이런이런, 뭘 꾸물거리고 있는 게냐, 귀가 먹었니!" 백작부인은 소리를 지르기 시작했다. "빨리 마차를 준비하라고 일러라."

"지금 가요!" 소녀는 기어들어가는 목소리로 대답을 하고 현관으로 뛰어갔다.

하인이 들어와 백작부인에게 파벨 알렉산드로비치 공작에게서 온 책을 전했다.

"마침 잘됐군. 고맙다고 전해요." 백작부인은 말했다. "리잔카, 리잔카! 그래 넌 어딜 그렇게 뛰어가니?"

"옷을 갈아입으려고요."

"아직 괜찮아, 얘야. 여기 좀 앉아봐라. 첫 권을 펼치고, 큰 소리로 읽어다오……."

소녀는 책을 집어 들고 몇 줄을 읽어 내려갔다.

"더 크게!" 백작부인은 말했다. "아니, 얘야. 무슨 일이 있냐? 왜 목소리가 다 죽어가니? …… 가만있자, 의자를 이리로 더 당겨봐라. 더 가까이…… 자아!"

리자베타 이바노브나는 다시 두 페이지를 읽었다. 백작부인은 하품을 했다.

"그 책은 이제 그만 됐다." 그녀는 말했다. "무슨 책이 그러냐! 그걸 파벨 공작에게 돌려보내고 고맙다고 전해라……. 그래, 마차는 준비됐니?"

"준비됐어요." 리자베타 이바노브나는 거리를 내다보고 말했다.

"넌 왜 옷을 갈아입지 않았니?" 백작부인이 말했다. "언제나 널 기다려야 한단 말이냐! 내 참, 못 해먹을 노릇이구나."

리자는 자기 방으로 뛰어갔다. 채 이 분도 지나지 않아 백작부인은 있는 힘을 다해 초인종을 울려대기 시작했다. 한쪽 문에서 세 명의 하녀가, 다른 쪽 문으로는 하인이 뛰어왔다.

"도대체 너희들은 내가 불러도 안 들리느냐?" 백작부인이 그들에게 말했다. "가서 리자베타 이바노브나에게 내가 기다리고 있다고 일러라."

리자베타 이바노브나가 외투를 입고 모자를 쓰고 들어왔다.

"내 참, 이제야 오는군." 백작부인은 말했다. "굉장히 차려 입었네! 왜? …… 누굴 꼬시려고? …… 그래 날씨는 어떠냐? 바람이 부는 것 같은데."

"아닙니다, 마님! 아주 잠잠합니다요." 하인이 대답했다.

"너희들은 언제나 적당히 되는 대로 지껄이지! 창문을 열어 봐. 그것 봐라, 바람이 불잖아! 게다가 아주 춥구먼! 마차를 거두어라! 리잔카, 우리 안 나가는 걸로 하자. 공연히 차려 입기만 했군."

'이게 내 팔자라니까!' 리자베타 이바노브나는 생각했다. 사실 리자베타 이바노브나는 불행한 피조물이었다. 남의 빵은 맛이 쓰고 남의 집 계단은 오르기가 가파르다고 단테는 말한 바 있는데(단테의 《신곡》 중 〈천국〉, 제 17곡에 나오는 말), 이 고결한 노파의 가엾은 양녀 말고 또 누가 남에게 얹혀 사는 괴로움을 알겠는가? *** 백작부인은 물론 사악한 영혼의 소유자는 아니었다. 그러나 상류 사회에서 버릇없는 응석꾸러기가 되어버린 여자로서 너무나 변덕스러웠고, 자기들 시대에 사랑하기를 다 끝내버렸고, 지금은 소외당한 모든 노인네들처럼 인색했으며 냉혹한 이기주의에 빠져 있었다. 그녀는 상류 사회의 허영에 들뜬 모임에는 빠짐없이 참석했고, 연지를 찍고 고풍의 옷차림을 한 채 무도회에 가서는 마치 그곳에 없어서는 안 될 기괴한 장식물처럼 한쪽 구석에 앉아 있었다. 그러면 그곳의 손님들은 정해진 예식에 따르듯이, 그녀에게로 가까이 와서 정중히 인사를 했지만, 그런 다음에는 아무도 그녀를 알은체하지 않았다. 그녀는 예의를 엄격하게 지켜서 누가 누군지 얼굴도 모르면서도 도시의 모든 사람들을 자택으로 초대했다. 현관방이나 하녀 방에서 먹어대기만 하면서 나이를 먹은, 그녀의 많은 하인들은 죽을 날이 얼마 남지 않은 노파의 물건을 앞 다투어 빼돌리며 제멋대로 행동했다. 리자베타 이바노브나는 이 집의 수난자였다. 그녀는 백작부인에게 차를 따라주고는 설탕을 쓸데없이 낭비한다고 잔소리를 들었다. 또 소설을 읽어주고는 저자의 모든 실수를 뒤집어써야 했다. 뿐만 아니라 백작부인을 동반하고 산책을 나가서는 날씨나 포장도로에까지 책임을 져야 했다. 급료가 정해져 있었지만 제대로 받아본 적이 없었다. 그러면서도 여느 사람들처럼, 즉 극히 소수의 사람들처럼 옷을 잘 차려입어야만 했다. 사교계에서도 그녀는 가장 비참한 역할을 맡고 있었다. 모두들 그녀를 알고는 있었지만 아무도 그녀에게 눈길을 주지 않았다. 무도회에서 그녀가 춤을 추는 경우는 파트너가 모자랄 때뿐이었고, 귀부인들이 옷차림을 다시 매만지기 위해 화장실에 갈 때에는 매번 그녀를 데리고 갔다. 그녀는 자존심이 있었고 자신의 처지를 확실하게 느끼고 있었기에 절실하게 구원의 손길을 고대하면서 주위를 둘러보았다. 그러나 경박한 공명심에 눈이 팔린 청년들은 버릇없고 오만한 영양(令孃)들에게만 들러붙느라 그들보다 백배는 사랑스러운 리자베타를 거들떠보지도 않았다. 그럴 때마다 그녀는 화려하고 지루한 객실을 살짝 빠져나와 벽지를 바른 칸막이와 옷장과 화장대와 칠을 한 침대가 놓여 있고, 구리 촛대에 수지로 만든 양초가 어슴푸레 타고 있는 초라한 자기 방으로 가서 소리를 내지도 못하고 운 일이 얼마나 많았던가!

어느 날, 이 얘기의 첫머리에 썼던 그날 밤으로부터 이틀이 지나고 지금 우리가 잠깐 멈춘 장면에서 일주일 전, 리자베타 이바노브나가 창가의 자수틀 앞에 앉아 무심코 거리를 내다보다가 창문 쪽을 바라보며 꼼짝 않고 서 있는 젊은 공병 장교를 발견했다. 그녀는 고개를 숙이고 다시 손을 놀렸다. 오 분쯤 지나서 다시 내다보니, 청년 장교는 여전히 같은 자리에 서 있었다. 지나가는 장교들에게 추파를 보내는 일에 익숙하지 않은 그녀는 거리를 내다보는 일을 그만두고 이번에는 고개도 들지 않고 두 시간 가까이 계속 수를 놓았다. 식사할 시간이 되었다. 그녀는 자리에서 일어나 자수틀을 정리하다가 또 한 번 무심코 밖을 내다보았다. 여전히 공병 장교는 그 자리에 서 있었다. 그녀는 참 이상한 일이라고 생각했다. 식사를 마친 그는 다소 불안한 마음이 들어 창문 밖을 내다보았지만 더 이상 장교는 거기에 있지 않았다. 그러곤 그녀도 그에 대해선 곧 잊어버렸다…….

이틀쯤 지나, 백작부인과 함께 마차를 타려고 나가다가 그녀는 또다시 그를 보았다. 그는 해달피 깃으로 얼굴을 가리고 바로 현관 옆에 서 있었다. 검은 눈동자가 모자 그늘 아래서 번쩍거리고 있었다. 리자베타는 자신도 모르게 알 수 없는 전율을 느끼며 마차에 올랐다.

집으로 돌아오자마자 그녀는 창가로 달려갔다. 장교는 그녀에게 시선을 향한 채 이전의 그 자리에 서 있었다. 그녀는 호기심과 흥분된 감정에 고통을 느끼며 그 자리에서 물러났다. 그것은 그녀가 난생처음 느껴보는 감정이었다.

이때부터 하루도 안 거르고 정해진 시간에 그 청년의 모습이 그 집 창 밑에 나타났다. 두 사람 사이에는 암묵적인 관계가 이루어졌다. 자기 자리에 앉아 일을 하고 있으면서도, 그녀는 그가 다가오는 것을 느꼈고 고개를 들어 그를 보았고, 그를 바라보는 시간은 날이 갈수록 길어졌다. 청년은 아마도 자기를 보아주는 것에 대해 고마워하는 것 같았다. 두 사람의 시선이 마주칠 때마다 청년의 창백한 양쪽 볼이 순간적으로 빨개지는 것을 그녀는 젊은 처녀다운 예리한 시선으로 잡아냈다. 일주일이 지나자 그녀는 청년에게 미소를 지어보였다…….

톰스키가 백작부인에게 자신의 친구를 소개하도록 허락해달라고 청했을 때, 가련한 처녀의 가슴은 쿵당거렸다. 그러나 나루모프가 공병이 아니고 근위 기병이라는 걸 알고 나자, 그녀는 경솔한 질문으로 미덥잖은 톰스키에게 자신의 비밀을 입 밖에 내어버린 걸 후회했다.

게르만은 러시아에 귀화한 독일인의 아들로서, 아버지로부터 변변찮은 재산을 물려받았다. 자신의 경제적인 자립을 확고히 해야겠다고 단단히 결심한 게르만은 재산의 이자 수입엔 손을 대지 않고 오직 봉급만으로 생활을 꾸려나갔으며 아무리 사소한 변덕도 자신에게 허락하지 않았다. 그렇지만, 그가 터놓고 얘기하는 타입이 아닌 데다 야심가였기 때문에 동료들은 그의 지나친 검약을 비웃을 만한 기회를 좀처럼 갖지 못했다. 그는 강한 열정과 불같은 상상력을 가지고 있었지만, 굳건한 의지 덕택에 보통 젊은이들의 특권처럼 여겨지는 방종함을 피해갈 수 있었다. 예컨대, 마음속으론 도박을 좋아하면서도 결코 카드를 손에 잡지 않았다. 자신의 처지가 결코 '여분의 돈이 생기는 걸 기대하여 필요한 돈을 희생하는 걸' 허용하지 않는다고 생각해서였다. 그러면서도 밤새도록 카드놀이가 벌어지는 테이블에 버티고 앉아 주거니 받거니 하는 노름의 변화무쌍한 형세를 열병에 걸린 듯 가슴을 떨면서 지켜보았다.

석 장의 카드 얘기는 그의 상상력을 강하게 자극하여 밤새도록 그의 머릿속을 떠나지 않았다. '만약에' 그는, 이튿날 저녁 페테르부르크의 거리를 배회하며 생각했다. '만약에, 그 늙은 백작 부인이 나에게 비결을 물려준다면! 혹은 석 장의 틀림없는 패만이라도 말해준다면! 자신의 행운을 시험해 보지 않을 이유가 없잖은가? …… 어쨌든 그녀를 만나고, 환심을 사도록 하자. —아니, 차라리 그녀의 애인이 되는 거야. —아냐, 그건 시간이 너무 걸리지. —벌써 여든일곱이 아닌가. —일주일 후, 아니 당장 내일모레라도 죽어버릴지 몰라! —근데 그 얘긴 사실일까? 그걸 믿어도 좋을까? …… 아냐! 절약, 절제, 근면. 이게 내가 이길 수 있는 확실한 석 장의 패다. 이게 나의 재산을 세 배로 늘려줄 거고, 일곱 배로 늘려줄 거고, 나에게 안락과 자립을 가져다줄 거야!'

그렇게 생각하면서 그는 어느 사이에 페테르부르크의 큰 거리에 있는 고풍 양식의 저택 앞에 이르렀다. 거리는 마차로 메워져 있었는데, 마차들은 줄을 지어 불빛이 환한 현관에 도착했다. 마차에서는 연이어 젊고 예쁜 여자들의 늘씬하게 뻗은 다리와, 소리가 요란한 승마용 장화, 줄무늬 스타킹과 외교관들의 단화 등이 튀어 나왔다. 모피 외투와 망토가 위엄 있는 문지기 옆을 번쩍거리며 지나갔다. 게르만은 멈춰 섰다.

"이건 어느 분의 저택입니까?" 그는 길모퉁이의 경관에게 물었다.

"** 백작부인 댁이오." 경관이 말했다.

게르만은 몸을 떨었다. 이상한 카드 얘기가 또다시 그의 공상 속에 떠올랐다. 그는 이 집 여주인과 그녀의 신기한 능력에 대해 생각하면서 집 주위를 얼쩡거렸다. 밤이 늦어서야 그는 초라한 자신의 숙소로 돌아왔지만 오래도록 잠을 이루지 못했다. 그리곤 겨우 잠이 들자 카드 장, 녹색의 테이블, 지폐 뭉치와 금화 더미를 꿈에서 보았다. 그는 꿈속에서 카드를 한 장씩 걸어서 마침내는 과감하게 배를 걸고 한정 없이 이겨서는 금화를 긁어모으고 돈뭉치를 주머니에 쑤셔 넣었다. 그러나 아침 늦게 잠에서 깨어난 그는 자신의 환상적인 재산이 모두 사라진 걸 생각하고 한숨을 쉬었다. 다시금 거리에 나가 도시를 배회하고 있으려니, 또다시 *** 백작부인의 저택 앞에 와 있었다. 눈에 보이지 않는 힘이 아마도 그를 그곳으로 데려 온 것 같았다. 그는 발길을 멈추고 창문들을 쳐다보기 시작했다. 창문 하나에서 책을 보는지 일을 하고 있는지 고개를 수그리고 있는 검은 머리채가 눈에 띄었다. 고개가 들어 올려지고, 게르만은 풋풋한 앳된 얼굴과 까만 눈동자를 볼 수 있었다. 바로 이 순간이 그의 운명을 결정지었다.

3

Vous m'écrivez, mon ange,
des lettres de quatre pages plus
vite que je ne puis Ies lire.

나의 천사여, 당신은
내가 미처 다 읽기도 전에
또 넉 장의 편지를 써 보내십니다.
서신 왕래

리자베타 이바노브나가 외투와 모자를 거의 벗자마자, 백작부인은 벌써 그녀를 부르러 사람을 보내서 다시금 마차를 준비하도록 분부했다. 두 사람은 마차를 타러 밖으로 나갔다. 두 명의 하인이 노파를 부축해서 마차 문 안으로 막 밀어 넣으려는 참에, 리자베타 이바노브나는 마차 바퀴 바로 옆에서 있는 그 공병 장교를 보았다. 그는 그녀의 손을 잡았다. 그녀가 너무 놀란 나머지 얼이 빠져 있는 사이에 청년은 사라지고 그녀의 손에는 한 통의 편지가 쥐어져 있었다. 그녀는 그것을 장갑 속에 숨겼고 마차에 타고 있는 동안 줄곧 아무것도 듣지도 보지도 못했다. 백작부인은 마차를 타고 있노라면 통상 끊임없이 물어보곤 했다. —방금 우리가 만난 사람이 누구였지? —저 다리는 뭐라고 부르느냐? —저 간판에는 뭐라고 씌어 있니? 리자베타가 이번엔 건성으로 당치도 않게 대답했기 때문에 백작부인은 화가 났다.

"도대체 어떻게 된 거니! 너 지금 제정신이냐? 내 말이 안 들리니, 아니면 알아듣지 못하는 거니?…… 맙소사, 나도 아직 혀가 꼬부라지지 않고 정신이 말짱한데 말이야!"

리자베타 이바노브나는 그녀의 말을 듣고 있지 않았다. 집에 돌아오자 그녀는 자기 방으로 뛰어 들어가서는 장갑에서 편지를 꺼냈다. 편지는 봉함되어 있지 않았다. 리자베타 이바노브나는 단숨에 그걸 다 읽었다. 편지의 내용은 사랑의 고백이었다. 예의 바르고 부드러운 어조의 편지인데 단어 하나하나가 독일 소설에서 인용한 것이었다. 그러나 리자베타 이바노브나는 독일어를 몰랐기 때문에 편지에 대해 아주 만족했다.

그렇긴 해도, 그녀가 받은 편지는 또 그녀를 더욱 불안하게 했다. 생전 처음으로 그녀는 젊은 남자와 비밀스런 관계를 맺게 된 것이다. 남자의 대담성에 그녀는 두려움을 느꼈다. 그녀는 자기의 조심성 없는 행동을 꾸짖어보기도 했으나, 무얼 어찌해야 좋을지 알 수 없었다. 창가에 앉는 일을 그만두고, 모른 체해버림으로써 쫓아다니는 젊은 장교의 열의가 식어가게 할까? —그에게 편지를 되돌려줄까? —냉정하고 단호하게 답장을 할까? 그녀에겐 상의할 만한 친구도 선생님도 없었다. 리자베타 이바노브나는 답장을 쓰기로 했다.

그녀는 조그마한 책상 앞에 앉아 펜과 종이를 가져다놓고는 한참 동안을 생각했다. 그녀는 몇 번이고 편지를 쓰기 시작하다가는 찢어버렸다. 표현이 너무 겸손한 것처럼 느껴지기도 하고 또 너무 가혹한 것처럼 느껴지기도 했다. 마침내 그녀는 가까스로 몇 줄을 써내려갔고 그것으로 만족했다. '저로서는' 그녀는 그렇게 썼다. '당신이 깨끗한 마음을 가지셨고, 일부러 저에게 창피를 주려고 그 같은 경솔한 행동을 하신 것이 아니라고 믿습니다. 그러나 우리의 교제를 이런 식으로 시작해서는 안 됩니다. 당신의 편지를 이렇게 돌려드리면서 바라건대, 앞으로는 제가 이런 부당한 무례에 대해서 유감스러워하는 일이 없었으면 합니다.'

다음날 게르만이 오는 걸 보고 리자베타 이바노브나는 자수틀에서 일어나 홀 안으로 들어가서는, 그곳의 들창을 열고는 그 청년 장교가 재빨리 집어가길 바라면서 거리로 편지를 던졌다. 그러자 게르만이 달려와서는 그걸 집어 들고 과자점 안으로 들어갔다. 봉투를 뜯어보니 자신의 편지와 리자베타 이바노브나의 답장이 들어 있었다. 그는 그것을 미리 예견하고 있었기에 이후의 계책을 골똘히 생각하면서 집으로 돌아왔다.

사흘 뒤에 리자베타 이바노브나에게 유행품 가게에서 왔다는 눈치 빠르게 생긴 계집애가 편지를 건넸다. 리자베타 이바노브나는 무슨 청구서인가 싶어 걱정하면서 편지를 개봉했는데, 편지의 필적이 게르만의 것임을 바로 눈치 챘다.

"여보세요, 이건 잘못 온 거예요." 그녀는 말했다. "이 편지는 나한테 온 게 아니에요."

"아네요. 당신이 틀림없어요!" 이 맹랑한 계집애는 교활한 미소를 숨기지 않으면서 대답했다. "어서 읽어보세요!"

리자베타 이바노브나는 편지를 훑어보았다. 게르만이 밀회를 요구하고 있었다.

"그럴 리가 없어요!" 리자베타 이바노브나는 이 성급한 요구와 방법에 어이없어하면서 말했다. "이 편지는 분명 나한테 온 게 아네요!" 그러고는 편지를 갈기갈기 찢어버렸다.

"당신에게 온 게 아니라면 왜 찢어버리는 거죠?" 하고 계집애는 말했다. "난 부탁받은 사람에게 되돌려줘야 하는데."

"이것 봐요, 제발." 리자베타 이바노브나는 상대편의 핀잔에 얼굴이 발개지며 말했다. "앞으론 나한테 이런 편지 가지고 오지 말아요. 당신을 보낸 분에게는 창피한 줄 알아야 한다고 전해줘요……."

그러나 게르만은 단념하지 않았다. 리자베타 이바노브나는 매일같이 그로부터 이런저런 방법으로 보내진 편지를 받았다. 그것들은 이미 독일 문장을 번역한 것이 아니었다. 게르만은 열정에 이끌려 편지를 썼고, 이제는 자기 자신의 언어로 말을 했다. 거기에는 꺾을 수 없는 욕망과 방종하고 무질서한 상상이 표현되어 있었다. 리자베타 이바노브나도 이제는 그것을 되돌려 보낼 생각을 하지 않았다. 그녀는 그 편지들에 넋이 빠졌고 답장을 쓰게 되었다. 그녀의 답장은 차츰 길어졌으며 또 다정해졌다. 마침내 그녀는 그에게 다음과 같은 편지를 써서 창문으로 던졌다.

오늘밤은 *** 대사 댁에서 무도회가 있습니다. 백작부인도 참석할 거예요. 우리는 두 시 정도까지 거기에 있을 겁니다. 때마침 당신에겐 저와 단둘이 만날 수 있는 좋은 기회입니다. 백작부인께서 출발하시면 하인들은 틀림없이 제각기 흩어질 거고, 문지기만이 현관에 남아 있을 텐데, 그도 또한 대개는 자기 방으로 들어가 버립니다. 열한 시 반에 와주세요. 밖에 있는 계단을 곧장 올라오시고요. 만약 현관방에 누가 있거들랑 백작부인이 집에 계시냐고 물으세요. 안 계신다고 하면 달리 어쩔 도리가 없겠지요. 당신은 되돌아가셔야만 할 거예요. 하지만 틀림없이, 당신은 아무도 만나지 않을 겁니다. 하녀들은 모두 한방에 있습니다. 먼저 현관에서 왼쪽으로 가시고 곧장 백작부인의 침실까지 오세요. 침실의 칸막이 뒤로 작은 문 두 개를 볼 수 있을 겁니다. 오른쪽은 백작부인이 전혀 드나들지 않는 서재로 통하고 왼쪽은 복도로 통하는데, 바로 거기에 좁고 고불고불한 계단이 있습니다. 그리로 따라오시면 제 방입니다.

게르만은 정해진 시간을 기다리며 오한이 든 사람처럼 몸을 떨고 있었다. 밤 열 시가 되자 그는 이미 백작부인의 집 앞에 서 있었다. 날씨가 아주 사나웠다. 바람이 울부짖고 축축한 눈발이 펑펑 쏟아지고 있었다. 가로등 불빛은 어두침침했고 거리는 텅 비어 있었다. 이따금 말라빠진 말을 모는 마차꾼이 귀가가 늦어진 손님을 찾으며 지나칠 뿐이었다. 게르만은 프록코트만 걸친 채 바람도 눈발도 느끼지 못하고 서 있었다. 마침내 백작부인의 마차가 끌려나왔다. 게르만은 하인들이 담비 털가죽 외투로 몸을 휘감은 구부정한 노파를 부축해 나오는 걸 보았다. 그녀의 뒤에는 추워 보이는 망토를 입고 머리에 생화를 꽂은 그녀의 양녀가 어른거렸다. 마차의 문이 쾅 닫혔다. 마차는 푸석푸석한 눈길에서 둔중하게 움직이기 시작했다. 문지기가 문단속을 했다. 창문에도 불이 꺼졌다. 게르만은 인기척이 끊어진 집 주위를 얼쩡거렸다. 그는 가로등에 가까이 가서 시계를 들여다보았다. 열한 시 이십 분이 지나고 있었다. 그는 가로등 아래 서서 시곗바늘을 주시하며 나머지 몇 분이 지나가기를 초조하게 기다렸다. 정각 열한 시 반에 게르만은 바깥 층계를 올라가서 불빛이 눈부시게 밝은 현관으로 들어갔다. 문지기는 없었다. 게르만은 계단을 뛰어올라가 현관문을 열고, 램프 아래서 낡고 더러운 의자들을 늘어놓고 잠들어 있는 하인을 보았다. 가볍고 확실한 걸음걸이로 게르만은 그 옆을 지나갔다. 홀과 객실은 캄캄했다. 현관의 등불만이 그곳을 희미하게 비추어주고 있었다. 게르만은 침실로 들어갔다. 오래된 성상을 가득 모아놓은 성상갑 앞에는 금으로 만든 현수등이 켜져 있었다. 빛바랜 꽃무늬 주단을 씌운 안락의자와 푹신푹신한 방석을 얹어놓은, 도금이 벗겨진 소파가 중국 벽지를 바른 벽 앞에 서글픈 조화를 이루면서 나란히 놓여 있었다. 벽에는 파리에서 마담 루블랑(E.L. Vigee-Lebrun. 프랑스의 유명한 궁정 초상화가. 1755~1842)이 그린 두 점의 초상화가 걸려 있었다. 그중 하나에는 담녹색의 군복을 입고 별 모양의 훈장을 단 마흔 가량의 뚱뚱하고 불그스레한 얼굴의 남자가 그려져 있었고, 다른 하나에는 관자놀이까지 머리를 빗어 올리고 분을 뿌린 머리카락에 장미를 꽂은 매부리코의 젊은 미녀가 그려져 있었다. 방의 네 구석에는 자기 목동상과 유명한 르루아제 탁상시계, 작은 상자, 룰렛의 도구, 부채, 그리고 지난 세기말에 함께 등장했던 몽골피에의 기구(氣球)와 메스메르의 자력설과 함께 등장했던 각종 부인용 장난감이 놓여 있었다. 게르만은 칸막이 뒤로 갔다. 거기엔 조그만 철제 침대가 있었고, 오른쪽에는 서재로 들어가는 문, 왼쪽에는 복도로 나가는 문이 있었다. 게르만은 그 문을 열고 가엾은 양녀의 방으로 통하는 좁고 구불구불한 계단을 바라보았다……. 그러나 그는 돌아서서 캄캄한 서재로 들어갔다.

시간은 천천히 흘러갔다. 주위는 고요했다. 객실에 있는 시계가 열두 시를 치자, 각 방의 시계들도 잇달아 열두 시를 알렸다. 그러고는 모두들 다시 조용해졌다. 게르만은 차가운 벽난로에 기대었다. 그는 침착했다. 마치 뭔지 위험하지만 불가피한 일을 결심한 사람처럼, 그의 심장은 규칙적으로 뛰었다. 시계가 새벽 두 시를 쳤다. 그리고 그는 멀리서 마차가 삐걱거리는 소리를 들었다. 그는 자기도 모르게 흥분되는 것을 느꼈다. 마차는 가까이 와서 멈추었다. 마차의 발판을 내리는 소리가 들렸다. 집 안이 술렁거렸다. 하인들이 왔다갔다 뛰어다녔고 사람들 목소리가 울려 퍼졌고 집 안엔 불이 밝혀졌다. 세 명의 늙은 하녀가 침실로 달려 들어오고, 마침내 백작부인이 겨우 숨이 붙어 있는 모습으로 들어와서는 볼테르 안락의자에 푹 주저앉았다. 게르만은 문틈으로 지켜보고 있었다. 리자베타 이바노브나가 그의 앞을 지나갔다. 게르만은 바쁘게 계단을 올라가는 그녀의 발소리를 들었다. 그의 가슴엔 뭔가 양심의 가책 같은 것이 스쳐 지나갔으나 다시 평정을 되찾았다. 그는 마치 돌처럼 서 있었다.

백작부인은 거울 앞에서 옷을 벗기 시작했다. 장미꽃으로 장식한 모자를 벗은 다음에 짧게 친 백발 머리에 쓰고 있던 가발을 벗었다. 머리핀이 주위에 비 오듯이 떨어졌다. 은실로 수놓은 노란 의상이 그녀의 부어오른 발 아래로 미끄러져 떨어졌다. 게르만은 그녀의 치장의 역겨운 비밀을 목격한 것이었다. 이윽고 백작부인은 잠옷과 침실용 모자만을 걸치게 되었다. 이런 차림이 되자, 그녀의 나이에 더 어울려 보였고, 그녀가 그다지 무섭지도 추하지도 않게 여겨졌다.

노인들이 대개 다 그렇듯이 백작부인도 불면증에 시달리고 있었다. 의상을 다 벗자 그녀는 창가에 있는 볼테르 안락의자에 앉더니 하녀들을 물리쳤다. 촛대도 가져가고 다시 성상 앞의 등불만이 방안을 비추었다. 백작부인은 샛노란 얼굴을 하고 축 늘어진 입술을 떨며 몸을 좌우로 흔들면서 앉아 있었다. 흐리멍덩한 그녀의 눈은 아무 생각이 없다는 걸 말해주고 있었다. 그녀의 이런 모습을 보면서, 이 끔찍하게 늙은 노파가 좌우로 몸을 흔드는 것은 자신의 의지에 의한 것이 아니라 어떤 숨겨진 갈바니 전기의 작용(죽은 동물의 근육에 전류를 통과시킬 때 그 근육이 움찔하며 움직인다는 것을 보여준 이탈리아의 자연과학자 Luigi Galvani(1737~ 1798)의 이름을 따서 붙인 죽은 근육에 방전되는 전기를 말함)에 의한 것이라고 생각되었다.

갑자기 이 죽은 사람과 같은 얼굴에 형용하기 힘든 변화가 일어났다. 입술의 움직임도 그치고 눈동자에 생기가 돌았다. 백작부인 앞에 낯선 사내가 서 있었던 것이다.

"놀라지 마세요, 제발 놀라지 마십시오!" 그는 낮은 목소리로 분명하게 말했다. "저는 마님을 해치려는 게 아닙니다. 저는 마님께 한 가지 간절한 부탁이 있어 찾아온 것뿐입니다."

노파는 말없이 그를 쳐다보았다. 아마도 그의 얘기를 듣지 못한 것 같았다. 게르만은 그녀의 귀가 먼 것이라 생각하고 그녀의 바로 귀밑까지 몸을 숙여 같은 말을 되풀이했다. 노부인은 여전히 말이 없었다.

"마님께선," 게르만은 말을 이었다. "제 삶에 행운을 가져다줄 수 있습니다. 그리고 그건 마님껜 아주 간단한 일이지요. 저는 마님께서 연달아 석 장의 카드를 알아맞히실 수 있다는 걸 알고 있습니다……."

게르만은 말을 멈추었다. 백작부인은 그가 뭘 요구하고 있는지 알아들은 것 같았다. 그래서 자신의 답변을 위한 말을 찾고 있는 듯했다.

"그것은 농담이었어요." 마침내 그녀는 말했다. "맹세코, 그건 농담이었어요!"

"결코 농담이 아닙니다." 게르만은 발끈하며 말을 받았다. "잃은 돈을 되찾도록 도와주셨던 차플리츠키를 기억해보세요."

백작부인은 분명히 당황했다. 그녀의 표정은 강한 마음의 동요를 나타냈지만, 곧 종전의 무표정으로 되돌아갔다.

"저에게." 게르만은 말을 이었다. "석 장의 이기는 패를 가르쳐주시지 않겠습니까?" 백작부인은 아무 말이 없었다. 게르만은 계속했다. "누굴 위해 마님께서는 그 비밀을 감추는 겁니까? 손자들을 위해섭니까? 그들은 그런 거 없이도 부자예요. 그들은 도대체가 돈의 소중함을 모른단 말입니다. 낭비하는 인간에겐 마님의 카드 석 장이 도움이 안 됩니다. 부모의 유산을 지키지도 못하는 족속들은 아무리 악마의 힘을 빌려도 결국 빈털터리로 죽게 돼요. 저는 낭비하는 인간이 아닙니다. 저는 돈의 가치를 알아요. 마님의 카드 석 장이 저에겐 헛되지 않을 겁니다. 자 어서! ……"

그는 입을 다물고 몸을 떨면서 그녀의 대답을 기다렸다. 백작부인은 아무 말이 없었다. 게르만은 무릎을 꿇었다.

"만일 언젠가," 게르만은 말했다. "마님께서 사랑의 감정을 경험하셨다면, 그때의 기쁨을 기억하고 계신다면, 그리고 한번이라도 막 태어난 아드님의 울음소리에 미소를 지은 일이 있으시다면, 언젠가 마님의 가슴이 인간적인 그 뭔가에 감동된 일이 있으시다면, 아내로서, 연인으로서, 어머니로서의 당신의 감정에, 이 삶에서 성스러운 모든 것에 맹세코 애원합니다, 제발 제 부탁을 거절하지 말아주세요! 마님의 비법을 저에게 알려주세요! 마님께 그게 무슨 소용이 있습니까? 비밀을 알고 있는 것이 무서운 죄악이 될지도 모르고, 영원한 행복을 대가로 지불할지도 모르며, 악마와 거래를 해야 할지도 모르는 일입니다……. 잘 생각해보세요. 마님께선 연로하셨고, 오래 사시지 못합니다. 저는 마님의 죄를 제 영혼으로 떠맡을 준비가 되어 있어요. 제발 당신의 비법을 알려주세요. 한 인간의 행복이 마님의 손에 달려 있다는 걸 생각해보세요. 저 한 사람만이 아니라 제 자식들과 손자들, 그리고 증손자들까지도 마님의 기일을 기리고 성녀처럼 공경할 겁니다……."

노파는 한마디의 대꾸도 하지 않았다.

게르만은 자리에서 일어났다.

"이 늙어빠진 마녀야!" 그는 이를 악물고 말했다. "어디 내가 대답을 하게 해주마……."

이 말과 함께 그는 호주머니에서 권총을 꺼냈다.

백작부인은 권총을 보더니 다시 강한 감정을 드러냈다. 그녀는 쏘는 걸 막기라도 하려는 듯 고개를 내저으며 손을 치켜들었다……. 그러고는 뒤로 벌렁 넘어지더니…… 움직이지 않았다.

"어린애 같은 짓은 그만둬요." 노파의 손을 잡고 게르만은 말했다. "마지막으로 묻겠습니다. 석 장의 카드를 말해주겠소? 그러겠소, 못 하겠소?"

그러나 백작부인은 대답하지 않았다. 게르만은 그녀가 죽었다는 것을 알았다.

4

18**년 5월 7일

Homme sans moeur et sans religion!

도덕도 신앙도 없는 사람!

서신 왕래

리자베타 이바노브나는 자기 방에 앉아, 아직 무도회 의상을 입은 채로 깊은 생각에 잠겨 있었다. 집으로 돌아오자, 그녀는 잠이 덜 깬 얼굴로 옷 갈아입는 걸 거들겠다는 하녀를 황급히 물리치고는 몸을 떨며 방으로 들어갔다. 게르만이 거기 있을까 기대하면서도 한편으론 있지 말았으면 하고 바라는 마음이었다. 첫눈에 그녀는 그가 없다는 걸 확인하고는 두 사람의 밀회를 방해한 운명에 감사했다. 그녀는 옷도 벗지 않고 그대로 앉아서, 그렇게 짧은 사이에 이토록 깊은 관계에까지 빠지게 된 모든 상황을 돌이켜보았다. 그녀가 처음으로 창가에서 청년을 본 지 3주일도 지나지 않았다. 그런데 벌써 그녀는 그와 편지를 주고받았고, 그는 또 야밤의 밀회까지 승낙 받은 것이다! 그녀가 그의 이름을 알게 된 것도 단지 몇 통의 편지에 쓰인 서명을 보고서였다. 그와 한 번도 얘기를 나눈 적이 없었고, 그의 목소리를 들어본 적도 없으며, 그에 대한 소문조차 들은 일이 없었다……. 바로 오늘밤까지도 말이다. 말이 되는가! 바로 오늘밤, 무도회에서, 톰스키는 평소와 다르게 그가 아닌 다른 사내에게 교태를 부리고 있던 공작 영양 폴리나 ***에게 화가 나서는 복수를 하기 위해 무관심한 척했다. 그는 리자베타 이바노브나를 불러 그녀를 상대로 끊임없이 마주르카를 춘 것이다. 그러는 동안 내내 그는 그녀가 공병 장교에게 빠져 있다고 놀려대며, 자신이 그녀가 짐작하고 있는 것보다 훨씬 더 많은 걸 알고 있다고 단언했는데, 그의 농담 중의 몇 마디는 너무나도 제대로 들어맞는 것이어서 리자베타 이바노브나는 자신의 비밀이 그에게 다 알려진 게 아닐까 몇 번이고 생각해봐야만 했다.

"그걸 전부 누구한테 들으셨어요?" 그녀는 웃으면서 물어 보았다.

"당신이 알고 있는 사람의 친구로부터지요." 톰스키가 대답했다. "아주 유명한 사람이죠!"

"도대체 그 유명하다는 사람이 누구예요?"

"게르만이라고 합니다."

리자베타 이바노브나는 아무런 대꾸도 하지 않았지만 그녀의 손과 발이 얼음처럼 차가워졌다…….

"그 게르만이라는 사람은 말이죠." 톰스키는 말을 계속하였다. "아주 낭만적인 인물인데, 옆모습은 나폴레옹이고, 마음은 메피스토펠레스이지요. 내 생각에 그에겐 양심의 가책을 받을 악행이 적어도 셋은 될 겁니다. 그런데 어째서 그렇게 갑자기 창백해졌습니까! ……"

"저, 머리가 좀 아파서요……. 그래 게르만인가 하는 사람이 당신에게 뭐라고 하던가요?"

"게르만은 자기 친구를 매우 못마땅하게 생각하고 있어요. 그는 자기가 그 친구의 처지였다면 전혀 다르게 행동했을 거라고 말합니다……. 제 짐작엔 말예요, 게르만 자신이 당신에게 생각이 있는 모양입니다. 하여튼 그는 사랑에 빠진 친구의 한숨을 전혀 편치 못한 마음으로 듣고 있으니까요."

"그렇다고 해도 그 사람이 절 어디서 봤을까요?"

"교회에서일 겁니다, 아마. 아니면 산책에서! …… 그건 알 수 없는 일이죠! 아니면 당신 방에서 당신이 자고 있는 사이였는지도 모르지요. 그러고도 남을 위인이니까……."

그때 세 귀부인이 그에게 다가와서 "oubli ou regret? (망각이에요? 미련이에요?)" (마주르카를 출 상대를 차지하기 위해 두 명의 귀부인이 망각과 미련 두 단어를 각기 하나씩 택한 다음, 남자에게 가서 위의 두 단어를 말한다. 남자가 택한 단어에 따라 여자 파트너가 정해진다) 라고 물었기 때문에 리자베타 이바노브나로선 괴로울 만큼 흥미로워진 대화가 중단되고 말았다.

톰스키가 고른 상대는 다름 아닌 공작 영양 ＊＊＊였다. 그녀는 여분의 춤으로 홀을 한 바퀴 더 돌고, 자신의 의자에 앉기 전에 또 한 바퀴 더 돌면서 그와 자신의 마음을 충분히 이야기하는 데 성공했다. 자기 자리로 돌아온 톰스키는 이미 게르만에 대해서도 리자베타 이바노브나에 대해서도 까맣게 잊고 있었다. 그녀는 중단된 대화를 어떻게든 다시 시작하고 싶었지만, 마주르카도 끝났고 곧이어 백작부인도 그곳을 떠나버렸던 것이다.

톰스키의 말은 마주르카 춤에 으레 따라붙는 공연한 이야기에 지나지 않았지만, 꿈 많은 젊은 처녀의 가슴속에 깊이 파고들었다. 톰스키가 대충 얘기했던 초상은 그녀가 마음속으로 그리고 있던 것과 일치했고, 최근의 소설들 덕분에 이미 속된 것이 돼버린 이런 용모가 그녀의 상상력을 위협하고 또 사로잡았다. 그녀는 아직 그대로 꽃을 꽂고 있는 머리를 드러난 앞가슴 위로 숙인 채 팔짱을 끼고 앉아 있었다. 그때 갑자기 문이 열리고 게르만이 들어왔다. 그녀는 부르르 몸을 떨었다…….

"어디 계셨어요?" 그녀가 놀란 목소리로 숨죽이며 물었다.

"노백작 부인의 침실에요." 게르만이 대답했다. "거기서 막 나오는 길입니다. 백작부인이 돌아가셨습니다."

"어머나! …… 무슨 말씀을 하시는 거예요? ……"

"그리고 아마," 게르만은 말을 이었다. "제 탓인 것 같습니다."

리자베타 이바노브나는 그를 쳐다보았고 톰스키의 말이 머릿속에 떠올랐다. '이 사람의 마음속엔 적어도 세 가지 악행이 숨어 있다!' 게르만은 그녀의 맞은편 창가에 앉아 모든 걸 털어놨다.

리자베타 이바노브나는 공포에 떨면서 그의 이야기를 끝까지 들었다. 그러니까 그 정열적인 편지도, 불타는 요구도, 그렇게 대담하고 끈질기게 뒤를 따라다닌 것도, 모두가 사랑이 아니었던 것이다! 돈, 바로 그것이 그의 영혼이 갈구하는 것이었다! 그의 욕망을 충족시켜주고 그를 행복하게 해줄 수 있는 것은 그녀가 아니었다! 가엾은 양녀는 자신의 은인인 노부인을 살해한 강도의 눈먼 보조자에 다름 아니었던 것이다! …… 그녀는 너무 뒤늦은 고통스런 자책에 신음하며 울기 시작했다. 게르만은 잠자코 그녀를 바라보았다. 그의 마음도 쓰렸지만 가엾은 처녀의 눈물도, 슬픔에 잠긴 그녀의 놀랄 만큼 아름다운 자태도 그의 냉혹한 영혼을 뒤숭숭하게 하지는 못했다. 그는 죽은 노파에 대한 생각에도 아무런 양심의 가책을 느끼지 않았다. 오직 한 가지, 부자가 되는 것을 기대했던 그 비결을 영원히 잃어버렸다는 사실만이 그를 몸서리치게 했다.

"당신은 괴물이에요!" 마침내 리자베타 이바노브나가 말했다.

"나는 그녀가 죽는 걸 바라지 않았어." 게르만이 대답했다. "권총엔 총알도 장전되어 있질 않아."

두 사람은 함께 입을 다물었다.

먼동이 트기 시작했다. 리자베타 이바노브나는 거의 다 타버린 촛불을 껐다. 어슴푸레한 빛이 그녀의 방을 비추었다. 그녀는 눈물에 젖은 눈가를 훔치고 게르만을 올려다보았다. 그는 팔짱을 끼고 무섭게 이마를 찌푸린 채 창가에 앉아 있었다.

그런 그의 모습은 놀랄 만큼 나폴레옹의 초상을 연상하게 하였다. 이 비슷함은 리자베타 이바노브나까지도 놀라게 했다.

"어떻게 집에서 빠져나가실 건가요?" 마침내 리자베타 이바노브나가 물었다. "저는 비밀 계단을 통해서 당신을 밖으로 내보내려 생각했지만, 침실을 지나야 하니까, 전 무서워요."

"저한테 말씀하세요, 비밀 계단으로 어떻게 가는 건지. 저 혼자서 가겠습니다."

리자베타 이바노브나는 자리에서 일어나 장롱에서 열쇠를 꺼내 게르만에게 건네주면서 빠져나가는 길을 상세히 가르쳐주었다. 게르만은 그녀의 차갑고 반응 없는 손을 잡고는 고개를 수그리고 있는 이마에 입을 맞추고 밖으로 나갔다.

그는 구불구불한 계단을 내려가서 다시 백작부인의 침실로 들어갔다. 죽은 노파는 돌처럼 굳은 채로 의자에 앉아 있었다. 그녀의 얼굴엔 깊은 정적감이 감돌았다. 게르만은 그 앞에 멈춰 서서, 마치 이 무서운 진실을 확인하려는 듯이 오랫동안 그녀를 바라보았다. 마침내 그는 서재로 들어가 벽지 뒤에 숨겨져 있는 문을 찾아내고는 어두운 계단을 내려가기 시작했다. 이상한 흥분이 그를 사로잡았다. 바로 이 계단을 통해서 육십 년 전에, 바로 이 침실로, 그리고 이 시간에 수가 놓인 카프탄을 입고 학 모양으로 머리를 빗어 올리고 삼각모를 가슴에 안은 젊은 행운아가 숨어들었을 거라는 생각이 들었다. 그이는 이미 오래전에 무덤 속의 흙이 되어버렸는데, 그의 연인의 늙어빠진 심장은 오늘에서야 고동을 멈추었구나…….

계단을 내려온 게르만은 문을 찾아 열쇠로 열었다. 그는 자신이 거리로 통하는 복도에 있다는 걸 알았다.

5

그날 밤 내게로 죽은 남작 부인인 von V***가
찾아왔다. 온통 하얗게 차려입은 그녀가
나에게 말했다.
"안녕하세요, 고문관님!"
스웨덴보르그*

운명의 밤으로부터 사흘이 지난 뒤, 아침 아홉시에 게르만은 ***수도원으로 떠났는데, 그곳에서는 세상을 떠난 백작부인의 장례식이 예정되어 있었다. 그는 후회하지는 않았지만, 너는 노파를 죽인 놈이야! 라고 되풀이되는 양심의 소리마저 억누를 수는 없었다. 진실한 신앙을 가지고 있지 않았던 그는 많은 미신에 사로잡혀 있었다. 그는 죽은 백작부인이 장차 그의 삶에 해를 끼칠 수도 있다고 믿었기 때문에 그녀에게 용서를 구하기 위해 장례식에 참석하기로 결심했다.

교회는 사람들로 가득 차 있었다. 게르만은 군중을 헤치고 간신히 안으로 들어갔다. 관은 비로드가 덮인 호화로운 관대 위에 안치되어 있었다. 고인은 레이스 두건을 쓰고 흰 비단 옷을 입고 두 손을 가슴에 얹은 채 그 속에 누워 있었다. 주위엔 그녀의 집안사람들이 서 있었다. 하인들은 어깨에 문장이 장식된 리본을 단 검은색 카프탄을 입고 손에는 촛불을 들고 있었다. 자녀들과 손자, 증손자 등 직계 가족들은 모두 상복을 입고 있었다. 아무도 우는 사람은 없었다. 눈물을 흘린다고 해도 그것은 가식이었으리라. 백작부인은 너무나 고령이었기 때문에 그녀의 죽음에 아무도 놀라지 않았으며, 그녀의 친족들은 이미 오래전부터 그녀를 죽은 사람으로 여겼던 것이다. 젊은 주교가 조사를 읽었다. 그는 평이하고 감동적인 말로, 그리스도인으로서의 죽음을 오랜 세월 동안 조용히 유순한 마음으로 염원해온 신실한 고인의 평화로

* 엠마누엘 스웨덴보르그(1688~1772). 스웨덴의 작가, 신비주의자.

운 서거를 설명했다. "죽음의 천사가 그녀를 찾아낸 것입니다." 사제는 말했다. "경건한 명상 속에서, 한밤의 신랑을 기다리며 밤을 새우던 그분을 말입니다."

영결 미사는 슬픔의 예를 갖추어 진행되었다. 친족들이 먼저 유해에 마지막 작별을 고했다. 다음에는 오랫동안 자신들의 덧없는 유흥에 참석해온 고인에게 마지막 인사를 하러 온 수많은 손님들이 앞으로 나갔다. 그들 뒤에는 하인들이 모두 따랐다. 끝으로 고인과 같은 연배의 나이 많은 하녀가 다가섰다. 두 명의 젊은 하녀가 그녀를 부축했다. 그녀는 땅에 무릎을 꿇을 기운도 없었는데, 자기 여주인의 차가운 손에 입을 맞추며 유일하게 몇 방울의 눈물을 흘렸다. 그녀의 뒤를 이어서 게르만은 관 앞에 가기로 결심했다. 그는 땅에 몸을 던지고 전나무가지를 흩트려놓은 차가운 바닥에 얼마 동안 움직이지 않고 엎드려 있었다. 이윽고 일어나더니, 죽은 사람과 꼭 같이 창백해져서는 관대의 계단을 올라가 몸을 숙였다……. 그 순간 죽은 사람이 자신을 비웃는 듯이 쳐다보며 한쪽 눈을 깜박한 것처럼 느껴졌다. 게르만은 황급히 뒤로 물러나다가 발을 잘못 디뎌서 그대로 뒤로 넘어졌다. 사람들이 그를 일으켰다. 바로 그때, 리자베타 이바노브나도 정신을 잃고 현관으로 들려나갔다. 이 삽화적 사건이 음울한 의식의 장엄함을 잠시 깨뜨렸다. 장례식에 모인 사람들은 알아듣기 힘든 소리로 수군대기 시작했고, 고인과 가까운 친척인 야윈 시종은 옆에 있던 영국인에게 귓속말로 그 청년 장교가 고인의 사생아라고 말했다. 이에 대해 영국인은 냉담하게 대꾸했다. "오호!"

하루 종일 게르만은 무척 마음이 어지러웠다. 한적한 식당에서 식사를 하면서, 그는 혹시나 흥분된 마음을 가다듬을 수 있을까 하여, 자신의 평소의 원칙을 깨고 많은 술을 마셨다. 그러나 술은 그의 공상을 더욱 들끓게 했다. 집에 돌아오자 그는 옷도 갈아입지 않은 채로 침대에 몸을 던지고 깊이 잠들어버렸다.

그가 잠에서 깼을 때는 이미 밤이 깊어 달빛이 그의 방을 비추고 있었다. 그는 시계를 봤다. 세 시 십오 분 전이었다. 잠은 다 달아나버렸다. 그는 침대 위에 앉아 늙은 백작부인의 장례식에 대해 생각했다.

바로 그때 누군가 거리에서 창문으로 그를 엿보았지만, 곧 사라졌다. 게르만은 그것에 대해서 전혀 관심을 두지 않았다. 일 분쯤 지나서 그는 이번에는 현관문이 열리는 소리를 들었다. 게르만은 그의 졸병이 여느 때처럼 술에 취해 밤놀이에서 돌아온 것이라 생각했다. 그러나 그는 귀에 선 발소리를 들었다. 누군가가 조용히 실내화를 끌면서 오고 있었다. 문이 열리고, 흰옷을 입은 여인이 들어왔다. 게르만은 그녀가 자신의 늙은 유모인 줄 알고, 이런 시간에 무슨 일로 왔을까 하고 이상하게 생각했다. 그러나 새하얀 여인이 미끄러지듯 다가와서 불쑥 그의 눈앞에 서자, 게르만은 백작 부인이란 걸 알아보았다!

"나는 본의 아니게 네게 왔다." 그녀는 분명한 목소리로 말했다. "너의 청을 들어주라는 분부를 받아서지. 삼, 칠, 일이 네가 연이어 이기도록 해줄 거다. 하지만 조건은 하룻밤에 한 장 이상 걸면 안 되고, 또 이후론 평생 노름에 손을 대지 말아야 한다는 것이다. 그리고 네가 나의 양딸 리자베타 이바노브나와 결혼해준다면 나를 죽인 죄는 용서해주겠다……."

이 말과 함께 그녀는 조용히 돌아서더니 문 쪽으로 가서는 실내화를 끌면서 사라졌다. 게르만은 현관문이 꽝 닫히는 소리를 들었고, 누군가 또 창문으로 엿보는 것을 보았다.

게르만은 오랫동안 정신을 차릴 수가 없었다. 그는 옆방으로 가보았다. 그의 졸병은 바닥에서 자고 있었다. 게르만은 억지로 그를 깨웠다. 졸병은 여느 때와 다름없이 술에 취해 있었고, 그에게서는 아무것도 알아낼 수 없었다. 현관문은 잠겨 있었다. 게르만은 자기 방으로 돌아가 촛불을 켜고 자신이 본 환영을 기록해두었다.

6

—기다려!

—감히 '기다려!'라고 했겠다?

—각하, '저는 기다리—십시오!'라고 했습니다.

물질계에서 두 개의 물체가 동시에 같은 장소를 점유할 수 없는 것과 마찬가지로 정신계에서도 두 개의 고정관념이 공존할 수 없다. 삼, 칠, 일이 게르만의 마음속에서 죽은 노파의 모습을 덮어버렸다. 삼, 칠, 일은 그의 머릿속을 결코 떠나지 않았고, 그의 입술에서 새나왔다. 젊은 처녀를 보면, 그는

"얼마나 날씬한가! …… 진짜 하트 삼이야" 하고 말했다. "지금 몇 시입니까?" 하고 그에게 물어볼라치면, "칠 시 오 분 전이오"라고 대답했다. 배가 나온 모든 남자들은 그에게 일을 떠올리게 했다. 삼, 칠, 일은 꿈속에서도 온갖 형태로 나타나 그를 쫓아다녔다. 삼은 그의 눈앞에 화려한 꽃으로 피어났고, 칠은 고딕식 문으로, 일은 거대한 거미로 나타났다. 그의 모든 생각은 한 가지에 쏠려 있었다. 그가 그토록 비싼 값을 치르고 얻은 비법을 써먹어야겠다는 것이었다. 그는 퇴직과 여행에 대해서도 생각하게 됐다. 그는 파리의 공개 도박장에 가서 매료당한 운명의 여신을 상대로 한 건 크게 올리려고 했다. 그러나 우연한 기회가 찾아와 그는 수고를 덜게 되었다.

모스크바에는 유명한 체칼린스키가 대표로 있는 부유한 노름꾼들의 협회가 있었다. 그는 평생을 카드놀이로 보내면서, 이기면 어음으로 받고 지면 현금으로 갚는 방식으로 수백만 루블의 재산을 모은 인물이었다. 오랜 세월의 경험은 친구들에게 신용을 얻기에 충분했으며, 모든 손님들에 대한 환대, 명망 있는 요리사, 상냥함과 명랑함으로 세상 사람들의 존경을 받았다. 그런 그가 페테르부르크에 왔다. 젊은이들은 카드놀이 때문에 무도회를 잊었고 여자들 꽁무니를 쫓아다니는 재미보다는 파로(카드놀이의 일종)의 재미가 더하다며 무리지어 그에게 모여들었다. 나루모프도 게르만을 데리고 그에게로 갔다.

그들은 예절바른 하인들로 가득 찬 호화로운 방을 여러 개 지났다. 몇 명의 장군과 추밀원 고문관들이 휘스트(카드놀이의 일종)를 하고 있었다. 젊은이들은 비단을 씌운 소파에 기대어 앉아 아이스크림을 먹기도 하고 파이프를 피우기도 했다. 객실에서는 주인이 기다란 테이블에 앉아 물주를 하고 있었는데 그 주위에는 스무 명 정도의 노름꾼들이 모여들어 북적댔다. 그는 예순쯤 되었을까, 매우 점잖아 보였는데 머리는 은발로 덮여 있었고, 살찌고 생기 있는 얼굴은 그의 마음이 선량하다는 걸 나타냈으며, 활기 있는 두 눈은 끊임없이 미소를 띠며 빛나고 있었다. 나루모프는 그에게 게르만을 소개했다. 체칼린스키는 정답게 그와 악수하고, 너무 격식을 찾지 말아달라고 부탁하고는 물주 노릇을 계속했다.

한 판은 꽤 오래 걸렸다. 테이블 위에는 서른 장이 넘는 카드가 놓여 있었다.

체칼린스키는 패를 던질 때마다, 노름하는 사람들에게 생각을 정리할 시간을 주기 위해 잃은 액수를 적기도 하고, 정중히 그들의 요구를 듣기도 하며, 심지어는 더욱 정중하게 무심코 누가 접어놓은 카드의 귀를 펴기도 했다. 마침내 한 판이 끝났다. 체칼린스키는 카드를 섞어서 다음 판을 돌릴 준비를 했다.

"제게도 카드를 돌리세요." 게르만은 막 돈을 건 뚱뚱보 신사 뒤에서 손을 뻗으며 말했다. 체칼린스키는 미소를 짓고, 정중히 승낙하는 표시로 말없이 허리를 굽혔다. 나루모프도 웃으면서 게르만이 오랫동안의 절제를 푼 것을 축하하고 첫 행운을 빌었다.

"자, 좋습니다!" 분필로 자기 패 뒷면에 큰 액수를 적은 다음에 게르만이 말했다.

"얼마신지요?" 물주는 눈을 가늘게 뜨면서 물었다. "죄송합니다만, 잘 보이지가 않아서요."

"사만 칠천입니다." 게르만이 대답했다.

이 말에 한 순간 모두들 고개를 돌렸고, 모든 시선이 게르만에게 집중되었다. '미쳤군!' 나루모프는 생각했다.

"확인하기 위해 말씀드리겠는데요." 체칼린스키는 변함없는 미소를 띠며 말했다. "너무 많이 거셨습니다. 한 번에 이백 칠십오 이상을 건 분은 아직 없었는데요."

"왜, 안 될 게 있습니까?" 게르만이 말을 받았다. "제 패와 겨루실 건가요, 말 건가요?"

체칼린스키는 이번에도 정중한 동의의 표시로 허리를 숙였다.

"다만 한 가지 말씀드려야겠는데요." 그가 말했다. "친구들의 신용을 존경하여, 현금이 아니면 물주를 할 수가 없습니다. 저로선 물론, 당신의 말을 믿습니다만, 노름에도 질서가 있어야 하고 계산도 정확해야 하니까 돈을 카드에 얹어주셨으면 합니다."

게르만은 호주머니에서 은행권을 꺼내어 체칼린스키에게 넘겨주었고, 체칼린스키는 그것을 훑어본 다음에 게르만의 카드 위에 얹었다.

그는 패를 나누기 시작했다. 오른쪽에는 구, 왼쪽에는 삼이 나왔다.

"이겼다!" 게르만은 자기 패를 보이면서 말했다.

노름꾼들 사이에서 수군거리는 소리가 들렸다. 체칼린스키는 잠시 상을 찌푸렸으나 곧 얼굴에 미소를 되찾았다.

"지금 드릴까요?" 그는 게르만에게 물었다.

"그렇게 해주십시오."

체칼린스키는 호주머니에서 몇 장의 은행권을 꺼내어 바로 계산을 끝냈다. 게르만은 돈을 받아들고는 테이블에서 물러섰다. 나루모프는 정신을 차릴 수가 없었다. 게르만은 레몬수를 한잔 마시고는 집으로 향했다.

다음날 저녁, 그는 다시 체칼린스키의 집에 나타났다. 주인이 물주였다. 게르만은 테이블 가까이로 갔고, 노름꾼들은 곧 그에게 자리를 내주었다. 체칼린스키도 그에게 다정스레 인사를 했다.

게르만은 새 판을 기다려 패를 놓고 그 위에 그의 사만 칠천과 어제 딴 돈을 얹었다.

체칼린스키가 패를 나누기 시작했다. 오른쪽에 잭, 왼쪽에 칠이 나왔다.

게르만이 칠을 펴보였다.

모두들 경악을 금치 못했다. 체칼린스키도 분명히 당황한 빛을 보였다. 그는 구만 사천을 세어서 게르만에게 건넸다. 게르만은 침착하게 그것을 받아들고는 곧바로 자리를 빠져나갔다.

이튿날 저녁, 게르만은 다시 테이블에 나타났다. 모두들 그를 기다리고 있었다. 장군들과 추밀원 고문관들까지도 휘스트를 그만두고 이 보기 드문 노름을 구경하러 왔다. 청년 장교들은 소파에서 벌떡 일어섰고, 하인들까지도 모두 객실에 모여들었다. 모두가 게르만을 둘러쌌다. 다른 노름꾼들도 자기 패를 접어두고 조마조마하게 어떻게 결판이 나게 될지를 기다렸다. 혼자 내기를 걸 태세로 게르만은 테이블 옆에 섰고, 상대인 체칼린스키는 얼굴이 창백했으나 여전히 미소를 잃지 않고 있었다. 서로 카드 묶음의 봉인을 뜯었다. 체칼린스키가 카드를 섞었다. 게르만이 그걸 떠서 자기 패를 놓은 다음 그 위를 은행권 다발로 덮었다. 그것은 마치 결투와도 같았다. 깊은 침묵이 주위를 지배했다.

체칼린스키가 패를 나누기 시작했는데, 그의 손은 떨렸다. 오른쪽에는 퀸, 왼쪽에는 일이 나왔다.

"일이 이겼다!" 게르만은 자기 패를 펴 보이며 말했다. "당신의 퀸이 죽었습니다." 체칼린스키가 부드럽게 말했다.

게르만은 부르르 몸을 떨었다. 사실, 그가 펴 보인 것은 일이 아니라 스페이드의 여왕이었다. 그는 자신의 눈을 믿을 수가 없었고, 어떻게 해서 패를 잘못 뽑았는지 이해할 수 없었다.

바로 그 순간, 그는 스페이드의 여왕이 눈을 가늘게 뜨고 싱긋 웃는 것처럼 느껴졌다. 뭔가 이상하리만치 닮은 모습이 그를 깜짝 놀라게 했다…….

"그 노파다!" 그는 공포에 휩싸여 소리를 질렀다.

체칼린스키는 자기가 딴 은행권을 자기 쪽으로 끌어당겼다. 게르만은 꼼짝도 않고 서 있었다. 그가 테이블에서 물러나자 떠들썩한 얘기 소리가 들끓기 시작했다. "멋진 내기였어!" 하고 노름꾼들은 한마디씩 했다. 체칼린스키는 다시 카드를 섞었고, 노름은 계속됐다.

결말

결국 게르만은 미쳐버렸다. 그는 오부호프 병원 17호실에 앉아서 무엇을 물어보아도 대답을 않고 그저 굉장히 빠른 말로 "삼, 칠, 일! 삼, 칠, 퀸!"을 중얼거릴 뿐이다.

리자베타 이바노브나는 매우 착한 청년과 결혼했다. 그는 모 관청에 근무하고 있으며 재산도 상당하다. 그는 이전에 늙은 백작부인 댁에서 집사를 하던 사람의 아들이다. 리자베타는 가난한 친척의 딸을 데려다 키우고 있다.

톰스키는 기병 대위로 승진을 해서 공작의 영양 폴리나를 아내로 맞았다.

Повести покойного Ивана Петровича Белкина

이반 페트로비치 벨킨 이야기

프로스타코바 부인
그거라면, 이렇게 생각해요. 그 아이는 어릴 적부터
옛 이야기를 아주 좋아했어요.

스코티닌
미트로판은 나를 닮았거든.
〈미성년〉

펴낸이의 말

이반 페트로비치 벨킨의 이야기들을 서둘러 펴내며, 나는 우리나라 문학 애호가들의 호기심이 조금이나마 채워지기를 바라면서 고인이 된 작가의 전기를 간략하나마 덧붙인다. 이를 위해 이반 페트로비치 벨킨의 가까운 친척이자 상속인인 마리야 알렉세예브나 트라필리나에게 도움을 청했다. 그러나 유감스럽게도 마리야는 벨킨과 한 번도 만난 적이 없어서 그에 대한 아무런 정보도 주지 못했다. 하지만 마리야는 벨킨의 친구였던 어느 훌륭한 신사분께 한번 물어보라고 연락처를 알려주었다. 그 말에 따라 그에게 편지를 띄웠고, 짧지만 만족스러운 답장을 받게 되었다. 고결한 사고방식과 감동적인 우정을 보여주는 소중한 기념물이자 전기 자료로도 충분히 가치 있는 이 편지를 글 한 줄 수정하거나 주석 덧붙임 없이 그대로 싣는다.

**** 귀하.

이달 15일자로 보내주신 귀하의 편지를 23일 잘 받아보았습니다. 그 편지에서 귀하는 저의 소중한 친구이자 이웃 영지 지주였던 고(故) 이반 페트로비치 벨킨의 출생 및 사망 연월일, 군복무, 가정환경, 그리고 그의 직업과 품성에 대해 자세한 자료를 얻고 싶다는 바람을 제게 털어놓으셨지요. 제가 귀하의 기대에 보답할 수 있음을 커다란 기쁨으로 여기며 그와 나눈 대화와, 저 자신이 살펴본 사실 가운데 기억해낼 수 있는 모든 것을 귀하께 적어 보냅니다.

이반 페트로비치 벨킨은 1798년 고류히노 마을 훌륭한 집안의 고결한 부모에게서 태어났습니다. 작고하신 그의 부친 표트르 이바노비치 벨킨 육군 이등 소령은 트라필린 집안의 처녀 펠라게야 가브릴로브나와 결혼했습니다. 그는 넉넉하지는 않았지만 어느 정도 재산이 있었고 경영 수완이 매우 뛰어난 사람이었습니다. 그의 아들은 마을 교회 성직자로부터 초등 교육을 받았습니다. 그가 책읽기와 러시아 문학을 좋아하게 된 것은 아마도 이 훌륭하신 분 덕택이라고 보입니다. 1815년에 그는 보병 연대에 입대하여(연대 번호는 기억나지 않습니다) 1823년까지 줄곧 그곳에 소속되어 있었습니다. 양친이 거의 동시에 세상을 떠나자 그는 부득이 전역을 하고 고류히노 마을 세습 영지로 돌아왔습니다.

이반 페트로비치는 경험이 적고 마음이 약해서 영지 경영을 맡은 지 얼마 안 돼 관리를 소홀히 하여, 돌아가신 부친이 세워놓은 엄격한 규율을 약화시켰습니다. 그는 농군들이 싫어하는(이건 농군들 버릇이지요) 마을의 양심적이고 유능한 관리인을 해고하고 마을 경영을 그의 하녀장인 노파에게 맡겼습니다. 이 여자는 이야기 솜씨로 그의 신뢰를 얻어냈던 겁니다. 이 우둔한 노파는 25루블짜리 지폐와 50루블짜리 지폐도 제대로 구별할 줄 몰랐고, 농군들은 노파가 그들 모두의 대모였던 까닭에 그녀를 조금도 두려워하지 않았습니다. 농군들이 선출한 새 관리인은 농군들과 한통속이 되어 속임수를 부리면서 그들을 눈감아 줬습니다. 그 바람에 이반 페트로비치는 마침내 부역 제도를 폐지하고 아주 낮은 소작료를 정해버렸습니다. 이에 그치지 않고 농군들은 주인의 약한 마음을 이용하여 첫해에는 소작료를 엄청나게 깎아 내더니, 이듬해에는 소작료의 삼분의 이 이상을 호두나 월귤 따위로 지불했는데 그것조차 제대로 내지 않는 자도 있었습니다.

이반 페트로비치의 돌아가신 부친과 친교를 맺었던 사람으로서 저는 그의 아들에게도 충고를 하는 것이 제 임무라 여겼습니다. 그가 등한시했던 질서를 이전처럼 바로잡겠다고 자청하고 나선 것이 한두 번이 아니었습니다. 하루는 그를 찾아가서 회계 장부를 요구하고, 사기꾼 관리인을 불러내어 이반 페트로비치 눈앞에서 그 장부를 검사했지요. 젊은 주인은 처음에는 열심히 주의를 기울여 제가 하는 일을 따랐습니다. 하지만 계산 결과 지난 2년 간 농군의 수는 늘고 가금과 가축의 수는 현저히 줄었음이 드러나자, 이반 페트로비치는 이 첫 정보에 만족하여 제 말을 더는 들으려 하지 않았습니다. 제가 철저한 조사와 엄격한 심문으로 사기꾼 관리인을 꼼짝달싹할 수 없는 궁지에 몰아넣고 변명 한마디도 하지 못하게 해버린 바로 그 순간에, 이반 페트로비치가 의자에 앉은 채 드르렁드르렁 코고는 모습을 보니 어찌나 기막히고 분통이 터지던지요! 그 뒤로 저는 그의 영지 관리에 간섭하기를 포기하고 그의 일을 (그 자신도 그랬듯이) 신의 뜻에 맡겼습니다.

하지만 이런 일이 우리 우정을 해치지는 않았습니다. 저는 이 나라 젊은 귀족들의 공통적인 나약함과 지독한 태만함을 동정하고 이해했기 때문에 이반 페트로비치를 진심으로 사랑했습니다. 너무나 온순하고 고결한 이 젊은이를 사랑하지 않을 수가 없었던 것입니다. 이반 페트로비치도 저의 연륜을 존경했고 저를 마음으로부터 따랐습니다. 습관, 사고방식, 성격, 그 무엇을 보아도 그와 저는 공통점이 거의 없었지만, 저의 솔직한 담화를 소중히 여겨서 그는 세상을 떠나는 순간까지 거의 날마다 저와 만났습니다.

이반 페트로비치는 참으로 절도 있는 생활을 하면서 모든 무절제를 멀리했습니다. 저는 그가 술에 취해 있는 모습을 본 적이 없습니다(이것은 우리 고장에선 전대미문의 기적이라 할 수 있습니다). 그는 여자들을 매우 좋아했지만, 수줍음을 잘 탄다는 점에서는 꼭 처녀와 같았습니다.*1

귀하가 서신에서 언급하신 소설들 외에도 이반 페트로비치는 많은 원고를 남겼는데, 그중 일부는 제가 보관하고 있고, 또 일부는 그의 하녀장이 여러 가지 집안일에 사용했습니다. 지난겨울 그 여자는 이반 페트로비치가 완성하지 못한 소설의 제1부를 갈기갈기 찢어 자기가 사는 곁채의 모든 창문에다 발랐지요. 제가 알기로는, 귀하가 언급하신 그 소설들은 그의 문학적 첫 시도였습니다. 이반 페트로비치의 말에 의하면 그 작품들은 대부분이 실화이고 여러 사람들에게서 직접 들었던 이야기라고 합니다.*2 그

---

*1 이어서 어떤 일화가 소개되어 있지만 굳이 여기에 싣지는 않겠다. 다만 이반 페트로비치 벨킨의 추억을 더럽힐 만한 일화가 아님을 독자 여러분에게 분명히 밝혀 둔다.

러나 거기 등장하는 인명은 거의 다 그 자신이 지어낸 것이고, 촌락과 마을 이름들은 우리 고장에서 딴 것이어서 저희 마을 이름도 어딘가에 나올 것입니다. 물론 그는 어떤 악의가 있어서가 아니라 단지 상상력이 부족해서 그랬을 겁니다.

이반 페트로비치는 1828년 가을 감기에 걸렸는데 이것이 열병으로 발전하여, 우리 고장 의사가 끝까지 노력했음에도 그만 세상을 떠나고 말았습니다. 사족을 달자면 그 의사는 만성 질환, 그러니까 티눈이나 굳은살 같은 것을 치료하는 데 특히 뛰어난 사람이었습니다. 이반 페트로비치는 서른 살 나이에 제 팔에 안겨 눈을 감았고, 고류히노 마을 교회 묘지에 있는 양친의 무덤 가까운 곳에 묻혔습니다.

이반 페트로비치는 중키에 회색 눈동자와 연한 황갈색 머리칼을 가졌으며, 콧날은 반듯하고 얼굴은 창백하고 여윈 편이었습니다.

저의 이웃이자 친구였던 고인의 생활, 직업, 성격 그리고 외모에 대해 제가 기억하고 있는 것은 이 정도입니다. 만일 제 편지에서 도움이 될 만한 내용을 발견하시더라도 부디 제 이름만은 언급하지 마실 것을 간곡히 부탁드립니다. 왜냐하면 제가 작가들을 아주 존경하고 사랑하기는 하지만, 제가 그런 영역에 들어서는 것은 지나친 일이며 제 나이에 어울리지 않는 일로 생각하기 때문입니다.

충심으로 존경을 표하오며 아울러 운운.

1830년 11월 16일

네나라도보 마을에서

세상을 떠난 작가의 훌륭한 친구분의 뜻을 따르는 것이 도리라 여기며, 나는 그가 제공한 소식에 대해 심심한 사의를 표하고 아울러 독자들이 그의 성실과 호의를 높이 평가해줄 것을 희망하는 바이다.

A.P.

---

*2 실제로 벨킨 씨가 쓴 원고를 보면, 이야기 첫머리마다 아무개 씨(관직 또는 직업, 이니셜)에게서 들은 얘기라는 주석이 달려 있다. 호기심 많은 분들을 위해 간단히 적자면 〈역참지기〉는 9등관 A.G.N., 〈그 한 발〉은 육군 중령 I.P.L., 〈장의사〉는 성직자 B.V., 〈눈보라〉 및 〈귀족 아가씨—농사꾼 처녀〉는 소녀 K.I.T.가 들려준 이야기이다.

그 한 발

우리는 서로 쏘았다.

바라트인스키

나는 결투의 당연한 권리로써 그를 사살하겠노라고 맹세했다
(내가 그에게 갚아줄 한 발이 아직 남아 있었다).

《야영지에서의 저녁》

1

우리는 ***라는 작은 마을에 주둔하고 있었다. 지방 사단 장교의 생활이란 잘 알려진 대로다. 아침에는 훈련과 마술 교습이 있고 점심은 연대장 집이나 유대인 선술집에서 해결하고 저녁에는 펀치를 마시며 카드놀이를 한다. ***에서 우리를 초대해 주는 집은 하나도 없었고 혼기를 맞은 처녀도 없었다. 우리는 서로의 숙소에 모이곤 했는데 거기에선 군복을 입은 동료밖에 볼 수 없었다.

단 한 명, 군인이 아니면서 우리 모임에 끼는 사람이 있었다. 서른다섯 정도 된 그 사람은 우린 노인장으로 대접했다. 그는 경험이 많아서 여러모로 보아 우리보다 뛰어났다. 게다가 평소 그의 침울함과 과격한 성질 그리고 독설은 우리 젊은 마음에 강한 영향을 미쳤다. 그의 운명은 어떤 신비에 싸여 있는 듯했다. 겉보기에는 러시아인 같았는데 이름은 외국식이었다. 그는 한때 경기병으로 복무하면서 꽤 높은 자리까지 승진했다고 하는데, 왜 장교 지위를 버리고 퇴역하여 누추한 작은 마을에 자리를 잡았으며 가난한데도 헤프게 사는지는 아무도 몰랐다. 닳아빠진 검정 프록코트 차림으로 언제나 마차도 안 타고 걸어 다녔지만, 우리 연대 장교라면 누구 할 것 없이 늘 식사를 대접했다. 식사라고 해야 퇴역 병사가 만든 두세 가지 음식이 고작이었지

만 샴페인만큼은 늘 강물처럼 넘쳐흘렀다. 그의 재산이나 수입이 얼마나 되는지는 아무도 몰랐고 감히 그에게 그런 걸 묻는 사람도 없었다. 그는 책을 꽤 많이 갖고 있었는데 대부분은 군사 서적이나 소설들이었다. 그는 언제든지 흔쾌히 책을 빌려주고도 돌려받으려 하지는 않았다. 대신 그 자신도 빌린 책을 주인한테 돌려준 적이 없었다. 그가 주로 하는 일은 권총 사격이었다. 그의 방 벽은 온통 총알로 뚫려 마치 벌집 같았다. 그가 살고 있는 누추한 토담집에 존재하는 유일한 사치품은 잔뜩 수집해놓은 권총들뿐이었다. 그의 솜씨는 믿기 어려운 경지였다. 그가 모자 위에 배를 놓고 쏘겠다고 나선다 해도 머리를 내주지 않을 사람은 우리 연대에는 아무도 없었다. 우리 사이에서는 종종 결투 얘기가 나왔는데 그때마다 실비오(그를 이렇게 부르겠다)는 그런 대화에 끼어들지 않았다. 결투를 해본 적이 있느냐고 물으면 그렇다고 그냥 무뚝뚝하게 대답할 뿐 자세한 얘기를 하지 않는 것으로 보아 분명 그런 질문을 싫어하는 것 같았다. 우리는 그가 그 무시무시한 솜씨로 불행한 희생자를 냈기 때문에 양심의 가책을 받는 모양이라고 짐작만 할 뿐이었다. 물론 그가 뭔가를 겁내리라고는 생각도 할 수 없었다. 척 봐도 그런 의심이 전혀 안 드는 사람들이 있는 것이다. 그런데 그 뒤 우리 모두를 놀라게 한 뜻밖의 사건이 일어났다.

하루는 우리 장교 열 명 정도가 실비오의 숙소에서 식사를 했다. 우리는 여느 때처럼 술을 아주 많이 마셨다. 식사를 마치자 우리는 집주인에게 카드놀이의 물주가 되어 달라고 졸랐다. 그는 좀처럼 카드놀이를 하지 않았기 때문에 오랫동안 안 하겠다고 버텼으나, 결국은 카드를 가져오라고 이르고는 금화 50여개를 탁자 위에 뿌린 뒤 패를 돌렸다. 우리 모두는 그를 둘러쌌고 드디어 게임이 시작됐다. 실비오는 게임을 할 때 결코 언쟁하거나 변명하는 일 없이 내내 입을 꾹 다물고 있는 습관이 있었다. 내기하는 사람이 어쩌다 셈을 잘못하면 실비오는 곧바로 부족한 액수를 지불하거나 여분의 액수를 적어두었다. 우리는 이 사실을 익히 알고 있던 터라 그가 자기 방식대로 진행하게 내버려두었다. 그런데 최근에 이곳 연대로 전속해 온 장교가 우리 틈에 끼여 있었다. 게임을 하다가 방심을 한 나머지 이 장교는 카드 한쪽 귀를 여분으로 꺾었고(게임에서 카드 한쪽 귀를 접는 것은 돈을 두 배로 걸겠다는 것을 뜻이다) 실비오는 분필을 집어 늘 하던 대로 셈을 정정했다. 장교는 실비오가 실수를 했다고 생각하고 설명을 늘어놓았다. 실비오는 묵묵히 게임을 계속해나갔다. 그러자 참을성을 잃은 장교는 지우개를 들더니 잘못 기록된 것이라 생각한 그 숫자를 지워버렸다. 실비오는 분필을 집어 들고는 그 숫자를 다시 적었다. 술과 노름, 그리고 동료들의 웃음소리에 열을 받은 장교는 모욕을 당했다고 생각하여 식탁의 구리 촛대를 움켜쥐고는 실비오를 향해 내던졌다. 실비오는 몸을 살짝 틀어 그 일격을 피했다. 우리는 몹시 당황했다. 분노로 얼굴이 새하얘진 실비오는 눈을 번뜩이며 벌떡 일어서더니 말했다.

"이보시오, 이만 가주시고, 이 일이 내 집에서 있었던 걸 하나님께 감사하시오."

우리는 결과를 의심치 않았다. 새 동료는 이미 죽은 목숨이라 생각했다. 이 동료는 물주님의 마음에 드시는 방법으로 언제라도 이 모욕을 갚을 준비가 되어 있다고 하고는 밖으로 나가버렸다. 카드놀이는 몇 분 더 이어졌지만 우리는 모두 집주인이 더는 카드놀이를 할 경황이 아니라고 판단하고 하나 둘 자리를 떴다. 각자 숙소로 흩어져 가면서 우리는 곧 장교 자리 하나가 비겠다며 수군거렸다.

다음 날 아침 마술 훈련장에서 우리는 그 불쌍한 중위가 아직 살아 있을까 하고 서로 묻고 있었는데, 바로 그때 화제의 주인공이 우리 앞에 나타났다. 우리는 그에게 같은 질문을 했다. 그는 실비오한테서 아직 아무 기별이 없다고 했다. 이 대답에 우리는 경악했다. 실비오의 집에 가보니 그는 대문에다 에이스 카드를 고정해놓고는 카드 정중앙을 향해 한 발, 또 한 발 총을 쏴대고 있었다. 그는 어제 일에 대해서는 한마디도 하지 않고 평소처럼 우리를 맞이했다. 사흘이 지나갔고, 중위는 여전히 살아 있었다. 실비오는 정말로 결투할 생각이 없는 걸까? 우리는 놀라서 서로에게 물었다. 실비오는 결국 결투를 하지 않았다. 그는 아주 가벼운 변명에 만족하고는 중위와 화해했다.

이 일로 젊은이들 사이에서 그의 위신은 엄청나게 떨어지고 말았다. 용기야말로 인간 최고 미덕이며 용기만 있다면 어떤 악행도 용서될 수 있다고 믿는 젊은이들에게 용기의 부족은 가장 용서받을 수 없는 일이었기 때문이다. 그러나 모든 일은 점차 잊혔고, 실비오는 전과 같은 영향력을 회복했다.

단지 나만은 그에게 전처럼 가까이 다가갈 수가 없었다. 천성적으로 낭만적 공상을 좋아하던 나는 마치 신비스런 소설 속 주인공처럼 수수께끼 같은 삶을 살아가는 그 사람에게 누구보다도 강한 애착을 가지고 있었던 것이다. 그도 날 좋아해서, 적어도 내 앞에서는 평소의 날카로운 독설을 거두고 단순하면서도 매우 유쾌하게 여러 가지 얘기를 했었다. 그러나 그 불행한 사건이 일어난 다음부터 그의 명예가 더럽혀졌고 그 자신의 잘못으로 인해 그 치욕이 씻기지 않고 남아 있다는 생각이 내 머리에서 떠나지 않았다. 그래서 나는 그를 전처럼 대할 수가 없었다. 그를 쳐다보기조차 부끄러웠다. 실비오는 아주 명석하고 경험이 풍부한 사람이었기 때문에 이 사실을 곧 알아챘고 그 이유도 짐작하고 있었다. 그래서 그는 몹시 괴로운 것 같았다. 적어도 두 번 정도는 그가 내게 솔직하게 변명하려고 하는 낌새를 눈치챘다. 그러나 나는 그런 상황을 피했고 실비오도 결국 내게서 물러섰다. 그 뒤로 나는 동료들과 함께 있는 자리에서만 그를 만났고 전처럼 솔직한 대화를 나누는 일은 없게 되었다.

늘 바쁘게 생활하는 수도(首都) 사람들은 시골이나 소도시 사람들에게는 그토록 친숙한 여러 감정이 어떤 것인지를 알기 어려울 것이다. 가령 우편물 배달일이 돌아오기를 기다리는 마음 같은 것 말이다. 화요일, 금요일이면 연대 사무실은 늘 송금이나 편지나 신문을 기다리는 장교들로 붐볐다. 봉해진 편지는 대개 그 자리에서 개봉되고, 새로운 소식이 전달된 사무실은 아주 활기찬 모습을 보이곤 했다. 실비오도 우리 연대 주소로 편지를 받았기 때문에 보통 그 자리에 있었다. 하루는 그가 편지 한 통을 받아 들고는 아주 급하게 개봉했다. 내용을 재빨리 훑는 그의 눈동자에서는 빛이 났다. 장교들은 저마다 자기 편지 읽기에 바빠서 아무도 이를 눈치채지 못했다.

“여러분!” 실비오가 외쳤다. “제가 사정상 곧 떠나게 됐습니다. 오늘 밤에 떠납니다. 그러나 부디 우리집으로 마지막 저녁식사를 하러 와 주십시오. 당신도 기다리고 있겠습니다.” 그는 내 쪽으로 몸을 돌렸다. “당신을 꼭 기다리겠소.”

이 말을 남기고 그는 서둘러 나가버렸다. 우리는 실비오 집에서 만나기로 하고 저마다 제 갈 길로 흩어졌다.

약속 시간에 맞춰 실비오 집에 가보니 거의 연대 장교 전체가 거기 모여 있었다. 짐은 이미 다 꾸렸는지 이제는 총알 자국투성이의 벌거숭이 벽만이 남아 있었다. 우리는 식탁에 둘러앉았다. 주인은 더없이 기분이 좋았고 그 기쁨은 곧 손님들에게도 번졌다. 병마개가 쉴 새 없이 뻥뻥 따졌고 술잔은 연방 쏴 소리를 내며 거품을 일으켰다. 우리는 떠나는 그에게 행운이 함께하기를 진심으로 빌어주었으며 밤이 늦어서야 자리를 떴다. 다들 모자를 챙기는 동안 실비오는 일일이 작별 인사를 하다가, 내가 막 나가려는 참에 손을 잡으며 나를 멈춰 세웠다. "당신과 얘기를 좀 하고 싶소." 그는 낮은 목소리로 말했다.

손님들이 돌아간 뒤 우리는 단둘이 남아 묵묵히 마주 앉아 파이프를 피워 물었다. 실비오는 깊은 생각에 잠겨 있었다. 발작적으로 나타나던 쾌활함은 이미 온데간데없었다. 음울하고 창백한 안색과 번뜩이는 눈, 입에서 뿜어져 나오는 자욱한 담배 연기 때문에 그는 정말 악마처럼 보였다. 몇 분이 지나서야 실비오는 침묵을 깼다.

"우리는 다시는 못 만날지도 모르오." 그가 말했다. "떠나기 전에 당신과 터놓고 얘기를 하고 싶었소. 당신도 알 테지만 나는 남들이 뭐라고 생각하든 별로 신경 쓰지 않는 편이오. 하지만 난 당신을 좋아하니까 당신 머릿속에 그릇된 인상을 남기고 가면 내가 괴로울 거요."

그는 이야기를 잠시 멈추고 다 태운 파이프를 다시 채웠다. 나는 한마디도 하지 않은 채 시선을 내리깔고 있었다.

"당신은 이상하게 여겼을 거요." 그가 말을 이었다. "내가 술 취한 그 미치광이 R＊＊＊한테 결투를 청하지 않은 걸 말이오. 무기 선택권이 있는 내 손아귀에 그의 목숨이 잡혀 있었다는 걸 당신도 인정할 거요. 물론 내 목숨은 거의 걱정할 필요조차 없었지. 따라서 내 절제된 행위를 오로지 관용 탓으로 돌릴 수도 있겠지만, 거짓말을 하고 싶진 않소. 내가 만일 내 목숨을 조금도 위태롭게 하지 않고서도 R＊＊＊을 혼낼 수 있었다면 그를 절대 용서하지 않았을 거요."

나는 깜짝 놀라서 실비오를 쳐다봤다. 예상치 못했던 고백에 그저 아연할 수밖에 없었다. 그는 말을 이었다.

"그렇소, 내게는 죽음을 무릅쓸 권리가 없소. 6년 전에 난 따귀를 맞았는데, 그놈이 아직 살아 있소."

그순간 호기심이 거세게 일었다.

"그 사람과 결투를 하지 않았단 말입니까?" 내가 물었다. "사정이 있어서 그냥 헤어진 거겠죠?"

"그와 결투를 했소." 실비오가 답했다. "여기에 그 결투의 기념물까지 있소."

실비오는 일어서더니 마분지 상자에서 금술이 달린 빨간 모자를 꺼냈다(프랑스인들이 경찰 모자라 부르는 모자였다). 그는 그것을 머리에 썼다. 그 모자엔 이마에서 한 치쯤 떨어진 곳에 총알구멍이 뚫려 있었다.

"알다시피." 실비오는 말을 이었다. "나는 한때 *** 경기병 연대에서 근무했었소. 당신도 내 성격을 알잖소. 난 누구에게도 지는 법이 없었소. 젊었을 때부터 그건 내 병이었지. 우리 땐 난폭한 게 멋이었고, 나는 연대에서 제일 난폭한 사람이었소. 우린 주량을 자랑으로 삼았고, 나는 데니스 다비도프가 칭송했던 그 유명한 부르초프를 술로 이겼다오. 우리 연대에서는 하루가 멀다 하고 결투가 벌어졌소. 내가 싸우거나 끼지 않은 결투는 없었지. 동료들은 나를 영웅시했지만 계속 교체된 연대장들은 나를 어쩔 수 없는 눈엣가시로 여겼소.

나는 덤덤하게(사실 그렇게 덤덤하지만은 않았을 거요) 내 명성을 즐기고 있었는데, 어느 날 (누구라고 밝히지는 않겠지만) 부유하고 고귀한 가문의 젊은이가 우리 연대에 배속되어 왔소. 난 그토록 빛나는 행운아를 평생 본 적이 없었소! 생각해보시오. 젊음, 명석한 두뇌, 수려한 외모, 광적일 정도의 쾌활함, 앞뒤 안 가리는 용기, 쟁쟁한 이름, 헤아릴 수 없는 돈, 아무리 써도 바닥나지 않는 돈을 다 가진 놈이었소. 그러니 그가 우리 연대 사람들 눈에 어떤 모습으로 비쳤겠소? 챔피언이라는 내 지위는 흔들렸소. 처음엔 내 명성에 끌려 그는 나와 친해지려 했소. 그러나 나는 그를 차갑게 대했고 그는 한 치의 후회도 없이 물러서더군. 나는 그에게 지독한 증오를 품게 됐소. 연대 안에서와 여자들 사이에서 그가 엄청난 인기를 얻자 나는 완전히 절망에 빠졌소. 난 그와 말다툼을 할 건수를 찾고 있었지요. 내 쪽에서 던진 풍자시에 대해 그도 풍자시로 답했는데, 그때마다 그의 풍자시는 내 것보다 더 기발하고 날카롭고 또 얼마나 기막히게 쾌활하던지. 그는 그저 농담을 할 뿐인데 난 독을 품는 식이었던 거요. 마침내 어느 폴란드 지주의 무도회에서 나는 그가 모든 여인들, 특히 나와 관계를 맺고 있던 여주인의 주목을 받는 걸 보자 그의 귀에 대고 야비한 말을 했소. 그는 발끈해서 내 따귀를 갈겼소. 우리 손은 바로 군도 자루로 갔소. 여인들은 기절했고 사람들이 우릴 강제로 겨우 떼어놓았소. 바로 그날 밤 우린 당장 결투하러 떠났던 거요.

때는 새벽이었소. 나는 입회인 세 명과 약속 장소에 서 있었소. 난 이루 말할 수 없이 초조한 심정으로 상대가 오기를 기다렸소. 봄이라 해가 일찍 떠서 새벽인데도 벌써 후텁지근했소. 그때 그가 멀리서 오는 걸 보았소. 그는 군도에 군복 상의를 걸쳐들고 입회인 한 명을 데리고 걸어오고 있더군. 우리는 그에게로 다가갔소. 그는 앵두를 가득 담은 군모를 들고 가까이 오고 있었소. 입회인들은 우리를 열두 걸음 거리로 떼어놨소. 내가 먼저 쏘기로 되어 있었으나 난 너무 화가 난 상태라 손의 정확성을 믿을 수가 없었소. 그래서 첫 발을 그에게 양보했소. 그동안 냉정을 되찾고 싶어서. 그러나 상대는 받아들이지 않더군. 결국 제비뽑기를 했는데 그 영원한 행운아가 첫 차례가 됐지. 그는 총을 겨누고 내 모자를 뚫었소. 그러고는 내 차례였소. 마침내 그의 목숨이 내 손아귀에 들어온 거요. 나는 그에게서 조금이라도 불안한 낯빛을 찾아보려 그를 뚫어지게 쳐다봤소……. 그런데 그는 자기를 겨누고 있는 내 총을 쳐다보며 태연스레 모자에서 익은 앵두를 꺼내 먹으면서 씨를 내 발 앞까지 내뱉는 거였소. 그 태연한 태도에 화가 잔뜩 치밀어올랐지. 목숨을 털끝만큼도 소중히 여기지 않는 놈의 목숨을 뺏어서 무엇하랴 하는 생각이 들더군. 문득 아주 심술궂은 생각이 떠올랐소. 나는 총을 내렸소.

'당신은 죽음을 생각할 겨를도 없는 것 같군.' 나는 그에게 말했소. '어서 아침식사를 하시게나. 난 방해할 생각이 조금도 없네.' '방해라니 가당치 않소.' 그가 그렇게 되받더군요. '주저 말고 마음대로 쏘시오. 당신에게 한 발이 남았으니까요. 난 언제라도 당신 뜻에 따를 용의가 있소.' 나는 입회인들에게 지금은 쏘지 않겠다고 했고 그로써 결투는 끝이 났던 거요.

그 뒤 나는 전역을 해 이 작은 마을에 들어앉았소. 그때부터 복수를 생각하지 않은 날이 하루도 없었소. 지금에야 때가 온 거요……."

실비오는 아침에 받은 편지를 주머니에서 꺼내 읽어보라며 내게 건네주었다. 누군가가(아마 그의 대리인이었을 것이다) 모스크바에서 그에게 쓴 것이었는데 어떤 인물이 젊고 아름다운 아가씨와 곧 결혼식을 올릴 거라는 내용이었다.

"당신도 짐작할 테지." 실비오가 말했다. "이 어떤 인물이 누군지 말이오.

나는 모스크바로 가오. 그자가 예전에 앵두를 먹으면서 죽음을 기다렸던 것처럼 결혼을 눈앞에 두고도 그렇게 태연하게 죽음을 대하게 되나 어디 한번 보자 이거요!"

이렇게 말하면서 실비오는 벌떡 일어나 모자를 바닥에 집어던지더니 우리에 갇힌 호랑이처럼 방 안을 이리저리 걸어 다녔다. 나는 꿈쩍도 않고 그 얘기를 듣고 있었다. 묘하고 모순된 감정이 나를 흥분시켰다.

하인이 들어와서 떠날 준비가 됐다고 알렸다. 실비오는 내 손을 꽉 잡았고 우리는 포옹했다. 그는 마차에 올라탔다. 거기엔 트렁크 두 개가 놓여 있었는데 하나엔 권총이, 다른 하나엔 가재도구들이 들어 있었다. 우리는 다시 한 번 작별 인사를 나누었고, 말들은 이내 내달렸다.

2

몇 해가 흘렀다. 나는 가정 사정상 N＊＊＊ 지역의 가난한 마을로 거처를 옮겨야 했다. 소유지 경영으로 바쁜 와중에도 나는 늘 이전의 시끌벅적하고 걱정거리 없는 생활을 남몰래 그리워했다. 가장 힘들었던 건 완전한 고독 속에서 기나긴 겨울밤을 지내는 데 익숙해지는 일이었다. 저녁때까지는 관리인과 담소를 나누거나 농장으로 나가 일이 어떻게 돌아가는지 알아보거나 새로운 시설을 돌아보면서 그럭저럭 시간을 보내곤 했다. 그러나 날이 어둑해지면 어쩔 줄을 몰랐다. 도대체 뭘 해야 할지 알 수 없었다. 장 밑과 광 속에서 찾아낸 몇 권 안 되는 책들은 내용을 모조리 외워버렸다. 하녀장 키릴로브나가 기억을 되살려서 되풀이하는 옛날이야기들도 이제는 너무 들어서 지겨울 정도였다. 농촌 여인들의 노래를 들어도 울적하기만 했다. 단맛이 들지 않은 과실주를 마셔도 보았지만 머리만 아팠다. 그리고 실은 홧김에 술꾼이 되는 게, 술고래가 되는 게 두려웠다. 주정뱅이 중에서도 그런 치들은 최악이었다. 우리 군에서 그런 자들을 많이 보아온 터였다. 내 주위에 가까운 이웃은 없었고 있어봤자 불행한 술고래 두세 명이 고작이었는데, 그들은 얘기를 할 때 말보다는 딸꾹질과 한탄을 더 많이 했다. 그런 얘기보다는 차라리 고독이 더 견딜 만했다(마침내 나는 저녁을 늦게 먹고 밤에 일찍 잠자리에 들기로 결심했다. 이러면 저녁 시간은 짧아지고 낮 시간이 길어지기 때문이다. 이렇게 정하고 나서 나는 겨우 한시름 놓을 수 있었다).

우리 마을에서 4베르스타(1베르스타는 1.067킬로미터) 떨어진 곳에는 부유한 B*** 백작부인의 소유지가 있었다. 그러나 그곳엔 집사 혼자서 살고 있었다. 백작부인은 결혼 첫해에만 딱 한 번 자기 영지를 찾아왔다. 그때에도 그곳에서 채 한 달을 머물지 않았다. 그런데 내가 은둔 생활을 한 지 2년째 되던 봄에 백작부인과 남편이 그해 여름 영지를 방문할 거라는 소문이 돌았다. 과연 6월 초에 그들은 이곳에 도착했다.

부유한 이웃이 시골에 오는 것은 시골 사람들에게는 대단한 사건이다. 지주들과 그 하인들은 두 달 전부터, 그리고 삼 년 뒤에까지 그 얘기를 한다. 솔직히 말해, 젊고 아름다운 이웃이 도착했다는 소식은 나를 한껏 들뜨게 했다. 나는 그 사람을 빨리 보고 싶어 몹시 애가 탔다. 그래서 그녀가 도착한 뒤 첫 일요일에 점심식사를 재빨리 마치고 *** 마을로 떠났다. 나는 백작 부부에게 나를 그들의 가장 가까운 이웃이자 공손한 봉사자로 소개할 작정이었다.

하인은 나를 백작의 서재로 안내하고는 나의 방문을 알리러 갔다. 넓은 서재는 온갖 호화품으로 치장돼 있었다. 사방 벽에 책으로 꽉 찬 책장이 있었고 모든 책장 위에는 청동 흉상이 놓여 있었다. 대리석 벽난로 위에는 큰 거울이 있었으며, 녹색 나사 천으로 덮인 마룻바닥 위에는 양탄자가 깔려 있었다. 초라한 은신처에 틀어박혀 사치와는 거리가 멀어지고 다른 이들의 부를 오랫동안 보지 못했던 나는 그만 주눅이 들었다. 그래서 마치 시골 청원자가 장관을 기다리듯이 초조해하며 백작을 기다렸다. 이윽고 문이 열리고 서른두 살 정도 된 잘생긴 신사가 들어왔다. 백작은 시원스럽고 친절한 태도로 내게 다가왔다. 내가 용기를 되찾아 자기소개를 하려던 참에 그가 나를 앞질렀다. 우리는 자리에 앉았다. 그의 자유롭고 정다운 이야기는 남 앞에 나서기 두려워하는 나의 부끄러움을 금방 없애주었다. 내가 점차 평상시와 같은 태도로 되돌아갈 무렵 백작부인이 불쑥 들어왔다. 나는 전보다 더 당황하여 어쩔 줄을 몰랐다. 백작부인은 정말로 아름다웠다. 백작이 나를 소개했다. 나는 여유 있어 보이기를 바랐지만 태연한 척 애를 쓰면 쓸수록 더욱 쑥스러워졌다. 그들은 내게 정신을 가다듬고 새로운 사람들과 사귀는 데 익숙해질 시간을 주려는 듯 둘이서 얘기를 나누었고, 내게는 친한 이웃처럼 격식 없이 대해주었다. 그동안 나는 이리저리 걸어 다니며 책과 그림을 구경했다. 나는 그림에 대해서는 아는 게 별로 없었지만 내 주의를 끄는 그림이 하나 있었다. 스위스 풍경을 그린 그림이었다. 그러나 내 주의를 끈 것은 그림 그 자체가 아니라 그림에 거의 정확히 겹쳐서 뚫린 두 개의 총알 자국이었다.

"대단한 사격 솜씨로군요." 나는 백작을 돌아보며 말했다.

"그렇소." 그가 대답했다. "대단하고말고요. 당신도 사격에 능하신지요?" 그가 연이어 물었다.

"제법 쏘지요." 익숙한 화제가 나오자 반가워하며 대답했다. "삼십 보 거리에서도 카드를 빗나가지 않게 쏠 수 있습니다. 물론 제 손에 익은 총으로 쏠 경우에 말이죠."

"정말이에요?" 백작부인이 무척 흥미롭다는 듯이 물었다. "여보, 당신도 삼십 보 거리에서 카드를 맞힐 수 있어요?"

"글쎄, 언제 한번 겨뤄봅시다." 백작이 대답했다. "나도 한창때는 나쁘지 않게 쐈지요. 하지만 총을 안 잡은 지가 4년이나 되어서 말이오."

"아." 나는 말했다. "그렇다면 각하는 이십 보 거리에서도 카드를 못 맞추실 겁니다. 장담할 수 있어요. 권총 사격은 매일 연습해야 하죠. 제 경험상 그걸 압니다. 저는 우리 연대에서 가장 뛰어난 사수 가운데 한 사람이었습니다. 그런데 한번은 꼬박 한 달 간 권총을 잡지 못했어요. 제 총이 수리 중이었거든요. 그러니 어떻게 됐겠습니까, 각하? 그 뒤 처음 총을 쏘게 되었을 때 이십오 보 거리에서 병을 연거푸 네 번이나 맞히지 못했습니다. 우리 연대엔 입이 험하고 익살맞은 대위가 있었는데, 그 친구가 마침 그 자리에 있다가 제게 이렇게 말했죠. '이보게, 자네 손이 병을 갈기고 싶은 마음이 없나보이.' 각하, 연습이라는 걸 무시하시면 안 됩니다. 연습을 안 하면 곧 잊어버리게 되니까요. 제가 만난 가장 뛰어난 사수도 매일 정찬 식사 전에 최소한 세 발은 쏘는 연습을 했지요. 식사 전에 보드카 한 잔을 마시는 것처럼 사격 연습도 그에게는 하나의 습관이었던 거죠."

백작 내외는 내가 스스럼없이 이야기를 시작하자 기뻐했다.

"그 사람의 사격 솜씨는 어느 정도였습니까?" 백작이 물었다.

"각하, 모두 들려드리지요. 그가 벽에 파리가 앉은 걸 보면……, 백작부인께선 웃고 계시는군요. 하지만 제 말은 정말입니다. 그가 그렇게 파리를 보면 소릴 지릅니다. '쿠지카! 내 권총!' 그러면 쿠지카는 그에게 탄알을 장전한 권총을 가져오지요. 그러고는 탕! 파리를 벽에다 처박아버리죠."

"놀랍군!" 백작은 감탄했다. "그 사람 이름이 뭐죠?"

"실비오입니다, 각하."

"실비오!" 백작은 자리에서 펄쩍 뛰어오르며 외쳤다. "당신이 실비오를 안단 말입니까?"

"알다뿐입니까, 각하. 우린 친구 사이였습니다. 그는 우리 연대에서 동료와 똑같은 대우를 받았죠. 그런데 그의 소식을 못 들은 지도 벌써 5년이 됐습니다. 저, 각하께서도 그를 아셨단 말씀이십니까?"

"그래요, 아주 잘 알았지요. 그가 당신한테…… 말했을 리 없지만…… 혹시 그가 아주 희한한 사건을 얘기해주지 않던가요?"

"따귀 얘기가 아닌가요, 각하. 그가 무도회에서 어떤 무뢰한에게 따귀를 맞은 사건요?"

"그럼 그가 그 무뢰한의 이름을 당신에게 말해주던가요?"

"아닙니다, 각하. 이름은 말하지 않았는데……. 아, 각하!" 나는 그제야 진상을 짐작하고서 말을 이었다. "용서하십시오……. 전 모르고서…… 혹시 바로 각하께서?"

"그렇소." 백작은 몹시 심란한 듯 말했다. "총알구멍이 있는 저 그림이 우리가 마지막 만났을 때의 기념물입니다……."

"아, 여보." 백작부인이 입을 열었다. "제발 부탁이니 그 얘기만은 말아주세요. 듣기가 겁이 나요."

"하지만, 아니오. 난 다 말하겠소." 백작이 반박했다. "이분은 내가 친구분을 얼마나 모욕했는지 알고 계셔. 그러니 실비오가 내게 어떻게 복수했는지도 들려주려는 거요."

백작은 내게 안락의자를 권했고 나는 거센 호기심에 사로잡혀 다음 이야기에 귀 기울였다.

"나는 5년 전에 결혼했습니다. 결혼한 첫 달 그러니까 신혼을 나는 여기, 이 마을에서 보냈지요. 제 인생의 가장 행복했던 순간과 가장 쓰라린 기억들이 이 집에 담겨 있습니다.

어느 날 저녁 우리는 승마를 하고 있었어요. 그런데 아내가 타고 있는 말이 웬일인지 고집을 부리며 갑자기 말을 듣지 않았습니다. 아내는 놀라서 제게 고삐를 넘기고는 걸어서 집으로 향했죠. 나는 말을 타고 앞서 왔습니다. 집에 와보니 마당에 여행 마차가 한 대 서 있더군요. 하인이 말하기를, 나에게 볼일이 있다며 자기 이름을 밝히지 않는 어떤 남자가 내 서재에서 기다리고 있다고 하더군요. 서재에 들어서니 어둠 속에 수염이 덥수룩한 먼지투성이 남자가 있었죠. 벽난로 옆, 바로 이 자리에 서 있었습니다. 나는 그에게 다가가면서 그가 누구인지를 기억해내려 애썼습니다. '내가 누군지 모르겠소, 백작?' 그가 떨리는 목소리로 묻더군요. '실비오!' 나는 외쳤습니다. 고백하건대 그땐 정말 머리카락이 쭈뼛 서더군요. '그렇네.' 그가 이어서 말했죠. '내가 쏠 한 발이 남아 있어! 나는 내 권총의 그 한 발을 쏘러 왔네. 준비됐나?' 그의 옆 호주머니에 권총이 삐죽이 나와 있었습니다. 나는 열두 걸음 물러나 저쪽 구석에 섰지요. 아내가 돌아오기 전에 빨리 쏘라고 그에게 애원하면서 말입니다. 그는 일부러 시간을 끌면서 불이 필요하다고 하더군요. 그래서 촛불을 가져오게 했죠. 나는 문을 잠그고 아무도 들어오지 못하게 하라고 명령했습니다. 그리고 다시 한 번 그에게 어서 쏘아 달라고 부탁했죠. 그는 권총을 꺼내서 겨누었습니다. 나는 초를 세었습니다……. 아내 생각을 했죠……. 그렇게 끔찍한 일 분이 지나갔어요! 실비오는 손을 내리더군요. '유감스럽게도 말이지.' 그가 말했습니다. '내 권총에 잰 것은 앵두씨가 아니란 말일세. 탄알은 너무 무거워. 난 지금 결투를 하는 게 아니라 살인을 하고 있다는 생각을 떨쳐버리지 못하겠네. 난 무기를 갖지 않은 사람을 겨누는 데 익숙지 않아. 우리 처음부터 다시 하도록 하지. 첫 발을 누가 쏠지 제비뽑기를 하세.' 현기증이 나더군요……. 나는 동의하지 않았던 걸로 기억합니다. ……하지만 우리는 결국 또 한 자루의 권총에 장전을 했습니다. 그리고 두 개의 제비를 만들었는데 그는 그걸 내가 옛날에 꿰뚫었던 모자에다 넣더군요. 또다시 내가 먼저 쏘게 되었습니다. '자넨 재수가 더럽게 좋군, 백작 양반.' 그는 내가 결코 잊을 수 없는 웃음을 지으며 말했죠. 그때 내게 무슨 일이 일어났는지, 어떻게 해서 그가 내게 그런 짓을 강요할 수 있었는지 통 모르겠습니다……. 어쨌든 나는 총을 쏘았고 바로 저 그림을 맞혔죠." (백작은 총알구멍이 있는 그 그림을 손가락으로 가리켰다. 그의 얼굴은 불처럼 타오르고 있었고 백작부인은 그녀가 걸치고 있는 숄보다도 더 하얗게 질려 있었다. 나는 터져 나오는 탄성을 참을 수 없었다)

"저는 쏘았고……." 백작이 말을 이었다. "천만다행으로 빗나갔죠. 그러자 실비오는……(그 순간 그의 모습은 정말로 무서웠습니다) 나를 겨냥했습니다. 그때 갑자기 문이 열리더니 마샤가 뛰어 들어와서 비명을 지르며 내 어깨에 매달렸습니다. 아내를 보자 나는 다시 기력을 되찾았죠. '여보.' 난 아내에게 말했습니다. '우리가 장난으로 이러는 거 모르겠소? 뭘 그렇게 놀라! 가서 물 한 잔 마시고 와요. 당신한테 내 옛 친구이자 동료를 소개해주고 싶으니까.' 그러나 마샤는 내 말을 믿지 않았습니다. '말씀해보세요. 제 남편 말이 정말인가요?' 아내는 보기에도 무시무시한 실비오를 돌아보며 물었죠. '두 분이서 진짜로 장난을 하고 계신 건가요?' '백작부인, 이 사람은 늘 장난만 하죠.' 실비오가 답하더군요. '한번은 내 따귀를 장난삼아 갈기고 내 모자를 장난삼아 쏘고, 조금 전에는 장난삼아 나를 맞히지 않았죠. 그래서 이제는 나도 한번 장난을 치고 싶군요…….' 이 말을 하고 그는 다시금 나를 겨냥했습니다. 아내를 앞에 두고 말입니다! 마샤는 그의 발 앞에 엎드렸습니다. '마샤, 일어나오! 부끄러운 줄 아시오!' 저는 미친 듯 격분해서 고함쳤죠. '그리고 여보게, 불쌍한 여자를 놀리는 것 좀 집어치울 수 없나? 대체 쏠 건가 말 건가?' '안 쏘겠네.' 실비오가 답했죠. '난 만족하네, 자네가 당황하고 겁먹는 걸 본 것만으로도 충분히 만족하네. 자네에게 날 쏘게 만들었으니 이제 됐네. 자넨 날 평생 기억할 테지. 자네를 자네 양심에 맡기겠네.' 그러면서 그는 몸을 돌렸습니다. 그러나 잠시 문가에 서서는 내가 쏜 그림을 쳐다보더니 제대로 겨냥도 안 하고 한 발을 쏘았죠. 그러고는 사라졌습니다. 아내는 졸도했죠. 하인들은 감히 그를 붙들지도 못하고 겁에 질려 바라보기만 했습니다. 그는 현관으로 나가 큰 소리로 마부를 부르더니 내가 미처 정신을 차리기도 전에 가버렸습니다."

백작은 입을 다물었다. 이리하여 나는 내게 한때 그토록 강한 인상을 남긴 이야기의 첫 부분에 이어지는 결말을 알게 됐다. 나는 그 이야기의 주인공을 다시는 만나지 못했다. 사람들 말에 의하면 실비오는 알렉산드로스 입실란티스 반란 때 그리스 비밀 결사대를 지휘하고 스쿨랴느이 전투에서 전사했다고 한다.

1830년 10월 14일
보로디노에서

눈보라

말들은 언덕 위를 나를 듯이 달리고
말발굽은 깊게 눈을 밟고 지나간다
저쪽, 한모퉁이에, 사원이
외로이 모습을 드러낸다
....
눈보라가 갑자기 하늘과 땅을 휘덮어
눈송이는 회오리치며 날리고
갈까마귀는 날개 피리를 불며
썰매 위를 닿을 듯이 지나간다
미래를 점치는 울음소리, 슬픔을 알리네!
빠르게 달리는 말들은 눈에 힘 주어
저 멀리 어두움을 바라본다
갈기를 두려움으로 곤두세우고……

주콥스키

우리 역사에서 결코 지워질 수 없는 1811년 끝무렵에 네나라도보 영지에는 마음씨 착한 가브릴라 가브릴로비치 R＊＊＊이 살고 있었다. 그는 친절하고 접대를 잘하기로 그 지역에 소문이 나 있었다. 이웃 사람들은 먹고 마시러, 또는 5코페이카를 걸고 그의 아내 프라스코비야 페트로브나와 카드놀이를 하러 끊임없이 그를 찾아왔다. 또 어떤 이들은 그의 딸 마리야 가브릴로브나를 보려고 들르기도 했다. 마리야는 날씬하고 얼굴이 하얀 열일곱 처녀였다. 게다가 돈도 많은 신붓감이었으므로 그녀와 결혼하거나 그녀를 며느리로 삼으려는 사람들이 많았다.

마리야 가브릴로브나는 프랑스 소설을 읽으며 자라서 달콤한 사랑에 빠져 있었다. 그녀가 선택한 상대는 휴가차 고향으로 돌아온 한 가난한 육군 소위였다. 그 젊은이도 물론 마리야 못지않게 사랑의 감정으로 불타고 있었다. 그러나 가브릴로브나의 부모는 그들이 서로 사랑하고 있음을 알고는 딸로 하여금 그를 단념하게 했다. 그 젊은이는 퇴직한 배심원보다도 더한 냉대를 받았다.

하지만 이 연인들은 계속 편지를 주고받으며 하루하루 빠짐없이 소나무 숲이나 옛 예배당에서 만났다. 그곳에서 그들은 영원한 사랑을 맹세하고 자신들의 서글픈 운명을 슬퍼했으며 온갖 계획을 세우기도 했다. 이렇게 편지를 주고받고 얘기를 나눈 결과 그들은 아래와 같은 생각(지극히 자연스러운 것이었다)에 이르렀다. 우리는 서로 떨어져서는 죽고 못 사는데 냉정한 부모가 우리의 행복을 막고 있으니 그 의사를 무시해버리면 안 된단 말인가? 물론 이 교묘한 생각을 먼저 한 것은 젊은이였고 이것은 낭만적 공상을 즐기는 마리야 가브릴로브나를 더할 나위 없이 만족시켰다.

겨울이 되면서 그들은 더는 만날 수 없게 되었지만 그 때문에 편지 주고받기는 오히려 더 잦아졌다. 블라지미르 니콜라예비치는 편지마다 사랑하는 이에게 자기 사람이 되어주고 부모 몰래 자신과 결혼해 달라고 애원했다. 잠시만 숨어 살다가 적당한 때에 부모님 발밑에 엎드려 빌면 부모님 또한 연인의 영웅적인 열정과 불행에 감동하여 "애들아, 우리 품에 안기렴!" 부르시리라고 생각했다.

마리야 가브릴로브나는 쉬이 결심을 굳히지 못하고 단둘이 떠나자는 그의 계획을 여러 번 거절해왔다. 그러다 마침내는 그녀도 동의했다. 약속한 날 심한 두통을 핑계 삼아 저녁식사를 하지 않고 자리에서 물러나와 자기 침실로 가기로 했다. 하녀와도 미리 모의해놓았다. 두 여자는 뒷문을 통해 정원으로 가서 정원 밖에 대기하고 있는 썰매를 탈 것이다. 네나라도보에서 5베르스타 떨어진 자드리노 마을에 이르러 곧장 블라지미르가 기다리고 있는 교회로 가기로 했다.

결행하기 전날 밤, 마리야 가브릴로브나는 밤새 잠을 이루지 못했다. 속옷과 옷가지를 챙겨서 꾸러미를 만들고, 친한 친구와 부모님께 긴 편지를 썼다. 그녀는 아주 감동적인 문구로 그들에게 작별을 고하면서 자신이 이러는 것은 어찌할 수 없는 정열의 힘 때문이라고 변명하고, 자신에게 가장 소중한 사람인 부모님의 발아래 몸을 던져 용서를 빌게 되는 순간이야말로 일생에서 가장 행복한 순간이 될 거라는 말과 함께 편지를 마무리했다. 두 개의 불타는 하트와 그에 어울리는 문구가 새겨진 툴라(러시아 공업도시. 금속공예로 유명하다) 봉인으로 편지를 각각 봉하고, 동이 트기 직전에야 침대에 몸을 던져 선잠이 들었다. 하지만 무서운 꿈이 마리야를 쉴 새 없이 깨웠다. 이를테면 마리야가 결혼식에 가려고 썰매에 올라타는데 바로 그 순간 아버지가 그녀를 붙들고 현기증이 날 만큼 잽싸게 눈 위로 끌고 가다가 바닥도 보이지 않는 깜깜한 지하 감옥으로 내동댕이쳤다. 형용할 수 없이 숨이 가쁘고 심장이 멎는 기분을 느끼면서 그녀는 거꾸로 떨어졌다. 그런가 하면, 블라지미르가 창백한 얼굴로 피투성이가 되어 잔디에 누워 있었다. 다 죽어가는 그는 가슴을 찌를 듯한 날카로운 목소리로 그녀에게 결혼을 서두르자고 울부짖고 있었다. 섬뜩하고 혼란스러운 환영들이 연이어 나타났다 사라졌다. 그녀는 마침내 일어났다. 얼굴은 평소보다도 더 창백했고 두통이 심했다.

아버지와 어머니는 그녀가 불안해하는 걸 알아챘다. 그들이 애정 어린 염려로 "마샤, 무슨 일이냐? 어디 아프니?" 계속 물으면 그녀의 가슴은 찢어지는 듯했다. 마리야는 부모님이 안심하도록 애써 밝은 모습을 보이려 했으나 잘 되지 않았다. 어느새 시간이 흘러 저녁이 되었다. 이날이 가족과 보내는 마지막 날이라고 생각하니 마음이 쓰라렸다. 살아 있는 것 같지 않았다. 그녀는 마음속으로 주위의 모든 사람과 사물에 작별을 고했다. 저녁식사가 나오자 심장이 심하게 고동쳤다. 마리야는 떨리는 목소리로 저녁을 먹고 싶지 않다며 부모님께 작별 인사를 했다. 부모님은 그녀에게 키스하고 여느 때처럼 축복의 말을 했다. 마리야는 눈물을 참을 수 없었다. 자기 침실에 들어서자마자 안락의자에 털썩 앉아서 울음을 터뜨렸다. 하녀는 그녀에게 제발 마음을 가라앉히고 용기를 내라고 애원했다.

모든 준비가 다 되어 있었다. 삼십 분 뒤면 마샤는 부모님 집과 자기 방과 평온했던 소녀 시절에 영원한 작별을 고할 것이다……. 바깥에는 눈보라가 휘몰아쳤다. 바람이 윙윙거리며 덧문을 덜컹덜컹 흔들었다. 이 모두가 왠지 위협적이고 불길한 징조처럼 보였다. 이윽고 집 전체가 잠에 빠진 듯 조용해졌다. 마샤는 어깨에 숄을 두른 뒤 따뜻한 외투를 입고는 패물함을 들고 뒷문을 통해 집을 빠져나갔다. 하녀가 보따리 두 개를 들고 뒤따랐다. 둘은 정원에 내려섰다. 눈보라는 조금도 누그러지지 않았다. 바람은 어린 죄인을 멈춰 세우려 애쓰기라도 하듯 정면으로 불어댔다. 그들은 간신히 정원 끝까지 갈 수 있었다. 길에서 썰매가 그들을 기다리고 있었다. 꽁꽁 언 말들은 온몸을 떨며 가만히 서 있지를 못했고, 블라지미르의 마부는 조급한 말들을 붙잡으면서 썰매채 앞을 왔다 갔다 하고 있었다. 마부가 아가씨와 하녀를 썰매에 태우고 보따리와 패물함을 실은 뒤 고삐를 잡자 말들은 쏜살같이 달려나갔다. 이제 아가씨의 운명은 마부 테레슈카의 솜씨에 맡기고, 우리는 젊은 연인인 청년에게 눈을 돌려보기로 하자.

그날 블라지미르는 온종일 동분서주하며 보냈다. 아침에는 자드리노 마을의 사제를 찾아가 자기 부탁을 들어 달라고 그를 어렵사리 설득했다. 그다음 그는 근처에 사는 지주들 가운데 결혼식 증인을 찾으러 나섰다. 그가 처음으로 찾아간 사람은 마흔 살 된 퇴역한 기병대 소위 드라빈이었다. 그는 기꺼이 증인이 되겠다 말하고는, 이 모험이 옛날 경기병 때 했던 짓궂은 장난을 생각나게 한다며 웃었다. 그는 블라지미르를 저녁식사나 같이 하자며 붙잡고는 증인을 두 명 더 찾는 것은 아무 문제 없다고 장담했다. 과연 저녁식사가 끝나자마자 콧수염을 기르고 구두에 박차를 단 토지 측량기사 슈미트와, 그 지역 경찰서장의 아들로 얼마 전에 창기병 연대에 들어간 열여섯 남짓한 소년이 나타났다. 그들은 블라지미르의 제안에 동의했을 뿐만 아니라 그를 위해 목숨까지도 걸 준비가 돼 있다고 맹세했다. 블라지미르는 너무나 감격하여 그들을 포옹하고 채비를 하러 집으로 돌아갔다.

이미 오래전부터 땅거미가 지고 있었다. 그는 신임하는 테레슈카를 자신의 트로이카(러시아 특유의 교통수단 세 마리 말이 끄는 썰매)에 태우고, 자세하고 꼼꼼하게 지시한 다음 네나라도보로 보냈다. 그리고 따로 말 한 마리가 끄는 조그만 썰매를 준비하라고 이른 뒤, 두 시간 뒤면 마리야 가브릴로브나가 도착하기로 되어 있는 자드리노로 마부도 없이 혼자서 출발했다. 잘 아는 길이라서 이십 분이면 족할 거리였다.

그러나 블라지미르가 마을을 벗어나 들판으로 들어서자 곧 바람이 거세게 일고 눈보라가 너무 심해져서 앞을 볼 수가 없었다. 길은 순식간에 눈으로 덮였다. 주변 풍경은 탁하고 누르스름한 안개 속으로 사라졌다. 그 어둠을 뚫고 하얀 눈송이가 회오리쳤다. 하늘은 땅과 분간할 수 없게 되었다. 정신을 차려보니 블라지미르는 밭 한가운데서 헤매고 있었으며 다시 길로 가려 했으나 헛수고였다. 말은 마구잡이로 내달려 쉴 새 없이 눈더미 위로 올라갔다간 다시 움푹한 곳에 빠지곤 했다. 썰매는 계속 뒤집혔다. 블라지미르는 방향만은 잃지 않으려 온 신경을 집중했다. 그러나 벌써 삼십 분이나 지난 것 같았는데도 그는 아직 자드리노의 숲에도 이르지 못했다. 십 분 정도가 더 흘렀지만 숲은 여전히 보이지 않았다. 블라지미르는 깊은 골짜기가 교차하고 있는 벌판을 가고 있었다. 눈보라는 그칠 기미가 보이지 않았고 하늘도 잔뜩 흐리기만 했다. 말은 점점 지쳐갔고, 블라지미르는 허리까지 눈에 빠지는데도 쉴 새 없이 구슬땀을 흘리고 있었다.

마침내 그는 자기가 엉뚱한 방향으로 가고 있다는 걸 알아차렸다. 그는 말을 멈추고 곰곰이 생각해보았다. 기억을 더듬고 따져본 결과 오른쪽으로 가야 한다는 확신에 이르렀다. 그는 오른쪽으로 방향을 잡았다. 말은 간신히 걸음을 옮겼다. 그가 집을 나선 지도 벌써 한 시간이 지났다. 자드리노는 이제 멀지 않을 것이다. 그러나 아무리 말을 몰아도 벌판은 끝이 없었다. 눈더미와 골짜기만이 이어졌고 썰매는 계속 뒤집혀서 끊임없이 바로 일으켜 세워야 했다. 시간이 자꾸 흘러갔다. 블라지미르는 몹시 불안해졌다.

마침내 한쪽 구석에서 뭔가 거무스름한 게 어렴풋이 모습을 나타냈다. 블라지미르는 그쪽으로 말을 돌렸다. 다가가니 잡목숲이 보였다. '천만다행이군, 이제야 거의 다 왔나보다.' 그는 숲 가장자리를 따라 썰매를 몰면서 곧 낯익은 길로 들어서거나 아니면 숲을 빙 돌아가게 되기를 바랐다. 자드리노 마을은 바로 이 숲 너머에 있을 것이다. 그는 곧 길을 찾아내었고, 벌거숭이가 된 겨울나무들이 빽빽하게 들어찬 숲의 어둠 속으로 썰매를 몰았다. 더 이상 바람은 날뛰지 않았다. 길은 평탄해졌고 말도 기운을 차려서 블라지미르는 평정을 되찾았다.

그러나 가도 가도 자드리노는 나타나지 않았다. 숲은 끝없이 이어졌다. 블라지미르는 자신이 낯선 숲에 들어섰다는 걸 알고는 공포에 사로잡혔다. 절망감이 그를 덮쳤다. 그는 말을 세차게 후려쳤고 가엾은 짐승은 더욱 힘을 내어 달렸으나 십오 분쯤 지나자 금방 다시 지쳐서 느린 걸음으로 겨우 몇 발짝만 옮길 정도였다. 불행한 블라지미르가 아무리 애를 써 봐도 소용이 없었다.

그러는 사이 나무가 점점 듬성해졌고 블라지미르는 숲을 벗어났다. 그러나 자드리노는 보이지 않았다. 시간은 벌써 자정 무렵쯤 되었을 것이다. 그의 두 눈에서는 눈물이 솟구쳤다. 그는 마구잡이로 말을 몰았다. 날씨가 누그러지고 구름도 흩어지자 그의 눈앞에는 물결처럼 넘실거리는 하얀 양탄자를 깐 듯한 평원이 펼쳐졌다. 참으로 투명한 밤이었다. 멀지 않은 곳에 네댓 채 농가가 있는 작은 마을이 보였다. 블라지미르는 그쪽으로 썰매를 몰았다. 첫 번째 농가에 이르자 그는 썰매에서 내려 창가로 뛰어가 창문을 두드렸다. 잠시 뒤 나무 덧창이 올라가더니 노인이 하얀 턱수염을 내밀었다.

"왜 그러시오?"

"자드리노가 여기서 멉니까?"

"자드리노가 머냐고요?"

"아, 예! 먼가요?"

"그렇게 멀지는 않소. 한 10베르스타 정도 가면 되지."

이 말에 블라지미르는 마치 사형 선고라도 받은 것처럼 머리를 쥐어뜯고는 그 자리에 우두커니 멈춰 서버렸다.

"그런데 댁은 어디서 오는 길이오?"

노인이 말을 이었다. 블라지미르는 대답할 기력조차 없었다.

"노인장, 자드리노까지 타고 갈 말을 좀 구해줄 수 있겠소?"

"우리한테 무슨 말이 있어야지!" 농부가 대답했다.

"그럼 길을 안내해줄 사람이라도 없겠소? 돈은 원하는 만큼 내리다."

"잠깐 기다리시구려." 노인이 덧창을 내리며 말했다. 아들놈을 보내겠소. 길을 안내해줄 거요."

블라지미르는 기다렸다. 그러다가 일 분도 채 안 되어 다시 창문을 두드렸다. 덧창이 열리고 턱수염이 다시 나타났다.

"왜 또 그러시오?"

"아드님은 어떻게 된 거요?"

"곧 나갈 거요, 신발을 신는 중이니까. 춥소? 들어와 몸이라도 좀 녹이시든지."

"아니, 괜찮습니다. 그보다 아드님을 좀 더 빨리 보내 주십시오."

이윽고 문이 열리더니 곤봉을 든 청년이 나왔다. 그는 방향을 가리키기도 하고 눈으로 덮인 길을 찾기도 하면서 앞장서서 성큼성큼 걸어갔다. 그때 블라지미르가 물었다.

"지금 몇 시쯤 되었소?"

블라지미르는 더 이상 아무 말도 하지 않았다.

그들이 자드리노에 도착했을 때는 이미 날이 새어 수탉이 울고 있었다. 교회는 문이 잠겨 있었다. 블라지미르는 안내인에게 돈을 주어 보내고 사제관 마당으로 갔다. 마당에는 그의 트로이카가 보이지 않았다. 그리고 거기서 그를 기다리고 있던 소식이란!

잠깐, 여기서 다시 네나라도보의 선량한 지주 댁으로 돌아가서 그곳 사정을 살펴보자.

그곳엔 아무 일도 없었다.

노부부는 일어나서 응접실로 갔다. 가브릴라 가브릴로비치는 잘 때 쓰는 모자와 플란넬 천 잠옷을, 프라스코비야 페트로브나는 솜을 넣은 가운을 입은 채였다. 하녀가 사모바르(차 끓이는 주전자)를 들고 들어왔다. 가브릴라 가브릴로비치는 마리야 가브릴로브나가 좀 어떤지, 잠은 잘 잤는지 알아보고 오라고 하녀를 보냈다. 잠시 뒤 하녀가 돌아와서, 아가씨는 잠을 설치셨지만 지금은 몸이 개운해졌고 곧 응접실로 오실 거라고 전했다. 그때 정말로 문이 열리더니 마리야 가브릴로브나가 들어와서 인사를 했다.

"머리는 좀 어떠니, 마샤야." 가브릴라 가브릴로비치가 물었다.

"나아졌어요, 아빠." 마샤가 대답했다.

"어제 난로 때문에 머리가 아팠던 모양이다." 프라스코비야 페트로브나가 말했다.

"그랬나봐요, 엄마." 마샤가 대답했다.

그날은 무사히 지나갔는데 밤이 되자 마샤는 갑자기 앓기 시작했다. 시내로 사람을 보내 의사를 모셔오게 했다. 의사는 저녁 무렵에야 도착했는데 그때 환자는 열에 들떠 정신이 오락가락하고 있었다. 지독한 열병에 걸린 가엾은 소녀는 2주 동안 생사를 헤맸다.

집에서는 아무도 마샤가 집을 나가려 했던 사실을 알지 못했다. 마샤는 그 전날 밤에 썼던 편지를 불태워 없앴으며, 하녀는 주인 내외의 벌이 두려워 이 사실을 아무에게도 말하지 않았다. 사제와 퇴역한 기병대 소위, 콧수염을 기른 측량기사, 어린 창기병도 나름대로의 이유가 있어 다들 입을 다물고 있었다. 마부 테레슈카는 거나하게 취했을 때도 쓸데없는 말을 하는 법이 없었다. 이렇게 해서 비밀은 잘 지켜졌다. 그들은 여섯 명의 모반자들보다도 더 확실하게 비밀을 지켰다. 그런데 마리야 가브릴로브나는 고열로 정신이 오락가락하는 상태에서 자기 입으로 비밀을 누설하고야 말았다. 그렇지만 너무 횡설수설했기 때문에, 그 곁을 한시도 떠나지 않았던 어머니도 딸이 블라지미르 니콜라예비치를 죽도록 사랑해서 그 때문에 병이 났다고만 생각할 뿐이었다. 어머니는 남편과 몇몇 이웃과 의논을 했고, 마침내 모두들 이구동성으로 마리야 가브릴로브나의 운명은 이미 그렇게 정해져 있는 모양이며 운명을 피할 수는 없다, 가난이 죄는 아니다, 사람은 사람과 사는 것이지 돈꾸러미와 사는 게 아니지 않느냐는 결론에 도달했다. 도덕적인 속담이나 격언은 우리가 우리 행위를 정당화할 구실을 스스로 생각해내기 힘들 때 놀랄 만한 효력을 발휘하는 법이다.

그러는 사이에 마샤는 점차 건강을 회복했다. 블라지미르는 가브릴라 가브릴로비치의 집에 모습을 나타내지 않은 지 오래였다. 평소에 워낙 냉대를 받아서 겁을 먹었던 것이다. 마샤의 가족들은 이제 그를 부르러 사람을 보내, 결혼 승낙이라는 예상치 않았던 행복을 그에게 알려주기로 결정했다. 그러니 초대에 대한 답장으로 그 젊은이가 보내온 반쯤 미친 듯한 편지를 받았을 때 이 네나라도보 지주네의 놀라움이 어떠했으랴! 그는 다시는 그들 집안에 발을 들여놓지 않을 것이며 죽음만이 유일한 희망인 이 불행한 인간을 깨끗이 잊어 달라고 했다. 며칠 뒤 그들은 그가 부대로 돌아갔다는 것을 알게 되었다. 이때가 1812년이었다.

회복기에 있던 마샤에게는 오랫동안 아무도 이 사실을 알리지 못했다. 그녀 자신도 결코 블라지미르를 입에 올리지 않았다. 몇 달 뒤 마샤는 보로디노 전투에서 공훈을 세우고 큰 부상을 입은 용사들의 명단에서 그의 이름을 발견하고는 기절했다. 모두들 열병이 도지지나 않을까 걱정했지만 다행히도 후유증은 없었다.

얼마 뒤 또 다른 슬픔이 마샤에게 닥쳐왔다. 가브릴라 가브릴로비치가 상속자인 딸에게 전 재산을 남기고 세상을 떠난 것이다. 그러나 유산이 그녀를 위로해주지는 못했다. 마샤는 가엾은 프라스코비야 페트로브나와 슬픔을 진심으로 함께 나누었고 어머니 곁을 결코 떠나지 않겠노라고 맹세했다. 두 사람은 슬픈 추억이 담긴 네나라도보를 떠나 *** 마을의 영지로 가서 살았다.

이곳에서도 이 매력적이고 부유한 신붓감 주위에는 여전히 많은 구혼자가 맴돌았지만 마샤는 그 누구에게도 털끝만 한 희망도 갖게 하지 않았다. 어머니는 때로 딸에게 남자친구를 사귀라고 설득했지만 마리야 가브릴로브나는 고개를 저으며 수심에 잠길 뿐이었다. 블라지미르는 이미 이 세상 사람이 아니었다. 그는 프랑스군이 들어오기 전날 밤에 모스크바에서 세상을 떴던 것이다. 그의 기억은 마샤에게 성스러운 것이었다. 마샤는 적어도 그가 한때 읽었던 책이나 그린 그림, 그녀를 위해 베껴두었던 악보와 시 구절 등 그를 생각나게 하는 모든 것을 소중하게 보관했다. 이 모든 사실을 알게 된 이웃들은 마샤의 지조에 깜짝 놀랐다. 그리고 이 순결한 아르테미시아(소아시아 할리카르나소스 왕국의 왕비. 정절의 대명사. 죽은 남편 마우솔로스를 위해 세계 7대 불가사의의 하나로 여겨지는 거대한 묘를 만들게 함)의 애절한 정절을 마침내 정복하게 될 영웅이 누가 될지 호기심에 차서 기다렸다.

그동안 전쟁은 영광스럽게 끝났고 군인들은 외국에서 돌아왔다. 군중은 그들을 환영하러 몰려나갔고 악대는 전리품이라 할 수 있는 노래들, 〈헨리 4세 만세〉 〈티롤 왈츠〉 〈조콘다〉의 아리아를 연주했다. 소년이나 다름없던 때 출정했던 장교들이 전쟁터에서 완전히 어른이 되어 십자훈장을 달고 돌아왔다. 병사들은 독일어와 프랑스어를 연방 섞어 가며 자기들끼리 신나게 떠들어댔다. 잊을 수 없는 시간이여! 영광과 감격의 시간이여! 조국이라는 말에 러시아인의 가슴은 얼마나 세차게 뛰었던가! 재회의 눈물은 얼마나 달콤했던가! 우리 모두 얼마나 한마음이 되어 국민의 자랑과 폐하에 대한 사랑을 하나로 결합했던가! 그리고 이 시간이 황제폐하께도 얼마나 감격스러운 순간이었나!

여인들, 러시아의 여인들은 그때 비할 바 없이 훌륭했다. 평소의 차가움은 어디론가 사라져버렸다. 그때 그녀들의 열광은 참으로 보는 사람의 넋을 잃게 하는 것이었다. 승리의 용사들을 맞이하면서 그녀들은 만세! 를 외치고

머릿수건을 하늘 높이 던져 올렸다(그리보예도프(1795~1829)의 희곡〈지혜의 슬픔〉에 나오는 구절).

그때 장교들 가운데 자기들에게 가장 훌륭하고 값진 상을 준 것이 러시아

여인임을 인정하지 않을 자가 누가 있으랴?

이 눈부신 시기에 마리야 가브릴로브나는 어머니와 함께 ＊＊＊에 살고 있었기 때문에 두 수도가 군대의 귀환을 축하하는 광경을 보지 못했다. 그렇지만 시골과 촌에서의 열광은 어쩌면 두 수도보다 더욱 뜨거웠을 것이다. 이런 곳에 나타나는 것이 장교에겐 진짜 개선이었고, 연미복을 입은 멋쟁이는 그의 곁에서 영 체면이 안 섰다.

앞에서도 얘기했듯이 마리야 가브릴로브나는 늘 남자들에게 냉담했는데도 그녀 주위에는 여전히 구혼자들이 무리를 이루고 있었다. 그러나 부상을 입은 경기병 대령 부르민이 그녀의 성에 나타나자 다른 남자들은 모두 물러서야 했다. 그는 단춧구멍에 게오르기 훈장을 달고 있었고, 그 고장 아가씨들 말을 빌리면 멋지게 창백한 안색을 하고 있었다. 나이는 스물여섯 정도. 마리야 가브릴로브나의 영지와 이웃하고 있는 자기 영지에서 휴가를 보내러 와 있었다. 마리야 가브릴로브나는 그에게 특별한 관심을 보였다. 그가 곁에 있을 때면 그녀는 평소의 우울함은 온데간데없이 아주 명랑해졌다. 마리야가 그를 대하는 태도에 아양이라고는 조금도 없었지만, 그녀를 관찰한 시인이 있었다면 아마 이렇게 말했으리라.

이것이 사랑이 아니라면 무엇이리? (페트라르카 제88소네트의 일절)

확실히 부르민은 매우 호감이 가는 젊은이였다. 그는 예의 바르고 관찰력이 예리하며 가식이라곤 전혀 없는 데다 유머 감각이 있는 사람이었다. 말하자면 여자들이 좋아하는 재치를 갖춘 사나이였다. 그가 마리야 가브릴로브나를 대하는 태도는 꾸밈없고 활달했지만 그녀의 말 한마디, 행동 하나하나에 그의 생각과 시선은 줄곧 따라다녔다. 그는 아주 조용하고 사려 깊어 보였지만 소문에 의하면 한때 꽤나 방탕한 생활을 했다고 한다. 그러나 이 사실은 마리야 가브릴로브나에게는 별문제가 되지 않았다. 마리야는 (젊은 귀부인들이 흔히 그렇듯) 젊은 시절의 무분별한 행동을 대담하고 열정적인 성격의 표현이라 여겨 기꺼이 용서했던 것이다.

그러나 무엇보다도……(그의 부드러운 태도나 상냥한 말투, 멋있는 창백한 안색, 붕대를 감은 팔보다도) 그녀의 호기심과 상상력을 자극한 것은 이 젊은 경기병의 침묵이었다. 마리야는 자기가 그의 마음에 들었다는 것을 모르려야 모를 수 없었고, 그도 물론 그 좋은 머리와 경험으로 그녀가 자기를 특별하게 대하고 있다는 것을 벌써부터 눈치채고 있었다. 그렇다면 어째서 마리야는 아직까지 그가 자신의 발 앞에 무릎을 꿇고 사랑을 고백하는 것을 듣지 못했던 것일까? 무엇이 그를 억누르고 있었을까? 진실한 사랑과 떼려야 뗄 수 없는 망설임일까? 자존심일까? 아니면 교활한 바람둥이의 수단일까? 마리야에게 그건 하나의 수수께끼였다. 그녀는 오랜 생각 끝에 그가 주저하는 것은 오로지 망설임 때문일 거라 단정 짓고, 자신이 계속해서 더 많은 관심을 보이고 기회 닿는 대로 부드럽게 대해줌으로써 그에게 용기를 북돋워 주리라 마음먹었다. 마리야는 언제 어떤 식으로 결정적인 순간이 와도 놀라지 않도록 마음의 준비를 해두고 소설과도 같은 사랑 고백의 순간을 초조한 마음으로 기다렸다. 무릇 비밀이란 어떤 종류든지 간에 여자의 마음을 무겁게 짓누르는 법이다.

마리야의 작전은 원하던 바대로 성공했다. 적어도 부르민이 그토록 생각에 잠겨 그 검은 눈동자로 마리야 가브릴로브나를 뜨겁게 바라보는 모습은 결정적인 순간이 임박했음을 말해주는 듯했다. 이웃 사람들은 이미 정해진 일인 양 결혼식 얘기를 했고, 마음씨 좋은 프라스코비야 페트로브나는 딸이 마침내 어울리는 짝을 만난 것을 기뻐했다.

하루는 이 노부인이 혼자 응접실에 앉아 카드놀이를 하려는데 부르민이 들어오더니 마리야 가브릴로브나를 찾았다.

"그 애는 지금 정원에 있어요." 노부인이 대답했다. "가봐요, 난 여기서 기다리고 있을 테니."

부르민이 밖으로 나가자 노부인은 성호를 긋고는 속으로 생각했다. '오늘은 꼭 매듭을 짓겠지.'

부르민은 마리야 가브릴로브나가 연못 옆 버드나무 아래에 있는 것을 보았다. 흰옷을 입고 손에 책을 들고 있는 모습이 마치 소설 속 여주인공 같았다. 몇 마디 인사말이 오간 뒤 마리야 가브릴로브나가 서로를 더 어색하게 만들 작정으로 대화를 일부러 끊어버렸다. 이 때문에 분위기는 어색해졌고, 어색한 분위기에서 빠져나오려면 갑작스럽고도 단호한 사랑 고백 말고는 다른 방도가 없었다. 결과는 생각대로 되었다. 부르민은 궁지에 빠진 자기 입장을 알아채고, 자기는 오래전부터 마음을 털어놓을 기회를 갖고 싶었다면서 잠시만 자신의 얘기에 귀를 기울여 달라고 마리야에게 부탁했다. 마리야 가브릴로브나는 책을 덮고 그러겠다는 표시로 눈을 내리깔았다.

“당신을 사랑합니다.” 부르민이 말했다. “나는 당신을 열렬히 사랑하고 있습니다…….” (마리야 가브릴로브나는 얼굴을 붉히며 고개를 더 숙였다) “난 경솔했습니다. 매일 당신을 보고 당신 목소리를 듣는다는 너무도 행복한 습관에 젖어 그만…….” (이 말에 마리야 가브릴로브나는 생 프뢰의 첫 편지(장 자크 루소의 서간소설 《신 엘로이즈》에 나오는 편지)를 떠올렸다) “이제 내 운명에 맞서기에는 너무 늦어버렸습니다. 당신의 기억, 당신의 그 다정하고 비할 데 없는 모습은 앞으로 영원히 내 삶의 고통이자 기쁨이 될 겁니다. 그런데 괴롭지만 해야 할 말이 아직 있습니다. 당신께 끔찍한 비밀을 털어놓아야 하죠. 이 말을 하면 우리 사이에는 넘을 수 없는 벽이 생길 겁니다…….”

“그 벽은 언제나 존재했어요.” 마리야 가브릴로브나가 재빨리 그의 말을 가로막으며 말했다. “전 결코 당신의 아내가 될 수 없는 여자였어요…….”

“알아요.” 그가 조용히 대답했다. “당신이 한때 다른 사람을 사랑했다는 걸 압니다. 그리고 사랑하는 이의 죽음과 삼 년 간의 슬픔도요……. 착하고 상냥한 마리야 가브릴로브나, 나의 마지막 위안마저 빼앗으려 하지는 말아주십시오. 당신이 내 행복을 만드는 데 동의했을 거라는 생각 말입니다. 만일 내가…….”

“아무 말 말아주세요, 제발 부탁이니 아무 말 말아주세요! 가슴이 찢어질 것 같아요.”

“그래요, 나는 알고 있어요. 느끼고 있습니다. 당신은 나의 여자가 되었을 거라고 말입니다. 하지만 난 불행한 운명을 짊어진 남자입니다. 난 이미 결혼한 몸입니다!”

마리야 가브릴로브나는 깜짝 놀라서 그를 바라보았다.

“난 결혼했습니다.” 부르민이 말을 이었다. “결혼한 지 벌써 사 년째 되지만 아내가 누구고 어디 있는지도 알지 못합니다. 앞으로 만나게 될지도 알 수 없고요…….”

“뭐라고요!” 마리야 가브릴로브나가 소리쳤다. “정말 이상한 일이네요! 계속 말씀해보세요……. 제 얘기는 나중에 들려드릴게요……. 어쨌든 계속 말씀해보세요!"

"1812년 초에 있었던 일입니다." 부르민이 말했다. "그때 난 우리 연대가 주둔한 빌나로 서둘러 가고 있었습니다. 하루는 밤늦게 역참에 들러서 말을 빨리 교체해 달라고 일렀죠. 그때 갑자기 심한 눈보라가 일어서 역참지기와 마부들이 눈보라가 지나갈 때까지 기다리라고 충고하더군요. 난 그 말을 따르기로 했습니다만 이상하게도 불안해졌어요. 마치 누군가가 날 떠밀고 있는 듯한 느낌이 들었던 겁니다. 눈보라는 조금도 가라앉을 기색이 없었죠. 난 더는 참을 수가 없어서 다시 말에 마구를 채워 달라고 했습니다. 그러고는 세찬 눈보라 속으로 뛰어들었던 거지요. 마부는 갑자기 강을 따라갈 생각을 한 것 같았습니다. 그 길로 가면 3베르스타 정도를 단축할 수가 있죠. 그런데 둑에 눈이 너무 많이 쌓여서 마부는 큰길로 나가는 곳을 그만 지나쳐버리고 말았습니다. 그걸 알아차렸을 때 우리는 낯선 동네에 가 있었습니다. 눈보라는 누그러질 기미가 없었죠. 그때 멀리서 불빛이 보이기에 마부에게 그쪽으로 마차를 몰게 했습니다. 우리는 어느 마을에 도착했는데 목조 교회에 불이 밝혀져 있더군요. 문이 열려 있었고 울타리 너머에 썰매가 몇 대 세워져 있었어요. 현관에서는 사람들이 서성거리고 있었습니다. '이쪽입니다, 이쪽이오!' 몇 사람이 부르는 소리가 들렸죠. 난 마부에게 그곳에 썰매를 대라고 명령했습니다. '아니, 대체 어디서 그렇게 꾸물거리고 있었나?' 누군가가 내게 말하더군요. '신부가 혼수상태라네. 사제도 어쩔 줄 몰라 하고 있고 해서, 우린 집에 돌아가려던 참이었네. 자, 빨리 내려오게!' 나는 아무 말 없이 썰매에서 뛰어내려 교회로 들어갔습니다. 촛불 몇 개가 안을 희미하게 밝히고 있더군요. 어두운 교회 구석에 한 소녀가 벤치에 앉아 있고 다른 소녀 하나가 그녀의 관자놀이를 문지르고 있었습니다. '천만다행이에요.' 나중 아가씨가 말했습니다. '드디어 오셨군요. 저희 아가씨를 죽일 뻔하셨어요.' 늙은 사제가 내게 다가오더니 물었습니다. '이제 시작할까요?' '시작하세요, 사제님.' 난 엉겁결에 대답했습니다. 사람들이 쓰러진 소녀를 일으켜 세우더군요. 꽤 예뻐 보였습니다……. 이해할 수도 없고 용서받을 수도 없이 경솔한 처사였지만……. 난 설교단 앞으로 가서 그 아가씨 옆에 섰습니다. 사제는 몹시 서둘렀고, 남자 셋과 하녀는 신부를 부축하느라 여념이 없었습니다. 우린 결혼식을 올린 거였습니다. '키스하세요!' 사제가 우리에게 말하더군요. 신부가 창백한 얼굴을 들어 나를 쳐다봤습니다. 그래서 내가 막 키스를 하려는데 신부가 비명을 질렀죠. '아, 이 사람이 아니에요! 이 사람이 아니에요!' 그러고는 의식을 잃고 쓰러졌습니다. 증인들은 놀란 눈으로 날 노려보았습니다. 난 뒤돌아서서 아무 방해도 받지 않고 그대로 교회를 빠져나와 썰매에 올라탔습니다. 그러곤 소리쳤죠, 몰아라!"

"세상에!" 마리야 가브릴로브나가 외쳤다. "그래서 당신은 그 불행한 아내가 어떻게 됐는지도 모른다는 말씀이세요?"

"그래요." 부르민이 대답했다. "난 결혼식을 올린 마을의 이름도 모르고 내가 어느 역참에서 출발했는지도 몰라요. 그때는 그 몹쓸 장난을 대수롭게 여기지 않아서, 교회를 떠나자 그대로 잠이 들어서는 이튿날 아침 세 번째 역참에 이르러서야 깨어났죠. 그때 같이 있었던 종복은 싸움터에서 죽었습니다. 그러니 내가 그렇게도 잔인하게 조롱했던 그 여자, 지금 이렇듯 나한테 잔인하게 복수하는 그 여자를 찾아낼 희망마저 전혀 없는 겁니다."

"하나님, 맙소사!" 마리야 가브릴로브나는 그의 손을 꼭 붙잡으며 외쳤다. "그러니까 그분이 당신이었군요! 저를 알아보지 못하시겠어요?"

부르민의 얼굴이 하얗게 질렸다……. 그는 쓰러지듯이 그녀의 발밑에 몸을 던졌다.

1830년 10월 20
보로디노에서

장의사

하루라도 관을 보지 않는 날이 있을까,
늙어가는 이 우주만상의 백발을?
데르자빈

장의사 아드리안 프로호로프의 마지막 가재도구가 영구차에 실리자, 여윈 말 두 필은 네 번째로 바스만나야 거리에서 장의사가 이사를 하는 니키츠카야 거리를 향해 느릿느릿 걸음을 옮기기 시작했다. 그는 가게 문을 잠그고 문에다 팔거나 세놓음이라고 써 붙여놓고 새집을 향해서 걸음을 옮겼다. 오래전부터 마음에 두고 있다가 마침내 상당한 거금을 주고 사들인 누런색 작은 집이었다. 그런데 새집이 가까워질수록 마음이 편치 않은 것이 늙은 장의사 스스로도 의아스러웠다. 낯선 문지방을 넘어서서 새집 안의 어지러운 모습을 보고, 그는 오랫동안 살아온 낡은 오두막집이 그리워져 한숨을 쉬었다. 그 집에서는 십팔 년 동안 모든 것이 잘 정돈되어 있었는데, 어쨌든 그는 두 딸과 하녀에게 꾸물댄다고 욕설을 퍼부으며 직접 나서서 일을 거들었다. 곧 모든 것이 정돈되었다. 성상함(聖像函), 찬장, 탁자, 소파, 그리고 침대가 저마다 안방 제자리에 놓였다. 부엌과 손님방에는 집주인이 만든 갖가지 크기와 색깔의 관들과 장례용 모자, 망토, 횃불이 들어 있는 장들이 저마다 자리잡았다. 대문 위에는 간판이 걸렸는데, 횃불을 거꾸로 손에 든 뚱뚱한 큐피드 그림 밑에 이런 문구가 씌어 있었다. '일반 관이나 채색된 관 판매 또는 제작. 관 임대와 수선도 겸함.' 딸들은 햇빛이 잘 드는 자기 방으로 들어갔다. 아드리안은 집 안을 한 바퀴 둘러본 다음 창가에 앉아 사모바르를 준비하라고 일렀다.

교양 있는 독자들이라면 잘 알다시피, 셰익스피어나 월터 스콧은 모두 그들 작품 속에 나오는 무덤 파는 인부들을 명랑하고 익살스런 인물로 묘사했지만(셰익스피어 《햄릿》과 월터 스콧 《라메르무어의 신부》에 나오는 장면을 말함) 그것은 대조적 묘사를 통해 우리의 상상력을 한층 자극하기 위해서였다. 진실을 존중하는 입장에서 우리는 이 두 작가의 모범을 따를 필요는 없으며, 우리 장의사의 성격이 그 음침한 직업에 아주 적합하다는 것을 인정해야만 한다. 아드리안 프로호로프는 평소에 침울하고 과묵했다. 그가 침묵을 깨뜨리는 경우는, 딸들이 일은 하지 않고 창 너머로 지나가는 사람들을 멍청히 바라보는 걸 발견하고 잔소리를 하거나, 그의 제작품을 필요로 하는 불행(때로는 기쁨)을 당한 사람들 앞에서 터무니없는 값을 부를 때뿐이었다. 그런 아드리안이 창가에 앉아 차를 일곱 잔째 마시며 언제나처럼 서글픈 상념에 잠겼다. 그는 일주일 전 퇴역 여단장의 장례식 때 시 경계에서 만난 폭우를 생각했다. 그 때문에 많은 망토가 쭈그러들었고, 많은 모자가 비틀렸다. 오랫동안 사용했던 장례 의상들이 이렇게 다 망가졌으니 아무래도 불가피한 비용이 든 것 같았다. 그는 늙은 장사꾼의 아내 트류히나의 장례로 이 손해를 만회할 생각이었다. 그 부인은 벌써 1년 전부터 죽음을 목전에 두고 있었다. 그런데 트류히나는 라즈굴랴이 거리에서 죽어가고 있었기 때문에 프로호로프는 그녀의 상속인들이 이미 약속을 해놨어도 이렇게 멀리 있는 그를 안 부르는 게 아닐까, 혹시 그 동네 청부인과 계약을 하지는 않을까 걱정이 되었다.

이런 생각은 갑작스레 문을 두드리는 프리메이슨식의 노크 세 번에 의해 중단되었다.

"누구요?"

장의사가 물었다. 문이 열리고, 첫눈에 독일인 직공으로 보이는 사람이 방으로 들어오더니 즐거운 표정으로 장의사에게 다가왔다.

"죄송함다, 어르신." 그는 아직도 우리가 웃지 않고는 들을 수 없는 러시아 사투리로 말했다. "죄송함다. 불쑥 찾아와서…… 어르신과 하루 빨리 친해지고 싶어서 말입죠. 저는 제화공이고 이름은 고틀리프 슐츠인데, 바로 길 건너 댁의 창문 맞은편에 살고 있습죠. 내일은 저의 은혼식 날이라 어르신과 따님들을 모시고 저희 집에서 식사나 대접했으면 함다."

초대는 기꺼이 받아들여졌다. 장의사는 제화공에게 앉아서 차나 한잔 들라고 권했고, 고틀리프 슐츠의 소탈한 성격 덕분에 그들은 곧 격의 없는 대화를 나누게 되었다.

"장사는 어떠십니까?" 아드리안이 물었다.

"헤헤." 슐츠가 대답했다. "그저 그렇습다. 입에 풀칠은 하고 사는 겁니다. 물론 제 일은 어르신 일과 다르죠. 산 사람은 신발 없이도 잘 돌아다니지만, 죽은 사람은 관 없이는 못 살지요."

"맞는 말씀입니다." 아드리안이 한마디 했다. "하지만 산 사람이 신발을 살 수 없으면 맨발로 다니면 되니까 당신이 손해 볼 일은 없지요. 하지만 거지가 죽으면 공짜로 관을 가져간다니까요."

이런 식으로 그들의 대화는 잠시 더 계속되었다. 그러다 마침내 제화공이 일어나서는 다시 한 번 초대의 말을 하고는 장의사와 작별 인사를 했다.

이튿날 정각 열두 시에 장의사와 딸들은 새로 산 집의 옆문을 나와 이웃집으로 향했다. 여기서는 요즘 소설가들이 즐겨 쓰는 관례에서 벗어나, 아드리안의 러시아식 카프탄(터키 셔츠처럼 생긴 긴 상의)이나 아쿨리나와 다리야의 유럽식 의상에 대해서 묘사하는 일은 그만두기로 하겠다. 다만 두 처녀가 특별한 날에만 착용하는 노란 모자를 쓰고 빨간 반장화를 신었다는 사실을 언급하는 것이 전혀 쓸데없지는 않을 듯싶다.

제화공의 비좁은 집은 손님으로 가득 찼는데, 대부분은 아내나 직공들을 데리고 온 독일인 장인들이었다. 러시아 관리로는 핀란드인 순경 유르코가 유일했는데, 그는 지위가 낮은데도 주인으로부터 융숭한 대접을 받고 있었다. 근 이십오 년간이나 그는 마치 포고렐스키(러시아 낭만주의 작가, 1787~1836)의 소설에 나오는 마부처럼 그 직책에 충실했다. 12년(1812)에 일어난 대화재는 황제의 수도를 잿더미로 만들었고 그의 누런 초소도 요절을 내었다. 그러나 적을 물리치자마자 그 자리에는 도리스식 흰 원주가 있는 회색 새 초소가 세워졌고, 유르코는 다시금 '손에 도끼를 든 채 회색 나사 갑옷을 가슴에 걸치고' 그 주위를 활보하게 되었다. 그는 니키츠카야 문 부근에 사는 독일인들 대부분과 알고 지냈는데, 이들 가운데 일부는 주일부터 월요일까지 유르코의 집에 묵기도 하였다. 아드리안은 당장 그와 인사를 나누었다. 이 사람이 조만간 필요할지도 모른다는 생각에서였다. 손님들이 식탁에 둘러앉을 때도 두 사람이 나란히 자리를 잡았다. 슐츠 부부와 그들의 열일곱 난 딸 로트헨은 손님과 식사를 같이하면서 접대도 하고 식모를 돕기도 했다. 맥주가 넘치도록 많이 나왔다. 유르코는 네 사람 분을 거뜬히 먹어치웠다. 아드리안도 그에

뒤지지 않았다. 그의 두 딸은 얌전을 빼고 있었고, 독일어로 하는 대화는 시간이 갈수록 떠들썩해졌다. 갑자기 주인은 주의를 환기시키더니 밀봉한 술병 병마개를 뽑으면서 러시아어로 크게 외쳤다.

"사랑하는 아내 루이자의 건강을 위하여!"

샴페인 비슷한 술이 힘차게 거품을 내기 시작했다. 주인은 마흔 살 난 아내의 생기 있는 볼에 정겹게 입을 맞추었고, 손님들은 좋은 아내 루이자의 건강을 위해 떠들썩하게 축배를 들었다.

"친애하는 손님 여러분의 건강을 위하여!"

주인이 두 번째 병을 따면서 외쳤다. 손님들은 다시 건배하고는 저마다 그에게 감사했다. 이런저런 위하여가 뒤를 이었다. 손님 각자의 건강을 위하여 마셨고, 모스크바와 한 다스나 되는 독일 여러 도시의 안녕을 위하여 마셨고, 온갖 동업조합을 한데 묶어 그것들의 번영을 위하여 마셨고, 그걸 또 하나씩 거명해가며 마셨고, 장인들과 견습공들의 건강을 위하여 마셨다. 아드리안은 그때마다 열심히 잔을 비웠고, 흥에 겨운 나머지 우스꽝스런 건배까지 제안하게 되었다. 문득 손님 가운데 어느 뚱뚱한 제빵사가 잔을 들고는 외쳤다.

"우리에게 일을 주시는 분들, 우리 고객(unserer Kundleute)의 건강을 위하여!"

이 제안 역시 이구동성의 환호성을 받았다. 손님들은 서로서로에게 인사를 하기 시작하여, 재봉사는 제화공에게, 제화공은 재봉사에게, 제빵사는 이 두 사람에게, 이들 모두는 제빵사에게, 하는 식으로 인사가 계속되었다. 유르코는 이렇게 서로 인사하는 가운데 옆 사람에게 소리쳤다.

"여보게, 어떤가, 자네 망자들의 건강을 위해서도 한잔하지?"

모두들 낄낄 웃었으나 장의사는 모욕을 받은 듯하여 얼굴을 찌푸렸다. 하지만 아무도 그것을 눈치채지 못했다. 손님들은 진탕 마셔대다가 마침내 저녁 만종이 울리자 겨우 자리에서 일어났다.

손님들은 늦게야 헤어졌는데, 대부분은 기분 좋게 취해 있었다. 뚱뚱한 제빵사와 벌건 모로코가죽 표지같이 얼굴이 붉은 제본공이 '은혜는 갚아야 아름답다'는 러시아 속담을 지켜서 유르코를 부축하여 초소로 데려갔다. 장의사는 술에 취한 데다가 화가 잔뜩 나서 집으로 돌아왔다.

"도대체 이게 무슨 봉변이란 말인가?" 그는 소리 내어 중얼거렸다. "내 일이 뭐가 남보다 못하다는 건가? 장의사가 무슨 망나니 동생이라도 된단 말인가? 이교도 놈들이 대체 뭘 가지고 비웃는 거야? 장의사가 성탄절 광대라도 되나? 우리 집들이 때 불러 배가 터지게 먹여주려고 했더니, 어림 반 푼어치도 없다! 대신에 나에게 일거리를 주는 이들, 죽은 정교도들이나 불러야지."

"아니 나리, 그게 무슨 말씀이세요?" 마침 그의 구두를 벗겨주던 하녀가 말했다. "진심이세요? 빨리 성호를 그으세요! 망자들을 집들이에 부르다니요! 에그 끔찍해라!"

"아니, 부를 테다." 아드리안은 계속해서 말했다. "그것도 내일 당장 나의 은인들이시여, 내일 저녁 저희 집에 한잔하러 오십시오. 변변찮지만 한턱내겠습니다."

이 말과 함께 장의사는 잠자리에 들더니 곧 코를 골기 시작했다.

밖은 아직 캄캄한데 누군가가 아드리안을 흔들어 깨웠다. 장사꾼 아내 트류히나가 바로 이날 밤에 숨을 거두어서, 그 가게 지배인이 보낸 심부름꾼이 아드리안에게 이 소식을 알리기 위해 말을 타고 달려온 것이었다. 장의사는 심부름꾼에게 술값으로 10코페이카를 쥐어준 다음, 재빨리 옷을 갈아입고는 삯마차를 잡아타고 라즈굴랴이 거리로 갔다. 고인의 집 대문에는 벌써 경찰관이 서 있었고, 상인들은 마치 송장 냄새를 맡은 까마귀 떼처럼 그 주변에서 서성거리고 있었다. 고인은 밀랍처럼 누런 얼굴로 탁자 위에 누워 있었다. 아직 시신이 흉하게 부패된 상태는 아니었다. 그 주위는 친척들, 이웃들 그리고 하인들로 꽉 찼다. 모든 창문은 열려 있었고 촛불이 타올랐으며, 신부들은 기도문을 외고 있었다. 트류히나의 조카인 젊은 상인은 유행하는 프록코트를 입고 서 있었다. 아드리안은 그에게 다가가서 관, 양초, 관포, 기타 장의 용품들을 빠짐없이 갖추어서 즉시 보내드리겠다고 말했다. 이 상속인은 값은 따지지 않을 터이며 모든 걸 그의 양심에 맡기겠다고 말하면서 거듭 고맙다고만 했다. 장의사는 여느 때와 마찬가지로, 결코 돈을 더 받는 일은 없을 것이라고 약속하고는 지배인과 의미 있는 눈짓을 주고받은 뒤 준비를 위해 집으로 돌아왔다.

온종일 그는 라즈굴랴이 거리와 니키츠카야 통문 사이를 왔다 갔다 했다.

저녁때가 되어서야 모든 일이 마무리됐기 때문에 삯마차를 돌려보내고 걸어서 집으로 돌아왔다. 달밤이었다. 장의사는 무사히 니키츠카야 통문까지 왔다. 예수 승천 교회 옆에서 우리의 유르코가 누구냐고 묻더니 장의사인 줄 알자 잘 주무시게라고 했다. 밤은 깊었다. 장의사가 집에 다 왔을 때, 갑자기 누군가 그의 집 대문으로 다가가 쪽문을 살며시 열고 안으로 사라진 듯했다.

'이건 또 무슨 일이야?' 아드리안은 생각했다. '누가 또 나에게 볼일이 있는 건가? 혹 도둑이 든 건 아냐? 아니면 바보 같은 딸년들이 애인을 끌어들였나? 젠장, 보통 일이 아닌 것 같은데!'

장의사는 소리를 질러서 친구 유르코의 도움을 청할 생각도 했다. 바로 그 순간, 또 누군가 쪽문에 다가가 안으로 들어가려 하다가 달려오는 주인을 보고는 멈춰 서서 삼각모를 벗어들었다. 아드리안은 어디선가 그 얼굴을 본 듯했으나 당황해서 찬찬히 살펴볼 겨를이 없었다.

"저한테 무슨 용무가 있으십니까?" 아드리안은 숨을 몰아쉬며 말했다. "어서 들어가시지요."

"인사는 대충 하게, 영감." 상대가 허한 목소리로 대답했다. "자네가 먼저 들어가서 손님들을 안내해야지!"

아드리안도 인사치레할 겨를이 아니었다. 쪽문은 열려 있었고 그가 현관 계단을 올라가자 상대도 뒤따라왔다. 아드리안은 집 안에서 많은 사람들이 왔다 갔다 하는 기척을 느꼈다. '이게 웬 귀신 장난이야!' 생각하며 급히 안으로 들어갔는데…… 그 순간 다리가 후들후들 떨렸다. 방 안은 망자들로 가득 차 있었다. 창문으로 새어 들어오는 달빛에 그들의 형체가 비쳤다. 누런 얼굴, 푸르스름한 얼굴, 움푹 팬 입, 반쯤 감긴 흐릿한 눈, 툭 튀어나온 코……. 아드리안은 그들이 자기 손으로 매장한 사람들이며, 방금 같이 들어온 손님은 바로 얼마 전 폭우 때 매장한 여단장임을 알게 되자 겁에 질렸다. 그들은 여자든 남자든 할 것 없이 모두가 장의사 영감을 둘러싸고 허리를 굽혀 인사했는데, 단 한 사람, 얼마 전에 장의사가 무료로 매장해준 가난뱅이만은 누더기 차림이 부끄러워서인지 가까이 오려 하지 않고 한쪽 구석에 가만히 서 있었다. 나머지는 모두 말쑥한 차림이었다. 여자 송장은 머릿수건에 리본까지 달고 있었고, 죽은 관리들은 제복을 차려입고 있었으나 수염만은 깎지 않은 채였고, 상인들은 화려한 카프탄을 걸치고 있었다.

"여길 보게나, 프로호로프." 여단장이 명예로운 손님 모두를 대표하여 입을 열었다. "우리는 모두 자네의 초대를 받고 왔네. 일어날 힘이 없거나 뼈만 간신히 추릴 만큼 완전히 뭉그러진 자들만이 집에 남았네. 그렇지만 저기 한 사람은 그럼에도 오지 않고는 못 배겼네……. 얼마나 자네한테 오고 싶었으면……."

이때 조그마한 해골이 인파를 헤치고 아드리안에게 다가섰다. 해골이 장의사에게 정답게 미소를 지어보였다. 담녹색, 붉은색 천조각과 낡아빠진 아마포들이 마치 막대기에 걸쳐 있는 것처럼 여기저기 뼈다귀에 붙어 있었고, 다리뼈는 마치 절구통 속 절구공이처럼 커다란 기마용 장화 속에서 덜거덕거렸다.

"나를 몰라보겠나, 프로호로프." 해골이 말했다. "퇴역 근위 중사 표트르 페트로비치 쿠릴킨을 기억 못하나? 1799년, 자네가 처음으로 관을 판 사람이지. 그것도 떡갈나무 관 대신에 소나무 관을 말이야."

이런 말과 함께 망자는 뼈만 남은 팔을 벌리고 그를 포옹하려 들었다. 그러나 아드리안은 비명을 지르면서 필사적으로 그를 떠밀었다. 표트르 페트로비치는 비틀거리다가 나자빠지더니 산산조각이 나버렸다. 망자들 사이에서 분노에 찬 소리가 터져 나왔다. 모두들 동료의 명예를 위해 들고일어나 욕설과 협박을 퍼부으면서 아드리안에게 달려들었다. 불쌍한 주인은 그들의 고함 소리에 귀가 멍멍해지고 거의 숨이 막혀서 현기증을 일으키며 퇴역 근위 중사의 뼈 위에 쓰러져 기절했다.

해는 벌써 오래전부터 장의사가 누워 있는 침대를 비춰주고 있었다. 마침내 그가 눈을 뜨자 바로 앞에서 사모바르를 끓이고 있는 하녀 모습이 보였다. 아드리안은 어젯밤에 일어난 모든 일들을 되새기며 몸서리를 쳤다. 트류히나, 여단장 그리고 쿠릴킨 중사가 머릿속에 어렴풋이 떠올랐다. 그는 하녀가 먼저 말문을 열고 지난밤에 있었던 괴이한 일의 결말을 얘기해주기를 잠자코 기다렸다.

"어쩌면 그렇게도 늦잠을 주무세요, 아드리안 프로호로비치 나리." 아크시냐가 가운을 건네주면서 말했다. "옆집 재봉사가 왔었고요, 여기 순경이 와서 오늘이 서장님 명명일(命名日)이라고 알려주고 갔어요. 그런데 나리께서 너무 곤히 주무셔서 깨워드리지 않았습니다."

"트류히나 할멈의 상가에서는 사람이 안 왔었나?"

"상가요? 그 사람이 죽었나요?"

"이 멍청아! 엊저녁에 네가 나를 도와 그 사람 장례 준비를 하지 않았더냐?"

"어머, 나리, 무슨 말씀이세요? 제정신이세요? 아, 혹시 어제 마신 술이 아직 덜 깨신 건가요? 엊저녁에 무슨 장례가 있었다고 그러세요? 온종일 독일사람 집에서 술을 드시고 취해 돌아오셔서는 그대로 곯아떨어져 여태껏 주무시고서는 말예요. 벌써 정오 미사의 종소리도 울렸다고요."

"오호, 그래!" 장의사는 기뻐하면서 말했다.

"그럼요." 하녀가 대답했다.

"흠, 그렇다면 빨리 차를 가져오고, 딸년들을 불러라."

1830년 9월 9일
보로디노에서

역참지기

관등은 14등관
역참에서는 독재자
바젬스키 공작

그 누가 역참지기들을 저주하지 않았으랴? 그 누가 그들과 다퉈보지 않았으랴? 그 누가 횡포하다느니, 무례하다느니, 태만하다느니 하는 되지도 않는 불평을 적어야겠다며 울분에 차서 그들에게 빌어먹을 장부(여행자가 불만을 적는 기록부)를 내놓으라고 닦달하지 않았으랴? 그 누가 그들을 옛날 관청의 말단 서기보나 심지어 무롬 숲의 도적떼와 다를 바 없는 인간쓰레기로 간주하지 않았으랴? 그러나 한번쯤 그들의 처지가 되어 공정하게 생각해본다면, 아마도 한결 관대하게 그들을 바라볼 수 있을 것이다.

역참지기란 무엇인가? 14등관(과거 러시아 관료 사회에서 가장 등급이 낮은 관리)의 진짜배기 수난자인 그는 그나마 그 관등 덕택에 겨우 구타를 모면하는데, 이것도 늘 그렇지는 않다(나는 독자 여러분의 양심에 호소한다). 바젬스키 공작이 빈정대며 그렇게 이름을 붙인 이 '독재자'의 직무란 무엇인가? 그야말로 진짜 고역이 아니고 무엇이겠는가? 낮이나 밤이나 마음 편할 때가 없다. 여행자는 지루한 여행 중에 쌓이고 쌓인 모든 울화를 애꿎은 역참지기에게 풀어버린다. 날씨가 개떡 같다, 길이 나쁘다, 마부가 고집이 세다, 말이 말을 들어먹질 않는다, 이 모두가 역참지기 탓이다. 그의 초라한 거처에 들어서자마자 여행자는 그를 마치 원수처럼 노려본다. 그가 이 불청객으로부터 금세 해방될 수 있다면 다행이지만, 만약 준비된 말〔馬〕이 없다면? 맙소사! 얼마나 지독한 욕설과 지독한 협박이 그의 머리 위에 쏟아질 것인가! 비가 오나 눈이 오나 그는 말을 구하러 이집 저집을 전전해야 한다. 또 폭풍우 속에서도, 주현절(主顯節 : 예수 세례절인 1월 6일) 무렵의 혹한 속에서도 그는 머리끝까지 화가 난 숙박인의 고함과 주먹을 피해서 잠시나마 숨을 돌리기 위해 현관으로 나가 있어야 한다. 어쩌다 장군이라도 왔다고 치자. 역참지기는 전전긍긍하면서 두 대 남은 트로이카를 다 내주는데, 거기엔 급사용(急使用)도 끼여 있다. 장군은 고맙다는 말도 없이 가버린다. 오 분이나 지났을까—울리는 초인종 소리! 곧이어 급사가 나타나 그의 책상에 역마권을 던진다!

이 모든 사실을 염두에 둔다면, 분노 대신에 진정한 동정이 우리 마음을 가득 채울 것이다. 몇 마디 덧붙이겠다. 지난 이십 년 동안 나는 줄곧 러시아 방방곡곡을 여행했다. 덕분에 거의 모든 역마 도로를 잘 알고 있으며, 마부들도 몇 대에 걸쳐 알고 있다. 내가 얼굴을 알지 못하는 역참지기는 거의 없다. 나와 관계를 갖지 않았던 이들도 드물다. 내가 여행하면서 보고 들은 흥미로운 얘기들은 가까운 장래에 책으로 펴낼 생각이다. 지금은 그저 역참지기 계층이 일반인들에게 매우 왜곡된 모습으로 인식되고 있다는 것만 말해두겠다. 그토록 중상을 당하는 역참지기들은 대부분 선량하고 본바탕이 친절하며, 붙임성이 있고 겸손하며 지나치게 돈 욕심을 부리지도 않는 사람들이다. 그들이 하는 이야기(여행자들이 이 이야기를 무시하는 것은 뜻밖이다)에서는 흥미롭고 교훈적인 것을 많이 얻어낼 수 있다. 솔직한 얘기로, 나는 공무로 여행하는 무슨 6등관 나리의 얘기보다는 그들의 얘기를 더 좋아한다.

이 존경할 만한 역참지기 계급에 나와 친한 친구들이 여러 명 있다는 것은 쉽게 추측할 수 있으리라. 사실, 그중 한 사람에 대한 추억은 나에게 아주 값진 것이기도 하다. 우리는 어떤 일 때문에 가까워졌는데, 바로 그 얘기를 이제 나는 독자 여러분에게 하려고 한다.

1816년 5월, 지금은 없어진 역마 도로를 따라 ＊＊＊현(縣)을 지나갈 일이 있었다. 나는 관등이 낮아서 우편 마차를 이용했고, 말 두 필 분의 삯만 지불했다. 때문에 역참지기들은 나에게 예의를 차리지 않았다. 내 생각에 당연하다 싶은 권리도 나는 자주 싸움을 해서야 얻곤 했다. 어쨌든 젊은 데다가 성미도 급했던 나는 내 몫으로 준비된 말 세 필을 고관 나리의 마차에 내주려고 하는 역참지기의 비굴함과 소심함에 분개해 마지않았다. 나는 지사댁 초대연에서 눈치 빠른 하인 녀석이 내 요리를 늦게 내오는 데도 오랫동안

적응하지 못했다. 지금에 와서 돌이켜보면 그런저런 일들이 모두 그럴듯하게 여겨진다. '세상은 계급순'이라는 일반적이고 편리한 법칙 대신에 다른 것, 예컨대 '세상은 지혜순'이라는 법칙을 가져다 쓴다면, 대체 무슨 일이 일어나겠는가? 아마 서로 잘났다고 싸우는 꼴이 아주 가관일 것이다! 게다가 하인들은 누구 요리부터 날라야 한단 말인가? 뭐, 그건 그렇고 이제 내 이야기로 돌아가자.

몹시 무더운 날이었다. ***역에서 3베르스타 정도 떨어진 곳에서 빗방울이 뚝뚝 떨어지기 시작하더니, 곧 억수 같은 비가 내렸다. 나는 물에 빠진 생쥐처럼 흠뻑 젖어버렸다. 역참에 닿자마자 맨 먼저 한 일은 재빨리 옷을 갈아입은 거였고, 그다음은 따끈한 차 한 잔을 부탁하는 거였다.

"애, 두냐야!" 역참지기가 소리를 질렀다. "사모바르를 준비하고 크림을 가져오려무나."

이 말이 떨어지자 칸막이 뒤에서 열네 살쯤 된 소녀가 나와서는 현관 쪽으로 뛰어갔다. 그 아름다움에 나는 퍽 놀랐다.

"자네 딸인가?" 나는 역참지기에게 물어보았다.

"네, 딸입습죠." 그는 자못 자랑스러워하는 표정으로 대답했다. "어찌나 똑똑하고 잽싼지 제 죽은 어미를 꼭 닮았습니다요."

그는 내 역마권을 옮겨 쓰기 시작했고, 나는 화려하진 않지만 잘 정돈된 방을 장식하고 있는 값싼 그림들을 둘러보았다. 돌아온 탕아의 이야기를 그린 그림들이었다. 첫 그림에서는 실내모를 쓰고 실내복을 입은 후덕한 노인이 마음을 잡지 못한 청년을 떠나보내는데, 청년은 초조한 기색을 보이며 노인에게서 축복과 돈 꾸러미를 받고 있다. 다음 그림에는 청년의 방종한 행동거지가 선명한 필치로 그려져 있었다. 그는 거짓 친구들과 파렴치한 계집들에게 둘러싸여 식탁에 앉아 있다. 이어서 돈을 탕진한 청년은 누더기 옷을 걸치고 삼각모를 쓰고서, 돼지들을 지키며 그들과 같은 걸 먹고 있다. 그 얼굴에는 깊은 슬픔과 후회가 가득하다. 마지막 그림에는 그가 아버지에게로 돌아온 장면이 그려져 있다. 똑같은 실내모에 실내복을 입은 선량한 노인이 아들을 맞으러 뛰어나간다. 방종한 아들은 무릎을 꿇었다. 원경에서는 요리사가 살찐 송아지를 잡고 있고, 장남은 하인들에게 그렇게 기뻐하는 이유를 묻고 있다. 나는 각 그림들 밑에 알맞게 적혀 있는 독일어 시를 읽었다. 이 모든 것이 지금까지도 내 기억 속에 뚜렷이 남아 있다. 봉선화를 심은 화분이나 알록달록한 커튼이 걸린 침대 등, 그때 나를 둘러싸고 있던 다른 물건들과 함께 말이다. 나이가 쉰쯤 된 아주 활기차고 정정했던 주인과, 빛바랜 리본에 메달이 세 개 달린 그의 긴 녹색 프록코트가 지금도 눈에 선하다.

내가 늙은 마부와 계산을 끝내기도 전에 두냐는 사모바르를 들고 돌아왔다. 이 나이 어린 요부는 나를 두 번째로 보자마자 자신이 내게 준 인상을 알아챘다. 소녀는 커다랗고 푸른 두 눈을 내리깔았다. 나는 말을 건네기 시작했고, 소녀는 마치 세상일을 다 알고 있는 처녀처럼 아무런 거리낌 없이 대답했다. 나는 그녀의 아비에게 펀치 술을 권하고 두냐에게는 차 한 잔을 건넸다. 우리 셋은 마치 오래전부터 알고 지낸 사이인 양 이야기를 나누기 시작했다.

말은 벌써 준비되어 있었으나 어쩐지 나는 역참지기 부녀와 헤어지고 싶지 않았다. 마침내 그들에게 작별을 고했다. 아비는 내 여행길이 무사하기를 빌었고, 딸은 나를 마차 있는 곳까지 바래다주었다. 현관에서 나는 멈춰 서서 그녀에게 키스를 허락해 달라고 청했다. 두냐는 승낙했다……. 돌이켜 보면 나는 수없이 많은 키스를 떠올릴 수 있다.

바로 그날의 키스 이후로.

하지만 나에게 이토록 오랫동안 달콤한 추억을 남겨준 키스는 없었다.

그로부터 여러 해가 지났다. 나는 무슨 일인가로 다시 같은 역마 도로를 지나 같은 곳에 들르게 되었다. 나는 늙은 역참지기와 그 딸을 회상하고, 그녀를 다시 볼 수 있으리라는 생각에 적잖이 기뻤다. 그러나 또 한편으론 늙은 역참지기가 다른 사람으로 교체되었을지도 모르고, 틀림없이 두냐는 시집을 갔을 거라는 생각도 했다. 게다가 어느 한 사람이 죽었을지도 모른다는 생각마저 머릿속에서 번뜩였다. 나는 다소 슬픈 예감을 안고 *** 역관으로 다가갔다.

말들이 역참 앞에 멈추었다. 방에 들어서자 나는 곧바로 돌아온 탕아 이야기를 그린 그림들을 알아보았다. 책상도 침대도 전과 같은 자리에 놓여 있었다. 하지만 창가에는 꽃이 없었고, 사방에 있는 모든 것이 낡고 무관심하게 방치되어 있는 듯이 보였다.

역참지기는 털가죽 외투를 덮어쓰고 자고 있었다. 내가 들어서는 소리에 그는 꿈에서 깨어나 몸을 일으켰다……. 틀림없는 시메온 빌린이었다. 그러나 어쩌면 이렇게 늙었을까! 그가 내 역마권을 옮겨 쓸 채비를 하는 동안, 나는 그의 백발과 오랫동안 수염을 깎지 않은 얼굴의 깊은 주름, 구부정한 등을 바라보고 있었다. 겨우 삼사 년의 세월이 그토록 정정하던 사내를 이렇게 기운 없는 노인으로 변하게 하다니. 나로서는 놀랄 수밖에 없었다.

"나를 알아보겠나?" 나는 그에게 물었다. "우리는 구면인데."

"그럴지도 모릅죠." 그는 우울하게 대답했다. "여긴 큰길이니까요, 여행자들이 이곳에 많이 들릅니다요."

"두냐는 잘 있나?"

나는 더 물어보았다. 노인은 얼굴을 찌푸리면서 대답했다.

"알 게 뭐랍니까."

"그럼, 시집간 겐가?"

노인은 그 질문을 못 들은 체하며 계속 내 역마권을 작은 소리로 읽고 있었다. 나는 질문을 그만두고 차를 준비하도록 일렀다. 호기심이 나를 괴롭히기 시작했고, 나는 펀치술이 옛 친구의 말문을 열어주었으면 하고 바랐다.

나의 판단은 틀리지 않았다. 노인은 권하는 술잔을 거절하지 않았다. 나는 럼주가 그의 울적한 기분을 풀어주었음을 알아챘다. 두 잔째, 그는 말이 많아졌다. 드디어 내가 생각났는지 아니면 그저 생각난 체하는 것인지 아무튼 그는 나에게 이야기를 들려주었고, 이 이야기는 나를 강하게 사로잡으면서 내 마음을 흔들었다.

"그럼 나리는 저희 집 두냐를 아셨던가요?" 그는 말문을 열었다. "하긴 그 애를 모르는 이가 어디 있었을라고요? 아아, 두냐, 두냐! 그런 애가 세상에 없었는데! 오는 사람, 가는 사람 할 것 없이 모두들 그 애를 칭찬했지, 욕하는 사람은 하나도 없었어요. 부인들은 손수건이며 귀걸이를 선물로 주셨답니다. 나리들은 점심이나 저녁을 먹는다면서 일부러 쉬어가곤 했는데, 실은 그 애를 좀 더 오래 보기 위해서였죠. 아무리 화가 난 어르신도 그 애 앞에선 잠잠해져서 제게도 상냥하게 얘기를 건넸죠. 믿으실지 모르겠습니다만, 나리, 심지어 파발꾼이나 전령까지도 반시간씩이나 그 애에게 말을 붙이곤 했습죠. 살림은 그 애가 도맡아서 했습니다. 청소건 요리건 무엇이든지 혼자서 척척 해치웠습죠. 그래서 저는, 이 어리석은 늙은이는 그 애한테서 눈을 뗄 수가 없었고, 늘 기뻐 어쩔 줄을 몰랐죠. 그런 제가 우리 두냐를 사랑하지 않았단 말인가요? 제 자식새끼를 귀여워하지 않았단 말인가요? 그 애가 여기서 살기 괴로웠단 말인가요? 아뇨, 그건 아니지요. 재난이란 피할 도리가 없을 따름입니다. 운명으로 정해진 건 피할 도리가 없는 법입죠."

그러고선 그는 나에게 자기의 슬픔을 자세하게 털어놓기 시작했다. 삼 년 전 어느 겨울날 저녁, 역참지기는 새 장부에 선을 긋고 있고 딸은 칸막이 저편에서 옷을 짓고 있었다. 그때 트로이카 한 대가 도착하더니, 체르케스(캅카스 지방에 사는 민족) 모자에 군인 외투를 입고 목도리로 얼굴을 싼 여행객이 말을 요구하면서 집 안으로 들어섰다. 말은 모두 여기저기 나가고 없었다. 사정 얘기를 듣자 여행객은 갑자기 목소리를 높이더니 채찍을 들어 올렸다. 하지만 그런 장면에 익숙한 두냐가 칸막이 뒤에서 뛰어나와 뭘 좀 드시지 않겠느냐고 그에게 애교 있게 물었다.

두냐의 출현은 여느 때와 같이 효력을 발휘했다. 여행객의 화는 가라앉았다. 그는 말이 돌아올 때까지 기다리기로 하고 밤참을 가져오게 했다. 비에 젖은 털모자를 벗고 목도리를 풀고 외투를 벗으니 이 여행객은 검은 콧수염을 기른 젊고 건장한 기병 사관이었다. 그는 역참지기 옆에 자리를 잡고는 그들 부녀와 유쾌하게 얘기를 주고받기 시작했다. 밤참이 나왔다. 그러는 사이에 말도 돌아왔다. 역참지기는 먹이를 주지 말고 곧바로 여행객의 마차에 매도록 일렀다. 그런데 방에 돌아와 보니 청년은 거의 의식을 잃고 벤치 위에 쓰러져 있었다. 속이 메슥거리고 두통이 심해서 도저히 길을 떠날 수 없다는 것이었다……. 그러니 어쩌겠는가! 역참지기는 그에게 자기 침대를 내어주고 병세가 좋아지지 않으면, 이튿날 아침에 S***로 의사를 부르러 사람을 보내기로 했다.

다음 날 기병 사관의 병세는 더욱 악화됐다. 그의 종복이 의사를 데리러 도시로 말을 달렸다. 두냐는 그의 머리를 식초에 적신 수건으로 동여매고는 바느질감을 가지고 그의 침대 옆에 앉았다. 환자는 역참지기가 옆에 있을 때는 신음 소리를 내며 거의 한마디도 하지 않았지만, 커피 두 잔을 비우고 앓는 소리를 하면서도 식사까지 주문했다. 두냐는 환자 곁을 떠나지 않았다.

그가 연방 무얼 마시고 싶다고 하여, 두냐는 손수 만든 레몬수를 컵에 담아 그에게 날라다주었다. 환자는 입술을 축이고 나서 컵을 돌려줄 때마다 힘없는 손으로 두냐의 손을 꼭 잡으며 감사를 표했다. 점심때쯤 의사가 도착했다. 그는 환자의 맥을 짚어보고 그와 독일말로 몇 마디 주고받은 다음에, 다시 러시아말로 환자는 안정만 하면 되고 이틀 뒤엔 길을 떠날 수 있으리라 말했다. 기병 사관은 왕진료로 25루블을 내주고 그를 식사에 초대했다. 의사는 기꺼이 승낙했다. 두 사람은 먹성 좋게 먹어치우고 포도주도 한 병을 비운 다음에 서로들 흡족한 기분이 되어 헤어졌다.

다시 하루가 지나고 기병 사관은 완전히 원기를 회복했다. 그는 매우 기분이 좋은지 끊임없이 두냐와 역참지기에게 농담을 건넸다. 휘파람으로 노래를 부르고, 다른 여행객들과 얘기를 나누고, 그들의 역마권을 장부에 옮겨쓰기도 했다. 그래서 선량한 역참지기는 그를 마음에 들어 했다. 사흘째 되는 날 아침엔 이 정든 숙박인과 헤어지기가 못내 섭섭할 정도였다.

그날은 일요일이었다. 두냐는 예배 보러 갈 채비를 하고 있었다. 기병 사관의 마차가 끌려나왔다. 그는 숙박료와 밥값을 넉넉하게 지불하고는 역참지기와 작별 인사를 나누었다. 두냐와도 작별 인사를 나누더니, 마을 끝에 있는 교회까지 데려다주겠다고 자청했다. 두냐는 어쩔 줄 몰라 하며 머뭇거렸다…….

"뭐가 두렵다는 게냐?" 아버지가 딸에게 말했다. "나리께선 늑대가 아니니까, 너를 잡아먹지는 않으실 거야. 교회까지 타고 가려무나."

두냐는 기병 사관과 나란히 마차에 타고, 종복은 앞자리에 뛰어올랐다. 마부가 휙 휘파람을 불자 말들이 달리기 시작했다.

가엾은 역참지기는 어쩌다가 두냐를 기병 사관과 함께 가게 허락했는지, 어쩌자고 갑자기 눈이 멀었는지, 왜 그때 제정신이 아니었는지 스스로도 알 수가 없었다. 반시간도 못 되어 그의 심장은 두근거리기 시작했다. 불안한 마음을 이기지 못한 그는 직접 교회로 갔다. 교회 앞까지 와보니, 이미 사람들은 헤어지기 시작하고 있었으나 두냐의 모습은 교회 마당에서도 입구에서도 보이지 않았다. 그는 황급히 교회 안으로 들어갔다. 사제는 막 제단을 내려오는 참이었다. 보제가 촛불을 끄고 있었고, 노파 두 사람이 아직도 구석에서 기도 중이었다. 하지만 두냐는 교회 안에 없었다. 가엾은 역참지기는 가까스로 정신을 차리고 보제에게 자기 딸이 예배에 왔었느냐고 물었다. 보제는 오지 않았다고 대답했다. 역참지기는 죽을 둥 말 둥해서 집으로 돌아왔다. 그에게 남은 희망은 한 가지뿐이었다. 두냐가 아직 어리다 보니 변덕을 부려서 자기 대모가 살고 있는 다음 역까지 마차를 타고 갔을지도 모른다는 것이었다. 그는 가슴을 쥐어뜯는 흥분 속에서 그가 딸을 태워 보낸 트로이카가 돌아오기를 기다렸다. 마부는 좀처럼 돌아오지 않았다. 마침내 저녁이 되어서야 마부 혼자 술에 취해 돌아와서는 죽음과도 같은 소식을 전했다.

"두냐는 기병 사관과 함께 그 역에서 멀리 떠났어요."

노인은 이 불행을 이기지 못했다. 그는 간밤에 젊은 사기꾼이 누워 있던 바로 그 침대에 드러눕고 말았다. 이제야 역참지기는 모든 전후 사정을 생각해보고는 그것이 꾀병이었음을 알았다. 가엾은 노인은 심한 열병에 걸려 S***로 실려 갔고, 그 자리에는 임시로 다른 사람이 임명되었다. 기병 사관을 진찰하러 왔던 바로 그 의사가 그를 치료했다. 의사는 그 청년이 실은 멀쩡했고 자기는 그때 이미 그의 불순한 계획을 눈치챘지만, 채찍이 무서워서 입을 다물고 있었다고 말했다. 이 독일인이 진실을 말했는지 아니면 자신의 선견지명을 자랑하고 싶었는지는 모르지만, 어쨌든 이제 와서 그런 말을 해봤자 가엾은 환자를 조금도 위로할 수는 없었다. 노인은 병상에서 일어나자마자 S*** 우체국장에게 청원하여 두 달 간의 휴가를 얻어서, 아무에게도 자신의 의도를 말하지 않고 딸을 찾기 위해 걸어서 길을 떠났다. 역마권 내용을 통해 그는 기병 대위 민스키가 스몰렌스크에서 페테르부르크로 가던 길임을 알았다. 그를 태워다준 마부는, 두냐가 자의로 따라나선 듯이 보였지만 가는 동안 내내 울고 있었다고 말했다. 역참지기는 생각했다. '운이 좋으면 나의 길 잃은 어린 양을 집으로 데려올 수 있을지도 몰라.'

그런 생각으로 그는 페테르부르크에 도착하자 이즈마일롭스키 연대 거리에 있는 옛 동료인 퇴직 하사관의 집에 숙소를 정하고 딸을 찾아 나섰다. 곧 그는 민스키 대위가 페테르부르크에 있다는 것과 데무트(순종) 여관에서 기거하고 있다는 것을 알아냈다. 역참지기는 그를 찾아가기로 결심했다.

이른 아침에 그는 여관에 가서 노병이 대위님께 면회를 청한다고 여쭈도록 부탁했다. 사역병은 나무틀에 끼운 장화를 닦으면서, 대위님은 아직 주무시고 계시며 열한 시 전에는 아무도 만나시지 않는다고 말했다. 역참지기는 일단 물러났다가 다시 그 시간에 되돌아왔다. 민스키는 실내복 차림에 빨간 실내모를 쓰고 그 앞에 나타났다.

"여보게, 무슨 용문가?"

그가 물었다. 노인은 감정이 북받쳐 올라 눈물이 왈칵 쏟아져 나왔다. 그는 떨리는 목소리로 겨우 이렇게 말했다.

"대위님! …… 자비를 베풀어주십쇼! ……"

민스키는 힐끔 노인을 보고 얼굴이 확 붉어지더니 그의 손을 잡고 서재로 데려가서는 문을 걸었다.

"대위님!" 노인은 말을 이었다. "수레에서 떨어진 건 되찾을 수 없다지만, 제발 우리 가엾은 두냐만은 돌려주십시오. 나리께선 이미 그 애를 데리고 즐거움을 보셨지 않습니까. 죄 없는 그 애 인생을 공연히 망치지는 마십시오."

"엎질러진 물을 어찌하겠나." 민스키는 극도로 당황하여 말했다. "자네한텐 정말 미안하고, 기꺼이 용서를 빌겠네. 하지만 내가 두냐를 버릴 수 있을 거라고는 생각하지 말아주게. 그녀는 행복할 거야, 자네에게 약속하네. 이제 와서 자네가 두냐에게 무슨 볼일이 있다고 그러나? 그녀는 나를 사랑하네. 과거도 훌훌 털어버렸고. 자네도 그녀도 이미 일어난 일을 잊어버릴 수는 없지 않은가."

말을 마치자 그는 역참지기의 옷소매 속에다 뭔가를 쑤셔 넣고 문을 열었다. 역참지기는 자기도 모르는 사이에 한길에 나와 있었다.

오랫동안 그는 꼼짝 않고 그 자리에 서 있다가 마침내 소맷부리에 종이 뭉치가 들어 있는 것을 깨달았다. 끄집어내 보니 구겨진 50루블짜리 지폐 몇 장이었다. 눈물이, 비분의 눈물이 다시금 그의 눈에서 솟구쳤다! 그는 지폐를 꼬깃꼬깃 구겨서 길바닥에 내던지고 구두 뒤축으로 마구 밟고선 걸어갔다. 몇 걸음 가다가 그는 멈춰 서서 잠시 생각을 했다……. 그러곤 되돌아섰다……. 그러나 지폐는 이미 없었다. 말쑥하게 차려입은 청년이 그를 보자 삯마차 쪽으로 뛰어가서 급히 올라타더니 소리쳤다. "어서 가자!" 역참지기는 그 뒤를 쫓지 않았다. 그는 자기 집 역참으로 되돌아가기로 결심했지만 그전에 한 번만이라도 가엾은 두냐를 보고 싶었다. 그래서 이틀 뒤에 다시 민스키를 찾아갔다. 그러나 사역병은 대위님께선 아무도 만나지 않으신다며 딱 잘라 말하곤 가슴팍으로 그를 현관 밖으로 밀어내고는 면전에서 문을 꽝 닫아버렸다. 역참지기는 한동안 멍하니 서 있다가 이윽고 걸음을 옮겼다.

바로 그날 저녁, 그는 비원(悲願) 성당에서 기도를 끝마친 뒤 리체이나야 거리를 걷고 있었다. 갑자기 눈앞을 번듯한 마차가 질주해 갔는데, 그 순간 역참지기는 민스키를 알아보았다. 마차가 삼층집 현관 입구 바로 앞에 서자 기병 사관이 내려서 계단을 뛰어올라갔다. 역참지기의 머릿속에 묘안 하나가 떠올랐다. 그는 돌아서서 마부 곁에 가서는 말을 걸었다.

"여보게, 이 말의 주인이 누군가? 혹 민스키 님이 아닌가?"

"맞네." 마부가 대답했다. "왜 그러는가?"

"사실은 말이네, 내가 자네 주인한테서 두냐란 여자에게 편지를 전하라는 분부를 받았는데 말이야, 그 두냔가 하는 여인이 어디에 사는지 잊어먹었다네."

"바로 이 집 2층이 아닌가. 이보게, 자네 전갈이 늦었네. 벌써 나리께서 그 여자를 만나러 가셨어."

"상관없네." 역참지기는 형용할 수 없는 마음의 동요를 느끼며 말했다. "고마우이, 일러줘서. 어쨌든 맡은 일은 끝을 내야지."

이 말과 함께 그는 계단을 올라갔다.

문은 잠겨 있었다. 그는 초인종을 눌렀다. 초조한 기다림의 몇 초가 지나갔다. 열쇠가 잘그랑거리더니 문이 열렸다. 그가 물었다.

"여기 아브도치야 시메노브나 님 계십니까?"

"그런데요." 젊은 하녀가 대답했다. "무슨 일로 왔지요?"

역참지기는 대답을 하지 않고 홀 안으로 들어갔다.

"안 돼요, 안 돼!" 하녀가 뒤에서 소리쳤다. "아브도치야 시메노브나에겐 지금 손님이 있어요."

그러나 역참지기는 들은 체도 않고 곧장 안으로 들어갔다. 처음 두 방은 어두웠지만 세 번째 방에는 불이 켜져 있었다. 그는 열린 문 앞까지 다가가서 멈춰 섰다. 아름답게 장식한 방 안에 민스키가 생각에 잠겨 앉아 있었다. 두냐는 유행하는 온갖 사치를 다하여 차려입고서, 마치 영국제 안장에 옆으로 앉은 여자 기수처럼 그의 안락의자 팔걸이에 앉아 있었다. 두냐는 그의 검은 고수머리를 반짝이는 자기 손가락에 감으면서 사랑스럽게 민스키를 바라보고 있었다. 가엾은 역참지기! 그에겐 자기 딸이 이보다 더 아름다워 보인 적이 없었다. 그는 자기도 모르게 넋을 잃고 그녀를 바라보았다.

"누구예요?"

두냐가 고개를 들지 않은 채로 물었다. 그는 아무 말도 하지 않았다. 응답이 없자, 두냐는 고개를 들었다……. 그리고 비명과 함께 융단 위에 쓰러졌다. 깜짝 놀란 민스키가 두냐를 안아 일으키기 위해 몸을 던졌다. 그러다가 문 앞에 있는 늙은 역참지기를 보자, 두냐를 내버려 두고 분노에 몸을 떨면서 그에게로 걸어갔다.

"도대체 무슨 용무가 있는 건가?" 그는 이를 갈면서 소리쳤다. "무엇 때문에 도둑처럼 남의 뒤를 밟는 거야? 나를 찔러 죽이기라도 할 작정인가? 어서 나가!"

그는 억센 손으로 노인의 멱살을 잡아 계단으로 밀어냈다.

노인은 맥없이 자기 숙소로 돌아왔다. 친구는 고소하라고 권했다. 그러나 그는 잠시 생각하더니 손을 내흔들고 단념하기로 결심했다. 이틀 뒤 그는 페테르부르크를 떠나 자기 역참에 돌아와서 다시 직무를 수행하기 시작했다.

"벌써 삼 년째 됩니다." 그는 그렇게 말을 맺었다. "제가 두냐 없이 혼자 살면서 그 애 소식도 통 모르고 지낸 지가 말입니다. 살았는지 죽었는지 하느님만 알고 계시죠. 세상에는 별의별 일들이 다 많습니다. 제 딸년이 처음도 아니고 마지막도 아닐 거예요. 지나가던 바람둥이 꾐에 빠져 어디 가서 잠깐 붙어살다가는 어김없이 버림받는 여자가. 그런 계집들로 페테르부르크는 미어터집니다. 젊은 바보 년들이 오늘은 비단과 비로드를 몸에 두르다가 내일이면, 보세요, 주정뱅이 거지들과 어울려 거리를 쓸고 다닙니다. 가끔은 말예요, 두냐도 그 지경이 되지 않나 생각을 할라치면, 벼락 맞을 생각이지만 저도 모르게 그만, 그 애가 차라리 콱 죽어버렸으면……."

이상이 내 친구인 늙은 역참지기의 이야기, 몇 번이나 눈물 때문에 중단되곤 한 이야기이다. 그는 마치 드미트리예프의 아름다운 발라드 속에서 나오는 정열가 테렌치이치처럼 그림 같은 동작으로 옷자락을 들어 눈물을 훔쳤다(러시아 감상주의 시인 I.I. 드미트리예프(1760~1837)의 시 〈희서〉를 말함). 이 눈물의 일부는 기나긴 이야기를 하는 동안에 그가 다섯 잔이나 마신 펀치 술이 불러낸 것이었지만, 아무튼 이 눈물은 내 마음을 강하게 뒤흔들었다. 그와 헤어진 뒤에도 나는 오랫동안 이 늙은 역참지기를 잊을 수 없었고, 오랫동안 가엾은 두냐에 대해 생각했다…….

아주 최근에 *** 마을을 지나면서 나는 문득 이 옛 친구를 떠올렸다. 그가 관리하던 역참은 이미 사라지고 없음을 알았다. "늙은 역참지기는 살아 있소?" 이 물음에는 아무도 만족할 만한 대답을 주지 못했다. 나는 그리운 그곳을 찾아가기로 결심하고 N마을로 떠났다.

가을이었다. 잿빛 비구름이 하늘을 뒤덮었고, 차가운 바람이 추수를 마친 들판에 불어와 마주치는 나무의 붉고 누런 잎사귀들을 마구 떨어뜨리고 있었다. 해질 무렵 나는 마을에 도착하여 역사 앞에 멈춰 섰다. 그러자 (언젠가 가엾은 두냐가 나한테 키스를 했던) 현관에 살찐 아낙네가 나와서, 내 물음에 역참지기는 일 년 전에 죽었고 그의 집에는 맥주 양조업자가 이사 왔으며 자신은 그의 아내라고 대답했다. 나는 이 성과 없는 여행과 헛되이 들인 7루블이 아까워졌다.

"역참지기는 어떻게 죽었소?" 나는 양조업자의 아내에게 물었다.

"술이 과했답니다, 나리." 그 여자가 대답했다.

"그래 어디다가 묻었지요?"

"동구 밖 울타리 뒤, 죽은 안사람 곁이지요."

"그 무덤까지 안내해줄 수 없겠소?"

"왜 안 되겠습니까요. 반카! 고양이하곤 그만 놀고, 나리를 묘지까지 모시고 가서 역참지기의 무덤을 알려드려라."

그러자 누더기 옷을 입은, 붉은 머리털에 짝눈인 사내아이가 뛰어나와 곧 나를 동구 밖으로 안내했다.

"넌 죽은 역참지기를 알고 있니?" 도중에 내가 그에게 물었다.

"그럼요! 나한테 피리 만드는 법을 가르쳐주었어요. 할아버지가 술집에서 나오면 (천당에 가시옵소서!) 우린 그 뒤를 따라가면서 '할아버지, 할아버지, 호두 주세요!' 하고 외쳐대고, 할아버진 우리들한테 호두를 나눠주셨어요. 언제나 우리들하고 놀았어요."

"여행객들이 그를 기억하디?"

"요새는 여행객이 별로 없어요. 어쩌다 관리들이나 들르지만, 죽은 사람 같은 건 염두에도 없어요. 참, 올여름에 어떤 마님이 오셔서 역참지기 할아버지 얘기를 묻곤 그 무덤에 갔었어요."

"어떤 마님이더냐?" 나는 호기심에 물었다.

"아주 아름다운 마님이었어요." 소년은 대답했다. "말 여섯 필이 끄는 마차를 타고 왔었어요. 귀여운 사내아이 셋하고, 유모하고, 검정 삽살개를 데려왔어요. 역참지기 할아버지가 돌아가셨다고 하니까 울음을 터뜨리더니 아이들한테, '얌전히 있으렴. 묘지에 다녀올 테니까' 하고 말했어요. 내가 안내해드리겠다고 했죠. 마님은 '나도 길을 안단다' 하고 말했어요. 그러곤 나한테 5코페이카 은전을 주셨어요. 참 상냥하고 좋은 마님이셨어요!"

우리들은 묘지에 도착했다. 울타리도 없는 텅 빈 땅에 나무 십자가들만 흩어져 있을 뿐, 그늘을 드리울 만한 작은 나무 하나 없는 황량한 곳이었다. 나는 이같이 슬픈 묘지를 본 적이 없었다.

"여기가 역참지기 할아버지의 무덤이에요."

소년은 모래 더미 위로 깡충 뛰어 올라가서 말했다. 거기에는 청동 성상이 붙은 검은 십자가가 세워져 있었다.

"그 마님도 여기까지 왔었니?" 내가 물었다.

"왔었어요." 반카가 대답했다. "난 멀리서 지켜보고 있었어요. 마님은 여기에 엎드리더니 오랫동안 그냥 그러고 계셨어요. 그러곤 마을로 내려가서 신부님을 불러 돈을 주고 떠나셨어요. 나한테는 5코페이카 은전을 주셨고요. 아주 좋은 마님이셨어요!"

나도 그 소년에게 5코페이카를 주었다. 이제는 이 여행에 대해서도, 그 때문에 써버린 7루블에 대해서도 후회하지 않았다.

1830년 9월 14일
보로디노에서

귀족 아가씨—농사꾼 처녀

나의 사랑, 당신은 무얼 차려입어도 아름답구려.

보그다노비치

수도에서 멀리 떨어져 있는 어느 현에 이반 페트로비치 베레스토프의 영지가 있었다. 젊어서 근위 사단에 복무한 그는 1797년 초에 제대하고 귀향한 다음부터 그곳을 떠나본 일이 없었다. 그는 한 가난한 귀족의 딸을 아내로 맞았으나, 아내는 그가 멀리 사냥을 나가고 없을 때 해산을 하다가 죽었다. 그러나 영지를 경영하는 일이 곧 그의 슬픔을 달래주었다. 그는 자기가 설계하여 집을 짓고, 영지에 나사 공장을 세우고, 수입을 몇 배로 늘려, 근방에서 가장 똑똑한 사람으로 자부하였다. 이 점에 대해서는 가족이나 사냥개를 데리고 그의 집에 손님으로 찾아오는 이웃 지주들도 이의를 달지 않았다. 평일에 그는 면 비로드 재킷을 입고, 축제일에는 집에서 짠 나사로 지은 프록코트를 입었다. 그는 손수 지출부를 작성했고 〈원로원 통보〉 외에는 읽지 않았다. 사람들은 그가 오만하다고 생각하면서도 대체로 그를 좋아했다. 단지 가장 가까운 이웃인 그리고리 이바노비치 무롬스키만이 그와 사이가 좋지 않았다.

이 양반은 진짜 러시아 지주 귀족이었다. 재산 대부분을 모스크바에서 탕진하고 홀아비가 된 그는 마지막으로 남은 시골 영지로 내려갔는데 거기서도 정신을 못 차렸는바, 이번엔 종목이 바뀌어 있었다. 그는 영국식 정원을 만드느라고 남은 수입을 거의 다 쏟아부었다. 마부들에게는 영국식 경마 기수 복장을 입혔다. 딸에게는 영국인 여자 가정교사를 붙여 줬다. 밭도 영국식으로 갈았다.

그러나 남의 나라 방식으로는 러시아 곡식이 여물지 않는 바람에.

지출이 눈에 띄게 줄었는데도 그리고리 이바노비치의 수입은 전혀 늘지 않았다. 그래서 그는 시골에서도 새로운 빚을 얻어내는 요령을 찾아냈다. 사정이 이러한데도 그가 어리석지 않은 사람으로 간주된 것은, 그 현의 지주 가운데 맨 처음으로 자기 영지를 후견위원회에 저당 잡힐 생각을 해냈기 때문이다. 이런 변통 방법은 그 시대에는 매우 복잡하고 대담한 방식이라 여겨졌던 것이다.

그를 비난하는 사람들 중에 베레스토프가 제일 신랄했다. 새로운 제도에 대한 증오는 베레스토프 성격의 가장 두드러진 특징이었다. 그는 이웃의 영국 중독자 얘기만 나오면 가만히 있지를 못하고 사사건건 트집 잡을 기회를 찾았다. 가령 손님에게 영지를 구경시켜줄 때 손님이 그의 경영 관리에 대해 칭찬이라도 할라치면 재빨리 이렇게 대답을 했다. "그렇습니다!" 그는 교활한 미소를 띠며 말했다. "이웃에 사는 그리고리 이바노비치와는 전혀 다르죠. 우리가 왜 영국식으로 망해먹는답니까! 러시아식으로도 배만 부른데." 이런 식으로 빈정거리는 말들이 이웃 사람들의 극성스런 입을 통해 전해지면서 몇 마디 더해지고 보태져서 마침내 그리고리 이바노비치의 귀에 들어갔다. 이 영국 중독자는 우리나라 저널리스트들과 마찬가지로 남의 비평에는 도무지 참지 못하는 성미였다. 그는 노발대발하여 자신을 혹평한 인간을 곰이니, 촌놈이니 하고 불렀다.

두 지주의 관계가 그러할 때 베레스토프의 아들이 시골집으로 돌아왔다. 그는 *** 대학에서 교육을 받고 군복무를 하려고 했으나, 부친은 이에 찬성하지 않았다. 청년은 문관 근무가 자신에게 전혀 맞지 않는다고 느끼고 있었다. 두 사람은 서로 한 치의 양보도 하지 않았기 때문에 젊은 알렉세이는 만일에 대비해 군인처럼 콧수염만은 기르면서 당분간 지주 나리로 살게 되었다.

알렉세이는 정말 훌륭한 청년이었다. 만일 그가 건장한 몸에 꼭 맞는 군복을 입거나 의젓하게 말을 타는 대신에 그저 관청 서류 위에 엎드려 청춘을 보낸다면 그야말로 유감스러운 노릇일 것이었다. 그가 사냥을 할 때마다 아무 길이건 가리지 않고 앞장서서 말을 달리는 것을 본 이웃 사람들은 모두 입을 모아, 저러는 걸 보면 절대로 과장이 되지는 못할 거라고 했다. 지주집 아가씨들이 흘끔흘끔 그를 훔쳐볼 뿐만 아니라 때로는 넋을 잃고 바라보았으나 알렉세이는 전혀 개의치 않았다. 아가씨들은 그의 무정함을 다른 연정 관계 탓으로 돌렸다. 사실 그가 쓴 어느 편지 겉봉의 다음과 같은 주소 사본이 아가씨들 손에서 손으로 돌고 있었다. "모스크바 성 알렉세이 수도원 맞은편 동장(銅匠) 사벨리예프 댁, 아쿨리나 페트로브나 쿠로치키나 앞. 부디 이 편지를 A.N.R.에게 전해주시기 바랍니다."

독자 여러분 중에 시골에서 살아본 적이 없는 분은 이런 시골 아가씨들이 얼마나 매력적인 존재인지를 상상할 수도 없을 것이다! 맑은 공기 속에서, 정원의 사과나무 그늘에서 자란 그 아가씨들은 세상과 삶에 대한 지식을 책을 통해 얻는다. 고독, 자유 그리고 독서가 일찍부터 그들의 감정과 열정을 자라나게 하는바, 안타깝게도 산만하게 생활하는 우리 도시 미인들은 이런 감정을 모른다. 시골 아가씨들에게는 말방울 소리가 이미 가슴 설레는 모험이고, 가까운 시내로 떠나는 나들이는 일생의 사건이며, 손님의 방문은 오래도록, 때로는 영원토록 잊히지 않는 추억이 된다. 물론 이 아가씨들의 몇 가지 이상한 구석에 대해서 비웃을 수는 있다. 그러나 피상적인 관찰자가 던지는 몇 마디 농담이 그 아가씨들의 본질적인 가치를 없앨 수는 없다. 그중에서도 가장 중요한 것은 '성격의 특수성' 즉 '개성individualté'인데, 장 폴(독일의 낭만주의 작가 I.P. 리히터(1763~1825)를 말함)의 견해에 따르면 그것 없이는 인간의 위대성이 존재하지 않는다. 도회지 여성들은 아마도 더 훌륭한 교육을 받겠지만, 세상 관습이 곧 그들의 성격을 일률적으로 만들고, 마음을 마치 머리모양처럼 똑같게 만든다. 이것은 비판이나 비난의 뜻으로 하는 말은 아니지만, 한 고대 주석자가 쓴 것처럼 'Nota nostra manet'(우리의 주석은 타당하다)이다.

알렉세이가 우리 아가씨들에게 어떤 인상을 주었는지는 쉽게 상상할 수 있을 것이다. 그는 그 아가씨들 눈앞에 최초의 침울한 허무주의자로 등장했으며, 그녀들에게 잃어버린 기쁨과 시들어버린 청춘에 대해 말한 최초의 인물이었다. 게다가 그는 해골이 새겨진 검은 반지를 끼고 있었다. 이 모든 것이 그 현에서는 아주 신기한 일이었다. 아가씨들은 그에게 푹 빠졌다.

그중에서도 그에게 가장 마음을 두고 있었던 이는 저 영국 중독자의 딸인 리자(또는 그리고리 이바노비치가 평소 부르는 이름으로 베시)였다. 부친들이 서로 왕래하지 않았던 까닭에 리자는 아직 알렉세이를 본 적은 없었으나 온 동네 젊은 아가씨들이 그에 대해서만 입방아를 찧었다. 리자는 열일곱 살이었다. 검은 두 눈은 그녀의 가무잡잡하고 매우 상쾌한 얼굴을 생기 있게 했다. 리자는 외동딸이었기 때문에 당연히 응석받이로 자랐다. 리자의 말괄량이 짓과 끊임없는 장난은 아버지를 즐겁게 한 반면 가정교사인 잭슨 양을 절망에 빠뜨리곤 했다. 이 여자는 격식을 찾는 마흔 살 된 노처녀인데 얼굴에 분을 바르고 눈썹을 그리곤 했다. 일 년에 두 번 《파멜라》(영국 작가 사무엘 리처드슨(1689~1761)의 서간체 교훈소설)를 읽어주고 그 보수로 이천 루블을 받고 있으나 이 '야만스런 러시아에서' 심심해 죽을 지경이었다.

리자의 시중은 하녀 나스차가 들고 있었다. 나이는 조금 위였지만 철딱서니 없기는 그녀의 아가씨 못지않았다. 리자는 나스차를 몹시 좋아해서 모든 비밀을 숨김없이 그녀에게 털어놓았고, 함께 머리를 굴려 온갖 음모를 꾸며냈다. 한마디로 말해 프릴루치노 마을에서 나스차는 프랑스 비극에 나오는 어떤 시녀보다도 훨씬 중요한 역할을 맡고 있었다.

"오늘은 어딜 좀 다녀오고 싶은데요." 어느 날 나스차가 아가씨에게 옷을 입혀주면서 말했다.

"좋아, 그런데 어디?"

"투길로보 마을에 있는 베레스토프 댁에요. 요리사의 아내가 명명일이라서 점심 대접을 하겠다고 어제 사람을 보냈어요."

"어머나!" 리자가 말했다. "주인들은 서로 못 잡아먹어서 안달인데 하인들끼린 한턱씩 내는구나."

"주인 나리들 일이 저희랑 무슨 상관이에요!" 나스차가 대꾸했다. "더구나 전 아가씨를 모시고 있지 아버님을 모시고 있는 게 아니잖아요. 아가씬 베레스토프 도련님과 싸운 일도 없고요. 싸우고 싶거들랑 노인네들끼리 실컷 싸우라지요."

"그럼 말이야, 나스차, 알렉세이 베레스토프를 보고 와서 나한테 자세하게 얘기해줘. 어떻게 생겼고 어떤 사람인지 말이야."

나스차는 단단히 약속을 했고, 리자는 온종일 그녀가 돌아오기를 눈이 빠지게 기다렸다. 저녁에야 나스차가 돌아왔다.

"자, 리자베타 그리고리예브나!" 나스차가 방으로 들어오면서 얘기를 꺼냈다. "베레스토프 도련님을 보고 왔어요. 아주 자세히요. 하루 종일 같이 있었는걸요."

"아니 어떻게? 어서 차근차근 말해봐."

"어련히요. 우리는, 그러니까 나랑 아니샤 예고로브나, 네닐라, 두니카……."

"아, 그건 됐으니까 넘어가자. 그다음엔?"

"죄송해요. 차근차근 전부 말씀드릴게요. 우리들은 정확히 점심때 도착했어요. 방은 사람들로 꽉 차 있었죠. 콜비노 사람들이랑, 지하리예브 사람들이랑, 딸을 데리고 온 관리인 부인이랑, 흘루피노 사람들이랑……."

"됐다니까! 베레스토프는?"

"잠깐만 기다리세요. 이윽고 식탁에 앉았는데 관리인 부인이 상석에, 그 옆엔 제가…… 딸들은 뾰로통해 있었는데, 그까짓 것들, 제가 알 게 뭐예요……."

"아, 나스차. 뭐 그렇게 자질구레한 걸 가지고 질질 끄니!"

"성미도 참 급하셔! 그래 드디어 식탁에서 물러났는데요……. 아, 우린 세 시간이나 앉아 있었다고요. 그야말로 진수성찬이었으니까. 디저트 과자는 블랑망제였는데 파란 것, 빨간 것, 알록달록한 것……. 하여튼 잘 먹고 식탁에서 물러나서 숨바꼭질을 하러 뜰로 나갔는데요, 도련님이 거기 나타나신 거예요."

"그래서? 정말 미남이시디?"

"깜짝 놀랄 정도로 잘생겼더라니까요, 진짜 미남이세요. 건장한 데다 키가 훤칠하고 두 볼은 매끈매끈 발그레한 게……."

"정말? 난 그이가 창백한 줄로만 알았는데. 그래, 어때? 네가 보기에는 어땠어? 슬퍼 보였어, 우울해 보였어?"

"무슨 말씀이세요? 전 그렇게 미치광이같이 유쾌한 분은 처음 봤어요. 우리와 같이 숨바꼭질할 생각을 하시지 뭐예요."

"너희들과 숨바꼭질? 그럴 리가!"

"그뿐만이 아녜요! 더한 걸 생각해내셨다고요! 잡히면 키스하기요!"

"아주 네 멋대로구나, 나스차. 거짓말만 하고."

"아가씨가 제멋대로지요, 전 거짓말 같은 거 안 해요. 전 간신히 도망 다니고 그랬어요. 그분은 하루 종일 저희와 그렇게 법석을 떠셨어요."

"하지만 이상하잖아. 그이는 사랑에 빠져서 다른 사람은 거들떠보지도 않는다고 하잖니?"

"글쎄요, 그건 잘 모르겠네요. 하지만 저를 지나칠 정도로 바라보셨어요. 관리인의 딸 타냐한테도 그러시고요. 콜비노 마을의 파샤한테도 그랬어요. 그래요, 죄송한 말씀이지만, 아무도 업신여기지 않으셨어요. 정말 소탈한 장난꾸러기셨어요!"

"정말 놀라 자빠질 일이구나! 그 집 사람들은 그이에 대해 뭐라고들 하디?"

"멋있는 도련님이라고들 그래요. 참 친절하고 재미있는 분이라고요. 한 가지 흠이 있다면 처녀들 궁둥이나 쫓아다니는 걸 너무 좋아한다는 거라나요. 하지만 제 생각엔 말이죠, 그게 흠이랄 것까지는 없는 것 같아요. 어차피 나이를 더 먹으면 점잖아지실 테니."

"어떡해서든 그이를 보고 싶은데!" 리자가 한숨을 지으며 말했다.

"그게 뭐가 어렵다고 그러세요? 투길로보가 여기서 먼 것도 아니잖아요. 고작 3베르스타인데. 그쪽으로 한번 산책을 가시든가 아니면 말을 타고 가 보세요. 틀림없이 마주치실 거예요. 그분은 매일 아침 일찍 총을 가지고 사냥을 다니신다니까……."

"안 돼, 그건 좋은 방법이 아냐. 그이는 내가 그이 뒤를 쫓아다닌다고 생각할 거 아냐. 더구나 아버지들끼리 으르렁거리고 있는 판에, 그이와 친해질 수는 없어……. 아하, 나스차! 이렇게 하면 어떨까? 내가 농사꾼 처녀 차림을 하는 거야!"

"진짜 좋은 생각인데요. 두툼한 루바슈카(러시아 민속 의상. 블라우스 같은 상의)에 사라판(러시아 농부가 입는 기다란 민소매 옷)을 입으시고 투길로보로 가는 거예요. 장담하지만, 베레스토프는 아가씰 놓치지 않을 거예요."

"그래, 난 이 지방 사투리도 잘해. 아아, 나스차, 사랑하는 나스차! 얼마나 멋진 생각이야!"

리자는 이 재미있는 계획을 꼭 실행하리라 마음을 먹고 잠자리에 들었다. 이튿날이 되자 리자는 계획을 즉시 실천에 옮겼다. 우선 사람을 시장에 보내 두꺼운 아마포와 푸른색 중국 무명과 구리 단추를 사오게 하고, 나스차의 도움을 받아 루바슈카와 사라판을 몸에 맞게 마름질한 다음, 하녀들을 총동원하여 바느질을 하게 했다. 그리하여 저녁쯤에는 모든 준비가 완료되었다. 리자는 새 옷을 입고 거울 앞에 서서는, 자신이 여태껏 이렇게 사랑스러워 보인 적이 없었다는 걸 인정하지 않을 수 없었다. 그녀는 예행연습을 되풀이했다. 걸으면서 허리를 구부려 인사를 하고, 점토 인형처럼 몇 번씩 고개를 끄덕여보고, 농사꾼 사투리로 말을 하고, 웃고, 팔소매로 얼굴을 가려도 보아 나스차의 칭찬을 받았다. 그런데 한 가지 곤란한 문제가 있었다. 시험삼아 맨발로 안뜰을 걸어보니 잔디가 리자의 연한 발을 콕콕 찔렀다. 모래나 잔돌들은 더더욱 견디기 힘들었다. 여기서도 나스차가 나서서 아가씨를 도왔다. 나스차는 리자의 발 치수를 재가지고 목동 트로핌을 만나 그에게 짚신 한 켤레를 주문했다.

다음 날, 날도 새기 전에 리자는 잠에서 깨어났다. 집안사람들은 모두들 아직 잠들어 있었다. 나스차는 대문 밖에서 목동을 기다리고 있었다. 뿔피리 소리가 나면서 마을의 가축 행렬이 지주 저택 앞에 이르렀다. 트로핌은 나스차 앞을 지나면서 그녀에게 조그맣고 알록달록한 짚신을 건네고 대가로 50 코페이카를 받았다. 리자는 조용조용히 농사꾼 처녀의 옷을 입고는 잭슨 양을 잘 부탁한다고 나스차에게 귓속말로 이르고, 뒷문으로 빠져나가 채소밭을 가로질러 들로 달려 나갔다.

아침노을이 동쪽 하늘에 빛나고 황금빛 구름 행렬이 마치 국왕을 기다리는 조신들처럼 태양을 기다리고 있는 듯이 보였다. 맑은 하늘, 아침의 싱그러움, 이슬, 산들바람 그리고 새의 지저귐이 리자의 마음을 어린아이와 같은 즐거움으로 가득 채웠다. 누군가 아는 사람을 만나지 않을까 두려워하면서 리자는 걸어가는 것이 아니라 거의 날아서 갔다. 이윽고 부친의 영지 경계에 있는 숲에 다다르자 리자는 조심조심 걸었다. 여기서 알렉세이를 기다리기로 했던 것이다. 가슴이 두근두근 뛰었지만, 왜 그런지는 자기도 몰랐다. 그러나 두려움이란 것은 우리들 청춘의 짓궂은 장난에는 으레 따르게 마련이고, 그것이 바로 청춘의 커다란 매력이 아니던가. 리자는 어두운 숲 속으로 들어갔다. 멀리멀리 퍼져 나가는 숲의 둔탁한 웅성거림이 소녀를 맞아주었다. 들뜬 마음이 가라앉았다. 리자는 차츰 달콤한 공상의 세계로 빠져 들어갔다. 그녀는 생각에 잠겼다……. 그러나 열일곱 살 난 아가씨가 봄날 아침 다섯 시에 숲 속에 홀로 서서 무얼 생각하고 있는지 정확하게 알아낼 수 있을까? 하여간에 리자는 키 큰 나무들이 양편에 늘어선 길을 생각에 잠겨 걸어갔다. 갑자기 잘생긴 사냥개가 나타나 그녀를 보고는 짖어댔다. 리자는 깜짝 놀라 비명을 질렀다. 바로 그때 어떤 목소리가 울려 퍼졌다. "가만, 스보가르, 이리 와(Tout beau, Sbogar, ici)……." 그러곤 한 젊은 사냥꾼이 관목숲 뒤에서 나타났다.

"무서워할 것 없어, 아가씨." 그가 리자에게 말했다. "이놈은 물지 않으니까."

리자는 이미 두려움에서 벗어나 재빨리 이 기회를 이용할 수 있었다.

"그래두요, 도련님." 리자는 두려움과 수줍음을 반반씩 꾸며대며 말했다. "무섭잖아요, 저 봐요. 저렇게 사나워 보이는데. 또 달려들려고 해요."

그러는 동안에 알렉세이(독자는 이미 그를 알아보셨으리라)는 젊은 농사꾼 처녀를 뚫어지게 바라보고 있었다.

"무섭거든 내가 데려다줄게." 그가 말했다. "같이 걸어도 되겠지?"

"누가 말리나요?" 리자가 대답했다. "마음대로 하세요. 임자가 있는 길도 아닌데."

"어디서 왔지?"

"프릴루치노요. 대장장이 바실리의 딸인데, 버섯을 따러 가는 거예요. (리자는 끈이 달린 바구니를 들고 있었다) 그런데 나리는요? 투길로보 분이신가요?"

"바로 맞혔어." 알렉세이가 말했다. "난 말이야, 도련님의 시종이야."

알렉세이는 서로의 신분을 같게 하고 싶었던 것이다. 그러나 리자는 그를 쳐다보고는 웃음을 터뜨렸다.

"거짓말이시죠. 제가 바본 줄 아세요? 댁이 도련님이란 게 뻔히 보이는데."

"왜 그렇게 생각하지?"

"어느 모로 보나 그런데요, 뭐."

"도대체 어디?"

"도련님과 아랫사람을 어떻게 구별 못하겠어요? 옷차림도 다르고, 말씨도 다르고, 또 개를 부를 때도 우리말로 부르시지 않잖아요."

리자는 점점 더 알렉세이의 마음에 들었다. 어여쁜 시골 처녀들에게 격식을 차리지 않는 그는 갑자기 그녀를 껴안으려고 했다. 그러나 리자가 살짝 비켜서면서 갑자기 엄하고 쌀쌀맞은 태도를 취했기 때문에, 알렉세이로선 웃음이 나왔지만 그 이상의 행동은 하지 않았다.

"만약에 앞으로도 저랑 친구가 되고 싶으시면 말예요." 리자가 점잖게 말했다. "행동을 삼가셔야 해요."

"그런 똑똑한 말을 누구한테 배웠지?" 낄낄거리며 알렉세이가 물었다. "혹시 나스첸카 아냐? 내가 아는 너희 아가씨의 하녀 말이야. 아하, 바로 이런 식으로 교양이 전파되는구나!"

리자는 자기 역할에서 벗어난 것을 알아차리고 즉시 바로잡았다.

"무슨 말씀이세요?" 리자가 말했다. "제가 한 번도 나리 저택에 가 본 적이 없는 줄 아세요? 들을 거 다 듣고 볼 거 다 봤어요. 그런데……." 그녀는 말을 이었다. "도련님과 계속 노닥거리다가는 버섯 구경도 못하겠네요. 도련님은 저리로 가세요, 전 이쪽으로 갈 테니까. 그럼 안녕히 가세요……."

리자가 막 떠나려고 하는데 알렉세이가 그 손을 잡았다.

"얘, 너 이름이 뭐지?"

"아쿨리나예요." 리자가 알렉세이의 손에서 자기 손을 빼내려고 하면서 말했다. "도련님, 절 놔주세요. 집에 빨리 가야 돼요."

"그럼, 내 친구, 아쿨리나. 내가 조만간 너희 아빠, 대장장이 바실리 댁에 손님으로 가지."

"뭐라고요?" 리자는 열을 내며 말했다. "제발, 오지 마세요. 제가 도련님하고 숲 속에서 둘이서만 노닥거렸다는 걸 가족들이 알면 큰일 날 거라고요. 아버지가 절 죽어라 두들겨 팰 거예요."

"하지만 난 널 꼭 다시 만나고 싶은데."

"그럼 제가 때를 봐서 버섯을 따러 이곳에 오겠어요."

"그게 언제야?"

"내일이라도 좋지요."

"귀여운 아쿨리나, 네게 키스하고 싶지만 감히 할 수 없군. 그럼 내일이야, 같은 시간. 알겠지?"

"네, 네."

"날 속이진 않겠지?"

"안 속여요."

"하느님께 맹세해."

"성(聖) 금요일을 두고 맹세할게요. 꼭 오겠어요."

젊은이들은 헤어졌다. 리자는 숲에서 나와 들판을 가로질러 뜰로 몰래 숨어들어가 나스차가 기다리고 있을 광으로 서둘러 뛰어 들어갔다. 리자는 조급한 하녀의 질문에 건성으로 대답하며 옷을 갈아입고 객실로 나갔다. 하얀 천으로 덮인 식탁에는 아침식사가 준비되어 있었으며 벌써 하얗게 분을 바르고 포도주 잔처럼 허리를 잘록 조인 잭슨 양이 얄팍한 샌드위치를 자르고 있었다. 아버지는 딸의 새벽 산책을 칭찬했다.

"새벽에 일어나는 것보다 건강에 좋은 것은 없단다."

이어서 그는 백 살이 넘게 장수한 사람은 모두 보드카를 마시지 않고 겨울에나 여름에나 새벽에 일어난 사람뿐이라고 지적하며 영국 잡지에서 인용한 '장수한 인간'의 실례 몇 가지를 얘기해주었다. 그러나 리자는 그 말을 듣고 있지 않았다. 그녀는 속으로 오늘 아침의 만남, 즉 아쿨리나와 젊은 사냥꾼과의 대화를 전부 재현해보았고 차차 양심의 가책을 느끼기 시작했다. 두 사람이 주고받은 대화는 예의범절을 벗어나지 않았으며 그 정도 장난이 어떤 심각한 결과를 가져올 리는 없을 것이라고 자기 자신에게 항변해보았지만 허사였다. 양심이 속삭이는 소리는 이성의 소리보다 더 컸다. 무엇보다도 내일 다시 만나기로 약속한 것이 리자를 가장 불안하게 했다. 차라리 그 엄숙한 맹세를 어기기로 아주 결심해버리려고도 했다. 그러나 알렉세이는 헛되이 자신을 기다리다가 대장장이 바실리의 딸을, 뚱뚱보에다 곰보인 진짜 아쿨리나를 찾으러 마을에 올지도 모른다. 그리고 자기의 경솔한 장난을 알아챌지도 모른다. 그런 생각을 하자 등골이 오싹했다. 결국 리자는 다음 날 아침 다시 아쿨리나가 되어 숲으로 가기로 결심했다.

한편 알렉세이는 환희에 차서 하루 종일 새로운 여자 친구에 대해 생각했다. 밤에는 가무잡잡한 미녀의 모습이 꿈속에서까지 그의 상념을 쫓아다녔다. 해가 뜨기도 전에 그는 옷을 다 입었다. 엽총에 산탄 재우는 시간도 아껴 가면서 그는 충직한 스보가르를 데리고 들판으로 나가 약속한 밀회 장소로 달려갔다. 견디기 힘든 기다림 속에서 반시간 정도가 흘러갔다. 마침내 그는 관목 사이에서 어른거리는 푸른 사라판을 보았고 사랑스런 아쿨리나를 맞으러 냅다 뛰어나갔다. 그가 환호하면서 고마움을 표하자 리자는 미소를 지었다. 그러나 알렉세이는 곧 그녀의 얼굴에 떠오른 상심과 불안의 빛을 알아차리고 그 이유를 알고 싶어했다. 리자는 자신의 행동이 경솔하게 생각되어 후회하고 있다, 이번만은 약속을 어기고 싶지 않아 왔지만 이 만남이 마지막이 될 것이며 어차피 좋은 결과에 이르지 못할 이 교제를 여기서 끝냈으면 한다고 고백했다. 물론 리자는 이 모든 이야기를 농사꾼의 사투리로 말했지만, 평범한 처녀의 마음속에 있는 비범한 생각과 감정이 알렉세이를 놀라게 했다. 그는 온갖 달콤한 말들을 총동원해 아쿨리나의 생각을 돌이키려 했다. 자기의 마음이 얼마나 순수한지 역설하고, 후회할 거리를 그녀에게 절대로 주지 않을 것이며 무엇이든지 그녀의 말에 복종하겠다고 약속했다. 그리고 하루 걸러라도 좋고 한 주일에 두 번씩이라도 좋으니 단둘이서 만난다는 그의 유일한 기쁨을 빼앗지 말아 달라고 간청했다. 그는 진실한 정열의 언어로 이야기했고 그 순간 확실히 사랑에 빠져 있었다. 리자는 말없이 그 이야기를 듣고만 있었다.

"그럼 약속해주세요." 마침내 리자가 입을 열었다. "절 찾으러 마을에 오시거나 저에 대해 이것저것 사람들에게 묻지 않겠다고요. 또 제가 정하는 때 외에는 절 만나려 하지 않겠다고도 약속해주세요."

알렉세이는 성 금요일을 두고 맹세하려 했지만 리자는 웃으면서 그를 말렸다.

"저에게는 맹세 따위는 필요 없어요, 당신의 약속만으로 충분해요."

그 뒤 그들은 리자가 돌아가야 한다고 말할 때까지 숲 속을 함께 거닐면서 정답게 이야기를 나누었다. 리자와 헤어져 혼자 남게 된 알렉세이는 평범한 시골 처녀가 어떻게 단 두 번의 데이트로 자기 마음을 완전히 사로잡을 수 있었는지 이해할 수가 없었다. 아쿨리나와의 관계에는 새로운 매력이 있었다. 이 야릇한 농사꾼 아가씨의 요청은 그에게는 힘겨운 것이었지만 그렇다고 해서 약속을 깨뜨리려는 생각은 그의 머릿속에 떠오르지 않았다. 사실 알렉세이는 기괴한 반지를 끼고, 비밀스러운 편지를 주고받고, 어두운 환멸을 품고 있었지만 근본적으로는 선량하고 열렬한 젊은이였다. 그는 순결한 소녀의 마음을 접하면서 기쁨을 느낄 줄 아는 순수한 마음을 지니고 있었다.

만일 내가 개인적인 욕구만을 좇는 사람이었다면 틀림없이 이 젊은 연인들의 만남이나 점점 깊어가는 애정과 신뢰, 두 사람이 한 일, 한 이야기 등

등을 상세히 쓰려 했을 것이다. 그러나 대부분의 독자는 나와 같은 만족감을 느끼지 않으리라는 것쯤은 나도 알고 있다. 이런 세세한 묘사는 대체로 느끼할 정도로 달콤하게 보일 테니 생략하고, 다만 두 달이 채 못 되어 우리의 알렉세이는 정신없이 사랑에 빠져 있었고 리자 역시 말은 없었지만 그에 못지않게 열을 올리고 있었다는 정도만을 이야기해두겠다. 두 사람 다 현재의 행복에 취해 장래에 대해서는 거의 생각하지 않았다.

그들 사이에 끊을 수 없는 인연이 맺어졌다는 생각이 종종 그들의 머리에 떠올랐지만 이에 대해 서로 이야기해본 적은 한 번도 없었다. 그 이유는 명백했다. 알렉세이는 사랑스러운 아쿨리나에게 제 아무리 사로잡혔다 해도 역시 자신과 가난한 농사꾼 처녀 사이에 존재하는 거리를 계속해서 생각하고 있었다. 리자 역시 부친들이 서로 얼마나 미워하는지 알고 있었기에 감히 양가의 화해를 기대할 수 없었다. 더욱이 그녀의 자존심은 투길로보의 지주가 프릴루치노의 대장장이 딸 앞에 마침내 무릎 꿇는 꼴을 보고 싶다는 앙큼한 공상적인 기대에 남몰래 젖어 있었다. 그런데 갑자기 생긴 중대한 사건이 하마터면 이들의 관계를 일변시킬 뻔했다.

어느 맑고 추운 날 아침(우리 러시아의 가을 날씨는 흔히 이렇다), 이반 페트로비치 베레스토프는 만일의 경우를 생각하여 서너 쌍의 보르조이 개와 말구종 그리고 딸랑이를 든 어린 하인들을 거느리고 말 등에 걸터앉아 산책을 나갔다. 그와 같은 시각에 그리고리 이바노비치 무롬스키도 화창한 날씨에 이끌려 꼬리가 짧은 암말에 안장을 얹고 자신의 영국식 영지 주변을 속보로 달리고 있었다. 숲에 다다랐을 때 그는 여우 모피로 안을 댄 캅카스 식의 기다란 상의를 입은 자기 이웃이 거만하게 말 잔등에 앉아 있는 모습을 보았다. 그는 아이들이 고함을 지르고 딸랑딸랑 소리를 내며 관목에서 몰아내고 있는 토끼를 기다리고 있었다. 만일 그리고리 이바노비치가 이런 만남을 예상할 수 있었더라면 틀림없이 그 전에 말머리를 돌렸을 것이다. 그러나 워낙 뜻밖에 베레스토프와 마주쳤으므로 정신을 차렸을 때에는 이미 그는 권총의 사정거리 안에 들어가 있었다. 이젠 어쩔 수 없었다. 무롬스키는 교양 있는 유럽인답게 적수 옆으로 말을 몰고 다가가 공손하게 인사했다. 한편 베레스토프는 조련사의 명령으로 '신사 여러분께' 인사하는 사슬에 묶인 곰처럼 열심히 답례했다. 바로 그때 토끼가 숲 속에서 뛰어나와 들로 달아났다. 베레스토프와 말구종은 목이 터져라 소리 지르면서 개를 풀고는 쏜살같이 뒤쫓았다. 한 번도 사냥에 나가본 일이 없는 무롬스키의 말은 겁에 질려 냅다 달아났다. 승마 명인으로 자처하는 무롬스키는 말이 멋대로 달리게 내버려두면서 속으로는 이 불쾌한 이야기 상대를 피하게 해준 기막힌 우연에 만족하고 있었다. 그때 말이 미리 알지 못했던 골짜기에 이르자 갑자기 방향을 틀었다. 무롬스키는 말에서 떨어지고 말았다. 얼어붙은 땅으로 사정없이 곤두박질친 그는 꼬리 짧은 암말을 저주하면서 그대로 쓰러져 있었다. 말은 기수가 없어진 것을 알자마자 마치 정신이 든 것처럼 즉시 그 자리에 멈추어 섰다. 이반 페트로비치는 다친 데는 없느냐고 물으며 그에게 달려왔다. 그러는 사이에 말구종은 죄지은 말의 재갈을 붙들어 끌고 왔다. 말구종은 무롬스키가 말에 오르는 것을 도왔고 베레스토프는 그를 자기 집으로 초대했다. 무롬스키는 신세를 졌다고 느꼈으므로 거절할 수가 없었다. 이리하여 베레스토프는 개에게 쫓겨 물려 죽은 토끼와, 부상을 입고 거의 포로나 다름없게 된 적을 데리고 의기양양하게 집으로 돌아왔다.

조반을 먹으면서 이웃끼리는 꽤 다정스럽게 이야기를 주고받았다. 무롬스키는 타박상 때문에 말을 타고 집에 돌아갈 수 있는 상태가 아니라며 베레스토프에게 마차를 부탁했다. 베레스토프는 현관까지 전송하러 나왔고 무롬스키는 내일(알렉세이 이바노비치와 같이) 프릴루치노에 친구로서 점심식사를 하러 오겠다는 약속을 받을 때까지 떠나지 않았다. 이리하여 오랫동안 이어졌던 뿌리 깊은 반목은 꼬리 짧은 암말의 겁 덕분에 사라지려는 듯 보였다.

리자는 그리고리 이바노비치를 마중하러 뛰어나왔다.

"어찌 된 일이에요, 아빠?" 리자가 놀라서 말했다. "왜 절룩거리세요? 말은 어떻게 했어요? 이건 누구 마차예요?"

"음, 네가 상상도 못할 일이 있었단다, 마이 디어(my dear)."

그리고리 이바노비치는 이렇게 대답하고 자초지종을 이야기해주었다. 리자는 자기 귀를 의심했다. 그리고리 이바노비치는 그녀에게 정신 차릴 겨를도 주지 않고 내일 베레스토프 부자가 점심식사를 하러 올 것이라고 말했다.

"뭐라고요?" 리자는 창백해진 채 말했다. "베레스토프 부자가! 내일 우리집에서 점심식사를 한다고요! 아, 안 돼요. 아빠는 좋으실 대로 하세요. 전 무슨 일이 있어도 그 자리에 나가지 않을 거예요."

"뭐야, 너 제정신이니?" 아버지는 반박했다. "언제부터 네가 그렇게 수줍어했니? 그렇지 않으면 소설 속 여주인공처럼 그들에게 대를 물린 원한이라도 있단 말이냐? 그만둬, 바보짓 하지 마라……."

"싫어요, 아빠. 어떤 일이 있어도 어떠한 보물을 주신대도 베레스토프 부자 앞엔 안 나갈래요."

그리고리 이바노비치는 딸애의 고집을 잘 알기에 어깨를 으쓱해보이고는 더 이상 딸과 다투려 하지 않고 이 기념할 만한 산책의 피로를 풀기 위해 안으로 들어갔다.

리자베타 그리고리예브나는 자기 방으로 돌아와 나스차를 불렀다. 둘이서 내일의 방문에 대해 오래 의논했다. 만일 교양 있는 이 아가씨가 자신의 아쿨리나라는 걸 알게 되면 알렉세이는 어떻게 생각할까? 그녀의 행실이나 범절 또는 분별력에 대해 그는 어떤 평가를 내릴까? 다른 한편 생각지도 않은 이 만남이 그에게 어떤 인상을 줄지 직접 확인하고 싶다는 간절한 바람도 있었다……. 별안간 어떤 생각이 번뜩 떠올랐다. 리자는 당장 그 계획을 나스차에게 말했고 두 사람은 마치 횡재라도 한 듯이 기뻐하고는 이를 반드시 실행하기로 작정했다.

다음 날 아침식사 때 그리고리 이바노비치는 딸에게 여전히 베레스토프 부자가 오면 숨어버릴 작정인지를 물었다.

"있잖아요, 아빠." 리자가 대답했다. "아빠가 원하시면 그들을 영접하겠지만 그 대신 조건이 있어요. 제가 어떠한 모습을 하고 나가든 어떤 짓을 하든 꾸중하신다거나 놀란 표정, 불만스러운 표정을 지으시면 절대 안 돼요."

"또 무슨 짓궂은 장난을 치려는 게로구나!" 그리고리 이바노비치는 웃으면서 말했다. "음. 좋아, 좋아. 무엇이든 하고 싶은 대로 해보렴. 이 까만 눈의 말괄량이야."

그 말을 하고 그가 딸의 이마에 키스를 하자 리자는 준비하러 뛰어나갔다.

정각 두 시에 말 여섯 필이 끄는, 집에서 만든 반포장마차가 바깥뜰로 들어와 짙푸른 원형 잔디밭을 돌았다. 베레스토프 노인은 무롬스키 집안 제복을 입은 두 하인의 부축을 받으면서 현관 계단으로 올라갔다. 이어서 베레스토프의 아들이 말을 타고 도착했다. 그들 부자는 이미 식탁이 차려진 식당으로 함께 들어왔다. 무롬스키는 더할 나위 없이 공손하게 이웃 사람들을 영접했다. 그는 식사 전에 정원과 작은 동물원을 구경시켜드리겠다고 말하면서 정성껏 쓸고 모래를 곱게 깔아놓은 오솔길로 안내했다. 늙은 베레스토프는 속으로 이런 무익한 취미에 쓰인 노력과 시간을 아깝게 생각했으나 예의상 아무 말도 하지 않았다. 그의 아들은 타산적인 지주의 불만에도, 자아도취에 빠진 영국 중독자의 환희에도 관심이 없었다. 그는 전부터 수없이 소문을 들어온 주인 딸의 출현만을 고대했다. 비록 우리가 아는 바와 같이 그의 마음은 이미 어떤 여성으로 채워져 있었지만, 젊은 미녀는 언제나 그의 공상을 불러일으킬 권리가 있었던 것이다.

객실로 돌아와 세 사람은 함께 자리에 앉았다. 노인들은 옛날이야기나 군대 생활의 일화들을 기억해냈고 알렉세이는 리자의 앞에서 어떤 역할을 연기해야 할지를 궁리하고 있었다. 그는 여하튼간에 차가운 무심함이 가장 적절한 태도일 것이라 생각하고 이를 준비했다. 이윽고 문이 열렸다. 그는 타고난 요부라도 간담이 서늘해질 만한 냉담함과 거만한 무관심을 담은 채 고개를 들었다. 그런데 불행히도 문을 열고 들어온 사람은 리자가 아니고 하얗게 분칠을 한 채 허리를 졸라맨 노처녀 잭슨 양이었다. 잭슨 양은 눈을 내리깔고 무릎을 살짝 굽혀 인사를 했다. 알렉세이의 멋진 작전은 허사가 되고 말았다. 그가 힘을 되찾기도 전에 다시 문이 열리고 이번엔 정말로 리자가 들어왔다. 모두 일어섰다. 아버지는 손님들 소개를 시작하려다가 갑자기 멈추고는 얼른 입술을 깨물었다…….

리자는, 그 가무잡잡한 리자는 귀까지 분을 새하얗게 바르고 잭슨 양보다 짙게 눈썹을 그린 상태였다. 제 머리보다 훨씬 밝은 곱슬머리 가발이 마치 루이 14세의 가발처럼 물결쳤고 아 람베실(à l'imbécile, 어릿광대 같은) 소매는 마치 마담 퐁파두르의 페티코트로 부풀린 스커트처럼 불룩했다. 허리는 X형으로 꽉 조여져 있었으며 아직 전당포에 잡히지 않은 어머니의 다이아몬드 전부가 손가락과 목 그리고 귀에서 온통 번쩍이고 있었다. 알렉세이는 이 우스꽝스럽고 번쩍번쩍하는 아가씨가 자기의 아쿨리나인 줄은 꿈에도 알아보지 못했다. 그의 아버지는 아가씨에게 다가가 그 조그마한 손에 입을 맞추었고 그 역시 화가 치민 채 아버지를 따라 했다. 그가 그녀의 하얗고 가냘픈 손가락을 건드렸을 때 그에게는 그 손가락이 떨리고 있는 것처럼 보였다. 그러는 동안에 그는 있는 교태를 다하여 마치 일부러 보라는 듯 스커트

바깥으로 내민 조그만 발을 슬쩍 볼 수 있었다. 이런 점은 그녀의 다른 차림새에 대한 그의 반감을 어느 정도 누그러뜨렸다. 분이나 눈썹먹에 관해서는, 순진한 마음의 소유자였던 그는 솔직히 처음 보았을 때부터 그것을 조금도 눈치채지 못했을 뿐더러 그 뒤에도 의심조차 해보지 않았다.

그리고리 이바노비치는 딸과 한 약속을 떠올렸기에 놀란 기색을 보이지 않으려고 애를 썼다. 하지만 딸의 장난이 너무도 재미있어 간신히 웃음을 참고 있었다. 그러나 격식 차리기 좋아하는 영국 여자는 웃을 정신이 아니었다. 눈썹먹도 분도 자기 화장대에서 훔쳐 낸 것이 분명했다. 분을 발라 인공적으로 하얗게 된 얼굴에서 분노의 자줏빛 홍조가 스며 나왔다. 그녀는 모든 변명을 다음으로 미루고 모르는 척 앉아 있는 장난꾸러기 처녀에게 불길 같은 눈초리를 계속 보내고 있었다.

모두 식탁에 앉았다. 알렉세이는 무심한 명상가 역을 계속하고 있었다. 리자는 새침을 떨며 노래 부르듯 느릿느릿 입속으로만 말했으며, 그것도 프랑스어로만 웅얼거리고 있었다. 아버지는 딸의 의도가 무엇인지 모르면서도 이 장난이 너무 우스꽝스럽다고 생각하며 끊임없이 딸을 살펴보느라 바빴다. 영국 여자는 화가 머리끝까지 나서 아예 입을 다물고 있었다. 이반 페트로비치만이 제 집이나 다름없이 굴었다. 두 사람 분의 식사를 해치우고 자기 양껏 마시고 나서 자기가 한 농담에 자기가 웃으면서 점점 더 허물없이 이야기를 하며 낄낄 웃어대는 것이었다.

마침내 식사가 끝나고 손님들이 돌아가자, 그리고리 이바노비치는 지금껏 참았던 웃음을 터뜨리고 질문을 퍼부었다.

"무슨 생각으로 그들을 놀렸느냐?" 그는 리자에게 물었다. "얘야, 그 하얀 분은 네게 정말 잘 어울렸다. 부인네 화장법의 비밀에까지 간섭하고 싶진 않다만, 만일 내가 너라면 난 분을 바르겠어. 물론, 너무 많이는 말고 살짝만 말이다."

리자는 자기가 생각해낸 일이 성공해 어쩔 줄 모르고 좋아했다. 아버지를 와락 끌어안고 그의 충고에 대해 생각해보겠노라 약속하고 화가 잔뜩 나 있는 잭슨 양을 달래러 달려갔다. 한참 실랑이를 벌인 끝에 잭슨 양은 간신히 문을 열어주고 리자의 변명을 듣겠다고 하였다. 리자는 그런 검둥이 같은 얼굴로 모르는 사람 앞에 나가는 것이 창피했다, 하지만 잭슨 양에게 부탁드릴 용기가 나지 않았다, 그래도 잭슨 양은 착하고 상냥한 분이시니 틀림없이 용서해주시리라 확신했다 등등. 잭슨 양은 리자가 자기를 놀리려고 그런 것이 아니었음을 확인하고 나서야 겨우 진정했다. 그녀는 리자에게 키스해주고 나서 화해의 표시로 영국제 분 한 통을 선사했다. 리자는 심심한 사의를 표하고 그 선물을 받았다.

독자도 짐작하겠지만, 리자는 이튿날 아침 지체하지 않고 그들이 만나는 숲으로 갔다. 그녀는 알렉세이를 보자마자 물었다.

"도련님, 어제 우리 주인댁에 오셨지요? 아가씨가 어땠어요?"

알렉세이는 아가씨를 별로 눈여겨보지 않았노라고 대답했다.

"아까워라." 리자가 대꾸했다.

"왜?" 알렉세이가 물었다.

"왜냐하면요, 나는 사람들이 하는 얘기가 정말인지 아닌지 당신에게 물어보려고 했거든요……."

"무슨 이야기들을 하는데?"

"내가 그 아가씨를 닮았다고들 하던데 정말이에요?"

"무슨 바보 같은 소리야! 그 여자는 네게 비하면 천하 박색이야."

"어머. 도련님, 그런 말씀 하시면 벌 받아요. 우리 아가씨가 얼마나 살결이 희고 멋쟁이인데요! 어떻게 나 같은 걸 아가씨와 비교할 수 있겠어요!"

알렉세이는 살결이 흰 어떠한 아가씨들보다도 아쿨리나가 낫다고 맹세하고 그녀를 안심시키기 위해 그녀의 여주인을 너무나도 우스꽝스러운 특징들로 묘사하기 시작했다. 리자는 배꼽이 빠지도록 웃었다.

"아, 그렇지만요." 리자는 한숨을 쉬며 말했다. "비록 아가씨가 우스꽝스러운지는 몰라도 나 같은 건 아가씨에 대면 까막눈 바보인걸요."

"아니! 속상할 게 뭐 있어? 네가 원한다면 당장에라도 읽고 쓰는 법을 가르쳐줄게."

"그렇군요." 리자는 말했다. "정말 해볼까요?"

"좋고말고, 예쁜 아가씨. 지금이라도 당장 시작하지."

그들은 앉았다. 알렉세이는 주머니에서 연필과 수첩을 꺼냈고 아쿨리나는 놀라울 정도로 빨리 알파벳을 익혔다. 알렉세이는 아쿨리나의 이해력에 놀라지 않을 수 없었다. 이튿날 아침 그녀는 쓰기를 배워보고 싶어했다. 처음에는 연필이 말을 듣지 않았으나 몇 분 뒤에는 제법 글자를 깨끗하게 그릴 수 있게 되었다.

"정말 기적이야!" 알렉세이가 말했다. "랭커스터식 교수법보다 우리 교육이 더 빠른걸."

실제로 세 번째 수업에서 아쿨리나는 철자를 더듬어가면서 《나탈리아 공주》(러시아의 감상주의 작가 니콜라이 카람진(1766~1826)의 소설)를 판독하기에 이르렀다. 읽는 사이 간간이 알렉세이를 너무도 놀라게 만드는 감상을 말했고 이 소설에서 고른 명구(名句)로 종이 한 장을 가득 메웠다.

한 주일이 지나자 그들은 편지를 주고받기 시작했다. 늙은 떡갈나무 구멍에 우체국이 만들어졌다. 나스차는 비밀리에 우체부 노릇을 했다. 알렉세이는 큼직큼직하게 쓴 편지를 가지고 그곳으로 갔고 거기서 푸른색 보통 종이에 쓴 사랑하는 이의 서투른 글씨를 발견하곤 했다. 교육의 성과인지 아쿨리나는 점점 고상한 말투에 익숙해져갔고, 지혜 역시 빠르게 쌓여갔다.

그러는 동안 이반 페트로비치 베레스토프와 그리고리 이바노비치 무롬스키 사이에 최근에 시작된 교제는 점점 더 깊어져 곧 끈끈한 우정으로 발전하였는데 거기에는 다음과 같은 사정이 있었다. 무롬스키는 종종 이반 페트로비치가 죽으면 그의 모든 재산이 아들 알렉세이 페트로비치의 손에 넘어가게 되고 그럴 경우 알렉세이는 이 현에서 제일가는 대지주가 될 것이며 또 그가 리자와 결혼하지 않을 하등의 이유가 없다고 생각했다. 한편 늙은 베레스토프는 이웃에게 다소간 미치광이 같은 점(그의 표현을 빌리면 영국 바보)이 있음을 알고 있었지만 역시 그에게는 보기 드문 기민성과 같은 뛰어난 장점이 많이 있는 것도 부정할 수 없었다. 그리고리 이바노비치는 명망 높은 세도가 프론스키 백작의 가까운 친척이었고 이 백작은 알렉세이에게 큰 도움이 될 인물이었다. 게다가 무롬스키도(이반 페트로비치는 이렇게 생각했다) 아마 이렇듯 좋은 조건으로 딸을 시집보낼 수 있다면 기뻐할 것이다. 두 노인은 제각기 마음속으로 이렇게 궁리하다가 마침내 서로 의논하고 포옹한 다음, 일을 순서대로 진행하기로 약속하고 각자 자기편에서 해야 할 일에 착수했다.

그러나 무롬스키에게는 골치 아픈 난관이 있었다. 지난번의 그 기념할 만한 점심식사 이래 알렉세이를 본 적이 없는 베시를 그와 좀더 친하게 지내도록 설득하는 일이었다. 보아 하니 그들은 서로 그다지 마음에 든 것 같지 않았다. 적어도 알렉세이는 두 번 다시 프릴루치노에 나타나지 않았으며, 리자는 리자대로 이반 페트로비치가 그들을 방문할 때마다 방에 들어가 나오지 않았다. 그러나 무롬스키는 이렇게 생각했다. 알렉세이가 매일 우리집에 오면 베시도 그를 사랑하게 되리라. 이것이 만물의 이치이다. 아무렴, 시간이 만사를 해결해줄 것이다.

이반 페트로비치는 자기 계획의 성공에 대하여 그다지 걱정하지 않았다. 그날 저녁 그는 아들을 서재에 불러다놓고 파이프에 불을 붙이고는 잠시 침묵하다가 다음과 같이 말을 꺼냈다.

"어떻게 된 일이냐! 알료샤? 오래전부터 군복무에 대해 통 말이 없구나? 이젠 경기병 제복이 매력을 잃기라도 했니?"

"아니에요, 아버님." 알렉세이는 공손히 대답했다. "제가 경기병이 되는 것을 아버님께서 좋아하지 않는 줄 알고 있습니다. 아버님께 복종하는 것이 제 의무인걸요."

"좋다." 이반 페트로비치가 대답했다. "넌 아비에게 순종하는 아들이지. 그 점이 나에게 위로가 되는구나. 나도 네게 강요하고 싶지 않다. 널 억지로 …… 당장…… 관공서에 근무하도록 강요하지는 않겠다. 대신, 너에게 우선 색시를 얻어주려고 한다."

"상대는 누군데요, 아버님?" 놀란 알렉세이가 물었다.

"리자베타 그리고리예브나 무롬스카야다." 이반 페트로비치가 대답했다. "어디에 내놓아도 자랑스러운 색시지. 그렇지 않니?"

"아버님. 전 결혼에 대해서 아직 생각해본 적이 없습니다."

"네가 생각하지 않으니까 내가 네 대신 생각하고 또 생각했다."

"마음대로 생각하세요. 하지만 리자 무롬스카야는 정말 싫어요."

"좀 있으면 좋아질 거다. 익숙해지면 좋아진다."

"전 그 아가씨를 행복하게 해줄 자신이 없어요."

"그 애 행복은 네가 걱정할 일이 아니다. 어때? 넌 부모의 뜻을 존중하겠지? 좋아!"

"좋으실 대로 하십시오, 전 결혼하고 싶지도 않고 결혼하지도 않겠습니다."

"결혼해. 그렇지 않으면 널 저주하겠다. 맹세하지만, 재산은 다 팔아서 모조리 써 버리고 네겐 한 푼도 남겨주지 않겠다. 사흘 동안 생각할 여유를 주겠다. 잘 생각해보고, 그동안은 내 앞에 얼씬도 하지 말아라."

알렉세이는 아버지가 일단 무언가를 생각하면, 타라스 스코치닌의 표현에 따르자면 그야말로 못처럼 아무리 두들겨도 그 생각을 도저히 빼낼 수 없다는 것을 알고 있었다. 그러나 알렉세이 역시 아버지를 닮아서 그를 설복시키는 것 또한 그만큼이나 어려운 일이었다. 그는 자기 방으로 돌아와 부모의 권한, 리자베타 그리고리예브나, 그를 거지로 만들겠다는 아버지의 엄숙한 선언, 그리고 마지막으로 아쿨리나에 대해 곰곰이 생각하기 시작했다. 처음으로 그는 자신이 아쿨리나를 몹시 사랑하고 있음을 깨달았다. 농사꾼 처녀와 결혼하여 스스로 벌어먹고 산다는 소설과 같은 생각이 그의 머리에 떠올랐다. 이 단호한 행동을 생각하면 할수록 그것은 더욱 분별 있는 것처럼 생각되었다. 요즘은 비가 계속 내려 얼마 동안 숲 속에서의 밀회는 중단된 상태였다. 그는 아쿨리나에게 가장 분명한 필체와 매우 격렬한 문체로 편지를 써서 그들을 위협하는 절박한 상황을 알리고 곧장 청혼을 했다. 곧바로 그는 그 편지를 우체국—떡갈나무 구멍—에 갖다 두고 와서 아주 편안히 잠자리에 들었다.

이튿날 알렉세이는 결심을 단단히 하고 아침 일찍 무롬스키를 만나러 갔다. 무롬스키와 터놓고 이야기하기 위해서였다. 그는 무롬스키의 관대한 마음을 충동하여 자기편으로 만들 수 있기를 바랐다.

"그리고리 이바노비치는 계신가?" 위풍당당한 프릴루치노 지주 저택 현관 앞에서 말을 세우고 그가 물었다.

"안 계십니다." 하인이 대답했다. "그리고리 이바노비치께서는 아침부터 출타중이십니다."

'유감스럽군!' 알렉세이는 생각했다. "리자베타 그리고리예브나는 댁에 계시겠지?"

"계십니다."

알렉세이는 훌쩍 말에서 뛰어내려 고삐를 하인에게 건네주고는 내방을 알리지도 않은 채 안으로 들어갔다.

'모든 일이 잘 해결될 것이다.' 객실로 가면서 그는 생각했다. '그 아가씨

와 직접 담판을 지으리라.'

그는 객실에 들어가서는…… 기둥처럼 우뚝 서버리고 말았다! 리자…… 아니, 아쿨리나가, 가무잡잡한 사랑스런 아쿨리나가, 사라판이 아닌 하얀 아침 실내복을 입고 창가에 앉아서 그의 편지를 읽고 있지 않은가. 리자는 편지 읽는 데 너무도 열중한 나머지 그가 들어오는 소리도 듣지 못했다. 알렉세이는 기쁨에 찬 환성을 참을 수 없었다. 리자는 깜짝 놀라 고개를 들다가 비명을 지르며 얼른 도망치려고 했다. 그는 그녀를 붙잡으려고 날쌔게 달려들었다.

"아쿨리나, 아쿨리나!"

리자는 그에게서 벗어나려 안간힘을 썼다.

"절 놓아주세요, 무슈, 정신이 어떻게 되셨나요(Mais laissez-moi donc, Monsieur, mais êtesvous fou)?" 리자는 얼굴을 돌리면서 되풀이했다.

"아쿨리나, 내 사랑, 아쿨리나!"

그는 그녀의 손에 키스하면서 그 말을 되풀이했다. 이 장면의 목격자인 잭슨 양은 무슨 영문인지 몰라 어리둥절해했다. 그 순간 문이 열리고 그리고리 이바노비치가 들어왔다.

"아하!" 무롬스키가 말했다. "너희 문제는 이미 완전히 해결된 것 같구나……."

독자 여러분들은 결말을 써야 하는 불필요한 의무에서 나를 해방시켜 줄 것이다.

1830년 9월 20일 오후 아홉 시
보로디노에서

푸시킨의 생애와 문학

푸시킨의 생애와 문학

푸시킨을 '러시아의 봄이자 러시아의 아침'이라고 곧잘 말한다. 또 모든 것은 푸시킨으로부터 시작되었다고도 말한다. 이러한 말들에는 약간의 과장이 있다. 그러나 푸시킨이 위대하다는 것을 나타내는 말로서는 옳은 말이다.

원래 푸시킨 이전의 러시아가 암흑이었던 것은 아니고, 공백기였던 것도 아니다. 그러나 그는 19세기 초 러시아에 혜성처럼 나타나 과거 러시아 문화를 집대성함과 동시에 선진 여러 나라의 문화적 발전의 성과도 일시에 자기 것으로 만들어 버린 느낌이 있다. 이 시인 안에는 역사상의 천재에 대해서 우리가 상상하기 쉬운, 접근하기가 어렵다거나 초인성과 같은 점을 찾아볼 수 없다. 그의 슬픔이나 기쁨은 우리도 잘 이해할 수 있다. 그는 슬픔에 처해 있을 때에도 환상이나 종교에 구원을 구하려고 하지 않는다. 그리고 타인의 기쁨에 동조한다. 생활의 기쁨을 노래할 때 그는 모든 사람들과 그 기쁨을 나누어 갖기를 원한다. 그의 감정 속에는, 자기만을 위한 자유나 타인을 희생으로 해서 행복을 구하려는 사람들에 대한 노여움이 깃들어 있다.

예부터 러시아 사람들은 이 시인의 작품 속에서 자기들의 기쁨이나 슬픔, 이상의 표현을 발견해 왔다. 푸시킨이 근대 러시아 문학의 아버지라고 일컬어지고 러시아의 국민 시인이라는 말을 듣고 있는 것은, 그가 다른 나라의 경우 자주 여러 세대에 걸친 많은 문학자의 노력으로 이루어진 근대 문학의 확립과 근대 문어(文語)의 확립이라는 두 가지 사업을 한번에 이룩했기 때문인데, 그는 다른 러시아 문학자 그 누구보다도 그들에 앞서서 아름다운 언어 속에 국민의 사상과 감정을 표현하여 높은 국민적 이상을 제시함으로써 문학을 국민의 것으로 만든 것이다.

성장 과정

알렉산드르 세르게예비치 푸시킨은 모스크바의 귀족 가정에서 태어났다.

푸시킨이 살던 집 미하일로프스코에 마을에 있는 이 집은 현재 박물관으로 쓰이고 있다. 유폐 생활이 시작된 1824년에 푸시킨은 이렇게 적었다. "나는 몹시 외로워. 할 일도 없어. ……밤에는 타티아나의 유모 모델이 된 우리 유모가 들려주는 민화에 귀를 기울이고 있지."(12월 9일 무렵, 친구 슈바르츠에게 보낸 편지) 그러나 이 집에서는 이윽고 수많은 창조 활동이 이루어진다. 이듬해 1월에는 친구 푸싱이 그리보예도프의 〈지혜의 슬픔〉(1833) 사본을 가지고 이곳을 방문했다.

어머니는 표트르 1세를 섬긴 에티오피아 태생의 장군 간니발의 손녀이다. 19세기 초의 러시아 귀족 가문에서 으레 그랬듯이 그의 부모도 프랑스 문화를 받아들여 푸시킨과 그의 형제자매들은 프랑스어로 말하고 쓰기를 배웠다. 그들은 주로 외할머니의 보살핌을 받았는데, 외할머니는 어린 푸시킨에게 러시아어로 선조들의 얘기를 들려주곤 했다. 한편 푸시킨은 늙은 유모 아리나 로디오브나(《예브게니 오네긴》에 타티아나의 유모로 형상화됨)로부터 러시아의 옛이야기나 민화를 많이 들었다. 푸시킨의 작품에서 볼 수 있는 민중의 생활에 대한 깊은 동정과 이해, 가식 없는 언어의 아름다움, 평생 간직한 민간 전승 문학에 대한 강한 관심은, 보모 아리나 로디오브나에 의해 길러진 것이다. 푸시킨은 후일 이 늙은 보모에게 바치는 몇 편의 시를 썼고, 그녀를 자신의 최초의 여신이라고 불렀다.

푸시킨은 여름이면 모스크바 근처의 할머니 영지에서 농부들과 이야기를 하거나 홀로 시간을 보내는 조숙하고 상상력이 풍부한 어린이였다. 그 뒤 아버지의 장서를 닥치는 대로 읽어서 열한 살 무렵에는 프랑스어로 시를 쓰기 시작했다.

▲푸시킨 자화상
푸시킨은 미술과 음악에도 재능이 있었다. 오페라 작곡가에게 영감을 주었을 뿐만 아니라, 그의 극시(劇詩) 대사를 고스란히 음악 작품으로 바꾸기도 했다.

▶푸시킨(1799~1837)

1811년에 페테르부르크 교외에 있는 차르스코예셀로에, 상류 귀족 자제를 위한 대학과 동등한 자격을 가진 차르스코셀리스키 리체이가 창설되었다. 그것은 6년제 학교로 황제의 특별 보호를 받게 되어 있었으며, 교수들은 당대 최고 수준의 대가들이었다. 중간 성적으로 입학한 푸시킨은 문학·역사·어학·미술 등에 뛰어난 성적을 나타냈다. 제1기생으로 입학한 29명의 소년들은 문학에 강한 관심을 가지고 있어, 필사본 문학 잡지를 발행했고, 푸시킨도 열성적인 기고자였다.

그는 리체이에 재학 중이었던 1814년 〈유럽 통보〉지에 운문 편지 〈나의 친구, 시인에게〉를 발표하여 러시아 시단에 그 이름이 알려졌다. 그리고 최초의 원숙한 걸작으로 꼽히는 낭만주의 서사시 〈루슬란과 류드밀라〉를 쓰기 시작했다. 이 작품의 시풍은 아리오스토와 볼테르의 설화시 형식을 빌린 것이지만, 러시아 민화를 사용해 고대 러시아를 배경으로 삼았다. 러시아 전통

서사시에 등장하는 영웅을 모델로 한 인물 루슬란이 결혼한 날 밤에 사악한 마법사 체르노모르에게 납치당한 신부인 키예프 대공의 딸 류드밀라를 구하기까지 겪는 온갖 모험을 들려주는 내용이다. 이 시는 기존의 작법과 장르를 무시했다는 점에서 당시 문단의 주류이던 고전주의와 감상주의 작가들에게 모두 공격받았다.

리체이에 입학하여 1817년에 이곳을 졸업한 푸시킨은 외무성의 번역관에 임명되었다. 그는 관청일에 흥미를 가지지 않았고, 시 쓰기와 사교계 생활에 나날을 보냈으며, 그 재능은 급속한 성장을 보여 다수의 단시를 썼다.

1820년에는 리체이에서부터 써 오던 서사시 《루슬란과 류드밀라》를 완성했다. 밝은 민중적 요소, 특히 민중의 말을 대담하게 사용한 이 작품은 새 시인들의 열렬한 환영을 받은 동시에, 보수적 문학자들에게는 격심한 공격을 받았다.

남부 러시아로 추방

알렉산드르 1세는 푸시킨을 엄벌하기로 결정하였다. "푸시킨을 시베리아로 보내야 한다. 그는 불순한 시를 러시아 전역에 뿌리고 있다. 젊은 사람들은 모두 그의 시를 외우고 있다." 황제가 신하에게 말했다. 그러나 그의 재능을 아깝게 생각한 유력 인사들의 중재로 그의 벌이 가볍게 경감되어 전근이라는 형태로 남부 러시아로 추방당한다.

1820년 5월, 가족들 및 1812년 전쟁의 영웅인 라예프스키 장군과 함께 처음에는 예카테리노슬라프(지금의 드네프로페트로프스크)로 보내졌으나 병에 걸렸다가 서서히 회복되자 북카프카스를 여행한 뒤 크림에 도착했다. 그 뒤 키시네프, 오데사로 옮겨졌다. 그는 여기서 받은 인상을 토대로 일련의 낭만적 이야기체 시 《카프카스의 포로》(1822)와 《도적 형제》(1821~22, 출판 1827), 《바흐치사라이의 샘》(1821~23, 출판 1824) 등의 소재를 얻었다.

1823년 5월, 그는 중요한 걸작이라 할 수 있는 운문소설 《예브게니 오네긴》에 착수해 쉬엄쉬엄 작업한 끝에 1825년에 제1장을 완성했다. 여기에서 그는 당대의 전형적인 인물을 제시했으며, 더욱 광범위한 배경에 새로운 예술적 방법과 기교를 사용했다. 《예브게니 오네긴》은 러시아의 삶을 파노라마식으로 펼쳐보인다. 삶에 환멸을 느끼는 회의론자 오네긴, 자유를 사랑하는 낭만주의자 렌스키, 애정이 넘쳐흐르는 러시아 여성의 이상형인 여주인공 타티아나 등 여기에 등장하는 불멸의 인물들은 모두 전형적인 러시아인으로, 그들을 빚어낸 사회 및 환경의 영향과의 관계 속에 그려진다. 제2장은 1826년에 완성되었다.

그러나 황제는 이 시인이 생각을 조금도 바꾸지 않았다는 것을 알고, 그를 더 엄벌하기 위해 관리를 그만두게 하고 북쪽의 프스코프 근처 미하일로프스코에 마을에 있는 푸시킨 어머니의 영지로 유형에 처해졌다.

미하일로프스코에 마을

1824년 여름에 그는 유형지에 도착하여 지방경찰과 교회의 감시하에서 불행한 2년을 보냈다. 그러나 이곳에서의 갇힌 생활 속에서 그는 많은 일을 했다. 이 땅에서 그의 창작 가운데 로망주의로부터 사실주의에 전기를

▲푸시킨이 그린 학교
《예브게니 오네긴》 제8장 초고에 남아 있는 학교 그림. 1기생 스물아홉 명은 그야말로 동고동락하는 사이였다. 뒷날 이 동기생들이 중심이 된 친한 친구들을 푸시킨은 '멋진 동맹'이라고 부르면서 자신의 시와 사상의 근간으로 삼았다.

▼바닷가에 있는 푸시킨
1824년, 남부 오데사를 떠나면서 푸시킨은 시 〈바다에〉(1824)를 썼다. "바다여, 안녕! 나는 결코/그대의 장대한 아름다움을 잊지 않으리라……." 그는 이른바 남부 시대를 결산하는 의미에서 이 시를 지었다.

이룬 서사시 〈집시〉, 비극 〈보리스 고두노프〉(1825) 그 밖의 작품이 완성되었고, 또 키시네프에서 착수했던 소설 《예브게니 오네긴》 제3장에서 제6장까지 집필되었다.

프랑스 고전주의 드라마와의 결별을 뜻하는 〈보리스 고두노프〉는 셰익스피어의 '희곡 원칙', 특히 사극과 비극은 가장 넓은 의미에서의 '민중을 위해' 씌어져야 하며, 그럼으로써 보편적인 호소력을 지녀야 한다는 원칙을 따른 작품이다. 데카브리스트 봉기가 일어나기 직전에 쓴 이 작품은 니콜라이 1세를 수뇌로 하는 지배층과 민중 사이의 관계라는 아주 심각한 문제를 다루고 있다. 여기서 푸시킨이 강조하는 것은 '민중의 심판'이 내포한 정치적·윤리적 의의이다. 17세기에 임박한 러시아의 사회적·정치적인 대혼란기를 배경으로 이반 뇌제(雷帝)의 총신 말류타 스쿠라토프의 사위인 위대한 영웅 보리스 고두노프의 비극적 죄과와 피할 길 없는 운명을 주제로 한 이 작품은 아울러 이반 뇌제의 어린 아들 드미트리의 살인자가 누구인지를 제시한다. 정치적·역사적 측면과 심리학적인 측면에서의 행위들이 파란만장한 사건과 잔인한 야망을 배경으로 뛰어나게 묘사되어 있다. 이 희곡은 푸시킨도 말했듯이 대담하고 자유롭게 등장인물을 다루고 있고, 박진감 넘치는 묘사와 간결함을 추구한 셰익스피어에게서 큰 영향을 받았을 뿐 아니라 그 자신이 옛날에 읽었던 러시아 연대기에 힘입은 것이었다.

데카브리스트의 반란

그 무렵은 러시아 사회에 민주적인 기운이 현저하게 높아졌던 시대이다. 1812년의 나폴레옹군과의 전쟁은 러시아 국민들에게 민족적인 자각과 긍지를 불러일으켰는데, 연방의 각 나라는 낡은 농노제적 전제정치 아래에 놓여 있었다. 유럽을 나폴레옹의 지배에서 해방하기 위해 많은 피를 흘린 러시아 병사들은 다시 농노로서 지주의 채찍 밑으로 돌아가야 했다. 자신들의 눈으로 보고 몸으로 체험하고 돌아온 지식 계층, 젊은 사관들은 민주적 국내 정치제도 개혁에 대해 황제에게 많은 의견서를 제출했다.

이러한 움직임의 맨 앞에 서 있었던 사람들이 귀족 청년들이었다. 마침내 근위사단의 젊은 사관들을 중심으로 데카브리스트 혁명조직이 만들어진다.

푸시킨의 천재성은 나폴레옹 전쟁 뒤의 이러한 민족적 고양 위에 꽃피었

데카브리스트의 반란 1825년 11월, 알렉산드르 1세가 갑자기 서거하자, 12월, 수도에 있는 원로원 광장에서 귀족 청년 장교들이 반란을 일으켰다. 그 광경을 묘사한 그림. 푸시킨의 친구들과 지인들도 이 사건에 참가하거나 관련되어 있었다. 가택수사를 받을지도 모른다는 생각에 푸시킨은 1821년부터 써 놓았던 자서전 집필용 메모를 불태워 버렸다.

다. 페테르부르크의 사교계에 나온 젊은 시인은 데카브리스트들과 교제를 가지고 청년다운 정열을 기울여 그들의 사상에 공명하였다. 푸시킨 자신은 데카브리스트의 비밀 결사에 가입하지도 않았고 또 그 존재에 대해서도 알려지지 않았으나, 정치적 자유를 찬양한 수많은 시들은 데카브리스트 사상의 표현이었다.

1825년 11월에 알렉산드르 1세가 죽고, 12월 14일에는 데카브리스트들이 러시아 사회의 전반적인 개혁을 노리고 반란을 일으켰다. 푸시킨은 이 반란 소식을 듣고 편지나 서류들을 불태운 뒤 반란에 가담하기 위해 페테르부르크로 향하였으나 도중에 수도에서 온 한 여행자에게 반란이 이미 진압되었다는 소식을 듣고 집으로 되돌아갔다.

이듬해 여름, 새로운 황제 니콜라이 1세는 데카브리스트 주모자 다섯 명을 사형에 처했고, 나머지 120명은 시베리아 강제노동에 처해졌다.

그러나 푸시킨은 민중의 지지 없이 전제주의에 대항하는 투쟁은 어리석다고 생각했다. 근본적인 개혁을 이룰 수 있는 단 한 가지 길은 〈시골〉에서도 표현했다시피 '니콜라이 1세가 주도하는' 위로부터의 개혁이라고 여겼다. 바로 이런 이유로 그는 18세기 초 개혁의 시기에 끊임없는 관심을 쏟고 '교육자 황제'로 알려진 표트르 대제에 흥미를 가졌다. 〈시절〉(1826), 《표트르 대제의 흑인》과 역사시 《폴타바》(1828, 출판 1829)·《청동기사》(1833, 출판 1837) 등을 통해 당시의 니콜라이 1세에게 모범을 제시했다.

모스크바에서의 생활

1826년에 니콜라이 1세 황제는 푸시킨을 모스크바로 소환하였다. 데카브리스트에 대한 엄벌에 겁먹은 민심을 전환시키기 위해서라도 이 유명한 시인의 유형을 해제할 필요가 있었다. 황제는 푸시킨을 만나서, 러시아의 명예를 위해 시를 계속 쓸 것과 황제인 자기를 친구처럼 여겨 줄 것을 말한 뒤, 앞으로는 황제 스스로가 그의 작품을 검열할 것이라고 덧붙였다.

니콜라이 1세는 이 시인이 궁정시인이 되어 황제에 대한 찬가를 노래할 것을 기대하였으나, 푸시킨은 자기 예술의 독립성을 버리려고 하지 않았다. 그 뒤 그는 황제에 의해 거동 하나하나마다 감시받고 구속당하게 된다. 황제의 직접 검열은 정부의 일반 검열보다도 훨씬 엄했다.

모스크바 사람들은 유형이 면제된 이 시인을 압도적으로 환영했다. 그러나 푸시킨은 데카브리스트에 관한 일을 잊을 수가 없었다. 리체이의 동기생 푸시친이나 큐헤리베켈을 위시하여 그의 친한 친구들이 시베리아에서 강제노동에 처해 있거나 어딘가의 감옥에 있었다. 그는 〈시베리아에 보내는 시〉를 써서 데카브리스트에의 위로의 말을 전하고, 또 〈아리온〉에서 그들과 자기의 유대를 노래했다.

1828년 봄, 푸시킨은 황제에게 외국 여행 허가를 청원했으나 거부당했다. 그해 연말, 모스크바에 갔을 때, 그는 나탈리아 곤차로바라는 열여섯 살의 아름다운 소녀를 만나, 심히 동요했다. 페테르부르크로 돌아온 후에도 그녀를 잊을 수 없어, 오랜 주저 끝에, 다음 해 봄에는 청혼했다. 재산도 지위도 없는 문사에 불과하며, 게다가 황제의 노여움을 산 푸시킨은, 사윗감으로는 결코 바람직한 인물이 못 되었다. 나탈리아의 어머니는 딸이 아직 결혼하기에는 너무 이르다는 회답을 보내왔다. 그는 그녀의 어머니에게 아직도 희망을 가질 여지를 남겨 준 것에 감사한다는 편지를 보내고, 카프카스 여행을 떠났다. 당시 러시아는 카프카스에서 터키와 전쟁 중이었으며, 그곳 전선에서는 몇몇 데카브리스트와, 그들과 관련이 있었던 사람들이 근무하고 있었다. 니콜라이·라에프스키의 동생 레프를 위시하여, 몇 명의 옛친구를 만날 수 있었다. 그는 러시아군과 함께 아르주룸에 입성한 다음, 모스크바로 돌아왔다. 그는 곤차로바 가문을 방문했으나, 지극히 냉랭한 대접을 받았으며, 지난 봄의 회답이 '거절'로 이해되어야 한다는 말을 듣고, 실망하여 페테르부르크로 돌아갔다. 그리고 무단으로 카프카스로 여행을 한 일로 엄중한 질책을 받았으며, 해명서를 제출해야 했다.

그는 1830년 가을을 가족 영지인 니주니노브고로트(지금의 고리키)의 보르디노에서 보냈는데, 이 몇 개월은 그의 작품 활동 기간 중 가장 주목할 만한 시기이다. 이때 그는 4편의 '단막 비극' 〈인색한 기사〉(1830, 출판 1836)·〈모차르트와 살리에리〉(1830, 출판 1831)·〈목석 같은 손님〉(1830, 출판 1839)·〈질병 때의 주연〉(1830, 출판 1832)과 《이반 페트로비치 벨킨 이야기》(1830)로 엮어진 5편의 단편, 하층민의 일상생활을 그린 익살맞은 시 〈콜롬나의 작은 집〉(1830, 출판 1833)와 대중적인 농민봉기라는 모티프를 중요하게 다루어 풍자적인 미완성작 《고류히노 마을의 역사》(1830, 출판 1837)을 썼다. 푸시킨의 가장 두드러진 특성은 셰익스피어, 바이런, 월터 스콧과 일단의 호반 시인 등 영국의 작가에게 보인 관심에서 알 수 있듯이 세계문학에 대한 관심과 '보편적인 감수성', 그리고 개성을 잃지 않으면서도 다양한 시대, 다양한 민족의 기질을 재창조할 수 있는 능력이다. 이것은 '악마적 정열'을 분석한 '단막 비극'과 도스토옙스키 장편소설의 주제와 기법에 직접적인 영향을 미친 《스페이드 여왕》(1834)에서 두드러지게 나타난다.

시인의 사명

황제는 그에게 어떠한 시를 써야 할지 가르쳐 주었으나 푸시킨으로서는 도저히 황제의 마음에 드는 시를 쓸 수가 없었다. 그는 국민과 자기의 유대를 느끼고, 국민 속에서 자기 창작의 근원을 찾기로 했다. 때로 그의 작품 안에 깊은 슬픔의 그림자가 드리우고 있다고 해도 그것은 인간에의 절망이 아니다. 그의 슬픔 속에는 지상의 올바르고 아름다운 것을 왜곡시키고 망가뜨리려고 하는 모든 것에 대한 강력한 항의가 있다. 그와 같은 시인은 궁정시인이 되어 니콜라이 1세에 대한 찬가를 노래할 수가 없다. 국민의 운명과 무관심한 예술을 푸시킨은 자기와는 인연이 없는 것으로 생각하고 있었다. 그는 문학이 국민의 감정이나 사상의 표현자로서 또 육성가로서 사회의 정신적 발전에 중요한 의의를 갖는다는 것을 분명히 자각한 최초의 러시아 시인이다.

아내 나탈리아
나탈리아와 약혼한 뒤 푸시킨은 라파엘로가 그린 마돈나의 복제화를 보게 되었다. 그는 주위의 반대를 무릅쓰고, 젊은 아내와 라파엘로의 마돈나라는 두 아름다움을 찬양하는 시 〈마돈나〉(1830)를 쓴다. "내 소망이 이루어졌다. 주님은/당신을 나에게 보내 주셨다. 나의 마돈나여, 바로 당신을/더없이 순결한 아름다움의……화신을."

나탈리아와 결혼, 궁정 근무

1831년 2월, 푸시킨은 열렬한 구애 끝에 어머니의 반대를 무릅쓰고 모스크바에서 나탈리아 곤차로바와 결혼식을 올리고 페테르부르크에 정착했다. 황제는 그에게 다시 외무성 관리 직책을 주었고, 표트르 대제 치세의 역사를 쓰기 위해 국유문서보관소 문헌을 이용할 것을 허가했다. 그는 황제의 호의에 감사해하였다.

3년 뒤 1833년에는 황제의 시종보로 임명되었는데, 부분적으로는 나탈리아가 궁정행사에 참석하기를 바란 황제의 속셈이 작용한 때문이었다. 아내 나탈리아는 수도 제일의 미인으로, 사교계에서 커다란 인기를 차지하고 있었다. 그때까지 푸시킨은 자기가 궁정에서 근무하는 몸이 아니라고 해서 아내에게 궁정 무도회 참석을 삼가게 하였다. 그러나 지금 나탈리아는 황제 측근에서 근무하는 시종의 아내로서 정식으로 궁정 출입 자격이 주어진 것이다. 푸시킨은 남편으로서 의례상 그녀를 따라 각처의 무도회에 나가야 했다.

푸시킨과 아내 나탈리아 궁정 무도회에 참석한 푸시킨 부부를 그린 작품. 거울에 비친 상류 사교계 사람들의 차가워 보이는 시선과, 그들을 똑바로 바라보는 푸시킨의 옆얼굴을 주목하자. 이 장면은 만년의 푸시킨과 그 주변 사람들의 관계를 잘 보여 준다. 일기에도 적었듯이 푸시킨은 종종 공식 행사에도 불참하면서 황제에게 도전하는 듯한 태도를 보였다고 한다. 1936년, 니콜라이 팔로비치 그림. 푸시킨박물관 소장.

물론 적은 수입에 씀씀이가 커 그의 부채는 자꾸 불어만 갔다.

그러나 황제에게는 또 하나의 가장 중요한 목적이 있었다. 그것은 이 거만한 시인을 비참한 입장에 놓이게 하는 일이었다. 그러면 사회에서는 푸시킨에 대해서 그 독립적인 입장을 버리고 궁정시인이 되었다고 여길 것이다. 더욱이 시종보의 지위란 극히 젊은 청년에게 주어지는 낮은 직책이었다. 러시아 전체에 이름이 알려진 시인인 서른네 살의 푸시킨으로서는 매우 큰 모욕이 아닐 수 없었다.

이것은 누가 보아도 분명한 일이었으나 그는 그것을 거절할 수가 없었다. 시인으로서의 그의 명성도 궁정 안의 고관에게는 아무런 가치도 없는 것이었고, 그는 재산도 지위도 없는 일개 문사에 지나지 않았다. 그는 궁정의 관습이나 예법을 몰랐고 또 알려고도 하지 않았다. 그리고 자기가 궁정에서 끊임없이 멸시의 대상이 되어 있는 것으로 느끼고 있었다. 더욱이 황제는 그의 사직도 허락하지 않았다.

결투를 벌여 쓰러지다 1837년 2월 8일 오후 4시가 지났을 때 두 남자가 권총을 들고 결투를 벌였다. 단테스가 먼저 총을 쐈다. 푸시킨은 오른쪽 옆구리에 중상을 입고 쓰러졌으나 얼른 상반신을 일으켜 총을 쏘았다. 그러나 상대는 가볍게 다쳤을 뿐이다. 이 결투는 8m 거리를 두고 서로 쏜다는 이례적인 방식으로 진행되었다. 페테르부르크, 초르나야 레츠카 하천 부근.

그러나 그는 이러한 환경 속에서도 꿋꿋이 작품활동을 계속해 나갔다. 1832년에 《예브게니 오네긴》 마지막 장이 완성되었고, 이듬해인 1833년에 《예브게니 오네긴》의 모든 장을 합한 합본이 출판되었다. 1834~35년에는 주로 표트르 대제의 자료 조사를 계속했고, 《대위의 딸》을 조금씩 썼다. 1836년에는 잡지 〈현대인〉의 편집에 주력하여, 4월에는 그 창간호를 냈고, 연말에는 4호를 냈다. 그는 이 잡지로 리얼리즘 문학의 통일과 젊은 작가의 육성에 힘썼고, 만년의 주요 작품을 실었다. 장편소설 《두브로프스키》(1832~33, 출판 1841)·《기사도 시대의 장면》(1835, 출판 1837), 앞서 언급한 그의 가장 중요한 산문 작품이자 푸가초프 반란을 다룬 역사소설 《대위의 딸》(1833~36)과 그에 앞서 그 반란을 역사적으로 검토한 《푸가초프 이야기》(1833, 출판 1834), 《스페이드 여왕》(1834) 등을 완성하였다.

고독한 싸움

푸시킨의 생활도 사상도 감각도 농노제 사회의 현실과는 조화될 수 없는

임종 푸시킨은 모이카 강변 거리 12번지에 있는 자택 서재 소파에 누워 숨을 거두었다. 빈사 상태에 빠진 푸시킨은 침실이 아닌 서재에 눕기를 바랐다고 한다. "목숨이 다했다. 숨쉬기 힘들어. 가슴이 답답해." 이것이 푸시킨의 마지막 말이었다고 하는데, 죽는 순간에는 아무도 눈치채지 못할 만큼 평온하게 숨을 거뒀다고 한다.

것이었다. 그의 작품은 전제정치의 노여움만 살 뿐이었다. 1834년 봄부터 나탈리아는 건강이 좋지 않아 친정에 가 있기도 했으나, 조용한 생활을 원하는 남편의 마음을 이해하지 못했고, 궁정 생활을 버리기를 원하지 않았다. 그러나 마침내 푸시킨은 사직서를 냈다. 황제는 사직을 만류하진 않았으나, 사직하는 경우에는 황제와 푸시킨의 관계는 결렬되는 것으로 생각해야 할 것이라고 전했다. 사태는 험악했다. 항상 조정 역할을 했던 주콥스키는 중대한 결과를 초래하리라고 경고하여, 사표를 철회시켰다.

1835년 여름, 가계를 정리하기 위해 3, 4년 시골에서 살기를 허가해 줄 것을 황제에게 청원했다. 황제는 그것을 허가하지 않았다. 오히려 3만 루블을 대여하고, 시종보로서의 봉급으로 그것을 갚으라고 명령했다. 시종보로서의 그의 연봉은 5천 루블이었으니, 이것은 6년간 사직을 불허한다는 의미였다. 황제는 그의 원고의 많은 곳에 붉은 줄을 그어, 그 부분의 개작을 명령했으나, 푸시킨은 따를 수 없었다. 이렇게 해서 그의 작품은 때때로 발표가 금지되었고 또 많은 창작 계획이 실현되지 않은 채 그대로 남았다.

그는 문학의 거의 모든 장르에 걸쳐서 후대에 움직일 수 없는 기초가 될 만

모스크바에 있는 푸시킨 박물관
모스크바의 옛 아르바트 거리에 있는 푸시킨 박물관. 1831년 2월 나탈리아와 결혼한 푸시킨은 이곳 모스크바에서 신혼 생활을 시작했다. 현재 아르바트 거리는 관광 명소가 되었지만, 이 박물관에 들어가면 고풍스런 19세기 러시아 귀족 생활을 엿볼 수 있다.

한 모범적인 작품을 창조하여, 러시아의 자유와 문화의 발달에 유례없는 큰 역할을 다하고 있었으나, 자기를 뒷받침해 주는 목소리를 자기 주변에서 들을 수가 없었다. 국민은 목소리를 상실한 것처럼 보였다. 푸시킨은 귀족사회 안에서 더욱더 극심한 고독감에 사로잡혔다. 그는 박해자들로부터 될 수 있는 대로 멀리 떨어져서 예술 속으로, 가정 속으로, 마을의 조용한 생활로 도망치고 싶은 생각이지만 그것은 결코 허용되지 않았다. 그는 국민과는 아무런 관련도 없는 궁정 안에서의 허식, 고관들의 위선적인 생활과 절대로 화해할 수가 없었다. 그들은 이 시인을 미워했다. 푸시킨은 그들의 추악함을 풍자하는 에피그램(풍자시)으로 응수했다. 마침내 궁정 안에 이 시인에 대한 적대적인 그룹이 만들어져 그를 파멸시키려는 음모가 꾸며지게 되었다.

결투와 죽음

1836년 무렵 푸시킨의 아내 나탈리아와 젊은 근위사관 단테스의 관계가 사람들의 입소문에 오르게 된다. 단테스는 푸시킨의 적들로부터 선동을 받고 있었기 때문에 나탈리아에 대한 그의 구애는 대담한 것이었다. 페테르부르크 시내에는 푸시킨에 대한 모욕적인 소문이 나돌았고, 그에게는 나탈리아와 단테스와의 관계를 알리는(조작된) 많은 무명의 편지가 배달되었다. 결투는 피할 수 없는 것으로 여겨졌다. 푸시킨을 구하려는 친구들의 노력도 헛되이 끝났다. 니콜라이 1세도 모든 것을 알고 있었으나 비극을 방지하기 위한 그 어떤 조치도 취하지 않았다.

마침내 결투는 1837년 2월 8일, 페테르부르크 교외의 눈이 많이 쌓인 숲 속에서 이루어졌다. 그 결과 푸시킨은 중상을 입고 이틀 후인 2월 10일에 그의 38년간의 생애를 마쳤다.

푸시킨이 중상을 입었다는 일이 페테르부르크 시내에 알려지자, 많은 사람들이 집을 둘러쌌다. 소리 없는 국민이 얼마만큼 이 시인을 사랑했는가는 이때 비로소 알려졌다. 시인의 죽음이 발표되었을 때 유해에 작별을 고하기 위해서 군중은 꼬리를 물고 그의 집을 찾아 거리에 넘쳐났다. 그 수가 5만 명이 이르렀다고 정부 보고서는 말하고 있다.

황제의 명령에 따라, 푸시킨의 유해는 밤중에 헌병의 호위를 받으며 푸스코프 주 스뱌토고르스키 수도원으로 운반되어, 2월 18일 아침, 높은 언덕 위에 있는 간니발 가의 묘지, 어머니의 무덤 옆에 매장되었다.

푸시킨 동상

상트페테르부르크 러시아 미술관 앞에 있는 푸시킨 동상. 시인은 이 도시의 대조적인 모습을 노래했다.

《예브게니 오네긴》에 대하여

주제와 배경

푸시킨의 가장 중심적인 작품으로, 8장으로 이루어진 운문소설. 1823년에 쓰기 시작하여 1825~32년까지 장마다 차례로 완성하여 발표했다. 초판은 1833년에 발간하였다.

날카로운 지성을 지녔으면서도 다소 천박한 도시 출신의 오네긴과, 소박하면서도 마음속에 강렬한 정열을 간직한 시골 출신 타티아나의 불행한 사랑 이야기를 중심으로 전개된다.

착수해서 완성되기까지 8년 가량의 세월이 걸렸다. 그 기본적 테마는 데카브리스트의 반란에 앞선 시기의 귀족 지식계급의 지적 활동과 탐구이며 귀족사회와 국민과 이들 지식계급 간의 문제이다. 작자는 오네긴, 렌스키, 타티아나의 형상을 통해서 이 테마를 전개하고 있다.

주인공 오네긴은 상류사회의 헛된 생활에 싫증나서 무엇인가 유익한 일에 종사하려고 하지만 그 어느 것도 오래 계속되지 않는다. 그는 그의 뛰어난 재능, 자유를 사랑하는 마음, 현실에 대한 비판적 태도 때문에 주위의 귀족사회보다 앞서 있지만 사회적 활동이 없었기 때문에 고독에 빠질 뿐이다. 사랑도 우정도 그를 구해낼 수가 없다. 그가 타티아나의 사랑을 거부하는 것은 '자유와 안정'을 무엇보다도 중요시할 뿐 그녀의 마음을 이해하지 못했기 때문이다.

또 그가 결투 신청을 거부할 수가 없어서 렌스키를 본의 아니게 죽이게 된 것은, 속으로는 멸시하고 있던 시골 귀족사회의 '멍청한 자들의 험담이나 멸시'를 두려워했기 때문이다. 방랑 여행에서 돌아와 도시의 사교계에서 타티아나의 모습을 발견했을 때, 오네긴의 마음에는 그녀에 대한 사랑이 불타오르지만, 타티아나는 이 감정이 이기적인 동기에 입각한 것이라는 것을 간파했다. 또 남편에 대한 아내로서의 의무감이 그녀로 하여금 오네긴의 구애를 거절하게 만든다.

푸시킨은 오네긴을 그림으로써 19세기 1820년대의 러시아에 형성되고 있었던 개명적(開明的)인 귀족의 한 전형을 만들어 냈다. 이들 귀족은 데카브리스트 운동이 패배한 뒤 급속히 그 수가 증가했다. 그들은 정부에서 일하는 것을 피하고 또 사회적, 정치적 활동으로부터도 멀어져 있었다. 이와 같은 생활은 당시 러시아 사회의 현실에 대한 독특한 항의였으나, 불가피하게 인민으로부터 떨어져 나간, 할 일 없는 고독한 생활로 끌고 간다. 이렇게 해서 이들은 자기도 모르는 사이에 좁은 개인적 이익의 생활 속에 틀어박혀 높은 목적도 적극적인 행동의 프로그램도 상실하고 만다. 작자는 오네긴을 동정하여 그를 소외자로 운명짓는 사회를 비판하지만, 동시에 오네긴의 개인 주장에도 강한 비판을 가하고 있다.

《예브게니 오네긴》(초판발행, 1833) 표지

렌스키는 19세기 1820년대의 러시아의 귀족 지식계급의 또 하나의 타입을 대표하고 있다. 그 사상과 감정은 거룩한 불길로 타오르고 있지만 그는 현실을 모른다. 그리고 현실과의 최초의 충돌에서 비극적인 죽음을 당해야 했다. 소설 속에서는 그가 만약에 살아남았다 해도 위대한 시인은 되지 못하고 평범한 지주로서 끝나는 것을 예상케 하는 몇 가지 계기가 제시되고 있다.

제10장에 대하여

소설은 오네긴의 사랑을 거절하는 타티아나의 고백 장면으로 끝난다. 두 사람의 그 뒤 운명은 알 수가 없다. 1830년대 가을에 푸시킨은 이 소설의 제10장을 쓰고 데카브리스트의 초기의 비밀결사 운동을 그리고 있는데 검문을 고려해서 이것을 발표하지 않았다. 더욱이 원고를 자기가 가지고 있는 것은 위험한 일이었기 때문에 그 해가 가기 전에 이것을 불태우고 말았다. 그리고 시인에게는 이 장의 처음 몇 구절의 얼마 안 되는 단장(斷章)이 남아 있을 뿐이었다.

작자가 제10장에서 사건을 어떠한 방향으로 전개할 작정이었는가, 오네긴은 여기에서 어떠한 역할을 하기로 되어 있었는가? 푸시킨의 친구 한 사람이, 푸시킨이 한 말이라고 해서 전하는 바에 의하면, 오네긴은 카프카스에서 죽거나 또는 데카브리스트 조직에 가담하기로 되어 있었다고 한다.

▲《예브게니 오네긴》(1825~33년 집필) 삽화
제3장 '타티아나와 유모'의 한 장면.

▼차이코프스키 오페라 〈예브게니 오네긴〉
제3막 그레민 집안 무도회 장면. '그레민'이라는 이름은 차이코프스키가 창작한 것. 원작에는 없다.

타티아나

오네긴의 행동을 지배하는 것이 '날카롭고 차가운 이성'이고, 렌스키의 그것이 '흥분하기 쉬운 감정'임에 대하여 타티아나의 그것은 '불안한 공상'이며 '지혜와 생생한 의지'이다. 그녀는 귀족사회와의 관계에서 오네긴이나 렌스키와 공통점을 가지고 있으나, 그 성격의 기본에서는 오히려 그들과 대립하는 존재이고 푸시킨에게는 '사랑스러운 이상'이다.

그녀는 자신의 생활을 지주사회의 관습과는 상관없는 것으로서 수립하려고 한다. 그녀는 자신의 운명을 스스로 결정하기를 바라고, 생활의 반려를 스스로 선택하려고 한다. 그녀는 생활 속에 높은 내용을 가져다 줄 것 같은, 그리고 그녀가 애독하는 소설의 주인공과 비슷한 청년에 대해서 공상하고 있었다. 그녀는 오네긴이야말로 자기가 오랫동안 기다리고 있었던 이상적인 인간이라고 생각했다. 그러나 오네긴은 그녀의 편지에 마음이 동요되기는 했지만 그녀의 사랑을 거절했다. 행복에 대한 그녀의 꿈은 무너지고 사랑은 그녀에게 고통만 안겨 주었다.

3년 뒤 오네긴이 다시 그녀를 만났을 때 그녀는 이미 공작부인이었고, 도시의 사교계 여왕으로서 사람들의 존경받는 몸이었다. 그러나 그녀는 가능하면 사교계의 성공도, 화려한 생활도 버리고 시골의 조용한 생활 속으로 돌아가고 싶다고 생각하고 있었다. 그는 서유럽의 감정주의나 낭만주의 문학에 의해서 자랐지만 그와 동시에 러시아의 자연이나 민중에 대해 강한 애정을 품고 있다. 한때 오네긴에 대한 사랑으로 마음을 불태웠던 처녀 시절이나, 사교계의 여왕이 된 지금이나, 생활의 그 어떤 상황에서도 그녀는 언제나 변함이 없다.

그녀의 도덕적 원칙은 부동이다. 러시아의 유명한 비평가 베린스키의 말에 의하면 '그녀의 생활 전체는 예술 세계에서 예술 작품의 최고의 가치를 구성하는 완전성과 통일성으로 일관되어 있다.' 러시아 문학의 뛰어난 여성상의 계보는 이 타티아나로부터 출발하고 있다. 《예브게니 오네긴》이라고 하는 시소설의 특질은 작가의 높은 인간적 감정으로 뒷받침한, 생활의 여러 가지 현상의 넓고 정확한 이해, 간결하고 조화로운 억제된 묘사와 인물의 시적인 형상화이다. 그리고 이것은 그 뒤 러시아 서사문학의 기본적인 성격이 된다.

《대위의 딸》에 대하여

이 작품은 《역장》《스페이드 여왕》과 함께 푸시킨 산문의 대표작이라 할 수 있다. 이 작품은 문학에서 종래 주류를 이루어왔던 시(운문)에 대하여 복잡해진 인간생활을 다면적으로 보다 상세하고 완전하게 묘사함과 동시에 사상적인 깊이를 파헤치기 위한 새로운 문학 형식인 산문이 푸시킨에 의하여 가장 성공한 작품의 예라 할 것이다.

이 작품은 1833년에 착상하여 36년에 〈소브레메니크〉지에 발표되었다. 역사소설 《두브로프스키》를 집필하던 무렵, 푸시킨은 푸가초프의 반란에 관한 작품을 쓰기 위하여, 그 반란을 진압한 수보로프의 전기를 연구한다는 구

《대위의 딸》 삽화
대위의 딸 마샤(왼쪽)와 이야기 화자인 그리뇨프. 이 기이한 운명의 인도를 받은 귀족 그리뇨프의 사랑과 결혼 이야기는, 귀족 진영(예카테리나 2세)과 농민 진영(빈농 출신 푸가초프)이라는 화합하기 힘든 두 세계를 묘사한 역사소설이다. 작가는 인간성과 모순되는 '법의 정의'가 아니라, 위정자의 '연민'에서 구원을 찾고자 한다. B. 소콜로프 그림.

실로 그때까지 극비에 묻혀 있던 푸가초프의 반란 자료를 볼 수 있었다. 이 연구의 결과가 곧 《푸가초프 이야기》와 《대위의 딸》이다. 짐작하듯이 이 작품은 문헌에서 자료를 찾고, 현장에서 고증을 거친 후에 쓰인 것이다. 역사소설이므로 등장인물이 중요한 것도 당연한 일이다.

주인공 그리뇨프는 만스로프 장군 휘하의 부대장으로, 푸가초프 진압작전에 참가한 어느 중령의 이름이며, 또 한 사람의 그리뇨프는 한 번 푸가초프의 반란에 가담했다는 혐의로 투옥되었다가 퇴역한 어느 소위의 이름이었다. 이 소설에서 생생하게 빛을 내고 있는 것은 생활기록적인 요소로 보인다. 그리뇨프 집안이 실재했다는 고증은 제대로 되었지만, 당시 검열관이던 고르사고프는 이 작품에 관한 서한에서 미노로프 집안의 실재성을 부정한 것으로 판명되었다.

이 작품은 유명한 푸가초프의 반란을 배경으로 전개되는 역사·가정·연애 소설이나, 흔히 가정소설이 흥미본위로 저속해질 위함이 있는데도 높은 격조를 잃지 않고 있는 점이 우리의 주목을 끈다.

《스페이드 여왕》에 대하여

스페이드 여왕 카드

이 소설은 푸시킨의 가장 잘 알려진 작품들 중의 하나로 1834년에 발표되었다. 작품 내용은 카드 노름으로 단번에 부자가 되겠다는 젊은 장교 게르만의 욕망과 강박관념을 다룬다.

물질적 부는 사회적 인정을 가져온다는 주위 세계의 격률을 꿰뚫어 본 데서 비롯되는 게르만의 욕심을 통해, 푸시킨은 공고하게 구축된 불공정과 불공평을 대면하게 된 고독한 상승 추구자의 강박관념을 그리고 있다. 그는 금욕을 처세술로 장래의 입신출세를 꿈꾸며 '승부를 거는' 일에 일체 관심이 없었다. 그러나 금욕이라는 이 방패 뒤에서 그의 영혼은 뜨겁게 끓어오르며 권력에 대한 의지에 중독된다. 게르만은 인간성의 상실과 함께 이성을 잃어버리고, 그에게 충실했던 리자를 이용한다. 그러나 운명은 비너스의 복수로 답한다.

무슨 대가를 치르고서라도 부를 움켜쥐겠다는 게르만의 야심에 손상당한 터부가, 그를 내리쳐 파멸과 정신병자로 몰아가고, 페테르부르크 상류 사회가 제시하는 격률을 넘겨받아 그 속에서 성공적으로 상승하기에는 역부족임이 드러난다. 그의 사악한 정신은 악의 유혹을 탈 없이 받아들이기에는 아직 미숙했다.

동화에나 나올 법한, 늘 이기는 석 장의 카드, 장례식에서 게르만에게 눈을 깜박거리는 듯싶은 죽은 백작부인, 한밤중에 죽은 백작부인 망령이 게르만 앞에 나타나 "3·7·1의 카드를 펼쳐라"고 반드시 이기는 비법을 일러 준다. 즉시 도박장으로 달려간 게르만이 3을 펴고, 7을 펴고 이겼다. 마지막 1에 전재산을 걸었다. 그런데 1이 아니라 '스페이드의 여왕'이었다. 게르만에게 싱긋 웃어 보이는 스페이드의 여왕, 이런 환상 적인 요소와 줄거리는 《스페이드 여왕》을 낭만주의적 환상소설의 범주에 자리매김시키기도 한다. 그러나 푸시킨은 서유럽에서 발전한 낭만주의가 산문소설 형식에 중요한 의미를 갖는 여러 가능성을 제공해 주었음을 인정하면서도, 이 새로운 형식을 자신의 문학적 방향, 문학적 전제와 조화시키고자 했다. 호프만 스타일의 환상소설은 푸시킨의 펜 아래서 새로운 모습으로 변화하고, 호프만식의 과장된 요소는 리얼리즘을 위해 축소·완화되었다.

호프만에게서 환상적인 것이란, 현실과 대등한 권리를 갖는 것으로, 일상적이고 현실적인 세계 속에서 당당히 자신의 존재를 선언하는 세계의 또 다른 측면, 모험적이고 그로테스크한 측면이었고, 현실과 비현실을 서로 뒤섞으며 그 경계를 인정하지 않는 호프만 자신의 복시적(複視的)인 세계관의 표현이었다. 반면 푸시킨의 《스페이드 여왕》은 환상적인 요소를 다분히 지닌 본질적으로 리얼리즘적인 이야기이며, 환상성은 작가 자신이 아닌 주인공의 비정상적인 정신 속으로 옮겨져서 심리화 되고 그를 통해 합리화된다.

'나폴레옹의 프로필과 메피스토의 영혼'을 지닌 전형적으로 낭만주의적인 주인공 게르만의 환상과 행동을 리얼리즘적으로 동기화하고, 낭만적이고도 환상적인 사건을 자본주의가 발흥하기 시작하던 19세기 초 페테르부르크 상류 사회의 생활에 대한 리얼리즘적인 묘사를 배경으로 전개시킴으로써 푸시킨은 낭만주의적 환상소설의 전통에 단절을 가져오는 동시에 19세기 리얼리즘 산문의 모든 요소를 이미 배태하고 있는 소설을 써낸 것이다.

리얼리즘적 특성은 이야기의 실타래를 꼭 필요한 대상에 국한시켜 풀어나가는 내러티브, 효과 사용을 절제하는 문체에서도 두드러진다. 점점 빨라지는 사건 전개가 시적 이미지나 기발한 은유, 수사학적 수식에 의해 정체되는 일은 없으며, 환상의 뜨거운 열기는 차가운 문장 속에서 제어된다. 러시아 소설에선 찾아볼 수 없었던 절도 있고 명징한 언어를 통해 냉정한 거리를 유지하면서 푸시킨은 그의 인물들을 행동하게 하고 주인공의 삶에서의 결정적인 단계를 이야기한다. 범죄, 광기, 카드 노름, 유령, 이루지 못한 사랑이라는 일견 낭만적인 소재로부터 게르만의 운명과 재앙은 도덕적 주석이나 인도주의적 설명도 없이 점점 더 분명하게 결정되어 간다.

후세의 러시아 문학에 《스페이드 여왕》은 매우 큰 영향을 미쳤다. 도스

▲영화 〈스페이드 여왕〉
주인공 게르만은 도스토옙스키의 《죄와 벌》 주인공 라스콜리니코프의 원형이라 할 수 있다. 여기서는 인간과 운명의 갈등이 묘사되는데, 이 주제는 차이코프스키 오페라에서도 재현되었다(1890). 소롤드 디킨슨 감독이 제작한 영국 영화. 1948.

▶차이코프스키 오페라 〈스페이드 여왕〉
사진은 처음 장면. 톰스키는 키셀료프(바리톤), 주인공 게르만은 아틀란토프(테너). 차이코프스키 오페라에서는 시대 배경이 원작보다도 더 옛날인 예카테리나 2세 시절로 바뀌었다. 볼쇼이 극장에서.

토예프스키의 《죄와 벌》에서 라스콜니코프의 운명과 그의 나폴레옹 추구, 《미성년》에서 금욕적인 생활을 통해 유토피아적 권력의 꿈을 이루고자 하는 아르카지 돌고루키, 페테르부르크에 사는 어느 노공작부인의 후의에 힘입어 승진하기를 꿈꾸다 발광하는 솔로구프의 《작은 악마》의 주인공 페레도노프, 페테르부르크를 문학적 신화로 만드는 데 결정적인 역할을 한 벨르이의 《페테르부르크》는 모두 《스페이드 여왕》에서 제기된 문제를 새롭게 다루고 있는 대표적인 경우들이다. 러시아 문학은 모두 고골의 《외투》로부터 나왔다는 벨린스키의 찬사에 빗대어, 《스페이드 여왕》에 대해서도 같은 주장을 할 수 있다고 루카치가 말한 것 은 결코 무리한 얘기가 아닐 것이다.

《이반 페트로비치 벨킨 이야기》에 대하여

푸시킨의 가장 활발한 창작기였던 1830년 가을 보르디노에서 씌어져 이듬해에 발표된 이 단편집은 그의 완결된 첫 산문 작품으로, 1820년대 푸시킨 문학 발전의 결과를 확인시켜 주는 동시에, 산문에 의해 주도되는 1830년대의 새로운 창작 시기를 여는 작품이다. 카람진의 감상주의 전통과 그때까지의 낭만주의 산문을 넘치도록 채워왔던 메타포에 대한 중독적 사랑과는 달리, 그 시대의 문학적 모형으로부터 소설의 말을 해방시키면서 동시에 여태껏 문학 속으로 들어올 수 없었던 새로운 주인공, 새로운 현실을 담아낸다는 점에서 푸시킨의 이 작품은 리얼리즘의 선구자적 소설로 평가받는다.

단편집은 지주, 장교, 수공업자, 하급관리의 생활에서 소재를 취하고 있는 다섯 편의 짤막한 이야기 〈그 일발〉 〈눈보라〉 〈장의사〉 〈역참지기〉 〈귀족 아가씨—농사꾼 처녀〉로 구성되어 있으며, 모두가 한 사람의 꾸며낸 작가, 이반 페트로비치 벨킨의 작품으로 제시된다.

푸시킨은 독자들에게 자신이 아니라 벨킨이 이 소설을 쓴 것처럼 가장하면서 이 꾸며낸 작가의 성격을, 그와 개인적으로 친분이 있다고 하는 제2의 가공인물이 써 보낸 편지 속에 드러내 보인다.

발행자로서만 자신을 내세우는 푸시킨은 아주 비문학적인 이웃 지주를 통해 겸손하고 몽상적인 기질의 벨킨이라는 꽤나 순진한 문학 애호가를 독자에게 소개한다. 나아가 그 자신이 의도한 이야기들의 가볍고 단순한 성격을 더욱 강조하기 위해 장난기 섞인 각주에서 이 이야기들의 모티프가 실제의 일화인 비문학적 세계에서 취한 것임을 밝힌다. 물론 비허구성·실재성의 보증인으로 내세워지는 이들 9등관과 장교와 점원과 처녀는 모두 가공인물에 불과하다.

《이반 페트로비치 벨킨 이야기》의 가장 큰 매력은 바로 이 같은 여러 겹의 마스크가 낳는 효과에 있다. 가장 표면적으로 의도된 효과는 마스크에 의한 겹겹의 픽션 차단 장치를 통해 이 이야기가 엄격한 객관적 현실이라는 인상을 불러일으키는 것이고, 다음으로는 이 산문 실험에서 독자와 비평가의 반응에 확신이 서지 않았던 작가가 직접적인 문학적 책임을 회피할 수 있는 가능성을 얻을 수 있게 된다는 것이다. 그러나 보다 근본적으로, 서술자로 내세워진 인물의 단순함·순진함은 작가 푸시킨 자신이 시도한 의도적인 순진성을 정당화시키는 역할을 하고 있다. 푸시킨에게 있어 단순함·순진함은 훌륭한 이야기꾼이 반드시 갖추어야 할 덕목이기 때문이다. 나아가 이 이중 삼중의 마스크 뒤에는 시골 이야기의 의미로부터 거리를 취하거나 혹은 그 의미를 상대화하고 뛰어넘고자 하는 지극히 푸시킨적인 바람이 숨어 있다.

푸시킨은 보르디노에서의 많은 시간을 《이반 페트로비치 벨킨 이야기》에 바쳤고 이 소설을 그곳에서 쓴 가장 훌륭한 작품으로 여겼다. 모든 장식, 심리학, 반성적 사유, 중요치 않은 묘사를 과감히 배제하고 인물의 대화도 꼭 필요한 것에 한정시키면서 행동과 사건 중심으로 서두르거나 생략함이 없이 여유 있게 앞으로 나아가는 이야기 전개 기술이야말로 미래의 이야기꾼들을 위한 올바른 이야기 방식의 모델이라고 그는 생각했기 때문이다. 실제로 《이반 페트로비치 벨킨 이야기》는 어떤 숨겨진 깊은 의미 때문이 아니라 완벽한 내러티브 구성으로 러시아 문학의 비할 바 없는 걸작으로 평가된다.

푸시킨 연보

1799년	5월 26일, 모스크바의 유서 깊은 귀족의 가계에서 태어나다.
1811년(12세)	8월, 페테르부르크 교외의 신설 상류 귀족학교 차르스코셀리스키 리체이 입학.
1814년(15세)	7월, 〈유럽 통보〉지에 담시 〈나의 친구, 시인에게〉 게재.
1815년(16세)	1월 8일, 델자빈 등의 임석하에 이루어진 리체이 진급시험에서 송시(頌詩) 〈차르스코예셀로의 회상〉을 낭독하다.
1816년(17세)	3월 말, 당시의 러시아 시단의 중심적 존재였던 큰아버지 바실리 푸시킨, 카람진, 뱌젬스키 공작 등이 리체이로 푸시킨을 만나러 오다.
1817년(18세)	6월 9일, 리체이 졸업. 7월 13일, 페테르부르크로 옮겨 외무성 10등관에 임명. 문학단체 '아르자마스'회 정회원이 되다. 이 해 후반에 송시 〈자유〉를 쓰다.
1818년(19세)	서사시 〈루슬란과 류드밀라〉 집필을 계속하다.
1819년(20세)	데카브리스트의 외곽 단체 '녹색 등잔'에 참여하다. 7월 중순, 미하일로프스코에 마을로 가다. 시 〈농촌〉을 쓰다.
1820년(21세)	4월 중순, 혁명적인 시 때문에 페테르부르크 총독에게 소환되다. 선배, 친구들이 그를 구제하기 위해 노력. 5월 6일, 남부 러시아의 예카테리노슬라프로 추방되다. 28일, 라예프스키 장군 가족과 함께 카프카스로 여행을 떠나다. 8월, 서사시 《루슬란과 류드밀라》 출판. 21일, 키시네프에 도착하여 인조프 장군의 감독하에 놓이다. 11월 중순, 데카브리스트 바실리 다비도프의 영지인 키예프

주 카멘카로 가다.

1821년(22세) 4월 상순, 남부 데카브리스트의 지도자 표트르 페스텔리를 만나다.

4월~5월, 무신론적 서사시 〈가빌랴다〉를 쓰다.

5월 4일, 키시네프의 프리 메이슨 조직인 '오비지우스'회에 가입.

1822년(23세) 8월 말 또는 9월 초, 서사시 《카프카스의 포로》 출판.

11월, 다시 카멘카로 가다.

1823년(24세) 7월 3일, 오데사로 전근.

8월, 서사시 〈바흐치사라이의 샘〉 완성. 운문소설 《예브게니 오네긴》 쓰기 시작하다.

1824년(25세) 3월 10일, 《바흐치사라이의 샘》 출판.

6월 8일, 사직서 제출.

7월 30일, 황제의 명에 의해 오데사에서 미하일로프스코에 마을로 유형에 처해지다.

10월 10일, 서사시 〈집시〉를 완성.

1825년(26세) 1월 11일, 리체이의 동창 데카브리스트 이반 푸시친이 미하일로프스코에 마을로 푸시킨을 방문.

2월 15일, 최초의 리얼리즘 작품 《예브게니 오네긴》 제1장 완성.

4월 중순 데리비크 남작 방문.

11월 7일, 비극 〈보리스 고두노프〉 완성.

12월 중순, 데카브리스트 반란 소식을 듣다. 회상기, 편지들을 태워 없애다.

1826년(27세) 5월 11일~27일, 니콜라이 1세에게 유형 해제 청원서를 보내다.

7월 24일 데카브리스트 처형 소식을 듣다.

7월 말, 정부는 푸시킨의 언동을 내탐하기 위하여 스파이 파견. 27일, 니콜라이 1세, 푸시킨을 모스크바로 소환할 것을 명령(유배 해제).

9월 8일, 푸시킨 모스크바에 도착. 바로 니콜라이 1세와 회견. 미츠키예비치와 아는 사이가 되다.
10월 중순, 《예브게니 오네긴》 제2장 완성.

1827년(28세) 1월 초 시베리아의 남편에게로 가는 알레산드르 무라비요프 부인에게 〈시베리아에 보내는 시〉와 이반 푸시친에게 보내는 시를 전해 줄 것을 부탁.
1월 12일, 시 〈안드레 셰니에〉에 관한 사건이 일어나다. 27일, 총독으로부터 심문을 받고 시 〈안드레 셰니에〉는 12월 14일의 사건(데카브리스트 반란)과는 관계가 없다는 뜻을 밝히다. 이 심리는 1828년 5월 말까지 계속되었다.
6월, 《도둑 형제》 출판.
10월 19일~11일, 《예브게니 오네긴》 제3장 완성.
《표트르 대제의 흑인》 쓰다.

1828년(29세) 1월에서 3월에 걸쳐서 《예브게니 오네긴》 제4~6장 완성.
5월 3일, 시 〈안드레 셰니에〉에 관한 사건과 관련하여 정부는 푸시킨에게 비밀 감시원을 붙일 것을 결정.
역사서 《폴타바》 쓰다.
12월, 모스크바로 가서 어떤 무도회에서 나탈리아 곤차로바와 만나다.

1829년(30세) 5월 1일, 나탈리아 곤차로바에게 결혼을 신청하지만 확답을 얻지 못한 채 카프카스로 떠나다.
6월 27일, 러시아군와 함께 아르주룸으로 들어가다.
9월 20일, 모스크바에 도착.
11월 10일, 무단으로 카프카스로 여행을 했다고 해서 헌병사령관 벤켄돌프 장군으로부터 해명을 요구받다.

1830년(31세) 1월 7일, 국외 여행 허가 신청, 거부당하다.
3월 18~19일, 《예브게니 오네긴》 제7장 완성.
5월 6일, 나탈리아 곤차로바와 약혼.
9월 3일, 니주니노브고로트 주 보르디노 마을로 향하여 6일에 도착. 여기에서 단편 《이반 페트로비치 벨킨 이야기》 외많은 작품을 완성. 즉, 18일, 《오네긴의 여행》, 25일, 《예브게니 오네긴》 제8장 완성.

10월 5~10일, 극작 〈콜롬나의 작은 집〉, 23~26일, 비극 〈인색한 기사〉, 〈모차르트와 살리에리〉를 쓰다.

11월 1일, 《고류히노 마을의 역사》의 마지막 페이지에 날짜를 적다. 4일 〈목석같은 손님〉을 쓰다.

6월, 〈질병 때의 주연〉을 쓰다. 22일~23일, 비극 《보리스 고두노프》 출판.

1831년(32세) 2월 18일, 나탈리아 곤차로바와 결혼.

7월 22일, 외무성에 근무하게 되어 보관문서 이용이 허락되다.

1832년(33세) 1월 10일, 모든 작품을 집필할 때마다 황제의 검열 명령을 받다.

1월 말, 《예브게니 오네긴》 마지막 장 완성.

5월 19일, 딸 마리아가 태어나다.

1833년(34세) 2월 6일, 미완의 역사소설 《두브로프스키》의 제19장(마지막)을 쓰다.

3월 23일 경, 《예브게니 오네긴》의 모든 장을 한 권으로 정리하여 출판.

7월 6일, 아들 알렉산드르 태어나다.

8월 7일, 푸가초프에 관한 자료를 수집하기 위해 카자니, 오렌부르크 두 주의 여행이 허가되다.

11월 2일, 《푸가초프 이야기》 완성.

12월 30일, 궁정 시종보에 임명.

1834년(35세) 6월 25일, 사직서를 내다(사직은 허가하지만 사직을 할 경우에는 역사문헌 열람을 금지한다는 뜻의 회답을 받다).

7월 3일, 사직서 철회.

10월 중순, 페테르부르크 대학 방문.

《스페이드 여왕》 발표.

1835년(36세) 4월과 8월, 《알렉산드르 푸시킨, 서사시와 소설집》 제1부와

제2부 출판.
4월 12일, 아들 그레고리 태어나다.
6월 1일, 3년 또는 4년 동안 마을에서 생활할 수 있도록 청원하지만 니콜라이 1세는 이것을 거절.
7월~8월, 거액의 부채 때문에 정부에 대출 청원하여 3만 루블을 대출받다.

1836년(37세) 3월 29일, 어머니 죽다.
5월 23일, 딸 나타샤 태어나다.
10월 19일, 《대위의 딸》 완성. 이 무렵 사교계에서 아내 나탈리아와 단테스와의 관계가 소문나다.

1837년(38세) 2월 7일(구력1. 26), 단테스에게 결투 신청. 8일 오후 4시, 페테르부르크 교외의 결투장으로 가다. 결투 결과 치명상을 입고 2월 10일(구력 1. 29) 오후 2시 45분에 죽다.
2월 11일 밤, 유해가 코뉴센나야 교회로 옮겨지다.
2월 13일 오전 11시, 동 교회에서 고별식 거행. 정부는 민중의 조문을 금하고 신문과 잡지에 대해서 추모 기사를 지나치게 쓰지 말도록 명령.
15일 밤, 그의 관은 비밀리에 미하일로프스코에 근방의 스뱌토고르스키 수도원에 옮겨져 2월 18일, 수도원 묘지의 높은 언덕 위에 있는 간니발 가문의 묘지, 어머니 무덤 옆에 안장됨.

이동현(李東鉉)

러시아문학자. 육군사관학교 교수, 한국외국어대학교 노어과 교수 역임. 《카라마조프네 형제들》로 제11회 국제펜클럽한국본부 한국번역문학상 수상. 옮긴책에 도스토옙스키 《카라마조프네 형제들》《죄와 벌》《백치》《가난한 사람들》, 톨스토이 《전쟁과 평화》《부활》《참회록》《결혼의 행복》, 푸시킨 《대위의 딸》, 고골 《외투》《검찰관》, 체호프 《체호프단편집》, 솔제니친 《이반 데니소비치의 하루》, 파스테르나크 《의사 지바고》 등이 있다.

세계문학전집056

Алекса́ндр Серге́евич Пу́шкин

ЕВГЕНИЙ ОНЕГИН/КАПИТАНСКАЯ ДОЧКА/ПИКОВАЯ ДАМА

예브게니 오네긴/대위의 딸/스페이드 여왕

푸시킨/이동현 옮김

동서문화창업60주년특별출판

1판 1쇄 발행/2016. 11. 30

발행인 고정일

발행처 동서문화사

창업 1956. 12. 12. 등록 16-3799

서울 중구 다산로 12길 6(신당동 4층)

☎ 546-0331~6 Fax. 545-0331

www.dongsuhbook.com

*

사업자등록번호 211-87-75330

ISBN 978-89-497-1521-6 04800

ISBN 978-89-497-1515-5 (세트)